L'ÈVE FUTURE

VILLIERS DE L'ISLE-ADAM

L'ÈVE FUTURE

Édition établie
par
Nadine SATIAT

GF Flammarion

INTRODUCTION

> *« Je n'écris que pour les personnes atteintes d'âme*[1]. »
>
> VILLIERS DE L'ISLE-ADAM.

L'Eve future, second et dernier roman de Villiers de l'Isle-Adam – et son chef-d'œuvre romanesque –, fut publié en volume le 4 mai 1886, chez l'éditeur Maurice de Brunhoff.

Villiers n'était déjà plus propriétaire des droits sur son livre, cédés depuis plusieurs mois à un certain Lèbre, directeur de *La Vie moderne*, où la version quasi définitive du roman venait de paraître en feuilleton : l'écrivain, dans un grand dénuement, avait probablement préféré toucher le plus vite possible les deux cent cinquante francs que Lèbre lui proposait à titre d'avance sur l'édition en volume ; il acceptait de se voir verser ensuite trente-cinq centimes pour le premier mille et cinquante centimes à partir du second mille. Selon Joseph Bollery[2], il y eut deux tirages, l'un de

---

1. *Œuvres complètes* de Villiers de l'Isle-Adam, Paris, Gallimard, coll. Bibliothèque de la Pléiade, 1986 (cette édition sera désormais désignée par les initiales *O.C.*), tome II, p. 1008 ; propos cités d'après Gustave Guiches, « Le comte Villiers de l'Isle-Adam », *Revue illustrée*, 15 janvier 1889.

2. Edition de *L'Eve future* au Club du Meilleur Livre, 1957, p. 343.

mille cent exemplaires, l'autre de six cents, – le calcul
est donc simple : au sommet de sa carrière, car il était
vraiment célèbre depuis la publication en 1883 des
Contes cruels (dont Calmann-Lévy lui avait royalement
acheté tous les droits pour la somme forfaitaire de trois
cent soixante-quinze francs), Villiers dut gagner, pour
l'édition en volume de son chef-d'œuvre, environ
quatre cents francs – de quoi acheter une centaine
d'exemplaires de son propre livre…

Quelques mois plus tard[3], le 21 septembre 1886,
l'éditeur Dentu communiquait au « cher Maître » les
comptes de son *premier* roman, *Isis*, publié à compte
d'auteur et tiré à cent exemplaires en 1862 : en vingt-
quatre ans, vingt-trois exemplaires avaient été ven-
dus… soit, commission de l'éditeur déduite, soixante-
neuf francs tenus à la disposition de monsieur le comte
de Villiers de l'Isle-Adam. En janvier de l'année suivante[4], Villiers devait mendier – « vu l'urgence » –
« tout ou partie des cinquante francs convenus » pour
une chronique auprès du directeur du *Gil Blas* ; en
mars[5], *dévotieusement*, dix francs auprès d'Edouard
Dujardin, directeur de la *Revue indépendante*.

Ces quelques misérables chiffres disent-ils assez,
avec Léon Bloy, combien « la vie fut merveilleusement
chienne[6] » pour l'écrivain ? Mais plus elle fut chienne,
plus ce dernier rejeton lointain d'une très ancienne et
très glorieuse lignée, doué, ombrageux, se retrancha
dans son orgueil et dans les plus hautes ambitions
poétiques et métaphysiques, raillant ici avec verve et

3. *Correspondance générale de Villiers de l'Isle-Adam et documents
inédits*, édition Joseph Bollery, Paris, Mercure de France, 1962, tome
II, n° 359. (Cette édition sera désormais désignée par l'abréviation
Corr, suivie du numéro de la lettre.)
   4. *Ibid.*, n° 386.
   5. *Ibid.*, n° 399.
   6. Léon Bloy, « La résurrection de Villiers de l'Isle-Adam », in
Œuvres de Léon Bloy, Paris, Mercure de France, 1965, tome IV,
p. 318 ; ce texte reprend en partie celui du « Projet d'oraison funèbre » recueilli dans les *Histoires Désobligeantes* (*Œuvres*, édition
citée, tome VI).

véhémence la petitesse positiviste de ses contemporains, et se sublimant là dans d'extraordinaires rêves
d'Idéal, toutes voiles de l'esprit « gonflées vers
l'Infini[7] », écrira Remy de Gourmont.

« Surgis ! Moissonne ! Monte ! Deviens ta propre
fleur ! Tu n'es que ce que tu penses : pense-toi donc
éternel », dira Maître Janus à Axël[8] dans le chef-
d'œuvre dramatique posthume de Villiers. « Parole
éclatante », dira Paul Valéry[9], elle « illuminait »,
comme toute vraie grande image poétique, « toute la
conception » de l'écrivain qui n'eut de cesse de faire
surgir de lui-même et de porter jusqu'à leur plus haute
expression les fusées qui lui traversèrent l'esprit dès
l'adolescence. De sorte que les grandes œuvres de
Villiers, et *L'Eve future* au premier chef, plongent
comme des nénuphars de longs pédoncules jusqu'au
limon originel d'une imagination qui, en dépit des
misères subies tout au long des années, n'en est pas
moins restée extraordinairement fidèle à ses premiers
rêves.

Et quibusdam aliis

> « *Nous ne doutions pas que son œil bleu pâle emprunté à
> des cieux autres que les vulgaires, ne se fixât sur l'exploit
> philosophique prochain, de nous irrêvé[10].* »

                                          MALLARMÉ.

Au commencement du commencement de *L'Eve*

---

7. Remy de Gourmont, article sur *Axël* dans la rubrique « Les
Livres » du *Mercure de France*, mars 1890.
8. *Axël*, IIIe partie, scène I, in *O.C.*, tome II, p. 634.
9. Conférence sur Villiers publiée dans *Tel Quel*, hiver 1961, n° 4.
10. Conférence sur Villiers, faite à plusieurs reprises en Belgique
en février 1890, et publiée pour la première fois dans *L'Art moderne*
de Bruxelles, 23 février-2 mars 1890 ; reprise dans les *Œuvres
complètes* de Mallarmé, Paris, Gallimard, coll. Bibliothèque de la
Pléiade, 1945, pp. 481-510.

future, il était un jeune aristocrate breton de dix-sept
ans, fraîchement installé à Paris avec sa famille (passablement excentrique mais pas encore tout à fait rui-
née) après une éducation cahotée mais classique, bon
musicien, aussi confiant en son génie que beaucoup de
jeunes provinciaux affluant dans la capitale à cette
époque, et, c'était plus rare, conforté par des parents
qui l'idolâtraient dans cette assez outrecuidante certitude.

Ce jeune homme précoce et fougueux, dès ses premières rencontres de café avec des gens de théâtre, se
prit à rêver de révolutionner le drame – alors la voie
royale vers la Gloire ; « un édifice dramatique [lui]
mugi[ssait] dans la tête », et il se donnait dix ans pour
« emporter d'assaut » le « trône de la pensée » où s'était
assis Victor Hugo[11] ! L'ambition et l'étrange force de
caractère de ce jeune homme de dix-sept ans qui
ajoutait, au détour d'une autre lettre de 1855 : « mon
Faust étant décidément inepte, je n'en parlerai plus[12] »
– avaient au moins de quoi intriguer.

Des drames à la Bouchardy (l'auteur, alors très en
vogue sur les boulevards, du *Sonneur de Saint-Paul*)
que le jeune Villiers, enterrant son *Faust*, écrivit à cette
époque, dans la conviction absolue de les faire recevoir
à la Porte Saint-Martin, on ne sait pratiquement rien,
sinon qu'ils n'eurent évidemment pas auprès des directeurs des théâtres les succès foudroyants que le jeune
Villiers escomptait. Provisoirement découragé par le
théâtre, dont ses parents inquiets de ses fréquentations
faisaient aussi tout pour le détourner, Villiers s'éloigna
donc un peu de Paris, et se mit à la poésie lyrique sur les
traces de Vigny, de Hugo, de Lamartine et surtout de
Musset, qui venait de mourir et sur la dépouille duquel
il était allé sangloter. En 1859, il publia à ses frais une
édition luxueuse de ses *Premières Poésies*, et rentra vite à
Paris, avec une naïveté touchante, pour entendre le

11. *Corr.*, n° 3.
12. *Ibid.*, n° 4.

concert d'éloges que cette publication ne manquerait pas de susciter. Il tendit évidemment l'oreille en vain, et ces premiers essais, bien qu'estimables, ne nous intéresseraient pas ici, si l'on ne découvrait en les parcourant que la septième des *Fantaisies nocturnes* qui ouvrent le recueil est une « Chanson » de Faust, et que le jeune poète y a mis en épigraphe un petit dialogue entre Faust et Méphistophélès extrait... du « *Faust* de l'auteur[13] » ! – un *Faust* dont par ailleurs la publication prochaine était annoncée au verso du faux-titre du même volume.

Ce *Faust*-là fut-il jamais écrit ? Selon Lemercier de Neuville, camarade de Villiers lors de ses premières années à Paris, Villiers y aurait travaillé pendant plusieurs années[14]. Ce jeune homme manifestait décidément une singulière suite dans les idées. En fait, l'obsession de faire, sinon un nouveau *Faust*, quelque chose « du moins d'aussi large que l'idée de *Faust*[15] » ne cessera plus d'habiter Villiers, qui, à la faveur d'un moment d'attention que lui accordera le Grand-Duc lors d'un voyage en Allemagne en 1869, se plaira même un moment à espérer un poste permanent à la cour de Weimar, se voyant très bien en nouveau Goethe[16]... et, de retour à Paris, commençant vers cette époque à écrire *Axël*, son grand drame symbolique jamais tout à fait achevé et son testament, et qui est aussi l'œuvre dramatique dans laquelle sa dette à l'égard du *Faust* de Goethe est la plus grande.

Plus de trente ans après la première mention de *Faust* dans sa correspondance, Villiers tiendra absolument à ce que *L'Eve future* soit lu d'abord comme une « légende » de l'envergure du *Faust* de Goethe ; il

13. *O.C.*, tome I, p. 13.
14. Lemercier de Neuville, *Souvenirs d'un montreur de marionnettes*, Paris, Bauche, 1911, p. 87.
15. *Corr.*, n° 14 (lettre à Charles Baudelaire, septembre ou octobre 1862).
16. Cf. Alain Raitt, *Villiers de l'Isle-Adam, exorciste du réel* [biographie], Paris, José Corti, 1987, p. 119.

l'indiquera dès le seuil de son roman dans son « Avis au lecteur » qui, dans sa version longue originelle[17], s'achevait d'ailleurs sur une preuve supplémentaire de ses intentions, et qui montrait très précisément à quel point, après tant d'années, Villiers restait imprégné de la traduction de Nerval dans laquelle, ne connaissant pas l'allemand, il avait sans doute découvert l'œuvre de Goethe. Par allusion à la phrase fameuse de Mme de Staël sur *Faust* (dans *De l'Allemagne*) que Gérard avait mise en épigraphe à sa traduction dans l'édition originale de 1828, Villiers annonçait en effet, en clausule : « ce dont il [s'agit] en réalité, en ces sombres pages, n'est nullement du fameux *De omni re scibili*, mais de l'*Et quibusdam aliis* » – Mme de Staël, on s'en souvient, avait écrit : « Il [*Faust*] fait réfléchir sur tout et [...] *sur quelque chose de plus que tout.* » ; et elle avait précisé en note la formule latine à laquelle elle faisait allusion : « *De omnibus rebus et quibusdam aliis* » – citation inexacte de « *de omni re scibili* (devise de Pic de la Mirandole) *et quibusdam aliis* (addition plaisante attribuée à Voltaire) ». – Villiers n'entendait-il pas ainsi que son lecteur, au moment de commencer à lire *L'Eve future*, ait encore dans l'oreille de l'esprit les mots mêmes qui, de sous le titre de l'œuvre de Goethe, avaient résonné dans son esprit à lui au moment de commencer à lire la traduction du *Faust* de Goethe par Nerval ?...

A moins qu'il ne se soit tout bonnement souvenu de l'introduction[18] que Gérard écrivit pour l'édition Gosselin (1840) de sa traduction, et dans laquelle la phrase de Mme de Staël était à nouveau citée. La traduction de 1828, un peu modifiée (Nerval avait renoncé à la traduction en vers rimés de tout ce qui n'était pas chanson, ballade ou couplet) y était suivie d'un « examen analytique » en prose du *Second Faust*, et c'est

17. Dont le lecteur trouvera le texte intégral dans *O.C.*, tome I, pp. 1556-1559.

18. Edition utilisée : *Faust et le Second Faust*, Bordas-Classiques Garnier, 1990. Cette introduction, ou des parties de cette introduction de 1840, furent reprises dans maintes rééditions postérieures.

probablement à cette édition que le jeune Villiers doit sa première vision d'ensemble de la tragédie.

Dans cette introduction de 1840, très romantique, Gérard mettait d'abord et avant tout l'accent sur l'enjeu spirituel du *Faust* de Goethe (précédé, rappelons-le, d'un « Prologue dans le ciel » et s'achevant, au terme du *Second Faust*, au ciel), et sur la liberté d'une pensée au-delà à la fois de toute religion positive et de toute négation religieuse. Goethe, écrit-il, a fait le tour de la religion et celui de la philosophie, et n'a plus « de préjugés à vaincre, ni de progrès philosophiques à prévoir » ; et « si quelque sympathie [l'a décidé] à la fin pour la religion, on peut dire que son choix [a été] libre et qu'il a clairement apprécié les deux côtés de cette suprême question ». Or ces questions étaient d'une actualité totale pour le jeune Villiers, dont la foi ancestrale vacillait, et que ses parents, le voyant se débattre dans le doute, songeaient dès 1858 à envoyer en retraite à l'abbaye de Solesmes. Finalement, comme Goethe, Villiers choisirait lui aussi librement de ne pas « se décapiter gratuitement l'esprit[19] » et de ne pas écarter de ses pensées l'idée de Dieu, quitte à se déclarer en insurrection quasi permanente contre l'ordre divin. Et il s'intéressera toujours avant tout, et de plus en plus au fil du temps, à la portée philosophique et religieuse de l'art.

L'influence du premier *Faust* sur *L'Eve future* est évidente. Villiers emprunte à Goethe la situation de départ et l'exposition du thème que tout le monde connaît : celui du pacte entre un homme désespéré, une grande âme incapable de continuer à « vivre dans le cercle borné des désirs humains », écrit Nerval, et qui « tend pour ainsi dire toute la longueur de sa chaîne jusqu'au moment où la froide réalité vient désenchanter ses illusions ou ses espérances », un homme au bord du suicide, – et un être démoniaque qui « vient lui offrir toutes les ressources magiques et surnaturelles dont il

---

19. *L'Eve future*, livre I, chapitre X.

dispose, et lui escomptera ainsi, pour ainsi dire, les merveilles de la vie future[20], sans l'arracher à l'existence réelle ». En lui gardant toute sa dimension de défi titanesque, mais en renouvelant tout de même considérablement la nature du pacte faustien, Villiers intitulera explicitement « Le Pacte » le second livre de *L'Ève future*, et ce thème attire dans le roman des références à d'autres pactes avec le démon, – en particulier celui du *Freischütz* de Weber – ainsi qu'à plusieurs versions musicales du premier *Faust* de Goethe : le *Faust* de Gounod (créé à Paris justement en 1859, l'année où Villiers annonçait son *Faust*), *La Damnation de Faust* de Berlioz (créé à Paris en concert en 1846).

Mais sans doute Nerval désigna-t-il tout particulièrement le *Second Faust* à l'intérêt du jeune Villiers, en écrivant dans son introduction de 1840 que, malgré une « valeur d'exécution » selon lui inférieure, « l'inspiration du *Second Faust* [est] plus haute encore peut-être que celle du premier ». N'est-ce pas à l'instar du Goethe du *Second Faust* tel que le voyait Nerval, que Villiers s'efforcera, pour reprendre les formules puissantes de Gérard, de « faire sortir la poésie de son domaine, en la précipitant dans la métaphysique la plus aventureuse » ? N'est-ce pas à l'instar du Goethe du *Second Faust* tel que le voyait Nerval, qu'à la recherche d'« une forme dramatique » capable de « contenir des idées que les philosophes n'ont exposées jamais qu'à l'état de rêves fébriles », Villiers poussera lui aussi, et singulièrement dans *L'Ève future*, « au-delà des cercles infernaux de Dante, [...] au-delà des régions splendides de son paradis catholique » jusqu'à l'empire « du néant et de la nuit », jusqu'à « cet infini toujours béant, qui

---

20. En lui montrant par exemple, dès le premier *Faust*, l'image céleste d'Hélène dans un miroir magique, épisode que rappelle Gautier dans *Avatar* (1856) (*Récits fantastiques*, Paris, Garnier-Flammarion, 1981, p. 315), et dont Villiers se souviendra dans *L'Ève future*, où il remplacera le miroir magique de Méphisto par un « lampascope » fonctionnant déjà selon le principe du cinéma (livre IV, chapitre IV).

confond la plus forte raison humaine » et qui n'effraya
point le poète de *Faust*, jusqu'à ce vide « dont l'œil de
Dieu même ne peut apercevoir la fin » – jusqu'au
monde de l'incréé et de l'occulte ?

Nerval consacrait six pages de son introduction à
décrire le « dessin général » du *Second Faust*, et ces
formules de Nerval, comme les choix qui ont présidé à
la rédaction de l'« examen analytique », firent évidemment mouche dans l'imagination du jeune Villiers.

Faust en effet survit au « désespoir d'amour » sur
lequel s'achève le premier *Faust*. Résolu, au début du
Second Faust, « à vivre encore et à se replonger parmi
les hommes », il s'introduit à la cour de l'empereur
(sans autre précision de temps ni de lieu), en qualité de
savant illustre, et là ne songe qu'à étonner la cour « par
sa science et les prestiges de sa magie ». Mais l'empereur, « toujours plus curieux à mesure qu'on lui en
montre davantage, demande au docteur s'il peut faire
apparaître des ombres ». Là, Goethe cherche à créer
« une sorte de vraisemblance fantastique aux yeux
mêmes de l'imagination », en l'occurrence en mettant
« à contribution toutes les idées de la philosophie touchant à l'immortalité des âmes », du système des
« monades » de Leibniz aux visions magnétiques de
Swedenborg. Puisque la religion, poursuit Gérard,
enseigne « qu'une partie immortelle [survit] à l'être
humain décomposé », alors ces âmes doivent continuer
d'exister quelque part dans l'immensité, et il devrait
être possible de les « attirer de nouveau [...] dans le
domaine de la matière créée » et de leur faire
« reprendre une existence visible » : « voilà ce que les
rêveurs ont cherché à expliquer, ce que des religions
ont jugé possible, [...] ce qu'assurément le poète de
Faust avait le droit de supposer » – et, après lui, le
poète de *L'Eve future*.

Méphistophélès lui-même recule cependant à l'idée
d'aller « troubler les ombres qui ne sont point sous sa
domination ». Faust devra faire seul ce voyage « hors
du solide, hors du fini, on pourrait même dire hors du

temps. Monte-t-il ? Descend-il ? C'est la même chose », résume Gérard, paraphrasant un passage du *Second Faust* que Villiers citera en substance, et en français, en épigraphe au premier chapitre du livre III de *L'Eve future*, – et c'est, il faut le noter, le *Second Faust* que Villiers citera d'abord dans le roman. Dans un espace occulte où tous les temps coexistent et correspondent, Faust retrouve donc l'ombre d'Hélène de Troie (les allusions au fameux Jugement abonderont dans *L'Eve future*), et la ramène avec Pâris dans le temps du drame, à la cour de l'empereur où tout le monde admire « ces deux belles figures, types perdus de l'antique beauté ». Mais Faust, « émerveillé encore de ce qu'il vient de voir et de faire, mêlant tout à coup les idées du monde qu'il habite et celui dont il sort, [s'éprend] tout à coup de la beauté d'Hélène [...]. Fantôme pour tout autre, elle existe en réalité pour [lui]. [...]./ Voilà donc un amour d'intelligence, un amour de rêve et de folie qui succède dans son cœur à l'amour tout naïf et tout humain de Marguerite ». Et selon toute vraisemblance l'une des sources d'inspiration les plus lointaines de *L'Eve future*, peut-être relayée dans l'esprit de Villiers par un passage d'*Arria Marcella* de Théophile Gautier, dont l'Octavien s'était « épris tour à tour d'une passion impossible et folle pour tous les grands types féminins conservés par l'art ou l'histoire. Comme Faust, il avait aimé Hélène, et il aurait voulu que les ondulations des siècles apportassent jusqu'à lui une de ces sublimes personnifications des désirs et des rêves humains, dont la forme, invisible pour les yeux vulgaires, subsiste toujours dans l'espace et le temps[21] ». Remy de Gourmont ne s'y trompe guère en écrivant dans *Sixtine* : « L'Hadaly, de Villiers, voilà un symbole. *Le symbole, c'est une âme rendue visible*[22]. »

21. Théophile Gautier, *Arria Marcella* (1852), dans *Récits fantastiques*, éd. citée, p. 250 et note 19.
22. Remy de Gourmont, *Sixtine, roman de la vie cérébrale*, réédition U.G.E., collection 10/18, série « Fins de siècles », Paris, 1982, p. 189 (je souligne).

Cette ombre d'Hélène du *Second Faust*, « antique beauté, type éternel, toujours admirable et toujours reconnu de tous », écrivait Nerval, donnera même peut-être à Villiers l'idée[23] de façonner son « Eve nouvelle » à l'image de la Vénus de Milo – substitution judicieuse entre toutes[24] puisque la statue, visible au Louvre depuis 1821, apparaissait alors comme une œuvre de transition, le point de contact entre le monde antique et l'ère chrétienne – auxquels Goethe faisait justement, selon l'introduction de Gérard, « se donner la main ». Chateaubriand[25] lui-même lui avait trouvé quelque chose d'homérique et de chrétien à la fois, et Walter Pater écrivait en 1872, dans son essai sur Luca della Robbia, que « quelque esprit dans l'objet » semblait « sur le point de surgir » – « comme si avec elle [la Vénus de Milo] la sculpture classique avait déjà fait un pas dans l'ère mystique chrétienne[26] ».

A ce moment du *Second Faust* – et il faut se transporter un instant à l'« examen analytique » pour plus de détails – Pâris vient enlever Hélène à Faust : Faust veut la retenir, une explosion se produit, et Méphisto (c'est le début de l'acte II) transporte Faust évanoui dans la maison de ses pères, décor gothique du début du premier *Faust*, où tout est resté intact. Là, on retrouve l'écolier, devenu vieux et passé au service du docteur Vagner, l'ancien assistant de Faust, qui, explique l'écolier, « las de la chimie et de la physique expérimentale, a imaginé de dérober le secret de la création » ; on

---

23. Idée elle aussi sans doute relayée par *Arria Marcella*, puisque Octavien quelquefois aussi aimait des statues, et un jour, en passant au Musée devant la Vénus de Milo [...] s'était écrié : « Oh ! qui te rendra les bras pour m'écraser contre ton sein de marbre ! » (*Récits fantastiques*, éd. cit., p. 251).

24. Et sans doute mûrement réfléchie par Villiers ; la Vénus de Milo était par exemple beaucoup plus mystérieuse et suggestive que la Vénus de Médicis, toute grecque, à laquelle Villiers avait comparé la beauté de Tullia Fabriana dans *Isis*.

25. Cf. René Canat, *L'Hellénisme des romantiques*, Paris, 1951, tome I, p. 61.

26. *Studies in the History of the Renaissance*, London, 1873, p. 56-57.

rejoint alors Vagner dans son laboratoire, où, Prométhée alchimiste tout à son Grand Œuvre, « à force de
combiner les gaz, les fluides et les plus purs éléments de
la matière, il est parvenu à concentrer dans une fiole le
mélange précis où doit éclore le genre humain. « De ce
moment, – continue de résumer Nerval, – la femme
devient inutile ; la science est maîtresse du monde...
[...] – Bon ! dit Vagner : une femme et un homme,
n'est-ce pas ? C'était là l'ancienne méthode. [...] Tout
ce système est vaincu, dépassé ; et si la brute s'y plonge
encore avec délices, l'homme doué de plus nobles
facultés doit rêver une plus noble et plus pure origine... » – Suit aussitôt la naissance, dans la liqueur de
Vagner, d'un petit Homunculus qui, « dans sa fiole,
salue son père scientifique ».

Villiers n'oubliera jamais ni ce ton, ni ce savant
facétieux, créateur d'un être humanoïde entièrement
artificiel. Et *L'Eve future*, dans laquelle abondent les
détails gothiques, baignera dès le début dans la même
atmosphère sorcière, le même clair-obscur rembra-
nesque de laboratoire moyenâgeux, plein d'appareils
biscornus et inquiétants.

Ensuite les pérégrinations fantastiques et initiatiques
de Faust à travers les temps se succèdent « avec la
rapidité du rêve », en compagnie de cette Hélène « qui
ne sera jamais vieille », tirée, écrit Gérard, « *tirée par le
désir de Faust de sa demeure ténébreuse de l'Hadès* »,
comme l'Hadaly de Villiers sera, par le désir de Lord
Ewald, tirée de sa sombre crypte – aménagée, précisera
même Villiers, dans un ancien cimetière souterrain des
immémoriales tribus algonquines... – pour être emme-
née, comme Hélène, dans un château gothique[27]. Mais

---

27. Et c'est encore un élément originel d'inspiration qui a pu être
relayé dans l'esprit de Villiers par un souvenir d'*Arria Marcella*, où
Gautier, par allusion au troisième acte du *Second Faust* (l'acte
d'Hélène, intégralement traduit par Nerval dans son « Examen »),
rappelle que : « Faust a eu pour maîtresse la fille de Tyndare, et l'a
conduite à son château gothique, du fond des abîmes mystérieux de
l'Hadès » (éd. cit., p. 267).

Villiers interrompra là l'aventure métaphysique de son héros. Revisité à la lumière de *L'Eve future*, le *Second Faust* de Goethe, avec sa vertigineuse liberté d'imagination poussée par un grand vent d'anti-rationalisme, son élévation philosophique et son absence de tout sentimentalisme, révèle tout ce que son héroïne d'outre-tombe[28], les bouffonneries triviales et caustiques de Méphisto renouvelées d'Aristophane, les intermèdes solennels inspirés d'Homère et d'Eschyle, ont pu déposer d'éminemment fécond dans l'esprit du jeune Villiers. Comme le Faust du *Second Faust* et l'Octavien d'*Arria Marcella*, et après Gautier qui déclarait avoir toujours préféré « la statue à la femme et le marbre à la chair », le héros de *L'Eve future* aimera lui aussi « hors du temps et de l'espace[29] » une belle âme attirée de nouveau, à sa manière, « dans le monde de la matière créée ».

Du progrès scientifique

> « *Cette science, à laquelle nous consacrons notre vie, vaudra-t-elle ce que nous lui sacrifions ?... Arrivera-t-on à une vue plus certaine des destinées de l'homme et de ses rapports avec l'infini ?... Saurons-nous clairement la loi de l'origine des êtres, la nature de la conscience, ce qu'est la vie, ce qu'est la personnalité*[30] ? »
>
> RENAN.

Lors même qu'il publiait ses *Premières Poésies*, et qu'il était encore loin d'imaginer la fleur lointaine de ses ambitions faustiennes, le jeune Villiers commençait à fréquenter à Paris le salon d'un parent breton assez

28. Symétrique de Marguerite comme Hadaly sera celui d'Alicia.
29. *Arria Marcella*, éd. citée, p. 267.
30. Epigraphe du chapitre VI d'*Isis* : extraits de la leçon d'ouverture de Renan, prononcée au Collège de France le 21 février 1862 ; la première phrase de cette citation venait en réalité après les deux dernières.

éloigné, Hyacinthe du Pontavice de Heussey, et à
développer à son contact des réflexions philosophiques
sur la science que le monologue de Faust au début du
drame de Goethe avait peut-être suscitées en lui à
l'origine. En attendant de trouver leur plein développement et leur place dans le monologue faustien qui
ouvrirait *L'Eve future*, ces amorces allaient nourrir un
chapitre d'une autre œuvre annoncée, à côté de *Faust*,
au verso du faux-titre des *Premières Poésies : Wilhelm de
Strally* – qui deviendrait bientôt *Isis*, le premier roman
de Villiers.

Hyacinthe du Pontavice de Heussey animait en effet,
dans son pied-à-terre parisien de la rue de Richelieu,
près du Palais-Royal, un salon qui, pour n'être pas
parmi les premiers de Paris, attirait des personnalités
intéressantes des lettres et des arts. Le jeune Villiers
avait beaucoup d'estime pour Pontavice lui-même, et sa
vive curiosité intellectuelle trouvait enfin ample pâture
dans la conversation de ce poète et penseur de grande
culture littéraire, historique et philosophique qui, selon
le témoignage de Robert du Pontavice (son fils et le
futur premier biographe[31] de Villiers) l'embarquait
dans de grandes discussions passionnées – et d'autant
plus animées que Pontavice, auteur de maints poèmes
enthousiastes à la gloire de la Science et du Progrès,
était, selon son autre fils Jules, « socialiste et libre-
penseur[32] », – autant dire aux antipodes des positions
de Villiers.

L'atmosphère contemporaine invitait à la contro-
verse. L'année même où Villiers, dix-sept ans, rêvait de
gloire au théâtre et jugeait son *Faust* inepte, s'était
tenue l'Exposition universelle de 1855, qui faisait le
bilan des conquêtes techniques récentes. Maxime Du
Camp avait écrit à cette occasion des *Chants modernes*,
dont la préface-manifeste dut ravir Pontavice, qui enjoi-
gnait aux poètes de chanter désormais la Vapeur et la

---

31. Robert du Pontavice de Heussey, *Villiers de l'Isle-Adam*,
Paris, Savine, 1893.
32. Alan Raitt, *op. cit.*, note 5 de la page 35.

Locomotive, l'Electricité, le Gaz et la Photographie.
Mais l'enthousiasme n'était pas unanime. Leconte de
Lisle avait répondu à Maxime Du Camp dans sa préface
à *Poèmes et Poésies* : « Les hymnes et les odes inspirées
par la vapeur et la télégraphie électrique m'émeuvent
médiocrement, et toutes ces périphrases didactiques,
n'ayant rien de commun avec l'art, me démontreraient
plutôt que les poètes deviennent d'heure en heure plus
inutiles aux sociétés modernes. Voici que le moment est
proche où ils devront cesser de produire, sous peine de
mort intellectuelle. Et [...] c'est par suite de la répulsion
naturelle que nous éprouvons pour ce qui nous tue que
je hais mon temps. » Retour du Palais de l'Industrie, le
3 août, Delacroix avait noté de même dans son *Journal* : « La vue de toutes ces machines m'attriste profondément. Je n'aime pas cette matière qui a l'air de faire,
toute seule et abandonnée à elle-même, des choses
dignes d'admiration[33]. » Et, en moraliste autant qu'en
artiste, Baudelaire écrivit dans son compte rendu de
l'Exposition pour *Le Pays* : « Il est [...] une erreur fort
à la mode, de laquelle je veux me garder comme de
l'enfer. – Je veux parler de l'idée du progrès. Ce fanal
obscur, invention du philosophisme actuel, breveté
sans garantie de la nature ou de la Divinité, cette
lanterne moderne jette des ténèbres sur tous les objets
de la connaissance ; la liberté s'évanouit, le châtiment[34]
disparaît. Qui veut y voir clair dans l'histoire doit
éteindre ce fanal perfide. Cette idée grotesque, qui a
fleuri sur le terrain pourri de la fatuité moderne, a
déchargé chacun de son devoir, délivré toute âme de sa
responsabilité, dégagé la volonté de tous les liens que
lui imposait l'amour du beau ; et les races amoindries,
si cette navrante folie dure longtemps, s'endormiront
sur l'oreiller de la fatalité dans le sommeil radoteur de la
décrépitude. Cette infatuation est le signe d'une déca-
dence déjà trop visible./ Demandez à tout bon Français

33. Edition utilisée : Paris, Plon, 1981, p. 529.
34. Comprendre : du péché originel, qui obsédait Baudelaire.

qui lit tous les jours *son* journal dans son estaminet, ce qu'il entend par progrès, il répondra que c'est la vapeur, l'électricité et l'éclairage au gaz, miracles inconnus aux Romains, et que ces découvertes témoignent pleinement de notre supériorité sur les anciens ; tant il s'est fait de ténèbres dans ce malheureux cerveau et tant les choses de l'ordre matériel et de l'ordre spirituel se sont bizarrement confondues ! Le pauvre homme est tellement américanisé par ses philosophes zoocrates et industriels, qu'il a perdu la notion des différences qui caractérisent les phénomènes du monde physique et du monde moral, du naturel et du surnaturel./ [...] Je laisse de côté la question de savoir si, délicatisant l'humanité à proportion des jouissances nouvelles qu'il lui apporte, le progrès indéfini ne serait pas sa plus ingénieuse et sa plus cruelle torture ; si, procédant par une opiniâtre négation de lui-même, il ne serait pas un mode de suicide incessamment renouvelé, et si, enfermé dans le cercle de feu de la logique divine, il ne ressemblerait pas au scorpion qui se perce lui-même avec sa terrible queue, cet éternel *desideratum* qui fait son éternel désespoir[35] ? »

Si Villiers n'avait pas lu ce texte au moment de sa publication, il n'allait pas tarder à entendre ces vitupérations de la bouche même de Baudelaire dont il allait devenir l'ami vers 1860. En attendait, les joutes avec Pontavice fortifiaient dans son idéalisme le jeune Villiers, qui avait exprimé dès ses premiers poèmes un « Ennui suprême » devant le fourneau et l'usine, la houille et le rail, la vapeur « qui siffle et fume / Pour marcher vers un but auquel on ne croit pas », et « la fumée, au loin, [qui] dessèche les roses » de ce « lieu d'anges déchus[36] » qu'est le monde moderne.

C'est sans doute aussi sur le conseil de Pontavice que Villiers lut pour la première fois, vers 1860, l'*Introduction à la philosophie de Hegel* de Vera, paru en 1855,

35. *Œuvres complètes* de Baudelaire, Paris, Gallimard, coll. Bibliothèque de la Pléiade, 1976, tome II, p. 580-581.
36. *O.C.*, éd. cit., tome I, p. 10.

qu'il relira – voire simplement refeuillettera[37], vers 1864, lors de sa réédition. Il fut aussitôt fasciné par cette doctrine vastement englobante pointant vers l'absolu, et particulièrement sensible à l'énorme et prestigieux supplément d'intellectualité pure qu'elle offrait à son spiritualisme instinctif. Au cours des années 1860, il en tira l'argumentation parfois touffue et le jargon un peu envahissant qui le firent longtemps passer pour un hégélien chevronné – d'autant plus que lui-même semble avoir affecté l'assurance d'un spécialiste auprès de ses amis hommes de lettres. En fait, comme le montre bien A.W. Raitt[38], Villiers ne s'est jamais rallié qu'asymptotiquement (dans *Claire Lenoir* surtout) à la philosophie de Hegel, de toute façon impossible à concilier réellement avec son étrange catholicisme et son attirance pour l'occultisme ; mais, nouveau Pic, il n'en poursuivrait pas moins toute sa vie sa tentative de synthèse entre ces trois tendances de sa pensée. Des thèses de Hegel, il retiendrait surtout son « idéalisme », et de cet « idéalisme », en fin de compte, deux grandes idées : que le témoignage des sens est illusoire, la matière, pure convention intellectuelle et subjective, et que l'Idée seule forme la vraie réalité. – Deux grandes idées qu'il aurait tout aussi bien pu emprunter à Platon, de sorte qu'on pourrait dire de Villiers ce que Nietzsche dit des Allemands dans *Le Gai Savoir*[39] : qu'ils « auraient été hégéliens même si Hegel n'avait jamais existé », parce qu'ils accordent d'instinct « un sens plus profond, une valeur plus riche, au devenir, à l'évolution, qu'à ce qui "est" [et croient] à peine à la qualité du concept « être » [...] ». Sur ces deux grandes idées,

---

37. Selon Emile Drougard : voir son édition des *Trois premiers contes* de Villiers de l'Isle-Adam, Paris, Belles-Lettres, 1931, tome II, p. 113. Drougard n'est pas le seul à mettre en doute la profondeur réelle de l'érudition parfois affichée de Villiers, tant à propos de Hegel que de l'occultisme, par exemple.

38. Dans son ouvrage *Villiers de l'Isle-Adam et le mouvement symboliste*, Paris, José Corti, 1965.

39. Livre V, par. 357 ; cité d'après la traduction d'Henry Albert, Paris, Hachette, coll. « Pluriel », 1987.

mais alors profondément ressenties et appliquées dans l'art et dans la vie jusqu'à l'intransigeance la plus absolue, il s'est bâti « selon son tempérament[40] » la philosophie « illusionniste » toute personnelle, et somme toute relativement simple, que résument les formules « illusion pour illusion », « chimère pour chimère », « artifice pour artifice » qui ponctuent *L'Eve future*. Et cet « illusionnisme » décide aussi de la conception de l'amour à l'œuvre dans *L'Eve future*, et qui, renouvelée de l'amour de Faust pour l'ombre d'Hélène, postule que ce qu'on aime, c'est d'abord *l'idée* qu'on se fait de la personne qu'on aime.

En tout cas, c'est comme en une sorte de trompe-l'œil théorique que Villiers cite encore Hegel à trois reprises dans *L'Eve future*[41], et avec une désinvolture étudiée, car si sa philosophie n'a alors pratiquement plus rien à voir avec Hegel, il refuse de renier son influence et préfère se montrer fidèle à sa prestigieuse réputation d'hégélien. A.W. Raitt[42] note d'ailleurs avec amusement que la première de ces trois citations – livre I, chapitre XII : « N'est-ce pas Hegel qui a dit : " Il faut comprendre l'*Inintelligible comme tel* " ? » – non seulement n'est pas de Hegel mais de Fichte (et empruntée à *De l'Allemagne* de Mme de Staël[43]), mais est totalement

---

40. Cf. fragment reproduit dans *O.C.*, tome II, p. 987.

41. Livre I, chapitre XII ; livre II, chapitre X : Villiers résume un passage de la *Logique* de Hegel lu dans la traduction de Véra, Paris, 1859, tome II, p. 13-14 : « l'être lui-même, tel qu'il est ici au commencement est dans son état immédiat, n'est autre chose que *l'être pur*. Seulement dans cet état d'indétermination, il est le *néant*, une chose qu'on ne peut *nommer*, et sa distinction d'avec l'être n'est qu'une simple opinion. » (*O.C.*, tome I, note 1 de la page 862) ; livre II, chapitre XII : Hegel citait lui-même Aristote qui citait lui-même Zénon : « Et, à cet égard, nous rappellerons le mot si juste de Zénon dans Aristote, qu'il n'y a pas de différence entre dire une chose une seule fois et la répéter toujours. » (Hegel, *Logique*, « La Science de l'Etre », trad. de Véra, Paris, 1859, t. II, p. 54) - *O.C.*, tome I, note 2 de la page 865.

42. Raitt, *op. cit.* [1965], p. 236.

43. Comme le suggère Raitt, *op. cit.* [1965], p. 236, note 47 ; à moins que Villiers n'ait emprunté cette citation et sa fausse attribution à Renan, comme le suggèrent Raitt et Castex dans *O.C.*, tome I, note 1 de la page 794.

en contradiction avec les présupposés fondamentaux de l'édifice théorique rigoureusement rationnel de Hegel, qui s'effondre tout bonnement si l'on accepte l'idée de l'existence de l'inintelligible !

C'est emporté par ses enthousiasmes encore très désordonnés pour la philosophie allemande, tout au culte de l'idée et aux délices de l'argumentation intellectuelle, et voulant – comme Goethe ou Hegel – tout dire, et tout de suite, que Villiers se mit à écrire *Isis*, son premier roman – ou plutôt, le premier et seul volume paru (en 1862) d'une série follement ambitieuse de quatre (voire sept) romans philosophiques qui devait porter le titre collectif d'*Isis*. L'héroïne de ce roman – dont l'épigraphe est la formule tentatrice du Serpent de la Genèse : « *Eritis sicut dii*[44]... » – est une femme extraordinaire, Tullia Fabriana, symbole de l'intellect pur, complet et parfait selon Villiers ; et c'est au chapitre VII du roman qu'emporté par la description de « La Bibliothèque inconnue » qui a formé l'esprit de Tullia Fabriana, Villiers déverse tout ce qu'il avait à opposer à l'idéologie progressiste de Pontavice (à qui le roman est dédié), en une digression soudaine et sombre qui est au fond, en quelque sorte, son premier monologue « faustien » sur la science, et dans laquelle il incorpore au passage ses premières références hégéliennes toutes neuves, – sans s'embarrasser de savoir si, en remettant en cause la notion de progrès, il ne se met pas en contradiction avec la doctrine de Hegel, qui la postule.

« Le progrès, écrit-il, est devenu d'une évidence et d'une nécessité douteuses. [...] Riches et pauvres, travailleurs et désœuvrés, nous sommes emportés dans la tristesse par un vent de sépulcre, d'effarement et de malaise. / [...] Cependant, penserait le moderne[45], [...] tout ce que la poésie et la mythologie des anciens ont pu

---

44. Le « Vous serez semblables aux Dieux » qu'on retrouvera au chapitre III du Livre I de *L'Eve future*.
45. Et c'est bien aux objections de Pontavice que Villiers songe ici, A.W. Raitt l'a montré dans ses notes à *Isis*, in *O.C.*, tome I.

rêver de colossal et d'étrange est dépassé par notre réalité. Les dieux ne sont plus de notre puissance : leur tonnerre est devenu notre jouet, notre coureur et notre esclave. Les ailes de l'aigle ? L'empire des nuages ? N'avons-nous pas le gaz hydrogène pour nous promener dans les cieux ? Quel Pégase pourrait suivre un train express et jouter d'haleine avec lui ? Quel Mercure obéirait avec la promptitude d'un télégraphe électrique ? Que devient la Renommée aux cent trompettes devant les millions de voix infatigables de la presse ? [...] Hercule et ses douze travaux nous feraient sourire [...]. Quel étonnement marquerait la physionomie d'Esculape s'il daignait jeter les yeux sur nos traités d'anatomie, de physiologie, de médecine pratique et de chirurgie ?... [...] Quant à l'Empyrée, une feuille de chanvre arabe dans un cigare, trois pastilles de haschisch égyptien sur la langue ou quelques gouttes d'opium brun dans la carafe d'un narguilé, et nous le *voyons* aussi bien que les dieux, – mieux peut-être. D'ailleurs, qu'avons-nous besoin de nous créer des mirages de mondes illusoires ? En avons-nous envie ?... Nous allons les chercher et nous les découvrons en réalité, – témoin les deux Amérique, l'Australie et les centaines de mondes de l'Océanie. [...] Positivement, les dieux ne sont plus de force avec nous sur aucune espèce de terrain. Les Titans commencent à prendre le dessus ; les chaînes du vieux Prométhée [...] se sont rouillées et le bec de l'aigle s'est recourbé de vieillesse. [...] Que Jupiter, par exemple, s'avise de revenir jouer Amphitryon ou de faire des miracles, on le traduira simplement à l'une des polices correctionnelles de l'Europe, et, s'il prétendait nous échapper, il y aurait extradition instantanée sur tout le globe, que nous manions comme une pomme désormais. Nous sommes un peu maîtres chez nous, aujourd'hui. [...] »

Voilà certes, commente Villiers, « le raisonnement qui eût sommeillé dans le sourire et la plaisanterie du moderne » au vu des livres anciens que renferme la bibliothèque de Tullia Fabriana : manuscrits hébreux,

commentaires sur les sciences occultes, poudreux in-
folios d'histoire primitive et antique, recueils d'inscriptions et de stances prophétiques, grands volumes de
magie, traités de presque toutes les sciences et de
métaphysique, livres sacrés de toutes les religions...
« D'où vient, cependant, demande alors Villiers,
l'impossibilité que nous éprouvons de ne pas hésiter
devant notre gloire, nos travaux et notre divinité de
fraîche date ? [...] / On ne sait quel instinct vient nous
railler au plus fort de notre confiance dans l'avenir. Les
prodiges qui nous environnent, les découvertes[46] de
notre labeur perpétuel, tout en nous donnant un sentiment terrible et incontestable (par qui nous serait-il
contesté ?...) de notre valeur, éveillent en nous on ne
sait quelle conviction désespérée... une tristesse irrémédiable, infinie ! Le vide nous enveloppe obstinément
[...]. La nouvelle métaphysique matérielle, — nous
parlons des plus récentes données venues d'Allemagne,
— s'annonce de manière à continuer l'état de doute où
nous sommes plongés [...]. D'où vient cette réaction
instinctive de notre conscience, qui fait que tout en
reconnaissant à demi l'évidence du progrès, tout en
nous laissant quelquefois aller à l'admiration devant
l'idée de ses profondeurs futures, nous le déplorons
souvent et nous regardons les faits spontanés de la
conscience passée, les croyances, réputées aujourd'hui
absurdes, avec tristesse et sympathie ?... D'où vient,
disons-nous, cet état *mixte*, *extraordinaire*, que nous
sentons peser autour de nous depuis longtemps et dont
la formule, en abstraction, serait capable de faire douter
de la Raison humaine, de sanctionner logiquement le
quia absurdum des mystiques[47] ? »
      Au mot « progrès », Villiers, tout bouillonnant
d'idées et négligeant les impératifs de la narration,
n'avait pu s'empêcher de poursuivre l'argument dans
une énorme note en bas de page, longue elle-même de

      46. Et Villiers cite déjà en note, entre autres découvertes, celle de
la planète Neptune, évoquée de nouveau dans *L'Eve future*.
      47. Le « Je crois puisque c'est absurde » de Tertullien.

plusieurs pages, et dont le ton idéologique et sarcas-
tique est en contraste frappant avec celui, poétique et
philosophique – ce qui est déjà et sera toujours la même
chose pour Villiers[48] – du texte d'imagination dans
lequel elle s'insère, – un contraste qui annonce les deux
versants de son œuvres à venir.

Il revient dans cette note sur ce sentiment non
seulement d'un vide métaphysique, mais de l'existence
d'une part fondamentale et irréductible de mystère, que
le progrès scientifique, même dans les domaines où il
semble le plus incontestable, par exemple en médecine,
est impuissant à élucider. Confrontée à certaines questions, la plus « décisive » étant évidemment celle du
secret de la création, de l'origine de la vie, qui couronne
toutes les autres et que semble avoir pénétrée le savant
Vagner du *Second Faust*, la science moderne se trouble
comme elle s'est toujours troublée, et comme elle se
troublera encore vingt ans plus tard : *L'Eve future*
reviendra exactement sur les mêmes questions-limites
que la note sur le progrès d'*Isis*. C'est ainsi déjà à
propos de l'éventuelle fabrication de chair artificielle et
par allusion aux premières recherches de Marcelin
Berthelot sur la chimie organique (1860), que Villiers
écrit : « Ce qui échappe dans l'expérimentation médicale est de même nature que ce qui échappe en métaphysique, et ce qu'on appelle éléments, forces, principes, ne répond pas à ce titre ; mots inexacts, et rien de
plus ! Des *éléments* ?... D'où vient, alors, qu'ayant tous
les éléments du sang humain, on n'en puisse distiller

48. Cf. lettre d'Eugène Lefébure à Mallarmé, le 2 novembre
1865. « Nous [Villiers et Lefébure] avons parlé d'*Isis* qui doit se
terminer, vous le savez, par un duel philosophique entre Fabriana
l'hégélienne et un savant chrétien. Villiers, au fond, est chrétien,
regarde l'œuvre d'Hegel comme une explication incomplète de
l'Evangile, et veut, comme je le pensais, faire d'*Isis* une œuvre
métaphysique et poétique. Quand je lui ai fait observer qu'un
mélange indécis de philosophie et d'art risquait de mécontenter à la
fois les philosophes et les artistes, il m'a répondu aussitôt par ce
charmant sophisme, que la poésie et la philosophie étaient la même
chose pour lui. » (*Corr.*, n° 36.)

une seule goutte ?... D'où vient qu'il soit permis de mélanger indéfiniment de l'acide nitrique, du graphite, de l'eau, etc., sans obtenir de la chair avec cette composition ?... D'où vient qu'on puisse manier les phosphates de magnésie, de chaux et de soude en les combinant avec le reste des éléments laissés par la décomposition de toutes les parties du squelette sans arriver à fabriquer de l'os avec ces moyens ? Qu'est-ce que des *principes* impuissants qui ont besoin d'*autre chose* que d'eux-mêmes, à ce qu'il paraît, pour produire leurs conséquences ? [...] Ah ! nous nous amusons dans les ténèbres à reculer d'insignifiantes décimales ; nous croyons comprendre un phénomène parce que nous le nommons suivant telle condition de notre langage, comme si c'était là son *vrai* nom ! Les choses restent aussi cachées qu'autrefois et l'on n'y voit réellement clair nulle part dans ce siècle de lumières ; témoin ces deux savants qui, stupéfaits d'une question de physique, se disaient l'un à l'autre [...] : "L'absurde lui-même n'est peut-être pas impossible." / Voilà donc le cri suprême que la raison est contrainte, à chaque instant, de pousser aujourd'hui, après six mille ans de labeurs et de rêves », labeurs et rêves dont le jeune Villiers, manifestant une grande curiosité pour l'histoire des sciences, va citer en rafale mille exemples qui resurgiront eux aussi dans *L'Eve future*, suspendant le roman dans une vaste profondeur temporelle : des splendeurs de « Babylone, Memphis, Tyr, Jérusalem, Ninive, Sardes, Thèbes, Ecbatane, etc., etc. » – au calcul de la circonférence de la terre par Eratosthène, de l'astronomie des Chaldéens et des Chinois et de l'optique de Ptolémée à nos modernes télescopes. « Loin de nous l'idée absurde de nier lourdement le progrès », écrit le jeune écrivain, qui à l'évidence ne méprise nullement la science, mais « l'homme ne se nourrit pas seulement de pain : qu'est devenu l'idéal ? » A quoi nous servent ces télescopes qui nous ont « rapproché un peu le ciel » si d'un autre côté, nous ne ressentons plus rien devant le firmament immense, si nous avons perdu tout sens de son « vertige divin » ?

Jusqu'à la fin de sa vie, Villiers ne cessera de stig-
matiser le « quasi simiesque atrophiement du sens
surnaturel », « l'espèce d'ossification de l'âme » et « la
fatale démence » de la recherche exclusive du bien-être
matériel, dont l'homme moderne a payé ses dites
« conquêtes », « toutes les boîtes de jouets dont se paye
l'âge mûr de l'Humanité[49] ».

Algèbre de l'ironie

> « – Ah ! ne jamais sortir des Nombres et des Etres[50] ! »
>   BAUDELAIRE, « Le Gouffre ».

> « C'était fort et clair comme de l'algèbre[51]. »
>   ISIS.

> « L'ironie n'est peut-être, après tout, qu'un sérieux un peu
> compliqué ; l'ironie est une circonlocution du sérieux[52]. » « Les
> railleries de l'ironie se découpent toujours sur la toile de fond du
> sérieux, de la conscience sévère[53]. »
>   VLADIMIR JANKÉLÉVITCH.

Ce plaisir évident de jongler avec des idées et des
concepts abstraits ; cette jouissance d'un jeune esprit
qui s'essaie au jeu articulaire de sa mécanique cérébrale ; ce goût exalté et orgueilleux, d'emblée, pour les
grandes œuvres métaphysiques, les grandes hypothèses

49. « La Maison du Bonheur », publié pour la première fois en
avril 1885 dans *La Revue contemporaine*, et recueilli dans *Histoires
insolites* (1888) - *O.C.*, tome II, p. 275.
50. Poème publié pour la première fois dans *L'Artiste* du 1er mars
1862, où il était dédié à Théophile Gautier (*O.C.* de Baudelaire, éd.
cit., tome I, p. 143 et note 2).
51. *Isis*, in *O.C.*, tome I, p. 169.
52. Vladimir Jankélévitch, *L'Ironie*, Paris, Flammarion, coll.
« Champs », 1964, p. 58.
53. *Ibid*, p. 132.

ésotériques, les sommes théologiques, les vastes systèmes philosophiques et surtout logiques – de Hegel
« désigné par lui le Titan de l'Esprit humain[54] », mais
aussi bien de Kant ou de Fichte – ; la fascination pour
les vertigineux espaces mentaux du calcul astronomique – et l'on songe à la colossale sphère céleste qui
trône dans la bibliothèque de Tullia Fabriana – mais
aussi bien pour les formules d'une effrayante
complexité de la chimie ou les arcanes de la statistique,
et le désir d'interconnecter tous les systèmes, de circuler de l'un à l'autre : le jeune Villiers s'échafaudait
une architecture intellectuelle toute « gothique », à
l'image du palais enchanté de Tullia Fabriana, « labyrinthe superbe » avec ses escaliers d'honneur et ses
corridors sans issue, ses toitures inaccessibles, et sa
Thébaïde centrale protégée, comme seront fortifiés le
laboratoire de *L'Eve future* et le burg d'*Axël*, par
d'abracadabrants systèmes de sécurité et d'alarme, avec
oubliettes à intrus. Il se « fortifiait » ainsi lui-même à
l'avance contre tout ce qui, de tous côtés, assiège et
menace les hauts lieux intérieurs de la vie intellectuelle
et spirituelle, tout ce qui tend à faire redescendre les
transcendances à hauteur de certitude philistine, –
atmosphère où elles se dissolvent.

Le ton d'*Isis* était absolument sérieux, – mais tout
préparait en fait le pan critique de l'esprit de Villiers à
prendre bientôt le tour ironique qui le révélerait à
lui-même et serait au fond le véritable instrument
dialectique des synthèses impossibles dont il rêvait.
Hegel lui avait insufflé cette « salutaire méfiance »
envers les apparences qui est, dit Jankélévitch, « l'ABC
de l'ironie[55] », et en même temps lui avait donné
l'exemple d'une pensée qui « consent à l'antithèse avant
de se réconcilier avec soi[56] ». Et la note sur le progrès
d'*Isis* trahissait un esprit déjà tenté de prendre le monde
à rebours, de raisonner par l'absurde, de faire, de

---

54. Mallarmé, conférence citée *supra*, éd. cit., p. 491.
55. Jankélévitch, *op. cit.*, p. 53.
56. *Ibid*, p. 77.

l'obscurité même des phénomènes résistant à la connaissance rationnelle, une preuve en leur faveur, et de remplacer par défi, comme Tertullien, les *quamvis* par des *quia* – le *quoique* par le *puisque*. Une pichenette, et le mouvement dialectique de l'ironie se mettrait en branle : or, Villiers rencontra Charles Baudelaire, et c'était beaucoup plus qu'il n'en fallait.

Les *Premières Poésies* de 1859 ne portaient aucune trace de l'influence de Baudelaire, et c'est sans aucun doute que Villiers n'avait pas encore lu les *Fleurs du Mal*, ni rencontré leur auteur. Il avait certes eu l'occasion de croiser Baudelaire dans les bureaux de *La Causerie* de Victor Cochinat, où il publia ses deux premiers articles en décembre 1859 tandis que Baudelaire y publiait deux poèmes en janvier 1860, ou même dans le salon de Pontavice dont Baudelaire aurait fréquenté les soirées littéraires ; mais il ne fit probablement vraiment connaissance avec Baudelaire que vers le début de l'année 1860 à la Brasserie des Martyrs, haut-lieu de la Bohème où, noctambule, il exerçait probablement déjà, dans les vapeurs d'alcool et de tabac, une volubilité et un talent de conteur qui deviendraient légendaires.

Il découvrit sans doute assez vite qu'il se rencontrait sur bien des points avec Baudelaire, son aîné de vingt ans, et pas seulement à propos de Wagner ou dans la dénonciation de la fatuité scientiste et progressiste contemporaine ou de la sottise malfaisante des « passants » (Baudelaire dit les « badauds ») qui « n'ont d'autre joie dans cette vie, à peu d'exceptions près, que d'essayer de nuire aux êtres supérieurs[57] ». La communauté d'esprit entre les deux hommes était autrement profonde. Comme s'il avait pu lire avant qu'elles ne fussent écrites les notes intimes d'*Hygiène* où Baudelaire, citant Emerson, définissait le héros « he who is immovably centred[58] », ou celles de *Mon cœur mis à nu*

57. *Isis*, in *O.C.*, tome I, p. 168.
58. *O.C.* de Baudelaire, éd. cit., tome I, p. 674 ; ce que Baudelaire traduit lui-même dans un texte sur Delacroix de 1863 par : « le héros est celui-là qui est immuablement concentré », et il ajoute : « on pourrait dire aussi bien : le héros littéraire, c'est-à-dire le véritable écrivain, est celui qui est immuablement concentré » (*O.C.* de Baudelaire, éd. cit., tome II, p. 755).

où Baudelaire écrit que « le Dandy doit aspirer à être sublime sans interruption[59] » – pensées qu'il entendrait plus tard de sa bouche même –, Villiers exprimait déjà en Tullia Fabriana, la bretteuse, son propre idéal aristocratique d'impassibilité hautaine, d'insensibilité au pathos vulgaire, de froideur stoïque, ses propres principes intellectuels de « concentration perpétuelle de sa pensée en elle-même[60] », son désir d'être inabordable et imprenable. Comme Baudelaire aussi, Villiers avait l'âme irrémédiablement infléchie par le catholicisme et fouaillée par la culpabilité et un doute surcreusé par d'innombrables lectures de toute nature : depuis son arrivée à Paris, mais surtout au début des années 1860, Villiers en effet, à en croire Mallarmé (qui le rencontra en 1863), « lut considérablement, une fois pour toutes et les ans à venir, notamment tout ce qui avait trait à la grandeur éventuelle de l'Homme, soit en l'histoire, soit interne, voire dans le doute ici d'une réalisation – autre part, du fait des promesses, selon la religion ; car il était prudent[61] ». Baudelaire, lui, ne l'était pas, et son ironie vertigineuse, jusque dans les matières religieuses, fascina autant Villiers qu'elle le terrorisa : Henry Roujon a écrit qu'après des années, Villiers « gardait la hantise des plaisanteries féroces de Baudelaire, et comme le remords d'une mauvaise rencontre[62] ». A l'instar de Baudelaire cependant, Villiers ne dédaignera pas d'effarer les bien-pensants – d'« affoler le monstre[63] » – en jetant de-ci de-là des traits d'un mauvais goût délibérément atroce – et dont on se réjouit de voir qu'ils continuent à indigner certains commentateurs !

Au chapitre des femmes, malgré un rêve d'amour

59. *Mon cœur mis à nu*, III in *O.C.* de Baudelaire, éd. cit., tome I, p. 678 ; voir aussi *Le peintre de la vie moderne*, IX.
60. *Isis*, chapitre XI, in *O.C.*, tome I, p. 177.
61. Mallarmé, *op. cit.*, p. 491.
62. Henry Roujon, *La Galerie des bustes*, Paris, Rueff, 1909, p. 118 ; passage cité aussi par A.W. Raitt, *op. cit.* [1965], dans le chapitre « Villiers et Baudelaire » dont nous recroisons ici les grandes lignes.
63. *Corr.*, n° 66 (lettre à Mallarmé du 30 septembre 1867).

unique et pur poursuivi d'*Isis* à *Axël*, Villiers se jeta, à
l'époque de la publication d'*Isis*, dans une liaison
extrêmement tourmentée et douloureuse, qui dura plus
de deux ans, avec une certaine Louise Dyonnet, une
femme du demi-monde de Montparnasse qui avait déjà
deux enfants, qu'il installa dans un appartement et
entretint comme il put, mais qui continua malgré tout à
monnayer ses charmes, et dont il découvrit un jour de
1863 qu'elle stimulait ses ardeurs avec de la cantharide.
Evidemment sensible comme Baudelaire à la « beauté
interlope », à la « beauté particulière du mal[64] »
rehaussée du rouge, du noir et de tous les artifices dont
usent les filles, Villiers eut énormément de mal à se
séparer de cette femme, qui lui inspirerait bientôt la
femme fatale d'*Elën* et dont il se souviendrait pour
l'Evelyn Habal de *L'Eve future* ; cette expérience humi-
liante ne put qu'exacerber sa sensibilité à la misogynie
de Baudelaire, à son sentiment qu'« adorer, c'est se
sacrifier et se prostituer[65] », à son dégoût de l'amour
physique. Et comme cet orage charnel déferlait sur
Villiers au moment même où se précipitait une crise
religieuse qu'il tenta de pacifier en séjournant à
l'abbaye de Solesmes, il ne pouvait que ressentir avec la
plus grande violence les tragiques « postulations simultanées, l'une vers Dieu, l'autre vers Satan », – l'une
vers la « spiritualité », l'autre vers l'« animalité » –, qui
déchiraient Baudelaire. A défaut de retrouver jamais
complètement la foi ou de vivre un amour à la hauteur
de son idéal, Villiers cherchera lui aussi des « ailleurs »,
dans l'alcool comme Baudelaire, mais aussi comme lui
dans « la pensée unique et fixe du suicide[66] » : Tullia
Fabriana, comme Faust, et comme plus tard le héros de
L'Eve future, est dans *Isis* sur le point de se tuer lorsque
survient Wilhelm de Strally.

Sur le plan de l'esthétique littéraire, ce sont moins les

64. Voir *Le Peintre de la vie moderne*, X, XI et XII, in *O.C.* de
Baudelaire, éd. cit., tome II, p. 722.
65. *Mon cœur mis à nu*, XXV.
66. *Isis*, in *O.C.*, tome I, p. 189.

thèses de l'Art pour l'Art (qui n'influencèrent que passagèrement Villiers), que l'exigence de modernité de Baudelaire[67], et surtout la profondeur d'une pensée révélée par le jeu ironique de l'écriture, qui marquèrent alors le futur auteur de *L'Eve future*. Dès 1861, Villiers écrit à Baudelaire combien il admire « ses magnifiques vers *dont tous les mots sont autant de railleries ardentes*[68] » et, parmi d'autres aspects, la « profondeur hégélienne [*sic*] » du début de *L'Irrémédiable*. Mais l'éducation ironique de Villiers romancier (puis conteur) passera par-dessus tout par les écrits de Baudelaire sur Edgar Poe et par ses traductions.

Dès la présentation de *Révélation magnétique*[69], son tout premier texte sur l'Américain, Baudelaire classait en effet Poe parmi les « romanciers forts » qui sont tous « plus ou moins philosophes : Diderot, Laclos, Hoffmann, Goethe, Jean-Paul, Maturin, Honoré de Balzac[70] », qui « visent généralement à l'étonnant » et ont souvent « la préoccupation d'un perpétuel surnaturalisme » ; « ces esprits spécialement littéraires », ajoutait-il, souvent en quête d'une « mystérieuse unité » dans laquelle fondre les différents systèmes de pensées qui les ont inspirés, « font, quand ils s'y mettent, de singulières chevauchées à travers la philosophie. Ils font des trouées soudaines, et ont de brusques échappées par des chemins qui sont bien à eux ».

Une telle entrée en matière – mais, dans tous ses autres textes sur Poe, Baudelaire n'omettra jamais de le définir comme poète romancier et philosophe – ne pouvait qu'attiser au plus haut point l'intérêt de Villiers et le confirmer dans ses ambitions philosophiques. Ses écrits intimes montrent que Baudelaire était lui-même préoccupé de développer l'agilité de sa pensée : « De

---

67. Voir, si l'on veut, les sections I (« Le Beau, la Mode et le Bonheur ») et IV (« La Modernité ») du *Peintre de la vie moderne*.
68. *Corr.*, nº 11, je souligne.
69. *O.C.* de Baudelaire, éd. cit., tome II, p. 247.
70. Ce n'est pas un hasard si la plupart des auteurs pris ici en exemples par Baudelaire seront cités en épigraphes à *L'Eve future*.

Maistre et Poe m'ont appris à raisonner », écrit-il dans
Hygiène en 1862, puis : « Sers-toi de la logique et de
l'analyse[71] ». Parmi tous les aspects du Poe que Baudelaire lui décrivait[72], Villiers ne pouvait que privilégier,
en vertu d'une affinité de nature, le conteur philosophe,
qui combinait les « bouffonneries violentes » et le
« grotesque pur » avec des « aspirations effrénées vers
l'infini », et une « grande préoccupation du magnétisme », – l'inventeur de héros hyper-intelligents
comme le Dupin de l'*Assassinat de la rue Morgue*,
modèle de « concentration extrême de [la] pensée »,
champion de l'analyse et surtout de l'induction, –
l'écrivain qui semblait chercher à « appliquer à la
littérature les procédés de la philosophie, et à la philosophie la méthode de l'algèbre[73] », dont Baudelaire
admirait « l'ambition éternelle et active de [la] pensée », la « rare érudition[74] » et la « solennité », et qui
s'exprimait dans un style « serré, *concaténé*[75] », une
« manière minutieuse et scientifique[76] » éminemment
enviable du point de vue du jeune romancier qui
écrivait dans *Isis* : « Il faut se souvenir qu'il ne saurait y
avoir rien de petit dans l'ensemble d'un plan sublime ;
que chaque détail tire sa valeur de la conception générale et qu'un esprit réellement profond revêt les choses
de moindre apparence de leur *véritable* point de
vue[77]. » Dans *L'Ève future* comme dans la littérature
d'Edgar Poe, « l'air [sera] raréfié [...] comme dans un
laboratoire[78]. »

71. *O.C.* de Baudelaire, éd. cit., tome I, p. 669 et 670.
72. Pour une analyse générale de l'influence d'Edgar Poe sur
Villiers, voir Raitt, *op. cit.* [1965], chapitre « Villiers de l'Isle-Adam
et Edgar Allan Poe », pp. 83-100.
73. Toutes les citations ci-dessus proviennent de *Edgar Poe, sa vie
et ses ouvrages*, *Revue de Paris*, mars et avril 1852, in *O.C.* de
Baudelaire, éd. cit., tome II, pp. 249 et svtes.
74. Présentation de *Bérénice*, in *O.C.* de Baudelaire, éd. cit.,
tome II, p. 289.
75. *Ibid.*, p. 283.
76. *Edgar Poe, sa vie et ses œuvres*, préface à la traduction des
Histoires extraordinaires, première édition 1856 (*O.C.* de Baudelaire,
éd. cit., tome II, p. 317).
77. *O.C.*, tome I, p. 170 (chapitre X).
78. Texte cité *supra*, note 75.

Dans son dernier essai, les *Notes nouvelles sur Edgar Poe* (1857) qui servirent de préface à la traduction des *Nouvelles Histoires extraordinaires*, Baudelaire évoque encore la « subtilité métaphysique » et « la rigueur de l'analyse[79] », mais il souligne aussi en Edgar Poe la coexistence du contempteur, du rêveur et du « farceur ». Poe, écrit-il, « du sein d'un monde goulu, affamé de matérialités, [...] s'est élancé dans les rêves » et, « admirable protestation » vivante, a offert *Eurêka* « à ceux qui ont mis leur foi dans les rêves comme dans les seules réalités ! » – une dédicace qui séduisit évidemment Villiers ; mais « l'auteur qui, dans le *Colloque entre Monos et Una*, lâche à torrents son mépris et son dégoût sur la démocratie, le progrès et la *civilisation*, cet auteur est le même qui, pour enlever la crédulité, pour ravir la badauderie des siens, a [...] le plus ingénieusement fabriqué les *canards* les plus flatteurs pour l'orgueil de *l'homme moderne*. Pris sous ce jour, Poe m'apparaît comme un Ilote qui veut faire rougir son maître. Enfin, pour affirmer sa pensée d'une manière encore plus nette, Poe fut toujours grand, non seulement dans ses conceptions nobles, mais encore comme farceur. / Car il ne fut jamais dupe ! » – reprend Baudelaire –, celui qui fit pleuvoir la raillerie, « drue comme mitraille, mais cependant nonchalante et hautaine. » – Mais est-il vraiment besoin de continuer pour montrer à quel point l'Edgar Poe de Baudelaire, « aristocrate de nature », philosophe impassible, railleur et bafoueur d'un « siècle infatué de lui-même[80] », « paradoxe apparent, qui ne veut pas être coudoyé par la foule » et maître ironiste, accoucha de lui-même le futur auteur des *Contes cruels* et de *L'Eve future* ?

C'est vers 1866 qu'après avoir collaboré à la première livraison du *Parnasse contemporain* et écrit deux drames, *Elën et Morgane*, dans lesquels il tentait de ranimer le théâtre romantique, et qui lui valurent l'estime de ses

---

79. *O.C.* de Baudelaire, éd. cit., tome II, p. 321.
80. *Ibid.*, p. 322.

amis hommes de lettres, Villiers allait décider de « se
mettre à la manière d'Edgar Poe[81] » – « la fable par A +
B ; une littérature maladive et lucide, de l'imagination
d'analyse, Zadig juge d'instruction, Cyrano de Berge-
rac élève d'Arago, quelque chose de la monomanie, les
choses ayant plus de rôle que l'homme, l'amour cédant
la place aux déductions et à d'autres sources d'idées, de
phrases, de récits et d'intérêt, la base du roman déplacée et transportée du cœur à la tête, de la passion au
problème, du drame à la solution du problème[82]... »
comme l'écrivaient en 1860 les Goncourt, qui ne
croyaient pas si bien dire !

Ainsi naquit *Claire Lenoir*. Villiers y poursuivait le
débat philosophique amorcée dans *Isis*, et faisait dialo-
guer trois personnages porte-parole, l'un du positivisme borné ambiant, les deux autres, des deux tendances de l'hégélianisme – la tendance agnostique et la
tendance chrétienne, qui se rejoignaient dans leur
commun idéalisme. Avec le personnage de Tribulat
Bonhomet, version aggravée du Homais de Flaubert et
du Prudhomme d'Henri Monnier réunis (et qui donne-
rait son nom au recueil dans lequel *Claire Lenoir* serait
repris en 1887), Villiers expérimentait pour la première
fois la technique ironique qui consiste à faire semblant
de « jouer le jeu de son ennemi, parle[r] son langage,
ri[re] bruyamment de ses bons mots, surenchér[ir] en
toute occasion sur sa sagesse soufflée, ses ridicules et ses
manies[83] » et pour la première fois aussi, jouait de ce
que Jankélévitch appelle « le cynisme naturel du langage qui réfute l'absurdité rien qu'en l'énonçant, par le
son équivoque qu'il lui fait rendre, et en découvrant
aux passants sa pauvre figure[84] ». Pour la première fois

---

81. *Corr.*, n° 79 (lettre d'Eugène Lefébure à Mallarmé, 2 novembre 1865) ; Lefébure et Mallarmé étaient tous deux aussi des
admirateurs fervents d'Edgar Poe.
82. Edmond et Jules de Goncourt, *Charles Demailly*, réédition
Paris, U.G.E., coll. 10/18, série « Fins de Siècles », 1990, p. 176.
83. Jankélévitch, *op. cit.*, p. 76.
84. *Ibid.*, p. 108.

aussi dans son œuvre, Villiers assignait à un objet
technique, en l'occurrence un ophtalmoscope, un rôle
salutaire : fournir au positiviste borné une preuve positive, et donc irréfutable selon ses propres critères, de la
réalité des phénomènes qu'il nie, en l'occurrence la
persistance sur la rétine d'un mort de la dernière image
qu'il a vue. En scrutant la rétine de Claire Lenoir,
Bonhomet bien malgré lui était contraint par l'objet
technique de « regarder dans l'Infini *par le trou de la
serrure*[85] ».

Villiers lut *Claire Lenoir* avec grand succès chez
Leconte de Lisle : « Il paraît que j'ai une puissance de
grotesque dont je ne me doutais pas », écrivit-il alors,
tout étonné de lui-même, à Mallarmé – dans une lettre
d'ailleurs parfaitement révélatrice de son état d'esprit
où il recommande ensuite à son ami, après un régime
roboratif, la lecture de *Dogmes et rituels de Haute Magie*
d'Eliphas Levy (d'où il tirera lui-même la plus grande
part de ses connaissances sur l'occultisme), et se réjouit
que Mallarmé ait « accordé quelque attention à ce
miraculeux génie [Hegel], à ce procréateur sans pareil,
à ce reconstructeur de l'Univers[86] ». Il publia *Claire
Lenoir* dans la *Revue des Lettres et des Arts* qu'il venait de
fonder avec les frères Gouzien (qui finançaient), et dont
la devise, « Faire penser », rappelait étrangement le « Il
fait réfléchir sur tout » de Mme de Staël à propos de
Faust... Remy de Gourmont ne fut donc pas si extra-
vagant en écrivant beaucoup plus tard, dans *Sixtine*,
que Villiers, défini dans le *Livre des Masques*[87] comme
un rêveur, un ironiste et un philosophe, « donnait
l'impression des deux âmes de Goethe et d'Edgard [*sic*]
Poe fondues en une seule et logées dans le même
être[88] ».

85. Fin du chapitre XX de *Claire Lenoir*, texte publiée pour la
première fois en 1867 et dont une version remaniée fut recueillie en
1887 dans *Tribulat Bonhommet* - *O.C.*, tome II, p. 219.

86. *Corr.*, n° 54 (septembre 1866).

87. Paris, Mercure de France, 1896, p. 90.

88. *Sixtine*, éd. cit., p. 250.

De l'ingéniosité

« *C'est la sottise, l'égoïsme et la méchanceté des hommes qui
rendent nécessaires la voie oblique, et l'art de persuader plus
généralement. Il n'y a pas d'ironistes au ciel des anges... [...]
L'inversion provisoire du pour et du contre est inhérente à un
certain état de l'homme impur, relatif et passionnel[89].* »

VLADIMIR JANKÉLÉVITCH.

« *Lorsqu'on écrit, quel que soit le sujet, on ne fait que parler de
soi-même[90].* »

VILLIERS DE L'ISLE-ADAM.

Les années qui suivirent furent douloureuses pour
Villiers. Il venait de renoncer à épouser Estelle, la fille
de Théophile Gautier, qu'il aimait, parce que sa famille
se refusait à laisser le dernier rejeton de la lignée se
mésallier, et que Villiers ne pouvait subvenir aux
besoins d'un ménage sans l'aide de ses parents. Il avait
écrit un drame de mœurs contemporain en un acte, *La
Révolte*, qu'il avait l u lui-même devant Wagner, auquel
il était allé rendre visite avec Catulle Mendès et sa
femme Judith Gautier au cours de l'été 1869. Malgré la
recommandation de Dumas fils, la pièce fut d'abord
refusée par le théâtre du Gymnase, puis acceptée par le
Vaudeville, grâce cette fois à une lettre de soutien
énergique de Dumas fils dans le *Gaulois* ; tous ses amis
prédisaient d'ailleurs à Villiers un grand succès. La
pièce fut montée en mai 1870. Mais comment le public
habituel du Boulevard aurait-il pu comprendre ce que
Villiers voulait dire, dans cette dispute entre une
femme, sorte d'Emma Bovary plus sublime, et son
mari, un honnête bourgeois, auquel elle reproche, avec
des accents tantôt amers tantôt lyriques, de l'avoir
engluée dans son monde de philistins prosaïques ?

89. Jankélévitch, *op. cit.*, p. 79.
90. Fragment recueilli dans *O.C.*, tome II, p. 1007.

D'instinct, les spectateurs se seraient rangés du côté du mari – un des leurs ! On n'y comprit rien, on resta froid, on fut probablement un peu gêné. Et la pièce, bien qu'elle n'eût rien de particulièrement parnassien, fut de surcroît aussitôt éreintée par la critique non parnassienne – puisque Villiers était l'ami des parnassiens. C'est ainsi que la première œuvre représentée de Villiers dut quitter l'affiche après seulement cinq représentations. Villiers fut très affecté par cet échec, jusqu'aux larmes dit-on, mais il ne renia pas son œuvre et publia en juillet le texte de la pièce, précédé d'une préface rageuse et hautaine ; il ne chercha plus cependant à la faire représenter.

Puis ce fut la guerre, le Siège, la Commune, et la mort en août 1871 de la tante Kerinou, dont la fortune en viager avait jusqu'ici fait vivre toute la famille. Pour les Villiers, une longue période de dénuement commençait.

Pendant deux ans (1872-1873), Villiers travailla presque exclusivement à la rédaction d'*Axël*, commencé en 1869, et dont la première partie parut en octobre 1872. Mais en marge de sa vaste tragédie philosophique, il écrivit cependant un petit conte qui attestait la continuité de la veine ironique inaugurée avec *Claire Lenoir* : *La découverte de M. Grave* (qui, remanié, sera repris en 1883 dans les *Contes cruels* sous le titre définitif de *L'Affichage céleste*) parut pour la première fois le 30 novembre 1873 dans *La Renaissance artistique et littéraire*. Dans ce texte, auquel il donnera symptomatiquement, en 1881, l'épigraphe d'*Isis* : « *Eritis sicut dii...* » – il dénonce de nouveau la fatuité de l'idéologie progressiste, l'utilitarisme, l'intérêt exclusif pour l'argent, la stupidité gobeuse de ses contemporains, le mensonge des politiciens et la dérision du suffrage universel, mais cette fois par antiphrase, et en affectant d'y faire l'article pour l'idée géniale de l'ingénieur Grave : utiliser des réflecteurs géants pour projeter la nuit sur la voûte du ciel des images à message publicitaire... excellente manière de

rendre le ciel *utile* à quelque chose, n'est-ce pas ? Et
Villiers d'ironiser sur le nom de M. Grave, « M.
Excessivement-Grave » : car cette « gravité »-là est
l'antithèse de ce qui, au ciel, est vraiment sérieux pour
Villiers, « l'éternité divine », cet « infini de poésie, de
lumière, d'amour et d'oubli de soi-même » en Dieu ;
« mais Dieu, encore une fois, n'est pas sérieux – comme
vous l'entendez ; – en un mot, il ne fait pas d'affaires ».
M. Grave, lui, est de ceux « qui regarderaient Dieu en
se disant : "Ah ! si j'étais à sa place, avec tous les fonds
dont je dispose[91] !" »

La fin de l'année 1873 réserva à l'écrivain une aventure dont il eut du mal à se remettre, s'il s'en remit
jamais. Villiers, en effet, était obsédé par l'idée de faire
un riche mariage afin de redorer le blason familial, et
encouragé dans ce projet par un père excentrique, qui
avait d'ores et déjà, à cette époque, ruiné sa famille en
se lançant lui-même dans les entreprises les plus miro-
bolantes – par exemple déterrer les trésors supposément enfouis près des châteaux lors de la Révolution –
et qui, l'âge venant, était de plus en plus exclusivement
en proie à l'idée fixe de l'or. Villiers avait déjà essayé
plusieurs fois de se trouver une riche moitié, mais ses
tentatives avaient toujours échoué.

Le 23 décembre 1873, il passa un surprenant contrat
avec un certain comte de La Houssaye qui, faisant office
d'agent matrimonial, se proposait de lui faire rencontrer une riche héritière anglaise d'origine irlandaise
qui désirait épouser un grand seigneur français. Sur
papier timbré, La Houssaye lui signa cet invraisemblable reçu : « Je soussigné reconnais avoir reçu du
comte de Villiers de l'Isle-Adam deux cent mille francs
de sa signature qui devront être payés aussitôt son
mariage avec la personne que je dois lui présenter, et
dans le cas où ce mariage n'aurait pas lieu, ces billets ne
sauraient avoir de valeur et ne pourront être consé-

---

91. Fragment « [L'éternité divine] » recueilli dans *O.C.*, tome II,
p. 989.

quemment présentés. [...] Il faudra que la fortune de la
femme du comte de Villiers soit au minimum de trois
millions[92]. » Villiers se prépara avec fébrilité à rencontrer la jeune femme, réunissant les documents faisant foi de sa lignée, des comptes rendus favorables de
ses œuvres dans la presse parnassienne, un exemplaire
luxueusement relié de *La Révolte*, quelques vêtements
plus présentables que sa mise habituelle, La Houssaye
lui prêtant l'argent nécessaire à l'achat d'un pardessus,
d'une montre – et d'un dentier pour sa pauvre bouche
toute gâtée. Et ils partirent tous les deux pour Londres.
Là, surprise ! miracle ! Villiers tombe aussitôt *amoureux* de la jeune personne, qui est belle, musicienne et
frottée de littérature. « Personne autre que moi, malgré
tout ce que je dis, ne sait au juste le magnifique rêve que
je fais et qui, cette fois, est incarné ! Et qui ne m'échap-
pera pas[93] » – écrit-il, extatique, à Judith Gautier. A
Mallarmé (qui, comme on sait, enseignait l'anglais), le
5 janvier 1874, en confidence, cette lettre infiniment
touchante qui dit tout le fol emportement de Villiers :
« Dearling Stéphane, [...] Si tu me voyais aujourd'hui,
cher Mallarmé, tu t'écrierais peut-être : Aoh ! That is
the most elegant and lovely gentleman I never knew. It
is possible that it was poor fellow called Villiers ? Aoh !
very strange ! very curious indeed ! etc. – Tu vois que
tes livres sont tombés dans de douces mains [...] et que
j'ai eu quelque professeur merveilleux. J'aime beaucoup l'anglais, une fois les deux verbes bien nettement
appris, ce n'est plus qu'une question de mémoire de
mots et de prononciation. [...] Je pourrais déjà,
presque, t'écrire en anglais toute ma lettre, mais il me
serait difficile même en français, de te dire, exactement,
les circonstances singulières où je me trouve. Il était
écrit que l'action la plus positive de mon existence serait
l'aventure la plus romanesque, dans toute l'acception
du terme, qui pouvait m'arriver, et cela en *Angleterre* en

92. *Corr.*, nº 120.
93. *Corr.*, nº 121.

plein XIXe siècle. Cependant, ce pays n'a rien de romanesque, – oh ! not bit romantic ! – et il fallait que moi, le Rêve, j'y devinsse l'Action même ! – Tiens, mon cher ami, juge : j'arrive de Newcastle. J'ai fait deux cents lieues pour regagner une heure perdue ! [...] / Cher Mallarmé, j'aime bien tard et c'est la première fois de ma vie que j'aime. Puis-je comparer ce qui est incomparable ? J'aime un Ange comme il n'y en a positivement pas deux sous le soleil ! C'est le dernier, mon cher, après celui-là, on pourra tirer l'échelle de Jacob ! J'aime ma seule femme possible. Ses millions, c'est fort bien, c'est très heureux, c'est splendide, mais ce n'est plus ça du tout. [...] / R[94] m'appelle son own, own Auguste toute la journée, et elle a bien raison. Dans Hyde Park, au Crystal Palace, à Drury Lane, où l'on jouait *Dom Juan*, je n'ai rien vu. Elle était là, voilà tout. Vas-tu assez te moquer de ces effusions passionnées, mon cher et bien cher ami ? Cependant tout est loin d'être fini. Oui, c'est comme cela, et je n'ai pas de temps à donner à l'angoisse mortelle[95]. [...] » Or, tout s'effondre : Anna disparaît sans laisser d'adresse, La Houssaye rentre furieux à Paris, avec le pardessus et la montre – l'histoire ne dit pas s'il reprit le dentier. Que s'est-il passé ? Selon John Payne, un ami notaire (et poète) auquel Mallarmé avait recommandé Villiers à Londres, le « malencontreux résultat » vient sans doute de la jeune fille, « une jeune personne assez hystérique et *poseuse*[96] ». Selon Henry Roujon (beau-frère de Jean Marras qui était l'ami intime de Villiers), Villiers se montra, lors des présentations dans une loge de Covent Garden, effroyablement « imprécis et tumultueux. Il récita son prochain livre à l'étrangère, la noya de lyrisme, l'épouvanta : elle le prit pour un évadé de

---

94. Villiers utilise ce cryptogramme pour désigner la jeune personne, qui se nomme Anna Eyre Powell.

95. *Corr.*, n° 123 ; nous ne corrigeons pas, à dessein, l'anglais de Villiers.

96. *Corr.*, n° 122, troisième extrait, John Payne à Mallarmé, le 4 mars 1874.

Bedlam. Le soir même, la jeune miss, encore frisson-
nante, déclarait préférer le célibat éternel, et même le
cloître, à la couronne comtale de l'Isle-Adam[97]. » Mallarmé a donné une version des faits assez semblable à
Gustave Kahn[98] : La Houssaye était absolument
furieux contre Villiers parce que celui-ci aurait « consacré le temps de la présentation à une affolante conférence sur Hegel ». En faisant la part de la caricature,
est-ce tellement invraisemblable ? Villiers, très cruellement atteint par cette déception, donnera dans *L'Eve
future* sa version de l'aventure – car Alicia Clary est bien
le portrait d'Anna Eyre Powell, même au physique
probablement. J. M. Bellefroid a déniché dans le *Journal
des Mères* du 1er novembre 1880 une notice bio-
graphique d'Anna Eyre (laquelle dirigeait alors ce périodique), qui permet d'accumuler les rapprochements
probants. Villiers, même s'il n'a pas effectivement
profité des occasions qui ont pu se présenter à lui de
revoir la jeune femme, a su ce qu'elle était devenue et
s'en est inspiré pour son personnage : après l'échec de
la rencontre avec Villiers, au moment de laquelle elle ne
jouissait probablement déjà plus que d'une fraction de
la fortune que lui supposait La Houssaye, Anna, d'une
« beauté sculpturale[99] » selon la notice, commença en
effet en décembre 1876, après dix-huit mois d'études au
conservatoire de Milan, une carrière de cantatrice – à
laquelle elle dut renoncer dès l'année suivante ; elle
avait apparemment moins de talent que d'entregent, et
c'est probablement ce qui lui permit de se voir confier
la direction du *Journal des Mères*, où elle publia en 1881
et 1882 des papiers... d'un ton conforme à ce qu'on
attend d'une publication portant un tel titre. S'il les lut,
ces articles de Prudhomme femelle durent amèrement
ravir Villiers : ils confirmaient entièrement le person-

97. *La Galerie des Bustes*, Paris, Rueff, 1909, p. 111.
98. Mercure de France, 15 juillet (et 1er août) 1922.
99. Elle était en effet très jolie si l'on en croit la photographie que
publiait le *Journal des Mères* – reproduite dans le cahier photographique de la biographie d'A. Raitt, *op. cit.* [1987], illustration 6b.

nage de la sotte et archi-philistine Alicia, belle comme
une Vénus de Milo, mais esprit surmoulé, âme de
plomb, désespérément et incurablement rebelle à toute
élévation spirituelle ou même simplement esthétique.

Villiers, dépouillé brutalement de son rêve londo-
nien, dut, selon Gustave Kahn, se faire rapatrier par le
consulat de France, et retrouva à Paris des réalités
tristement familières, le cruel manque d'argent par
exemple. Encouragé par un ami journaliste, il alla
proposer *Morgane* à la Porte Saint-Martin – et s'aperçut
en revenant quelques jours plus tard que personne ne
s'était même donné la peine de lire la pièce. De toute
façon, si tout cela devait se terminer comme *La
Révolte*... Du fond de l'accablement, Villiers rebondit
en se remettant à écrire des contes, des contes d'une
ironie plus féroce, plus âcre et plus complexe, que tout
ce qu'il avait écrit jusque-là. D'un côté, ce sont *Virginie
et Paul* (publié le 12 mars 1874 dans *La Semaine
parisienne*), deux fiancés modernes dont le dialogue
amoureux apparemment suave n'est qu'un tissu d'allusions à l'argent, et *Les Demoiselles de Bienfilâtre* (même
revue, le 24 mars), petite merveille de dialectique
cynique, dans laquelle une jeune fille, qui fait le trottoir
pour nourrir ses vieux parents, est couverte d'opprobre
lorsque, pour l'amour d'un jeune homme pauvre qui
veut l'épouser, elle devient honnête – et finit par mourir
de honte d'avoir perdu sa conscience professionnelle et
de s'être laissée aller à aimer « pour le plaisir, sans rien
gagner ». De l'autre, comme pour venger le refus de
Morgane qui réveillait la douleur de l'échec de *La
Révolte*, Villiers publie, dans *La Renaissance littéraire et
artistique* des 22 et 29 mars, *La Machine à gloire*,
fantaisie dans laquelle, comme dans *La Découverte de
M. Grave*, il affecte de vanter la « prodigieuse invention
du baron Bottom » : un système de claque mécanique
très perfectionné, avec bruitage et gaz hilarants, destinée à assurer le succès d'une pièce (ou à la couler) par
entraînement psychologique du public, qui, on le sait,
et c'est là que réside toute la subtilité de la conception,

est incapable de discerner par lui-même la valeur de ce qu'il entend, et se range du côté des premières réactions qui s'expriment, préférant, quel que soit son sentiment réel, se laisser enlever par le sentiment général plutôt que se faire remarquer par une réaction personnelle ! Comme en contrepoint technique à la complexe machine textuelle ironique des *Demoiselles de Bienfilâtre*, c'était la première fois que Villiers inventait et décrivait un mécanisme avec autant de précision et de plaisir visible à employer les vocabulaires spéciaux de la mécanique, de la chimie et de l'électricité ; certains mots d'ailleurs, afin d'outrer jusqu'à explosion la fatuité de l'ingénieur Bottom[100], sont même affectés de majuscules comme l'étaient les concepts abstraits philosophiques et religieux d'*Isis* et, ironiquement déjà dans certains cas, de *Claire Lenoir* : le grand renversement technologique moderne des Valeurs est en route, et pour assurer la victoire définitive du mauvais goût, il a désormais sa Machine, avec son Grand-Clavier et son Préposé. Ce n'est plus, comme dans *L'Affichage céleste*, l'utilisation d'un objet technique en lui-même neutre qui est scandaleuse, mais c'est l'objet technique lui-même qui est scandaleux, et qui a été délibérément conçu et construit à des fins scandaleuses. Face à un ennemi qu'il sent devenir de plus en plus insidieux et machiavélique et puissant dans ses fins et dans ses moyens, Villiers se défend en lâchant la bride à une imagination technique de plus en plus efflorescente, et en usant d'une manière de plus en plus variée de toutes les différentes techniques de l'ironie, de la charge caricaturale la plus énorme à l'ambiguïté cynique la plus subtile et la plus déroutante, – l'un étant en fait la métaphore de l'autre puisque, comme le note finement Jankélévitch, l'ironiste est bien une sorte d'ingénieur, lui qui, pour « forcer l'injuste à être bien ce qu'il est,

---

100. « Bottom » en anglais signifie aussi bien le « fonds » (d'un récipient par exemple), que le postérieur ; c'est aussi le nom d'un personnage du *Songe d'une nuit d'été* de Shakespeare, Nick Bottom, tisserand à tête d'âne.

franchement, brutalement, pour qu'il en crève »,
abonde dans le sens de l'erreur et expérimente en
quelque sorte les limites de la nocivité de l'erreur,
« comme l'ingénieur, organisant la concurrence des
mécanismes, utilise la nature pour apprivoiser la
nature[101] ». Villiers va désormais jouer de cette sorte
d'isomorphisme entre l'ingéniosité de l'ingénieur et
l'ingéniosité de l'ironiste avec de plus en plus de maî-
trise, jusqu'à les faire se confondre dans *L'Eve future*,
où l'ingénieur et l'ironiste ne seront plus qu'un seul et
même personnage.

Villiers récidive peu de temps après dans la même
veine avec une invention qu'il avait d'abord mention-
née dans *La Machine à Gloire* avant de s'aviser qu'il
tenait là le sujet d'un autre conte : *L'Appareil du Dr
Abeille E. E. pour l'analyse chimique du dernier soupir* (*La
Semaine parisienne*, 21 mai 1874), qui est en fait le
canevas du conte beaucoup plus élaboré qui figurera
sous le même titre (simplement amputé du nom de
l'inventeur, qui changera en cours de route) dans les
Contes cruels. Avec ce petit jouet d'apprenti chimiste,
dont l'usage habituel et amusant sur les vivants endor-
mis finit par dédramatiser le moment de la mort, sorte
de vaccin contre le désespoir qui évite les larmes
inutiles lors du deuil réel, Villiers aggrave singulièrement son diagnostic ironique : il ne s'agit plus simplement de dénoncer « l'ordure des idées utilitaires » et
« l'ignominie mercantile du siècle[102] », il s'agit de
l'indifférence affective qu'elles sécrètent et qui glace
petit à petit les relations entre les êtres, la banalisation et
la désacralisation de la mort n'étant qu'un symptôme
d'une des grandes maladies modernes : la dissolution
des affects.

Villiers est pourtant en train de se remettre de sa
triste aventure londonienne. Il a publié, le 7 mai 1874
(dans *La Semaine parisienne* aussi), une première ver-

---

101. Jankélévitch, *op. cit.*, p. 98.
102. Huysmans, *A Rebours*, chapitre XIV.

sion de *Véra,* un de ses plus beaux contes romantiques
sur l'amour, « d'une tendresse exquise » écrira Huysmans ; et malgré tout, il n'est pas encore prêt à inventer
une « machine pour ironiser sur l'amour » – pas déjà
franchi par Charles Cros avec *La Science de l'amour,*
publié le 1er avril dans la *Revue du nouveau monde* dont
il est le rédacteur en chef, et à laquelle Villiers a collaboré avec, entre autres choses, le 1er mars, *Le Convive
inconnu* (qui deviendra *Le Convive des dernières fêtes* des
Contes cruels).

Villiers fréquente Charles Cros depuis des années :
depuis que ses amis parnassiens l'ont introduit en 1868
dans le salon de Nina de Villard, dont Cros est alors
l'amant en titre. Autodidacte féru de mathématiques,
de physique et de chimie, inventeur et poète, Charles
Cros avait présenté un télégraphe automatique à
l'Exposition universelle de 1867 ; grâce à Nina et à ses
amis parnassiens, il avait commencé à publier ses
poèmes dans diverses revues, dont *L'Artiste* ; en 1869,
il avait trouvé une solution théorique au problème de la
photographie des couleurs ; en 1871, il hébergea Rimbaud, fréquenta le cercle des Zutistes ; en 1873, il
publiait son meilleur recueil de poèmes, *Le Coffret de
Santal.* Excentrique, drôle, bourré d'idées en apparence purement fantaisistes, il était devenu l'un des
amis les plus chers de Villiers, auquel il expliquait ses
inventions, et cette amitié orienta sans aucun doute
l'inspiration de Villiers vers la fantaisie scientifique.
Villiers ne dut pas manquer de lire *La Science de
l'amour,* nouvelle dans laquelle un dilettante amateur de
science entreprend l'étude scientifique de l'amour, à
savoir la mesure, sur une femme qu'il a séduite, enlevée
et transportée dans une chambre spécialement aménagée, des changements de température, émanations
chimiques diverses, contractions nerveuses, larmes,
salive, etc. L'expérience dure quatre-vingt-sept jours !
au terme desquels le narrateur, fatigué de ses
recherches, prend quelques vacances ; à son retour
l'attend une lettre de la belle étudiée, qui le remercie de

l'avoir aidée à s'échapper de la « baraque paternelle », lui avoue qu'elle était parfaitement au courant de l'expérience, qu'elle a détruit tous les « compteurs à baisers » et autres « mouchards » du « boudoir à trucs » et s'est enfuie avec un grand seigneur russe. Cette petite fantaisie pleine de dérision a sûrement amusé Villiers et a pu lui inspirer, au moins en partie, *L'appareil pour l'analyse du dernier soupir* ; mais les contes ironiques de Villiers avaient d'emblée une toute autre portée et une autre qualité, Huysmans ne s'y trompera pas : la nouvelle de Cros pouvait « étonner par ses folies chimiques, son humour pincé, ses observations froidement bouffonnes, mais le plaisir n'était que relatif, écrira-t-il dans *A Rebours,* car l'exécution péchait d'une façon mortelle. Le style ferme, coloré, souvent original de Villiers, avait disparu pour faire place à une rillette raclée sur l'établi littéraire du premier venu ».

La plus grande partie des deux années suivantes fut occupée d'abord par la rédaction d'une pièce pour un concours organisé pour commémorer le centenaire de l'indépendance des Etats-Unis, *Le Nouveau Monde* (qu'il ne parviendra pas à faire représenter avant 1883) – et par les préparatifs d'un procès que Villiers a follement intenté (en août 1875) au directeur du Châtelet et aux auteurs et éditeurs d'un mélodrame, *Perrinet Leclerc* (1832), dans lequel il estime qu'on diffame un de ses ancêtres. En 1876, Villiers passe donc beaucoup de son temps dans les bibliothèques et les dépôts d'archives pour faire des recherches sur sa famille, – ce qui le détourne un peu de son œuvre littéraire, mais fait resurgir, dans deux des contes qu'il publie cette année-là, *Sentimentalisme* (20 janvier 1876, dans *La République des Lettres*) et *L'inconnue* (1er juin 1876, dans *Le Spectateur*), des thèmes idéalistes et des personnages de jeunes aristocrates à l'impassibilité baudelairienne : le comte Maximilien de W*** et le comte Félicien de la Vierge, qui sont à l'évidence, comme le comte d'Athol de *Véra* (et le baron Xavier de la V*** de *L'Intersigne*), des doubles de Villiers.

Désormais, une bonne dose d'humour pénètre aussi les contes qui ne sont pas explicitement ironiques, et de conte idéaliste en conte ironique Villiers poursuit les mêmes réflexions. A *L'Inconnue*, conte dans lequel une inconnue sourde prévient les épanchements sentimentaux du comte de la Vierge en lui démontrant que tout dialogue amoureux ne peut être que conventionnel et éculé, et à *Sentimentalisme*, dans lequel le comte Maximilien, profondément blessé par une rupture, mais refusant de faillir à son aristocratique impassibilité, ne laisse absolument rien transparaître de sa douleur, et rentre chez lui se suicider impassiblement, – succède, le 18 février 1877, dans *La République des Lettres*, *Le Traitement du Dr Chavassus* (*Le Traitement du docteur Tristan* des *Contes cruels*). Comme dans *L'Affichage céleste*, *La Machine à Gloire*, et *L'Appareil pour l'analyse du dernier soupir*, Villiers affecte de vanter le traitement de Chavassus, lequel consiste à crever le tympan des personnes qui, particulièrement depuis la défaite de 1870, ont le malheur d'avoir « la puce à l'oreille » ou sont gênées par la voix de leur conscience ou par des « bourdonnements de gloire, d'honneur et de courage » lorsqu'ils entendent parler de patrie ou d'idéal, – de telle sorte que, baignant finalement dans un contentement huileux, elles ne soient plus ennuyées par « toutes ces voix vaines et confuses », toutes ces vieilles idées dépourvues de sens comme la générosité, la foi, le désintéressement... Traitement qui annonce, notait André Lebois[103], le système du petit bout de bois dans les oreilles du père Ubu ! Et Villiers continue ainsi d'explorer, sur un ton entièrement différent, le thème de l'indifférence discuté dans *Sentimentalisme*, et celui de la répétition et de la déperdition du sens des mots abordé sous un autre angle dans *L'Inconnue*.

Quelque chose est évidemment en train de se nouer entre tous ces textes en apparence disparates, dont

---

103. André Lebois, *Villiers de l'Isle-Adam, révélateur du verbe*, Neuchâtel, éditions H. Messeiller, s.d. [1952], p. 168.

Villiers songe à faire un recueil qu'il propose en vain à Calmann-Lévy en octobre 1877 – les futurs *Contes cruels*, comme en témoigne une liste retrouvée dans les papiers de Villiers ; cette liste ne comprend que des titres de contes déjà publiés en périodiques, à deux exceptions près : *L'Evasion*, un court drame en un acte écrit en 1870, qui ne sera joué qu'en 1887, et dont Villiers pensait peut-être faire une nouvelle ; et *Miss Hadaly Habal*, titre mystérieux qui ne correspond alors à aucune œuvre connue – et qui est en fait la plus lointaine trace écrite de *L'Eve future*, où ce nom étrange sera scindé en deux noms distincts, Miss Habal et Hadaly ; l'on comprendra alors que ce titre signifiait mademoiselle « Idéal Vain », *hadaly* signifiant selon Villiers « idéal » en iranien, et *habal*, « vanité » en hébreu, comme dans le célèbre « Vanité des vanités » de l'Ecclésiaste, « Habal habalim vêk'hol habal », que Villiers mettra aussi en épigraphe à *L'Annonciateur* (ex *Azraël*) dans les *Contes cruels*.

Depuis le début de l'année, Charles Cros est occupé par un projet concernant un certain « procédé d'enregistrement et de reproduction », dont il n'a sans doute pas manqué d'expliquer le principe à Villiers, et à propos duquel il a déposé le 16 avril 1877 un pli à l'Académie des Sciences. Apprenant qu'en juillet le jeune et déjà célèbre ingénieur américain Edison a déposé lui aussi, aux Etats-Unis et en Grande-Bretagne, un brevet de machine parlante, Cros s'avise de demander à l'Académie l'ouverture du pli dans lequel il décrit par quel procédé il résout le problème théorique d'une telle machine, qu'il a baptisée « paléographe ». Le pli est ouvert le 3 décembre, mais le 17 décembre Edison dépose de son côté une demande de brevet. Et, alors que faute d'aide financière Cros ne peut réaliser pratiquement son invention, Edison a d'ores et déjà construit un prototype, qu'il présente dès mars 1878 aux sociétés savantes et au public parisien – démonstrations auxquelles Villiers a peut-être assisté ; et c'est ainsi que le « phonographe » d'Edison va, avec le téléphone de Bell et Gray inventé l'année précédente et qu'il a déjà perfectionné, avoir la vedette de l'Exposition universelle de 1878, qui s'ouvre le 1er mai à Paris.

Villiers révise à cette époque *L'Appareil du Dr Abeille E.E. pour l'analyse chimique du dernier soupir* – qu'il étoffe considérablement et rebaptise *L'Appareil du Professeur Schneitzoëffer junior* pour le publier dans *La Lune rousse*, le petit hebdomadaire d'André Gill, le 2 juin 1878. Peut-être cette révision fait-elle remonter à sa mémoire *La Science de l'Amour* de Cros : en tout cas, l'imagination de Villiers s'empare bien vite des nouveautés techniques dont la presse alors s'émerveille à qui mieux mieux, et qu'il n'a pu voir qu'en visitant l'Exposition : les nouveaux cheveux postiches, les yeux en verre, et les prothèses dentaires de M. Samuel S. White de Philadelphie, par exemple[104], – pour ébaucher un conte qu'on peut donc dater du printemps 1878, qui est peut-être celui que Villiers songeait à écrire sous le titre de *Miss Hadaly Habal*, qui aurait pu n'être que le cinquième des contes ironiques « *à inventions* », et qui est véritablement l'embryon de *L'Eve future*. A défaut de savoir quel titre Villiers pensait lui donner, les commentateurs le désignent par commodité comme *Le Sosie*.

Dès *Le Sosie*, Villiers utilise aussi à l'évidence, comme l'a bien montré Jacques Noiray, des informations sur Edison glanées dans quelques-uns des très nombreux articles consacrés à l'ingénieur[105], en particulier dans une interview traduite de l'américain et publiée dans *La Nature* du 25 mai, qui décrit Edison dans son laboratoire de Menlo Park, faisant aux reporters la démonstration de son premier phonographe, – le modèle présenté en mars boulevard des Capucines : un

---

104. Mais on retrouvera dans *L'Eve future* d'autres curiosités de l'Exposition, comme les oiseaux mécaniques ou les fleurs artificielles.

105. Publications recensées par Jacques Noiray dans le chapitre passionnant et extrêmement documenté qu'il consacre à *L'Eve future* dans son livre *Le Romancier et la machine*, Paris, Corti, 1982, tome II, pp. 281-288.

cylindre moteur autour duquel s'enroulent les feuilles
d'étain sur lesquelles la voix est emmagasinée –, puis
évoquant tous les usages futurs de son invention :
enregistrement d'airs d'opéra par de grandes cantatrices comme la Patti, ou d'œuvres littéraires pour
écouter en famille, ou encore, entre autres choses,
confection de poupées parlantes... Mais il avait suggéré
ailleurs, dans une interview accordée à la correspondante à New York du *Figaro*[106], des usages plus triviaux
– par exemple la possibilité de se rejouer l'enregistrement d'ébats amoureux pendant que l'aimée fait sa
toilette... Bien que Villiers ne mentionne ni dans *Le
Sosie*, ni dans *L'Eve future*, le nom de Charles Cros,
peut-être est-ce cependant par ressentiment envers le
rival heureux de son ami dans l'affaire du phonographe
qu'il retient de préférence pour l'Edison du *Sosie* les
traits les moins flatteurs révélés ou suggérés dans ces
interviews et, d'après les fragments conservés du
Sosie[107], fait d'abord de l'ingénieur américain un
membre de la lignée peu flatteuse des Grave, Bottom,
Abeille et Chavassus, bonimenteurs vulgaires qui, pour
de l'argent, dégradent la Science par les applications
techniques les plus sordides. L'inspiration de Villiers
arrive à un terme logique : dans ce siècle tout aux
machines, il ne restait qu'une chose à mécaniser – la
femme ! Et avec Edison, on y était presque...

Edison, d'abord seul dans son laboratoire, est plongé
dans un monologue sur sa mission scientifique : la
correction des erreurs de l'imparfaite Nature. Il est
interrompu par un coup de téléphone qui lui annonce la
visite d'un certain baron John Bull[108], lequel est introduit illico, son siège glissant de la salle d'attente au
laboratoire sur des rails, et salué d'une « poignée de
mains » électrique transmise par l'accoudoir du fau-

106. Le *Figaro* du 4 avril 1878, article évoqué par Raitt et Castex.
107. Voir *O.C.*, tome I, pp. 1464-1469.
108. Du nom du personnage créé par J. Arbuthnot pour représenter le peuple anglais dans ses pamphlets satiriques, et populari-
sé par le journal humoristique *The Punch*.

teuil. Edison le prévient d'emblée que sa consultation
se monnaye cent dollars la minute. Le baron commençant à expliquer à Edison qu'il est épris d'une jeune
femme, l'ingénieur lui propose aussitôt un « phonographe pour armoire » ; mais apparemment – il
manque là quelques feuillets – ce n'est pas cela que
désire le visiteur, et Edison lui propose finalement de
lui fabriquer, en utilisant toutes les ressources des
prothèses modernes, un automate à l'exacte ressemblance de « Madame », subtilement animé par un système d'électro-aimants, mais qui, grâce au phonographe, sera de loin supérieur à un simple automate :
Edison propose aussi en effet plusieurs menus de
conversation galante à enregistrer qui mettront le sosie
de « Madame » parfaitement au goût du client. Comme
de toute façon – et Villiers reprend la démonstration
que « l'inconnue » désabusée faisait à Félicien de la
Vierge – « c'est une comédie d'amour que vous vous
jouez inconsciemment *dans la vie*, alors que vous vous
croyez le plus sincères », autant jouer une scène parfaite : l'automate au moins n'a pas d'arrière-pensées, et
lui donner la réplique procure de plus l'impression
extrêmement satisfaisante d'être très intelligent ; mais
on peut tout aussi bien donner à l'automate, par
exemple, la voix de la meilleure cantatrice. Et le sosie
est évidemment d'une fidélité à toute épreuve, un
système permet même de révolvériser le malappris qui
s'aviserait de profiter du sosie de Madame à l'insu de
Monsieur ! N'est-ce pas véritablement un ange que
cette créature de surcroît immortelle ?

★
★ ★

De la mécanique spirituelle

> « *Cependant, un monde essentiellement mécanique serait essentiellement dépourvu de sens !* »
>
> NIETZSCHE, *Le Gai Savoir*, par. 373.

> « *Pensons le plus possible, poussons les choses au sublime ! à l'infini ! à l'absolu ! puisque nous ne devenons que ce que nous pensons*[109] *!* »
>
> « *"Ce n'est qu'une plaisanterie", pensez-vous : soit ! Voyons jusqu'où nous pouvons la pousser – et je vous dis que la limite en est devenue si lointaine qu'elle confine au sérieux le plus terrible*[110]. »
>
> VILLIERS DE L'ISLE-ADAM.

Robert du Pontavice, dans sa biographie souvent inexacte de Villiers, a rapporté une anecdote invérifiable qui fut selon lui à l'origine de *L'Eve future* : « Un soir, chez Brébant, il [Villiers] vit entrer, au bras d'un attaché de l'ambassade britannique, un jeune seigneur anglais dont la physionomie singulière fit battre les ailes de son imagination. / "Il était tristement beau, me disait Villiers, avec cet enthousiasme dont il avait l'habitude, et je m'aperçus tout de suite qu'il portait dans l'expression de ses yeux cette mélancolie grave et hautaine dont l'ombre atteste toujours un désespoir." / Ce jeune homme s'appelait de son véritable nom Lord E. W... Je ne le désigne ici que par ses initiales ; sa fin tragique occupa pendant quelque temps l'attention de Paris : il se tua très froidement quelques jours après sa rencontre avec Villiers ; on trouva étendu à ses côtés, dans une toilette somptueuse éclaboussée de sang, un mannequin admirablement fait représentant une jeune femme ; la figure de cire, modelée par un grand artiste, était à l'effigie d'une jeune fille de Londres, fort connue pour

---

109. Fragment, in *O.C.*, tome II, p. 987.
110. Fragment d'un manuscrit préparatoire à *L'Eve nouvelle*, in *O.C.*, tome I, p. 1538-1539.

sa fulgurante beauté et qui avait été la fiancée du noble excentrique. / Ce suicide était-il le résultat d'une de ces étranges folies héréditaires qui hantent certaines familles aristocratiques d'Angleterre, ou bien fallait-il voir, dans la présence de cette merveilleuse poupée sur la couche mortuaire du lord, le dénouement mystérieux de quelque drame passionnel ? Le jeune attaché d'ambassade opinait pour cette dernière supposition ; Lord E. W., selon lui, avait été la victime d'une singulière fatalité ; il adorait le corps de cette jeune fille ; il avait la perpétuelle obsession de sa beauté magnifique ; mais il avait horreur de son âme, de son esprit, de tout ce qui en elle n'était pas la matière. De là, sa folie peu à peu développée se terminant par la mort. / Le narrateur racontait ces choses au restaurant, un soir devant Villiers et un petit cercle d'habitués. / Un ingénieur américain, un *électricien*, comme on les appelle là-bas, se leva en disant très paisiblement : "Je suis au regret que votre ami ne se soit pas adressé à moi, je l'aurais peut-être guéri. / – Vous, comment ? / – By God ! en mettant dans la poupée la vie, l'âme, le mouvement et l'amour." / L'assemblée était fort sceptique en matière de miracles ; tout le monde se mit à rire, hormis Villiers qui semblait absorbé dans la confection de sa cigarette. / "Vous pouvez rire, *étrangers*, dit gravement l'Américain, en prenant son chapeau et sa canne, mais mon maître Edison vous apprendra bientôt que l'électricité est aussi puissante que Dieu !" / Et il sortit. / De ces faits et de cette conversation nocturne est née l'une des œuvres les plus originales de cette fin de siècle : *L'Eve future*[111]. » En vérité, à son habitude, Villiers dut « essayer » sur son ami le nouveau scénario qu'il avait conçu à partir du *Sosie*.

Le Sosie ébauché, quelque chose se renversa en effet entièrement dans l'esprit de Villiers. En conteur honnête avec lui-même, peut-être jugea-t-il usées la formule du conte à invention et la méthode du pseudo-

---

111. *Op. cit.*, pp. 168-171.

conformisme ironique. Et, en vrai philosophe, il n'était homme ni à se crisper sur les arguments acquis contre ledit progrès scientifique, ni à contrarier systématiquement l'opinion : lorsque la fascination, inattendue, de l'ingéniosité d'Edison commença à jouer sur l'imagination, toujours en quête d'aliments, de l'ironique inventeur de machines imaginaires, il la laissa déployer dans son esprit ses suggestions merveilleuses et inquiétantes, et s'aventura aussitôt sur ces nouveaux territoires, – comme Edison lui-même, refusant de se limiter aux connaissances acquises, se lançait dans l'inconnu. Ainsi naquit, après quelques tâtonnements[112], *L'Andréide paradoxale d'Edison*, une nouvelle inachevée que Villiers commença probablement à rédiger dans la seconde quinzaine d'août : le premier chapitre en effet fut provisoirement intitulé « Un soir d'éclipse » (titre rayé par la suite et remplacé par « Menlo Park » qui sera le titre du premier chapitre de *L'Eve future*) ; or, c'est dans un article de W. de Fonvielle consacré à Edison paru dans *L'Illustration* du 17 août que Villiers avait pu lire qu'Edison, au lieu de venir tout de suite jouir de son triomphe à Paris, était d'abord allé dans les Montagnes Rocheuses assister à l'éclipse totale du soleil du 29 juillet. Dans *L'Eve future*, la créature sera d'ailleurs dévoilée justement « par un soir d'éclipse », – titre du chapitre IV du sixième et dernier livre, lui-même intitulé « Et l'ombre fut... » comme en une lointaine réponse, vingt ans plus tard, au « Fiat Nox » qui donnait son titre au chapitre XII d'*Isis*.

De toute évidence, s'astreignant à un véritable effort documentaire, Villiers s'est intéressé de plus près à l'homme qu'il avait d'abord, sans le connaître, caricaturé dans *Le Sosie*. Dans l'article de *La Nature* du 25 mai, une description du laboratoire d'Edison lui avait déjà suggéré sans doute le décor faustien du « vaste pandémonium » du « sorcier de Menlo Park » : « Sur

112. Voir les fragments recueillis dans *O.C.*, tome I, pp. 1470-1480.

des bancs et des tables sont placés des piles électriques de toutes sortes, des microscopes, des loupes, des creusets, cornues, alambics, une forge de campagne couverte de cendres, enfin tout l'appareil d'un chimiste. » L'article de Fonvielle lui fournit d'autres détails et anecdotes qu'il conservera dans le roman définitif : par exemple l'expérience qui aurait dû permettre à deux trains, lancés face à face sur une même ligne, de communiquer l'un avec l'autre et de stopper à point nommé, expérience qui, mal conduite, aboutit à une grave collision. Mais Villiers puisa l'essentiel de ses informations dans une brochure de vulgarisation de Pierre Giffard, *Le Phonographe expliqué à tout le monde. Edison et ses inventions* (Maurice Dreyfous éd., 1878), qui eut beaucoup de succès et ne connut pas moins de quinze réimpressions. Il y trouva d'abord une synthèse des inventions qu'il évoquerait surtout dans les deux premières parties du roman : le téléphone ; l'aérophone, qui propage pneumatiquement la voix sur plusieurs kilomètres ; le mégaphone ; le microphone, qui permet d'entendre des bruits inaudibles à l'oreille nue ; l'amplificateur pour les sourds ; le micro-tasimètre, qui mesure les variations infinitésimales de pression ; ou encore les substances analgésiques. Et des détails sur la maison d'Edison à vingt-cinq lieues de New York, en forme de chalet suisse et entourée d'un immense jardin ; sur la manière dont Edison s'habille chez lui – en robe de chambre ; sur les noms de son serviteur, Martin, et de ses enfants, qu'il a baptisés Dot et Dash, – Point et Tiret dans l'alphabet que l'Américain Morse a inventé en 1856 ; ou encore sur le salaire de ses assistants. Tout cela l'aida à construire son personnage, même si le but n'était évidemment pas, comme il le précisera dans son « Avis au lecteur », de faire un portrait exact de l'homme réel.

De fait, Edison subit surtout une spectaculaire métamorphose spirituelle. *L'Andréide paradoxale* s'ouvre sur un long soliloque facétieux, mais cette fois c'est l'ingénieur lui-même qui ironise, et non Villiers, qui donne à

son personnage toute la licence qu'il s'accorde à lui-
même, des calembours « à faire dresser les cheveux sur
la soupe[113] » jusqu'aux jeux de mots du plus mauvais
goût, – manière de se faire plaisir ratifiée par Baudelaire : « Ce qu'il y a d'enivrant dans le mauvais goût,
c'est le plaisir aristocratique de déplaire[114]. » – A la
prudence conservatrice, à la réserve peureuse et
compassée du bourgeois, c'est le devoir de l'homme
d'exception d'opposer l'excès, l'audace : « Nous faisons partie du plus petit nombre, écrit Villiers, et notre
fonction est d'exagérer. Si personne jamais n'eût exa-
géré, l'Homme en serait encore à serrer une arête de
poisson au bout d'une branche pour se défendre[115]. »
Edison a d'autant plus le droit d'exercer sa verve la plus
débridée à propos de sa propre invention que, contrai-
rement à un Monsieur Grave, il sait ce qui est *vraiment*
sérieux, et que son ironie parfois blasphématoire n'est,
comme chez Villiers qui lui prête évidemment ses
propres angoisses métaphysiques, que le revers de son
tourment : « le blasphémateur, écrit Jankélévitch, est
un passionné qui veut, pour ainsi dire, aller jusqu'au
fond du sacrilège afin d'être vacciné contre la malice ; il
insulte le crucifix comme on bat sa maîtresse, parce
qu'il en est amoureux ; et il a beau plastronner, il ne
sera jamais l'antéchrist. L'athée qui, tirant sa montre,
donne un quart d'heure à Dieu pour le foudroyer, est
peut-être un désespéré qui prie secrètement[116] ». C'est
Edison lui-même cette fois qui, en humble Inventeur
face aux Savants infatués de leur Science, dénonce le
matérialisme et le positivisme bornés et stériles. Autre
Thomas incrédule, Edison réclame au ciel silencieux un
signe de l'existence de Dieu. Et c'est parce que Dieu
reste muet qu'il va accepter de Le provoquer en osant
rivaliser par la technique avec la Création divine.

113. *O.C.*, tome II, fragment p. 1003.
114. Baudelaire, *Fusées*, XII (*O.C.* de Baudelaire, éd. cit., tome I, p. 661).
115. Fragment in *O.C.*, tome II, p. 988.
116. Jankélévitch, *op. cit.*, p. 105, par allusion à la *Confession d'un enfant du siècle* de Musset.

Alors arrive « celui qui devait venir », comme dans
Isis, non plus un vulgaire John Bull, mais un jeune
aristocrate de la race des comtes Maximilien de W*** et
Félicien de la Vierge – dans lequel le comte Villiers de
l'Isle-Adam incarne à nouveau cette part irréductible-
ment altière de lui-même, éprise d'idéal et
constamment blessée par une réalité brutale. Et le
resurgissement de ce type de personnage est sans doute,
en partie, l'effet indirect des recherches historiques que
Villiers, débouté dans l'affaire *Perrinet Leclerc* et ayant
dû renoncer à faire appel faute d'argent, s'obstine à
poursuivre au cours du printemps 1878, en vue d'une
biographie de l'aïeul supposément diffamé, le maréchal
Jean de Villiers de l'Isle-Adam (1384-1437) qui avait
pris Paris deux fois, et d'une généalogie complète de sa
famille, dont l'autre grande gloire était Philippe-
Auguste Villiers de l'Isle-Adam, Grand Maître de
l'Ordre des Chevaliers de Saint Jean et fondateur de
l'Ordre des Chevaliers de Malte.

Au début de ce même été 1878 où il commençait à
rédiger *L'Andréide paradoxale*, Villiers tenta aussi de
nouveau de conclure un riche mariage, cette fois avec
une certaine demoiselle de Solsona, peut-être la jeune
veuve espagnole riche de quatre-vingt-dix millions dont
parle sa mère dans une lettre non datée[117] ; il devait
l'épouser à Rome, de sorte qu'« avant deux ans notre
nom sera mêlé de nouveau à l'histoire de Jésus-
Christ », écrivit-il à un parent[118], auquel il demandait
des documents attestant de son ascendance : « Soyez
tranquille – ajoutait-il ; je réussirai. Tout est convenu ;
je suis sûr du succès, mais je ne serais pas fâché de
montrer à ma femme que je porte bien réellement mon
nom et que l'Eglise l'a en quelque estime. »

Est-ce l'effondrement de ce énième château en
Espagne qui fit remonter dans l'esprit de Villiers, en
même temps qu'une grande bouffée de fierté nobiliaire,
le souvenir amer de l'aventure londonienne ?

117. *Corr.*, n° 185.
118. *Corr.*, n° 186, lettre probablement adressée à son oncle
l'abbé Victor (Cf. Raitt, *op. cit.* [1987], note 4 de la page 194).

Interrompant par sa visite le soliloque d'Edison, le
beau et vigoureux aristocrate anglais de *L'Andréide
paradoxale*, Lord Lyonnel (qui s'est successivement
appelé Lord Edward, puis Lord Angel dans les fragments préparatoires) raconte à son ami Edison la
mélancolique aventure qui a fait son désespoir, et qui
est évidemment inspirée de la rencontre avec Anna
Eyre Powell: amoureux pour la première fois de sa vie,
d'une cantatrice dont le corps était un chef-d'œuvre de
la Nature, il avait sombré dans un spleen incurable en
découvrant dans ce corps captivant un être dont la
banalité sinistre avait glacé ses sens. – Villiers, écrira
Pontavice[119], « s'il entrevoyait dans les hasards de la vie
quelques-uns de ces célestes visages qui font croire aux
anges descendus sur la terre, [...] s'en éprenait idéalement; mais dès qu'il lui était donné de s'asseoir aux
côtés de la femme, son impitoyable esprit d'analyse
découvrait toutes les laideurs et toutes les petitesses
morales voilées sous la beauté physique; l'ange dispa-
raissait alors, et la réalité coupait brutalement les ailes à
son rêve ». – En conclusion, moderne Pygmalion
dégoûté de la femme vivante et ne réclamant plus, à
défaut de pouvoir « la contempler morte », que la
« présence de sa forme » – car, on s'en souvient, selon
l'une des versions de sa légende, c'est le dégoût pour les
prostituées sacrées d'Amathonte qui poussa d'abord
Pygmalion à se vouer au célibat absolu puis le fit
reporter sa tendresse sur une statue –, Lord Lyonnel
demande à l'ingénieur s'il lui serait possible de « tirer, à
un second exemplaire *physique*, – artificiel, soit! – mais,
enfin, sublime!... la triste femme dont [il] vien[t] de
parler[120] ». Ce caprice est le signe d'une dérive dont
Lord Lyonnel lui-même est parfaitement conscient
dans son désespoir et, passant de manière symptoma-
tique de la femme à l'argent, il compare sa requête à la
manie d'un lord de ses anciens amis « qui avait fait

119. *Op. cit.*, p. 152.
120. Extrait d'un état manuscrit reproduit dans *O.C.*, tome I,
p. 1500.

encadrer, dans son salon d'honneur, un billet d'un million de livres en guise de tableau ». – Etrange préfiguration des « dollars » d'Andy Warhol, qui s'employa à substituer systématiquement, au « tableau » traditionnel, la représentation mécanique des objets symboliques de l'Amérique moderne, qui s'appliquait à ressembler lui-même à une créature artificielle et déclarait désirer être une machine... Tant il est vrai, comme l'écrivit Huysmans, que « les queues de siècle se ressemblent[121] ».

C'est avec solennité qu'Edison répond : « Milord, – je vous attendais. » Un feuillet préparatoire montrait ici l'ingénieur s'assurant que son ami était bien conscient de la gravité sacrilège de sa requête : « Vous venez me demander, n'est-ce pas, de faire sortir des limbes du Génie et du limon de la Science un être fait à notre image, et qui nous soit, par conséquent, ce que nous sommes à Dieu ? [...] Etes-vous sûr d'être pardonné ?... » A quoi Lord Angel/Lyonnel répondait seulement : « Je l'espère[122] ! »

Malgré quelques feuillets manquants, on comprend qu'Edison entraîne ensuite Lord Lyonnel dans son laboratoire pour lui montrer l'Andréide, l'extraordinaire créature artificielle qu'il se propose de modeler à la parfaite ressemblance de la maîtresse de Lord Lyonnel, laquelle s'est d'abord appelée Miss Habal, puis Miss Hadaly, Miss Hadaly Habal, et enfin Miss Evelyn, – ce qui libérait le nom d'Hadaly dont Villiers baptise définitivement l'Andréide, après l'avoir longtemps laissée sans nom. A défaut de pouvoir lui donner une conscience, une âme, – mais est-ce vraiment souhaitable, connaissant les femmes ? – Edison donnera à sa créature un ersatz d'intelligence, et là encore, malgré les feuillets manquants du manuscrit, on comprend à la lumière rétrospective du *Sosie* qu'il s'agit d'enregistre-

---

121. Joris-Karl Huysmans, *Là-bas* (1891), Paris, GF-Flammarion, 1978, chapitre XVIII, p. 238.
122. Extrait d'un état manuscrit reproduit dans *O.C.*, tome I, p. 1474.

ments sur phonographe dans les entrailles de la machine.

Dans le dernier feuillet conservé de *L'Andréide para-doxale*, Edison avertit Lord Lyonnel qu'il risque non seulement la damnation mais la démence en se livrant aux vertiges de cette expérience. Puis, nouveau Vagner, redescendant soudain des cimes pures et exaltantes de la technique aux réalités répugnantes de l'éternel ani-mal féminin, il dévoile le sens profond de son inven-tion : « Vingt hommes sérieux, travaillant dix ans avec moi, et j'anéantis la femme ! A tout jamais ! Oh ! non pas en tant que femme, compagne libératrice, idéal vénéré, charme de l'âme, – mais en tant que misérable, infer-nal, grotesque et puant animal, déserteur de la guerre sublime, condamnation de son maître et souverain, conductrice au regard d'oie de la souffrance et de la mort ! Car il faut que la femme écrase la tête du serpent qu'elle a écouté au point... qu'elle nous met cette voix dans le cœur !... L'heure vient ! Cent mille andréides au monde, et la lutte commencera ! Quelle jeune fille se laissera séduire ! Quelle mère ne sera forcée de regarder les cieux et de prendre, ne fût-ce que par le crâne, son sérieux époux, en lui disant : "Mais, mon ami, tu oublies que tu vas mourir dans une seconde et que ton sourire entendu, qui est l'excrément de l'animalité, va s'effacer, hélas ! Prie, misérable. Crie à la lumière : Faites que je voie ! Car je ne te laisserai pas baisser la tête à ce point dans la fange ! Je te contraindrai à la vertu divine ! C'est ma mission, à moi, bonne ménagère ! Il faut ! Ou... je te donnerai mon Andréide qui suffira pour la lâcheté de tes désirs, pour l'opprobre où tu nages, pour la malédiction enflammée et vile de ta désertion ! Si tu la préfères, sois maudit dans ta race, Dieu manqué ! Ou lève le front de ton âme plus haut que la misère de ma beauté !... Tâche de te ressaisir, ou c'en est fait de ton germe ! prends garde de trahir le ciel en toi !... Car la mort véritable, – mon ami –, – ce sera moi-même, pour toi, – puisque voici mon reflet pour te suffire[123]". »

123. *Ibid.*, p. 1513-1514.

L'idée de multiplier par milliers les Andréides manufacturées ne sera heureusement plus dans le roman définitif qu'une « terrible » et vertigineuse raillerie d'Edison. Mais comme Baudelaire, Villiers était hanté par l'idée du péché originel. Probablement vers la fin de sa vie il nota encore cette étrange et obsessionnelle réflexion : « Scientifiquement, tout se tenant, rien n'étant isolé dans la nature, il s'ensuit que le péché originel, même n'ayant été commis que sur la terre, a, comme toutes ses conséquences, son éternel contrecoup dans l'ensemble des mondes, fût cet ensemble infini. Donc, il fut partout - il est partout – ainsi que toute son histoire... vraie même au point de vue de la Science positive, par conséquent[124]. » Dans *L'Andréide paradoxale*, Hadaly, seconde machine salutaire dans l'œuvre de Villiers (après l'ophtalmoscope de *Claire Lenoir*), était bel et bien, plus qu'une simple incarnation du rêve de Lord Lyonnel, quelque chose comme une solution au problème du péché originel, et en tant que telle l'instrument indirect de l'idéal, une voie ouverte par la technique vers la vie éternelle. Dans la version définitive du roman, l'Andréide, d'une féminité totale mais transcendante, n'assumera plus aucune fonction sexuelle : elle découragera par sa magnifique solennité tous les « désirs bas et dégradants » – et sera à toutes fins utiles équipée, à l'instar du « sosie » originel, d'un poignard électrique destiné à foudroyer quiconque prétendrait user d'elle sexuellement. Cette Andréide paradoxale, qui allait bientôt devenir Eve nouvelle, était donc parfaitement conforme à la « théorie » baudelairienne « de la vraie civilisation », laquelle « n'est pas dans le gaz, ni dans la vapeur, ni dans les tables tournantes », mais « dans la diminution des traces du péché originel[125] ».

124. Fragment recueilli dans *O.C.*, tome II, p 988.
125. *Mon cœur mis à nu*, XXXII, in *O.C.* de Baudelaire, éd. cit., tome I, p. 697.

Telle qu'en elle-même

Pendant tout l'hiver 1878-1879, Villiers travailla frénétiquement à son roman, dans une piètre chambre de pension, rue de Maubeuge. A Remy de Gourmont, Villiers parla de la composition de *L'Eve future* comme d'un « travail terrible » et d'une « descente aux Enfers » : « Chaque fois qu'il se mettait à la page interrompue, c'était, pour recréer l'atmosphère si spéciale, un effort surhumain de volonté, et de mémoire, et de logique, pour renouer sans cesse les uns aux autres les fils du surnaturel et de la science positive. Il voulait, en effet, donner l'illusion de l'exactitude et se préoccupait – on en a la preuve dans une préface inédite[126] – du jugement des électriciens eux-mêmes[127]. »

Les fragments conservés du travail intermédiaire entre *L'Andréide paradoxale* et la version imprimée de *L'Eve nouvelle* montrent en effet combien « l'affabulation fut [...] laborieuse[128] ». Villiers essayait vraiment de « penser plus loin ». De nombreux développements témoignent d'une préoccupation philosophique renouvelée et d'une remontée des ambitions faustiennes : non seulement Villiers étoffe encore de considérations « idéalistes », plus ou moins dérivées de Hegel, le soliloque d'Edison, mais c'est à cette époque qu'il emprunte au *Second Faust* l'épigraphe, conservée dans le roman définitif, qui précède la descente dans la crypte où se trouve Hadaly. L'idée du « pacte » resurgit en même temps, cependant que l'entreprise d'Edison commence à être désignée comme son Grand Œuvre (les références à l'alchimie, à ses métaux traditionnels comme l'or, l'argent et le mercure, et les emprunts à son vocabulaire – « grimoire », « arcanes » – seront nombreuses dans le roman définitif).

126. Cf. *supra* note 17.
127. Remy de Gourmont, *Promenades littéraires*, deuxième série, Mercure de France, 1928, p. 30.
128. *Ibid.*

Un fragment significatif de cette étape de l'élaboration du roman montre Edison en train d'argumenter très « méphistophéliquement », avec des arguments « illusionnistes », auprès de Lord Lyonnel, devenu Lord Ewald : « Remarquez bien ceci, mon cher lord : vous n'êtes dupe ni de Miss Alicia ni de vous-même. C'est *volontairement* que vous fermez les yeux pour ne voir en elle que le fantôme désiré ! Sa vraie personnalité, pour vous, n'est pas celle que vous savez y être, celle qui seule vous intéresse et que vous vous efforcez *quand même* de reconnaître en elle, c'est vous seul qui l'y voulez, qui l'y créez, qui l'y voyez ! attendu que c'est la vôtre ! [...] Eh bien, puisque d'ores et déjà, vous ne vivez qu'avec une ombre, à laquelle vous prêtez si chaleureusement et si fictivement l'être, osez le même prodige divin pour l'Ombre véritable ! Et pesez ensuite en votre âme si l'auguste illusion de la créature auxiliatrice qui vous ramènera vers le désir de la Vie n'est point préférable au vivant fantôme dont la soi-disant et chétive réalité ne sut jamais vous inspirer que la soif de la mort[129] ! » Désormais, en effet, c'est Edison qui se propose d'essayer de détourner de son projet de suicide Lord Ewald venu lui rendre une visite d'adieu, en lui offrant un être digne de son amour, – à condition toutefois que Lord Ewald le *désire*, car seule sa volonté peut animer la machine.

Evelyn est de son côté devenue Alicia, dont Villiers aggrave le portrait psychologique jusqu'à en faire un monstre de sottise d'une médiocrité proprement infernale. Villiers ébauche d'autre part l'épisode Anderson, qui est comme une mise en abyme de l'histoire de Lord Ewald et d'Alicia : Edison révèle que la création d'Hadaly lui a été inspirée par l'aventure tragique d'un de ses amis américains, Edward Anderson, poussé au suicide, comme tant d'autres, par une danseuse (qui prend le nom d'Evelyn Habal), dont les charmes appa-

129. Extrait d'un état manuscrit reproduit dans *O.C.*, tome I, p. 1537.

rents étaient de surcroît entièrement factices : « C'est
pourquoi j'ai conçu l'Andréide !... conclut Edison [...].
– Je me suis dit : Si, pour un grotesque amalgame de
produits artificiels quelconques (et il y en a toujours au
moins une demi-douzaine en tout laboratoire de toilette
féminine), cinquante-quatre mille hommes raisonnables, braves, généreux et passionnés perdent par an
la vie, l'honneur, la fortune et l'espérance en Europe et
en Amérique, je vais leur arracher, à la déesse Iris, à la
Vénus électrique, à la mystérieuse science des aimants,
de quoi leur donner une chance salubre[130] ! » Et Villiers
évoque alors pour la première fois, mais sans s'attarder,
la veuve sans espoir de l'ami américain, Mrs. Anderson. Il développe aussi considérablement la description
technique d'Hadaly, en particulier de ce qui distingue
l'Andréide des automates du XVIIIe siècle : les deux
phonographes qui lui tiennent lieu de poumons. Mais
lorsque, dans un des fragments manuscrits de cette
époque, Villiers fait parler Hadaly, l'Andréide ne récite
nullement quelque œuvre enregistrée, elle supplie Lord
Ewald de ne pas la sacrifier à son modèle : bien avant de
savoir comment il allait trouver une explication à ce
miracle, Villiers dotait la machine *d'affects*, et singulièrement de cette capacité, propre aux seuls êtres
vraiment vivants, de souffrir.
   Le roman n'était pas terminé, mais Villiers savait
qu'il le *tenait*. A son ami intime et confident Jean
Marras, il écrivit en février 1879 : « Quant au livre,
dont j'écris actuellement le cinquante-deuxième chapitre, c'est une œuvre dont l'apparition fera, je crois,
sensation un peu au large, car, pour la première fois de
ma vie, je n'y plaisante plus. / "Pas n'est besoin" de te
prévenir de n'ajouter aucune valeur aux "jugements" de
ceux qui pourraient t'en parler, d'après des bribes
informes, lues entre des aboiements et des cris de
perroquet, et écoutés [*sic*] par des cerveaux secs, morts,
– et hostiles (pour cause). / Il ne s'agit pas de cela du

---

130. *Idem*, p. 1539.

tout. — Un volume de cinq ou six cents pages, de cette conception et envergure, après tout, ne se juge pas, de la sorte, au pied levé et entre deux borborygmes. Je sais ce que je fais et je sais que cela pèse lourd, cette fois-ci. / Tiens, écoute : c'est un livre vengeur, brillant, qui glace et qui force toutes les citadelles du Rêve ! / Jamais, jamais je ne me serais cru capable de tant de persévérance dans les analyses ! – de tant d'homogénéité dans la composition, de tant d'imaginations étourdissantes, et dont, jusqu'à moi, personne, entends-tu, n'a osé les merveilleuses et nouvelles évocations. Tu peux me croire, c'est un incitateur et un tombeur ; je crois fermement qu'il est immortel, et je m'emballe, ici, à bon escient. / [...] Je ne dis rien à personne de ce que je pense de l'ensemble, – mais je l'ai en moi, et c'est positif. / Quant au style, je le crois passable : jamais je n'ai écrit comme cela. J'y ai mis le temps et la patience. – *Ce livre-là paraîtra*. Quand je veux réellement, je veux bien. / [...] C'est galvanisant, te dis-je ! L'effet est celui que produit, sur un courant "le crayon excitateur de la pile faradique, – au péroxyde de plomb" (Cela peut donner une étincelle de *50 à 55 centimètres*. C'est gentil, hein ?) Il y a certaines analyses de l'entité bourgeoise qui pourront te faire jubiler [...]. – Mais il y a d'autres choses aussi... C'est compliqué[131]. » *Et quibusdam alii...*

L'enthousiasme philosophique, scientifique et stylistique de Villiers semble inversement proportionnel au dénuement de plus en plus grand dans lequel vivait l'écrivain. Sachant que Villiers ne se nourrissait d'ordinaire que d'un bol de soupe et d'un petit pain, Pontavice l'invitait de temps en temps à dîner, pas trop souvent, pour ne pas froisser son extrême susceptibilité, et Villiers lui déclamait alors sur le balcon des passages de *L'Eve future* : « il s'exaltait lui-même au bruit de ses paroles, son regard se fixait en une sorte d'extase, son geste montait vers Dieu ; il n'appartenait plus à la terre[132] ». Lorsqu'il y redescendait, c'était

---

131. *Corr.*, n° 194.
132. Pontavice, *op. cit.*, p. 197.

pour donner des leçons de boxe : « Mes leçons m'ont
sauvé, écrit-il à Jean Marras, toujours en février 1879.
Je gagne 40 francs par semaine en tout ; soit cinq francs
par jour. [...] je ne sors qu'une fois toutes les six
semaines. Une côtelette ou une saucisse de Francfort-
sur-la-main [sic] ou un œuf dur, une tasse de café et me
voilà roi[133]. »

L'année 1879 fut aussi généreuse que les précédentes
en promesses non tenues. Le libraire Richard, qui avait
accepté de publier non seulement *Le Nouveau Monde*
mais les œuvres complètes de Villiers, fait finalement
faillite, et charge sa femme, vendeuse de confiseries rue
de Rivoli, de vendre en solde les exemplaires restants
de la pièce, – que Villiers essaiera évidemment en vain
de faire jouer. Villiers collabore à un hebdomadaire
légitimiste – qui survit deux mois. Il s'imagine encore
une fois conclure un riche mariage, cette fois avec une
demoiselle E. qui « pèse » cinquante millions, – mais le
28 novembre, il apprend « qu'elle a un amant, un
grand banquier de Paris, *qui ne veut pas l'épouser*[134] ». –
Choqué, déçu, il va se saouler proprement dans une
brasserie viennoise.

C'est vers cette époque aussi que l'auteur de *L'Eve
future* et d'*Axël*, qui après tout n'avait que quarante ans,
« se laissa, selon la pudique expression de J.-H. Bornecque, glisser dans les bras d'une pauvre femme de
ménage », qui raccommodait ses hardes ; veuve d'un
cocher, mère d'un petit garçon, elle ne savait même pas
écrire son nom : Marie Dantine. La distance entre le
rêve et la réalité devenait abyssale.

Enfin le vent tourna un peu. Le 20 février 1880, alors
que *Le Nouveau Monde* venait de paraître en librairie,
Villiers sollicita quelques lignes d'Aurélien Scholl : cela
lui permettrait, entre autres choses, d'oser se présenter
dans un journal afin d'y publier son livre « *L'Eve
future*, qui [lui] a bel et bien coûté deux années de
travaux et de recherches[135] ». C'est peut-être grâce à

133. *Corr.*, n° 194.
134. *Corr.*, n° 201.
135. *Corr.*, n° 206. C'est sous ce titre déjà qu'il annonçait la
publication du roman au dos du *Nouveau Monde*.

l'intervention de Scholl qu'Arthur Meyer, directeur du *Gaulois*, un des premiers journaux de Paris, accepta de publier *L'Eve future*. Début septembre, *Le Gaulois* annonça que son nouveau feuilleton serait *L'Eve nouvelle*, « l'une des plus saisissantes conceptions modernes, – la plus surprenante peut-être, – de la littérature de ce temps. [...] Le lecteur peut s'attendre à un style et une *froide* puissance d'idées qui ne ressemblent positivement à rien de connu ». Fou de joie, Villiers touche la première avance substantielle de sa carrière : cinq cents francs, et va fêter sa réussite à la Grand'Pinte, un café d'artistes à Montmartre. Quatorze feuilletons paraissent du 4 au 18 septembre, qui correspondent à peu près au premier tiers du texte définitif, et mènent le lecteur jusqu'à la conclusion du pacte. Puis, mystère : la publication est interrompue brusquement et sans explication. Pontavice écrira que les lecteurs se désabonnèrent en masse, ce qui n'est ni vérifiable ni impossible.

Mais cette brève période d'euphorie avait redonné du courage à Villiers ; il proposa presque aussitôt son roman à d'autres journaux. Et quelques semaines plus tard, son ami Edouard Taine accepta d'inaugurer le feuilleton de son nouveau journal, *L'Etoile française*, avec *L'Eve nouvelle*. Villiers, qui se présentait en décembre comme candidat légitimiste aux élections municipales du XVIIe arrondissement, se disputa bien un peu avec les collaborateurs de ce journal républicain qui faisait campagne pour Gambetta – le politicien que Villiers détestait le plus, mais tout se passa bien malgré tout : *L'Eve nouvelle* parut entre le 14 décembre et le 4 février, avec seulement quelques brèves interruptions.

Le roman, jusque-là découpé en chapitres, était désormais divisé en six livres, ce qui serait sa forme définitive. Villiers avait apporté un soin supplémentaire à la description, de plus en plus détaillée et de plus en plus vraisemblable, du mécanisme d'Hadaly et des procédés techniques employés pour assurer la ressem-

blance parfaite de l'automate avec son modèle vivant.
Et son idéal du vrai scientifique moderne s'éclairait par
la référence d'Edison, plus que jamais porte-parole de
l'auteur, à deux grandes figures contemporaines à
l'esprit aventureux, dont le positivisme intransigeant ne
bornait nullement l'intelligence ni l'imagination : Marcelin Berthelot, auquel la note d'*Isis* faisait déjà indirec-
tement allusion et dont l'ouvrage sur la synthèse
chimique venait d'être réédité (1879), mais qui par
ailleurs, et Villiers le savait sans doute, écrivait une
histoire de l'alchimie ; et surtout le docteur Crookes,
chimiste et physicien anglais que ses recherches sur les
décharges électriques à travers les gaz raréfiés avaient
amené à supposer (en 1878) un quatrième état de la
matière, l'état « radiant », ce qui n'était ni plus ni
moins que le pressentiment de l'existence des électrons
et de la nature corpusculaire de la matière. Or, le
docteur Crookes, en même temps qu'il se livrait aux
recherches qui le conduiraient à cette intuition de
l'unité électro-magnétique de la matière, s'était intéressé aux phénomènes du magnétisme psychique et,
entre 1870 et 1874, avait fait avec des « *médiums* » des
expériences en laboratoire décrites dans un ouvrage
dont la traduction française venait de paraître en 1878 ;
Villiers lui-même évoque, dans un article de 1884, ces
expériences dont les résultats avaient de quoi
« déconcerter le positivisme le plus rassis[136] ». « La
science de l'Homme se hasarde ici, pour la première
fois, sur un terrain tellement fantastique et inattendu,
que le lecteur, stupéfait, se demande s'il rêve[137] ! » –
écrit Villiers au début de son article ; puis il cite les
conclusions « extraordinaires » de Crookes lui-même :
« Rien n'est trop merveilleux pour être vrai, a dit
Faraday, si cela est conforme aux lois de la Nature.
Mais il faudrait connaître *toutes* les lois de la Nature (et

---

136. *Les Expériences du Dr Crookes*, article paru dans *Le Figaro*,
10 mai 1884, et recueilli dans *L'Amour suprême* (1886) ; O.C., tome
II, p. 72.
137. *Ibid.*, p. 69.

rien qu'avec celles que nous ignorons on pourrait créer l'Univers) pour déterminer si tel phénomène leur est ou non conforme. Or il se trouve qu'ici, comme en électricité, par exemple, l'expérience, l'observation sont les seules pierres de touche de cette conformité » ; et « les résultats de nos [...] investigations paraissent établir, sans conteste, l'existence d'une nouvelle force liée à l'organisme humain et que l'on peut appeler *Force psychique*[138] ».

Même si, au moment où il retravaillait *L'Eve nouvelle* en vue de la publication dans *L'Etoile française*, Villiers n'était pas encore aussi bien informé sur le docteur Crookes qu'en 1884, et bien qu'il n'adhérât nullement aux théories du spiritisme qu'il condamne fermement au nom de l'orthodoxie chrétienne à la fin de son article, il semble qu'il entrevit dès 1880 dans l'hypothèse de Crookes le moyen de conclure sa propre « chevauchée à travers la philosophie » en quête d'une « mystérieuse unité », à l'instar des grands romanciers-philosophes, par une de ces « trouées soudaines » dont parlait Baudelaire... Edison promet bel et bien dans *L'Eve nouvelle* de révéler bientôt à Lord Ewald, légitimement troublé, le « secret » qui fait agir et réagir Hadaly comme un être vivant, – mais Villiers apparemment ne savait pas encore exactement lui-même de quelle nature était ce secret. Trop de questions énigmatiques restaient en suspens, le sens de l'œuvre restait trop indécis, et trop de choses restaient à revoir pour assurer l'ultime cohérence de l'ensemble ; le dénouement que Villiers avait préparé – Lord Ewald rentrait tout bonnement chez lui avec son automate – et qui devait constituer le dernier feuilleton de *L'Eve nouvelle*, dut soudain lui sembler vraiment trop sommaire par rapport à l'envergure supplémentaire, scientifique, philosophique et faustienne, qu'il sentait pouvoir donner à son œuvre. Aussi laissa-t-il les lecteurs de *L'Etoile française* sur leur faim : la publication de *L'Eve nouvelle*

138. *Ibid.*, p. 75 et p. 76.

s'interrompit au milieu de ce qui serait dans le texte définitif le chapitre XII du livre VI, sur cette réplique de Lord Ewald à propos d'Alicia : « Ma foi, dit-il, je l'avais oubliée. »

Villiers ne se mettrait cependant à remanier son roman inachevé que beaucoup plus tard. Il y avait beaucoup plus urgent. Le 10 janvier 1881, un fils lui était né de Marie Dantine, et outre la sienne, l'écrivain devait désormais assurer la subsistance de trois personnes : Marie, son fils Albert, le petit Victor, qu'il allait adorer. Il publiait bien de-ci de-là des contes dans les petites revues de ses amis, mais cela ne suffisait pas ; entre autres activités alimentaires, Villiers joua donc le « fou guéri » dans la salle d'attente d'un certain docteur Latino, aliéniste, – peut-être même travailla-t-il dans une entreprise de pompes funèbres[139]. Il songea à faire jouer *Le Prétendant*, version remaniée de *Morgane*, mais la Comédie-Française refusa le texte en octobre. Le 12 avril 1882, il perdait sa mère : il avait donc désormais aussi à charge son père, quatre-vingts ans, sénile et un peu fou. Le guignon semblait gagner la partie.

Mais au mois d'août, l'éditeur Calmann Lévy manifeste un regain d'intérêt pour le recueil des *Contes cruels*, qui s'est bien étoffé depuis 1877 et, en octobre, accepte de le publier – moyennant malheureusement les droits forfaitaires dérisoires que l'on sait. Le même mois, Villiers place dans *La Vie artistique*, un nouveau mensuel illustré, un large extrait de la troisième partie d'*Axël*, celle dans laquelle Axël refuse l'initiation de Maître Janus : le texte est flatteusement annoncé par la revue comme une scène d'un grand ouvrage « conçu dans les proportions du *Faust* allemand [...], d'un style et d'une profondeur métaphysique des plus extraordinaires ». A *La Vie artistique*, Villiers rencontre aussi Charles d'Osmoy, ancien ami de Flaubert et de Bouilhet, auteur de pièces dont plusieurs avaient été représentées à Paris, riche – et bientôt disposé à prêter à

---

139. Selon Henry Roujon ; cf. Raitt, *op. cit.*, [1987], p. 208.

Villiers le montant de la location du théâtre des Nations pour y faire représenter *Le Nouveau Monde*. Enfin son rêve se réalise! Juste avant Noël, l'éditeur Lalouette accepte de financer la pièce, et la première est prévue pour le 1er février. Le 9 février 1883 paraissent les *Contes cruels*; le 19, après maintes difficultés pour trouver les acteurs, payer les fournisseurs, après maints remaniements du texte aussi, car la pièce s'est avérée beaucoup trop longue, après des semaines de travail frénétique et à grand renfort de publicité, c'est enfin la première du *Nouveau Monde*. Villiers, sûr de son étoile, s'est acheté un magnifique pardessus doublé de loutre, et admire son reflet en passant devant les vitrines; lui, qui depuis des années n'a pas de domicile fixe, a loué pour le 15 avril suivant un appartement boulevard Haussmann et commandé un mobilier en palissandre; il projette de reconstruire le château familial près de Saint-Brieuc, rêve surtout d'aller en Amérique[140]. Mais c'est la déception, puis la chute: la pièce n'est d'abord que mollement accueillie, et bientôt les acteurs, que les changements constants de texte, les harcèlements de Villiers, les rôles écourtés, ont exaspérés et qui de plus n'ont pas été payés, la coulent délibérément. Les représentations durent cesser à la dix-septième, les artistes attaquèrent les commanditaires, Lalouette fit faillite. Mais Villiers sentait bien malgré tout que désormais, en partie grâce à tout ce tapage, il *existait*, qu'il était sorti de l'obscurité; il ne se laissa d'ailleurs pas complètement abattre par la chute de sa pièce: il défendit son texte, défiguré par les coupures et une représentation bâclée.

Le bruit qu'avaient fait *Le Nouveau Monde* et les *Contes cruels* eut pour premier effet positif de lui ouvrir les colonnes de la grande presse; le 19 avril 1883, Villiers collaborait pour la première fois au *Figaro* et toute l'année, il produisit des chroniques et des contes

---

140. Sur cet épisode de la représentation du *Nouveau Monde*, voir Raitt, *op. cit.* [1987], pp. 237-253.

pour divers grands journaux qui payaient bien, ce qui lui permit de subsister. Mais il n'en poursuivait pas moins avec obstination ses recherches généalogiques, et tenait de plus en plus à terminer et à publier *Axël* ; à défaut, impatient de présenter au public son drame, il donna le 28 février 1884, boulevard des Capucines (là même où Edison avait présenté son phonographe six ans plus tôt), une lecture et une conférence. En mai, alors même que l'article de Villiers sur le docteur Crookes faisait sensation, Huysmans publiait *A Rebours*, dont l'unique et aristocratique personnage commence par enterrer en grandes pompes sa virilité morte et proclamer que la nature « a fait son temps »; dans ce livre qui fit grand bruit, Huysmans, que Villiers connaissait alors à peine mais qui allait devenir son ami, rendait particulièrement hommage au talent et à « l'esprit de goguenardise singulièrement inventif et âcre » de certains des contes ironiques de Villiers, dont *L'Affichage céleste* et *La Machine à gloire*. Villiers devenait célèbre.

Quant à *L'Eve nouvelle*, dont il n'avait plus été une seule fois question dans la correspondance depuis la lettre à Scholl de février 1880, c'est probablement vers cette époque qu'il se remit à y travailler. A partir de septembre 1884, il reprit les démarches pour faire publier le roman : le 22, il réclamait de toute urgence manuscrit et épreuves à l'éditeur Lacroix, il y eut donc sans doute un projet, resté sans suite, de publier le texte à la fois en volume en Belgique, et en périodique. Le 13 avril de l'année suivante, l'éditeur Monnier signifiait à Villiers son accord pour la publication en volume de *L'Eve nouvelle*, dès la fin de la publication en feuilleton dans le *Gil Blas* (auquel Villiers collaborait de temps en temps depuis le 18 août 1884). Mais il n'y eut pas de publication dans le *Gil Blas*. Puis Villiers proposa son roman au nouveau quotidien *Le Succès*, qui à l'évidence l'accepta dans un premier temps avec enthousiasme puisque, le 2 juin 1885, *L'Eve future* (qui retrouvait donc son titre initial) était annoncée comme « une vaste et puissante conception » dont les idées « exprimées en un style magistral sont d'un ordre tellement extra-ordinaire que nous voulons en laisser au lecteur toute la surprise ». Mais deux jours plus tard, Villiers n'ayant pas livré sa copie, *Le Succès* publiait un autre roman. *L'Eve future* n'était donc peut-être pas encore tout à fait au point au goût de Villiers, véritable forcené du remaniement et de la correction sur épreuves. A moins que, tout à fait à court d'argent, il n'ait préféré vendre tout de suite tous les droits de son œuvre, six cents francs comptant pour l'édition en feuilleton, et deux cent cinquante francs d'avance pour l'édition en volume, à l'homme d'affaires Gaston Lèbre qui dirigeait *La Vie moderne*. C'est donc finalement dans *La Vie moderne* que le roman commença à paraître le 18 juillet, mais le dernier chapitre ne fut publié que le 27 mars 1886, et Villiers mit quinze jours à se décider à livrer les dernières pages, celles du nouveau dénouement. Entre-temps, il avait, le 1er décembre, perdu son père – ce qui fut un choc mais sans doute aussi un soulagement car le vieillard, plus qu'à demi-fou et malgré un dénuement total, avait pris une maîtresse et harcelait son fils de demandes d'argent. Et, comme au cours de l'hiver précédent, Villiers avait été malade, ce qui n'est pas étonnant si l'on en croit le témoignage digne de foi de Mallarmé, rapporté par Gustave Guiches[141] selon lequel Villiers, qui n'avait toujours pas de domicile et changeait de pension lorsqu'on le sommait de payer le loyer, finit d'écrire son roman à plat ventre sur le plancher d'une chambre pratiquement vide de meubles, éclairé à la lumière d'une bougie fichée dans sa cire.

L'Eve future, profondément remaniée, compte désormais soixante-neuf chapitres ; certains chapitres ont été dédoublés par souci d'aération, des digressions ont été éliminées, de nouveaux détails techniques rendent le fonctionnement de la machine encore plus vraisem-

---

141. *Au Banquet de la vie*, Paris, Spes, 1925, p. 210 ; *Le Banquet*, Paris, Spes, 1926, p. 51.

blable, les réflexions philosophiques idéalistes d'Edison sont moins touffues et plus absolues, ses réflexions psychologiques sur les femmes et sur le langage plus pointues, mais surtout Villiers dévoile le secret du comportement miraculeux d'Hadaly : en vertu de l'existence en chacun du « fluide psychique » décrit de manière indiscutable par Crookes, Edison l'électricien est désormais aussi un magnétiseur, capable « d'émettre, à distance, une somme d'influx suffisante pour exercer une domination sans limites sur certaines natures » (livre VI, ch. XIII), et donc le maître prométhéen de l'énergie électrique qui sous ses diverses formes régit tous les êtres vivants ; et il travaille désormais en étroite collaboration avec Sowana, c'est-à-dire l'âme médiumnique qui habite le corps de Mrs. Anderson endormie, dont on fait la connaissance dans un chapitre entièrement rajouté au tout début du roman (Livre I, ch. IV) ; cette âme n'attendait, pour quitter le corps endormi de la femme abandonnée, pure et souffrante, et aller habiter la forme parfaite d'Hadaly, qu'un désir pur et noble qui les mériterait, elle et la sublime machine ; c'est son désir à elle et son influx nerveux, relayés par un complexe et mystérieux système d'inducteurs et de condensateurs, qui viennent se combiner à l'électricité proprement dite, et bien sûr à l'énergie du désir de Lord Ewald, de « sa force projective de soi-même », pour animer la machine, « centre commun électro-magnétisé », Grand Œuvre d'Edison. Sans Sowana, l'Andréide n'aurait jamais pu être la créature extraordinairement vivante et saisissante, dont l'apparition solennelle, sommet du roman, puis les révélations transcendantales, bouleversent totalement et définitivement Lord Ewald. Lorsque Lord Ewald, conquis, décide de ramener Hadaly avec lui dans son manoir écossais où ils vivront à tout jamais l'amour idéal hors du temps, Edison débranche l'Andréide, qui fonctionnera désormais sur batterie, – et Mrs. Anderson meurt, puisque Sowana a quitté son corps pour celui d'Hadaly.

Mais le roman ne pouvait se terminer sur ce triomphe

de la rébellion contre l'ordre divin. Villiers souffrait à nouveau vers cette époque d'angoisses religieuses et, en partie sous l'influence inquisitoriale et querelleuse de Léon Bloy qu'il fréquente intimement à partir de l'hiver 1885, s'efforçait de retrouver la foi de ses ancêtres et de « recoller » à l'orthodoxie chrétienne ; il était donc alors particulièrement inconcevable que la révolte faustienne, prométhéenne et luciférienne d'Edison (et d'Ewald) ne soit pas châtiée, – d'ailleurs Villiers avait finalement supprimé certaines des allusions faustiennes les plus explicites. Edison se plaignait avec Pascal que le Ciel restât désespérément muet ? Défié par l'achèvement de la créature artificielle, puis ultimement provoqué à la fin du roman par le coup de feu qu'Edison tire vers le ciel en riant, avec le pistolet dont Eward voulait au début du livre se servir pour se suicider, Dieu va finalement se manifester, et détruire par le feu, comme on brûlerait une hérétique ou une sorcière, la création sacrilège mais aussi son modèle, Alicia, créature dont Villiers pense à l'évidence que la divinité elle-même ne peut que la juger par trop dégradante et indigne de survivre.

Huysmans, rapporte Remy de Gourmont, « avait trouvé un dénouement bien meilleur que celui de Villiers, et qui concluait à la suprématie éternelle de la vie, à la suprématie de la chair brute sur la machine la plus « intelligente » ; Lord Ewald regagne l'Ecosse avec son Andréide, vit avec elle, se grise d'artificiel ; mais un soir, il aperçoit la jambe nue d'une fille de ferme, et il veut cette fille, et il brise la mécanique[142]. » Etait-ce une boutade[143] ? Ce dénouement était bien dans l'esprit en effet

142. Remy de Gourmont, *op. cit.*, p. 30.
143. Huysmans en effet admirait l'œuvre de Villiers : « Avez-vous lu son *Eve future* – demanda-t-il à Théodore Duret en 1886 (Léon Bloy, J.–K. Huysmans, Villiers de l'Isle-Adam, *Lettres (Correspondance à trois)*, réunies et présentées par D. Habrekorn, Editions Thot, 1980, n° 38). – Sinon il faut absolument que vous la lisiez car c'est un livre d'un grand talent, d'une ironie vraiment supérieure et d'un style superbe. Quelle injustice de voir un tel écrivain dans la misère, et absolument inconnu des Bourgeois qui n'achèteraient pour rien ses livres. »

de l'auteur d'*A Rebours*, – mais ô combien éloigné de
l'imagination de Villiers, « Impératrice du Rêve », « cali-
fourchonnière des Cieux » comme l'appelle Léon Bloy,
qui a bien compris que ce dont il s'agissait dans *L'Ève
future*, « ce livre de magicien, splendide et désespéré, [...]
ce livre infiniment extraordinaire », ce n'était pas de « tel
ou tel flagornant éloge du Sexe dangereux » mais bien du
« Renouveau du Paradis terrestre », de « ce fameux Jardin de Volupté, symbole et *accomplissement* de la Femme,
que tout homme cherche à tâtons depuis le commencement des siècles », et de la quête de cette « Femme
non-pareille » dont Villiers « avait un besoin si furieux
qu'après l'avoir cherchée, vingt ans, parmi les fantômes
de ses rêves, il essaya résolument de la créer, comme eût
fait un Dieu, avec de la boue et de la salive[144] ».

Il y avait aussi que pour Villiers, comme pour Paul
Valéry, « nous traversons seulement l'idée de perfection
comme la main impunément tranche la flamme ; mais la
flamme est inhabitable, et les demeures de la plus haute
sérénité sont nécessairement désertes[145] ». Lorsque pour
l'édition des *Contes cruels* en 1883, alors que « *L'Ève
future* n'était encore que *L'Ève nouvelle*, Villiers avait
ajouté, au début du *Traitement du docteur Tristan*, dans la
liste des inventions « butyreuses pour tous » – entendez :
dont chacun fait son beurre –, « *L'Ève nouvelle*, machine
électro-humaine (presque une bête !...) offrant le clichage
du premier amour, – par l'étonnant Thomas Alva Edison,
l'ingénieur américain, le Papa du Phonographe », le fond
sérieux de son ironie était bien la cruelle certitude qu'il est
impossible d'immobiliser « l'heure d'or » de l'amour qui
éclôt, encore absolu, chaste et pur, « l'heure de l'Idéal » :
plutôt que de laisser la réalité dégrader puis détruire
immanquablement cet instant sublime, parfait, Axël et
Sarah, au plus haut point de leur extase spirituelle,

144. Léon Bloy, *op.cit.* (cf. *supra*, note 6).
145. Paul Valéry, « Avant-propos » au recueil de poèmes de
Lucien Fabre : *La Connaissance de la déesse*, paru en 1920, recueilli
dans *Variété I* [1924], édition utilisée : Paris, Gallimard, collection
« Idées », s.d. [achevé d'imprimer 1978], p. 93.

préféreront se suicider, « puisque l'infini seul n'est pas un mensonge[146] ». En détruisant l'Andréide et en faisant couler le *Wonderful*, Dieu ne condamnait pas tant les audaces de l'imaginaire qu'il ne punissait une autre des présomptions sacrilèges d'Edison : celle de croire qu'avec sa machine incorruptible, imputrescible, inaltérable, il pouvait donner à l'homme l'éternité et le paradis sur terre.

Le 4 mai 1886, le roman, dont le style et la typographie avaient été minutieusement révisés, parut donc pour la première fois en volume chez Maurice de Brunhoff[147]. *L'Eve future* était désormais précédée de cet « Avis au lecteur » où Villiers, trente et un ans après la lettre à Lemercier de Neuville dans laquelle il jugeait son *Faust* inepte, osait mesurer son œuvre à l'aune de Goethe, – et de la dédicace « Aux rêveurs, Aux railleurs » par laquelle il s'inscrivait fièrement dans la lignée de Poe. Villiers avait enfin réalisé le rêve fondateur de son adolescence, et au terme d'un « effort de Titan », dira Bloy, mené à éclosion sa propre « œuvre d'Art métaphysique », synthèse vertigineuse de la philosophie et de la poésie, de l'esprit et de la matière, d'Hegel et de Baudelaire, de Pascal et de Crookes, du passé et de l'avenir, du transitoire et de l'éternel, fleur du Rêve et du Rire, « pamphlet par excellence », écrira Mallarmé, « qui atteint ce résultat auparavant refusé, de mener l'ironie jusqu'à une page-cime où l'esprit chancelle[148] ».

★
★ ★

> « *Je me fous de la littérature. Je ne crois qu'à la vie éternelle*[149]. »
>
> VILLIERS DE L'ISLE-ADAM.

---

146. *Axël*, in *O.C.*, tome II, p. 677.
147. Jeune associé, devenu indépendant, d'Edouard Monnier, celui-là même qui avait sérieusement envisagé de publier le roman l'année précédente.
148. Conférence déjà citée *supra*.
149. *O.C.*, tome II, p. 1005.

Villiers était très attentif à la présentation matérielle
de ses œuvres : en juillet 1886, alors que devait
paraître, chez de Brunhoff aussi, le recueil *L'Amour
suprême*, il fit parvenir à la presse une lettre ouverte
dans laquelle il s'opposait à la mise en vente du livre,
d'abord pour des questions de propriété littéraire de
certains des textes recueillis, mais surtout parce que ni
les illustrations, ni les épreuves ne lui avaient été
soumises, et que le résultat était une « dérision ».
L'absence de traces de protestation de Villiers laisse
légitimement penser que la couverture de l'édition
originale de *L'Eve future*, pourtant signée « Aug. François Gorguet », l'auteur des illustrations indésirables de
L'Amour suprême, a donc eu son assentiment. Elle est
éloquente. Imprimée sur fond crème, elle est barrée
obliquement d'un large ruban rouge, comme l'étiquette
d'une bouteille de champagne Mumm, qui court du bas
du verso du plat inférieur (et là il porte en noir le nom
de l'auteur), jusqu'au haut du verso du plat supérieur
(où il porte en grandes majuscules noires le titre de
l'œuvre). Le recto du plat inférieur est illustré en outre
d'un semis d'étoiles rouges, au milieu duquel un arbrisseau porte un cartouche avec le monogramme (MB) de
l'éditeur en rouge, et en noir la devise « cum tempore ».
Le recto du plat supérieur porte, lui, à gauche, en haut,
une sorte de timbre carré représentant une tête couronnée de lauriers surmontée du nom d'Apollon sur un
fond de mosaïque rouge, figure posée au sommet d'une
colonne (blanche et cannelée dans sa partie supérieure
et rouge dans sa partie inférieure, et ornée d'une grande
palme, symbole de victoire) ; tout en haut, à droite, en
noir sur fond crème, et en petits caractères romains,
le nom de l'auteur, et dessous, à hauteur de la tête
d'Apollon et sur le même fond de mosaïque rouge,
la mention en majuscules « LES CONTEMPO-
RAINS » ; sous le ruban rouge oblique portant le titre,
l'illustration, sur fond crème, représente un piédestal
vide, auquel est accroché un cartouche qui porte en noir
sur fond de mosaïque rouge et en petites majuscules :

« FIN du XIXe SIÈCLE », et sur les marches duquel est tombée une couronne de lauriers ; au fond, derrière le piédestal, se détache, sur un ciel nuageux de fin de journée, la silhouette noire de l'Institut ; au premier plan, à gauche du piédestal et au pied de la colonne, un angelot debout est appuyé sur un cartouche portant de nouveau le monogramme de l'éditeur, et une banderole avec la devise « cum tempore » ; enfin, tout en bas, sont imprimés en noir le nom et l'adresse de l'éditeur.

Cette couverture de *L'Eve future* ne fait-elle pas immanquablement songer au début des *Notes nouvelles sur Edgar Poe* où Baudelaire vitupérait les « sphinx sans énigme qui veillent devant les portes saintes de l'esthétique classique[150] » ? Quelle littérature les contemporains, avec l'aide de jeunes éditeurs (l'arbrisseau du plat inférieur) épris de beauté éternelle – celle d'Apollon – et de rêve (les étoiles), allaient-ils mettre sur le piédestal de la fin de ce siècle ? Villiers qui, si cela n'avait risqué de peiner ses amis parnassiens, ne se serait nullement défini un « symboliste » mais un « classique-romantique[151] », – répondait : une littérature d'idées, privilégiant systématiquement l'interrogation métaphysique, et tendant vers un absolu de pure beauté philosophique. Et de fait, d'avoir visé si haut et si loin, *L'Eve future*, qui n'a suscité sur le moment pratiquement *aucun* commentaire[152], qui aurait pu vieillir affreusement puisqu'elle prenait le risque de voir toute sa substance scientifique rapidement dépassée, garde une extraordinaire fraîcheur, une grande puissance d'émotion, et une portée philosophique intacte : non seulement sur les fins dernières de la Science et de la Technique, – et toutes les intuitions et anticipations de Villiers sur l'évolution de la vie moderne étaient étonnamment justes –, mais sur la condition de l'homme comme être de langage.

150. *O.C.* de Baudelaire, éd. cit., tome II, p. 319.
151. Raitt, *op. cit.*, [1965], p. 49.
152. On ose à peine mentionner l'article d'Emile Pierre dans le *Gil Blas*, et moins encore celui d'Emile Bergerat dans *Le Figaro*, intitulé « Le Fumisme ».

Car le problème métaphysique fondamental qui sous-tend tous les problèmes qu'Edison, spécialiste des techniques de la reproduction et de la ressemblance (photographie, photosculpture, et bien sûr phonographe), se propose de contourner (sinon de résoudre) par ses combinaisons techniques, n'est autre que celui de l'inadéquation du signe et du sens, – ou encore : de la forme et du fond, de l'âme et du corps, dont la *non-correspondance* (Livre I, ch. XVI) du physique et de l'intellectuel chez la belle Alicia, incarnation du concept (contradictoire dans les termes) de « Déesse bourgeoise », est la preuve vivante. Personnification du versant romantique de Villiers lui-même, de « l'Homme [qui] s'enchaîne avec sa propre imagination », du rêveur « rude à la désillusion » (Livre I, ch. XVI), Ewald ne peut absolument pas supporter cette disparate inintelligible entre la beauté du corps et l'indigence de l'âme d'Alicia. Avant de se résigner à admettre que cette voix, qui épand « son enchantement d'or sur toute syllabe » (Livre I, ch. XV), n'est qu'un « instrument vide », – que ce sphinx est *sans énigme* (Livre I, ch. XVI), Ewald s'ingénie d'abord à imaginer que le comportement d'Alicia est l'effet d'une sublime stratégie par laquelle, autre Tullia, elle protégerait de toute profanation son être véritable et tout idéal. Puis, une fois reconnue l'irréparable évidence, Lord Ewald, au lieu « d'abandonner courageusement le corps », qui pourtant n'est plus rien à ses sens glacés qu'une « merveilleuse forme morte », se contente de « voiler l'âme » – et alors, dit-il, il devient *muet* (Livre I, ch. XVI).

La grande tâche paradoxale d'Edison dans le roman est d'abord de débarrasser Ewald de ses illusions sur les *signes*, – soit qu'Edison dissèque la femme physique et montre à Ewald que la beauté physique apparente peut n'être que le produit trompeur d'une somme de prothèses et d'artifices plus ou moins répugnants, – soit qu'Edison démontre à Ewald que sa conception du langage est viciée par ce que Jankélévitch appelle la « vieille théorie réaliste de l'Expression », qui repose

sur « une sorte de préjugé paralléliste : on veut que le
signe révèle le sens et que la même quantité d'être
figure ici et là, invisible dans l'idée, incarnée dans le
mot » – alors que tout serait si simple « si l'on voulait
bien ne plus imaginer une "traduction", Dieu sait
quelle transfusion de pensée miraculeusement évoquée
en sons et en signes », si l'on voulait bien « renoncer à
l'idée d'une correspondance "juxtalinéaire" entre les
idées et les mots[153] ». En fait, résume Jankélévitch
d'une phrase que Villiers n'aurait pas récusée, « l'équivoque est la loi même de l'expression et la source de
tout malentendu[154] ». D'une part, comme il y a « infiniment plus de nuances dans les subtilités et les
complexités [...] de l'intention qu'il n'y a de combinaisons possibles dans le registre des signes », nous
sommes condamnés à ne jamais pouvoir vraiment nous
« exprimer », quel que soit notre souci de « sincérité »,
et à réutiliser éternellement les mêmes combinaisons de
signes approximatifs. D'autre part, malgré la capacité
de l'homme d'apprendre à lire « entre les lignes » et à
« capter les ondes mystérieuses qui cernent chaque
mot, qui le rendent suggestif et inégal » à lui-même,
rien ne nous assure que notre interlocuteur voudra ou
pourra nous comprendre – Villiers pour sa part est
certain non seulement de la mauvaise foi des « passants » mais aussi qu'un tout petit nombre à peine sait
vraiment lire : « Selon nous, écrit-il dans *La Machine à
Gloire*, il n'y a pas, sur le globe terraqué, plus d'un cent
d'individus par siècle (et encore !) capables de lire quoi
que ce soit, voire des étiquettes de pots à moutarde. »
Ah ! – comme l'écrit Jankélévitch – « sans doute les
âmes, dans la république des anges, communiquaient-
elles immédiatement, sans que les mots filtrent l'intention[155] », et c'est bien de cette communication mystique que, dès *Isis*, Villiers exprimait la nostalgie : Tullia
Fabriana espère rendre Wilhelm « le plus idéalement

153. Jankélévitch, *op. cit.*, p. 42-43.
154. *Ibid.*, p. 44.
155. *Ibid.*

satisfait de tous ceux qui sont et seront sur ce grain de
boue éteinte », par toutes les satisfactions matérielles,
sceptres, hochets, amour et tressaillements, ce qu'elle
appelle le « premier et inévitable cercle de la Forme »,
et en établissant avec lui une relation de langage idéale
dans laquelle *les paroles qu'elle prononcera n'auront pas
d'autre sens pour lui que le sens de leur expression, ne se
changeront pas de mille manières dans son esprit*[156]. Mais
nous sommes ici-bas, dans le monde créé par le Verbe,
Edison s'empresse de nous le rappeler dès le début du
roman, et dans le monde brouillé, babélien, d'après la
Chute, – condamnés (entre autres choses !) au pis-aller
du langage. « Le sens – écrit encore Jankélévitch – ne
peut passer qu'intercepté et rétréci » dans le langage,
« cette contradiction résume toute la tragédie de
l'Expression : il faut que la pensée se limite pour
exister » et « ce paradoxe est lui-même une ironie, ou
mieux une dérision (car n'est-il pas dérisoire que l'infini
ait besoin de ce qui le dément ?), dérision reconnais-
sable déjà dans l'ambiguïté des rapports entre corps et
âme ». C'est bien à ce que Jankélévitch appelle le
« pis-aller de l'existence finie » que Villiers eut toute sa
vie du mal à se résigner. Et, paradoxe pour paradoxe,
Hadaly, « piège à idéal » équipé d'un phonographe
pour « s'exprimer », n'est pas plus dérisoire que l'être
humain lui-même.

En conséquence, la « littérature » elle-même semble
n'être pour Villiers qu'un pis-aller, une concession au
mot qui incarne et trahit en même temps l'idée qui est
toujours primordiale. Par répugnance pour le langage
ordinaire de son temps, avec tous ses clichés et ses mots
inutilisables tant ils sont abîmés, dégradés par l'usage
qu'en ont fait tous les Bonhomet et toutes les Alicia de
ce monde, Villiers écrit dans un style épuré des triviali-
tés, un style complexe qui sollicite sans cesse l'intellec-
tion, qui, selon le processus que Jankélévitch, après
Remy de Gourmont, nomme la « dissociation d'idées »,

---

156. *Isis*, chapitre XV, in *O.C.*, tome I, p. 192.

sans cesse « remanie les groupements routiniers, les constellations trop attendues, les idées qui vont par deux, trois, symétriquement, en se donnant la main[157] », et recourt aux mots rares, précieux ou archaïques. Mais aussi, comme l'écrit Paul Valéry à propos du style de Huysmans, « comment n'avoir pas recours à la recherche, aux figures continuelles, aux écarts voulus de la syntaxe, aux vocabulaires techniques, aux artifices de ponctuation quand l'on vient se joindre bien tard à un système littéraire déjà mûr et enrichi [...] ? Même si l'œuvre paraît barbare, choque les gens de goût, ahurit les simples, irrite les raisonnables et porte en soi des promesses de mort, des certitudes de délaissement pour cause de singularité, toutefois elle est œuvre volontaire[158] ». Et il n'en reste pas moins que, pour Villiers, la pensée prime toujours infiniment le « bien écrire », lequel ne consiste nullement pour lui à être « littéraire », mais à trahir, à obscurcir le moins possible l'Idée : « Si je pense magnifiquement, on trouve *littéraire* ce que j'écris. Ce n'est pourtant que ma pensée clairement dite – et non point de la littérature, laquelle n'existe pas et n'est *que la clarté* même de ce que je pense[159]. » Il ne s'agit nullement d'écrire « clairement » au sens où l'entendait Boileau : mais, puisque de toute façon la relation est toujours et par nature indirecte, *déloyale*, entre l'expression et le signifié, de piéger l'Idée par toutes les ressources et combinaisons *obliques* du langage, par tous ses pouvoirs de *suggestion*, – la voie intellectuelle de l'ironie, qui déjoue, mime et tourne à son profit l'équivoque naturelle du langage, n'étant au fond chez Villiers que le recto de la voie mystique de l'allégorie, de la parabole et du symbole – et, évidemment, pas du symbole *littéraire* : « Je connais le symbole des apôtres, et je n'entends que des cymbales[160] !... » – déclara

157. Jankélévitch, *op. cit.*, p. 95.
158. Paul Valéry, « Souvenir de J.-K. Huysmans », in *Variété II*, éd. cit., p. 294.
159. Fragment in *O.C.*, tome II, p. 1008.
160. Cité par Raitt, *op. cit.* [1965], p. 49.

Villiers à Adrien Remâcle, à propos des recherches esthétiques de la nouvelle école poétique dite « symboliste ».

Au fond, Villiers n'a pas de préoccupations purement esthétiques : il n'admire que les hommes de pensée profonde qui ont su faire tenir le plus d'Infini dans les mots, et leur rend hommage, dans un grand nombre des soixante-quatorze épigraphes du roman, indiquant volontiers ainsi les nombreuses sources d'inspiration dont le roman fait la synthèse[161] : outre Poe, parmi les conteurs, l'Hoffmann de *L'Homme au sable* et du *Conseiller Krespel* et le Gautier de *Spirite* et du *Roman de la Momie* ; le Balzac de *La Recherche de l'Absolu* et le Flaubert de *Salammbô* pour le roman ; Goethe évidemment, mais aussi Shakespeare, Schiller et Byron pour le théâtre ; Baudelaire bien sûr, mais aussi Hugo, Musset, Lamartine et Vigny pour la poésie, le champ philosophique étant largement balayé, des stoïciens à Spinoza, de Montaigne à Diderot en passant évidemment par Pascal – sans oublier les classiques, Tertullien, Catulle, Virgile, Horace, Ovide. Comme Villiers avait beaucoup lu mais ne possédait pratiquement pas de livres, il est plus que probable qu'il citait de mémoire, et la sienne, pour prodigieuse qu'elle fût à en croire tous ceux qui ont connu l'écrivain, n'était pas infaillible ; mais c'est surtout parce que seul comptait à ses yeux l'esprit, voire l'idée générale, que Villiers ne s'attache guère à la lettre des textes qu'il cite, de sorte que, sans qu'il y ait là la moindre désinvolture de sa part, bon nombre de ses citations sont justes en substance mais approximatives[162] dans le détail. – Plus quelques-unes totalement fantaisistes pour faire bon

---

161. Ce dont nous nous autorisons pour ne pas revenir encore une fois ici sur les sources littéraires du roman, déjà abondamment étudiées par les commentateurs.

162. Ce dont nous nous autorisons pour ne pas rétablir systématiquement en note le texte exact des citations mises en exergue par Villiers, d'autant plus qu'il ne joue jamais, à notre connaissance, sur l'écart d'avec le texte original exact. Le lecteur curieux trouvera ces mises au point dans les notes de l'édition Pléiade.

poids. Villiers ne croyait pas au préjugé de « l'inspiration » – mot « qui sent son bourgeois moderne de
plusieurs milles », écrit-il quelque part. Et, comme le
notait Nerval, Goethe lui-même n'avait guère admis
« d'idées qui n'aient pas une base dans la poésie classique, si neuves que soient, d'ailleurs, sa forme et sa
pensée de détail[163] ». On ne sait pas exactement pourquoi, mais Villiers renonça en tout cas à publier l'« Avis
au lecteur » originel à la fin duquel il avait d'abord
pensé revendiquer haut et fort l'originalité absolue de
son livre, « SOLITAIRE dans la littérature humaine »
et auquel il disait ne connaître « ni de précédents, ni de
congénères, ni d'analogues[164] ». L'affirmation aurait
d'ailleurs par trop manqué d'ironie envers soi-même de
la part d'un écrivain qui ne croyait qu'au travail de
l'intellect, à la synthèse et au Devenir, et donc à
l'ironie : car l'ironie qui, écrit encore Jankélévitch,
« ravive inlassablement le problématique en toute solution », affirme constamment que « tout est meuble,
fluent, changeant », elle « proteste contre le rationa-
lisme statique et rend hommage à la temporalité de la
vie ; elle dit à sa manière que toute l'essence de l'être est
de devenir[165] ».

Le complexe réseau d'épigraphes, d'allusions et de
citations dans le corps du roman, trouve une sorte
d'équivalent à l'intérieur même de la machine. Puisque
tout est « parlage insignifiant », « débité déjà par des
milliards de bouches », raisonne Edison, et qu'il est
illusoire de croire qu'on puisse improviser quoi que ce
soit, autant gagner du temps et s'en remettre à « ceux-là
qui ont le métier de la parole, l'habitude de la pensée, et
qui peuvent exprimer, à eux seuls, les sensations de
toute l'Humanité » (Livre V, ch. II) : aussi Edison
met-il dans les « poumons d'or » d'Hadaly non pas *une*
intelligence, mais « l'Intelligence » : des paroles « ima-

163. *Faust et le Second Faust*, éd. cit., introduction de Nerval,
p. 16.
164. *O.C.*, tome I, p. 1559.
165. Jankélévitch, *op. cit.*, p. 183.

ginées par les plus grands poètes, les plus subtils
métaphysiciens et les romanciers les plus profonds de
ce siècle, génies auxquels je me suis adressé – et qui
m'ont livré, au poids du diamant, ces merveilles à
jamais inédites » (Livre V, ch. I). Ainsi, il n'y aura
vraiment pas de *disparate* en Hadaly entre la forme, la
matière et le sens : la voix « d'or » d'Alicia sera positivement enregistrée sur des cylindres d'or et proférera
des paroles valant leur « pesant d'or » par leur poids de
sens, leur beauté et leur portée, autant que par leur
coût. Et comme de toute façon Alicia chantait
« machinalement »... Le fonctionnement de la machine
reflète ainsi un peu, pour ce qui concerne le langage, le
processus intellectuel de la création chez Villiers : une
énorme quantité de grandes lectures initiales et initiatrices, d'œuvres géniales enregistrées avec leur poten-
tiel de « devenir », que Villiers pense et pousse de plus
en plus loin, combine et réorganise à sa manière propre,
pour tâcher, comme la machine « piège » l'idéal, de
piéger cet *autre chose,* ce *quelque chose de plus que tout,*
que les réalistes, ces « éternels provinciaux de l'Esprit
humain[166] », ignorent à tout jamais.

Or Ewald est profondément *ému* par les paroles
d'Hadaly, d'une douceur et d'un lyrisme déchirants, et
nous lecteurs sommes aussi étrangement et extraordinairement frappés. L'ironie de Villiers révèle d'un
coup, au bout du compte, son vrai visage. « Quoique
tout hérissée [d'abord] de sarcasmes, de pamphlets et
de fines aiguilles[167] », elle est devenue, à force de
prendre de l'altitude, pensée de l'universel. En obli-
geant Lord Ewald à « expérimenter tour à tour toutes
les formes de l'irrespect […], à parcourir le circuit
complet des blasphèmes[168] », pour reprendre encore
les formules inégalables de Jankélévitch, c'est aussi nous
qu'Edison a progressivement amenés à « concentrer tou-

---

166. Fragment, in *O.C.*, tome II, p. 998-999.
167. Jankélévitch, *op. cit.*, p. 161.
168. *Ibid.*, p. 181.

jours davantage l'essentialité de l'essence et la spiritualité de l'esprit », jusqu'à toucher, en un « hapax »,
l'intangible, jusqu'à atteindre l'espace d'un instant
l'inatteignable, l'irréversible. Car l'ironie, écrit Jankélévitch, n'est au fond « qu'un des visages de la
pudeur » ; si la pudeur exprime « ce qu'il y a de plus
délicat dans notre civilisation intérieure », et implique
avant tout le respect de ce mystère qu'est « le pourtour
d'ineffable et d'indicible qui déborde des mots et les
rend allusifs, qui cerne le proféré d'un halo d'inexprimable, et de même auréole d'infini la personne tout
entière », – l'ironie est une pudeur qui se sert, « pour
tamiser le secret, d'un rideau de plaisanteries ». Le
dernier mot du roman n'est pas pour railler : Villiers
ironiste n'a badiné sur les valeurs que parce qu'il *croit*
aux valeurs, et finalement son ironie, pour nous avoir
fait toucher du doigt la positivité et l'imperfection
simultanées de toute chose créée, loin de nous condam-
ner au mépris de tout, nous a, par un long détour
déconcertant, menés d'abord à l'extrême bord de désespérer de tout, de démissionner de l'amour et de la
sincérité, puis, purgés de certaines de nos illusions et de
nos mesquineries, des misères de l'idéologie, du dog-
matisme et du bavardage, reconduits, plus lucides, au
respect, à un respect plus pur et plus spirituel pour
l'essentiel. Le frisson ultime d'Edison, levant les yeux
vers les étoiles et l'inconcevable mystère des cieux, est
bien un frisson de respect, non de dégoût ou de mépris.
Quant à Lord Ewald, même si son adieu final peut
laisser présager qu'il va peut-être se suicider comme il
en avait l'intention au début de l'histoire, il est
« inconsolable » non de ses illusions perdues, mais de
l'amour absolu entrevu – et peut-on espérer plus
qu'*entrevoir* l'amour absolu ? Villiers, lui, y crut
jusqu'au bout, la quatrième partie d'*Axël* est là pour en
témoigner. Et, pour avoir toujours combattu l'idéologie
du progrès, il n'en crut pas moins jusqu'au bout à la
Science : en juin 1889, épuisé par la maladie qui allait

l'emporter quelques semaines plus tard, il rassembla ses dernières forces et se fit accompagner... à l'Exposition Universelle. Le clou en était, cette année-là, la tour Eiffel.

Nadine SATIAT.

L'ÈVE FUTURE

Transitoriis quaere aeterna★.

★ « Par le transitoire cherche l'éternel. » Cette formule détourne
le « Dimitte omnia transitoria, quaere aeterna » (« Abandonne le
transitoire, cherche l'éternel ») de *L'Imitation de Jésus-Christ* ; Villiers
l'emprunte au *Terre et Ciel* (1854) de l'ingénieur Jean Reynaud,
ouvrage spiritualiste qui fut condamné par un concile d'évêques réuni
à Périgueux.

AVIS AU LECTEUR

Il me paraît de toute convenance de prévenir une confusion possible relativement au principal héros de ce livre.

Chacun sait aujourd'hui qu'un très illustre inventeur américain, M. Edison, a découvert, depuis une quinzaine d'années, une quantité de choses aussi étranges qu'ingénieuses ; — entre autres le Téléphone, le Phonographe, le Microphone — et ces admirables lampes électriques répandues sur la surface du globe ; — sans parler d'une centaine d'autres merveilles.

En Amérique et en Europe une LÉGENDE s'est donc éveillée, dans l'imagination de la foule, autour de ce grand citoyen des États-Unis. C'est à qui le désignera sous de fantastiques surnoms, tels que le MAGICIEN DU SIÈCLE, le SORCIER DE MENLO PARK, le PAPA DU PHONOGRAPHE, etc., etc. L'enthousiasme — des plus naturels — en son pays et ailleurs, lui a conféré une sorte d'apanage mystérieux, ou tout comme, en maints esprits.

Dès lors, le PERSONNAGE de cette légende, — même du vivant de l'homme qui a su l'inspirer, — n'appartient-il pas à la littérature humaine ? — En d'autres termes, si le docteur Johannes Faust, se trouvant contemporain de Wolfgang Goethe, eût donné lieu à sa symbolique légende, le *Faust* n'eût-il pas été, quand même, licite ?

— Donc, l'EDISON du présent ouvrage, son caractère, son habitation, son langage et ses théories sont —
et devaient être — au moins passablement distincts de
la réalité.

Il est, ainsi, bien établi que j'interprète une légende
moderne au mieux de l'œuvre d'Art-métaphysique dont
j'ai conçu l'idée, qu'en un mot le héros de ce livre est,
avant tout, le « sorcier de Menlo Park », etc. — et non
M. l'ingénieur Edison, notre contemporain.

Je n'ai pas d'autre réserve à notifier.

                              VILLIERS DE L'ISLE-ADAM.

Aux rêveurs,   *Aux railleurs.*

Livre premier

M. EDISON

I

MENLO PARK

> *Le jardin était taillé comme une belle femme*
> *Étendue et sommeillant voluptueusement*
> *Et fermant les paupières aux cieux ouverts :*
> *Les champs de l'azur du ciel étaient rassemblés correctement*
> *Dans un cercle orné des fleurs de la lumière ;*
> *Les iris et les rondes étincelles de rosée,*
> *Qui pendaient à leurs feuilles azurées, apparaissaient*
> *Comme des étoiles clignotantes qui pétillent dans le bleu du*
> *[soir.*

GILES FLETCHER[1].

À vingt-cinq lieues de New York, au centre d'un
réseau de fils électriques, apparaît une habitation
qu'entourent de profonds jardins solitaires. La façade

---

1. Gilles Fletcher était un poète anglais du début du XVIIe siècle,
cousin de l'auteur dramatique John Fletcher, dont le succès dépassa à
son époque celui de Shakespeare. Villiers emprunte la citation à
Edgar Poe, qui l'avait mise en épigraphe au *Domaine d'Arnheim* —
texte que Villiers avait pu lire dans la traduction faite par Baudelaire
du recueil *Histoires grotesques et sérieuses*.

regarde une riche pelouse traversée d'allées sablées qui conduit à une sorte de grand pavillon isolé. Au sud et à l'ouest, deux longues avenues de très vieux arbres projettent leurs ombrages supérieurs vers ce pavillon. C'est le n° 1 de la cité de Menlo Park. — Là demeure Thomas Alva Edison, l'homme qui a fait prisonnier l'écho.

Edison est un homme de quarante-deux ans. Sa physionomie rappelait, il y a quelques années, d'une manière frappante, celle d'un illustre Français, Gustave Doré[2]. C'était presque le visage de l'artiste *traduit* en un visage de savant. Aptitudes congénères, applications différentes. Mystérieux jumeaux. À quel âge se ressemblèrent-ils tout à fait? jamais, peut-être. Leurs deux photographies d'alors, fondues au stéréoscope, éveillent cette impression intellectuelle que certaines effigies de races supérieures ne se réalisent pleinement que sous une monnaie de figures, éparses dans l'Humanité.

Quant au visage d'Edison, il offre, confronté avec d'anciennes estampes, une vivante reproduction de la médaille syracusaine d'Archimède.

Or, un soir de ces derniers automnes, vers cinq heures, le merveilleux inventeur de tant de prestiges, le magicien de l'oreille (qui, presque sourd lui-même, comme un Beethoven de la Science, a su se créer cet imperceptible instrument — grâce auquel, ajusté à l'orifice du tympan, les surdités non seulement disparaissent, mais dévoilent, plus affiné encore, le sens de l'ouïe —), Edison enfin, s'était retiré au plus profond de son laboratoire personnel, c'est-à-dire en ce pavillon séparé de son château.

Ce soir-là, l'ingénieur avait donné congé à ces cinq acolytes, ses chefs d'ateliers, — ouvriers dévoués, érudits et habiles qu'il rétribue en prince et donc le silence lui est acquis. Assis en son fauteuil américain, accoudé,

2. Dessinateur, graveur, peintre et sculpteur (1832-1883), surtout célèbre comme illustrateur, en particulier de Dante et de la Bible.

seul, le havane aux lèvres — lui si peu fumeur, le tabac changeant en rêveries les projets virils, — l'œil fixe et distrait, les jambes croisées, enveloppé de son ample vêtement, légendaire déjà, de soie noire aux glands violâtres, il paraissait perdu en une intense méditation.

À sa droite, une haute fenêtre, grande ouverte sur l'Occident, aérait le vaste pandémonium, laissant s'épandre sur tous les objets une brume d'or rouge.

Çà et là s'ébauchaient, encombrant les tables, des formes d'instruments de précision, des rouages aux mécanismes inconnus, des appareils électriques, des télescopes, des réflecteurs, des aimants énormes, des matras[3] à tubulures, des flacons pleins de substances énigmatiques, des ardoises couvertes d'équations.

Au-dehors, par-delà l'horizon, le couchant, trouant de lueurs et de rayons d'adieu les lointains rideaux de feuillages sur les collines du New Jersey boisées d'érables et de sapins, illuminait, par instants, la pièce d'une tache de pourpre ou d'un éclair. Alors saignaient, de tous côtés, des angles métalliques, des facettes de cristaux, des rondeurs de piles.

Le vent fraîchissait. L'orage de la journée avait détrempé les herbes du parc — et aussi avait baigné les lourdes et capiteuses fleurs d'Asie épanouies dans leurs caisses vertes, sous la fenêtre. Des plantes séchées, suspendues aux poutres entre les poulies, dégageaient, galvanisées par la température, comme un souvenir de leur vie odorante d'autrefois, dans les forêts. Sous l'action subtile de cette atmosphère, la pensée, habituellement forte et vivace, du songeur — se détendait et se laissait insensiblement séduire par les attirances de la rêverie et du crépuscule.

---

3. Vase au col étroit et long, utilisé autrefois par les alchimistes, et aujourd'hui en chimie, notamment pour la distillation.

II

PHONOGRAPH'S PAPA

> *« C'est lui !... Ah ! dis-je en ouvrant de
> grands yeux dans l'obscurité : c'est
> l'Homme au sable !... »*
>
> HOFFMANN, *Contes nocturnes.*

Bien que son visage aux tempes grisonnantes donne
toujours l'idée d'un enfant éternel, Edison est un passant de l'école sceptique. Il n'invente, dit-il, que
comme le blé pousse.

Froid et se rappelant des débuts amers, il a le sourire
chèrement payé de ceux dont la seule présence dit au
prochain : « — Deviens, je suis. » — Positif, il
n'estime les théories les plus spécieuses qu'une fois
dûment incarnées dans le fait. « Humanitaire », il tire
plus de fierté de ses labeurs que de son génie. Sagace,
toutefois, lorsqu'il se compare, il désespère d'être
dupe. Sa manie favorite consiste à se croire un IGNO-
RANT, par une sorte de fatuité légitime.

De là cette simplicité d'accueil et ce voile de franchise
rude, — parfois, même, d'apparence familière, — dont
il enveloppe la glace réelle de sa pensée. L'homme de
génie avéré, qui eut l'honneur d'être pauvre, évalue
toujours, d'un coup d'œil, le passant qui lui parle. Il
sait peser au carat les mobiles secrets de l'admiration,
en nettifier la probité et la qualité, en déterminer le
degré sincère, jusqu'à des approximations infinitésimales. Et le tout à l'éternel insu de l'interlocuteur.

Ayant prouvé de quel ingénieux bon sens il est doué,
le grand électricien pense avoir conquis le droit de
plaisanter, fût-ce vis-à-vis de lui-même, en ses privées
méditations. Là, comme on aiguise un couteau sur une
pierre, il affile son esprit scientifique sur de durs
sarcasmes dont les étincelles pleuvent jusque sur ses
propres découvertes. Bref, il feint de tirer sur ses

troupes; mais ce n'est le plus souvent qu'à poudre et pour les aguerrir.

Donc, victime volontaire des charmes de cette pénétrante soirée, Edison, se sentant en humeur de récréation, savourait paisiblement l'excellente fumée de son havane sans se refuser à la poésie de l'heure et de la solitude, de cette chère solitude que le propre des sots est de redouter.

Comme un simple mortel, il s'abandonnait même, par délassement, à toutes sortes de réflexions fantaisistes et bizarres.

III

LES LAMENTATIONS D'EDISON

Toute tristesse n'est qu'un amoindrissement de soi.

SPINOZA.

Il se parlait à voix basse :

« Comme j'arrive tard dans l'Humanité! murmurait-il. Que ne suis-je l'un des premiers-nés de notre espèce!... Bon nombre de grandes paroles seraient incrustées, aujourd'hui, *ne varietur*, — *(sic)*, — textuelles, enfin, sur les feuilles de mon cylindre, puisque *son prodigieux perfectionnement permet de recueillir, dès à présent, les ondes sonores à distance*!... Et ces paroles y seraient enregistrées avec le ton, le timbre, l'accent du débit et même les vices de prononciation de leurs énonciateurs.

« Sans prétendre au cliché galvanoplastique du *Fiat lux!* exclamation proférée, paraît-il, voici tantôt soixante-douze siècles (et qui, d'ailleurs, à titre de précédent immémorial, controuvée ou non, eût échappé à toute phonographie), peut-être m'eût-il été permis, — par exemple, un peu après la mort de Lilith[4]

4. Nom donné par diverses légendes talmudiques à une première femme d'Adam, qui aurait été créée comme lui du limon; selon l'une de ces légendes, Lilith aurait abandonné Adam pour se fondre dans le firmament.

et pendant le veuvage d'Adam, — de saisir et d'empreindre, dissimulé derrière quelque fourré de l'Éden, tout d'abord le sublime soliloque : *Il n'est pas bon que l'Homme soit seul!* — puis l'*Eritis sicut dii*[5]! le *Croissez et multipliez!*... enfin le sombre quolibet d'Élo-him[6] : *Voici Adam devenu comme l'un de nous,* etc.!... Plus tard, une fois le secret de ma plaque vibrante bien répandu, n'eût-il pas été doux à mes successeurs de phonographier, au fort du paganisme, par exemple le fameux : *A la plus belle*[7]!... le *Quos ego*[8]!... les *Oracles de Dodone*[9], — les *Mélopées des Sibylles*[10]... etc. Tous les dires importants de l'Homme et des Dieux, à travers les âges, eussent été gravés ainsi, d'une manière indélébile, en de sonores archives de cuivre : de sorte qu'ulté-rieurement le doute n'eût jamais été possible sur leur authenticité.

« Même parmi les *bruits* du passé, combien de sons mystérieux ont été perçus par nos prédécesseurs et qui, faute d'un appareil convenable pour les retenir, sont tombés à jamais dans le néant ?... Qui pourrait, en effet,

5. « Vous serez semblables aux dieux », dit le serpent à Adam et Eve dans la *Genèse* (III, 5).

6. Dans la Bible, nom du Dieu d'Israël avant que son nom propre (Iahvé) ne lui soit révélé.

7. Eris (la Discorde) lança un jour au milieu des Dieux assemblés une pomme d'or, disant qu'elle devait être accordée « à la plus belle » des trois déesses : Athéna, Héra et Aphrodite. Comme une contesta-tion s'élevait, Zeus chargea le berger troyen Pâris de trancher le débat, et celui-ci désigna Aphrodite, qui lui promettait l'amour d'Hélène de Sparte ; l'enlèvement d'Hélène fut à l'origine de la guerre de Troie.

8. « Je les... » (*Enéide*, I, 135) : par cette menace, Neptune calma les vents déchaînés par Eole sur ordre de Junon (Héra) contre Enée (fils de Vénus — Aphrodite —), sa rivale heureuse lors du Jugement de Pâris) et les navires des derniers Troyens en fuite après la défaite de Troie ; Enée put donc continuer le périple semé d'embûches qui l'amènerait à aborder en Italie et à fonder Lavinium — et telle fut l'origine de Rome.

9. L'oracle de Zeus et de Dioné, à Dodone, était l'un des plus anciens de la Grèce. Prêtres et prêtresses y rendaient la réponse des Dieux en interprétant le bruissement du feuillage dans les chênes sacrés.

10. Prophétesses de la Grèce antique.

de nos jours, se former une notion exacte — par exemple du *Son des trompettes de Jéricho*[11] ?... du *Cri du taureau de Phalaris*[12] ?... du *Rire des augures*[13]... du *Soupir de Memnon*[14] à l'aurore ?... etc.

« Voix mortes, sons perdus, bruits oubliés, vibrations en marche dans l'abîme et désormais trop distantes pour être ressaisies !... Quelle flèche atteindrait de tels oiseaux ? »

Edison toucha négligemment un bouton de porcelaine contre le mur, auprès de lui. Un éblouissant jet bleu, parti d'une vieille pile faradique[15], à dix pas de son fauteuil, et capable de foudroyer une certaine quantité d'éléphants, traversa, de son dissolvant éclair, un bloc de cristal — puis disparut dans le même cent-millième de seconde.

« Oui, continuait en son nonchaloir le grand mécanicien, j'ai bien cette étincelle... qui est au son ce que la levrace vierge est au chélonien[16] : elle pourrait accorder une avance de cinquante siècles et plus, dans les gouffres, aux anciennes vibrations parties de la terre !... mais, sur quel fil, sur quelles traces la dépêcher vers elles ?... Comment lui apprendre à les rapatrier, une fois ressaisies ? à les rabattre sur le tympan de leur chasseur ?... Cette fois le problème semble, au moins, insoluble. »

Edison secoua mélancoliquement, du bout de son

11. Les trompettes de Josué firent s'écrouler les murs de Jéricho, première ville prise par les Hébreux entrant en Terre Promise.
12. Selon la légende, le tyran d'Agrigente Phalaris faisait rôtir ses ennemis hurlants dans les flancs d'un taureau de bronze.
13. Ce « Rire des augures » est une facétie de Villiers, inspirée, expliquent Raitt et Castex, de la maxime latine prêtée par Cicéron à Caton l'Ancien : « Deux augures ne peuvent se regarder sans rire. »
14. Selon la légende, aux premiers rayons du soleil, la statue écroulée de Memnon à Thèbes laissait échapper des sons mélodieux : c'était, disait-on, la voix de Memnon saluant sa mère l'Aurore.
15. Pile à courant alternatif obtenu par induction, mise au point par le célèbre physicien anglais Michael Faraday (1791-1867), qui posa les fondations de l'industrie électrique moderne.
16. Ordre des reptiles possédant une carapace de plaques cornées, comme la tortue par exemple. La « levrace vierge » reste un mystère.

petit doigt, la cendre de son cigare : — après un silence, il se leva, non sans un sourire, et se mit à faire les cent pas dans le laboratoire.

« Et penser qu'après six mille et *quelques* années d'une lacune aussi préjudiciable que celle de mon Phonographe, reprit-il, quantité de lazzis, émanés de l'indifférence humaine, ont salué l'apparition de mon premier essai !… "Jouet d'enfant !" grommelait la foule. Certes, je sais que, prise à l'improviste, quelques jeux de mots lui sont d'un soulagement indispensable et lui donnent le temps de se remettre… Cependant, à sa place, en fait de jeux de mots, je me fusse, du moins, efforcé d'en parfaire quelques-uns d'un aloi supérieur à celui des grossiers calembours qu'elle n'a pas rougi de risquer à mon sujet.

« Ainsi, j'eusse blâmé, par exemple, le Phonographe de son impuissance à reproduire, en tant que *bruits*, le bruit… de la Chute de l'Empire romain… les bruits qui courent… les silences *éloquents*… et, en fait de *voix*, de ce qu'il ne peut clicher ni la voix de la conscience ?… ni la voix — du sang ?… ni tous ces mots merveilleux qu'on *prête* aux grands hommes… ni le *Chant du Cygne*… ni les sous-*entendus*… ni la Voie lactée ? non ! Ah ! je vais trop loin. — Seulement, pour satisfaire mes semblables, je sens bien qu'il faut que j'invente un instrument qui répète avant même qu'on ait parlé, — ou qui, si l'expérimentateur lui souffle : "Bonjour, monsieur !" réponde : "Merci, comment vous portez-vous ?" Ou qui, s'il arrive qu'un oisif éternue dans l'auditoire, lui crie : "À vos souhaits !" ou : "Dieu vous bénisse !" etc.

« Ils sont étonnants, les hommes.

« J'accorde que la voix de mes premiers Phonographes avait l'air d'être, en effet, celle de la Conscience parlant avec la pratique[17] de Polichinelle ; mais l'on pouvait attendre, que diable ! avant de se prononcer si

17. Petit instrument de fer blanc que les montreurs de marionnettes se mettaient dans la bouche pour se faire une voix criarde.

lestement, que le Progrès les eût rendus ce qu'aux premiers plaques de Nicéphore Niepce ou de Daguerre[18] sont les épreuves photochromiques[19] ou héliotypiques[20] actuelles.

« Eh bien! puisque la monomanie du doute est inguérissable à notre égard, je tiendrai secret, jusqu'à nouvel ordre, le surprenant, l'absolu perfectionnement que j'ai découvert!… — et qui est là, sous terre! ajouta Edison en frappant légèrement du pied. — J'écoulerai, de la sorte, pour cinq ou six millions de vieux phonographes — et puisque l'on veut rire… je rirai le dernier. »

Il s'arrêta, songea quelques secondes, puis :

« Bah! conclut-il avec un mouvement d'épaules : en résumé, il y a toujours du bon dans la folie humaine. — Laissons là de vaines plaisanteries. »

Tout à coup, un chuchotement clair, la voix d'une jeune femme parlant tout bas, murmura près de lui :

« Edison? »

IV

SOWANA

Comment s'étonner de quelque chose?

LES STOÏCIENS.

Cependant, pas même une ombre n'était là.
Il tressaillit.

18. Nicéphore Niepce (1765-1833) est l'inventeur du principe de la photographie; Daguerre (1787-1851) s'associa avec lui, et découvrit après sa mort les procédés permettant de développer et de fixer ses images — aboutissant dès 1838 au *daguerréotype*, par lequel l'image de l'objet était fixée sur une plaque métallique.

19. « Procédé de photographie par lequel on reproduit la couleur des objets » (*Littré*, supplément de 1877). Villiers se souvient sans doute du procédé trichrome de photographie des couleurs décrit en 1869 par son ami Charles Cros, qui venait, en 1881, de présenter à l'Académie des sciences un mémoire complémentaire sur la question.

20. Ou *Phototypiques* : procédé de reproduction par gravure photochimique à plat, dans lequel les négatifs sont reportés sur verre.

« Vous, Sowana ? demanda-t-il à haute voix.

— Oui. — Ce soir, j'avais soif du beau sommeil ! J'ai pris l'anneau, je l'ai au doigt. Ce n'est pas la peine d'élever votre son de voix habituel : je suis auprès de vous — et, depuis quelques minutes, je vous entends jouer avec des mots, comme un enfant.

— Et, *physiquement*, où êtes-vous ?

— Étendue sur les fourrures, dans le souterrain, derrière le buisson des oiseaux. Hadaly paraît sommeiller. Je lui ai donné ses pastilles et son eau pure, de sorte qu'elle est toute… ranimée. »

La voix, — rieuse sur cette dernière parole, — de l'être invisible que l'électricien venait d'appeler Sowana, bruissait, toujours discrète et basse, en une patère des rideaux violacés. Celle-ci formait plaque sonore et frémissait sous un chuchotement lointain apporté par l'électricité : c'était un de ces nouveaux condensateurs, inventés d'hier à peine, où le prononcé des syllabes et le timbre des voix sont distinctement transmis.

« Dites-moi, Mistress Anderson, reprit Edison après un instant de songerie, — en ce moment seriez-vous sûre d'entendre ce qu'une autre personne me dirait ici ?

— Oui, si vous le redisiez vous-même, très bas, entre les lèvres, au fur et à mesure : la différence de l'intonation, dans vos réponses, me ferait comprendre le dialogue. — Vous voyez : je suis un peu comme l'un des génies de l'Anneau, dans les *Mille et Une Nuits*.

— En sorte, que si je vous priais de relier le fil téléphonique[21], avec lequel vous me parlez en ce moment, *à la personne* de notre jeune amie, le miracle dont nous avons parlé se produirait ?

— Sans aucun doute. C'est une chose prodigieuse d'ingéniosité et d'idéal, mais toute naturelle, ainsi réalisée.

« Voici : — vous, pour que je vous entende, en l'état

21. Le téléphone venait d'être inventé par Graham Bell en 1876, et Edison y avait d'ores et déjà apporté des améliorations.

mixte et merveilleux où je suis, toute saturée du fluide vivant accumulé en votre anneau, vous n'avez nul besoin de téléphone; mais pour que vous m'entendiez, vous, ainsi que tel de vos visiteurs, ne faut-il pas que le téléphone, dont je tiens en ce moment l'embouchure, corresponde à une plaque sonore, si dissimulée qu'elle soit?

— Mistress Anderson, dites-moi...

— Donnez-moi mon nom de sommeil. *Ici*, je ne suis plus seulement moi-même. *Ici*, j'oublie — et ne souffre plus. L'autre nom me rappelle l'horrible terre où je tiens encore.

— Sowana, vous êtes absolument sûre de Hadaly, n'est-ce pas?

— Oh! vous me l'avez bien enseignée, votre belle Hadaly, et je l'ai si bien étudiée que j'en réponds... comme de mon reflet dans une glace! J'aime mieux être en cette enfant vibrante qu'en moi. Quelle créature sublime! Elle existe de l'état supérieur où je me trouve en ce moment; elle est imbue de nos deux volontés s'unifiant en elle; c'est UNE dualité. Ce n'est pas une conscience, c'est un esprit! — Quand elle me dit : "Je suis une OMBRE", je me sens troublée : — Ah! je viens d'avoir le pressentiment — qu'elle va s'incarner!... »

Après un léger mouvement de surprise pensive :

« Bien. Dormez, Sowana!... répondit à demi-voix l'électricien. — Hélas! il faut un troisième vivant pour que ce Grand Œuvre s'accomplisse!... Et qui, sur la terre, oserait s'en juger digne!

— Tenez, ce soir, je serai prête! Une étincelle, et Hadaly apparaîtra!... » dit la voix, de l'accent d'une personne qui s'endort.

Il y eut un moment de mystérieux silence après cette aussi étrange qu'incompréhensible conversation.

« En vérité, l'habitude même d'un phénomène pareil ne préserve pas tout à fait d'on ne sait quel vertige!... murmura, comme à lui-même, Edison. Et, décidément, au lieu de l'approfondir, — je préfère encore songer à toutes ces paroles... *inouïes*... dont l'Humanité ne pourra jamais contrôler les accents, faute d'avoir imaginé, avant moi, le Phonographe. »

Que pouvait signifier la subite légèreté d'esprit avec laquelle le grand ingénieur paraissait traiter, maintenant, le secret — si singulier! — dont il venait d'être question?

Ah! les êtres de génie sont ainsi faits : souvent l'on croirait qu'ils cherchent à s'étourdir eux-mêmes sur leur véritable pensée; ce n'est qu'au moment où, comme un flamboiement, celle-ci se dévoile qu'on s'aperçoit... qu'ils avaient leurs motifs pour *sembler* distraits, fût-ce dans la solitude.

V

RÉSUMÉ DU SOLILOQUE

> *Tu te tairas, ô voix sinistre des vivants!*
>
> LECONTE DE LISLE.

« C'est surtout dans le Monde-mystique, — reprit-il bientôt, — que les occasions perdues semblent irréparables!... — Oh! les vibrations initiales de tout l'énoncé de la Bonne-Nouvelle! Le timbre archangélique de la Salutation, dilué, par les siècles, dans les angélus ! le Sermon sur la Montagne! le "Salut, maître!" (Salëm, rabboni, je crois) du jardin des Oliviers — et le bruit du baiser de l'Is-Karioth[22], — l'*Ecce Homo* du tragique préfet[23]! l'interrogatoire chez le Prince des prêtres[24]!... tout ce procès, enfin, si judicieusement révisé, de nos jours, d'ailleurs, par ce subtil maître Dupin, président de l'Assemblée française, en un livre aussi disert qu'opportun, dans lequel l'illustre bâtonnier relève si

Ref biblié

---

22. *Iscariote* est le surnom de Judas dans les Evangiles.
23. Périphrase pour Ponce Pilate.
24. Périphrase pour Caïphe.

savamment, au seul point de vue du Droit de l'époque, et dans l'espèce, chaque vice de procédure, omissions, étourderies, quiproquos et négligences dont Ponce Pilate, Caïphe et le fougueux Hérode Antipas se rendirent juridiquement répréhensibles au cours de cette affaire[25]. »

L'électricien médita quelques instants sans parler.

« Il est à remarquer, reprit-il, que le Verbe divin semble avoir fait peu d'état des côtés extérieurs et sensibles de l'écriture et de la parole. Il n'écrivit qu'une seule fois — et, encore, sur la terre. Sans doute n'estimait-il, dans la vibration du mot, que cet insaisissable *au-delà*, dont le magnétisme inspiré de la Foi peut pénétrer un vocable dans l'instant où on le profère. Qui sait si le reste n'est pas de peu d'importance, en effet ?... Toujours est-il qu'il a permis seulement qu'on *imprimât* son Évangile, et non qu'on le *phonographiât*. Cependant, au lieu de dire : "Lisez les Saintes Écritures !" on eût dit : "Écoutez les Vibrations Sacrées !" — Enfin, il est trop tard... »

Les pas du professeur sonnaient sur les dalles : le crépuscule, autour de lui, s'approfondissait.

« Qu'ai-je à phonographier, aujourd'hui, sur la terre ? gémissait-il sarcastiquement : on pourrait, en vérité, croire que le Destin n'a permis à mon instrument d'apparaître qu'au moment où rien de ce que dit l'homme ne semble plus guère valoir la peine d'être conservé...

« Après tout, que m'importe ! Inventons ! inventons ! — Qu'importe le son de la voix, la bouche qui prononce, le siècle, la minute où telle idée s'est révélée, puisque toute pensée n'est, de siècle en siècle, *que selon l'être qui la réfléchit* ? Ceux-là qui ne sauront jamais *lire*, auraient-ils su jamais *entendre* ?... Ce n'est pas d'entendre le son, mais l'*En dedans* créateur de ses vibrations même, — ces voiles ! — qui est l'essentiel. »

<hr>

25. Dupin aîné, président de la Chambre des députés de 1832 à 1837 puis au début du second Empire, publia en effet en 1828 un *Jésus devant Pilate et Caïphe*, qui fut réédité en 1863.

VI

DES BRUITS MYSTÉRIEUX

> *Que celui qui a des* oreilles *pour*
> *entendre, entende!*
>
> *Nouveau Testament.*

Ce disant, Edison alluma tranquillement un second
cigare.

« Il ne faut donc pas s'exagérer le désastre, reprit-il
en continuant sa promenade et en fumant dans l'obscurité.

« S'il est regrettable, en effet, que le son authentique
et originel des paroles célèbres n'ait pas été retenu par le
Phonographe, je trouve, en y réfléchissant, qu'étendre
ce regret jusqu'aux bruits énigmatiques ou mystérieux
auxquels je songeais tout à l'heure serait un acte
d'absurdité.

« Car ce n'est pas eux qui ont disparu, mais bien le
caractère impressionnant dont ils étaient revêtus en et
par l'ouïe des anciens — et qui, seul, en animait
l'insignifiance intrinsèque. Donc, ni jadis ni de nos
jours, il ne m'eût été possible de graver exactement des
bruits dont la *réalité* dépend de l'auditeur.

« Mon Mégaphone[26], même, s'il peut augmenter la
dimension, pour ainsi dire, des oreilles humaines (ce
qui est déjà un immense progrès, scientifiquement
parlant), ne saurait, toutefois, augmenter la valeur de
CE qui écoute en ces mêmes oreilles.

« Quand bien même j'arriverais à faire flotter au vent
les pavillons auriculaires de mes semblables, l'esprit
d'analyse ayant aboli, dans le tympan des *existeurs*
modernes, le sens intime de ces rumeurs du passé (sens
qui en constituait, encore un coup, la *véritable* réalité),
j'eusse eu beau clicher, en d'autres âges, leurs vibra-

---

26. « Puissant amplificateur sonore » (Noiray).

tions, celles-ci ne représenteraient plus aujourd'hui, sur mon appareil, que des sons morts, en un mot que des bruits *autres* qu'ils furent et que leurs étiquettes phonographiques les prétendraient être, *puisque c'est en nous que s'est fait le silence.*

« C'est *pendant* que ces bruits étaient encore mystérieux qu'il eût été vraiment intéressant d'essayer d'en rendre le mystère transportable sur une machine en l'y fixant pour de longs siècles... — Et encore, que dis-je là ? murmura soudainement l'électricien : — j'oublie qu'une réciprocité d'action est la condition essentielle de toute réalité ! Donc, au fond, l'on peut affirmer que les *murailles seules de la ville de Jéricho entendirent le son des trompettes de Josué, puisque seules elles avaient qualité pour cela,* mais que ni l'armée d'Israël, ni les assiégés chananéens ne distinguèrent en ce son rien d'anormal : ce qui revient à dire qu'au fond *personne ne les a jamais entendues.*

« Une comparaison : si je place, — voyons, — la *Joconde* de Léonard de Vinci devant les prunelles d'un Pawnie[27] ou d'un Cafre[28], — ou même de certains bourgeois de toutes nationalités, — quelque puissantes que soient les loupes ou les lentilles à l'aide desquelles j'augmenterai les forces de la vue chez ces naturels, parviendrai-je jamais à leur faire *voir* CE qu'ils regarderont ?

« D'où je conclus qu'il en est des bruits comme des voix et des voix comme des signes — et que nul n'a droit de rien regretter. — De nos jours, d'ailleurs, s'il n'est plus de bruits surnaturels, je puis, par compensation, en enregistrer d'assez importants, comme le bruit de l'avalanche, du Niagara, de la Bourse, d'une éruption, des canons de plusieurs tonnes, d'une tempête, d'une multitude, du tonnerre, du vent, de la houle, d'une bataille, etc. »

Une réflexion suspendit ici la nomenclature d'Edison.

---

27. Les *pawnees* sont des indiens d'Amérique du Nord.
28. Les Cafres (de l'arabe *kafir*, « infidèle ») sont une ethnie noire d'Afrique australe.

« Il est vrai que mon seul Aérophone[29] domine, d'ores et déjà, tous ces vacarmes dont la contingence bien reconnue est dépourvue désormais de tout intérêt! acheva-t-il avec mélancolie.

« Décidément, je le répète, le Phonographe et moi nous arrivons tard dans l'Humanité. Considération tellement décourageante que, — si je n'étais pas un homme d'une activité pratique extraordinaire, — j'irais, tout bonnement, nouveau Tityre[30], m'étendre à l'ombrage de quelque arbre champêtre : là, l'oreille appliquée au récepteur de mon Microphone[31], je laisserais couler les jours en écoutant l'herbe pousser pour me distraire, tout en me disant, *in petto*, qu'un Dieu des plus probables m'a fait ces loisirs. »

Edison en était là de sa rêverie, lorsqu'un coup de timbre, limpide et sonore, fit tressaillir les ombres autour de lui.

VII

UNE DÉPÊCHE!

> *« Prends garde : c'est... — Je ne vois pas bien... — Qu'il entre! »*
>
> LUBNER, *Le Spectre*[32].

L'ingénieur abaissa le ressort d'un briquet à hydrogène qui se trouvait plus près de lui que les allumoirs

---

29. « Appareil pneumatique permettant de propager la voix humaine jusqu'à plus de six kilomètres » (Noiray).
30. Villiers file l'allusion au début de la première *Bucolique* de Virgile : Mélibée envie son camarade le berger Tityre, « couché à l'ombre d'un large hêtre » et jouant du pipeau, de ne pas avoir à quitter ce lieu enchanteur, et Tityre lui répond : « Mélibée, un dieu [*manière de flatter Octave*] nous *a fait ces loisirs* ».
31. Ici, « appareil destiné à rendre audible les plus faibles bruits » (Noiray).
32. Auteur et ouvrage inconnus — peut-être inventés.

électriques. Le jet de gaz, au contact de la frêle éponge de platine, s'enflamma.

Une veilleuse brilla : l'immense capharnaüm s'éclaira subitement.

Edison s'approcha d'un phonographe dont le porte-voix communiquait à un téléphone et gratifia d'une chiquenaude le pas de vis de la plaque vibrante (car il dédaigne le plus possible de parler lui-même, excepté à lui-même).

« Eh bien ! qu'est-ce ? que me veut-on ? cria l'instrument dans le capuchon du téléphone avec la voix d'Edison légèrement nuancée d'impatience : — est-ce vous, Martin ? »

Une voix forte répondit au milieu de la chambre, bien qu'on ne vît personne :

« Oui, c'est moi, monsieur Edison. Je suis à New York, dans votre chambre de Broadway. Je vous transmets une dépêche, reçue ici, pour vous, il y a deux minutes. »

La voix provenait d'un appareil de condensation perfectionné, non divulgué encore, — sorte de petite boule polyèdre suspendue à un fil inducteur qui tombait du plafond.

Edison détourna le regard vers le récepteur d'une réduction Morse, fixée sur un socle auprès du phonographe. Un carré de papier télégraphique s'y trouvait ajusté.

Un frémissement imperceptible, un murmure d'esprits en voyage, agita le double fil correspondant. L'électricien étendit la main, le papier sauta hors de son alvéole de métal, la dépêche suivante, qu'Edison approcha de la lampe, s'y étant brusquement imprimée :

New York, Broadway, pour Menlo Park, n° I. — 8. I. 83. 4 h. 35 m. soir. — Thomas Alva Edison, ingénieur. — Arrivé ce matin : recevrez ma visite ce soir. Félicitations affectueuses.

LORD EWALD.

À cette signature, le grand mécanicien jeta une exclamation de surprise profonde et joyeuse.

« Lord Ewald! s'écria-t-il. — Quoi! lui?... de retour aux États-Unis? — Ah! qu'il vienne, le cher, le noble ami! »

Et, après un silencieux sourire, auquel on eût peu reconnu le sceptique de tout à l'heure :

« Non, je n'ai pas oublié cet admirable adolescent... qui me porta secours, il y a des années, déjà! lorsque, mourant de misère, j'étais tombé sur cette route, là-bas, près de Boston.

« Tous avaient passé auprès de moi en disant : "Pauvre garçon!" Lui, l'excellent, le charmant Samaritain, sans tant de doléances, sut mettre pied à terre pour me relever et, d'une poignée d'or, me sauver la vie, le travail! — Il s'est donc souvenu de mon nom?... Tout mon cœur le recevra! Ne lui dois-je pas la gloire — et le reste! »

Edison marcha vivement vers une tenture et appuya le doigt sur le bouton d'une sonnerie.

Un bruissement de cloche retentit au loin, dans le parc, du côté du château.

Presque aussitôt une voix d'enfant joyeuse partit, auprès d'Edison, de l'angle d'un tabouret d'ivoire :

« Qu'est-ce que tu veux, père? » disait la voix.

Edison saisit l'embouchure d'un appareil appliqué entre les tapisseries :

« Dash! y prononça-t-il, on laissera pénétrer dans le pavillon, ce soir, un visiteur, Lord Ewald. On le recevra comme moi-même... Il est chez lui.

— Bien, mon père! dit la même voix, qui, grâce à un jeu de condensateurs, sembla, cette fois, provenir du centre d'un grand réflecteur à magnésium.

— Je préviendrai s'il soupe ici avec moi. Ne m'attendez point. Qu'on soit sages! Bonsoir. »

Un enfantin et charmant éclat de rire se fit entendre, dans les ombres, de tous côtés. On eût dit qu'un elfe invisible, caché dans l'air, répondait à un magicien.

Edison, en souriant, laissa échapper le cornet du téléphone et reprit sa promenade.

En passant auprès d'une table d'ébène, il jeta dis-

traitement la dépêche parmi les ustensiles qui s'y trouvaient disposés.

Mais, par hasard, le papier tomba sur un objet
d'aspect saisissant et extraordinaire : la présence en
était même inexplicable en ce lieu.

La circonstance de cette rencontre fortuite parut
attirer l'attention d'Edison qui s'arrêta, considérant le
fait et réfléchissant.

VIII

LE SONGEUR TOUCHE UN OBJET
DE SONGE

Pourquoi pas ?
Devise des temps modernes.

C'était un bras humain posé sur un coussin de soie
violâtre. Le sang paraissait figé autour de la section
humérale : à peine si quelques taches pourpres, sur un
chiffon de batiste placé tout auprès, attestaient une
récente opération.

C'était le bras et la main gauche d'une jeune femme.

Autour du poignet délicat s'enroulait une vipère d'or
émaillé : à l'annulaire de la pâle main étincelait une
bague de saphirs. Les doigts idéals retenaient un gant
couleur perle, mis plusieurs fois sans doute.

Les chairs étaient d'un ton demeuré si vivant, le
derme si pur et si satiné que l'aspect en était aussi cruel
que fantastique.

Quel mal inconnu pouvait avoir nécessité cette
amputation désespérée ? — alors, surtout, que la plus
saine vitalité semblait courir encore en ce doux et
gracieux spécimen d'un corps juvénile ?

Une pensée glaçante se fût éveillée à cette vue dans
l'esprit d'un étranger.

En effet, le grand cottage de Menlo Park, que ses

attenances font ressembler à un château perdu sous les arbres, est un domaine isolé. Edison est, au su de l'univers, un expérimentateur intrépide et qui n'est tendre que pour des amis bien éprouvés. Ses découvertes d'ingénieur et d'électricien, ses inventions de tout genre, dont on ne connaît que les moins étranges, donnent en général des impressions d'un positivisme énigmatique. Il a composé des anesthésiques d'une puissance telle, au dire de ses flatteurs, que « si l'un des réprouvés avait l'heur d'en absorber quelques gouttes, il deviendrait sur-le-champ parfaitement insensible aux questions les plus raffinées de la Géhenne[33] ». Lorsqu'il s'agit d'une tentative nouvelle, devant quoi reculerait un physicien ? l'existence d'autrui ? la sienne ?

— Ah ! quel savant, digne de ce titre, pourrait, ne fût-ce qu'une seconde, songer, sans remords et même sans déshonneur, à des préoccupations de cet ordre lorsqu'il s'agit d'une découverte ? Edison, à coup sûr moins que tout autre, Dieu merci !

La presse européenne a spécifié de quelle nature sont quelquefois ses expériences. Il ne se soucie que du but grandiose ; les détails ne méritent à ses yeux que le regard dont un philosophe honore toujours trop de pures contingences.

Il y a quelques années, d'après les gazettes américaines, Edison ayant trouvé le secret d'arrêter court, et sans le plus léger encombre, deux trains lancés à toute vapeur à l'encontre l'un de l'autre, sut persuader au directeur d'une compagnie d'embranchement du Western Railway de tenter et sans retard l'essai du système pour en sauvegarder le brevet.

Les aiguilleurs donc, par une belle nuit de lune, dirigèrent sur une même ligne et lancés avec une vitesse de trente lieues à l'heure, l'un vers l'autre, deux trains gorgés de voyageurs.

Or, les mécaniciens, se troublant, au moment précis

33. Dans la Bible, séjour des réprouvés, qui y subissent les tortures (« questions ») infernales.

de la manœuvre, devant la soudaineté du péril, exécutèrent tout de travers les instructions d'Edison qui, debout sur une hauteur voisine et mâchonnant un régalia, regardait s'accomplir le phénomène.

Les deux trains fondirent comme l'éclair l'un sur l'autre, s'accostant avec un choc terrible.

En quelques secondes plusieurs centaines de victimes furent projetées de tous côtés, pêle-mêle, écrasées, carbonisées, broyées, hommes, femmes et enfants, y compris les deux mécaniciens et les chauffeurs dont il fut impossible de retrouver trace dans la campagne.

« Stupides maladroits ! » murmura simplement le physicien.

Toute autre oraison funèbre, en effet, n'eût été que superflue. Les panégyriques ne sont pas de son métier, d'ailleurs. — Depuis ce contretemps, l'étonnement d'Edison est que les Américains hésitent à se risquer en une seconde expérience et, dit-il parfois, « au besoin dans une troisième », — enfin, « jusqu'à ce que le procédé réussisse » !

Le souvenir de tentatives analogues, maintes fois rénovées, eût constitué, disons-nous, dans l'esprit d'un visiteur, une impression suffisante pour légitimer le soupçon de quelque fatal essai d'une découverte nouvelle, à la vue de ce bras si radieux, ainsi détronqué.

Cependant, arrivé auprès de la table d'ébène, Edison considérait le pli télégraphique tombé entre deux doigts de cette main. Il toucha le bras, tressaillit, comme si une idée soudaine lui eût traversé l'imagination.

« Tiens, murmura-t-il, si, par hasard, c'était ce voyageur qui doit éveiller Hadaly ! »

Le mot « éveiller » fut prononcé par l'électricien avec une sorte d'hésitation tout à fait singulière. Après une seconde, il haussa les épaules avec un sourire :

« Bon ! voici que je deviens superstitieux ! » achevat-il.

Il dépassa la table et reprit sa promenade à travers l'appartement.

Préférant sans doute l'obscurité, en arrivant à la veilleuse, il l'éteignit.

Soudain, au-dehors, au-dessus des vallées, le croissant lunaire, passant entre les nuages, glissa très sinistrement un rayon sur cette table noire, par la croisée ouverte.

Le pâle rayon caressa la main inanimée, erra sur le bras, fit jeter un éclair aux yeux de la vipère d'or, la bague bleue brilla...

Puis tout redevint nocturne.

IX

RÉTROSPECTIVITÉ

La gloire est le soleil des morts.

HONORÉ DE BALZAC[34].

Edison, s'enfonçant en de nouveaux aspects de sa songerie de plus en plus sombre et railleuse, reprit bientôt :

« Ce qui est positivement surprenant dans l'Histoire — et, même, inconcevable, — c'est que, dans la foule des grands inventeurs, depuis tant de siècles, aucun n'ait découvert le Phonographe ! Et, cependant, la plupart d'entre eux ont innové des trouvailles d'une main-d'œuvre mille fois plus compliquée. Il est d'une confection si simple qu'elle ne doit rien aux matériaux de provenance scientifique. Abraham aurait pu le fabriquer et y prendre empreinte de sa vocation. Une barbe d'acier, une feuille de papier à chocolat, ou peu s'en faut, un cylindre de cuivre et l'on emmagasine les voix et les bruits de la terre et du ciel.

---

34. Dans *La Recherche de l'Absolu*, roman philosophique dans lequel le savant Claës dissipe toute sa fortune à la recherche du secret de l'unité de la matière.

« À quoi donc pensait l'ingénieur Bérose[35] ? Si, remettant à plus tard ses études sur les formes du gnomon à Babylone, il y a quatre mille deux cents ans, il eût été doué d'un peu de sens et de réflexion, nul doute qu'il eût trouvé mon appareil. Et le subtil Ératosthène[36] ? Au lieu de consacrer près d'un demi-siècle, en son observatoire d'Alexandrie, voici deux mille ans, à mesurer (comme il l'a fait, d'ailleurs, fort exactement), l'arc de méridien compris entre les tropiques, n'eût-il pas été plus sage de songer, d'abord, à fixer une vibration quelconque sur une plaque de métal ? — Et les Chaldéens[37] ! Si... Mais non ! Ceux-là vivaient dans le bleu. — Et le puissant Euclides...? Le logique Aristote ? Et Pythagore, le mathématicien poète ? Et le grand Archimède, lui qui, défendant Syracuse à lui seul, procréait des grappins qui brisaient, des miroirs qui brûlaient les flottes romaines en pleine mer, n'était-il pas doué des mêmes facultés d'attention que moi ? Si j'ai découvert le Phonographe en remarquant que le son de ma voix faisait vibrer le fond de mon chapeau lorsque je parlais en cet objet, n'a-t-il pas découvert sa Loi des liquides en examinant l'eau de son bain ? Comment ne s'est-il pas aperçu avant moi que les vibrations du son, autour de nous, s'inscrivent en traces que l'on peut fixer comme une écriture ?

« Ah ! sans le méfait du soudard des hordes de Marcellus, qui l'assassina[38] sur cette équation inconnue, je sens qu'il m'eût distancé dans ma découverte ! — Et les ingénieurs de Karnac[39] ? d'Ypsam-

35. Historien, astronome et astrologue, né à Babylone vers 330 av. J.-C. (et non « il y a quatre mille deux cents ans »), inventeur d'un *gnomon*, c'est-à-dire d'un cadran solaire.
36. Astronome, mathématicien et géographe grec (284-192 av. J.-C.) qui a, en effet, réalisé la première estimation exacte de la longueur de la circonférence de la terre en mesurant sur le terrain l'amplitude de l'arc de méridien compris entre Syène (Assouan) et Alexandrie.
37. C'est-à-dire ici, collectivement, les prêtres et astrologues de l'ancienne Babylone, qui furent d'excellents astronomes.
38. Lors du sac de Syracuse (212 av. J.-C.), malgré les ordres du consul Marcellus, Archimède fut en effet tué par un soldat romain.
39. Village de Haute-Égypte qui a donné son nom à la partie Nord des ruines de l'ancienne Thèbes — la partie Sud étant connue sous le nom de Louxor.

boul[40] ? Les architectes de la citadelle sacrée d'Ang-kor,
ces Michel-Ange inconnus d'un temple où se joueraient
une ou deux douzaines de Louvres et dont la hauteur
passait de moitié, je crois, celle de la pyramide de
Chéops, — temple visible et palpable, au nord du
Cambodge, et dont chaque architrave, chaque parvis,
chaque monstrueuse colonne, qui se nombrent par
centaines, sont ciselées et découpées à jour, et cela sur
une montagne entourée d'un désert de cent lieues !...
temple tellement ancien qu'il est impossible d'en
découvrir le dieu ni la provenance, ni de reconnaître le
nom de la nation, perdue dans la nuit des âges, qui en
construisit le vaste miracle ! Est-ce qu'il n'était pas plus
facile d'imaginer le Phonographe que ce temple-là ? —
Et les mécaniciens du roi Goudhéa[41], mort il y a six
mille ans, et qui, au dire des inscriptions accades[42],
n'était fier que d'*avoir porté si loin les progrès dans les
sciences et dans les arts* ?

« Et ceux de Khorsabad[43], de Troie[44], de Baal-
beck[45] ?

« Et les Mages des anciens satrapes[46] de Mycie[47] ?
Les physiciens lydiens de Crésus, qui lui changeaient

40. Ou *Ibsamboul*, c'est-à-dire Abou Simbel, près d'Assouan en
Égypte, où sont les fameux temples de Ramsès II.
41. C'est-à-dire *Gudéa*, le gouverneur (au XXIe siècle av. J.-C.) de
Lagash, cité sumérienne de Mésopotamie dont il fit un foyer artistique remarquable ; le site venait d'être reconnu en 1877 par de
Sarzec.
42. C'est-à-dire *akkadiennes* : l'akkadien, la plus ancienne des
langues sémitiques, s'écrivait en caractères cunéiformes.
43. Site, découvert en 1843, de l'ancienne capitale d'Assyrie
(VIIIe siècle av. J.-C.).
44. Les recherches archéologiques de l'Allemand Schliemann
(1871-1890) venaient de permettre de localiser, pensait-on alors, le
site de la ville légendaire.
45. Au Liban : c'est l'ancienne Héliopolis des Grecs, avec ses
fameux temples à la gloire du Soleil.
46. Dans l'ancien empire perse, gouverneurs de province.
47. C'est-à-dire *Mysie* : ancienne région du N.-O. de l'Asie mi-
neure ; la Mysie était limitée au Sud par la Lydie, royaume du
richissime Crésus, dont la capitale, Sardes (citée plus loin), attirait de
nombreux intellectuels.

des points de vue en une nuit ? Et les forgeurs de
Babylone qu'employa, pour détourner le cours de
l'Euphrate, Sémiramis ? Et les architectes de Memphis,
de Tadmor[48], de Sicyone[49], de Babel, de Ninive et de
Carthage ? Et les ingénieurs d'Is[50], de Palmyre, de
Ptolémaïs[51], d'Ancyre[52], de Thèbes, d'Ecbathane[53], de
Sardes, de Sidon[54], d'Antioche, de Corinthe, d'Hiéro-
solyme[55] ?... Et les mathématiciens de Saïs[56], de Tyr,
de la Persépolis brûlée, de Byzance, d'Éleusis, de
Rome, de Césarée[57], de Bénarès et d'Athènes ? — Et
tous les conditionneurs de merveilles, apparus par
milliers, au milieu de ces immenses civilisations antiques, — de celles dont il ne restait pas même un nom,
une pierre, une trace de fumée au temps d'Hérodote, —
où donc ont-ils eu l'esprit de ne pas inventer, d'abord,
le Phonographe ? Au moins nous pourrions,
aujourd'hui, prononcer exactement leurs langues ainsi
que leurs noms. Tant d'autres noms, soi-disant immor-
tels, ne sont plus pour nous que des syllabes n'ayant
aucun rapport de son avec celles qui appelèrent les
fantômes dont nous voulons parler ! — Comment le
monde a-t-il pu se passer du Phonographe jusqu'à moi ?
Je m'y perds. Les savants des nations oubliées ressemblaient donc aux nôtres, qui ne sont bons qu'à constater, le plus souvent, puis classer et perfectionner ce que
les ignorants inventent et découvrent ?

  « Je dis qu'il est phénoménal que des hommes

48. C'est-à-dire Palmyre, en Syrie.
49. Ancienne ville grecque près de Corinthe.
50. C'est-à-dire *Ys*, la légendaire cité bretonne engloutie.
51. Ici, *Ptolémaïs Hermu*, sur le Nil.
52. Ancien nom d'Ankara.
53. C'est-à-dire *Ecbatane*, ancienne ville au N.-O. de l'Iran, qui
fut l'une des capitales de l'empire perse, mais que l'on ne connaît que
par les textes.
54. Aujourd'hui Saïda, au Liban; des fouilles archéologiques
avaient commencé dans cette ancienne cité phénicienne en 1861.
55. Jérusalem.
56. Très ancienne ville d'Égypte, qui eut son apogée au VIIe siècle
av. J.-C.
57. En Palestine.

sérieux comme ceux d'il y a cinq mille ans — (par
exemple les ingénieurs de Rhamsinit[58], de la onzième
dynastie, qui trempaient le cuivre mieux que les armu-
riers d'Albacète ne trempent aujourd'hui l'acier, si bien
que, leur secret ayant été perdu, nous ne pouvons, avec
les plus puissants marteaux-pilons de nos usines, forger
le moindre de leurs instruments de ce métal) — il est,
dis-je, phénoménal que, parmi des hommes de... cette
trempe... enfin, un seul ne se soit pas trouvé qui ait
pensé à reproduire sa propre voix d'une manière indes-
tructible!... Après cela, peut-être, mon appareil a-t-il
été inventé, dédaigné et oublié. Voici neuf cents ans,
paraît-il, que mon téléphone a été mis au rebut dans la
vieille Chine, cette patrie archiséculaire et ressassée des
aérostats, de l'imprimerie, de l'électricité, de la poudre,
etc. — et de tant de choses que *nous* n'avons pas encore
découvertes. — Qui ne sait que l'on a constaté, dans
Karnac, des traces de rails datant de trois mille années?
du temps où les peuples ne vivaient que d'invasions? —
Heureusement qu'aujourd'hui les inventions de
l'Homme présentent des garanties de durée "définitive". — Certes, on se disait également cela du temps de
Nabonassar[59], du temps même du prince touranien
Xixouthros[60], c'est-à-dire voici environ sept ou huit
mille ans, sauf erreur; — mais il faut admettre de toute
nécessité qu'aujourd'hui ce sera "sérieux". Pourquoi?
je n'en sais rien. L'essentiel est d'en être bien persuadé,
voilà tout. Sans quoi, tout le monde, une fois fortune
faite, se croiserait les bras. — Moi tout le premier. »

---

58. Ou *Rhampsinite* : roi égyptien légendaire évoqué par Hérodote.
59. Ou *Nabounatsir*, roi de Babylone de 748 à 734 av. J.-C. : son
règne fut choisi par Ptolémée pour marquer le point de départ d'un
célèbre canon astronomique.
60. *Xisouthros* est, dans la légende babylonienne, le dernier des
rois antérieurs au Déluge; « touranien », c'est-à-dire du *Turan*, mot
iranien assez vague désignant l'Asie centrale.

X

PHOTOGRAPHIES DE L'HISTOIRE DU MONDE

Photographie à la minute

UN MONSIEUR, *entrant* : Monsieur je
désirerais avoir ma phot...
LE PHOTOGRAPHE, *se précipitant* :
N'achevez pas!... la voici.

CHAM[61].

Ici le regard de l'ingénieur tomba sur le grand
réflecteur à magnésium où cette voix d'enfant s'était
jouée tout à l'heure.

« La Photographie, elle aussi, est arrivée bien tard!
— continua-t-il. N'est-il pas désespérant de songer aux
tableaux, portraits, vues et paysages qu'elle eût recueillis jadis et dont le spectacle est à jamais détruit pour
nous ? Les peintres imaginent : mais c'est la réalité
positive qu'elle nous eût transmise. Quelle différence!
— C'en est fait! nous ne verrons plus, nous ne *reconnaî-
trons* jamais, en leurs effigies, les choses et gens d'autrefois, — sauf le cas où l'Homme découvrirait le moyen
de résorber, soit par l'électricité, soit par un agent plus
subtil, la réverbération interastrale et perpétuelle de
tout ce qui se passe, — découverte à venir sur laquelle il
ne faut pas compter outre mesure, car il est plus que
probable que tout le Système solaire aura été vaporisé
par les fournaises du *Zéta* d'Hercule[62], qui nous attire
seconde par seconde, — ou, tout au moins, que notre
planète aura été abordée et défoncée, malgré sa croûte

---

61. Caricaturiste parisien (1818-1879).
62. Selon certains astronomes de l'époque, notre système solaire
se dirigeait vers la constellation d'Hercule, dont l'une des étoiles
s'appelle *Zèta*; mais personne ne professait qu'il devait jamais s'y
anéantir.

de trois à dix lieues d'épaisseur, et réduite, comme tant
d'autres, à l'état de *sac à charbon*[63] par son satellite, —
ou, même, encore, qu'une vingt ou vingt-cinquième
oscillation aux pôles nous aura inondés d'une nappe
d'écume de trois ou quatre mille lieues, comme par le
passé[64], — avant qu'il ait été permis à notre espèce de
bénéficier, d'une façon quelconque, de ce phénomène,
avéré en effet, de l'éternelle réfraction interstellaire de
toutes choses.

« C'est dommage.

« Il nous eût été si agréable de posséder quelques
bonnes épreuves photographiques (prises au moment
même du phénomène) de *Josué arrêtant le soleil*, par
exemple, — de quelques *Vues du Paradis terrestre* prises
de l'*Entrée aux épées flamboyantes*; de l'*Arbre de la
Science*; du *Serpent*, etc.; — de quelques vues du
Déluge, prises du sommet de l'Ararat (l'industrieux
Japhet, aurait, je le parierais, emporté un objectif dans
l'arche s'il eût connu ce merveilleux instrument). Plus
tard, on eût cliché les *Sept Plaies d'Égypte*, le *Buisson
Ardent*, le *Passage de la mer Rouge*, avant, pendant et
après l'épisode, le *Mané, Thécel, Pharès*, du festin de
Balthazar; le *bûcher d'Assurbanipal*, le *Labarum*[65], la
Tête de Méduse, le *Minotaure*, etc., — et nous jouirions,
aujourd'hui, des portraits-cartes de *Prométhée*, des
Stymphalides[66], des *Sibylles*, des *Danaïdes*, des *Furies*,
etc., etc.

« Et tous les épisodes du Nouveau Testament!
Quelles épreuves! — Et toutes les anecdotes de l'Histoire des empires d'Orient et d'Occident! Quelle collec-

63. Nom donné à des espaces de la Voie Lactée où l'on n'aperçoit
pas d'étoiles.
64. Lors du Déluge.
65. L'étendard romain sur lequel l'empereur Constantin fit remplacer l'aigle par une croix de feu, à l'image du signe qu'il avait
aperçu avant la bataille du pont Milvius et qu'il avait fait inscrire sur
les boucliers de ses soldats — ce qui, pensait-il, lui avait donné la
victoire contre Maxence.
66. Ce fut le quatrième des douze travaux d'Hercule que d'ex-
terminer ces oiseaux monstrueux au bec et aux serres d'airain, qui
vivaient au bord du lac Stymphale et se nourrissaient de chair
humaine.

tion ! Et les martyres ! et les supplices ! Depuis celui des
sept Maccabées[67] et de leur mère, jusqu'à ceux de Jean
de Leyde[68] et de Damiens[69], sans omettre les principaux sacrifices des chrétiens livrés aux bêtes dans les
cirques de Rome, de Lyon et d'ailleurs !

« Et les scènes de torture, depuis le commencement
des sociétés jusqu'à celles qui se sont passées dans les
prisons de la Santa Hermandad au temps où les bons
fraïles redemptors[70], nantis de leurs trousseaux de fer,
massacraient, en leurs affreux loisirs, pendant des
années, les Maures, les hérétiques et les juifs ? — Et les
questions qui ont été subies dans les cachots de l'Allemagne, de l'Italie, de la France, en Orient et dans
l'Univers ? — L'Objectif, aidé du Phonographe (qui
sont connexes), en reproduisant à la fois la vue et les
différents cris des patients, en eussent donné une idée
complète, exacte. Quel enseignement salubre c'eût été
dans les lycées, pour assainir l'intelligence des enfants
modernes — et même des grandes personnes ! —
Quelle lanterne magique !

« Et les portraits de tous les civilisateurs, de Nemrod
à Napoléon, de Moïse à Washington et de Koang-fu-
Tsë[71] à Mohammed[72] ! — Et des illustres femmes, de
Sémiramis à Catherine d'Alfendelh, de Thalestris[73] à
Jeanne d'Arc, de Zénobie[74] à Christine de Suède ?

67. Les hagiographes désignent sous ce nom, dans le *IIe livre des
Maccabées*, les sept frères juifs qui, arrêtés par ordre d'Antiochos
Epiphane, furent suppliciés, ainsi que leur mère, pour avoir refusé de
manger de la chair de porc.

68. Réformateur religieux hollandais (1509-1536), il fut le chef
des anabaptistes de la ville de Münster ; la ville dut se rendre aux
troupes de son évêque, et Jean de Leyde mourut après avoir été
affreusement torturé.

69. Robert François Damiens (1715-1757) fut écartelé en Place de
Grève et horriblement supplicié pour avoir frappé Louis XV d'un
coup de canif.

70. *Sic.* Ces « frères rédempteurs » faisaient office de tortion-
naires pendant l'Inquisition espagnole.

71. Confucius.

72. Mahomet.

73. Comme Catherine d'Alfendelh, cette Thalestris reste un mystère pour les commentateurs.

74. Reine de Palmyre (vers 266-272), elle imposa sa domination
sur tout l'Orient.

« Et les portraits de toutes les belles femmes, depuis Vénus, Europe, Psyché, Dalila, Rachel, Judith, Cléopâtre, Aspasie, Freya[75], Maneka[76], Thaïs, Akëdysséril[77], Roxelane[78], Balkis[79], Phryné, Circé, Déjanire, Hélène, etc., jusqu'à la belle Paule[80]! jusqu'à la Grecque voilée par la loi! jusqu'à Lady Emma Harte Hamilton[81]!

« Et tous les dieux, enfin! et toutes les déesses! jusqu'à la déesse Raison, sans oublier monsieur de l'Être! Grandeur nature!

« Hélas! n'est-ce pas dommage qu'on n'ait pas les photographies de tout ce monde-là? — Quel album!

« Et en Histoire naturelle? En paléontologie, surtout! — Il est hors de doute que nous nous faisons une idée très défectueuse du mégathérium, par exemple, — de ce pachyderme paradoxal, — et que nos conceptions du ptérodactyle, cette chauve-souris, ce chéroptère géant, — du plésiosaure, ce patriarche monstrueux des sauriens, — sont, pour ainsi dire, enfantines. Ces intéressants animaux s'ébattaient ou voletaient, cependant, leurs squelettes l'attestent, à cette place même où je rêve aujourd'hui, — et ce, voici à peine quelques centaines de siècles, moins que rien; — quatre ou cinq fois moins que l'âge du morceau de craie avec lequel je pourrais l'écrire sur une ardoise.

« La Nature a bien vite passé l'éponge de ses déluges sur ces ébauches informes, sur ces premiers cauchemars de la Vie! Que de curieuses épreuves il y aurait eu

75. Ou *Freyja* : déesse germanique de la fécondité, elle est, dans la mythologie scandinave, confondue avec l'épouse d'Odin, *Frîja*, que les Romains assimilaient avec Vénus.
76. Cette Maneka, comme plus loin « la Grecque voilée par la loi », reste elle aussi un mystère.
77. Héroïne imaginaire et éponyme de la légende hindoue écrite par Villiers lui-même (1885).
78. Roxelane fut, au XVIe siècle, l'épouse de Soliman le Magnifique.
79. *Balkis* est le nom que les auteurs arabes donnent, depuis le Coran, à la reine de Saba, qui selon la Bible fut aimée de Salomon.
80. Héroïne du folklore toulousain.
81. La maîtresse de l'amiral Nelson.

à prendre de toutes ces bêtes, cependant! — Hélas!
visions disparues! »

Le physicien soupira.

« Oui, oui, tout s'efface, en effet! reprit-il; — même
les reflets sur le collodion, même les pointillés sur les
feuilles d'étain. Vanité des vanités! tout est, bien décidément, vanité. Ce serait à se briser l'objectif, à se faire
sauter le phonographe, à se demander — les yeux aux
voûtes (purement apparentes, d'ailleurs, du ciel), — si
la location de ce pan de l'Univers nous est gratuite et
qui en solde le luminaire? — qui, en un mot, nous
avance les frais de cette Salle si peu solide où se joue le
vieux logogriphe — et, enfin, d'où l'on s'est procuré
tous ces lourds décors de Temps et d'Espace, si usés, si
rapiécés, auxquels personne ne croit plus.

« Quant aux mystiques, je puis leur soumettre une
réflexion naïve, paradoxale, superficielle, s'ils veulent,
mais singulière : — n'est-il pas attristant de penser que
si Dieu, le Très-Haut, le Bon Dieu, dis-je, enfin le
Tout-Puissant (lequel, de notoriété publique, est
apparu à tant de gens, qui l'ont affirmé, depuis les vieux
siècles, — nul ne saurait le contester sans hérésie, — et
dont tant de mauvais peintres et de sculpteurs
médiocres s'évertuent à vulgariser *de chic* les prétendus
traits) — oui, penser que s'Il daignait nous laisser
prendre la moindre, la plus humble photographie de
Lui, voire me permettre, à moi, Thomas[82] Alva Edison,
ingénieur américain, sa créature, de clicher une simple
épreuve phonographique de Sa vraie Voix (car le tonnerre a bien mué, depuis Franklin[83]), *dès le lendemain il
n'y aurait plus un seul athée sur la Terre!* »

Le grand électricien, en parlant ainsi, plaisantait
sourdement l'idée vague, — indifférente, même, selon
lui, — de la réflexe et vivante spiritualité de Dieu.

Mais, en celui qui la réfléchit, l'Idée-vive de Dieu

82. Allusion à l'apôtre Thomas qui refusa, selon l'Evangile, de
croire à la résurrection de Jésus avant d'avoir touché ses plaies.
83. Benjamin Franklin a, entre autres choses, inventé le para-
tonnerre.

n'apparaît qu'au degré seul où la foi du voyant *peut* l'évoquer. Dieu, comme toute pensée, n'est dans l'Homme que selon l'individu. Nul ne sait où commence l'Illusion, ni en quoi consiste la Réalité. Or, Dieu étant la plus sublime conception possible et toute conception n'ayant sa réalité que selon le vouloir et les yeux *intellectuels* particuliers à chaque vivant, il s'ensuit qu'écarter de ses pensées l'idée d'un Dieu ne signifie pas autre chose que se décapiter gratuitement l'esprit.

En prononçant ces dernières paroles, Edison s'était arrêté dans sa marche méditative et considérait fixement les brumes lunaires sur l'herbe du parc, par l'ouverture de la grande croisée.

« Allons!... dit Edison, défi pour défi! Puisque la Vie semble le prendre de si haut avec nous et ne daigne nous répondre que par un profond et problématique silence, — nous allons bien voir si nous ne pouvons pas l'en faire sortir!... En tout cas, nous pouvons déjà lui montrer... ce qu'Elle est devant nous. »

À ces mots, l'étrange inventeur tressaillit : — il venait d'apercevoir, dans le rayon de lune, une ombre humaine, immobile, interposée entre lui et le dehors, derrière la porte vitrée du grand parc.

« Qui est là ?... » demanda-t-il très haut, dans l'obscurité, — en caressant tout doucement dans la poche de son grand sayon de soie violette la crosse d'un court pistolet.

XI

LORD EWALD

> *On eût dit que cette femme projetait son ombre sur le cœur de ce jeune homme.*
>
> LORD BYRON, *Le Rêve*.

« Moi, Lord Ewald », — dit une voix.
Et l'ombre ouvrait, en parlant, la porte vitrée.

« Ah! mon cher lord, mille pardons! répondit Edison en faisant un pas, à tâtons, vers un allumoir
électrique, les chemins de fer sont si lents encore que je
ne vous attendais que dans trois quarts d'heure.

— Aussi ai-je fait surchauffer un train spécial à la
dernière atmosphère du manomètre, dit la même voix,
afin d'être de retour à New York ce soir. »

Trois lampes oxhydriques[84], entourées de globes
teintés de bleu, flamboyèrent brusquement, au plafond, autour d'une sorte de foyer d'électricité rayonnante, illuminant le laboratoire d'un effet de soleil
nocturne.

Le personnage qui se tenait debout en face d'Edison
était un jeune homme de vingt-sept à vingt-huit ans, de
haute taille et d'une rare beauté virile.

Il était vêtu avec une si profonde élégance qu'il eût
été impossible de dire en quoi elle consistait. Les lignes
de sa personne laissaient deviner des muscles d'une
exceptionnelle solidité, tels que les exercices et les
régates de Cambridge ou d'Oxford savent les rendre.
Son visage un peu froid, mais d'un tour gracieux et
sympathique, s'éclairait d'un sourire empreint de cette
sorte de tristesse élevée qui décèle l'aristocratie d'un
caractère. Ses traits, bien que d'une régularité grecque,
attestaient par la qualité de leur finesse une énergie de
décision souveraine. De très fins et massés cheveux,
une moustache et de légers favoris, d'un blond d'or
fluide, ombraient la matité de neige de son teint juvénile. Ses grands yeux noblement calmes, d'un bleu
pâle, sous de presque droits sourcils, se fixaient sur son
interlocuteur. — À sa main sévèrement gantée de noir,
il tenait un cigare éteint.

Il sortait de son aspect cette impression que la plupart
des femmes devaient, à sa vue, se sentir comme devant
l'un de leurs plus séduisants dieux. Il semblait tellement beau qu'il avait naturellement l'air d'accorder une
grâce à qui lui parlait. Tout d'abord on eût dit un don

84. C'est-à-dire brûlant un mélange d'oxygène et d'hydrogène.

Juan d'une froideur insoucieuse. Mais, à l'examiner un instant, on s'apercevait qu'il portait, dans l'expression de ses yeux, cette mélancolie grave et hautaine dont l'ombre atteste toujours un désespoir.

« Mon cher sauveur ! dit chaleureusement Edison en s'avançant, les mains tendues vers l'étranger. Que de fois j'ai pensé à ce... providentiel jeune homme de la route de Boston, auquel je dois la gloire, la vie et la fortune !

— Ah ! mon cher Edison, répondit en souriant Lord Ewald, je dois m'estimer, au contraire, votre obligé dans cette circonstance, puisque, par vous, je fus utile au reste de l'Humanité. Ce que vous êtes devenu le prouve. Le peu d'or auquel vous faites allusion, je pense, ne m'était, à moi, qu'insignifiant : donc, entre vos mains (surtout alors qu'il vous était nécessaire), ne se trouvait-il pas beaucoup plus légitimement placé qu'entre les miennes ? — Je parle au point de vue de cet intérêt général qu'il est du plus strict devoir de toute conscience de ne jamais totalement oublier. Quels remerciements ne dois-je pas au Destin de m'avoir ménagé cette circonstance atténuante de ma fortune ! — Et tenez, c'est pour vous le dire que, passant en Amérique, je me suis si empressé de vous rendre visite. Je venais vous remercier, moi, — *de ce que je vous ai trouvé sur ce grand chemin de Boston.* »

Et Lord Eward s'inclina, tout en serrant les mains d'Edison.

Un peu surpris par ce discours, débité avec ce flegmatique sourire qui donnait l'idée d'un rayon de soleil sur de la glace, le puissant inventeur salua son jeune ami.

« Mais, comme vous avez grandi, mon cher lord ! reprit gaiement Edison, en indiquant un fauteuil à Lord Ewald.

— Vous aussi, et plus que moi ! » répondit le jeune homme en s'asseyant.

Edison, en examinant son interlocuteur — dont le visage était maintenant bien éclairé — s'aperçut, dès le premier coup d'œil, de l'ombre terrible qui pesait sur cette physionomie.

« Milord, dit-il en s'empressant, — est-ce que la rapidité de votre trajet vers Menlo Park vous aurait indisposé ?... J'ai là un cordial...

— Nullement, répondit le jeune homme ; pourquoi ? »

Edison, après un silence, dit simplement :

« Une impression. Excusez-moi.

— Ah! dit Lord Ewald, je vois ce qui vous a fait penser à cela. Ce n'est rien de physique, je vous assure. C'est, figurez-vous, un chagrin incessant, qui, à la longue, m'a rendu le regard habituellement un peu soucieux. »

Et, ajustant son lorgnon, il jeta un coup d'œil autour de lui :

« Combien je vous félicite de votre sort, mon cher savant, continua-t-il. Vous êtes un élu et voici un musée qui promet. — N'est-elle pas de vous, cette lumière merveilleuse ? On dirait une après-midi d'été!

— Grâce à vous, mon cher lord.

— Vraiment, c'est un *Fiat lux*[85] ! que vous avez dû prononcer tout à l'heure!

— Ma foi, j'ai découvert deux ou trois cents petites choses comme celle-là, je vous dirai : j'espère, même, ne point m'arrêter trop vite en ce chemin. Je travaille toujours, même en dormant, — même en rêvant! Je suis une sorte de *Dormeur éveillé*, comme dirait Schéhérazade[86]. Voilà tout.

— Vous savez que je me sens fier, en vérité, de notre rencontre sur cette grande route mystérieuse! Je finis par penser qu'elle était inévitable. Et, comme le dit Wieland[87], en son *Peregrinus Protée* : "Il n'y a point de hasard : nous devions nous rencontrer — et nous nous sommes rencontrés." »

La secrète préoccupation du jeune lord, même au

---

85. « Que la lumière soit », est-il écrit dans la Genèse.
86. La conteuse des *Mille et Une Nuits*.
87. Poète, conteur et romancier allemand (1733-1813).

cours de ces affectueuses paroles, transparaissait. Il y eut un moment de silence.

« Milord, répondit soudainement Edison, — eh bien! à mon tour, permettez-moi de m'intéresser à vous à titre de vieil ami. »

Lord Ewald reporta les yeux sur lui.

« Vous venez de parler d'une peine dont votre regard porte l'empreinte, en effet, continua l'électricien. Or, je ne sais comment vous exprimer, aussi vite, le désir que j'éprouve : mais, voyons! ne vous semble-t-il pas que le poids des soucis les plus amers s'allège, partagé avec un cœur dévoué? — Sans autre préambule, voulez-vous en essayer avec moi? Qui sait!... Je suis de cette race de médecins très bizarres qui ne croient guère aux maux sans remède. »

Lord Ewald ne réprima pas un léger mouvement de surprise à cette brusque ouverture.

« Oh! la douleur en question, répondit-il, provient d'un accident très banal; d'une passion vraiment fort malheureuse, qui m'attriste à jamais. Vous le voyez : mon secret est des plus simples, n'en parlons pas.

— Vous! une passion malheureuse! s'écria Edison étonné lui-même.

— Pardon, interrompit Lord Ewald, mais je ne me sens pas le droit de m'arroger un temps précieux pour tous, mon cher Edison, — et notre conversation serait bien plus intéressante, il me semble, si nous en revenions à vous.

— Mon temps? Eh! mais... tous vous le doivent un peu! — dit l'électricien. Et ceux qui m'admirent, aujourd'hui, au point d'avoir fondé des sociétés au capital de cent millions sur mon crédit intellectuel ou mes découvertes passées et à venir, m'auraient parfaitement laissé crever comme un chien, à votre place! Et j'en ai quelque souvenir. L'Humanité attendra : je la crois supérieure à ses intérêts, comme l'a dit un Français. L'affection sincère a des droits, aussi sacrés que les siens, mon cher lord : la qualité de la mienne me permet d'insister sur ce que je sollicitais tout à l'heure de votre confiance, puisque je sens que vous souffrez. »

L'Anglais, après avoir allumé un cigare :

« En vérité, vous parlez si noblement, monsieur l'inventeur, dit-il, que je ne saurais résister longtemps à votre sympathie ! Laissez-moi vous avouer, cependant, que j'étais à mille lieues de m'attendre à ce que — à peine assis chez vous — je vous choisirais pour confident. On voit que tout se passe à l'exemple de l'éclair, chez les électriciens. Enfin, puisque vous le désirez, voici : — j'ai le malheur de subir un amour très pénible, le premier de ma vie (et, dans ma famille, le premier est presque toujours le dernier, c'est-à-dire le seul) pour une très belle personne — tenez ! *pour la plus belle personne du monde*, je crois ! — et qui est, actuellement, à New York, au théâtre, dans notre loge, où elle fait miroiter les pierres de ses oreilles en paraissant écouter le *Freischütz*[88]. — Là !... Vous voilà satisfait, j'imagine, monsieur le curieux ? »

À ces mots Edison considéra Lord Ewald avec une attention singulière. Il ne répondit pas tout de suite ; mais, s'assombrissant à vue d'œil, en deux secondes, il parut s'absorber dans une pensée secrète.

« Oui, c'est désastreux, en effet, ce que vous m'apprenez là ! » murmura-t-il froidement.

Et il le regarda d'un air distrait.

« Oh ! Vous ne pouvez, même, comprendre jusqu'à quel point ! murmura Lord Ewald.

— Mon cher lord, il faut donc que vous m'en disiez un peu plus ! reprit Edison après un instant.

— Ah ! par exemple ! — À quoi bon ?

— J'ai maintenant, un motif de plus pour vous le demander !

— Un motif ?

88. Opéra romantique de Weber, créé à Berlin en 1821 ; c'est l'histoire d'un jeune chasseur qui doit remporter un concours de tir pour obtenir la main de sa belle, et qui, dans sa peur d'échouer, accepte d'utiliser des balles maudites, fondues à minuit, dans la forêt, par un suppôt du diable. Cet opéra eut un succès considérable : il connut cinq cents représentations à Berlin entre 1821 et 1884, et fut représenté aussi à Londres, à New York et à Paris.

— Oui ; je crois — que j'ai, peut-être, un moyen *de vous guérir* — ou, tout au moins, de...

— Hélas ! Impossible !... dit Lord Ewald avec un sourire amer. La Science ne saurait aller jusque-là.

— La Science ? — Je suis celui qui ne sait rien, qui devine parfois, qui trouve souvent, qui étonne toujours.

— D'ailleurs, l'amour dont je souffre est d'un ordre qui ne saurait sembler qu'étrange et inconcevable.

— Tant mieux ! tant mieux !... dit Edison en ouvrant de plus en plus les yeux ; donnez-moi, seulement, quelques détails !

— C'est que... j'ai lieu de craindre qu'ils soient *inintelligibles*, même pour vous !

— *Inintelligibles ?*... N'est-ce pas Hegel qui a dit : "Il faut comprendre l'*Inintelligible comme tel*" ? — On essaiera, mon cher lord ! — s'écria l'électricien. Et vous allez voir avec quelle clarté nous nettifierons le *point* obscur de votre mal ! — Si vous me refusez, maintenant, ah ! tenez... je... je vous rembourse !

— Voici l'histoire ! » dit Lord Ewald, réchauffé lui-même par le cordial sans-gêne d'Edison.

XII

ALICIA

« *Elle marche dans sa beauté, pareille à la nuit des climats sans nuages et des cieux étoilés !* »

LORD BYRON, *Mélodies hébraïques*.

Lord Ewald, s'étant croisé les jambes, commença, entre deux légers flocons de son cigare :

« J'habitais, depuis quelques années, l'un des plus anciens domaines de ma famille, en Angleterre, le château d'Athelwold, dans le Staffordshire, un très désert et très brumeux district. Ce manoir, l'un des derniers, environné de lacs, de forêts de pins et de rochers, s'élève à quelques milles de Newcastle under Lyme ; j'y vivais depuis mon retour de l'expédition d'Abyssinie[89], d'une existence fort isolée, n'ayant plus de parents, avec de bons serviteurs vieillis à notre usage.

« Ma dette militaire une fois acquittée envers mon pays, je m'étais arrogé le droit d'exister ainsi, à ma guise. Un ensemble de réflexions sur l'esprit des temps actuels m'ayant induit à renoncer, de très bonne heure, à toute carrière d'état, de lointains voyages ayant en moi développé ce goût de la solitude qui m'est natal, cette existence d'isolement suffisait à mes ambitions rêveuses et je m'estimais des plus heureux.

« Cependant, à l'occasion d'un anniversaire du couronnement de l'Impératrice des Indes, notre souveraine, et sur le rescrit officiel qui me convoquait avec les autres pairs, je dus quitter, un beau matin, ma baronnie et mes chasses et me rendre à Londres. Une circonstance, aussi futile que banale, de ce voyage, me mit en présence d'une personne attirée aussi vers notre capitale par cette solennité. À quel propos cette aventure m'advint-elle ? Voici : — à la gare de Newcastle les wagons encombrés n'étaient plus assez nombreux. Sur la jetée du chemin de fer, une jeune femme semblait contrariée jusqu'à la tristesse de ne pouvoir partir. Au dernier moment et sans me connaître, elle s'approcha de moi, n'osant me demander place dans le salon où je voyageais seul, — gracieuseté que, toutefois, je ne sus lui refuser.

« Ici, mon cher Edison, qu'il me soit permis de vous le dire : jusqu'à cette rencontre les occasions de ce que l'on appelle des liaisons mondaines m'avaient, toujours en vain, favorisé.

« Une sauvagerie de ma nature m'avait toujours strictement préservé de quelque bonne fortune que ce fût. — Si je n'eus jamais de fiancée, il m'était inné, en

89. Qui eut lieu en 1867-1868.

effet, de ne pouvoir aimer ou désirer, même un instant, d'autre femme que celle — inconnue encore, mais appelée, peut-être, — à devenir la mienne.

« Très "en retard", je prenais à ce point l'amour conjugal au sérieux. Ceux de mes visiteurs les plus amis qui ne partageaient pas mon ridicule à cet égard me surprenaient, et, même aujourd'hui, hélas! je plains toujours les jeunes hommes qui, sous de lâches prétextes, trahissent *d'avance* celle qu'un jour ils épouseront. De là ce renom de froideur dont m'avaient illustré, jusque chez la reine, quelques rares familiers, qui me prétendaient à l'épreuve des Russes, des Italiennes et des créoles.

« Eh bien! il arriva ceci : en quelques heures, je devins passionnément épris de cette voyageuse que je voyais pour la première fois! — À notre arrivée à Londres, j'en étais — sans même le savoir — à ce premier et sans doute dernier amour qui est de tradition chez les miens. Bref, en peu de jours, entre elle et moi d'intimes liens s'établirent : ils durent encore ce soir.

« Puisque vous n'êtes plus, en ce moment, qu'un mystérieux docteur auquel il ne faut rien cacher, il devient nécessaire, pour l'intelligence même de ce que je dois ajouter, de vous dépeindre, d'abord, physiquement, Miss Alicia Clary. Je ne me dispenserai donc pas de m'exprimer en amant et même, s'il est possible, en poète, attendu, d'abord, que cette femme, aux yeux de l'artiste le plus désintéressé, serait d'une beauté non seulement incontestable mais tout à fait extraordinaire.

« Miss Alicia n'a que vingt ans à peu près. Elle est svelte comme le tremble argenté. Ses mouvements sont d'une lente et délicieuse harmonie; — son corps offre un ensemble de lignes à surprendre les plus grands statuaires. Une chaude pâleur de tubéreuse en revêt les plénitudes. C'est, en vérité, la splendeur de la *Venus victrix* humanisée. Ses pesants cheveux bruns ont l'éclat d'une nuit du Sud. Souvent, au sortir du bain, elle marche sur cette étincelante chevelure que l'eau même ne désondule pas et en jette, devant elle, d'une épaule à l'autre, les luxuriantes ténèbres comme le pan d'un manteau. Son visage est de l'ovale le plus séduisant ; sa cruelle bouche s'y épanouit, comme un œillet sanglant ivre de rosée. D'humides lumières se jouent et s'appuient sur ses lèvres lorsque les fossettes rieuses découvrent, en les avivant, ses naïves dents de jeune animal. Et ses sourcils frémissent pour une ombre ! le lobe de ses oreilles charmantes est froid comme une rose d'avril ; le nez, exquis et droit, aux narines transparentes, continue le niveau du front aux sept gracieuses pointes. Les mains sont plutôt païennes qu'aristocratiques ; ses pieds ont cette même élégance des marbres grecs. — Ce corps est éclairé par deux yeux fiers, aux lueurs noires, qui regardent habituellement à travers leurs cils. Un chaud parfum émane du sein de cette fleur humaine qui embaume comme une savane et c'est une senteur qui brûle, enivre et ravit. Le timbre de la voix de Miss Alicia, lorsqu'elle parle, est si pénétrant, les notes de ses chants ont des inflexions si vibrantes, si profondes, que, soit qu'elle récite un passage tragique ou quelques nobles vers, soit qu'elle chante quelque magnifique arioso, je me surprends toujours à frémir malgré moi d'une admiration qui est, ainsi que vous allez le voir, d'un ordre inconnu. »

XIII

OMBRE

Un rien...
Locution humaine.

« À Londres, pendant les fêtes de la cour, les plus radieuses jeunes filles de notre nid de cygnes passèrent inaperçues de mes yeux. Tout ce qui n'était pas la présence d'Alicia ne m'était que pénible : j'étais ébloui.

« Toutefois, et depuis les premiers jours, je résistais

vainement à l'obsession d'une étrange évidence qui m'apparaissait en cette jeune femme. Je voulais douter du sentiment que ses paroles et ses actes me laissaient d'elle à chaque instant! Je m'accusais d'inintelligence plutôt que d'admettre leur signification et j'avais recours à toutes les circonstances atténuantes que fournit la raison pour en détruire l'importance en ma pensée. — Une femme! N'est-ce pas une enfant troublée de mille inquiétudes, sujette à toutes influences? Ne devons-nous pas accueillir toujours avec l'indulgence la plus amie et de notre meilleur sourire les semblants de ses tendances fantasques, les inconstances de ses goûts, pour une ombre aussi changeante que le chatoiement d'un plumage? Cette instabilité fait partie du charme féminin. Une joie naturelle doit nous porter, au contraire, à doucement reprendre, à transfigurer par mille transitions lentes — et dont elle nous aime davantage, les devinant, — à guider, enfin, un être frêle, irresponsable et délicat qui, de lui-même et par instinct, demande appui. — Donc, était-il sage de juger aussi vite et sans réserve une nature dont l'amour pouvait bientôt (et ceci dépendait de moi) modifier les pensées jusqu'à les rendre le reflet des miennes?

« Certes, je me disais cela! Cependant, je ne pouvais oublier qu'en tout être vivant il est un fond indélébile, essentiel, qui donne à toutes les idées, même les plus vagues, de cet être et à toutes ses impressions, versatiles ou stables, — quelques modifications qu'elles puissent *extérieurement* subir, — l'aspect, la couleur, la qualité, le *caractère*, enfin, sous lesquels, seulement, il lui est permis d'éprouver et de réfléchir. Appelons ce substrat l'*âme*, si vous voulez.

« Or, entre le corps et l'âme de Miss Alicia, ce n'était pas une disproportion qui déconcertait et inquiétait mon entendement : c'était un[90] *disparate*. »

À ce mot de Lord Ewald, on eût dit que le visage d'Edison s'inondait d'une pâleur soudaine : il eut un

90. *Sic.*

mouvement et un regard d'une surprise — qui pouvait être de la stupeur. Mais il ne risqua aucune parole d'interruption.

« En effet, continua le jeune lord, les lignes de sa beauté divine semblaient *lui* être étrangères ; ses paroles paraissaient dépaysées et gênées dans sa voix. Son être intime s'accusait comme en contradiction avec sa forme. On eût dit que non seulement son genre de personnalité était privé de ce que les philosophes appellent, je crois, le médiateur plastique, mais qu'elle était enfermée, par une sorte de châtiment occulte, dans le démenti perpétuel de son corps idéal. Le phéno-mène, de temps à autre (et, tout à l'heure, j'essaierai de vous en donner la sensation par une analyse de faits), était si apparent, à tout instant, que j'en venais à le trouver... je dirai presque incontestable. Oui, parfois, il m'arrivait d'imaginer, *très sérieusement*, que, dans les limbes du Devenir, cette femme s'était égarée en ce corps, — et qu'il ne lui appartenait pas.

— C'est une supposition bien excessive, répondit Edison ; cependant, presque toutes les femmes, — *pendant* qu'elles sont belles, ce qui leur passe vite — évoquent des sensations analogues, surtout chez ceux qui aiment pour la première fois.

— Pour peu que vous veuilliez attendre, dit Lord Ewald, vous allez reconnaître que la chose était ici plus compliquée et que Miss Alicia Clary pouvait prendre, à mes yeux, les insolites proportions sinon d'une absolue *nouveauté* humaine, du moins du type le plus sombre (c'est l'expression, je crois), de ces inquiétantes anoma-lies. — Maintenant, la *durée* de la beauté la plus radieuse, ne fût-elle que d'un éclair, si je meurs en subissant cet éclair, en aura-t-il été moins éternel pour moi ? Peu importe ce que dure la beauté pourvu qu'elle soit apparue ! Et, quant au reste, ne suis-je pas obligé de prendre un peu au sérieux ce qui, malgré la froide et sceptique indifférence de ma raison, me confond, à la fois, l'entendement, les sens — et le cœur ? — Croyez donc bien, d'avance, mon cher docteur, que ce n'est

point pour vous détailler en m'y complaisant naïvement
un cas d'hystérique démence quelconque, plus ou
moins banal, étiqueté dans tous les manuels médicaux,
que je prends sur moi d'appeler ainsi toute votre
attention. Le cas est d'un ordre physiologique plus
étonnant : rassurez-vous.

— Pardon : votre tristesse proviendrait-elle de ce
que cette belle personne ne vous serait pas demeurée
fidèle ?

— Plût au ciel que ceci lui eût été possible ! répondit
Lord Ewald. Alors, je n'aurais pas à me plaindre, *car
elle serait autre !* — D'ailleurs l'homme coupable d'avoir
été trompé en amour ne saurait se plaindre que de ce
qu'il a mérité. Le moyen d'en vouloir à une femme de
ce qu'on n'a pas su la captiver un peu ! — La vérité de
ceci est, d'instinct universel, ce qui revêt toujours de
quelque ridicule les doléances des époux infortunés.
Tenez pour certain que si l'ombre d'une fantaisie, d'un
caprice passionnel, eût jamais détourné de notre fidélité
réciproque Miss Alicia Clary, j'eusse favorisé cette
inconstance par une assez orgueilleuse inattention. Elle
m'accorde, au contraire, c'est évident, le seul *amour
dont elle soit capable* et je le crois d'autant plus "sincère",
hélas ! que c'est MALGRÉ ELLE qu'elle le subit.

— Voulez-vous, dit Edison, reprendre à présent le
récit logique de cette aventure, mon cher lord, au point
même de mon interruption ?

— Après quelques soirées, j'appris de cette amie
qu'elle était d'une assez bonne famille de l'Écosse,
anoblie même de nos jours. Séduite par un fiancé, puis
abandonnée pour une fortune, Alicia venait de quitter
la demeure paternelle : elle se proposait de mener
l'existence indépendante et nomade d'une virtuose ; elle
y renoncerait plus tard. Sa voix, son extérieur, son
talent dramatique lui assuraient, si elle devait en croire
quelques sérieux avis, une aisance au moins suffisante
pour ses goûts modestes. — Quant à moi, disait-elle,
elle se félicitait de cette rencontre du premier instant de
son évasion ! Ne pouvant plus être épousée, mais se

sentant de la sympathie pour ma personne, elle accueil-
lait, sans autre exigence, l'amour dont je la pressais et
dont elle espérait pouvoir partager bientôt l'inclination.

— À tout prendre, interrompit Edison, ces aveux
marquent une certaine dignité de cœur, j'imagine?...
hein? — Non? »

Lord Ewald le regarda d'une manière indéfinissable.

On eût dit qu'il touchait au point le plus pénible de sa
confidence mélancolique.

XIV

COMME QUOI LE FOND CHANGE AVEC LA FORME

> Soi-disant même idée : « *Les absents
> ont toujours tort.* »
>
> Sagesse des nations.
>
> *Tu as des amis dévoués : pourtant... si
> tu partais?...*
>
> GOETHE.

Sans changement d'intonation, il poursuivit impassiblement :

« Oui; mais — c'est ma traduction que vous venez
d'entendre et non les paroles mêmes d'Alicia.

« Autre style, autres sentiments : — et je vois bien
qu'il me faut vous avouer le *texte* même. — Substituer
son style à celui d'une personne dont on prétend
exposer le caractère, sous prétexte qu'elle s'est, *à peu
près*, exprimée de la sorte, c'est placer l'auditeur dans la
situation d'un voyageur qui, égaré, de nuit, sur une
route, irrite un loup en croyant caresser un chien.

« Voici donc, *exactement*, ses paroles :

« Celui dont elle avait à se plaindre n'était qu'un bien

petit industriel n'ayant jamais eu pour lui que sa fortune.

« Elle ne l'avait pas aimé, non, certes. — Elle avait
succombé à des sollicitations, croyant hâter par là son
mariage avec lui : c'était pour en finir avec l'existence
de demoiselle qu'elle s'était résignée à lui : autant ce
mari que tel autre. — D'ailleurs, il offrait une position
passable. — Mais les jeunes filles calculent mal. Cela lui
apprendrait, une autre fois, à croire aux phrases. — Par
exemple, il était fort heureux qu'elle n'eût pas d'enfant.
Si encore son aventure eût été tenue secrète, elle eût,
quand même, essayé de s'*établir* avec tel nouveau prétendant.

« Mais, là-bas, ses proches mêmes, par une sotte folie
peut-être, l'avaient ébruitée. De sorte qu'elle avait
préféré s'enfuir, tant cela l'avait ennuyée. Ne sachant
que devenir, elle se destinait au théâtre. De là sa
présence à Londres, où quelques petites épargnes lui
permettraient d'attendre un bon engagement. Certes,
une telle carrière achevait de déconsidérer une femme :
mais la faute qu'elle avait commise étant la plus grave
possible, quels ménagements lui restait-il à garder, à ce
sujet du moins ? Au surplus elle prendrait, elle aussi, un
nom de guerre. Des personnes compétentes lui ayant
assuré que sa voix était fort belle, ainsi que sa figure, et
qu'elle *représentait* fort bien, elle était fondée à croire
qu'elle aurait du "succès". Or, lorsqu'on gagne de
l'argent, on arrange beaucoup de choses. Quand elle en
aurait mis de côté suffisamment, elle quitterait "les
planches", prendrait, sans doute, un commerce, se
marierait et vivrait HONORABLEMENT. — En attendant,
elle ressentait beaucoup de goût pour moi : — quelle
différence !… Elle voyait bien qu'elle avait affaire à un
"grand seigneur". — D'ailleurs, j'étais un gentilhomme, "c'était tout dire".

« *Et caetera*; le reste, à l'avenant.

« Que pensez-vous de Miss Alicia d'après cette ver-
sion-ci ?

— Diable! dit Edison : les deux teneurs sont d'un

ton si distinct, en effet, que la sienne et votre traduction
me semblent, à présent, avoir énoncé *deux* choses
n'ayant plus entre elles qu'un rapport fictif. »
Il y eut un moment de silence.

XV

ANALYSE

> *Hercule entra dans la bauge du bois*
> *d'Erymanthe, y saisit par le cou l'énorme*
> *pourceau féroce, et, le traînant hors de ces*
> *ténèbres, produisit, de force, aux aveu-*
> *glants rayons du soleil, le groin fangeux du*
> *monstre ébloui.*
>
> Mythologie grecque.

« Donc, voici quel fut l'enchaînement de mes pensées, dès l'examen du sens fondamental inclus en cet
ensemble d'expressions, continua Lord Ewald impassible.
« Ainsi, me dis-je, une jeune créature aussi lumi-
neusement belle semble, tout d'abord, ignorer jusqu'à
quel mystérieux degré son corps atteint le type idéal de
la forme humaine. Ce n'est que par *métier* que son jeu
théâtral traduit, avec de si puissants moyens mimiques,
les inspirations du génie : — elle les trouve *creuses*. Ces
grandes, ces seules réalités de l'esprit pour toutes les
âmes sensées, elle les appelle, avec un sourire quelconque, du "*poétique* et de l'*éthéré*", et c'est en rougis-
sant, c'est par force majeure, qu'elle achève, à
l'entendre, de *s'abaisser* (comme à d'assez honteux
enfantillages) en les interprétant.
« Riche, ce serait à peine un passe-temps, pour elle
— un peu moins intéressant, disons-nous, que de jouer
aux cartes. — Cette voix, épandant son enchantement
d'or sur toute syllabe, n'est qu'un instrument vide :

c'est, à son sens, un gagne-pain, *moins* DIGNE *que tout autre*, dont elle ne se sert que faute d'autres et impatiente de le renier (après en avoir extrait une fortune habilement). — L'illusion divine de la gloire, l'enthousiasme, les nobles élans de la foule ne sont, pour elle, qu'un engouement de désœuvrés, auxquels elle estime que les grands artistes ne servent que de "jouets".

« Maintenant, ce que cette femme regrette dans sa faute, loin d'être l'honneur lui-même (cette abstraction surannée), n'est que le bénéfice que ce capital rapporte, prudemment conservé.

« Elle va jusqu'à supputer les avantages dont une mensongère virginité l'eût indignement dotée si sa malversation[91] fût demeurée inconnue dans son pays. Elle ne sent d'aucune manière que de pareils regrets constituent et conditionnent seuls le vrai déshonneur, bien plus qu'un accident extérieur de la chair, puisque celui-ci ne peut plus être, dès lors, envisagé que comme une fatalité *inévitable*, virtuellement contenue, dès avant les langes, dans le tempérament d'un être qui se définit de la sorte.

« Son inconscience de la vraie nature de ce qu'elle prétend ou croit avoir perdu ne rend-elle pas INSIGNIFIANTE, en un mot, cette circonstance corporelle de plus ou de moins ?

« Quand donc cette jeune femme fut-elle plus déchue ? Avant ou après ? — Ne se vante-t-elle pas, même, en s'accusant d'une "chute", puisque sa façon de déplorer cette prétendue chute est plus impure que la faute ? — Et, quant à sa virginité, je dis qu'elle n'eut jamais à perdre, sous ce rapport, qu'une sorte de néant, puisqu'elle n'eut pas même l'excuse de l'amour.

« Ne percevant en rien l'absolu monde qui sépare une vierge abusée d'une fille déçue, elle confond avec le déshonneur ce pathologique événement en la purement extérieure et secondaire gravité duquel le propre des

91. Au sens étymologique : le fait qu'elle a « mal tourné », comme il est dit un peu plus loin.

dignités de convention est d'être à jamais et comme
machinalement circonscrites.

« Car, enfin, une fille séduite, qui, dans le fait de
l'honneur perdu, ne regrettait *que l'Honneur seul*, ne
serait-elle pas infiniment plus vénérable que des millions de femmes honnêtes *qui ne les seraient demeurées*
QUE PAR INTÉRÊT ?

« Elle fait donc partie du nombre immense de ces
femmes dont le très solide calcul est à l'honneur ce que
la caricature est au visage et qui définiraient volontiers
ce même honneur "une sorte de luxe que les gens riches
seuls peuvent se permettre et qu'il est toujours loisible
d'acheter en y mettant le prix" : ce qui signifie que le
leur fut toujours à l'enchère, quelques hauts cris
qu'elles puissent en jeter extérieurement. — Ces dames
la reconnaîtraient tout de suite pour une des leurs
encore, à son langage ! — et se diraient, avec un soupir,
en l'écoutant : "Quel dommage que cette enfant ait *mal
tourné* !" Certes, elle saurait s'attirer cette monstrueuse
compassion, dont elle serait flattée en secret, — le
reproche, entre ces sortes de consciences, ne portant,
au fond, que sur l'inhabileté *dupée* d'une trop inexpéri-
mentée novice.

« Elle manque du sens de la honte au point de me
faire subir de tels aveux ! Un reste de tact féminin ne
l'avertit pas sourdement que, même à cet inconvenant
point de vue du calcul, elle anéantit dans mon cœur
toute sympathie, toute admiration pour elle, par sa
glaçante maladresse ! — Quoi ! cette beauté, si impres-
sionnante, est imbue de tant de mystérieuse misère
morale !… Alors j'y renonce. En résumé, cette femme
est d'une candeur cynique, dont je ne puis que dédaigner l'inconscience en m'éloignant, — n'étant pas, ai-je
dit, de ceux qui acceptent de posséder un corps dont ils
récusent l'âme.

« La réponse allait donc être un millier de guinées,
destinées à lui rendre indifférent l'adieu dont je les
eusse accompagnées. »

XVI

HYPOTHÈSE

> « *Ô toi!...* » etc.
>
> Les Poètes[92].

« Ainsi, renoncer à Miss Alicia, poursuivit Lord Ewald, — et prendre congé d'elle sur-le-champ, j'allais m'y résoudre quand une inquiétude me donna soudainement à hésiter.

« Lorsque Alicia cessait de parler, son visage, ne recevant plus l'ombre que projetaient sur lui ses plates et déshonnêtes paroles, son marbre, resté divin, démentait le langage évanoui.

« Avec une personne très belle, mais de perfections *ordinaires*, je n'eusse pas éprouvé cette sensation d'inintelligible que me causait Miss Alicia Clary. Dès l'abord, un rien, un éclair, — la qualité des lignes, la dureté des cheveux, le grain de la peau, les attaches des extrémités, un mouvement, tout m'eût averti du naturel caché! — mille indices insensibles! — et j'eusse... reconnu son identité *avec elle-même*.

« Mais ici, je vous le dis encore, la *non-correspondance* du physique et de l'intellectuel s'accusait constamment et dans des proportions paradoxales. Sa beauté, je vous l'affirme, c'était l'Irréprochable, défiant la plus dissolvante analyse. À l'extérieur — et du front aux pieds — une sorte de Vénus Anadyomène[93] : au-dedans, une personnalité tout à fait ÉTRANGÈRE à ce corps. Imaginez ce semblant de conception réalisé : une Déesse bourgeoise.

« J'en vins donc à penser que toutes les lois physiolo-

---

92. Villiers lui-même, dans le poème « Réveil » du *Conte d'amour* des *Contes cruels* : « Ô toi, dont je reste interdit, / J'ai donc le mot de ton abîme! »

93. Du grec *anaduomai* : « je sors de l'eau »; c'est le surnom d'Aphrodite, à laquelle la mythologie romaine identifie Vénus.

giques étaient bouleversées en ce vivant et hybride
phénomène, ou que je me trouvais, tout bonnement, en
présence d'un être dont la tristesse et l'orgueil avaient
atteint quelque degré suprême et qui se dénaturait à
bon escient, sous le jeu le plus amer, le plus dédaigneux! — Bref, il me parut impossible de s'expliquer
cette femme sans lui prêter le lyrique sentimentalisme
suivant. »

Lord Ewald, s'étant recueilli un instant, continua :

« Encore toute tremblante de l'offense terrible,
affreuse, irréparable, qui lui fut faite — elle s'est raidie
en ce mépris froid que la première trahison subie verse
aux cœurs les plus nobles. Une défiance très sombre et
dont quelques-uns, même, ne peuvent se guérir,
l'induit à déguiser, sous ces dehors, une ironie souveraine, nul ne lui paraissant de nature à concevoir la
souveraine qualité de sa mélancolie.

« Elle s'est dit :

« "Puisque le goût des seules sensations a détruit,
paraît-il, tout auguste sentiment chez ces humains
nouveaux (aux faces un peu trop baissées vers la terre et
parmi lesquels je me vois confondue pour peu de
temps), ce jeune homme qui me parle de tendresse et de
passion divines doit être pareil aux passants de ce siècle.
Certes, il doit penser comme les autres cœurs environnants, qui, réfugiés dans le seul sensualisme, pour
essayer de vivre, croient, en leur abaissement, pouvoir
mesurer d'un sarcasme vide toutes les tristesses,
n'ayant plus la force d'imaginer qu'il en est, peut-être,
de positivement inconsolables. M'aimer!... Est-ce que
l'on aime encore! — La jeunesse brûle en son sang ; un
transport dissiperait son désir. Si je l'écoutais ce soir, il
me laisserait demain plus déserte... Non! non. —
Avant de tenter aussi vite l'espérance, moi, vêtue de
deuil encore, qu'au moins ma première expérience,
hélas! m'éclaire. Je dois vérifier, d'abord, s'il récite
quelque rôle aussi, car je n'entends accorder à personne
le droit de sourire du malheur dont souffre tout mon
être, ni surtout que mon amant puisse jamais m'en
croire oublieuse.

« "Périsse tout désormais plutôt que cette seule intégrité qui me reste. Je veux être inoubliable en celui qui
sera l'élu de ma grandeur humiliée. Non, je ne me
livrerai ni dans un baiser, ni dans une parole à ce nouvel
étranger, avant de m'être assurée que je puis être reçue
de celui à qui je me donne. Si ses profondes paroles ne
voilent qu'un jeu passager, — qu'il les garde, avec ses
présents! que ma soucieuse indifférence n'accueille que
fatiguée de beaucoup trop ingénieuses contraintes. Je
veux être aimée comme on n'aime plus! non pas seulement autant que je suis belle, mais autant que je me vois
infortunée.

« "Le reste seul est vain. Comme le marbre divin
auquel je ressemble, mon seul devoir est de faire
ressentir (ah! pour toujours!) à ceux qui m'approchent
l'exception que je suis. À l'œuvre, donc! Soyons res-
semblante à leurs femmes, à celles qu'ils désirent et
qu'ils préfèrent, les grossiers passants familiers!
Qu'aucune lumière natale ne transparaisse en moi! Que
la nullité médiocre emmielle mes discours! Comédienne, voici ta première création. Noue ton masque :
tu joues pour toi. — Si tu es une puissante artiste, ici le
triomphe ne sera point la gloire, mais l'amour. Incarne-
toi dans ce rôle odieux où la plupart des femmes du
siècle acceptent de travestir leurs natures, sous prétexte
que LA MODE les y oblige.

« "Ce sera l'épreuve. Si, malgré cette indigence
d'âme dont je feindrai la misère sans concession ni pitié,
il persiste, *quand même*, à me vouloir pour amour, *ce
sera qu'il n'est pas plus digne de moi que* tel *autre* et que je
ne représente, pour sa passion, qu'une somme de
plaisirs, qu'une ivresse pareille à celle du vin, *qu'enfin il
se rirait de ma réalité s'il pouvait la pressentir.*

« "Alors, je lui dirai :

« " 'Vous pouvez aller vous unir à celles-là seules que
vous pouvez aimer, à celles qui ont perdu tout sentiment d'un autre destin. Adieu!'

« "S'il veut, au contraire, m'abandonner — sans
même tenter ma possession, — s'il s'éloigne désespéré,

lui aussi, mais sans avoir même l'idée de profaner le
rêve que je lui aurai pour jamais inspiré, — alors, à ce
signe, je reconnaîtrai qu'il est... *qu'il est de mon pays*! Je
verrai cette chose imprécise, qui est la seule sérieuse
entre les choses, passer dans ses yeux où trembleront
des larmes saintes! Je constaterai qu'il mérite toute ma
tendresse, et peu d'instants, alors, suffiront — ah! pour
nous rendre les cieux.

« "Maintenant, si l'épreuve me démontre, en lui, le
mensonge redouté, si je me vois condamnée à la solitude, eh bien! la solitude, plutôt! Et, déjà, je me sens
ressuscitée à des appels plus augustes que ceux des sens
et du cœur. Je ne veux plus être trahie! L'Art seul efface
et délivre. — Renonçant donc aux *soi-disant réels* atta-
chements de la terre, je me survivrai, sans regrets, en
ces êtres immortellement imaginaires que crée le Génie,
et je les animerai de mon chant mystérieux. Ce seront
mes seules compagnes, mes seules amies, mes uniques
sœurs; et, comme pour la Maria Malibran[94], il se
trouvera bien quelque grand poète pour immortaliser
ma forme, ma voix, mon âme et ma cendre! Ainsi, je
cacherai ma mélancolie dans la lumière et je m'en irai
dans ces régions de l'Idéal où l'insulte des humains
n'atteint plus."

— Peste! dit Edison.

— Oui, reprit Lord Ewald, tel fut *l'impossible* secret
dont, pour m'expliquer cette femme, j'essayai de la
parer. — Vous pensez que, pour m'en sembler digne, il
faut qu'elle soit d'une beauté bien prodigieuse, bien
étourdissante, n'est-ce pas?

— Vraiment, mon cher lord, vous me faites
comprendre qu'un lord peut s'appeler Byron! répondit
Edison en souriant, et il faut que vous soyez bien rude à
la désillusion pour avoir eu recours à toute cette impra-
ticable poésie plutôt que d'admettre la banale vérité.
Voyons, ne sont-ce pas là des raisonnements de grand

94. Maria Malibran, célèbre cantatrice espagnole, mourut en
1836, d'un accident, à l'âge de 28 ans, et Musset composa des stances
à sa gloire.

opéra ? Quelle femme pourrait jamais les concevoir, —
à part quelques derniers êtres mystiques ? — On ne
s'élève ainsi le tempérament que pour un dieu.

— Mon cher et subtil confident, j'ai reconnu trop
tard qu'en effet ce sphinx n'avait pas d'énigme : je suis
un rêveur puni.

— Mais, dit Edison, comment en êtes-vous encore à
l'amour pour elle, l'ayant à ce point analysée ?

— Ah ! parce que le réveil n'entraîne pas toujours
l'oubli du rêve et que l'Homme s'enchaîne avec sa
propre imagination ! répondit amèrement Lord Ewald.
Voici ce qui s'est passé.

« Pénétré de la foi dont j'entourais ainsi mon amour,
elle et moi nous nous sommes vite appartenus. Que
d'évidences, alors, il a fallu pour me prouver que la
comédienne — *ne jouait pas de comédie* ! Le jour où je le
reconnus sans retour, je voulus encore m'affranchir de
ce fantôme...

« Mais, je dois l'avouer, les liens de la Beauté sont
forts et sombres. J'ignorais leur *intrinsèque* pouvoir
lorsque, dupe de ma chimère, je m'aventurai dans cette
passion. Les siens étaient entrés déjà dans mes chairs
comme des lacets de tortionnaire quand, désillusionné à
jamais, je voulus les secouer ! — Je me suis réveillé, un
peu comme Gulliver à Lilliput, chargé d'un million de
fils. — Alors je me sentis perdu. En mes sens, brûlés de
l'étreinte d'Alicia, mon énergie s'était affaiblie. Dalila[95]
m'avait coupé les cheveux pendant ce sommeil. Je
pactisai par lassitude. Plutôt que d'abandonner courageusement le corps, je voilai l'âme. Je devins muet.

« Jamais elle ne s'est doutée des transports de véritable rage que je dompte et refoule dans mes veines à
son sujet. Que de fois j'ai failli la détruire et moi-même

95. Dans la Bible, alors que Samson et les Israélites combattent
les Philistins, la Philistine Dalila séduit Samson, et, apprenant que le
secret de sa force réside dans sa chevelure, elle profite de son sommeil
pour lui raser la tête et le livrer aux siens. Le *Samson et Dalila* de
Camille Saint-Saëns, très influencé par *Tannhäuser*, venait d'être créé
à Weimar en décembre 1877.

ensuite ! — Une concession défendue, un mirage !
m'ont donc asservi à cette merveilleuse forme morte !...
Hélas ! Miss Alicia ne représente plus, aujourd'hui,
pour moi, que l'habitude d'une présence et j'atteste
Dieu que la posséder me serait impossible. »

À ce mot, à l'éclair qui passa dans les yeux du jeune
homme sur cette dernière parole, Edison eut comme un
mystérieux sursaut ; — néanmoins il se tut.

« Ainsi, conclut Lord Ewald, elle et moi nous exis-
tons, ensemble et séparés à la fois. »

XVII

DISSECTION

> « *Les sots ont cela d'impardonnable qu'ils
> rendent indulgent pour les méchants.* »
>
> JEAN MARRAS[96].

Lord Ewald avait cessé de parler.

« Voudriez-vous, mon cher lord, me définir quelques points ? Tout, ici, ne porte que sur des nuances
intéressantes, en effet. — Voyons : Miss Alicia Clary
n'est pas une femme... *bête*, n'est-ce pas ?

— Certes, non, répondit avec un sourire triste Lord
Ewald. — En elle, nulle trace de cette bêtise presque
sainte, qui, par cela même qu'elle est un extrême, est
devenue aussi rare que l'intelligence. Une femme
déshéritée de toute bêtise, est-elle autre chose qu'un
monstre ? Quoi de plus attristant, de plus dissolvant
que l'abominable être qu'on nomme une "femme
d'*esprit*", si ce n'est son vis-à-vis, le beau parleur ?
L'esprit, dans le sens mondain, c'est l'ennemi de l'intelligence. Autant, n'est-ce pas, une femme recueillie,

96. Fidèle ami personnel de Villiers.

croyante, un peu *bête* et modeste, et qui, avec son merveilleux instinct, comprend le vrai sens d'une parole comme à travers un voile de lumière, autant cette femme est un trésor suprême, est la véritable compagne, autant l'autre est un fléau insociable !

« Or, comme tout être médiocre, Miss Alicia, loin d'être *bête*, n'est que *sotte*. — Son rêve serait de paraître, à tout le monde, une "femme d'esprit !" à cause des dehors "brillants", des avantages que, trouve-t-elle, cela donne.

« Cette fantastique bourgeoise aimerait ce masque comme une toilette, comme un passe-temps agréable, mais, cependant peu *sérieux*. De sorte qu'elle trouve le moyen de rester encore médiocre, même en ce sec et morbide idéal.

— Quel est son genre de sottise dans la vie de tous les jours ? demanda Edison.

— Elle est atteinte, répondit Lord Ewald, de ce prétendu bon sens négatif, dérisoire, qui rétrécit simplement toutes choses et dont les observations ne portent jamais que sur des réalités insignifiantes, sur celles que leurs passionnés zélateurs appellent emphatiquement des choses *terre à terre*. Comme si ces choses fastidieuses, et convenues le plus tacitement possible, devaient absorber, à ce point, la totalité des soucis, chez de réels vivants !

« Une correspondance occulte est établie entre certains êtres et ces choses inférieures : de là cette naturelle tendance, cet aimant réciproque entre ces choses et ces êtres. Cela s'appelle, s'attire et se confond. Les gens de ces choses ne s'enrichissent que vainement ; ils souffrent et meurent, en secret, de la bassesse natale dont ils étouffent. Au point de vue physiologique, ces cas de positivisme inepte, qui se multiplient de nos jours, ne sont que des formes bizarres de l'hypocondrie. C'est un genre de démence qui porte les malades à redire, même pendant le sommeil, des mots d'un aspect "important" et qui leur semble donner, *par leur seul énoncé*, du "poids" à la vie. Par exemple, les mots : *sérieux!* — *positif!* — *bon sens*... etc., proférés *quand même*, à tout hasard. Nos maniaques s'imaginent, et souvent avec raison, que la seule vertu de ces syllabes confère, à qui les articule, même distraitement, un brevet de capacité. De sorte qu'ils ont pris la lucrative et machinale habitude de prononcer, constamment, ces vocables, — ce qui, à la longue, pénètre ces hommes de l'hystérie abrutissante dont ces mêmes vocables sont imbus. Le plus étonnant est qu'ils font des dupes, qu'ils arrivent parfois à disposer du pouvoir gouvernemental en divers États, alors que leur souriante, suffisante et quiète nullité ne mériterait que l'hospice. Eh bien! l'âme de cette femme que j'aime, hélas! est sœur de celles-là : Miss Alicia, dans la vie quotidienne, — c'est la déesse Raison.

— Bien! dit Edison. Continuons. Si je vous ai compris, Miss Alicia Clary n'est pas une *jolie* femme?

— Certes, non! dit Lord Ewald. En vérité, si elle n'était que la plus jolie des femmes, je ne lui accorderais pas tant d'attention, croyez-le. Vous connaissez l'adage : l'amour du Beau, c'est l'horreur du Joli. Or, tout à l'heure, sans hésiter, j'ai cru pouvoir évoquer, à son sujet, l'écrasante forme de la *Venus victrix*. Simple question : l'homme qui trouverait "jolie" la *Venus victrix* serait-il intelligible? Donc, l'aspect d'une créature humaine capable de supporter, sans fléchir, — pour l'instant du moins, — le poids d'une comparaison sérieuse avec un tel marbre, ne saurait, vraiment, en rien éveiller dans un esprit bien portant l'impression que laisse la vue d'une jolie femme. En ce dont il est réellement question ici, celle-ci est *autant* son contraire que la plus hideuse des Euménides[97]. On pourrait se figurer leurs trois types, aux extrémités d'un triangle isocèle.

« Le seul malheur dont soit frappée Miss Alicia, c'est la pensée! — Si elle était privée de toute pensée, je

---

97. C'est-à-dire les Erynnies, ou Furies : déesses violentes, ailées, aux cheveux entremêlés de serpents, au poing un fouet ou une torche; la plus célèbre des Euménides était Mégère.

pourrais la comprendre. La *Vénus* de marbre, en effet, *n'a que faire de la Pensée.* La déesse est voilée de minéral et de silence. Il sort de son aspect ce Verbe-ci : — "Moi, je suis *seulement* la Beauté même. Je ne pense que par l'esprit de qui me contemple. En mon absolu, toute conception s'annule d'elle-même, puisqu'elle perd sa limite. Toutes s'y abîment, confondues, indistinctes, identiques, pareilles aux vagues des fleuves à l'entrée de la mer. Pour qui me réfléchit, je *suis* telle qu'il peut m'approfondir."

« Ce sens de la statue que *Venus victrix* exprime avec ses lignes, Miss Alicia Clary, debout, sur le sable, devant l'Océan, pourrait l'inspirer comme son modèle, — si elle se taisait et fermait les paupières. Mais comment comprendre une Vénus victorieuse qui, ayant retrouvé ses bras au fond de la nuit des âges et apparaissant au milieu de la race humaine, renverrait au monde éperdu qui viendrait lui offrir son éblouissement le coup d'œil rêche, oblique et retors d'une matrone manquée dont le mental n'est que le carrefour où toutes les chimères de ce faux Sens-commun, dont nous venons de dégonfler la morne suffisance, tiennent, gravement, leur oiseux conseil ?

— Bien, dit Edison, continuons. Dites-moi : — Miss Alicia n'est pas une *artiste*, n'est-ce pas ?

— Juste ciel ! dit Lord Ewald : je le crois bien. Ne vous ai-je point dit que c'était une virtuose ? Et le virtuose n'est-il pas l'ennemi direct et mortel du Génie et de l'Art même, par conséquent ?

« L'Art n'a pas plus de rapport, vous le savez, avec les virtuoses, que le Génie n'a de rapport avec le Talent ; la différence, entre eux, étant, en réalité, incommensurable.

« Les seuls vivants méritant le nom d'Artistes sont les créateurs, ceux qui éveillent des impressions intenses, inconnues et sublimes. Les autres ?... Qu'importe ! Les glaneurs, passe encore ; mais ces virtuoses qui viennent enjoliver, aniaiser enfin, l'œuvre divine du Génie ? Ces infortunés qui, dans l'art de la Musique, par exemple, s'évertueraient à "broder mille variations", de "brillantes fantaisies" jusque sur le clairon du "Jugement dernier"?... Quelle odeur de singes! — N'auriez-vous jamais vu de ces personnages qui, après une "séance", passent deux doigts dans leurs longs cheveux et regardent les plafonds, en mesure, d'une manière inspirée? De tels fantoches donnent honte, vraiment. C'est à croire qu'ils n'ont d'âme qu'au figuré, comme on dit l'âme d'un violon. — Eh bien! Miss Alicia n'a que cette sorte d'âme!... Mais, médiocre avant tout, elle manque même de ce sens bâtard qui fait que les virtuoses croient que la Musique est belle! chose qu'ils ont cependant bien moins le droit de dire que le dernier des sourds. Ainsi, en parlant de sa voix surnaturelle, de ses mille inflexions, de la magie de son timbre idéal, elle dit qu'elle possède un "talent d'agrément". Elle trouve les gens un peu "fous" de s'intéresser tant à ces choses-là! L'enthousiasme lui fait toujours un peu pitié, comme seyant fort mal aux *personnes distinguées*. De sorte qu'elle trouve moyen de renchérir encore, vous le voyez, sur la sottise et la suffisance des virtuoses. Lorsqu'elle chante, grâce à quelques instances de ma part, — (car cela l'ennuie, chanter n'étant pour elle que le travail de son regrettable métier, *pour lequel elle n'était pas faite, hélas!*) — il lui arrive parfois de s'interrompre — si l'admiration me fait fermer les yeux, et de me dire "qu'elle ne comprend vraiment pas qu'un gentilhomme puisse *se monter ainsi la tête pour des choses en l'air*, au lieu de songer *à la tenue qu'exige le rang!*..." Vous voyez: c'est simplement, ici, rachitisme intellectuel.

— Ce n'est pas, non plus, une femme *bonne*? demanda Edison.

— Comment le serait-elle, puisque c'est une sotte! On n'est bon que lorsqu'on est bête, dit Lord Ewald. — Oh! criminelle, méchante, sombre, avec des sens d'impératrice romaine, je l'eusse comprise! et mille fois préférée! Mais, sans être bonne, elle n'a pas de ces appétits fauves, nés, au moins, d'un puissant orgueil. Bonne! dites-vous? En elle, aucune trace de cette auguste bonté qui transfigure la laideur et répand son baume enchanté sur toute blessure!

« Non. Médiocre avant tout, elle n'est *même* pas méchante : elle est *bonasse*, comme elle est avaricieuse plutôt qu'avare : toujours sottement, jamais bêtement. Elle a cette hypocrisie des cœurs faibles et secs, pareils au bois mort, qui ne sont pas plus dignes, enfin, des services qu'ils rendent que de ceux qu'ils reçoivent. — Aussi, de quelle sensiblerie les bonasses ne doublent-ils pas leur amertume indifférente? — Tenez, mon cher Edison, un soir, au théâtre, j'observais Miss Alicia Clary pendant qu'elle écoutait je ne sais quel mélo-drame, issu de la plume de l'un de ces faussaires de la parole, de ces détrousseurs de lettres qui, avec leur jargon de faiseurs, les banalités de leur fiction, leurs lazzis de grimaciers, atrophient, dans une impunité triomphante et lucrative, le sens de toute élévation chez les foules. Eh bien! j'ai vu les admirables yeux de cette femme se remplir de larmes à ces dialogues abjects! Et je la regardais pleurer comme on regarde pleuvoir. Moralement, j'eusse aimé mieux de la pluie : mais, physiquement, — que voulez-vous? il faut bien en convenir, — ces larmes mêmes, sur ce visage, étaient splendides. Les lumières en baignaient les diamants : elles roulaient sur ce sublime et pâle visage, sous lequel ne somnolait, cependant, que la niaiserie émue! En sorte que je ne pouvais qu'admirer avec mélancolie cette simple transsudation d'animalité.

— Bien! dit Edison. — Miss Alicia n'est pas sans appartenir à quelque secte religieuse, n'est-ce pas?

— Oui, dit Lord Ewald. Je me suis complu dans l'analyse de la religiosité de cette inquiétante femme. Elle est mystique — non par le vivifiant amour d'un Dieu Rédempteur, — mais parce que cela lui semble de toute convenance et que c'est très "comme il faut". Voyez-vous, la manière dont elle tient son livre de prières en revenant de l'office du dimanche ressemble, dans un autre ordre d'idées, à celle dont elle me dit que "je suis un gentilhomme" : cela cause une impression qui fait un peu rougir. — Ainsi, elle a foi dans un Dieu d'une sublimité éclairée, entendue : — elle peuple son paradis de martyrs qui n'exagèrent rien ; d'élus honorables, de saints compassés, de vierges pratiques, de chérubins convenables. Elle croit à un ciel, mais à un ciel de dimensions rationnelles ! — Son idéal serait un ciel *terre à terre*, enfin, car le soleil, même, lui paraît trop dans les nuages, trop dans *le bleu*.

« Le phénomène de la Mort la choque beaucoup. Cela, par exemple, lui semble un excès qu'elle ne comprend pas : cela "ne lui paraît plus de notre temps". Voilà l'ensemble de ses "idées mystiques". Pour conclure, ce qui déconcerte en elle, c'est le fait de cette presque surhumaine beauté recouvrant de son divin voile ce caractère de modération plate, cet esprit de vulgarisme, cette exclusive et folle considération pour ce que l'Or, la Foi, l'Amour et l'Art ont de purement *extérieur*, c'est-à-dire de vain et d'illusoire ; c'est ce sinistre rétrécissement de l'intellect enfin, qui rappelle les résultats obtenus par les habitants des rives de l'Orénoque, lesquels serrent, entre des ais[98], le crâne de leurs enfants, pour les empêcher de pouvoir jamais penser à des choses *trop* élevées. En revêtant ce fond de caractère d'une suffisance placide vous aurez, à peu près, ce à quoi se réduit l'impression que laisse d'elle Miss Alicia Clary.

« Je dis donc que le spectacle abstrait de cette femme a tué ma joie, continua Lord Ewald après un silence. Quand je la regarde et l'écoute, elle me fait éprouver la sensation d'un temple profané, non par la rébellion, l'impiété, la barbarie et leurs torches sanglantes, mais par l'ostentation intéressée, l'hypocrisie timorée, la vaine et machinale fidélité, la sécheresse inconsciente, la superstition incrédule, — et de qui ? de la prêtresse repentie de ce temple même dont l'idole, au-dessous du blasphème, mérite à peine le sourire — et de laquelle elle me débite, cependant, sans cesse, d'un ton compoinct[99] et rassis, la légende vide.

98. Vieux mot pour « planches ».
99. Néologisme : plein de componction.

— Avant de conclure, dit Edison, ne m'avez-vous pas dit que c'était, malgré ce manque de vibrations, une fille de race ? »

Une imperceptible rougeur monta aux joues de Lord Ewald à cette parole.

« Moi ? Je ne crois pas avoir dit cela, répondit-il.

— Vous avez dit que Miss Alicia Clary appartenait à "quelque bonne famille, d'origine écossaise, anoblie récemment".

— Ah ! parfaitement, dit Lord Ewald ; mais ceci n'est pas la même chose. Ce n'est même pas un éloge. Au contraire. En ce siècle, il faut *être* — ou *naître* — noble, l'heure étant pour longtemps passée où l'on pouvait le devenir. La noblesse, en nos pays, se confère, aujourd'hui, en souriant. Et nous estimons qu'il ne peut être que nuisible à l'essence, quand même réfractaire, de certaines lignées, d'être inoculées, à l'étourdie, de ce douteux et affadi vaccin, dont tant de bourgeoisies indélébiles ne sont qu'empoisonnées. »

Et, comme perdu en une réflexion inconnue, il ajouta, très bas, avec un grave sourire :

« Peut-être, même, est-ce la *cause* », dit-il.

Edison, en homme de génie (sorte de gens dont la noblesse toute spéciale humiliera toujours les égalitaires), répondit en souriant aussi :

« Le fait est qu'on ne devient pas un cheval de race par le seul fait d'entrer au champ de course. Seulement, ce qu'il y a de positivement remarquable au fond de toute cette analyse, c'est que vous ne vous apercevez pas que cette femme *serait l'Idéal féminin pour les trois quarts de l'Humanité moderne !* — Ah ! quelle bonne existence des millions d'individus mèneraient avec une telle maîtresse, étant riches, beaux et jeunes comme vous !

— Moi, j'en meurs, dit Lord Ewald comme à lui-même. Et c'est, par analogie, ce qui, en moi, constitue la différence entre le pur-sang et les chevaux vulgaires. »

XVIII

CONFRONTATION

> *Sous cette pesante chape de plomb, le désespéré proféra cette seule parole : « Je n'en peux plus !... »*
>
> DANTE, *L'Enfer.*

Lord Ewald, tout à coup, s'écria, cédant à quelque irritation juvénile, jusque-là contenue :

« Ah! qui m'ôtera cette âme de ce corps! — C'est à croire à quelque inadvertance d'un Créateur! Je ne pensais pas que mon cœur méritât d'être attaché au pilori de cette curiosité! — Demandais-je tant de beauté, au prix de tant de misère? Non. J'ai DROIT de me plaindre. Une enfant d'un cœur simple, d'un visage vivant, éclairé par des yeux aimants et ingénus, et j'eusse accepté la vie; je n'eusse pas ainsi fatigué mon esprit à son sujet. Je l'eusse aimée tout simplement, — comme on aime. — Mais cette femme!... Ah! c'est l'Irrémédiable. — De quel droit n'a-t-elle pas de génie, ayant une telle beauté! De quel droit cette forme sans pareille vient-elle faire appel, au plus profond de mon âme, à quelque amour sublime pour en démentir la foi! "Trahis-moi, plutôt, mais existe! Sois pareille *à l'âme de ta forme!*" lui dit perpétuellement mon regard, — qu'elle ne comprend jamais. Tenez, un Dieu apparaissant à celui qui l'intercède, transporté d'amour, de ferveur et d'extase, et ce Dieu lui disant, à voix basse : "Je n'existe pas!" ne serait pas plus inintelligible que cette femme.

« Je ne suis pas un amant, mais un prisonnier. Ma déception est affreuse. Les joies que cette vivante

morose m'a prodiguées furent plus amères que la mort.
Son baiser n'éveille en moi que le goût du suicide. Je ne
vois même plus que cette délivrance. »

Lord Ewald, se remettant de ce mouvement, reprit
bientôt de sa voix redevenue plus calme :

« Elle et moi, nous avons voyagé. Les pensées
changent de couleur, parfois, avec les frontières. Je ne
sais trop ce que j'espérais : un étonnement peut-être,
quelque diversion salubre. Je la traitais comme une
malade, à son insu.

« Eh bien ! ni l'Allemagne, ni l'Italie, ni les steppes
russes, ni les splendides Espagnes, ni la jeune Amérique n'ont ému, distrait ou intéressé cette mystérieuse
créature ! Elle regardait, jalouse, les chefs-d'œuvre,
qui, pensait-elle, la privaient, pour un instant, d'une
attention totale, sans comprendre qu'elle faisait partie
de la beauté des chefs-d'œuvre et que c'étaient des
miroirs que je lui montrais.

« En Suisse, devant le mont Rose, à l'aurore, elle
s'écriait (et avec un sourire aussi beau que cette aurore
sur cette neige) : "Ah ! je n'aime pas les montagnes,
moi ; cela m'écrase."

« À Florence, devant les merveilles du siècle de
Léon X, elle disait avec un bâillement léger :

« "Oui, c'est très intéressant, tout cela."

« En Allemagne, en écoutant Wagner, elle disait :

« "On ne peut pas suivre un 'air', dans cette
musique-là ! Mais c'est *fou* !"

« D'ailleurs, tout ce qui n'est même pas simplement
sot ou vil, elle appelle cela les *étoiles*.

« Ainsi, à chaque instant, je l'entends murmurer de
sa voix divine :

« "Tout ce que vous voudrez, mais pas les *étoiles* !
Voyez-vous, mon cher lord, ce n'est plus *sérieux*."

« Telle est sa devise favorite, qu'elle récite machinalement, ne traduisant, en ce refrain, que sa soif natale
d'abaisser toujours ce qui dépasse le strict niveau de la
terre.

« L'Amour ? c'est un de ces mots qui ont le don de la

faire sourire, et je vous dis qu'elle clignerait de l'œil, si son visage sublime obéissait à la frivole grimace de son âme, puisqu'il paraît qu'elle en a une. Et j'ai constaté qu'elle en avait une dans les seuls et terribles instants où *elle semble avoir je ne sais quelle peur obscure et instinctive de son corps sans pareil*!

« Une fois, à Paris, il s'est passé ce fait extraordinaire. Doutant de mes yeux, doutant de ma raison, l'idée sacrilège! — folle, je l'avoue! — me prit d'une confrontation de cette morne vivante avec la grande pierre, qui est, vous dis-je, son image, avec la Venus victrix. Oui, je voulus savoir ce que cette accablante femme répondrait à cette présence. Un jour donc, en plaisantant, je la conduisis au Louvre[100], en lui disant : "Ma chère Alicia, je vais vous causer, je pense, une surprise". Nous traversâmes les salles, et je la mis brusquement en présence du marbre éternel.

« Miss Alicia releva son voile, cette fois. Elle regarda la statue avec un certain étonnement ; puis, stupéfaite, elle s'écria naïvement :

« "Tiens, moi!"

« L'instant d'après, elle ajouta :

« "Oui, mais moi, j'ai mes bras, et j'ai l'air plus distinguée."

« Puis elle eut comme un frisson : sa main, qui avait quitté mon bras pour s'appuyer à la balustrade, le reprit, et elle me dit tout bas :

« "Ces pierres… ces murs… Il fait froid, ici. Allons-nous-en."

« Une fois au-dehors, comme elle était demeurée silencieuse, j'avais je ne sais quel espoir d'une parole inouïe.

« En effet, je ne fus point déçu! — Miss Alicia, qui suivait sa pensée, se serra tout contre moi, puis me dit :

100. Sans bras, en marbre et au Louvre : c'est donc à la *Vénus de Milo* que songe Villiers lorsqu'il parle de la *Venus victrix* ; au moment de son arrivée au Louvre en 1821, la *Vénus de Milo* fut, en effet, considérée par le conservateur d'alors, le comte de Clarac (qui avait achevé l'année précédente l'inventaire descriptif des antiques du musée Royal), comme une Vénus victorieuse.

« *"Mais, si l'on fait tant de frais pour cette statue, alors,
— j'aurai du* SUCCÈS *?"*

« Je l'avoue, cette parole me donna le vertige. La
Sottise (poussée ainsi jusqu'aux cieux!) me parut
comme une damnation. Déconcerté, je m'inclinai :

« "Je l'espère", lui répondis-je.

« Je la reconduisis chez elle. Ce devoir accompli, je
revins au Louvre.

« Je rentrai dans la salle sacrée! Et après un regard
sur la Déesse, dont la forme contient la Nuit étoilée, ah!
pour l'unique fois de ma vie, j'ai senti mon cœur se
gonfler de l'un des plus mystérieux sanglots qui aient
étouffé un vivant.

« Ainsi cette maîtresse, dualité animée qui me
repousse et m'attire, me retient à elle par cela même,
comme les deux pôles de cet aimant attachent à lui, par
leur contradiction, ce morceau de fer.

« Toutefois, je ne suis pas d'une nature capable de
subir longtemps l'attrait (si puissant qu'il soit) de ce que
je dédaigne à moitié. L'amour où nul sentiment, nulle
intelligence ne se mêle à la sensation me semble offen-
sant envers moi-même. Ma conscience me crie qu'il
prostitue le cœur. Les réflexions très décisives que ce
premier amour m'a inspirées, en me donnant un grand
éloignement pour toutes les femmes, m'ont conduit *au
plus incurable spleen.*

« Ma passion, d'abord ardente pour les lignes, la
voix, le parfum et le charme EXTÉRIEUR de cette
femme, est devenue d'un platonisme absolu. Son être
moral m'a glacé les sens à jamais : ils en sont devenus
purement *contemplatifs.* Voir en elle une maîtresse me
révolterait aujourd'hui! Je n'y suis donc attaché que par
une sorte d'admiration douloureuse. Contempler morte
Miss Alicia serait mon désir, si la mort n'entraînait pas
le triste effacement des traits humains! En un mot la
présence de sa forme, fût-elle illusoire, suffirait à mon
indifférence éblouie, puisque rien ne peut rendre cette
femme digne de l'amour.

« Je me suis décidé, d'après ses instances, à lui

faciliter l'accès du théâtre, à Londres : ce qui signifie, en d'autres termes, que… *je ne me soucie plus de la vie.*

« Maintenant, pour me prouver que je ne fus pas totalement un inutile, j'ai voulu venir vous reconnaître et vous serrer la main avant de m'effacer…

« Voilà mon histoire. C'est vous qui l'avez demandée. Vous voyez que je suis sans remède. Votre main donc et adieu. »

XIX

REMONTRANCES

On me sçaurait se r'avoir *de ce trouble.*

MONTAIGNE.

« Cher comte Ewald, dit lentement Edison, quoi ? pour une femme ! que dis-je ! pour une telle femme ? Vous !… Je crois rêver.

— Moi aussi, dit Lord Ewald avec un sourire triste et très froid. Que voulez-vous ! Cette femme fut pour moi comme ces sources claires, aux murmures charmeurs, nées en des pays de soleil, à l'ombre d'antiques forêts. Si, au printemps, séduit par la beauté de leur onde mortelle, vous y plongez une jeune feuille verte et toute vivante encore de sève, vous la retirez pétrifiée.

— C'est juste », dit Edison, pensif.

Et, comme il observait le jeune homme, il vit distinctement flotter le suicide dans le regard vague et profond de Lord Ewald.

« Milord, dit-il, vous êtes la proie d'un mal juvénile qui se guérit de lui-même. Oubliez-vous que tout s'oublie ?

— Oh ! dit Lord Ewald en replaçant son lorgnon, me prenez-vous pour un inconsistant ? J'ai le caractère et la nature faits de telle manière que, tout en pesant parfaitement l'absurdité de cette "passion", je n'en subis pas moins la hantise, la douleur et l'ennui. Je sais jusqu'où je suis touché. C'est fini. Et maintenant, ami, puisque la confidence est faite, n'en parlons plus. »

Edison releva la tête et considéra quelques instants ce pâle et *trop* noble jeune homme, comme un opérateur regarde un malade abandonné.

Il méditait ; — il hésitait !

On eût dit qu'il rassemblait ses forces et ses pensées pour quelque projet étrange et inconnu.

« Voyons ! nous disons donc, reprit-il, que vous êtes l'un des plus brillants seigneurs de l'Angleterre. Vous savez qu'il est des compagnes qui ennoblissent toutes les joies de la vie, des jeunes filles radieuses et dont l'amour ne se donne positivement qu'une fois : oui, des cœurs sacrés, des êtres d'aurore et d'idéal. — Et vous, milord, vous dont le front rayonne d'une si lumineuse intelligence, vous qui avez la noblesse, la puissance, la haute fortune, quelque avenir éclatant, si bon vous semble... vous voici sans force devant cette femme. Sur un désir, sur un signe, mille autres, tout aussi captivantes peut-être, et presque aussi belles, vous apparaîtraient ! — Entre elles se trouveraient cent natures charmantes, dont le souvenir ne laisse que des pensées heureuses et réchauffantes ! Entre celles-ci, dix femmes au cœur solide, au nom sans tache, et, entre elles encore, une femme digne à jamais de porter le vôtre puisqu'il est toujours une Hypermnestra sur cinquante Danaïdes[101].

« Grâce à celle-ci, en vous projetant par la pensée à trente ou quarante années de rayonnantes et nobles joies, — des joies de tous les jours — vous pouvez vous voir considérant un passé sans doute même illustre !

---

101. Les Danaïdes étaient les cinquante filles du roi Danaos. Celui-ci s'était querellé avec son frère Egyptos. Lorsque les cinquante fils d'Egyptos proposèrent à Danaos de se réconcilier avec lui et d'épouser ses cinquante filles, Danaos fit mine d'accepter, mais ordonna à ses filles de tuer leur mari lors de la nuit de noces. Seule Hypermnestre désobéit et épargna son nouvel époux, Lyncée.

laissant à l'Angleterre de beaux enfants, orgueilleux de votre nom et dignes de votre sang! — Et, au mépris de ce nombreux bonheur que le Destin vous offre, enfant gâté de la Terre, de cet avenir pour lequel tant d'autres fils d'Ève joueraient mille fois la vie ou se consume-raient en luttes persévérantes, vous allez vous éteindre, vous allez abdiquer, déserter l'existence, et ceci à cause d'une femme de hasard, élue par la fatalité entre cinq millions de ses pareilles, pour que cette œuvre malfai-sante soit accomplie! — Vous prenez cette ombre au sérieux, alors que son souvenir ne serait plus, dans quelques années, pour vous, que pareil à ces fumées enivrantes et noires qui sortent de ces insolentes cas-solettes où l'on brûle du hachisch! — Ah! permettez-moi de vous dire que si Miss Alicia Clary préfère natalement le penny à la guinée, la chose me paraît avoir été contagieuse pour vous, — et c'est là, vérita-blement, un malheur.

— Mon ami, répondit Lord Ewald, soyez moins sévère pour moi, car je le suis plus que vous, et inutilement.

— Je parle au nom de cette jeune fille qui serait votre salut, poursuivit Edison. À qui la laisserez-vous? On est responsable du mal qu'entraîne le bien que l'on n'a pas accompli.

— Je vous répète que je me suis tourmenté de bien d'autres encore, répondit Lord Ewald; mais, j'ai dans l'être de n'aimer qu'une fois. En ma famille, si l'on tombe mal, on disparaît, sans doléances ni discussions, voilà tout : nous laissons les "nuances" et les "conces-sions" aux autres hommes. »

Edison semblait évaluer le degré du mal.

« Oui, murmura-t-il comme à lui-même, c'est fort grave, en effet! — Diable! diable! »

Puis, après une réflexion soudaine :

« Mon cher lord, dit-il, comme je suis peut-être le seul médecin sous le ciel qui puisse beaucoup pour votre résurrection, je vous requiers, au nom de ma reconnaissance envers vous, de me répondre d'une façon définitive et péremptoire. Une dernière fois, vous m'affirmez ne pouvoir arriver jamais à considérer votre aventure galante — qui n'est extraordinaire que pour vous, — comme l'un de ces caprices mondains, passionnels, si l'on veut, intenses même, mais sans la moindre importance vitale enfin?

— Que Miss Alicia Clary puisse devenir, demain, pour beaucoup d'autres, la maîtresse d'un soir, cela est possible. — Quant à moi, je n'en ressusciterai pas : je ne vois que sa forme au fond de la vie.

— La méprisant ainsi, vous persistez à vous exalter à ce point pour sa beauté, — et cela d'une manière tout idéale, puisque, m'avez-vous dit, vos sens en sont devenus à jamais contemplatifs et glacés?

— Contemplatifs et glacés!... Oui, c'est bien cela! répondit Lord Ewald. Je n'éprouve plus aucun désir pour elle. Elle est la radieuse obsession de mon esprit, voilà tout. — J'en subis l'envoûtement, comme disaient les sorciers du Moyen Âge.

— Vous renoncez délibérément à rentrer dans la vie sociale?

— Oui! répondit Lord Ewald en se levant. Sur ce, mon cher Edison, vivez! Soyez célèbre! Soyez utile à notre race tout entière! Moi, je pars. Achille mourut bien d'une blessure au talon! — Et maintenant, pour la dernière fois, adieu. Je ne me sens pas le droit d'abuser, plus longtemps, en vaine et personnelle causerie, d'heures précieuses pour toute l'Humanité. »

Ce disant, Lord Ewald, toujours correct et froid, prit son chapeau, dont il avait aveuglé un grand télescope auprès de lui.

Mais Edison s'était levé aussi.

« Ah ça! s'écria-t-il, vous figurez-vous que je vais, tranquillement, vous laisser vous brûler la cervelle sans rien tenter pour vous sauver la vie, alors que je vous dois la mienne et tout ce qui s'y rattache? — Pourquoi vous eussé-je questionné sans motif? — Mon cher lord, vous êtes un de ces malades que l'on ne peut traiter que par le poison : je me résous donc, toutes remontrances épuisées, à vous médicamenter, s'il vous plaît, d'une façon terrible, votre cas étant exceptionnel. Le remède consiste *à réaliser vos vœux* ! — (Du diable, si je m'attendais, par exemple, à risquer cette première expérience sur vous !...) murmura, comme à part lui, l'électricien. Il faut constater que les êtres et les idées s'attirent — et c'est à croire que je vous attendais moi-même, inconsciemment, ce soir ! Allons, je le vois ! je dois tenter de vous sauver l'*être*. Et, comme il est des blessures que l'on ne peut guérir qu'en empirant leur profondeur, *je veux accomplir votre rêve tout entier* ! — Milord Ewald, ne vous êtes-vous pas écrié, tout à l'heure, en parlant d'*Elle* : "Qui m'ôtera cette âme de ce corps ?"

— Oui ! murmura Lord Ewald, un peu interdit.

— Eh bien ! c'est moi.

— Hein ?

— Mais vous, milord, interrompit Edison sur un ton d'une solennité brusque et grave, — n'oubliez pas qu'en accomplissant votre ténébreux souhait, je ne cède... qu'à la Nécessité. »

Livre deuxième

LE PACTE

I

MAGIE BLANCHE

> *Prends garde ! En jouant au fantôme on le devient.*
>
> Précepte de Kabbale.

L'accent et le regard dont l'électricien avait appuyé ces paroles firent tressaillir son interlocuteur : celui-ci le regarda fixement.

Edison était-il en pleine possession de ses facultés ? — Vraiment, ce qu'il venait d'avancer passait toute intelligence ! Le plus sage était d'attendre qu'il s'expliquât.

Toutefois, un magnétisme irrésistible était sorti de ces derniers mots. Lord Edwald, malgré lui, le subissait et ressentait le pressentiment d'un imminent prodige.

Quittant de vue Edison, il promena son attention, en silence, sur les objets environnants.

Et, sous la lumière des lampes qui leur jetait une pâleur terrible, ces objets autour de lui, monstres d'une scientifique région, prenaient des configurations inquiétantes et éclatantes. Ce laboratoire semblait, positivement, un lieu magique; ici, le naturel ne pouvait être que l'extraordinaire.

De plus Lord Ewald songeait que la plupart des découvertes de son hôte étaient encore inconnues : le caractère constamment paradoxal de celles dont il avait entendu parler entourait, à ses yeux, Edison d'une sorte de halo intellectuel au centre duquel celui-ci lui apparaissait.

Cet homme était pour lui comme un habitant des royaumes de l'Électricité.

Au bout de quelque temps, il se sentit gagner par des sentiments complexes, où la curiosité, la stupeur et une très mystérieuse espérance de *Nouveau* se mêlaient étrangement. La vitalité de son être en était, pour ainsi dire, augmentée.

« Il s'agit, simplement, d'une… *transsubstantiation*, — dit Edison. Mais j'ai quelques mesures à prendre à l'instant même. — Au fait… acceptez-vous ?

— Vous avez parlé sérieusement ?

— Oui. — Acceptez-vous ?

— Certes! et je vous donne "carte blanche"! ajouta Lord Ewald, avec un sourire d'une tristesse un peu mondaine, déjà.

— Eh bien, reprit Edison, après un coup d'œil sur l'horloge électrique placée au-dessus de la porte, je commence, n'est-ce pas ? Car le temps est précieux, et il me faut trois semaines.

— Vraiment ? Je vous accorde un mois! dit Lord Ewald.

— Inutile; — et je suis ponctuel. Il est, ici, disons-nous, huit heures trente-cinq minutes. À pareille heure, ici même, dans vingt et un jours, Miss Alicia Clary vous apparaîtra, non seulement transfigurée, non seulement de la "compagnie" la plus enchanteresse, non seulement d'une élévation d'esprit des plus augustes, mais revêtue d'une sorte d'immortalité. — Enfin, cette sotte éblouissante sera non plus une femme, mais un ange : non plus une maîtresse, mais une amante; non plus la Réalité, mais l'IDÉAL. »

Lord Ewald considéra l'inventeur avec un étonnement inquiet.

« Oh! je vais vous exposer mes moyens d'exécution!... continua celui-ci ; le résultat me paraît assez merveilleux, par lui-même, pour que les apparentes désillusions de son analyse scientifique s'évanouissent devant sa soudaine et profonde splendeur! — Oui, ne fût-ce que pour vous rassurer au sujet de la parfaite lucidité de ma raison, je vais vous mettre au courant de mon secret, tenez, dès ce soir. — Mais, avant tout, à l'œuvre! L'explication se dégagera, d'elle-même, au fur et à mesure que l'œuvre s'effectuera. — Voyons ; Miss Alicia Clary, d'après vos paroles, n'est-elle pas en ce moment à New York, au Théâtre?

— Oui.

— Le numéro de la loge?

— Numéro 7.

— Vous ne lui avez pas dit à propos de quelle visite vous la laissiez seule?

— Cela l'eût si peu intéressée que j'ai cru devoir le lui taire.

— A-t-elle entendu prononcer mon nom?

— Peut-être... Mais elle l'a oublié.

— Très bien! dit Edison rêveur, ceci était important. »

Et, s'approchant du phonographe, il en écarta le style, jeta un regard sur les pointillés, fit jouer le cylindre jusqu'à ceux qu'il désirait, ramena le style, et, rapprochant le capuchon du téléphone, donna un coup de doigt à l'instrument vocal :

« Martin, êtes-vous là? » cria le phonographe dans le téléphone.

Nulle réponse ne se fit entendre.

« Bon! le sacripant s'est jeté sur mon lit ; je parie qu'il ronfle! » grommela Edison en souriant.

Ayant appliqué l'oreille au récepteur d'un microphone perfectionné :

« Juste! dit-il ; voilà : quand il a pris son grog, après le dessert, sa conscience réclame une sieste, — et le scélérat, pour en jouir sans crainte, interrompt parfois la sonnerie.

— À quelle distance est la personne à qui vous parlez? demanda Lord Ewald.

— Oh! tout simplement à New York, dans mon appartement de Broadway, répondit Edison, préoccupé.

— Comment! vous entendez un individu ronfler à vingt-cinq lieues?

— Je l'entendrais du pôle! dit Edison, au train dont il va, surtout. Croyez-vous que le *Fine-Oreille*[102] de vos contes de Fées, lui-même, oserait en dire autant sans que les enfants, révoltés de la lecture du conte, ne se missent à crier : "Ah! cela, c'est impossible!" Cela est pourtant : et, demain, cela n'étonnera plus personne.

— Par bonheur, j'ai prévu le cas actuel... J'aurais bien là certaine bobine... mais non : loin de moi l'idée de le chatouiller d'une étincelle! — Tenez, j'ai là-bas mon aérophone de chevet, auquel correspond ce téléphone-ci : j'estime qu'il suffira pour lui, voire pour tout le quartier. »

Ce disant, il avait appliqué au phonographe l'embouchure encapuchonnée d'un appareil voisin du premier.

« Pourvu que, là-bas, les chevaux ne se cabrent pas dans la rue! » murmura-t-il.

L'instrument répéta sa question.

Trois secondes après, la voix de basse de tout à l'heure, mais précipitée et provenant évidemment d'un homme éveillé en sursaut, sembla sortir du chapeau que Lord Ewald tenait encore à la main et qui touchait, par hasard, un condensateur en suspens auprès du jeune homme.

« Hein! quoi? — Est-ce que c'est le feu?... criait la voix tout effarée.

« Là! dit Edison, en riant : voilà notre homme sur pieds. »

---

102. C'est par exemple, indique Pierre Citron, le surnom de l'héroïne de *Finette Cendron*, l'un des contes des *Fées à la mode* (1697) de la comtesse d'Aulnoy.

Il prit le cordon du premier téléphone, qu'il emboucha lui-même cette fois.

« Non, Martin ; non, mon ami : l'avertisseur n'est qu'à dix-huit degrés ; rassurez-vous. Seulement, faites parvenir, à l'instant même et en mains, la dépêche que je vais vous envoyer.

— J'attends, monsieur Edison », répondit la voix, plus calme.

L'électricien, déjà, choquait, avec de rapides saccades, le manipulateur de son cadran Morse, sur la colonne : il écrivait télégraphiquement.

« Est-ce lu ? demanda-t-il ensuite dans le téléphone.

— Oui ! j'y vais moi-même », répondit la voix.

Et, grâce à un mouvement distrait ou plaisant de l'ingénieur qui avait mis la main sur le commutateur central du laboratoire, cette voix sembla rebondir d'angle en angle de tous les côtés où elle pénétrait des condensateurs. On eût dit qu'une douzaine d'individus, échos fidèles les uns des autres, parlaient à la fois dans l'appartement. Lord Ewald en regarda autour de lui.

« Vous me crierez vite la réponse ! » ajouta Edison, du ton dont on poursuit un homme qui s'en va.

Puis, revenant vers le jeune lord :

« Tout va bien ! » dit-il.

Il s'arrêta, le regardant fixement ; puis, d'un ton froid et qu'une si soudaine transition rendait singulièrement saisissant :

« Milord, dit-il, je dois vous prévenir que nous allons, maintenant, quitter ensemble les domaines (inexpliqués, sans doute, mais trop parcourus, n'est-ce pas ?) de la vie normale, de la Vie proprement dite, — et pénétrer dans un monde de phénomènes aussi insolites qu'impressionnants. Je vous donnerai la clef de leur chaîne. — Quant à vous dire, au juste, la nature de ce qui en fait mouvoir les anneaux, je commence par m'en déclarer incapable avec toute l'Humanité (pour le moment du moins, et, j'en ai peur, pour toujours).

« Nous allons constater, rien de plus. L'Être dont

vous allez subir la vision est d'un mental indéfinissable. Son aspect, même familier, cause toujours un certain saisissement. Il ne présente, pour nous, aucun péril physique; cependant il est de mon devoir de vous avertir que, pour en supporter la première vue sans braver une défaillance intellectuelle, il ne serait peut-être pas hors de propos d'appeler à vous tout votre sang-froid… et même une partie de votre courage. »

Lord Ewald, après un bref silence, s'inclina :

« Bien. J'espère dominer toute émotion », dit-il.

II

MESURES DE SÛRETÉ

> *Je n'y suis pour* personne! *Entendez-vous? Pour* personne!
>
> LA COMÉDIE HUMAINE.

Edison marcha vers la grande fenêtre et la ferma, déplia les volets intérieurs et les fixa : les lourdes franges des rideaux se joignirent. Allant ensuite à la porte du laboratoire, il en poussa les verrous.

Cela fait, il enfonça dans le ressort le bouton d'un phare de signal, d'une flamme d'un rouge intense, installé au-dessus du pavillon et qui indiquait au loin un danger pour qui s'en approcherait, attendu qu'une expérience redoutable y était essayée.

Une pression sur le pas de vis de l'isolateur central rendit instantanément sourds et muets tous les inducteurs microtéléphoniques, à l'exception du timbre qui correspondait avec New York.

« Nous voici séparés quelque peu du monde des vivants! » dit Edison, qui s'était remis à son télégraphe et qui, tout en ajustant divers fils de la main gauche, écrivait énigmatiquement force tirets et points de la main droite, en remuant les lèvres.

« N'avez-vous pas sur vous une photographie de Miss Clary? demanda-t-il tout en écrivant.

— C'est vrai! Je l'oubliais! dit Lord Ewald en tirant un carnet de sa poche. La voici, — dans tout son marbre pur! Voyez, et jugez si j'ai dépassé le réel dans mes paroles. »

Edison prit la carte, l'examina d'un coup d'œil :

« Prodigieux!... C'est, en effet, la fameuse VENUS du sculpteur inconnu! s'écria-t-il; — c'est plus que prodigieux... c'est stupéfiant, en vérité! — Je l'avoue! »

Se détournant, il toucha le régulateur d'une batterie voisine.

L'étincelle, sollicitée, parut entre le vis-à-vis des pointes d'une double tige de platine; elle hésita deux secondes, comme cherchant de tous côtés par où s'enfuir, et criant son chant bizarre.

Un fil bleu, — comme tout sellé pour l'Incommensurable, — s'approcha d'elle; l'autre extrémité de ce fil se perdait sous terre.

À peine la courrière haletante eut-elle senti son elfe de métal qu'elle sauta sur lui et disparut.

L'instant d'après, un bruit sombre se fit entendre sous les pieds des deux hommes. Il roulait comme du fond de la terre, du fond d'un abîme, vers eux : c'était lourd et c'était enchaîné. On eût dit qu'un sépulcre, arraché aux ténèbres par des génies, s'exhumait et montait à la surface terrestre.

Edison, gardant toujours la carte photographique à la main — et les yeux fixés sur un point de la muraille, en face de lui, à l'autre bout du laboratoire, — semblait anxieux et attendait.

Le bruit cessa.

La main de l'électricien s'appuya sur un objet que Lord Ewald ne distingua pas bien...

« Hadaly! » appela-t-il enfin à haute voix.

III

APPARITION

Qui se cache derrière ce voile?...
Das verschleierte Bild zu Saïs[103].

À ce nom mystérieux, une section de la muraille, à l'extrémité sud du laboratoire, tourna sur des gonds

103. « La Statue voilée de Saïs », poème de Schiller.

secrets, en silence, démasquant un étroit retrait creusé entre les pierres.

Tout l'éclat des lumières porta brusquement sur l'intérieur de ce lieu.

Là, contre les parois concaves et demi-circulaires, des flots de moire noire, tombant fastueusement d'un cintre de jade jusque sur le marbre blanc du sol, agrafaient leurs larges plis à des phalènes d'or piquées çà et là aux profonds de l'étoffe.

Debout en ce dais, une sorte d'*Être*, dont l'aspect dégageait une impression d'*inconnu*, apparaissait.

La vision semblait avoir un visage de ténèbres : un lacis de perles serrait, à la hauteur de son front, les enroulements d'un tissu de deuil dont l'obscurité lui cachait toute la tête.

Une féminine armure, en feuilles d'argent brûlé, d'un blanc radieux et mat, accusait, moulée avec mille nuances parfaites, de sveltes et virginales formes.

Les pans du voile s'entrecroisaient sous le col autour du gorgerin de métal ; puis, rejetés sur les épaules, nouaient derrière elles leurs prolongements légers. Ceux-ci tombaient ensuite sur la taille de l'apparition, pareils à une chevelure, et, de là, jusqu'à terre, mêlés à l'ombre de sa présence.

Une écharpe de batiste noire lui enveloppait les flancs et, nouée devant elle comme un pagne, laissait flotter, entre sa démarche, des franges noires où semblait courir un semis de brillants.

Entre les plis de cette ceinture était passé l'éclair d'une arme nue de forme oblique : la vision appuyait sa main droite sur la poignée de cette lame ; de sa main gauche pendante, elle tenait une immortelle d'or. À tous les doigts de ses mains étincelaient plusieurs bagues, de pierreries différentes — et qui paraissaient fixées à ses fins gantelets.

Après un instant d'immobilité, cet être mystérieux descendit l'unique marche de son seuil et s'avança, dans son inquiétante beauté, vers les deux spectateurs.

Bien que sa démarche semblât légère, ses pas son-

naient sous les lampes dont les puissantes lueurs
jouaient sur son armure.

À trois pas d'Edison et de Lord Ewald, l'apparition
s'arrêta ; puis, d'une voix délicieusement grave :

« Eh bien ! mon cher Edison, me voici ! » dit-elle.

Lord Ewald, ne sachant que penser de ce qu'il
voyait, la regardait en silence.

« L'heure est venue de vivre, si vous voulez, Miss
Hadaly, répondit Edison.

— Oh ! je ne tiens pas à vivre ! murmura doucement
la voix à travers le voile étouffant.

— Ce jeune homme vient de l'accepter pour toi ! »
continua l'électricien en jetant dans un récepteur la
carte photographique de Miss Alicia.

« Qu'il en soit donc selon sa volonté ! » dit, après un
instant et après un léger salut vers Lord Ewald, Hadaly.

Edison, à ce mot, le regarda ; puis, réglant de l'ongle
un interrupteur, envoya s'enflammer une forte éponge
de magnésium à l'autre bout du laboratoire.

Un puissant pinceau de lumière éblouissante partit,
dirigé par un réflecteur et se répercuta sur un objectif
disposé en face de la carte photographique de Miss
Alicia Clary. Au-dessous de cette carte, un autre réflecteur multipliait sur elle la réfraction de ses pénétrants
rayons.

Un carré de verre se teinta, presque instantanément,
à son centre, dans l'objectif ; puis le verre sortit de
lui-même de sa rainure et entra dans une manière de
cellule métallique, trouée de deux jours circulaires.

Le rais incandescent traversa le centre impressionné
du verre par l'ouverture qui lui faisait face, ressortit,
coloré, par l'autre jour qu'entourait le cône évasé d'un
projectif[104], — et, dans un vaste cadre, sur une toile de
soie blanche, tendue sur la muraille, apparut alors, en
grandeur naturelle, la lumineuse et transparente image
d'une jeune femme, — statue charnelle de la *Venus*

104. Néologisme : d'après le contexte, il faut sans doute
comprendre « réflecteur ».

victrix, en effet, s'il en palpita jamais une sur cette terre
d'illusions.

« Vraiment, murmura Lord Ewald, je rêve, il me
semble !

« Voici la forme où tu seras incarnée », dit Edison, en
se tournant vers Hadaly.

Celle-ci fit un pas vers l'image radieuse qu'elle parut
contempler un instant sous la nuit de son voile.

« Oh !... si belle !... Et me forcer de vivre ! » dit-elle à
voix basse et comme à elle-même.

Puis, inclinant la tête sur sa poitrine, avec un profond
soupir :

« Soit ! » ajouta-t-elle.

Le magnésium s'éteignit ; la vision du cadre disparut.

Edison étendit la main à la hauteur du front de
Hadaly.

Celle-ci tressaillit un peu, tendit, sans une parole, la
symbolique fleur d'or à Lord Ewald, qui l'accepta, non
sans un vague frémissement ; puis, se détournant,
reprit, de sa même démarche somnambulique, le chemin de l'endroit merveilleux d'où elle était venue.

Arrivée au seuil, elle se retourna ; puis, élevant ses
deux mains vers le voile noir de son visage, elle envoya,
d'un geste tout baigné d'une grâce d'adolescente, un
lointain baiser à ceux qui l'avaient évoquée.

Elle rentra, souleva le pan d'une des draperies de
deuil et disparut.

La muraille se referma.

Le même bruit sombre, mais cette fois s'enfonçant et
s'évanouissant dans les profondeurs de la terre, se fit
entendre, puis s'éteignit.

Les deux hommes se retrouvaient seuls sous les
lampes.

« Qu'est-ce que cet être étrange ? demanda Lord
Ewald, en fixant à sa boutonnière la fleur emblématique
de Miss Hadaly.

— *Ce n'est pas un être vivant* », répondit tranquillement Edison, les yeux sur les yeux de Lord Ewald.

IV

PRÉLIMINAIRES D'UN PRODIGE

Sans phosphore, point de pensée.

MOLESCHOTT[105].

Lord Ewald, à cette révélation, considérant aussi l'effrayant physicien dans les yeux, parut se demander s'il avait bien entendu.

« Je vous affirme, reprit Edison, que ce métal qui marche, parle, répond et obéit, ne revêt *personne*, dans le sens ordinaire du mot. »

Et, comme Lord Ewald continuait de le regarder en silence :

« Non, *personne*, reprit-il. Miss Hadaly n'est encore, *extérieurement*, qu'une entité magnéto-électrique. C'est un Être de limbes, une possibilité. Tout à l'heure, si vous le désirez, je vous dévoilerai les arcanes de sa magique nature. Mais, continua-t-il, en priant d'un geste Lord Ewald de le suivre, voici quelque chose qui pourra mieux vous éclairer sur le sens des paroles que vous venez d'entendre. »

Et, guidant le jeune homme à travers le labyrinthe, il l'amena vers la table d'ébène, où le rayon de lune avait brillé avant la visite de Lord Ewald.

« Voulez-vous me dire quelle impression produit sur vous ce spectacle-ci ? », demanda-t-il en montrant le pâle et sanglant bras féminin posé sur le coussin de soie violâtre.

Lord Ewald contempla, non sans un nouvel étonnement, l'inattendue relique humaine, qu'éclairaient, en ce moment, les lampes merveilleuses.

« Qu'est-ce donc ? dit-il.

— Regardez bien. »

105. Jacobus Moleschott, physiologiste et philosophe matérialiste hollandais (1822-1893).

Le jeune homme souleva d'abord la main.

« Que signifie cela ? continua-t-il. Comment ! cette main... mais elle est tiède, encore !

— Ne trouvez-vous donc rien de plus *extraordinaire* dans ce bras ? »

Après un instant d'examen, Lord Ewald jeta une exclamation, tout à coup.

« Oh ! murmura-t-il, ceci, je l'avoue, est une aussi surprenante merveille que l'*autre*, et faite pour troubler les plus assurés ! Sans la blessure, je ne me fusse pas aperçu du chef-d'œuvre ! »

L'Anglais semblait comme fasciné ; il avait pris le bras et comparait avec sa propre main la main féminine.

« La lourdeur ! le modelé ! la carnation même !... continuait-il avec une vague stupeur. — N'est-ce pas, en vérité, de la chair que je touche en ce moment ? La mienne en a tressailli, sur ma parole !

— Oh ! c'est mieux ! — dit simplement Edison. La chair se fane et vieillit : ceci est un composé de substances exquises, élaborées par la chimie, de manière à confondre la suffisance de la "Nature". — (Et, entre nous, la Nature est une grande dame à laquelle je voudrais bien être présenté, car tout le monde en parle et personne ne l'a jamais vue !) — Cette *copie*, disons-nous, de la Nature, — pour me servir de ce mot empirique, — enterrera l'original sans cesser de paraître vivante et jeune. Cela périra par un coup de tonnerre avant de vieillir. C'est de la *chair artificielle*, et je puis vous expliquer comment on la produit ; du reste, lisez Berthelot[106].

— Hein ? vous dites ?

— Je dis : c'est de la chair artificielle, — et je crois être le seul qui puisse en fabriquer d'aussi perfectionnée ! » répéta l'électricien.

Lord Ewald, hors d'état d'exprimer le trouble où ces

---

106. Marcelin Berthelot, chimiste et homme politique français (1827-1907), venait de publier en 1876 son traité sur *La Synthèse chimique* ; il n'y donnait cependant pas la recette de la « chair artificielle ».

mots avaient jeté ses réflexions, examina de nouveau le bras irréel.

« Mais, demanda-t-il enfin, cette nacre fluide, ce lourd éclat charnel, cette *vie* intense !... Comment avez-vous réalisé le prodige de cette inquiétante illusion ?

— Oh ! ce côté de la question n'est rien ! répondit Edison en souriant. Tout simplement avec l'aide du Soleil.

— Du Soleil !... murmura Lord Ewald.

— Oui. Le Soleil nous a laissé surprendre, en partie, le secret de ses vibrations !... dit Edison. Une fois la nuance de la blancheur dermale bien saisie, voici comment je l'ai reproduite, grâce à une disposition d'objectifs. Cette souple albumine solidifiée et dont l'élasticité est due à la pression hydraulique, je l'ai rendue sensible à une action photochromique très subtile. J'avais un admirable modèle. Quant au reste, l'humérus d'ivoire contient une moelle galvanique, en communion constante avec un réseau de fils d'induction enchevêtrés à la manière des nerfs et des veines, ce qui entretient le dégagement de calorique perpétuel qui vient de vous donner cette impression de tiédeur et de malléabilité. Si vous voulez savoir où sont disposés les éléments de ce réseau, comment ils s'alimentent pour ainsi dire d'eux-mêmes, et de quelle manière le fluide statique transforme sa commotion en chaleur presque animale, je puis vous en faire l'anatomie : ce n'est plus ici qu'une évidente question de main-d'œuvre. Ceci est le bras d'une Andréide de ma façon, mue pour la première fois par ce surprenant agent vital que nous appelons l'Électricité, qui lui donne, comme vous voyez, tout le fondu, tout le moelleux, toute l'*illusion* de la Vie !

— Une Andréide ?

— Une Imitation-Humaine, si vous voulez. L'écueil désormais à éviter, c'est que le *fac-similé* ne surpasse, *physiquement*, le modèle. Vous rappelez-vous, mon cher lord, ces mécaniciens d'autrefois qui ont essayé de forger des simulacres humains ? — Ah ! ah ! ah ! — ah !... »

Edison eut un rire de Cabire dans les forges d'Eleu-sis[107].

« Les infortunés, faute de moyens d'exécution suffi-sants, n'ont produit que des monstres dérisoires. Albert le Grand[108], Vaucanson[109], Maelzel[110], Horner[111], etc., etc., furent, à peine, des fabricants d'épouvantails pour les oiseaux. Leurs automates sont dignes de figurer dans les plus hideux salons de cire, à titre d'objets de dégoût d'où ne sort qu'une forte odeur de bois, d'huile rance et de gutta-percha. Ces ouvrages, sycophantes[112] informes, au lieu de donner à l'Homme le sentiment de sa puissance, ne peuvent que l'induire à baisser la tête devant le dieu Chaos. Rappelez-vous cet ensemble de mouvements saccadés et baroques, pareils à ceux des

107. « Cabire » renvoie-t-il ici à Déméter ? Les *Cabires* sont dans la mythologie grecque des divinités mystérieuses et très puissantes, descendant d'Héphaïstos, dieu du feu, et adorées partout, jusqu'en Egypte selon Hérodote. Selon l'une des traditions grecques, il y aurait quatre Cabires, dont l'une, Axiéros, fut assimilée à Déméter. Or, c'est Déméter qui décida un jour de rendre immortel Triptolème, le fils d'Eleusis (héros éponyme de la ville d'Eleusis), et le plongea pour cela dans le feu. (Eleusis, témoin fortuit de la scène, poussa un cri qui irrita Déméter, et elle le tua.) Il faudrait donc peut-être comprendre qu'Edison eut le rire hautain d'un dieu capable de forger un être immortel.

108. Le dominicain saint Albert le Grand (1193-1280), l'un des philosophes les plus illustres du Moyen Âge et le maître de saint Thomas d'Aquin, fut aussi un chimiste et un savant : il construisit, dit-on, un merveilleux automate, capable de marcher et de parler, et passa pour un magicien.

109. Jacques de Vaucanson (1709-1782), ingénieur mécanicien français, construisit des automates célèbres : le *Joueur de flûte traver-sière* (1737), le *Joueur de tambourin* et le fameux *Canard* (1738). Il envisagea aussi la construction d'anatomies mouvantes pour l'en-seignement de la médecine.

110. Le *panharmonicon* du mécanicien autrichien Leonard Mael-zel (1783-1855), orchestre complet composé de 42 automates, fit l'admiration de toute l'Europe ; il fut exposé à Paris en 1807, puis vendu aux États-Unis. (Cf. *Le joueur d'échecs de Maelzel* de Poe, dans les *Histoires grotesques et sérieuses*, que Villiers a lues dans la traduction de Baudelaire (1865) : il y était déjà question de Maelzel, de Vaucan-son et de son canard.)

111. Ce Horner reste un mystère pour les commentateurs.

112. *Sic.* Usage incompréhensible de ce mot dans le contexte.

poupées de Nuremberg! — cette absurdité des lignes et du teint! ces airs de devantures de perruquiers! ce bruit de la clef du mécanisme! cette sensation du vide! Tout, enfin, dans ces abominables masques, horripile et fait honte. C'est du rire et de l'horreur amalgamés dans une solennité grotesque. L'on dirait de ces manitous des archipels australiens, de ces fétiches des peuplades de l'Afrique équatoriale : et ces mannequins ne sont qu'une caricature outrageante de notre espèce. Oui, telles furent les premières ébauches des Andréidiens. »

Le visage d'Edison s'était contracté en parlant : son regard fixe semblait perdu en d'imaginaires ténèbres; sa voix devenait brève, didactique et glaciale.

« Mais aujourd'hui, reprit-il, le temps a passé!... La Science a multiplié ses découvertes! Les conceptions métaphysiques se sont affinées. Les instruments de décalque, d'*identité*, sont devenus d'une précision parfaite. En sorte que les ressources dont l'Homme peut disposer en de nouvelles tentatives de ce genre sont *autres* — oh! tout autres — que jadis! Il nous est permis de RÉALISER, désormais, de puissants fantômes, de mystérieuses *présences-mixtes* dont les devanciers n'eussent même jamais tenté l'idée, dont le seul énoncé les eût fait sourire douloureusement et crier à l'impossible! — Tenez, ne vous a-t-il pas été, tout à l'heure, difficile de sourire à l'*aspect* de Hadaly? — Cependant, ce n'est encore que du diamant brut, je vous assure. C'est le *squelette d'une ombre* attendant que l'OMBRE soit! La sensation que vient de vous causer un seul des membres d'un andréide féminin ne vous a point semblé, n'est-il pas vrai, tout à fait analogue à celle que vous eussiez ressentie au toucher d'un bras d'automate? — Une expérience encore : voulez-vous serrer cette main? Qui sait? elle vous le rendra peut-être. »

Lord Ewald prit les doigts, qu'il serra légèrement.

Ô stupeur! La main répondit à cette pression avec une affabilité si douce, si *lointaine*, que le jeune homme en songea qu'elle faisait, peut-être, partie d'un corps invisible. Avec une profonde inquiétude, il laissa retomber la chose de ténèbres.

« En vérité !... murmura-t-il.

— Eh bien ! continua froidement Edison, tout ceci n'est rien encore ! Non ! rien ! (*mais ce qui s'appelle rien ! vous dis-je*) en comparaison de l'œuvre possible. — Ah ! l'Œuvre possible ! Si vous saviez ! Si vous... »

Tout à coup, il s'arrêta, comme perdu en la fixité d'une idée soudaine — et si terrible qu'elle lui coupa net la parole.

« Positivement, s'écria Lord Ewald en regardant encore une fois autour de lui, il me semble que je me trouve chez Flamel[113], Paracelse[114] ou Raymond Lulle[115], au temps des magistes et des souffleurs du Moyen Âge. — Où donc voulez-vous en venir, mon cher Edison ? »

Ici, le grand Inventeur, devenu depuis un instant très pensif, s'assit et considéra le jeune homme avec une attention nouvelle et plus soucieuse.

Après quelques secondes de silence :

« Milord, dit-il, je viens de m'apercevoir qu'avec un homme doué de votre "imaginaire" l'expérience pourrait amener un résultat funeste. — Voyez-vous, au seuil d'une usine de forge, on distingue, dans la brume, du fer, des hommes et du feu. Les enclumes sonnent ; les laboureurs du métal qui exécutent des barres, des

---

113. Nicolas Flamel (vers 1330-1418), à cause de son immense fortune, passa pour être alchimiste et fabriquer son or ; on lui attribuait des ouvrages d'hermétisme.

114. Médecin et alchimiste suisse (vers 1493-1541), dont la théorie médicale était fondée sur la théorie alchimique des correspondances entre les différentes parties du corps (microcosme) et celles de l'univers (macrocosme).

115. Théologien, philosophe, poète et alchimiste catalan (1235-1315), qui consacra toute sa vie à la propagation du christianisme. On le désigne souvent comme l'inventeur du *Grand Art*, système consistant à combiner par des procédés mécaniques les vocables exprimant les idées les plus abstraites, afin de vérifier la justesse d'une proposition. Villiers avait l'intention de consacrer un conte à Lulle, et il se souvient sans aucun doute, dans *L'Ève future*, de la formule de Lulle : *Sub conservatione formae specificae salva anima* (« De la conservation de la forme spécifique dépend le salut de l'âme ») — mise en épigraphe à *Eléonora* par Poe (toujours dans *Histoires grotesques et sérieuses*).

armes, des outils, ignorent l'usage *réel* qui sera fait de
leurs produits. Ces forgeurs ne peuvent les appeler que
du nom convenu! — Eh! nous en sommes là, tous! Nul
ne peut estimer, au juste, la véritable nature de ce qu'il
forge, par la raison que tout couteau peut devenir
poignard, et *que l'usage que l'on fait d'une chose la
rebaptise et la transfigure.* L'incertitude seule nous rend
irresponsables.

« Il faut donc savoir la garder, — sinon, qui donc
oserait accomplir quelque chose!

« L'ouvrier qui fond une balle se dit tout bas,
inconsciemment : "Ceci est livré aux hasards! et *ce sera,
peut-être, du plomb perdu.*" Et il achève son engin, dont
l'âme lui est voilée. Mais, s'il voyait passer devant ses
yeux, béante, brusque et mortelle, la blessure *humaine*
que cette balle, *entre autres*, est APPELÉE, *destinée* à
creuser, et qui, par conséquent, *fait virtuellement partie
de sa fonte*, le moule d'acier lui tomberait des mains, s'il
était un brave homme, — et peut-être refuserait-il à ses
enfants le pain du soir, si ce pain ne pouvait être gagné
qu'au prix de l'achèvement de cette besogne, car il
hésiterait à se sentir *quand même* complice de l'homicide
futur.

— Eh bien? interrompit Lord Ewald, où voulez-
vous en venir, Edison?

— Eh bien!... je suis l'homme qui tient le métal
bouillonnant sur le brasier, — et il vient de me sembler,
tout à l'heure, en songeant à votre tempérament, à votre
intelligence à jamais désenchantée, que je voyais la
blessure passer devant mes yeux. C'est que *la chose dont
je veux vous parler* peut vous être salubre ou PLUS que
mortelle, voyez-vous. — C'est donc moi qui hésite,
maintenant. — Car nous faisons, tous deux, partie de
l'expérience en question! Et je la crois beaucoup plus
dangereuse, en réalité, pour vous au moins, qu'elle ne
le paraissait de prime abord. Le péril, qui est d'un ordre
des plus horribles, vous seul en êtes menacé! — Certes,
vous êtes déjà sous le coup d'un danger, puisque vous
êtes de ces cœurs qu'une passion fatale conduit presque

toujours à une fin désespérée ; certes, aussi, je cours le risque de vous sauver !... Mais, si la guérison n'allait pas être *celle que j'attends*, je crois, en vérité, oui, je crois *qu'il serait préférable que nous en restions là !*

— Puisque vous parlez sur un ton si singulièrement grave, mon cher Edison, répondit avec effort Lord Ewald, je ne puis que vous prévenir d'une chose : j'allais en finir, cette nuit même, avec mon intolérable humanité. »

Edison tressaillit.

« N'hésitez donc plus, acheva très froidement le jeune homme.

— Les dés sont jetés ! murmura l'électricien : ce sera lui ! Qui m'eût dit cela, jamais ?

— Une dernière fois, soyez assez bon pour me répondre : où voulez-vous en venir ? »

En cet instant de silence, Lord Ewald crut sentir passer, brusquement, sur son front le vent de l'Infini.

« Ah ! s'écria d'une voix stridente Edison qui se leva les yeux étincelants, puisque je me sens ainsi défié par l'Inconnu, soit ! Voici. Je prétends réaliser pour vous, milord, ce que nul homme n'a jamais osé tenter pour son semblable. — Je vous dois la vie, encore une fois : c'est bien le moins que j'essaie de vous la rendre.

« Votre joie, votre être, sont, dites-vous, les prisonniers d'une présence humaine ? de la lueur d'un sourire, de l'éclat d'un visage, de la douceur d'une voix ? Une vivante vous mène ainsi, avec son attrait, vers la mort ?

« Eh bien ! puisque cette femme vous est si chère... JE VAIS LUI RAVIR SA PROPRE PRÉSENCE.

« Je vais vous démontrer, mathématiquement et à l'instant même, comment, avec les formidables ressources actuelles de la Science, — et ceci d'une manière glaçante peut-être, mais indubitable, — comment je puis, dis-je, me saisir de la grâce même de son geste, des plénitudes de son corps, de la senteur de sa chair, du timbre de sa voix, du ployé de sa taille, de la lumière de ses yeux, du *reconnu* de ses mouvements et de sa démarche, de la personnalité de son regard, de ses traits, de son ombre sur le sol, de son *apparaître*, du reflet de son Identité, enfin. — Je serai le meurtrier de sa sottise, l'assassin de son animalité triomphante. Je vais, d'abord, réincarner toute cette extériorité, qui vous est si délicieusement mortelle, en une Apparition dont la ressemblance et le charme HUMAINS dépasseront votre espoir et tous vos rêves ! Ensuite, *à la place de cette âme, qui vous rebute dans la vivante, j'insufflerai une autre sorte d'âme*, moins consciente d'elle-même, peut-être (— et encore, qu'en savons-nous ? et qu'importe ! —), mais suggestive d'impressions mille fois plus belles, plus nobles, plus élevées, c'est-à-dire revêtues de ce caractère d'éternité sans lequel tout n'est que comédie chez les vivants. Je reproduirai strictement, je dédoublerai cette femme, à l'aide sublime de la Lumière ! Et, la projetant sur sa MATIÈRE RADIANTE[116], j'illuminerai de votre mélancolie l'âme imaginaire de cette créature nouvelle, capable d'étonner des anges. Je terrasserai l'Illusion ! Je l'emprisonnerai. Je forcerai, dans cette vision, l'Idéal lui-même à se manifester, pour la première fois, *à vos sens*, PALPABLE, AUDIBLE ET MATÉRIALISÉ. J'arrêterai, au plus profond de son vol, la première heure de ce mirage enchanté que vous poursuivez en vain, dans vos souvenirs ! Et, la fixant presque immortellement, entendez-vous ? dans la seule et véritable forme où vous l'avez entrevue, je *tirerai la vivante*

116. Sir William Crookes, chimiste et physicien anglais (1832-1919), est l'inventeur du radiomètre (1875), cette ampoule de verre dans laquelle on a fait le vide et qui contient un axe léger portant de petites ailes, lesquelles tournent rapidement autour de cet axe lorsqu'on expose l'ampoule à la lumière. Il comprit que ce mouvement était dû non seulement à la pression électromagnétique (prédite par Maxwell), mais aussi à la présence de gaz raréfié dans l'ampoule. Au cours de la suite de ses recherches sur les décharges électriques à travers les gaz raréfiés et de la mise au point du tube à cathode froide qui portera son nom (décrit plus loin par Villiers, Livre V, chapitre XIII), Crookes a été amené à supposer un quatrième état de la matière, l'état « radiant ». Ouvert à l'exploration des phénomènes de magnétisme psychique, il fit aussi des expériences avec des « médiums » (cf. plus loin, Livre V, chapitre XII).

à un second exemplaire, et transfigurée selon vos vœux! Je
doterai cette Ombre de tous les chants de l'*Antonia* du
conteur Hoffmann[117], de toutes les mysticités passionnées des *Ligéias* d'Edgar Poe[118], de toutes les séductions ardentes de la *Venus*[119] du puissant musicien
Wagner! Enfin, pour vous racheter l'être, je prétends
pouvoir — et vous prouver d'avance, encore une fois,
que positivement je le puis — faire sortir du limon de
l'actuelle Science Humaine un Être *fait à notre image*, et
qui nous sera, par conséquent, CE QUE NOUS SOMMES À
DIEU. »

Et l'électricien, faisant serment, leva la main.

V

STUPEUR

Je restai momifié d'étonnement.

THÉOPHILE GAUTIER.

À ces mots, Lord Ewald demeura comme hagard
devant Edison. On eût dit *qu'il ne voulait pas*
comprendre ce qui lui était proposé.

Après une minute de stupéfaction :

« Mais... une telle créature ne serait jamais qu'une
poupée insensible et sans intelligence! s'écria-t-il, pour
dire quelque chose.

— Milord, répondit gravement Edison, je vous le
jure : prenez garde qu'en la juxtaposant à son modèle et
en les écoutant toutes deux, *ce ne soit la vivante qui vous
semble la poupée.* »

Non encore bien revenu à lui-même, le jeune homme
souriait amèrement, avec une sorte de politesse un peu
gênée.

---

117. Dans *Le conseiller Krespel*.
118. *Ligeia*, dans les *Histoires extraordinaires*.
119. Dans *Tannhäuser*.

« Laissons cela, dit-il. La conception est accablante :
l'œuvre sentira toujours la machine ! Allons ! vous ne
procréerez pas une femme ! — Et je me demande, en
vous écoutant, si le génie...

— Je fais serment que, tout d'abord, *vous ne les
distinguerez pas l'une de l'autre !* interrompit tranquillement l'électricien : et, pour la seconde fois, je vous le
dis, je suis en mesure de le prouver à l'avance.

— IMPOSSIBLE, Edison.

— Je m'engage, une troisième fois, à vous fournir
tout à l'heure, pour peu que vous le désiriez, la démonstration la plus positive, *point par point* et *d'avance*, non
pas de la possibilité du fait, mais de sa mathématique
certitude.

— Vous pouvez reproduire l'IDENTITÉ d'une
femme ? Vous, né d'une femme ?

— Mille fois plus identique à elle-même... qu'elle-
même ! Oui, certes ! puisque pas un jour ne s'envole
sans modifier quelques lignes du corps humain, et que
la science physiologique nous démontre qu'il renou-
velle *entièrement* ses atomes tous les sept ans, environ.
Est-ce que le corps existe à ce point ! Est-ce qu'on se
ressemble jamais à soi-même ? Alors que cette femme,
vous, et moi-même, nous avions d'âge une heure vingt,
étions-nous ce que nous sommes ce soir ? Se ressembler ! Quel est ce préjugé des temps lacustres, ou
troglodytes !

— Vous la reproduiriez avec sa beauté même ? sa
chair ? sa voix ? sa démarche ? son aspect, enfin ?

— Avec l'Électromagnétisme et la Matière-radiante
je tromperais le cœur d'une mère, à plus forte raison la
passion d'un amant. — Tenez ! je la reproduirai d'une
telle façon que, si, dans une douzaine d'années, il lui est
donné de voir son double-idéal demeuré immuable, elle
ne pourra le regarder sans des pleurs d'*envie* — et
d'épouvante ! »

Après un moment :

« Mais, entreprendre la création d'un tel être, murmura Lord Ewald, pensif, il me semble que ce serait
tenter... *Dieu*.

— Aussi ne vous ai-je pas dit d'accepter ! répondit à voix basse, et très simplement, Edison.

— Lui insufflerez-vous une intelligence ?

— *Une* intelligence ? non : l'INTELLIGENCE, oui. »

À ce mot titanien, Lord Ewald demeura comme pétrifié devant l'inventeur. Tous deux se regardèrent en silence.

Une partie était proposée, dont l'enjeu était, scientifiquement, un esprit.

VI

EXCELSIOR !

Entre mes mains les malades peuvent perdre la vie ; — jamais l'espoir !

LE DOCTEUR RYLLH[120].

« Je vous le répète, mon cher génie, répliqua le jeune homme, certes, vous êtes de bonne foi ; mais ce que vous dites n'est qu'un rêve, aussi effrayant qu'irréalisable ! Toujours est-il que l'intention de votre cœur m'a touché : je vous en remercie.

— Mon cher lord…, tenez, vous sentez bien qu'il est réalisable, puisque vous hésitez ! »

Lord Ewald s'essuya le front.

« Miss Alicia Clary ne consentirait jamais, d'ailleurs, à se prêter à cette expérience, et, en effet, j'hésiterais moi-même, désormais, je l'avoue, à l'y engager.

— Ceci fait partie du problème et me regarde. Et puis, *l'œuvre serait incomplète, c'est-à-dire* ABSURDE, si elle ne s'accomplissait pas à l'insu même de votre si chère Miss Alicia.

— Mais enfin, s'écria Lord Ewald, moi, je compte aussi pour quelque chose dans mon amour !

120. Personnage probablement inventé.

— Vous ne saurez, même, jamais jusqu'à quel point, je vous assure ! répondit Edison.

— Eh bien ! par quelles redoutables subtilités pourrez-vous parvenir à me convaincre, *moi*, de la *réalité* de cette Ève nouvelle, en supposant même que vous réussissiez ?

— Oh ! c'est une question d'impression tout immédiate où le raisonnement n'entre que comme un adjuvant très secondaire. Est-ce qu'on raisonne avec le charme que l'on subit ? D'ailleurs, les déductions que je vous soumettrai ne seront que l'expression exacte de ce que vous essayez de vous cacher à vous-même. Je suis humain. *Homo sum !* L'Œuvre répondra bien mieux avec sa présence.

— Je pourrai discuter, n'est-ce pas, — ah ! j'y tiens, — pendant le cours de l'explication ?

— Si UNE SEULE de vos objections subsiste, nous refusons tous deux d'aller plus loin. »

Lord Ewald redevint pensif.

« Hélas ! mes yeux sont clairvoyants : je dois vous en prévenir.

— Vos yeux ? — Dites-moi, ne croyez-vous point voir, distinctement, cette goutte d'eau ? Cependant, si je la place entre ces deux feuilles de cristal, devant le réflecteur de ce microscope solaire et que j'en projette le strict reflet sur cette soie blanche, là-bas, où tout à l'heure vous apparut l'enchanteresse Alicia, vos yeux ne récuseront-ils pas leur premier témoignage devant le spectacle, plus intime, que leur dévoilera d'elle-même cette goutte d'eau ? Et si nous songeons à tout l'indéfini des occultes réalités que recélera ce liquide globule, encore, nous comprendrons que la puissance même de notre instrument, sorte de béquille visuelle, est insignifiante : la différence entre ce qu'il nous découvre et ce que nous voyons sans son secours, par rapport à tout ce qu'il ne peut nous montrer, étant, à peu près, *inappréciable*. — Donc, n'oubliez plus que nous ne voyons des choses que ce que leur *suggèrent* nos seuls yeux ; nous les concevons que d'après ce qu'elles nous laissent entrevoir de leurs entités mystérieuses ; nous n'en possédons que ce que nous en pouvons éprouver, chacun selon sa nature ! Et, grave écureuil, l'Homme s'agite en vain dans la geôle mouvante de son MOI, sans pouvoir s'évader de l'Illusion où le captivent ses sens dérisoires !

— Donc, Hadaly, en abusant vos yeux, ne fera pas autre chose que Miss Alicia.

— En vérité, monsieur l'enchanteur, répondit Lord Ewald, l'on dirait que, sérieusement, vous me croyez capable de devenir "amoureux" de Miss Hadaly ?

— Ce serait, en effet, ce que j'aurais à redouter si vous étiez un mortel comme les autres ! répondit Edison : mais vos confidences m'ont rassuré. N'avez-vous pas attesté Dieu, tout à l'heure, qu'en vous s'était à jamais annulée toute idée de possession de votre belle vivante ? — Vous aimerez donc, vous dis-je, Hadaly, comme elle le mérite, *seulement* : ce qui est beaucoup plus beau que d'en être amoureux.

— Je l'*aimerai* ?

— Pourquoi pas ? Ne doit-elle pas s'incarner à jamais en la seule forme où vous concevez l'Amour ? Et, matière pour matière, puisque nous venons de nous rappeler que la chair, n'étant jamais la même, n'existe, à peu près, qu'en imaginaire, chair pour chair, celle de la Science est plus... sérieuse... que l'autre.

— On n'aime qu'un être animé ! dit Lord Ewald.

— Eh bien ? demanda Edison.

— L'âme, c'est l'inconnu ; animerez-vous votre Hadaly ?

— On anime bien un projectile d'une vitesse de x ; or, x, c'est l'inconnu, aussi.

— Saura-t-elle qui elle est ? ce qu'elle est, veux-je dire ?

— Savons-nous donc si bien, nous-mêmes, qui nous sommes ? et ce que nous sommes ? Exigerez-vous plus de la copie que Dieu n'en crut devoir octroyer à l'original ?

— Je demande si votre créature aura le sentiment d'elle-même.

— Sans doute! répondit Edison comme très étonné de la question.

— Hein? Vous dites?... s'écria Lord Ewald, interdit.

— Je dis : sans doute! — puisque ceci dépend de vous. Et c'est même sur vous seul que je me fonde pour que cette phase du miracle soit accomplie.

— Sur moi?

— Sur quel autre, plus intéressé en ce problème, pourrais-je compter?

— Alors, dit tristement Lord Ewald, — veuillez bien m'apprendre, mon cher Edison, où je dois aller ravir une étincelle de ce feu sacré dont l'Esprit du Monde nous pénètre! Je ne m'appelle point Prométhée[121], mais, tout simplement, Lord Celian Ewald, — et je ne suis qu'un mortel.

— Bah! tout homme a nom Prométhée sans le savoir — et nul n'échappe au bec du vautour, répondit Edison. — Milord, en vérité je vous le dis : une seule de ces mêmes étincelles, encore divines, tirées de votre être, et dont vous avez tant de fois essayé (toujours en vain!) d'animer le néant de votre jeune admirée, suffira pour en vivifier l'ombre.

— Prouvez-moi ceci! — s'écria Lord Ewald — et, peut-être...

— Soit, — et à l'instant même.

« Vous l'avez dit, poursuivit Edison, l'être que vous aimez dans la vivante, et qui, pour vous, en est, *seulement*, RÉEL, n'est point celui qui *apparaît* en cette passante humaine, mais celui de votre Désir.

« C'est celui qui n'y existe pas, — bien plus, que *vous savez ne pas y exister*! Car vous n'êtes dupe ni de cette femme, ni de vous-même.

---

121. Dans l'une de ses légendes, Prométhée passe pour avoir créé les premiers hommes avec de la terre glaise. Dans la *Théogonie* d'Hésiode, Prométhée est seulement le bienfaiteur de l'humanité, pour laquelle il déroba le feu aux dieux ; pour ce forfait, Zeus punit les hommes en leur envoyant Pandore, et enchaîna Prométhée sur le Caucase, le condamnant à avoir le foie éternellement dévoré par un aigle.

« C'est *volontairement* que vous fermez les yeux, ceux de votre esprit, — que vous étouffez le démenti de votre conscience, pour ne reconnaître en cette maîtresse que le fantôme désiré. Sa *vraie* personnalité n'est donc autre, pour vous, que l'Illusion, éveillée en tout votre être, par l'éclair de sa beauté. C'est cette Illusion seule que vous vous efforcez, *quand même*, de VITALISER en la présence de votre bien-aimée, malgré l'incessant désenchantement que vous prodigue la mortelle, l'affreuse, la desséchante nullité de la réelle Alicia.

« C'est cette *ombre* seule que vous aimez : c'est pour elle que vous voulez mourir. C'est elle *seule* que vous reconnaissez, absolument, comme RÉELLE ! Enfin, c'est cette vision objectivée de votre esprit, que vous appelez, que vous voyez, que vous CRÉEZ en votre vivante, *et qui n'est que votre âme dédoublée en elle*. Oui, voilà votre amour. — Il n'est, vous le voyez, qu'un perpétuel et toujours stérile essai de rédemption. »

Il y eut encore un moment de profond silence entre les deux hommes.

« Eh bien ! conclut Edison, puisqu'il est avéré que, d'ores et déjà, vous ne vivez qu'avec une Ombre, à laquelle vous prêtez si chaleureusement et si fictivement l'être, je vous offre, moi, de tenter la même expérience sur cette ombre de votre esprit extérieurement réalisée, voilà tout. Illusion pour illusion, l'Être de cette présence mixte que l'on appelle Hadaly dépend de la volonté libre de celui qui OSERA le concevoir. SUGGÉREZ-LUI DE VOTRE ÊTRE ! Affirmez-le, d'un peu de votre foi vive, comme vous affirmez l'être, après tout si relatif, de toutes les illusions qui vous entourent. Soufflez sur ce front idéal ! Et vous verrez jusqu'où l'Alicia de votre volonté se réalisera, s'unifiera, s'animera dans cette Ombre. Essayez, enfin ! si quelque dernier espoir vous en dit ! Et vous pèserez ensuite, au profond de votre conscience, si l'auxiliatrice Créature-fantôme qui vous ramènera vers le désir de la Vie n'est pas plus vraiment digne de porter le nom d'HUMAINE que le Vivant-spectre dont la soi-disant et chétive "réalité" ne sut jamais vous inspirer que la soif de la Mort. »

Taciturne, Lord Ewald réfléchissait.

« La déduction est, en effet, spécieuse et profonde, murmura-t-il en souriant, mais je sens que je me trouverais toujours un peu trop *seul* en compagnie de votre Ève inconsciente.

— Moins seul qu'avec son modèle : c'est démontré.

— D'ailleurs, milord, ce serait de votre faute, non de la sienne. Il faut se sentir un Dieu tout à fait, que diable! lorsqu'on ose VOULOIR *ce dont il est question ici.* »

Edison s'arrêta.

« Puis, ajouta-t-il d'une voix bizarre, vous ne vous rendez pas bien compte, je suppose, de la *nouveauté* d'impressions que vous éprouverez dès la première causerie, au grand soleil, avec l'andréide-Alicia se promenant auprès de vous et inclinant son ombrelle du côté des rayons, avec tout le *naturel* de la vivante. — Vous souriez?... Vous croyez que, surtout préve-nus, vos sens découvriront vite le change que j'offre à la "Nature"? — Eh bien! écoutez : — Miss Alicia Clary n'a-t-elle pas quelque lévrier, quelque terre-neuve familier? Voyagez-vous avec un chien préféré entre ceux de vos meutes?

— J'ai mon chien Dark, un lévrier noir, très fidèle, et qui est de nos voyages.

— Bien. Cet animal, reprit Edison, est doué d'un flair si puissant que les êtres vivants viennent, pour ainsi dire, se peindre, en leurs émanations, au centre nerveux des sept ou huit cornées dont dispose son appareil nasal.

« Voulez-vous tenir le pari que ce chien — lequel reconnaîtrait sa maîtresse entre mille dans l'obscurité, — si nous l'exilons huit jours de vos deux présences, et l'amenons, ensuite, devant Hadaly transfigurée en la vivante, — voulez-vous, dis-je, tenir le pari que cet animal, appelé par le fantôme, accourra joyeux vers l'Illusion, la reconnaîtra, sans hésiter, au seul flairer des vêtements qu'elle portera? — Bien plus, étant données,

simultanément, l'Ombre et la Réalité, je vous affirme
que c'est après la Réalité qu'il aboiera, dans son trouble
— et que c'est à l'Ombre, seule, qu'il obéira!

— Ne vous avancez-vous pas beaucoup, ici? murmura Lord Ewald, déconcerté.

— Je ne promets que ce que je puis tenir; l'expérience a déjà pleinement réussi : — elle est un fait acquis à la Science physiologique. Si donc j'abuse, à ce point, les organes (supérieurs aux nôtres en acuité) d'un simple animal, — comment n'oserai-je pas défier le contrôle des sens humains? »

Lord Ewald ne put s'empêcher de sourire devant l'ingéniosité bizarre de l'électricien.

« Et puis, conclut Edison, bien que Hadaly soit fort mystérieuse, il faut l'envisager, sans aucune exaltation. — Songez : *elle ne sera qu'un peu plus animée par l'Électricité que son modèle* : voilà tout.

— Comment! que son modèle! demanda Lord Ewald.

— Certes! dit Edison. — N'avez-vous jamais admiré, par un jour d'orage, une belle jeune femme brune peignant sa chevelure devant quelque grand miroir bleuâtre, en une chambre un peu sombre, aux rideaux fermés? Les étincelles pétillent de ses cheveux et brillent, en magiques apparitions, sur les pointes du démêloir d'écaille, comme des milliers de diamants fluant d'une vague noire, en mer, pendant la nuit. Hadaly vous donnera ce spectacle, si Miss Alicia ne vous l'a pas déjà donné. Les brunes ont beaucoup d'électricité en elles. »

Après un instant :

« Maintenant, acceptez-vous de tenter cette INCARNATION, milord? demanda Edison : Hadaly, — en cette fleur de deuil, qui est d'un or vierge et pur d'alliage, — vous offre de sauver du naufrage de votre amour un peu de mélancolie. »

Lord Ewald et son terrible interlocuteur se regardèrent, muets et graves.

« Il faut convenir que voici bien la plus effroyable

proposition qui fut jamais faite à un désespéré, dit à voix basse le jeune homme, presque se parlant à lui-même : — et j'ai, malgré moi, toutes les peines du monde à la prendre au sérieux.

— Cela viendra! dit Edison; c'est l'affaire de Hadaly.

— Un autre homme, ne fût-ce que par curiosité, accepterait bien vite l'exemplaire que vous m'offrez!

— Aussi ne le proposerais-je pas à tout le monde, répondit en souriant Edison. Si j'en lègue la formule à l'Humanité, je plains les réprouvés qui en prostitueront le secours, voilà tout.

— Voyons, dit Lord Ewald, la parole, sur ce terrain, finit par sonner comme un sacrilège : sera-t-il toujours temps de suspendre — l'exécution?

— Oh! même après l'œuvre accomplie, puisque vous pourrez toujours la détruire, la noyer, si bon vous semble, *sans déranger pour cela le Déluge*.

— En effet, dit Lord Ewald, profondément rêveur; mais il me semble qu'*alors* ce ne sera plus la même chose.

— Aussi je ne vous conseille en rien d'accepter. Vous souffrez : je vous parle d'un remède. Seulement le remède est aussi efficace que dangereux. Mille fois libre à vous de refuser. »

Lord Ewald semblait devenu perplexe, et d'autant plus qu'il lui eût été difficile de préciser pourquoi.

« Oh! quant au danger!... dit-il.

— S'il n'était que physique, je vous dirais : acceptez!

— Ce serait donc ma raison qui serait menacée? »

Après un instant :

« Milord Ewald, reprit Edison, certes, vous êtes la plus noble nature que j'aie rencontrée sous les cieux. Une très mauvaise étoile vous a jeté sa lueur et vous a conduit vers le monde de l'Amour : là, votre rêve est retombé, les ailes brisées, au souffle d'une femme décevante et dont l'incessante dissonance ravive, à chaque instant, le cuisant ennui qui vous brûle et vous

sera nécessairement mortel. Oui, vous êtes de ces
derniers grands attristés qui ne daignent pas survivre à
ce genre d'épreuve, malgré l'exemple, autour d'eux, de
tous ceux qui luttent contre la maladie, la misère et
l'amour. — La douleur fut telle, en vous, de la première
déception, que vous vous en estimez quitte envers vos
semblables, — car vous les méprisez de ce qu'ils se
résignent à vivre, sous le fouet de tels destins. Le Spleen
vous a jeté son linceul sur les pensées et voici que ce
froid conseiller de la Mort volontaire prononce à votre
oreille le mot qui persuade. Vous êtes au plus mal. Ce
n'est plus pour vous qu'une question d'heures, vous
venez de me le déclarer nettement ; l'issue de la crise
n'est donc *même* plus douteuse. Si vous franchissez ce
seuil, c'est bien la mort : elle transparaît, imminente,
de toute votre personne. »

Lord Ewald, du bout de son petit doigt, secoua, sans
répondre, la cendre de son cigare.

« Ici, je vous offre la vie encore, — mais à quel prix,
peut-être ! Qui pourrait l'évaluer en cet instant ? —
L'Idéal vous a menti ? La "Vérité" vous a détruit le
désir ? Une femme vous a glacé les sens ? — Adieu donc
à la prétendue Réalité, l'antique dupeuse !

« Je vous offre, moi, de tenter l'ARTIFICIEL et ses
incitations nouvelles !... Mais, — si vous n'alliez pas en
rester le dominateur !... — Tenez, mon cher lord, à
nous deux, nous formons un éternel symbole : moi, je
représente la Science avec la toute-puissance de ses
mirages : vous, l'Humanité et son ciel perdu.

— Choisissez donc pour moi ! » dit tranquillement
Lord Ewald.

Edison tressaillit.

« C'est impossible, milord, répondit-il.

— Enfin, — *à ma place*, — accepteriez-vous de vous
risquer en cette inouïe, absurde et cependant troublante
aventure ? »

Edison, à cette parole, regarda le jeune homme avec
sa fixité habituelle qui, cette fois, s'aggravait évidemment de la secrète arrière-pensée qu'il ne voulait pas
exprimer.

« J'aurais, dit-il, d'autres raisons que la plupart des hommes pour motiver mon option personnelle, et je ne prétendrais pas qu'on dût se régler sur moi.

— Que choisiriez-vous?

— Placé dans cette alternative, je choisirais l'issue qui me semble la moins dangereuse — *quant à moi*.

— Quel choix feriez-vous, enfin?

— Milord, vous ne doutez pas de l'attachement sacré, de la profonde et tendre affection que je vous ai voués? — Eh bien! la main sur la conscience...

— Que choisiriez-vous, Edison?

— Entre la mort et la tentative en question?

— Oui! »

Terrible, le grand électricien s'inclina devant Lord Ewald :

« Je me brûlerais la cervelle », dit-il.

VII

HURRAH! LES SAVANTS VONT VITE[122]!

> *Qui veut changer de vieilles lampes pour des neuves?...*
>
> « Aladin, ou la Lampe merveilleuse. »
> *(Mille et Une Nuits.)*

Lord Ewald, après un moment, regarda sa montre : son front s'était réassombri.

« Merci, dit-il avec un froid soupir : et, cette fois, nous nous quittons. »

Un coup de timbre sonna dans l'ombre.

« Ah! je vous dirai qu'il est un peu tard, reprit Edison. D'après vos premières paroles, *j'ai commencé.* »

Et il donna vivement une tape au phonographe, comme à un chien couché à ses pieds.

---

122. Parodie du « Hop! Hop! les morts vont vite! », refrain de *Lénore*, la célèbre ballade de Bürger (1770).

« Eh bien ? » aboya celui-ci dans *son* appareil téléphonique.

La voix basse du messager invisible retentit au milieu du laboratoire, avec l'intonation d'un arrivant essoufflé :

« Miss Alicia Clary, dans la loge n° 7, au Grand-Théâtre, quitte la salle et prendra l'express de minuit et demi pour Menlo Park ! » cria la voix.

Lord Ewald, en entendant ce nom vociféré de cette manière, et à cette nouvelle inattendue, fit un mouvement.

Les deux hommes se regardaient en silence : entre eux désormais vibrait un vertige, un défi.

« C'est que, dit Lord Ewald, je n'ai point d'appartement retenu dans Menlo Park pour cette nuit. »

Pendant qu'il parlait, Edison avait déjà fait jouer le manipulateur de son appareil Morse : les fils tremblaient.

« Un seul instant », dit-il.

Et il appliqua sur le récepteur un carré de papier qui, dix secondes après, sauta hors du cadre.

« L'appartement, dites-vous ? Vraiment, c'était prévu ! En voici un ! s'écria-t-il froidement en lisant ce qui venait de s'empreindre sur la feuille. — Je viens de louer pour vous une villa tout à fait charmante, assez isolée même, à vingt minutes d'ici, et l'on vous y attendra toute la nuit. Vous me restez à souper, n'est-ce pas, avec Miss Alicia Clary ? C'est dit. À l'arrivée du train, pour éviter le temps perdu, mon groom, nanti de cette photographie nouvelle où n'est reproduit que le visage seul de Miss *Venus victrix*, lui offrira ma voiture de votre part et conduira. — Nulle erreur, aucun malentendu ne sont à craindre : il ne descend ici presque personne à cette heure-là... Donc, ne vous inquiétez de rien. »

Tout en parlant, il avait extrait un médaillon-carte d'un objectif : il le jeta dans une boîte fixée à la muraille, après avoir enveloppé la carte de deux lignes tracées à la hâte, au crayon.

La boîte correspondait au translateur d'un tuyau pneumatique ; une petite sonnerie, tout auprès, annonça que le message était reçu et que l'ordre serait exécuté.

Revenant à l'appareil Morse, il continua de télégraphier d'autres ordres sans doute.

« C'est fini », dit-il tout à coup.

Puis, observant Lord Ewald :

« Milord, ajouta-t-il, il va sans dire que, si vous le voulez, nous ne parlerons même plus du projet de tout à l'heure ? »

Lord Ewald releva la tête : son œil bleu brilla.

« Vraiment, ce serait aussi par trop hésiter, dit-il simplement. Cette fois, j'accepte et d'une façon définitive, mon cher Edison. »

Grave, Edison s'inclina.

« Bien, répondit-il. *Je compte donc, milord, que vous me ferez l'honneur de vivre vingt et un jours, car j'ai une parole aussi, moi.*

— *Accordé : mais pas un de plus !* » dit le jeune homme, avec la glaciale et tranquille intonation d'un Anglais qui constate — et qui ne reviendra pas sur son appréciation.

Edison regarda l'aiguille à secondes de l'horloge électrique :

« Je vous offrirai le pistolet, moi-même, à neuf heures du soir, au jour convenu, si je ne vous gagne pas la vie, dit-il. À moins que, pour vous détruire, vous ne préfériez recourir à notre récent prisonnier, le vieux tonnerre : avec lui, on ne se manque pas. »

Puis, se dirigeant vers un téléphone :

« Et maintenant, ajouta l'électricien, comme nous allons entreprendre, à l'instant même, un voyage assez périlleux, permettez que j'embrasse mes enfants : car les enfants, c'est quelque chose. »

À ce dernier mot, si maître de ses émotions que fût le jeune lord, il tressaillit.

Edison avait déjà saisi le cordon du téléphone des draperies et cria deux noms dans l'appareil.

Là-bas, dans le vent de la nuit, au fond du parc, un coup de cloche, étouffé ici par les tentures, lui répondit.

« *Many thousand kisses!* » prononça paternellement Edison dans l'embouchure de l'instrument en y envoyant plusieurs baisers.

Alors il se passa quelque chose d'étrange.

Autour des deux chercheurs d'inconnu, des deux aventuriers de l'ombre, éclata, de tous côtés, dans la zone lumineuse des lampes (grâce au coup de pouce qu'Edison avait donné à quelque commutateur), une joie, une pluie de baisers d'enfants charmants qui criaient de leur voix naïve :

« Tiens, papa! Tiens, papa! Encore! encore! »

Edison choquait contre sa joue l'embouchure du téléphone qui lui apportait ces baisers naïfs.

« À présent, mon cher lord, je suis prêt, dit-il.

— Non! restez, Edison; — dit tristement Lord Ewald; je suis inutile; il vaut mieux que, seul, j'affronte, s'il est possible...

— Partons! » dit l'Électricien, le flamboiement du génie sûr de lui-même dans les yeux.

VIII

TEMPS D'ARRÊT

> *Mais l'autre pensée! la pensée de* derrière la tête?
>
> PASCAL.

Le pacte était conclu.

Avisant deux grandes fourrures d'ours appendues à des patères de la muraille, le sombre ingénieur en offrit une à Lord Ewald.

« Il fait froid, en chemin, dit-il. Passez donc ceci. »

Lord Ewald accepta silencieusement; puis, non sans un vague sourire :

« Serait-il indiscret de vous demander chez qui nous allons ? dit-il.

— Mais, chez Hadaly : dans la foudre ; c'est-à-dire au milieu d'étincelles de trois mètres soixante-dix, — répondit Edison préoccupé et en revêtant son accoutrement de Samoyède[123].

— Hâtons-nous ! murmura, d'un ton presque joyeux, Lord Ewald.

— À propos, vous n'avez aucune dernière communication à m'adresser, n'est-ce pas ? demanda Edison.

— Aucune, répondit le jeune lord. J'ai hâte de causer un peu, je l'avoue, avec cette jolie créature voilée, dont le néant m'est sympathique. Quant aux frivoles observations qui me viennent à l'esprit, il sera toujours temps... »

Edison, à ces derniers mots, releva la tête sous les lampes radieuses et, retirant brusquement son bras de la lourde manche poilue :

« Hein ? s'écria-t-il, — oubliez-vous, mon cher lord, que je m'appelle l'Électricité et que c'est contre votre Pensée que je me bats ? *C'est tout de suite* qu'il faut parler. Déclarez-moi ces frivoles inquiétudes, ou j'ignorerai contre quoi je lutte ! Ce n'est déjà point si mince besogne de se prendre corps à corps avec un Idéal tel que le vôtre. Je vous le dis en vérité, Jacob, lui-même, y regarderait à deux fois dans les ténèbres. Voyons ! dites bien tout au médecin qui se propose d'atténuer votre tristesse.

— Oh ! ces idées ne portent désormais que... sur des *riens*, dit le jeune homme.

— Peste ! s'écria l'électricien, comme vous y allez ! — QUE sur des *riens* ? Mais, un *rien* d'oublié, plus d'Idéal ! Rappelez-vous le propos de ce Français : "Si le nez de Cléopâtre eût été un peu plus court, toute la face de la terre en aurait changé[124]." — Un *rien* ? — Mais, de nos jours, même, à quoi tiennent les choses qui

123. Les Samoyèdes sont des peuplades d'origine mongole établies dans la toundra sibérienne.
124. Célèbre Pensée de Pascal.

semblent les plus sérieuses du globe? Avant-hier un
royaume fut perdu pour un coup d'éventail[125] donné;
hier, un empire, pour un coup de chapeau non
rendu[126]. Souffrez que j'estime les riens — les néants —
à leur juste valeur. Le Néant! mais c'est *chose* si utile
que Dieu lui-même ne dédaigna pas d'y recourir pour
en tirer le monde : et l'on s'en aperçoit assez tous les
jours. Sans le Néant, Dieu déclare, implicitement, qu'il
lui eût été presque impossible de *créer* le Devenir des
choses. Nous ne sommes qu'un *"n'étant plus"* perpétuel. Le Néant, c'est la Matière-négative, *sine qua non*,
occasionnelle, sans laquelle nous ne serions pas ici à
causer, ce soir. Et c'est surtout en ce qui nous préoccupe que j'ai lieu de m'en défier. Précisez quels sont les
riens qui vous inquiètent? — Nous partirons après. —
Diable, ajouta l'ingénieur, nous n'avons que le temps,
fort juste, avant que notre vivante ne nous arrive et que
je la plume de toute sa roue de paonne. Trois heures et
demie, à peine. »

Ce disant, il laissa tomber sa fourrure à côté de son
fauteuil, s'assit, s'accouda tranquillement à une vieille
pile de Volta, se croisa les jambes, et, les yeux fixés sur
ceux du jeune homme, attendit.

Lord Ewald, ayant imité son interlocuteur, lui répondit :

« Je me demandais, d'abord, pourquoi vous m'avez
questionné si profondément sur le caractère intellectuel
de notre *sujet* féminin?

— Parce qu'il me fallait savoir sous quel aspect
principal vous conceviez, vous-même, l'Intelligence,
répondit Edison. Songez que le moins difficile est la

125. En 1827, le dey Hussein d'Alger, au cours d'une audience
houleuse, souffleta de son chasse-mouches le consul français Deval;
cet incident fut à l'origine de l'intervention française en Algérie
(1830).

126. Allusion sans doute à la fameuse dépêche d'Ems dans
laquelle Guillaume Ier de Prusse exprima son refus de recevoir
l'ambassadeur Benedetti; ce refus provoqua la déclaration à l'Allemagne, le 17 juillet 1870, d'une guerre qui allait promptement
aboutir à l'effondrement du second Empire.

reproduction physique, et qu'enfin, s'il s'agit, d'abord, de pénétrer Hadaly de la paradoxale beauté de votre vivante, le sérieux du prodige consiste à ce que l'Andréide, loin de vous désenchanter comme son modèle, soit digne, à vos yeux, du corps sublime où elle sera incarnée. Sans quoi, ce ne serait pas la peine de changer.

— Comment vous y prendrez-vous pour obtenir d'Alicia qu'elle se prête à cette expérience?

— En peu d'instants, cette nuit, pendant notre souper, je me charge de la persuader à cet égard : ceci, vous le verrez, — dussé-je employer la *Suggestion* pour la... décider. — Mais, non : la persuasion suffira. Ensuite, ce sera l'affaire d'une douzaine de séances, en présence d'une grande ébauche de terre qui lui donnera le change. Elle ne verra même pas Hadaly — et ne pourra se douter de notre œuvre.

« Maintenant, puisque, pour s'incorporer en une semblance humaine, Hadaly s'exile de cette atmosphère presque surnaturelle où la fiction de son entité se réalise, il est indispensable, n'est-il pas vrai, que cette sorte de Walkyrie[127] de la Science revête, pour demeurer parmi nous, les modes, les usages, l'aspect, enfin, des femmes, et les vêtements du siècle qui passe.

« C'est pourquoi, pendant lesdites séances, des couturières, gantières, lingères, corsetières, modistes et bottières, — (je vous donnerai l'étoffe minérale des semelles isolatrices et de leurs talons) — prendront le double exact de toute la toilette de Miss Alicia Clary, laquelle, sans même s'en apercevoir, cédera la sienne à sa belle ombre, dès que celle-ci sera tout à fait venue au

127. Dans la tétralogie de Wagner, Wotan a neuf filles, neuf vierges guerrières, les *Walkyries*, chargées de défendre la demeure des Dieux. Dans *La Walkyrie*, opéra créé à Munich en 1870, Brunehilde, sa Walkyrie préférée, lui ayant désobéi, Wotan la réduit à la condition humaine; il place sur un rocher sa fille endormie et l'entoure d'un cercle de flammes que seul un héros osera traverser pour venir la réveiller — ce sera Siegfried, dans l'opéra qui porte son nom et qui fut créé, avec le *Ring* intégral, à Bayreuth en 1876. Lord Ewald va être aussi, en quelque sorte, le Siegfried d'Hadaly.

monde. Une fois les mesures prises d'une toilette tout
entière, vous pourrez en faire exécuter mille autres de
tous genres, sans qu'il soit même nécessaire de les
essayer.

« Il va sans dire que l'Andréide usera des mêmes
parfums que son modèle, ayant, comme je vous l'ai dit,
la même émanation.

— Et comment voyage-t-elle?

— Mais, comme une autre! répondit Edison. Il est
des voyageuses bien plus étranges. Miss Hadaly, étant
avertie d'un voyage, y sera tout à fait irréprochable. Un
peu somnolente et taciturne peut-être, ne parlant,
enfin, qu'à vous seul, très bas et à de rares intervalles :
mais, pour peu qu'elle soit assise auprès de vous, il est
complètement inutile, même, qu'elle baisse son voile.
Oh! de jour ou de nuit. D'ailleurs, vous voyagez seul, je
suppose, mon cher lord? Eh bien! quelle difficulté
voyez-vous? Elle défiera tous les regards humains.

— Telle circonstance ne saurait-elle se présenter où
la parole puisse lui être adressée légitimement?

— Auquel cas vos répondez que cette dame est
étrangère et ne connaît point "la langue du pays", ce qui
clôt l'incident. — Toutefois, à bord, par exemple,
comme la simple question de l'équilibre est déjà très
appréciable *pour nous-mêmes*, je vous dirai que Miss
Hadaly n'a pas, inscrites en elle, de ces longues traver-
sées... au cours desquelles bon nombre de nos vivantes,
si le tangage est rude, demeurent comme inanimées
dans leurs hamacs, où de subites crises drastiques les
secouent, tristement, jusqu'au ridicule. — Étrangère à
ces infirmités, Hadaly, pour ne point humilier, par sa
sérénité, les organismes défectueux de ses humaines
compagnes de route, ne voyage en mer qu'à la manière
des mortes.

— Quoi! dans l'un de nos cercueils? » demanda
Lord Ewald surpris.

Edison, grave, inclina la tête en un silence affirmatif.

« Mais, — non point cousue en un suaire, j'imagine?
murmura le jeune lord.

— Oh! vivante œuvre d'art, n'ayant pas connu nos langes, elle n'a que faire du linceul. — Voici : l'Andréide possède, entre autres trésors, un lourd cercueil d'ébène, capitonné de satin noir. L'intérieur de ce symbolique écrin sera le moule exact de la forme féminine qu'elle est destinée à revêtir. C'est là sa dot. Les battants supérieurs s'ouvrent à l'aide d'une petite clé d'or en forme d'étoile, et dont la serrure est placée sous le chevet de la dormeuse.

« Hadaly sait y entrer seule, nue ou tout habillée, s'y étendre, s'y assujettir, en de latérales bandelettes de batiste solidement fixées à l'intérieur, de manière à ce que l'étoffe des parois ne touche même pas ses épaules. Son visage y est voilé ; la tête y demeure appuyée, en sa chevelure, sur un coussin et le front est retenu par une ferronnière, un bandeau, qui en fixe l'immobilité. Sans sa respiration toujours égale et douce, on la prendrait pour Miss Alicia Clary décédée du matin.

« Sur les portes refermées de cette prison est scellée une plaque d'argent où le nom de Hadaly est gravé en ces mêmes lettres iraniennes où il signifie l'IDÉAL[128]. Il sera surmonté de vos antiques armoiries, qui consacreront cette captivité.

« Le beau cercueil doit être placé dans une caisse de camphrier entièrement doublée de ouate et dont la forme carrée ne saurait provoquer aucune réflexion. Cette geôle de votre rêve sera prête dans trois semaines. — Maintenant, à votre retour à Londres, un mot au directeur des douanes de la Tamise suffira pour obtenir franchise de votre mystérieux colis.

« Lorsque Miss Alicia Clary recevra votre adieu, vous serez dans votre château d'Athelwold, où vous pourrez éveiller son ombre... céleste.

— Dans mon manoir ?... — Oui, au fait, là, c'est possible ! murmura Lord Ewald comme à lui-même et tout éperdu d'une terrible mélancolie.

128. Selon Gilbert Lazard, orientaliste consulté par Pierre Citron, le mot n'existe pas sous cette forme en iranien, mais « had-é-âli » (en iranien : *limite supérieure*) peut être pris métaphoriquement au sens d'« être suprême ».

— Là, seulement, dans ce brumeux domaine,
entouré de forêts de pins, de lacs déserts et de vastes
rochers, là, vous pourrez, en toute sécurité, ouvrir la
prison de Hadaly. Vous avez, je pense, en ce château,
quelque spacieux et splendide appartement dont le
mobilier date de la reine Élisabeth[129] ?

— Oui, répondit Lord Ewald avec un amer sourire :
et j'ai pris, moi-même, autrefois, le soin de l'embellir de
toutes sortes d'œuvres merveilleuses et d'ornements
précieux.

« Le vieux salon ne parle à l'esprit que du passé. La
grande, l'unique fenêtre à vitraux, sous des draperies
surchargées de séculaires fleurs d'or terni, s'ouvre sur
un balcon de fer dont la balustrade, encore brillante, fut
forgée sous le règne de Richard III[130]. Des marches,
obscurcies de mousse, en descendent jusqu'en notre
vieux parc — et, plus loin, des allées perdues, sauvages,
se prolongent sous l'ombrage des chênes.

« J'avais destiné cette souveraine demeure à la fiancée de ma vie, si je l'eusse rencontrée. »

Lord Ewald, après un morne frisson, continua.

« Eh bien, soit ! J'essaierai de tenter l'Impossible :
oui, j'y amènerai cette illusoire apparition, cette espérance galvanisée ! Et, ne pouvant plus aimer, ni désirer,
ni posséder l'*autre*, — l'autre fantôme, — je souhaite
que cette forme déserte puisse devenir l'abîme tristement contemplé aux vertiges duquel s'abandonneront
mes derniers rêves.

— Oui : ce manoir est le milieu qui convient le
mieux à l'Andréide, je le crois, dit gravement Edison.

— Vous le voyez : bien que peu rêveur de ma nature, je
m'associe à l'audace de la vôtre, qui m'est, d'ailleurs,
sacrée. — Là, seulement, Hadaly sera comme une
mystérieuse somnambule, errante autour des lacs ou
sur les bruyères interdites. Dans ce donjon désert, où
vos vieux serviteurs, vos livres, vos chasses, vos instru-

---

129. Reine d'Angleterre de 1558 à 1603.
130. Roi d'Angleterre de 1483 à 1485 : lord Ewald renchérit sur
l'hypothèse d'Edison quant à l'ancienneté de son château.

ments de musique vous attendent, les êtres et les objets s'accoutumeront bien vite à la nouvelle advenue.

« Le respect et le silence lui feront une insolite auréole, les serviteurs ayant reçu l'ordre de ne jamais lui adresser la parole, puisque, par exemple — (s'il est nécessaire de légitimer ceci), — au fort d'un grand danger auquel vous l'auriez arrachée, cette solitaire compagne aurait fait vœu de ne répondre plus qu'à vous seul.

« Là, son chant d'immortelle, en la voix qui vous est chère, accompagnée par l'orgue ou, pour peu que vous le préfériez, par quelque puissant piano d'Amérique, passera, dans la majesté des nuits d'automne, au milieu des plaintes du vent. Ses accents approfondiront le charme des crépuscules d'été, — jailliront, dans la beauté de l'aurore, mêlés aux concerts des oiseaux. Une légende s'éveillera dans les plis de sa longue robe, lorsque, sur les herbes du parc, on l'aura vue passer, seule, aux rayons du soleil ou sous les clartés d'un ciel d'étoiles. — Très effrayant spectacle, dont nul ne saura le secret sans pareil, hors vous seul. — J'irai peut-être, un jour, vous visiter dans cette demi-solitude où vous acceptez de braver perpétuellement deux dangers : la démence et Dieu.

— Vous serez le seul hôte que je recevrai, répondit Lord Ewald. — Mais, puisque la possibilité *préalable* de cette aventure est maintenant établie, examinons si le prodige lui-même est possible et de quels moyens inconcevables vous vous servirez pour l'accomplir.

— Soit, dit Edison : je dois vous prévenir, toutefois, que les arcanes du fantoche ne vous révéleront pas comment il deviendra le fantôme, — pas plus que le squelette inclus en Miss Alicia Clary ne vous explique-rait comment son mécanisme s'idéalise, unifié à la beauté de la chair, jusqu'à faire mouvoir ces lignes d'où provient votre amour. »

IX

PLAISANTERIES AMBIGUËS

Devine, ou je te dévore.

LE SPHINX.

« Il faut une mèche au flambeau, poursuivit l'électricien : quelque grossier que soit, en lui-même, ce procédé de la lumière, ne devient-il pas admirable quand la lumière se produit ? Celui qui, d'avance, à l'aspect de ce moyen du rayonnement, douterait de la possibilité de la lumière et, se scandalisant ainsi, n'essaierait même pas de la produire, serait-il digne de la voir ? Non, n'est-il pas vrai ? — Or, ce dont nous allons parler, n'est que la *machine humaine* de Hadaly, comme disent nos médecins. Si vous connaissiez déjà le charme de l'Andréide *venue au jour*, comme vous connaissez celui de son modèle, aucune explication ne vous empêcherait de le subir, — non plus que l'aspect, par exemple, de l'écorché de votre belle vivante ne vous empêcherait de l'aimer encore, si elle se représentait, ensuite, à vos yeux, *telle qu'elle est*.

« Le mécanisme électrique de Hadaly n'est pas plus *elle* — que l'ossature de votre amie n'est *sa personne*. Bref, ce n'est ni telle articulation, ni tel nerf, ni tel os, ni tel muscle que l'on aime en une femme, je crois ; mais l'ensemble seul de son être, pénétré de son fluide organique, alors que, nous regardant avec ses yeux, elle transfigure tout cet assemblage de minéraux, de métaux et de végétaux fusionnés et sublimés en son corps.

« L'unité, en un mot, qui enveloppe ces moyens de rayonnement est seule mystérieuse. N'oublions donc pas, mon cher lord, que nous allons parler d'un processus vital aussi dérisoire que le nôtre, et qui ne peut nous choquer que par sa... nouveauté.

— Bien, répondit Lord Ewald, avec un grave sourire. Je commence donc. — Tout d'abord, pourquoi cette armure ?

— L'armure? dit Edison, — mais je vous l'ai donné à entendre : c'est l'appareil plastique sur lequel se superposera, pénétrante et pénétrée en l'unité du fluide électrique, la carnation totale de votre idéale amie. Il contient, fixé en lui, l'organisme intérieur commun à toutes les femmes.

« Nous l'étudierons dans quelques instants sur Hadaly elle-même, qui sera toute ravie et amusée, sans doute, de laisser entrevoir les mystères de sa lumineuse entité.

— L'Andréide parle-t-elle toujours avec la voix que j'ai entendue? demanda Lord Ewald.

— Pouvez-vous donc m'adresser pareille question, mon cher lord? dit Edison. Non, mille fois! — Est-ce que, jadis, la voix de Miss Alicia n'a pas mué? — La voix que vous avez entendue, en Hadaly, c'est sa voix d'enfant, toute spirituelle, somnambulique, non encore féminine! Elle aura la voix de Miss Alicia Clary comme elle en aura tout le reste. Les chants et la parole de l'Andréide seront à jamais ceux que lui aura dictés, sans la voir, et inconsciemment, votre si belle amie, dont l'accent, le timbre et les intonations, à des millionnièmes de vibrations près, seront inscrits sur les feuilles des deux phonographes d'or, — perfectionnés à miracle, aujourd'hui, par moi, c'est-à-dire d'une fidélité de son de voix vraiment... *intellectuelle*! — et qui sont les poumons de Hadaly. Ces poumons, l'étincelle les met en mouvement comme l'étincelle de la Vie met en mouvement les nôtres. Je dois même vous avertir que ces chants inouïs, ces scènes tout à fait extraordinaires et ces paroles inconnues — proférées, d'abord par la virtuose vivante, puis clichées — et réfractées *sérieusement*, tout à coup, par son fantôme andréidien — sont, précisément, ce qui constitue le prodige et aussi l'occulte péril dont je vous ai prévenu. »

À ces mots, Lord Ewald tressaillit. Il n'avait pas songé à cette explication de *la Voix*, de cette voix virginale du beau fantôme! Il avait douté. La simplicité

L'ÈVE FUTURE

214

de la solution lui éteignit le sourire. L'obscure possibilité — bien trouble encore, sans doute, mais, enfin, la
possibilité — du miracle total lui apparut, pour la
première fois, distinctement.

Résolu donc, plus que jamais, d'approfondir
jusqu'où l'extraordinaire inventeur pourrait tenir, il
reprit :

« Deux phonographes *d'or* ? dites-vous. — Au fait, ce
doit être plus beau que des poumons réels. Vous avez
préféré l'or ?

— L'or vierge, même ! — dit, en riant, Edison.

— Pourquoi ? demanda Lord Ewald.

— Parce que, doué d'une résonance plus féminine-
ment sonore, plus sensible, plus exquise, surtout
lorsqu'il est traité d'une certaine façon, l'or est le
merveilleux métal qui ne s'oxyde pas. Il est à remarquer
que je me suis vu contraint, pour composer une femme,
de recourir aux substances les plus rares et les plus
précieuses, ce qui fait l'éloge du sexe enchanteur, ajouta
galamment l'électricien. — Toutefois, j'ai dû employer
le fer dans les articulations.

— Ah ? dit Lord Ewald rêveur : — dans les articulations vous avez employé le fer ?

— Sans doute, reprit Edison : n'entre-t-il pas dans
les éléments constitutifs de notre sang ? de notre corps ?
— Les docteurs nous le prescrivent en maintes circonstances. Il était donc naturel qu'il ne fût pas omis,
sans quoi Hadaly n'eût pas été tout à fait... humaine.

— Pourquoi plutôt dans les articulations ? demanda
Lord Ewald.

— L'articulation se compose de ce qui emboîte et de
ce qui s'emboîte ; or, ce qui emboîte, dans les membres
de Hadaly, c'est l'aimant multiplié par l'électricité : et
comme le métal que l'aimant domine et attire le mieux
(mieux, enfin, que le nickel ou le cobalt) n'est autre que
le fer, j'ai dû employer l'acier-fer en ce qui est emboîté.

— Vraiment ? dit très tranquillement Lord Ewald :
mais l'acier-fer s'oxyde : l'articulation se rouillera ?

— C'est bon pour les nôtres, cela ! dit Edison. —

Voici, sur cette étagère, un lourd flacon d'huile de roses, très ambrée, bouché à l'émeri, et qui sera la synovie désirée.

— L'huile *de roses*? demanda Lord Ewald.

— Oui : c'est la seule qui, ainsi préparée, ne s'évente pas, dit Edison. Puis, les parfums sont du domaine féminin. Tous les mois vous en glissez la valeur d'une petite cuiller entre les lèvres de Hadaly, pendant qu'elle semble ensommeillée (comme entre celles d'une malade intéressante). Vous voyez, c'est l'Humanité même. — Le baume subtil se répandra de là dans l'organisme magnéto-métallique de Hadaly. Ce flacon suffit pour un siècle et plus ; je ne pense donc pas, mon cher lord, qu'il y ait lieu d'en renouveler la provision ! acheva l'électricien avec une nuance de légèreté sinistre dans la plaisanterie.

— Vous dites qu'elle respire ?

— Toujours ; comme nous ; — dit Edison ; mais sans brûler d'oxygène ! Nous comburons, nous, qui sommes un peu des machines à vapeur ; mais Hadaly aspire et respire l'air par le mouvement pneumatique et indifférent de son sein qui se soulève, — comme celui d'une femme idéale qui serait toujours bien portante. L'air, en passant entre ses lèvres, et en faisant palpiter ses narines, se parfume, tiédi par l'électricité, des effluves d'ambre et de roses dont l'électuaire oriental lui laisse le souvenir.

« L'attitude la plus naturelle de la future Alicia, — je parle de la *réelle*, non de la vivante, — sera d'être assise et accoudée, la joue contre la main, — ou d'être étendue sur quelque dormeuse — ou sur un lit, comme une femme.

« Elle demeurera là, sans autre mouvement que sa respiration.

« Pour l'éveiller à son énigmatique existence, il vous suffira de lui prendre la main, en faisant agir le fluide de l'une de ses bagues.

— L'une de ses bagues ? demanda Lord Ewald.

— Oui, dit Edison, celle de l'index ; c'est son anneau nuptial. »

Il indiqua la table d'ébène.

« Savez-vous pourquoi cette main surprenante a répondu à votre pression, tout à l'heure ? ajouta-t-il.

— Non, certes, répondit Lord Ewald.

— C'est parce qu'en la serrant vous avez impressionné la bague, dit Edison. Or, Hadaly, si vous l'avez remarqué, a des bagues à tous les doigts et les diverses pierreries de leurs chatons sont toutes *sensibles*. En dehors de ces longues scènes extra-terrestres, — aux confidences, aux sensations vertigineuses, — scènes où vous n'aurez nullement à vous occuper d'elle puisqu'elle en portera les heures *complètes* inscrites en sa forme et constituant, pour ainsi dire, sa personnalité, — il est des instants de silence où, sans évoquer en elle ces heures sublimes, vous voudrez lui demander, simplement, telle ou telle chose.

« Eh bien ! en ces instants, assise ou étendue, elle se lèvera doucement si, lui prenant la main droite, vous frôlez la sympathique améthyste de la bague de l'index, en lui disant : "Venez, Hadaly ?" Elle viendra, mieux que la vivante. L'impression sur la bague doit être vague et *naturelle*, — comme lorsque vous pressez doucement et d'un peu de votre âme la main du modèle. Mais cette intention n'est nécessaire que dans l'intérêt de l'illusion.

« Hadaly marchera, devant elle et toute seule, sur la sollicitation du rubis placé au doigt médial de sa main droite, ou prenant le bras et s'y appuyant languissamment, elle suivra les mouvements d'un ami, non seulement comme une femme, mais *exactement* de la même manière que Miss Alicia Clary. La concession faite, en ces bagues, à sa *machine humaine* ne doit pas vous scandaliser. Songez à quelles autres *prières*, bien plus humiliantes, les amants accèdent, parfois, pour obtenir un pâle instant d'amour, — à quelles hypocrisies don Juan lui-même sait condescendre pour amener telle mauvaise grâce féminine à un semblant d'obéissance... Ce sont là les bagues des vivantes.

« Au persuasif émoi de la bague de l'annulaire, la

turquoise, elle s'assoira. De plus, elle porte un collier dont toutes les perles ont chacune leur correspondance. Un très explicite Manuscrit, — un grimoire très clair! unique, en vérité, sous le ciel et dont elle vous fera présent, — vous indiquera les coutumes de son caractère. Avec un peu d'habitude — (ah! vous savez! il faut connaître une femme!) — tout vous deviendra *naturel*. »

La gravité d'Edison pendant cet énoncé fut tout à fait imperturbable.

« Quant à son alimentation, reprit-il...

— Vous dites? interrompit Lord Ewald, en regardant fixement, cette fois, les yeux clairs de l'électricien.

— Vous paraissez surpris, milord? dit Edison. Est-ce que, par hasard, vous compteriez laisser mourir d'inanition cette aimable créature? Ce serait plus qu'un homicide.

— Qu'entendez-vous par "son alimentation", mon cher magicien? dit Lord Ewald. Cette fois, je l'avoue, la chose dépasse les rêves les plus fantaisistes!

— Voici la nourriture que prend, une ou deux fois la semaine, Hadaly, répondit Edison. J'ai, dans ce vieux bahut, certaines boîtes de pastilles et de petites tablettes qu'elle s'assimile fort bien toute seule, l'étrange fille! Il suffit d'en placer une corbeille sur quelque console, à distance fixe de sa dormeuse habituelle, et de la lui indiquer, en effleurant une des perles de son collier.

« C'est une enfant, en ce qui est de la terre; elle ne sait pas. Il faut lui apprendre; nous en sommes tous là, nous aussi. — Seulement, elle semble à peine se souvenir. Souvent nous oublions, nous-mêmes, jusqu'à notre salut.

« Elle boit dans une mince coupe de jaspe, faite pour elle, et de la même manière, strictement, que boit son modèle. Cette coupe sera pleine d'eau claire, d'abord filtrée au charbon, c'est-à-dire très pure, puis mélangée de quelques sels dont vous trouverez la formule dans le Manuscrit. Quant aux pastilles et aux tablettes, ce sont des pastilles de zinc, des tablettes de bichromate de

potasse et, quelquefois, de peroxyde de plomb.
Aujourd'hui, nous prenons, tous, une foule de choses
empruntées à la chimie. Elle ne sort pas de là. Vous le
voyez, elle est très sobre. Elle ne prend que ce qui lui
suffit. Heureux ceux qui se règlent sur sa tempérance!
— Par exemple, lorsqu'elle ne trouve pas ces aliments
sous sa main au moment où elle les *désire*, elle s'évanouit — ou, pour mieux dire, elle meurt.

— Elle meurt?... murmura le jeune lord en souriant.

— Oui, pour donner à son élu le plaisir vraiment
divin de la ressusciter.

— Attention délicate! répondit assez plaisamment
Lord Ewald.

— Lorsqu'elle demeure immobile et les yeux fermés, il lui suffit d'un peu d'eau très claire, de quelques
tablettes ou de pastilles pour revenir à elle-même.
Toutefois, comme elle n'aurait pas la force de les
prendre, il faut mettre la tourmaline du doigt médium
en communion avec le courant d'une pile faradique.
Cela suffit. — Sa première parole, en rouvrant les yeux
à la lumière, est pour demander de l'eau pure. —
Maintenant, à cause de la dure senteur métallique que
garderait, en elle, l'eau ternie d'une organique buire[131]
de cristal, il ne faut pas oublier de saturer la première
gorgée de la coupe des réactifs dont vous trouverez
l'expression et le dosage dans le Manuscrit. Leur effet,
sur cette eau violâtre, est instantané. — Vous placez
ensuite le fil d'induction au diamant noir du petit doigt
(c'est-à-dire à la pierre dont le trembleur est réglé de
manière à désisoler un courant capable de chauffer à
blanc une tige de platine, en une seconde), puis vous
laissez retomber, dans *votre* pile personnelle, le charbon
nécessairement suspendu un instant pendant votre
translation du fil. Vous n'omettez pas de vous servir,
ici, du crayon excitateur.

---

131. Terme d'archéologie : vase en forme de cruche, avec bec et
anse.

« Or, vous n'ignorez pas que le verre trempé, même d'après les procédés ordinaires, peut subir, sans se rompre, la température du plomb fondu. Le mien supporterait celle du platine en fusion, même étant d'une épaisseur de moitié moindre que celle de cette buire de cristal fixée à l'intérieur, entre les poumons de l'Andréide. Or, le calorique envoyé au-dedans de ce cristal par la transmission du diamant est d'une *qualité* qui fait y monter, sur-le-champ, la température à quatre cents degrés environ. Ce qui suffit pour vaporiser très rapidement l'eau stérilisée. D'autre part, les réactifs dont je vous parle, agissant sur les parcelles atomiques des métalloïdes dont le liquide se trouve teinté, les dissocient et les transmuent, en quelques secondes, en une sorte de poussière, d'ailleurs très blanche, presque impalpable. L'instant d'après, notre belle Hadaly souffle, entre ses lèvres mi-closes, de légers flocons d'une fumée pâle, irisée de cette poussière, laquelle n'a d'autre senteur que celle de la vapeur bouillante, passablement parfumée, même, par son passage sur l'huile essentielle de roses dont je vous ai parlé. En six secondes, le cristal intérieur est redevenu clair et pur. Hadaly prend alors une grande coupe d'eau limpide et les quelques pastilles en question, — et la voilà vivante comme vous et moi, prête à obéir à toutes ses bagues et à toutes ses perles, comme nous cédons à tous nos désirs.

— Comment ! elle souffle, entre ses lèvres, des flocons de vapeur ? demanda Lord Ewald.

— Ainsi que nous le faisons nous-mêmes, continuellement, — répondit Edison en montrant les cigares allumés qu'ils tenaient. — Seulement, elle ne garde en sa bouche aucun atome de poussière métallique ni de fumée. Le fluide consume et dissipe tout en un moment. — Elle a son narguilé, d'ailleurs, si vous tenez à justifier...

— J'ai remarqué un poignard à sa ceinture ?

— C'est une arme dont nul ne saurait parer un seul coup et chaque coup est mortel. Hadaly s'en sert pour

se défendre, si, pendant un éloignement de son seigneur, quelque visiteur tentait d'abuser de son
apparent sommeil. Elle ne pardonne pas la plus légère
offense ; elle ne reconnaît que son élu.

— Elle ne voit pas, cependant ? dit Lord Ewald.

— Bah ! Qui sait ? répondit Edison. Y voyons-nous
donc si bien nous-mêmes ?... En tout cas, elle devine ou
le prouve, du moins. — Hadaly est, je vous le dis
encore, une enfant un peu sombre, qui, insoucieuse de
la mort, la donne facilement.

— Ainsi, le premier venu ne pourrait lui enlever
cette arme ?

— Ceci, répondit en riant Edison, j'en défierais non
seulement tous les hercules du globe, mais toute la
faune des airs, de la terre et des mers.

— Comment cela ? demanda Lord Ewald.

— Parce qu'à volonté, dans la poignée de cette arme,
s'emmagasine un pouvoir fulgurant des plus redoutables, répondit l'ingénieur.

« Une imperceptible opale, du petit doigt gauche,
forme trembleur et, réglée, met la lame en relation avec
un courant très puissant. La carnation étouffe le bruit
de l'étincelle, qui mesure trois décimètres environ. Un
parfait éclair. De sorte que l'insoucieux, le *bon vivant*,
enfin, qui prétendrait "ravir un baiser", par exemple, à
cette *Belle au bois dormant*, roulerait — la face noircie,
les jambes brisées, souffleté par un silencieux coup de
tonnerre — aux pieds de Hadaly, avant d'en avoir
même effleuré le vêtement. C'est une amie fidèle.

— Ah ! c'est juste ! en effet ! murmura Lord Ewald,
impassible. Le baiser de ce galant formerait interrupteur.

— Voici la baguette au toucher de laquelle un
béryl[132] neutralise le courant de l'opale et fait tomber le
poignard, inoffensif. Elle est en ce verre trempé, dur
comme le métal, — dont j'ai, je crois, retrouvé la
formule, perdue sous l'empereur Néron. »

132. Type de pierre précieuse : le béryl vert est aussi appelé
émeraude, le béryl bleu aigue-marine, le béryl jaune chrysobéryl.

Et, saisissant une longue badine brillante auprès de lui, Edison en frappa violemment la table d'ébène. Le jonc de verre batavique[133] sonna; le rayon sembla plier, mais ne se brisa pas.

Il y eut un moment de silence : puis, comme pour plaisanter :

« Se baigne-t-elle? demanda Lord Ewald.

— Mais, tous les jours, *naturellement*! répondit l'ingénieur, comme étonné de la question.

— Ah? dit l'Anglais; comment cela?

— Vous savez bien que toutes les épreuves photo-chromiques doivent demeurer, au moins quelques heures, dans une eau préparée, qui les renforce. Or, ici, l'action photochromique dont je vous ai parlé est indé-lébile, attendu que l'Épiderme, qui en est totalement saturé, a été soumis à un procédé de fluors qui le revêt d'un glaçage définitif et l'imperméabilise. — Une petite perle de marbre rose, à gauche du triple collier, sur la poitrine, amène une interposition intérieure de verres dont l'adhérence hermétique empêche l'eau de ce bain de pénétrer en l'organisme de la naïade. Vous trouverez dans le Manuscrit le nom des parfums dont se servira, pour ses bains, cette semi-vivante. Je clicherai, sur le Cylindre-des-Mouvements, le magnifique rejet de che-velure dont vous m'avez parlé, lorsque sort du bain votre bien-aimée : — Hadaly, avec le prestige de sa fidélité ordinaire, le reproduira... textuellement.

— Le Cylindre-des-Mouvements? demanda Lord Ewald.

— Ah! ceci... je vous le montrerai là-dessous, dit Edison, avec un sourire. Il faut l'avoir sous les yeux pour l'expliquer. — Vous voyez, pour conclure, que Hadaly est, tout d'abord, une souveraine machine à

133. On connaît les *larmes bataviques*, gouttes de verre effilées produites par la chute d'une goutte de verre en fusion dans de l'eau froide, extrêmement résistantes à toute sorte de chocs et de pressions, mais qui explosent en mille morceaux lorsqu'on en brise la pointe. Le phénomène fut observé pour la première fois en Hollande, d'où l'appellation *batavique*.

visions, presque une créature, — une similitude
éblouissante. Les défauts que je lui ai laissés, par
politesse pour l'Humanité, consistent seulement en ce
qu'il y a plusieurs genres de femmes en elle, comme
chez toute vivante. — (On peut les effacer.) — Elle est
multiple, enfin, comme le monde des rêves. Mais le
type suprême qui domine ces visions, HADALY seule,
est, si j'ose le dire, parfaite. Les autres, elle les *joue* : —
c'est une merveilleuse comédienne, douée, croyez-moi,
d'un talent plus homogène, plus sûr, et bien autrement
sérieux que Miss Alicia Clary.

— Enfin, ce n'est pas un *être*, cependant! dit Lord
Ewald tristement.

— Oh! les plus puissants esprits se sont toujours
demandé ce que c'est que l'idée de l'Être, prise en soi.
Hegel, en son prodigieux processus antinomique, a
démontré qu'en l'Idée pure de l'Être, la différence
entre celui-ci et le pur Néant n'était qu'une simple
opinion : Hadaly, seule, résoudra nettement, elle-
même, la question *de son* ÊTRE, je vous le promets.

— Par des paroles?

— Par des paroles.

— Mais, *sans âme*, en aura-t-elle conscience? »
Edison regarda Lord Ewald avec étonnement.

« Pardon : *n'est-ce pas précisément ce que vous deman-
diez en vous écriant :* "QUI M'ÔTERA CETTE ÂME DE CE
CORPS?" Vous avez *appelé* un fantôme, identique à
votre jeune amie, MOINS *la conscience dont celle-ci vous
semblait affligée* : Hadaly est venue à votre appel : voilà
tout. »

Lord Ewald demeura pensif et grave.

X

COSI FAN TUTTE[134]

Une femme ne sépare pas son estime de son goût.

LA BRUYÈRE.

« D'ailleurs, reprit légèrement Edison, pensez-vous que ce soit une bien grosse perte, pour Miss Hadaly, que d'être privée d'une conscience du genre de celle de son modèle ? N'y gagne-t-elle pas, au contraire ? Au moins, à vos yeux, puisque la "conscience" de Miss Alicia Clary vous semble la superfétation déplorable, la Tache originelle du chef-d'œuvre de son corps ? — Et puis, la "conscience" d'une femme ! — d'une *mondaine*, veux-je dire !... — Oh ! oh ! comme vous y allez ! C'est une idée qui fut capable de faire hésiter un concile[135]. Une femme ne discerne que selon ses velléités et se conforme, en ses "jugements", à l'esprit de celui qui lui est sympathique. — Une femme peut se remarier dix fois, être toujours sincère et dix fois différente. — Sa Conscience, dites-vous ?... Mais ce don de l'Esprit Saint, la Conscience, se traduit, tout d'abord, par l'aptitude à l'Amitié-intellectuelle. Tout jeune homme, qui, du temps des anciennes républiques, ne pouvait, à vingt ans, justifier d'un ami, d'un second lui-même, était déclaré sans conscience, *infâme*, en un mot. On cite, dans l'Histoire, mille exemples d'admirables *amis* : Damon et Pythias, Pylade et Oreste, Achille et Patrocle, etc. Citez-moi deux femmes *amies*, dans toute l'Histoire humaine ? Chose impossible. Pourquoi ? — Parce que la femme se reconnaît trop inconsciente, en sa semblable, pour en être dupe jamais. — Il suffit de

134. « Elles agissent toutes ainsi » : titre du célèbre opéra de Mozart.
135. Le concile de Constance (1414-1418) se demanda si la femme avait ou non une âme.

remarquer, d'approfondir le regard dont une moderne, en se retournant, considère la robe de celle qui a passé auprès d'elle, pour en être à tout jamais persuadé. — Parce qu'en elle, au point de vue passionnel, une vanité des vanités prime ou vicie intimement les meilleurs mobiles et qu'être aimée n'est (malgré toutes ses protestations) presque toujours que secondaire pour elle. Ce n'est qu'être *préférée* qu'elle désire. Voilà l'unique mot de ce sphinx. C'est pour cela que chacune d'entre nos belles civilisées, sauf peu d'exceptions, dédaigne toujours un peu celui qui l'aime, parce que celui-ci est coupable, par cela seul, du crime inexpiable *de ne pouvoir plus la comparer avec d'autres.* — Au fond, l'amour moderne, s'il n'est pas seulement (comme le prétend toute la Physiologie actuelle) une simple question de muqueuses, est, au point de vue de la science physique, une question d'équilibre entre un aimant et une électricité. Donc, la Conscience, sans être tout à fait étrangère à ce phénomène, n'y est peut-être indispensable que dans l'un des deux pôles : — axiome que mille faits, notamment la Suggestion, démontrent tous les jours. Ainsi, vous suffirez. — Mais je m'arrête, se reprit Edison, en riant. Ce que je dis me semble impertinent pour bien des vivantes. Heureusement nous sommes seuls.

— Si attristé par une femme que je puisse être, je trouve que vous parlez de la Femme avec bien de la sévérité », murmura Lord Ewald.

XI

PROPOS CHEVALERESQUES

Consolatrix afflictorum[136].
Litanies chrétiennes.

L'électricien releva la tête.
« Un instant, mon cher lord ! dit-il.

136. « Consolatrice des affligés. »

« Remarquez bien qu'ici je me trouve placé sur le terrain non point de l'Amour, mais des "amoureux" ! Si nous transposons la question, si nous sortons de la sphère du Désir charnel, oh ! je m'exprimerai d'une tout autre manière. Si, entre les femmes de notre race initiatrice, — les seules qui nous importent, puisque nous ne pouvons prendre au sérieux, c'est-à-dire choisir pour *notre femme* une Cafre, une Polynésienne, une Turque, une Chinoise, une Peau-Rouge, etc., — si, dis-je, entre celles de notre race qui n'ont plus dans leur sang de tenir du bétail et de l'esclave, nous parlons de ces femmes assainies, consacrées et justifiées par la dignité persistante du devoir, de l'abnégation, du libre dévouement, — en vérité, je me trouverais bien étrange, moi-même, si je n'inclinais pas mon esprit devant celles dont les flancs, n'étant pas que des hanches, veulent bien se déchirer sans cesse pour qu'il nous soit permis de penser ! — Comment oublier que palpitent sur ce grain stellaire, perdu en un point du Gouffre sans rives, — sur cet invisible atome refroidi, — tant d'élues du monde-supérieur de l'Amour, — tant de bonnes compagnes de la vie ! Sans même nous rappeler les milliers de noms de ces vierges d'autrefois, souriantes au milieu des flammes et dans l'acharnement des supplices, pour quelque croyance où leur instinct se transfigurait en âme par une sélection sublime, — en passant, même, sous silence toutes ces héroïnes mysté-rieuses, — entre lesquelles rayonnent jusqu'à des libé-ratrices de patries, — et celles qui, traînées sous les chaînes, dans l'esclavage d'une défaite, affirmaient, tout expirantes, à leurs époux, en un doux et sanglant baiser, que le poignard ne fait pas de mal[137], — en omettant même ces intelligentes femmes, sans nombre, qui passent, sous des humiliations inconnues, courbées sur les dénués, les souffrants, les bannis, les abandon-

---

137. Arria, dame romaine, pour donner à son mari Caecina Poetus, condamné à mort pour avoir conspiré contre Claude, le courage de mourir stoïquement, se tua la première en disant : « *Poete, non dolet.* » — « Poète, cela ne fait pas mal. »

nés, et n'attendant, pour toute récompense, que le sourire un peu moqueur de celles qui ne les imitent pas, — il est, il sera toujours des femmes qui sont et seront toujours très suffisamment inspirées par plus haut que l'Instinct du plaisir. *Celles-là n'ont rien à faire, n'est-ce pas, ni dans ce laboratoire, ni dans la question?* — Exceptons ces nobles fleurs humaines, toutes radieuses du *véritable* monde de l'Amour, et je vous donnerai, sans autre réserve, la thèse que je soutenais, tout à l'heure (quant à celles que l'on peut acheter ou conquérir), comme infrangible et définitive. Ce qui nous permet de conclure encore par un mot de Hegel : "Il revient au même de dire une chose une fois ou de la répéter toujours." »

XII

VOYAGEURS POUR L'IDÉAL : — BIFURCATION !

Agressi sunt Mare Tenebrarum, quid in eo esset exploraturi[138].

Le géographe nubien
PTOLÉMÉE HÉPHESTION.

Lord Ewald, à ces dernières paroles, se leva sans répondre, endossa l'énorme fourrure, mit son chapeau, boutonna ses gants, assura son lorgnon, puis, allumant paisiblement un cigare :

« Vous avez réponse à tout, mon cher Edison, dit-il. Nous partirons quand il vous plaira.

— Alors, à l'instant même ! dit Edison en se levant aussi et en imitant le jeune Anglais ; car voici une

---

138. « Ils abordèrent à la mer des Ténèbres, pour explorer ce qui s'y trouvait. » Emprunt à *Eleonora* de Poe (*Histoires grotesques et sérieuses*).

demi-heure d'envolée. Le train de New York pour
Menlo Park chauffera dans cent cinquante-six minutes,
soit un peu plus de deux heures et demie — et il lui faut
à peine une heure trois quarts pour nous amener l'objet
de l'expérience.

« La salle habitée par Hadaly est située sous terre,
assez loin même. Vous comprenez, je ne pouvais pas
laisser l'Idéal à la portée de tout le monde. — Malgré les
longues nuits et les années de travaux que cette
Andréide m'a coûtées entre mes autres labeurs, elle est
demeurée mon secret.

« Voici. J'ai découvert, sous cette habitation, à quelques centaines de pieds, deux souterrains très vastes,
antiques obituaires[139] des immémoriales tribus algonquines qui peuplèrent, pendant de vieux siècles, ce
district. — Ces *tumuli*[140] ne sont point rares dans les
États, notamment dans le New Jersey. J'ai fait enduire
d'une forte couche de basalte, provenue des volcans des
Andes, les murailles de terre du souterrain principal.
J'ai relégué pieusement dans le second les momies et les
os poudreux de nos sachems : ce dernier, j'en ai fait
boucher — sans doute pour jamais — l'ouverture
funéraire.

« La première salle est donc la chambre de Hadaly et
de ses oiseaux, — (car je n'ai pas voulu laisser toute
seule, par une dernière superstition, cette fille intellectuelle). — Là, c'est un peu le royaume de la féerie. Tout
s'y passe à l'Électricité. On y est, dis-je, comme au pays
des éclairs, environné de courants animés chacun par
mes plus puissants générateurs. Oui, c'est là que
demeure notre taciturne Hadaly. Elle, une personne et
moi, seuls, nous connaissons le secret du chemin. —
Bien que la traversée offre toujours, ainsi que vous allez
le voir, quelques chances d'encombre à ceux qui s'y
aventurent, — il serait étonnant qu'il nous arrivât

139. Usage inhabituel du mot pour désigner un cimetière.
140. *Tumulus* désigne normalement un monticule de terre ou de
pierres élevé au-dessus d'une tombe — et non un cimetière souterrain.

malheur ce soir. Pour le reste, nos fourrures nous préserveront de la pneumonie que le long boyau de terre à parcourir pourrait nous attirer sans cette précaution. — Nous irons comme la flèche

— C'est très fantastique! — dit, en souriant, Lord Ewald.

— Mon cher lord, conclut Edison en observant son interlocuteur, voici donc un peu d'humour déjà retrouvé! Bon signe! »

Tous deux étaient immobiles, le cigare allumé aux lèvres, leurs longues fourrures croisées sur la poitrine. Ils rabattirent les grands capuchons sur leurs chapeaux.

L'électricien précéda Lord Ewald: tous deux marchèrent vers ce ténébreux endroit du laboratoire, vers la muraille, maintenant refermée et impénétrable, d'où était apparue Hadaly.

« Je vous avouerai, continuait Edison, que, dans les instants où j'ai besoin de solitude, je vais chez cette ensorceleuse de tous les soucis! — Surtout lorsque le dragon d'une découverte me bat l'esprit de son aile invisible. Je vais songer là, pour n'être entendu que d'elle seule, si je me parle à voix basse. Puis, je m'en reviens sur la terre, le problème résolu. C'est ma nymphe Égérie[141], à moi. »

En prononçant ces mots d'un ton plaisant, l'électricien avait touché la petite roue d'un appareil: une étincelle partit; les pans de la muraille se rouvrirent magiquement.

« Descendons! reprit Edison, puisque, décidément, il paraît que pour trouver l'Idéal, il faut d'abord passer par le royaume des taupes. »

Puis, indiquant d'un geste les draperies:

« Après vous, mon cher lord! » murmura-t-il avec un grave et léger salut.

---

141. Égérie, à l'origine déesse des sources, passait pour avoir été la conseillère du roi Pompilius — d'où le nom commun *égérie*, conseillère, inspiratrice.

Livre troisième

L'ÉDEN SOUS TERRE

I

FACILIS DESCENSUS AVERNI[142]

> MÉPHISTOPHÉLÈS : *Descends, ou monte :*
> *c'est tout un!*
>
> GOETHE, *Le Second Faust.*

Tous deux franchirent le seuil lumineux.

« Retenez-vous à cet appui-main », dit Edison en indiquant un anneau de métal à Lord Ewald, qui s'en saisit.

Serrant, ensuite, la poignée d'une torsade de fonte cachée dans les moires, l'ingénieur la tira d'une violente saccade.

La dalle blanche céda, doucement, sous leurs pieds : elle glissait, enchâssée dans le parallélogramme de ses quatre montants de fer ; c'était donc là cette pierre tombale artificielle dont l'ascension avait amené Hadaly.

Edison et Lord Ewald descendirent ainsi durant

---

142. *Sic* ; « *facilis descensus Averno* » : « il est facile de descendre à l'Averne » (Virgile, *Enéide*, VI, 126) explique la sibylle de Cumes à Enée qui veut retrouver son père Anchise aux Enfers.

quelques moments; la lueur d'en haut se rétrécissait. L'excavation était, en effet, profonde.

« Surprenante[143] façon d'aller chercher l'Idéal! » pensait Lord Ewald, debout auprès de son taciturne compagnon.

Leur socle continuait à s'enfoncer sous la terre.

Tous deux se trouvèrent bientôt dans la plus noire obscurité, en d'opaques et humides ténèbres, aux exhalaisons terreuses, où l'haleine se glaçait.

Le marbre mobile ne s'arrêtait pas. Et la lumière d'en haut n'était plus qu'une étoile; ils devaient être assez loin, déjà, de ce dernier feu de l'Humanité.

L'étoile disparut : Lord Ewald se sentit dans un abîme.

Il s'abstint, cependant, de rompre le silence que gardait, à son côté, l'électricien.

À présent, la rapidité de la descente s'accélérait à ce point que leur support semblait se dérober sous eux, traversant l'ombre avec un bruit monotone.

Lord Ewald, tout à coup, devint attentif; il croyait entendre, autour de lui, une voix mélodieuse mêlée à des rires et à d'autres voix.

La vitesse diminua, peu à peu, puis un choc léger...

Un porche lumineux tourna, silencieusement, en face des deux voyageurs, comme si quelque « Sésame, ouvre-toi! » l'eût fait rouler sur des gonds enchantés. Une odeur de roses, de kief et d'ambre flotta dans l'air.

Le jeune homme se trouvait devant un spacieux souterrain pareil à ceux que, jadis, sous les palais de Bagdad, orna la fantaisie des califes.

« Entrez, mon cher lord, vous êtes présenté », dit Edison, qui agrafait très vite les anneaux du translateur à deux lourdes griffes de fonte scellées dans le roc latéral.

143. Analysant cette descente paradoxale vers l'idéal, Jacques Noiray rappelle les principes de symétrie qui régissent la cosmogonie occultiste et cite l'axiome hermétique que Villiers avait pu lire dans l'*Histoire de la Magie* d'Eliphas Levi : « Ce qui est en haut est comme ce qui est en bas, et ce qui est en bas est comme ce qui est en haut, pour former les merveilles de la chose unique. »

II

ENCHANTEMENTS

L'air est si doux qu'il empêche de mourir.

GUSTAVE FLAUBERT, *Salammbô*.

Lord Ewald s'avança sur les pelleteries fauves qui couvraient le sol et considéra ce séjour inconnu.

Un grand jour d'un bleu pâle en éclairait la circonférence démesurée.

D'énormes piliers soutenaient, espacés, le circuit antérieur du dôme de basalte, formant ainsi une galerie à droite et à gauche de l'entrée jusqu'à l'hémicycle de la salle. Leur décoration, où se rajeunissait le goût syrien, représentait, de la base au sommet, de grandes gerbes et des liserons d'argent élancés sur des fonds bleuâtres. Au centre de la voûte, à l'extrémité d'une longue tige d'or, tombait une puissante lampe, un astre, dont un globe azuré ennuageait les électriques rayons. Et la voûte concave, d'un noir uni, d'une hauteur monstrueuse, surplombait, avec l'épaisseur du tombeau, la clarté de cette étoile fixe : c'était l'image du Ciel tel qu'il apparaît, noir et sombre, au-delà de toute atmosphère planétaire.

Le demi-orbe qui formait le fond de la salle, en face du seuil, était comblé par de fastueux versants pareils à des jardins ; là, comme sous la caresse d'une brise imaginaire, ondulaient des milliers de lianes et de roses d'Orient, de fleurs des îles, aux pétales parsemés d'une rosée de senteur, aux lumineux pistils, aux feuilles serties en de fluides étoffes. Le prestige de ce Niagara de couleurs éblouissait. Un vol d'oiseaux des Florides et des parages du sud de l'Union chatoyait sur toute cette flore artificielle, dont l'arc de cercle versicolore fluait, en cette partie de la salle, avec des étincellements et des prismes, se précipitant, depuis la mi-hauteur apparente des murs circulaires, jusqu'à la base d'une vasque d'albâtre, centre de ces floraisons, et dans laquelle un svelte jet d'eau retombait en pluie neigeuse.

À partir du seuil jusqu'au point où, des deux côtés, commençaient les pentes de fleurs, les cloisons de basalte des murs (depuis le circuit de la voûte jusqu'aux pelleteries du sol) étaient tendues d'un épais cuir de Cordoue brûlé de fins dessins d'or.

Auprès d'un pilier, Hadaly, toujours long-voilée, se tenait debout et accoudée au montant d'un noir piano moderne aux bougies allumées.

Avec une grâce juvénile, elle adressa un léger mouvement de bienvenue à Lord Ewald.

Sur son épaule, un oiseau de Paradis, d'une imitation non-pareille, balançait son aigrette de pierreries. Avec la voix d'un jeune page, cet oiseau semblait causer avec Hadaly dans un idiome inconnu.

Une longue table, taillée en un dur porphyre, placée sous la grande lampe de vermeil, en buvait les rayons ; à l'une de ses extrémités était fixé un cousin de soie, pareil à celui qui supportait, en haut, le bras radieux. Une trousse garnie d'instruments de cristal brillait tout ouverte, sur une tablette d'ivoire qui se trouvait à proximité.

Dans un angle éloigné, un brasero de flammes artificielles, réverbéré par des miroirs d'argent, chauffait ce séjour splendide.

Aucun meuble, sinon une dormeuse de satin noir, un guéridon entre deux sièges, — un grand cadre d'ébène tendu d'étoffe blanche et surmonté d'une rose d'or, sur une des parois du mur, à hauteur de la lampe.

III

CHANT DES OISEAUX

Ni le chant des oiseaux matineux, ni la nuit et son oiseau solennel...

MILTON, *Le Paradis perdu.*

Sur le parterre vertical des talus fleuris, une foule d'oiseaux, balancés sur des corolles, raillaient la Vie au point, les uns, de se lustrer d'un bec factice et de se duyser[144] la plume ; les autres, de remplacer le ramage par des rires humains.

À peine Lord Ewald se fut-il avancé de quelques pas, que tous les oiseaux tournèrent la tête vers lui, le regardèrent, d'abord, silencieusement, puis éclatèrent, tous à la fois, d'un rire où se mêlaient des timbres de voix viriles et féminines : si bien qu'un instant il se crut en face d'une assemblée humaine.

À cet accueil inattendu, le jeune homme s'arrêta, considérant ce spectacle.

« Ce doit être, j'imagine, quelque hottée de démons que ce sorcier d'Edison a enfermés dans ces oiseaux-là ? » pensa-t-il en lorgnant les rieurs.

L'électricien, resté dans l'obscurité du tunnel, achevait sans doute de serrer les freins de son ascenseur fantastique :

« Milord, cria-t-il, j'oubliais ! — L'on va vous saluer d'une aubade. Si j'eusse été prévenu à temps de ce qui nous arrive à tous deux ce soir, je vous eusse épargné ce dérisoire concert en interrompant le courant de la pile qui anime ces volatiles. Les oiseaux de Hadaly sont des condensateurs ailés. J'ai cru devoir substituer en eux la parole et le rire humains au chant démodé et sans signification de l'oiseau normal. Ce qui m'a paru plus d'accord avec l'esprit du Progrès. Les oiseaux réels redisent si mal ce qu'on leur apprend ! Il m'a semblé plaisant de laisser saisir par le phonographe quelques phrases admiratives ou curieuses de mes visiteurs de hasard, puis de les transporter en ces oiseaux par voie d'électricité, grâce à une de mes découvertes encore inconnue *là-haut*. — Du reste, Hadaly va les faire cesser. Ne leur accordez qu'une dédaigneuse attention pendant que j'amarre l'ascenseur. Vous comprenez, il ne faudrait pas qu'il nous jouât la mauvaise plaisanterie de remonter sans nous à la surface assez lointaine de la Terre. »

144. Infinitif fantaisiste et délibérément archaïsant du verbe *duire* : lisser.

Lord Ewald regardait l'Andréide.

La paisible respiration de Hadaly soulevait le pâle argent de son sein. Le piano, tout à coup, préluda seul, en de riches harmonies : les touches s'abaissaient comme sous des doigts invisibles.

Et la voix douce de l'Andréide, ainsi accompagnée, se mit à chanter, sous le voile, avec des inflexions d'une féminéité surnaturelle :

> *Salut, jeune homme insoucieux !*
> *L'Espérance pleure à ma porte :*
> *L'Amour me maudit dans les Cieux :*
> *Fuis-moi ! Va-t'en ! Ferme les yeux !*
> *Car je vaux moins qu'une fleur morte.*

Lord Ewald, à ce chant inattendu, se sentit envahi par une sorte de surprise terrible.

Alors, sur les versants en fleurs, une scène sabbatique, d'une absurdité à donner le vertige et qui présentait une sorte de caractère infernal, commença.

D'affreuses voix de visiteurs quelconques s'échappaient, à la fois, du gosier de ces oiseaux : c'étaient des cris d'admiration, des questions banales ou saugrenues, — un bruit de gros applaudissements, même, d'assourdissants mouchoirs, d'offres d'argent.

Sur un signe de Hadaly, cette reproduction de la gloire à l'instant même s'arrêta.

Lord Ewald reporta ses yeux sur l'Andréide, en silence.

Tout à coup, la voix pure d'un rossignol s'éleva dans l'ombre. Tous les oiseaux se turent, comme ceux d'une forêt, aux accents du prince de la nuit. Ceci semblait un enchantement. L'oiseau éperdu chantait donc sous terre ? Le grand voile noir de Hadaly lui rappelait sans doute la nuit, et il prenait la lampe pour le clair de lune.

Le ruissellement de la délicieuse mélodie se termina par une pluie de notes mélancoliques. Cette voix, venue de la nature et qui rappelait les bois, le ciel et l'immensité, paraissait étrange en ce lieu.

IV

DIEU

Dieu est le lieu des esprits, comme l'espace est celui des corps.

MALEBRANCHE.

Lord Ewald écoutait.

« C'est beau, cette voix, n'est-ce pas, Milord Celian ? dit Hadaly.

— Oui, répondit Lord Ewald en regardant fixement la noire figure indiscernable de l'Andréide ; c'est l'œuvre de Dieu.

— Alors, dit-*elle*, admirez-la : mais ne cherchez pas à savoir *comment* elle se produit.

— Quel serait le péril si j'essayais ? demanda en souriant Lord Ewald.

— Dieu se retirerait du chant ! » murmura tranquillement Hadaly.

Edison entrait.

« Ôtons nos fourrures ! dit-il : car la température est, ici, réglée et délicieuse ! — C'est ici l'Éden perdu… et retrouvé. »

Les deux voyageurs se dégagèrent des lourdes peaux d'ours.

« Mais, continua l'électricien (du ton soupçonneux d'un Bartholo qui voit sa pupille converser avec un Almaviva[145]), vous en étiez déjà, je crois, à d'expansifs entretiens ? — Oh ! ne faites pas attention à moi ! Continuez ! Continuez !

— La singulière idée que vous avez eue là, mon cher Edison, de donner un rossignol réel à une andréide ?

— Ce rossignol ? — dit, en riant, Edison : Ah ! ah ! C'est que je suis un amant de la Nature, moi. — J'aimais beaucoup le ramage de cet oiseau ; et son décès,

---

145. Dans *Le Barbier de Séville* de Beaumarchais.

il y a deux mois, m'a causé, je vous l'affirme, une tristesse…

— Hein? dit Lord Ewald : ce rossignol qui chante ici, est mort il y a deux mois?

— Oui, dit Edison : j'ai enregistré son dernier chant. Le phonographe qui le reproduit ici est, en réalité, à vingt-cinq lieues, lui-même. Il est placé dans une chambre de maison de New York, dans Broadway. J'y ai annexé un téléphone dont le fil passe en haut, sur mon laboratoire. Une ramification en vient jusqu'en ces caveaux, — là, jusqu'en ces guirlandes, — et aboutit à cette fleur-ci.

« Tenez, c'est elle qui chante : vous pouvez la toucher. Sa tige l'isole; c'est un tube de verre trempé; le calice, où vous voyez trembler cette lueur, forme lui-même condensateur; c'est une orchidée factice, assez bien imitée… plus brillante que toutes celles qui parfument les buées lumineuses de l'aurore sur les plateaux du Brésil et du Haut-Pérou. »

Ce disant, Edison rallumait son cigare au cœur de feu d'un camélia rose.

« Quoi! réellement, ce rossignol, dont j'entends l'âme, — est mort? murmurait Lord Ewald.

— Mort! dites-vous? — Pas tout à fait… puisque j'ai cliché cette âme, dit Edison. Je l'évoque par l'électricité : c'est du spiritisme sérieux, cela. Hein? — Et l'expression du fluide n'étant plus ici que du calorique, vous pouvez allumer votre cigare à cette étincelle inoffensive, dans cette même fausse fleur parfumée où chante, lueur mélodieuse, l'âme de cet oiseau. Vous pouvez allumer votre cigare à l'âme de ce rossignol. »

Et l'électricien s'éloigna pour impressionner divers boutons de cristal numérotés dans un petit cadre appliqué à la muraille, contre la porte.

Lord Ewald, déconcerté par l'explication, était demeuré attristé, avec un froid serrement de cœur.

Tout à coup, il sentit qu'on lui touchait l'épaule; il se retourna : c'était Hadaly.

« Ah! dit-elle tout bas, d'une voix si triste qu'il en

tressaillit, — voilà ce que c'est!... *Dieu s'est retiré du chant.* »

V

ÉLECTRICITÉ

Hail, holy light! Heaven daughter! first born [146] *!*

MILTON, *Le Paradis perdu.*

« Miss Hadaly, dit Edison en s'inclinant, nous venons, tout bonnement, de la Terre — et le voyage nous a donné soif! »

Hadaly s'approcha de Lord Ewald :

« Milord, dit-elle, voulez-vous de l'ale ou du sherry? »

Lord Ewald hésita un instant :

« S'il vous plaît, du sherry », dit-il.

L'Andréide s'éloigna, s'en alla prendre, sur une étagère, un plateau sur lequel brillaient trois verres de Venise peinturlurés d'une fumée d'opale, à côté d'un flacon de vin paillé et d'une odorante boîte de lourds cigares cubains.

Elle posa le plateau sur une crédence, versa de haut le vieux vin espagnol, puis, prenant deux verres entre ses mains étincelantes, vint les offrir à ses visiteurs.

Ensuite, s'en étant allée remplir le dernier verre, elle se détourna, d'un mouvement charmant. S'appuyant à l'une des colonnes du souterrain, elle éleva le bras, tout droit, au-dessus de sa tête voilée, en disant de sa voix de mélancolie :

« Milord, à vos amours! »

---

146. Milton a écrit, au début du troisième chant du *Paradis perdu* : « Hail, holy Light! offspring of heaven first-born [...] » — « Salut, sainte Lumière! aînée des rejetons du ciel. »

Il fut impossible à Lord Ewald de froncer le sourcil à cette parole, tant l'intonation grave avec laquelle ce toast fut porté, au milieu du silence, fut exquise et mesurée de plus haut que toute convenance : le gentilhomme en resta muet d'admiration.

Hadaly jeta, gracieusement, vers la lampe astrale, le vin de son verre. Le Jerez-des-Chevaliers retomba, en gouttelettes illuminées, comme une rosée d'or liquide, sur les poils fauves des dépouilles léonines qui surchargeaient le sol.

« Ainsi, dit Hadaly d'une voix un peu enjouée, je bois, en esprit, par la Lumière.

— Mais, enfin, mon cher enchanteur, murmura Lord Ewald, comment se fait-il que Miss Hadaly puisse répondre à *ce que je lui dis?* Il me semble de toute impossibilité qu'un être quelconque ait prévu mes questions, au point, surtout, d'en avoir gravé d'avance les réponses sur de vibrantes feuilles d'or. Ce phénomène, je trouve, est capable de stupéfier l'homme le plus "positif", comme dirait une personne dont nous avons parlé ce soir. »

Edison regarda le jeune Anglais sans répondre tout d'abord.

« Permettez-moi de sauvegarder le secret de Hadaly, du moins pendant quelque temps », répondit-il.

Lord Ewald s'inclina légèrement ; puis, en homme qui, enveloppé de merveilles, renonce désormais à s'étonner de rien, but le verre de sherry, le reposa vide sur un guéridon, jeta son cigare éteint, en prit un nouveau dans la boîte du plateau de Hadaly, l'alluma paisiblement à une fleur lumineuse, à l'exemple d'Edison, — puis s'assit sur l'un des tabourets d'ivoire, attendant que l'un — ou *l'autre* — de ses hôtes voulût bien prendre la peine d'entrer dans quelque éclaircissement.

Mais Hadaly s'était accoudée, de nouveau, sur son piano noir.

« Voyez-vous ce cygne ? reprit Edison : il a, en lui, la voix de l'Alboni[147]. Dans un concert, en Europe, à

147. Marietta Alboni (1823-1894), contralto italienne dont le registre s'étendait sans peine jusqu'au soprano, fut une des plus grandes cantatrices de toute l'histoire de l'opéra.

l'insu de la cantatrice, j'ai phonographié, sur mes nouveaux instruments, la prière de la *Norma*[148], "Casta diva", que chantait cette grande artiste. — Ah! que je regrette de n'avoir pas été de ce monde au temps de la Malibran!

« Les timbres vibrants de tous ces soi-disant volatiles sont montés comme des chronomètres de Genève. Ils sont mis en mouvement par le fluide qui court à travers les rameaux de ces fleurs.

« Ils contiennent, dans leurs petits volumes, une énorme sonorité, surtout si nous la multiplions par mon Microphone. Cet oiseau de Paradis pourrait, avec autant d'intelligence que toute celle réunie des chanteurs dont la voix est prisonnière en lui, vous donner, à lui seul, une audition du *Faust* de Berlioz (orchestre, chœurs, quatuors, soli, bis, applaudissements, rappels et vagues commentaires indistincts de la foule). Pour l'intensité du son total, il suffirait, disons-nous, de le multiplier par le Microphone. En sorte que, couché dans un appartement d'hôtel, en voyage, si vous placez l'oiseau sur une table et le conducteur microphonique à l'oreille, vous pourrez, seul, entendre cette audition sans réveiller vos voisins. Un tapage immense, digne d'une salle d'Opéra, s'envolerait *pour vous* de ce petit bec rose, — tant il est vrai que l'ouïe humaine est une illusion comme tout le reste.

« Cet oiseau-mouche pourrait vous réciter également le *Hamlet* de Shakespeare, d'un bout à l'autre et sans souffleur, avec les intonations des meilleurs tragédiens actuels.

« Ces oiseaux, dans le gosier desquels je n'ai respecté que la voix du rossignol (qui, seul, me paraît avoir le droit de chanter dans la nature), ces oiseaux sont les musiciens et comédiens ordinaires de Hadaly. — Vous comprenez, presque toujours seule, à des centaines de pieds sous terre, ne devais-je pas l'entourer de quelques distractions? — Que dites-vous de cette volière?

148. Opéra de Bellini, créé à Milan en 1831 ; l'air « Casta diva » est un hymne à la lune.

— Vous avez un genre de positivisme à faire pâlir l'imaginaire des *Mille et Une Nuits*! s'écria Lord Ewald.

— Mais, aussi, quelle Schéhérazade que l'Électricité! répondit Edison. — L'ÉLECTRICITÉ, milord! On ignore, dans le monde élégant, les pas imperceptibles et tout-puissants qu'elle fait chaque jour. Songez donc! Bientôt, grâce à elle, plus d'autocraties, de canons, de monitors[149], de dynamites ni d'armées!

— C'est un rêve, cela, je crois, murmura Lord Ewald.

— Milord, il n'y a plus de rêves! » répondit à voix basse le grand ingénieur.

Il demeura pensif un instant.

« Maintenant, ajouta l'électricien, nous allons, puisque vous le désirez, examiner, d'une façon sérieuse, l'organisme de la créature nouvelle, électro-humaine, — de cette ÈVE FUTURE, enfin, qui, aidée de la GÉNÉRATION ARTIFICIELLE (déjà tout à fait en vogue depuis ces derniers temps[150]), me paraît devoir combler les vœux secrets de notre espèce, avant un siècle, — au moins chez les peuples initiateurs. — Oublions donc, pour le moment, toutes questions étrangères à celle-ci. Les digressions — ne trouvez-vous pas? — doivent être comme ces cerceaux que les enfants ont l'air de jeter à l'abandon, fort loin, mais qui, grâce à un mouvement essentiel de retour, imprimé dans le lancé, reviennent dans la main qui les a projetés.

— Veuillez bien, avant tout, me permettre une dernière demande, Edison! dit Lord Ewald : car elle me semble, en cet instant, plus intéressante même que l'examen dont vous parlez.

— Quoi! Même ici? Même avant l'expérience convenue? dit Edison, surpris.

149. Navire de guerre cuirassé bas sur l'eau, dont le type fut créé aux États-Unis pendant la guerre de Sécession.

150. La thèse du docteur J. Gérard, *Contribution à l'étude de la fécondation artificielle*, venait de faire grand bruit, indiquent Raitt et Castex, et plusieurs articles de vulgarisation sur le sujet avaient paru précisément, en 1884 et 1885, dans *La Vie moderne*, l'hebdomadaire dans lequel *L'Ève future* parut entre juillet 1885 et mars 1886.

— Oui.

— Laquelle ? l'heure nous presse : hâtons-nous. »

Lord Ewald regarda très fixement, tout à coup, l'électricien.

« Ce qui me paraît encore plus énigmatique, dit-il, que cette créature incomparable, *c'est le motif qui vous a déterminé à la créer*. Je désirerais, avant tout, savoir comment cette conception inouïe vous fut inspirée. »

À ces mots si simples, Edison, après un grand silence, répondit lentement :

« Ah ! C'est *mon* secret, milord, que vous me demandez là !

— Je vous ai révélé le mien sur vos seules instances ! répondit Lord Ewald.

— Eh bien, — soit ! s'écria Edison. D'ailleurs, c'est logique. — Hadaly, extérieure, n'est que la conséquence de l'intellectuelle Hadaly dont elle fut précédée en mon esprit. Connaissant l'ensemble de réflexions dont elle émane, vous la comprendrez mieux encore, lorsque, tout à l'heure, elle nous permettra d'étudier ses abîmes. — Chère miss, ajouta-t-il en se tournant brusquement vers l'Andréide immobile, soyez assez gracieuse pour nous laisser quelque temps seuls, Milord Ewald et moi : ce que je vais lui raconter ne devant pas être entendu par une jeune fille. »

Hadaly, sans répondre, se retira, lente, vers les profondeurs du souterrain en élevant en l'air, sur ses doigts d'argent, son oiseau du Paradis.

« Asseyez-vous sur ce coussin, mon cher lord, reprit l'électricien : l'histoire va durer vingt minutes environ ; mais elle est, je crois, *intéressante*, en effet. »

Et, lorsque le jeune homme se fut assis et accoudé à la table de porphyre :

« Voici pourquoi j'ai créé Hadaly ! » continua Edison.

Livre quatrième

LE SECRET

I

MISS EVELYN HABAL[151]

> *Si le diable vous tient par un cheveu,*
> *priez! ou la tête y passera.*
>
> Proverbes.

Il se recueillit un moment :

« J'avais, autrefois, dans la Louisiane, dit-il, un ami, M. Edward Anderson, — un compagnon d'enfance. Ce jeune homme était doué d'un bon sens estimable, d'une physionomie sympathique et d'un cœur à l'épreuve. Six années lui avaient suffi pour s'affranchir, dignement, de la Pauvreté. Je fus témoin de ses joyeuses noces ; il épousait une femme qu'il aimait depuis longtemps.

« Deux années se passèrent. Ses affaires s'embellissaient. Dans le monde du négoce on l'estimait comme

---

151. *Habal* signifie « vanité » en hébreu : Villiers a tiré ce mot du « *Habal habalim, vêk'hol habal* », le « Vanité des Vanités » de l'*Ecclésiaste* — qu'il avait ajouté, en hébreu, en épigraphe à *L'Annonciateur* pour l'édition de ce texte dans les *Contes cruels* (1883). Cf. *infra*, Edison au chapitre X du livre I, et l'épigraphe du chapitre II du livre V.

un cerveau des mieux équilibrés et un homme actif.
C'était un inventeur aussi : son industrie étant celle des
cotons, il avait trouvé le moyen de gommer et de
calandrer la toile par un procédé économique de seize et
demi pour cent sur les procédés connus. Il fit fortune.

« Une situation affermie, deux enfants, une vraie
compagne, vaillante et heureuse, c'était, pour ce digne
garçon, le bonheur conquis, n'est-ce pas? Un soir, à
New York, à la fin d'un meeting où l'on avait clos, dans
les hurrahs, l'issue de la fameuse guerre de Sécession,
deux de ses voisins de table émirent le projet de
terminer leur fête au théâtre.

« Anderson, en époux exemplaire et en travailleur
matinal, ne s'attardait, d'ordinaire, que bien rarement,
et toujours avec ennui, loin de son *home*. Mais, le matin
même, une futile petite nuée de ménage, une discussion
des plus inutiles, s'était élevée entre Mistress Anderson
et lui, Mistress Anderson lui ayant manifesté le désir
qu'il n'assistât pas à ce meeting, — et cela sans pouvoir
motiver ce désir. Donc, par esprit de "caractère" et
préoccupé, Anderson accepta d'accompagner ces messieurs. — Lorsqu'une femme aimante nous prie, *sans
motif précis*, de ne point faire une chose, je dis que le
propre d'un homme vraiment complet est de prendre
cette prière en considération.

« L'on donnait le *Faust* de Charles Gounod. — Au
théâtre, un peu ébloui par les lumières, énervé par cette
musique, il se laissa gagner par la torpeur de cette sorte
de bien-être inconscient que dégage l'ensemble de telles
soirées.

« Grâce aux propos tenus, dans la loge, auprès de lui,
son regard, errant et vague, fut appelé sur une adolescente rousse comme l'or et fort jolie entre les figurantes
du ballet. L'ayant lorgnée une seconde, il reporta son
attention sur la pièce.

« À l'entracte, il ne pouvait guère se dispenser de
suivre ses deux amis. Les fumées du sherry l'empê-
chèrent même de se rendre bien compte d'une chose :
ils allaient sur la scène.

« Il n'avait jamais vu de scène : c'était une curiosité :
ce spectacle l'étonna beaucoup.

« L'on rencontra Miss Evelyn, la jolie rousse. Ces
messieurs, l'ayant accostée, échangèrent avec l'aimable
enfant quelques banalités de circonstance, plus ou
moins plaisantes. Anderson, distrait, regardait autour
de lui sans consacrer la moindre attention à la danseuse.

« L'instant d'après, ses amis, mariés depuis plus
longtemps, ayant double ménage comme il est de
mode, parlèrent, tout naturellement, d'huîtres et d'une
certaine marque de vin de Champagne.

« Cette fois, Anderson déclina, comme de raison, et
allait prendre congé, malgré les affables insistances de
ces messieurs, lorsque l'absurde souvenir de sa petite
pique du matin, exagérée par l'excitation ambiante, lui
revint en mémoire.

« "Mais, au fait, à présent, Mistress Anderson devait
être endormie, déjà?

« "Rentrer un peu plus tard était même préférable?
Voyons? — Il s'agissait de tuer une ou deux heures! —
Quant à la compagnie galante de Miss Evelyn, c'était
l'affaire de ses amis, non la sienne. *Il ne savait même
pourquoi* cette fille lui déplaisait assez, physiquement.

« "L'imprévu de la fête nationale couvrait, à la
rigueur, ce qu'une équipée de cet ordre pouvait présenter d'inconséquent... etc."

« Il hésita néanmoins deux secondes. L'air très
réservé de Miss Evelyn le décida. L'on alla donc
souper, sans autre motif.

« Une fois à table, il advint que Miss Evelyn, ayant
observé attentivement la tenue peu communicative
d'Anderson, mit en œuvre, avec l'habileté la plus
voilée, ses plus séductrices prévenances. Son maintien
modeste donnait à sa mine un montant si charmeur,
qu'au sixième verre de mousse, l'idée — oh! ce ne fut
qu'une étincelle!... — mais, enfin, la vague possibilité
d'un caprice — effleura l'esprit de mon ami Edward.

« "Uniquement, m'a-t-il dit depuis, à cause de l'*effort*
— qu'il essayait, par jeu sensuel, — de trouver —

(malgré son initiale aversion pour les lignes, en général, de Miss Evelyn) — un plaisir possible à l'idée de la posséder, *à cause de cette aversion même.*"

« Toutefois, c'était un honnête homme ; il adorait sa charmante femme ; il repoussa cette idée, sans doute émanée des pétillements de l'acide carbonique en sa cervelle.

« L'idée revint ; la tentation, renforcée du milieu et de l'heure, brillait et le regardait !

« Il voulut se retirer ; mais déjà son désir s'était avivé en cette lutte futile et lui fit presque l'effet d'une brûlure. — Une simple plaisanterie sur l'austérité de ses mœurs fit qu'il resta.

« Peu familier des choses de la nuit, il s'aperçut assez tard, seulement, que, de ses deux amis, l'un avait glissé sous la table (trouvant apparemment le tapis plus avantageux que son lit lointain), et que l'autre, subitement devenu blême (à ce que lui apprit, en riant, Miss Evelyn), avait quitté la partie sans explication.

« Miss Evelyn, lorsque le nègre vint annoncer le cab d'Anderson, s'invita doucement, demandant, chose assez légitime, qu'on daignât la reconduire jusqu'à sa maison.

« Il peut quelquefois sembler dur, — à moins de n'être qu'un malotru fieffé, — d'être brutal avec une jolie fille, — alors surtout que l'on vient de plaisanter deux heures avec elle et qu'elle a proprement joué sa scène de bienséance.

« "D'ailleurs cela ne signifiait rien : il la laisserait à ce portail et ce serait fini."

« Tous deux s'en allèrent donc ensemble.

« L'air froid, l'ombre, le silence des rues augmentèrent la petite griserie d'Anderson jusqu'au malaise et à la somnolence. En sorte qu'il se retrouva (rêvait-il ?) buvant une brûlante tasse de thé, que lui offrait, chez elle, et de ses blanches mains, Miss Evelyn Habal, — maintenant en peignoir de satin rose, devant un bon feu, dans une chambre tiède, parfumée et capiteuse.

« Comment cela s'était-il produit ? Revenu pleinement à lui-même, il se contenta de saisir, à la hâte, son chapeau, sans plus ample informé. Ce que voyant, Miss Evelyn lui déclara que, le croyant plus indisposé qu'il n'était, elle avait renvoyé la voiture.

« Il répondit qu'il en trouverait une autre.

« Miss Evelyn, à cette parole, baissa sa jolie tête pâlissante et deux larmes discrètes luirent entre ses cils. Flatté, quand même, Anderson voulut adoucir la brusquerie de son adieu par "quelques paroles raisonnables".

« Cela lui sembla plus "gentleman".

« Après tout, Miss Evelyn avait eu soin de lui.

« L'heure s'avançait : il prit une bank-note et la posa, pour en finir, sur le guéridon du thé. Miss Evelyn prit le papier, sans trop d'ostentation, comme distraitement, puis, avec un mouvement d'épaules et un sourire, le jeta au feu.

« Cette façon déconcerta l'excellent manufacturier. Il ne sut plus guère où il était. L'idée de ne pas avoir été "gentleman" le fit rougir. Il se troubla, craignant d'avoir, positivement, blessé sa gracieuse hôtesse. Jugez, par ce trait, de l'état de ses esprits. Il demeura debout, indécis, la tête lourde.

« "Ce fut alors que Miss Evelyn, encore boudeuse, lui fit la folle amabilité de lancer par la fenêtre la clef de la chambre, après avoir donné un tour à la serrure.

« Cette fois l'homme sérieux se réveilla tout à fait chez Anderson. Il se fâcha.

« Mais un sanglot, qu'on étouffait dans un oreiller à dentelles, amollit sa juste indignation.

« "Que faire ? Briser la porte d'un coup de pied ? — Non. C'eût été ridicule. Tout vacarme à cette heure ne pouvait, d'ailleurs, que nuire. Ne valait-il pas mieux, après tout, se décider à faire contre *bonne* fortune bon cœur ?"

« Déjà ses pensées avaient pris un tour anormal et tout à fait extraordinaire.

« "En y réfléchissant, l'aventure serait d'une infidélité bien vague.

« "D'abord, on lui avait coupé la retraite.

« "Ensuite, QUI LE SAURAIT ? Nulles conséquences n'étaient à craindre. — Et puis, la belle vétille ! Un diamant, et il n'y paraîtrait plus.

« "La solennité du meeting expliquerait demain bien des choses, à son retour, — en supposant, en admettant même que... — Ah ! certes, il faudrait se résoudre à quelque petit mensonge officieux et véniel vis-à-vis de Mistress Anderson ! — (Ceci, par exemple, l'ennuyait ; ceci... Baste ! il aviserait demain.) D'ailleurs, ce soir, il était trop tard. — Par exemple, il se promettait, sur l'honneur ! que nulle autre aurore ne le surprendrait dans cette chambre..., etc., etc."

« Il en était là de sa rêverie lorsque Miss Evelyn, revenue vers lui sur la pointe des pieds, lui jeta les bras autour du cou avec un abandon charmeur et demeura ainsi suspendue, les paupières demi-fermées, les lèvres touchant presque les siennes. — Allons ! c'était écrit :

« Espérons, n'est-ce pas ? qu'Anderson sut profiter, en galant et brûlant chevalier, des heures de délices que le Destin venait de lui offrir avec une si douce violence.

« Morale : C'est un triste mari qu'un honnête homme sans sagacité.

« Un verre de sherry, Miss Hadaly, s'il vous plaît ? »

II

CÔTÉS SÉRIEUX DES CAPRICES

> *Au mot « argent » elle eut un regard qui passa comme la lueur du canon dans sa fumée.*
>
> H. DE BALZAC, *La Cousine Bette.*

« Continuez, dit Lord Ewald, devenu très attentif, et après avoir fait raison à son interlocuteur.

— Voici mon opinion sur ces sortes de caprices ou

de faiblesses, répondit Edison, — (pendant que Hadaly, revenue, versait silencieusement du vin d'Espagne à ses deux hôtes, puis s'éloignait). — J'estime et maintiens qu'il est rare qu'au moins l'une de ces légères aventures (auxquelles on ne croit consacrer qu'un tour de cadran, un remords et une centaine de dollars) n'influe pas d'une façon funeste sur la totalité des jours. Or, Anderson était, du premier coup, tombé sur celle qui est fatale, bien qu'elle dût ne sembler, cependant, que la plus banale et la plus insignifiante de toutes.

« Anderson ne savait rien dissimuler. Tout se lisait dans son regard, sur son front, dans son attitude.

« Mistress Anderson, une courageuse enfant qui, se conformant aux traditions, avait veillé toute la nuit, le regarda — simplement — lorsqu'il entra, le lendemain, dans la salle à manger. Il arrivait. Ce coup d'œil suffit à l'instinct de l'épouse. Elle eut un serrement de cœur. Ce fut triste et froid.

« Ayant fait signe aux valets de se retirer, elle lui demanda comment il se portait depuis la veille. Anderson lui répondit, avec un sourire peu assuré, que, s'étant trouvé passablement ému vers la fin du banquet, il avait dû passer la nuit chez l'un de ses correspondants, où l'on avait continué la fête. À quoi Mistress Anderson répondit, pâle comme un marbre : — "Mon ami, je n'ai pas à donner à ton infidélité plus d'importance que son objet ne le mérite ; seulement, que ton premier mensonge soit le dernier. Tu vaux mieux que ton action, je l'espère. Et ton visage, en ce moment, me le prouve. Tes enfants se portent bien. Ils dorment là, dans la chambre. T'écouter aujourd'hui serait te manquer de respect — et l'unique prière que je t'adresse, en échange de mon pardon, est de ne point m'y obliger davantage."

« Cela dit, Mistress Anderson rentra dans sa chambre en étouffant, et s'y enferma.

« La justesse, la clairvoyance et la dignité de ce reproche eurent pour effet de blesser affreusement

l'amour-propre de mon ami Edward, — piqûre
d'autant plus dangereuse qu'elle atteignit les sentiments
d'amour réel qu'il avait pour sa noble femme. — Dès le
lendemain son foyer devint plus froid. Au bout de
quelques jours, après une réconciliation guindée et
glaciale, — il sentit qu'il ne voyait plus en Mistress
Anderson que la "mère de ses enfants". — N'ayant pas
d'autre dévolu sous la main, il retourna rendre visite à
Miss Evelyn. — Bientôt le toit conjugal, par cela seul
qu'il s'y sentait coupable, lui devint d'abord ennuyeux,
— puis insupportable, — puis odieux; c'est le cours
habituel des choses. Donc, en moins de trois années,
Anderson, ayant compromis, par une suite d'incuries et
de déficits énormes, d'abord sa propre fortune, puis
celle des siens, puis celle des indifférents qui lui avaient
confié leurs intérêts, se vit tout à coup menacé d'une
ruine frauduleuse.

« Miss Evelyn Habal, alors, le délaissa. N'est-ce pas
inconcevable? Je me demande encore pourquoi, vraiment. Elle lui avait témoigné jusque-là tant de véritable
amour !

« Anderson avait changé. Ce n'était plus, au physique ni au moral, l'homme d'autrefois. Sa faiblesse
initiale avait fait tache d'huile en lui. Son courage
même, paraît-il, ayant peu à peu suivi son or pendant le
cours de cette liaison, il fut atterré d'un abandon que
"rien ne lui semblait justifier", surtout, disait-il, "pendant la crise financière qu'il traversait". — Par une
sorte de honte déplacée, il cessa de s'adresser à notre
vieille amitié, qui, certes, eût essayé encore de l'arracher de cette fondrière affreuse. Devenu d'une irritabi-
lité nerveuse extrême, — lorsqu'il se vit ainsi vieilli,
désorganisé, amoindri, mésestimé et seul, le malheureux parut comme se réveiller, et — le croirez-vous ! —
dans un accès de frénésie désespérée, mit, purement et
simplement, fin à ses jours.

« Ici, laissez-moi vous rappeler à nouveau, mon cher
lord, qu'avant de rencontrer son dissolvant, Anderson
était une nature aussi droite et bien trempée que les

meilleures. Je constate des faits. Je ne juge pas. Je me souviens que, de son vivant, un négociant de ses amis le blâmait avec beaucoup d'ironie de sa conduite, la trouvait incompréhensible, se frappait le front en le montrant, et, secrètement, l'imitait. Donc, passons. Ce qui nous arrive, nous l'attirons un peu, voilà tout.

« Les statistiques nous fournissent, en Amérique et en Europe, une moyenne ascendante, se chiffrant par dizaines de milliers, de cas identiques ou à peu près, par année : c'est-à-dire — d'exemples, répandus en toute les villes, soit de jeunes gens intelligents et travailleurs, soit de désœuvrés dans l'aisance, soit d'excellents pères de famille, comme on dit, qui, sous le pli contracté en une faiblesse de cet ordre, finissent de la même manière au mépris de toute considération, — car ce "pli" produit les effets d'asservissement de l'opium.

« Adieu famille, enfants et femme, dignité, devoir, fortune, honneur, pays et Dieu ! — Cette contagion passionnelle ayant pour effet d'attaquer lentement le sens quelconque de ces vocables dans les cerveaux inoculés, la vie se restreint, en peu de temps, à un spasme pour nos galants déserteurs. Vous remarquerez, n'est-il pas vrai ? que cette moyenne ne porte que sur ceux qui en *meurent* ; qu'il ne s'agit, enfin, dans ces chiffres, que des suicidés, assassinés ou exécutés.

« Le reste grouille dans les bagnes ou gorge les prisons : c'est le fretin. La moyenne dont nous parlons (et qui fut, approximativement, d'environ cinquante-deux ou trois mille, seulement, pour ces dernières années) est en progrès au point de donner à espérer des totaux doubles pour les années qui viennent, — au fur et à mesure que les petits théâtres s'élèvent dans les petites villes… pour éclairer les niveaux artistiques des majorités.

« Le dénouement de l'inclination chorégraphique de mon ami Anderson m'affecta, toutefois, si profondément, — me frappa d'une manière si vive, — que je me sentis obsédé par l'idée d'analyser, d'une façon exacte, la nature des séductions qui avaient su troubler ce cœur, ces sens et cette conscience — jusqu'à les conduire à cette fin.

« N'ayant jamais eu l'heur de voir de mes deux yeux la danseuse de mon ami Edward, je prétendis deviner d'avance et, simplement, d'après son œuvre, par un calcul de probabilités, — de *pressentiments*, si vous préférez, — CE QU'ELLE ÉTAIT AU PHYSIQUE. Certes, je pouvais aberrer, comme on dit, je crois, en astronomie. Mais j'étais curieux de savoir si je tomberais juste, en partant d'une demi-certitude. Bref, je prétendis deviner cela, — tenez, par un motif analogue, si vous voulez, à celui qui détermina Leverrier[152] à dédaigner toujours d'appuyer son œil à la lentille d'un télescope, le calcul qui prédit, à une minute près, l'apparition de Neptune, ainsi que le point précis de l'éther où l'astre est nécessité, donnant une clairvoyance beaucoup plus sûre que celle de tous les télescopes du monde.

« Miss Evelyn me représentait l'x d'une équation des plus élémentaires, après tout, puisque j'en connaissais deux termes : Anderson et sa mort.

« Plusieurs élégants de ses amis m'avaient affirmé (sur l'honneur!) que cette créature était bien la plus jolie et la plus amoureuse enfant qu'ils eussent jamais convoitée en secret sous le ciel. Par malheur (voyez comme je suis!), je ne leur reconnaissais aucune qualité pour avancer, même sous la forme la plus dubitative, ce qu'ils s'empressaient de me jurer là si positivement. Ayant remarqué, moi, le caractère des ravages que, chez Anderson, avait causés l'usage de cette fille, je me défiais des prunelles trop rondes de ces enthousiastes. Et j'en vins, à l'aide d'un grain d'analyse dialectique, — (c'est-à-dire en ne perdant pas de vue le genre d'homme

---

152. Astronome français (1811-1877); constatant un désaccord entre les tables d'Uranus et les observations qu'on pouvait faire des mouvements de cette planète, il supposa l'existence d'une masse inconnue perturbant ces mouvements et calcula les éléments de l'orbite de la masse qu'il venait de découvrir : c'était la planète Neptune; ce fut l'astronome allemand J.G. Galle qui fut chargé de confirmer par l'observation, d'après les calculs de Leverrier, l'existence de Neptune (23 septembre 1846).

que j'avais connu avant son désastre, dans Anderson, et en me remémorant l'étrangeté d'impressions que m'avait laissée la confidence de son amour), — j'en vins, disons-nous, à pressentir une si singulière différence entre ce que tous m'affirmaient de Miss Evelyn Habal ET CE QU'ELLE DEVAIT ÊTRE EN RÉALITÉ, que la foule de ces appréciateurs ou connaisseurs me faisaient l'effet d'une triste collection de niais hystériques. Et voici pourquoi.

« Ne pouvant oublier qu'Anderson avait commencé, lui, par trouver cette femme "insignifiante" et que les seules fumées d'une fête l'avaient rendu coupable de jouer, quelques instants, à surmonter une initiale et instinctive aversion pour elle, — les prétendus charmes personnels, qu'attribuaient d'*emblée*, à la coryphée, ces messieurs (savoir la grâce, le piquant, l'irrésistible et indiscutable don de plaire, etc.) — ne pouvant être que relatifs à la qualité tout individuelle des sens de ces messieurs, — *devaient*, dis-je, par ce fait seul, me paraître déjà d'une réalité suspecte. Car si nul absolu critérium des goûts, non plus que des nuances, n'est imaginable dans le domaine de la sensualité, je n'en devais pas moins augurer tristement, en bonne logique, d'une *réalité* de charmes capable de correspondre IMMÉDIATEMENT aux sens léprosés et plus qu'avilis de ces gais et froids viveurs ; de telle sorte que le brevet de séductions qu'ils lui délivraient, ainsi, *de confiance* ET À PREMIÈRE VUE, ne m'attestait que leur sordide parenté de nature avec la sienne, — c'est-à-dire, chez Miss Evelyn Habal, une très perverse *banalité* d'ensemble mental et physique. De plus, la petite question de son âge (à laquelle s'était toujours dérobé Anderson) me paraissant d'une certaine utilité, je dus m'en enquérir. L'amoureuse enfant ne touchait qu'à ses trente-quatre printemps.

« Quant à la "beauté" dont elle pouvait se prévaloir, — en supposant que l'Esthétique ait quelque chose à voir en des amours de cet ordre, — je vous le redis encore, quel genre de beauté devais-je m'attendre à relever en cette femme, étant donné les effroyables abaissements que sa possession prolongée avait produits en une nature comme celle d'Anderson ? »

III

L'OMBRE DE L'UPA

> *Vous les connaîtrez par leurs fruits.*
> *L'Évangile.*

« Éclairons, tout d'abord, me dis-je, l'intérieur de cette passion en secouant simplement sur elle le principe lumineux de l'attraction des contraires et parions, au besoin, la conscience d'un moraliste officiel contre un penny, que nous devinerons juste.

« Les goûts et les sens de mon ami, rien qu'à l'analyse de sa physionomie et d'après mille indices bien médités, ne pouvant être que des plus simples, des plus primitifs, des plus naturels, ne devaient, présumai-je, avoir été stérilisés et corrodés à ce point que *par l'envoûtement de leurs inverses*. Une telle entité ne pouvait avoir été abolie *à ce point* que par le néant. Le vide seul devait lui avoir donné ce *genre* de vertige.

« Donc, si peu rigoureuse que pouvait sembler ma conclusion, il *fallait* qu'au mépris de tout l'encens consumé sur ses autels, cette Miss Evelyn Habal fût, simplement, une personne dont l'aspect eût été capable de faire fuir en éclatant de rire ou dans l'épouvante ceux-là mêmes (s'ils eussent eu sous leurs paupières de quoi la regarder fixement une seule fois) qui me brûlaient ainsi, en sa faveur et sous le nez, ce fade encens.

« Il *fallait* que tous fussent dupes d'une illusion — poussée sans doute à quelque degré d'apparence insolite ! — mais d'une simple illusion ; qu'en un mot l'ensemble des attraits de cette curieuse enfant fût, de beaucoup, *surajouté* à la pénurie intrinsèque de son individu. C'était donc, simplement, la fraude ravissante, sous laquelle cette nullité d'attraits était dissimulée, qui devait pervertir ainsi le premier et superficiel coup d'œil des passants. Quant à l'illusion plus durable d'Anderson, non seulement elle n'était pas extraordinaire, mais elle était inévitable.

« Ces sortes d'êtres féminins en effet, — c'est-à-dire celles qui ne sont abaissantes et fatales *que* pour des hommes d'une rare et droite nature, — savent, d'instinct, graduer à *cet* amant les découvertes de toutes leurs vacuités de la manière la plus ingénieuse : les simples passants n'ayant pas même le temps d'en apercevoir le nombre et la gravité. — Elles accoutument sa vue, par d'insensibles dégradations de teintes, à une lumière douceâtre qui en déprave la rétine morale et physique. Elles ont cette secrète propriété de pouvoir affirmer chacune de leurs laideurs avec tant de tact que celles-ci en deviennent des avantages. Et elles finissent par faire ainsi passer, insensiblement, leur réalité (souvent affreuse) dans la vision initiale (souvent charmante) qu'elles en ont donnée. L'habitude vient, avec tous ses voiles ; elle jette sa brume ; l'illusion s'empire : — et l'envoûtement devient irrémédiable.

« Cette œuvre semble dénoncer une grande finesse d'esprit, une intelligence des plus habiles ? — mais c'est là une illusion aussi grande que l'autre.

« Ces sortes d'êtres ne savent que cela, ne peuvent que cela, ne comprennent que cela. Ils sont étrangers à tout le reste, — qui ne les intéresse pas. C'est de la pure animalité.

« Tenez : l'abeille, le castor, la fourmi, font des choses merveilleuses, mais ils ne font que cela et n'ont jamais fait autre chose. L'animal est exact, la naissance lui confère avec la vie cette fatalité. Le géomètre ne saurait introduire une seule case de plus dans cette ruche, et la forme de cette ruche est, précisément, celle qui, dans le moindre espace, peut contenir le plus de cases. Etc. L'Animal ne se trompe pas, ne tâtonne pas ! L'Homme, au contraire (et c'est là ce qui constitue sa mystérieuse *noblesse*, sa sélection divine), est sujet à développement et à erreur. Il s'intéresse à toutes choses et s'oublie en elles. Il regarde plus haut. Il sent que lui seul, dans l'univers, n'est pas fini. Il a l'air d'un dieu qui a oublié. Par un mouvement naturel — et sublime ! — il se demande *où il est* ; il s'efforce de se rappeler *où* il commence. Il se tâte l'intelligence, avec ses doutes, comme après ON ne sait quelle chute immémoriale. Tel est l'Homme réel. Or, le propre des êtres qui tiennent encore du monde instinctif, dans l'Humanité, c'est d'être parfaits sur un seul point, mais *totalement* bornés à celui-là.

« Telles ces "femmes", sortes de Stymphalides[153] modernes pour qui celui qu'elles passionnent est simplement une proie vouée à tous les asservissements. Elles obéissent, fatalement, à l'aveugle, à l'obscur assouvissement de leur essence maligne.

« Ces êtres de rechute, pour l'Homme, — ces éveilleuses de mauvais désirs, ces initiatrices de joies réprouvées, peuvent glisser, inaperçues, et, même, en laissant un souvenir agréable, entre les bras de mille passagers insoucieux dont le caprice les effleure : *elles ne sont effroyables que pour qui s'y attarde, exclusivement, jusqu'à contracter en son cœur le vil besoin de leur étreinte.*

« Malheur à qui s'habitue au bercement de ces endormeuses de remords ! Leur nocuité s'autorise des plus captieux, des plus paradoxaux, des plus anti-intellectuels moyens séductifs pour intoxiquer, peu à peu, de leur charme mensonger, le point faible d'un cœur intègre et pur jusqu'à leur survenance maudite.

« Certes, en tout homme, dorment, virtuels, tous les salissants désirs que couvent les fumées du sang et de la chair ! Certes, puisque mon ami Edward Anderson succomba, c'est que le germe en était dans son cœur, comme en des limbes — et je ne l'excuse ni ne le juge ! Mais je déclare, avant tout, passible d'une capitale pénalité l'être pestilent dont la fonction fut d'en faire

---

153. Cf. *supra*, note 66.

éclore, savamment, l'hydre aux mille têtes. Non, cet être ne fut point, pour lui, cette Ève ingénue que l'amour, — fatal, sans doute! — mais, enfin, que l'amour égara vers cette Tentation qui, pensait-elle, devait grandir, jusqu'à l'état divin, son compagnon de paradis!... Ce fut l'intruse consciente, désirant d'une façon secrète et natale, — pour ainsi dire *malgré elle*, enfin, — la simple régression vers les plus sordides sphères de l'Instinct et l'obscurcissement d'âme définitif de celui... qu'elle ne tentait qu'afin de pouvoir en contempler, un jour, d'un air d'infatuée satisfaction, la déchéance, les tristesses et la mort.

« Oui : telles sont ces femmes! jouets sans conséquences pour le passant, mais redoutables pour ces seuls hommes, parce qu'une fois aveuglés, souillés, ensorcelés par la lente hystérie qui se dégage d'elles, ces "évaporées" — accomplissant leur fonction ténébreuse, en laquelle elles ne sauraient éviter elles-mêmes de se réaliser — les conduisent, *forcément*, en épaississant, d'heure en heure, la folie de ces amants, soit jusqu'à l'anémie cérébrale et le honteux affaissement dans la ruine, soit jusqu'au suicide hébété d'Anderson.

« Seules, elles conçoivent l'ensemble de leur projet. Elles offrent, d'abord, comme une pomme insignifiante, un semblant de plaisir *inconnu*, — ignominieux déjà, cependant! — et que l'Homme, au fond, n'accepte de commettre qu'avec un sourire faible et trouble et, d'*avance*, un remords. Comment se défier absolument — pour si peu! — de ces illécébrantes[154] mais détestables amies, qui sont, chacune pour chacun, *celle, entre toutes, qu'il ne faut pas rencontrer*! Leurs protestations et leurs instances, — si subtiles, si artificieuses qu'on n'en distingue plus le *métier* — l'obligent, *presque*... (ah! je dis *presque*! — tout est dans ce mot, pour moi!) — de s'asseoir avec elles à cette table où, bientôt, le démon de leur mauvaise essence les

---

154. Néologisme (du latin *illecebrare*, charmer, attirer) : charmantes.

CONTRAINT, s'il faut tout dire, elles aussi, de ne verser à cet homme que du poison. Dès lors, c'en est fait : l'œuvre est commencée ; la maladie suivra son cours. Un Dieu seul peut le sauver. Par un miracle.

« En conclusion de tels faits, dûment analysés, édictons le draconien décret suivant :

« Ces femmes neutres dont toute la "pensée" commence et finit à la ceinture, — et dont le propre est, par conséquent, de ramener au point précis où cette ceinture se boucle TOUTES les pensées de l'Homme, alors que cette même ceinture n'enserre, luxurieusement (et toujours !) qu'un méchant ou intéressé calcul, — ces femmes, dis-je, sont moins distantes, en RÉALITÉ, de l'espèce animale que de la nôtre. Par ainsi, étant tenu compte d'*un scrupule*, l'homme digne du nom d'homme a droit de haute et basse justice sur ce genre d'êtres féminins, au même titre qu'il se l'arroge sur les autres individus du règne animal.

« Donc, étant donné que grâce à la mise en œuvre de certains frauduleux moyens, — si l'une de ces femmes, profitant de l'un de ces hasardeux moments de faiblesse maladive où tout vivant, même viril, peut se trouver sans défense, a su faire tomber, à la longue, ensuite jusqu'à l'aveuglement passionnel, un homme beau, jeune, courageux, consciencieux de ses devoirs, ayant gagné sa fortune, doué d'une intelligence élevée et d'une initiale dignité de sens jusqu'alors irréprochable, — oui, je déclare qu'il me semble équitable de dénier à cette femme le libre DROIT d'abuser de la misère humaine jusqu'à conduire cet homme, consciemment ou non, où la sauteuse d'enfer dont je parle a conduit mon ami.

« Or, comme il est dans la nature de ces sortes de personnes aussi nulles que mortelles *d'en abuser quand même ! nécessairement !* (puisqu'en principe elles ne peuvent être, avons-nous dit, qu'abaissantes, et qui pis est, contagieuses), je conclus que le droit, libre et naturel aussi, de cet homme sur elles — si, par miracle, il lui est donné de s'apercevoir à temps de *ce* dont il est victime — est la mort sommaire, adressée de la manière la plus occulte et la plus sûre, et cela sans scrupule ni autre forme de procès, par la raison qu'on ne discute pas plus avec le vampire qu'avec la vipère.

« Approfondissons encore l'examen de ces faits : c'est important. Par l'accidentelle incidence, disons-nous, d'un trouble mental dû aux fumées de tel "souper" (unique, peut-être, dans la vie de cet homme), voici que cette guetteuse innée reconnaît sa proie possible, en devine la sensualité virtuelle, inéveillée encore, trame sa toile de hasards prévus, bondit sur elle, l'enlace, lui ment et l'enivre selon son métier, — et, se vengeant, en elle-même, aussi, de celle qui, là-bas, irréprochable, laborieuse et chaste, avec de beaux enfants, attend, dans l'anxiété, ce mari follement attardé pour la première fois, — voici, dis-je, qu'elle corrode, en une nuit, d'une goutte de son ardent venin, la santé physique et morale de cet homme.

« Le lendemain, si quelque juge pouvait l'interroger, elle répondrait, impunément, "qu'au moins, une fois réveillé, cet homme est bien libre de se défendre en ne revenant plus chez elle…" (alors qu'elle sait bien, — puisqu'au fond de son redoutable instinct elle ne sait même que cela, — que *cet* homme, *entre tous les autres*, ne peut déjà plus se réveiller tout à fait d'elle sans un effort d'une énergie dont il ne se doute pas et que chaque rechute, — provoquée, sans cesse, par elle, obscurément, — rendra de plus en plus difficile)!… — Et le juge, en effet, ne saurait que répondre ni statuer. Et cette femme, poursuivant son œuvre odieuse, aura le DROIT de pousser, *nécessairement*, de jour en jour, son aveugle vers ce précipice ?

« Soit. Seulement, que de milliers de femmes n'a-t-on pas exécutées pour de moins tortueux attentats ? — C'est pourquoi, l'homme étant solidaire de l'homme, si mon ami ne fut pas le justicier de cette "irrésistible" empoisonneuse, j'ai dû savoir ce que j'avais à faire.

« Des esprits soi-disant modernes, c'est-à-dire tarés par le plus sceptique des égoïsmes, s'écrieraient, en m'écoutant :

« "Ah ça ! que vous prend-il ? De tels accès de morale ne sont-ils pas, pour le moins, surannés ? Après tout, ces femmes *sont belles, sont jolies* ; elles usent, au su de tous, de ces moyens de faire fortune, ce qui est, de nos jours, le positif de la vie, alors, surtout, que nos 'organisations sociales' ne leur en laissent guère beaucoup d'autres. — Et après ? Pourquoi pas ? C'est la grande lutte pour l'existence, le *Tue-moi ou je te tue* des temps actuels. À chacun de se garer ! Votre ami ne fut, au bout du compte, qu'un naïf, et, de plus, qu'un homme indiscutablement coupable, à tous égards, d'une faiblesse, d'une démence et d'une sensualité *honteuses* : et, sans doute, un 'protecteur' ennuyeux, pour le surplus. Ma foi, *requiescat* !"

« Bien. Il va sans dire que ces affirmations qui, toujours, ne semblent rationnelles que pour cause d'expressions inexactes, non seulement ne diffèrent pas beaucoup, à mon sens, comme valeur et poids, dans la question qui nous préoccupe, de, par exemple, celles-ci : "Ne pleut-il pas ?..." ou : "Quelle heure est-il ?" mais révèlent, chez ces beaux diseurs, et à leur insu, tels cas d'envoûtement de même nature que celui d'Anderson.

« "Ces femmes *sont belles* !..." ricanent ces passants.

« Allons donc ! La BEAUTÉ, cela regarde l'Art et l'âme humaine ! Celles, d'entre les femmes galantes de ce siècle, qui sont revêtues, en effet, d'un certain voile de beauté réelle, ne produisent point, n'ont jamais produit de ces résultats *sur des hommes tels que celui dont je parle* — et n'ont que faire de se prêter à des façons de le tenter qui, tout d'abord, leur seraient d'une parure malséante. Elles ne se donnent pas tant de peine — et sont infiniment moins dangereuses ; leur mensonge n'étant jamais total ! La plupart, même, sont douées d'une simplicité qui les rend accessibles à quelques sensations élevées, — à des dévouements, même ! — *Mais celles-là seules qui peuvent avilir à ce point et jusqu'à ce dénouement un homme tel qu'Anderson*, ne peuvent pas être *belles*, dans un sens *acceptable* du mot.

« S'il s'en trouve qui *semblent* belles, au premier regard, j'affirme que leur visage ou leur corps *doit*, immanquablement, offrir quelques traits infâmes, abjects, qui démentent le reste et où se traduit leur être : la vie et les excès renforcent, bientôt, ces difformités — et ce qu'il faut dire, maintenant, *c'est qu'étant donné le genre de passion qu'elles allument, lorsque ce genre de passion doit amener ces moroses conséquences*, ce n'est nullement de leur illusoire beauté que provient, sur leur amant, leur pernicieux pouvoir ! *mais bien de ces seuls traits odieux* qui font, seulement, *tolérer*, à cet amant, le peu de beauté convenue qu'ils déshonorent. Le passant peut désirer ces femmes pour ce peu de beauté : leur *amant* ? jamais.

« "Ces femmes *sont jolies* !" promulguent encore nos penseurs.

« Même en accordant le sens tout relatif de ce mot, ce que l'on n'ajoute pas, c'est qu'on ignore *à quel prix elles le sont* dès qu'elles ont fait trois pas dans la vie, hors de la prime jeunesse. Et je prétends que le prix fait quelque chose à l'affaire, cette fois.

« Car le *joli* de leurs personnes ne tarde pas à devenir d'une qualité le plus souvent *artificielle*, et TRÈS ARTIFICIELLE entre-temps. Certes, il est difficile de le reconnaître d'un coup d'œil : mais *cela est*. — "Qu'importe (s'écrient nos philosophes) si l'ensemble est d'une agréable impression ? Sont-elles autre chose, pour nous, que de jolis moments qui passent ? Si la saveur de leur personne, pimentée de ces ingrédients et ajoutis nouveaux, ne nous déplaît pas, qu'importe comment elles préparent le mets de haut goût qu'elles débitent !"

« Je pense vous prouver tout à l'heure que cela importe un peu plus que ces insoucieux amateurs ne le supposent. — Puis, si nous regardons à la prunelle ces douteuses adolescentes (*si jolies* !), nous distinguerons, en ces prunelles, l'éclair du chat obscène qui veille en elles et cette aperception démentira, sur-le-champ, ce que la crudité d'une jeunesse factice peut leur *prêter* de charme.

« Si, nous excusant du sacrilège, nous plaçons, à côté d'elles, par exemple, une de ces toutes simples jeunes filles dont les joues deviennent couleur des matinales roses aux premiers mots sacrés du jeune amour, nous trouverons, sans effort, que le mot "joli", vraiment, est quelque peu flatteur s'il s'agit de qualifier l'ensemble banal de cette poudre, de ce fard, de telle ou de telle fausse dent, de telle ou de telle teinture, de telle ou de telle fausse natte, rousse, blonde ou brune, — et de ce faux sourire, et de ce faux regard, et de ce faux amour.

« Donc, il est inexact d'avancer de ces femmes qu'elles sont belles, ou laides, ou jolies, ou jeunes, ou blondes, ou vieilles, ou brunes, ou grasses, ou maigres, attendu qu'en supposant, même, qu'il soit possible de le savoir, et de l'affirmer avant que telle rapide modification nouvelle ne s'accuse en leurs corporéités, — *le secret de leur malfaisant charme n'est pas là* : — bien au contraire !

« Chose à déconcerter la raison, l'axiome qui ressort de ces féminines *stryges*[155], qui marchent de pair avec l'homme, *c'est que leur action fatale et morbide sur* LEUR *victime est en raison directe de la quantité d'artificiel, au moral et au physique, dont elles font valoir, — dont elles repoussent, plutôt, — le peu de séductions naturelles qu'elles paraissent posséder.*

« C'est, en un mot, QUOIQUE jolies, ou belles, ou laides, etc., que *leur* amant (celui qui doit en succomber) s'en appassionne et s'en aveugle ! Et nullement *à cause de ces possibilités personnelles.* — C'est là l'unique point que je tenais à bien établir, attendu que c'est le seul qui soit important.

« Je passe, ici-bas, pour assez inventif : mais, en vérité (je puis, dès à présent, vous l'avouer), mon imagination, même surmenée par l'animadversion que je nourrissais, je le confesse, contre Miss Evelyn Habal, ne pouvait pas, — non ! non ! — ne pouvait pas me

---

155. Dans la mythologie orientale comme dans la légende populaire romaine, les *stryges* (ou *striges*) sont des vampires.

suggérer jusqu'à quel degré fantasmatique et presque inconcevable cet axiome devait être confirmé par... ce que nous allons voir, entendre et toucher tout à l'heure.

« Maintenant, une comparaison, pour conclure, avant de passer à la démonstration.

« Tous les êtres ont leurs *correspondances* dans un règne inférieur de la nature. Cette correspondance, qui est, en quelque sorte, la figure de leur réalité, les éclaire aux yeux du métaphysicien. Pour la reconnaître, il suffit de considérer les résultats produits autour de ces êtres par leur présence. Eh bien ! la correspondance de ces mornes Circés[156] dans le monde *végétal* (puisque n'étant elles-mêmes, malgré leurs formes humaines, que du monde animal, il faut regarder au-dessous pour préciser leur correspondance), celle-ci n'est autre que l'arbre Upa, dont elles sont, en analogie, comme les myriades de feuilles vénéneuses.

« Il apparaît, très doré par le soleil. Son ombre, vous le savez, engourdit, enivre d'hallucinations fiévreuses et, si l'on s'attarde sous son influence, elle devient mortelle.

« Donc, la beauté de l'arbre doit être *empruntée* et *surajoutée* à lui-même.

« En effet, sarclez l'upa de ses millions de chenilles pestifères et brillantes : et ce n'est plus qu'un arbre mort, aux fleurs d'un rose sale et dont le soleil n'arrache plus un reflet. Sa vertu meurtrière, même, disparaît si on le transplante hors du terrain propice à son action, et il ne tarde pas à dépérir, dédaigné de toute attention humaine.

« Les chenilles lui sont nécessaires. Il se les *approprie*. Et tous deux s'attirent, lui et l'innombrable chenille, à cause de l'action funeste où doit se réaliser leur ensemble, qui les *appelle* en sa synthétique unité. Tel est l'upa, — le mancenillier, si vous le voulez. Certains amours tiennent de son ombre.

156. Dans l'*Odyssée*, la magicienne Circé accueille Ulysse dans son île d'Aea, mais par un sortilège transforme ses compagnons en pourceaux.

« Eh bien! en échenillant de leurs attraits, aussi délétères qu'artificiels, la plupart de ces femmes dont l'ombre est mortelle, — il en reste... ce qui reste de l'upa dans cette même conjoncture.

« Remplacez le soleil par l'imagination de qui les regarde, l'illusion, précisément à cause de l'effort secret qu'elle nécessite, apparaît d'autant plus chatoyante et attirante! — Regardez-les, en examinant, à froid, *ce qui produit* cette illusion, elle se dissipera pour faire place à cet invincible dégoût dont aucune excitation ne tirerait un désir.

« Miss Evelyn Habal était donc devenue pour moi le sujet d'une expérience... curieuse. Je me résolus à la retrouver, non pour faire la preuve de ma théorie (elle est faite de toute éternité), mais parce qu'il me paraissait intéressant de la constater dans des conditions *aussi belles*, aussi *complètes* qu'elles *devaient* être.

« Miss Evelyn Habal! — me disais-je : qu'est-ce que CELA pouvait bien être?

« Je m'enquis de ses traces.

« La délicieuse enfant était à Philadelphie, où la ruine et la mort d'Anderson lui avaient fait une réclame des plus resplendissantes. Elle était fort courue. Je partis et fis sa connaissance en peu d'heures. Elle était bien souffrante... Une affection la minait; — au physique, bien entendu. De sorte qu'elle ne survécut, même, que peu de temps à son cher Edward.

« Oui, la Mort nous la déroba, voici déjà plusieurs années.

« Toutefois, j'eus le loisir, avant son décès, de vérifier en elle mes pressentiments et théories. Au surplus, tenez, sa mort importe peu : je vais la faire venir, comme si de rien n'était.

« L'affriolante ballerine va vous danser un pas en s'accompagnant de son chant, de son tambour de basque et de ses castagnettes. »

En prononçant ces derniers mots, Edison s'était levé et avait tiré une cordelette qui tombait du plafond le long d'une tenture.

IV

DANSE MACABRE

Et c'est un dur métier que d'être belle femme!

CHARLES BAUDELAIRE.

Une longue lame d'étoffe gommée, incrustée d'une multitude de verres exigus, aux transparences teintées, se tendit latéralement entre deux tiges d'acier devant le foyer lumineux de la lampe astrale. Cette lame d'étoffe, tirée à l'un des bouts par un mouvement d'horloge, commença de glisser, très vivement, entre la lentille et le timbre d'un puissant réflecteur. Celui-ci, tout à coup, — sur la grande toile blanche, tendue en face de lui, dans le cadre d'ébène surmonté de la rose d'or, — réfracta l'apparition en sa taille humaine d'une très jolie et assez jeune femme rousse.

La vision, chair transparente, miraculeusement photochromée, dansait, en costume pailleté, une sorte de danse mexicaine populaire. Les mouvements s'accusaient avec le fondu de la Vie elle-même, grâce aux procédés de la photographie successive, qui, le long d'un ruban de six coudées, peut saisir dix minutes des mouvements d'un être sur des verres microscopiques, reflétés ensuite par un puissant lampascope[157].

Edison, touchant une cannelure de la guirlande noire du cadre, frappa d'une étincelle le centre de la rose d'or.

Soudain, une voix plate et comme empesée, une voix sotte et dure se fit entendre; la danseuse chantait l'alza et le holè de son fandango. Le tambour de basque se mit à ronfler sous son coude et les castagnettes à cliqueter.

Les gestes, les regards, le mouvement labial, le jeu des hanches, le clin des paupières, l'intention du sourire se reproduisaient.

157. Plus qu'une simple lanterne magique, ce *lampascope* est véritablement l'ancêtre du projecteur de cinéma, dont Edison décrit ici le principe.

Lord Ewald lorgnait cette vision avec une muette surprise.

« N'est-ce pas, mon cher lord, que c'était une ravissante enfant ? disait Edison. Eh ! eh ! À tout prendre, la passion de mon ami Edward Anderson ne fut pas inconcevable. — Quelles hanches ! quels beaux cheveux roux ! de l'or brûlé, vraiment ! Et ce teint si chaudement pâle ? Et ces longs yeux si singuliers ? Ces petites griffes en pétales de roses où l'aurore semble avoir pleuré, tant elles brillent ? Et ces jolies veines, qui s'accusent sous l'excitation de la danse ? Cet éclat juvénile des bras et du col ? Ce sourire emperlé où se jouent des lueurs mouillées sur ces jolies dents ! Et cette bouche rouge ? Et ces fins sourcils d'or fauve, si bien arqués ? Ces narines si vives, palpitantes comme les ailes d'un papillon ? Ce corsage, d'une si ferme plénitude, que laisse deviner le satin qui craque ! Ces jambes si légères, d'un modelé si sculptural ? Ces petits pieds si spirituellement cambrés ? — Ah !... conclut Edison avec un profond soupir, c'est beau la Nature, malgré tout ! Et voici bien un morceau de roi, comme disent les poètes ! »

L'électricien semblait plongé dans une extase d'amoureux : l'on eût dit qu'il s'attendrissait lui-même.

« Oui, certes ! dit Lord Ewald : plaisantez la Nature si bon vous semble : cette jolie personne danse mieux, il est vrai, qu'elle ne chante ; cependant je conçois, devant tant de charmes, que, si le plaisir sensuel suffisait au cœur de votre ami, cette jeune femme lui ait paru des plus aimables.

— Ah ? » dit Edison rêveur, avec une intonation étrange et en regardant Lord Ewald.

Il se dirigea vers la tenture, fit glisser la coulisse du cordon de la lampe ; le ruban d'étoffe aux verres teintés surmonta le réflecteur. L'image vivante disparut. Une seconde bande héliochromique se tendit, au-dessous de la première, d'une façon instantanée, commença de glisser devant la lampe avec la rapidité de l'éclair, et le réflecteur envoya dans le cadre l'apparition d'un petit être exsangue, vaguement féminin, aux membres rabougris, aux joues creuses, à la bouche édentée et presque sans lèvres, au crâne à peu près chauve, aux yeux ternes et en vrille, aux paupières flasques, à la personne ridée toute maigre et sombre.

Et la voix avinée chantait un couplet obscène, et tout cela dansait, comme l'image précédente, avec le même tambour de basque et les mêmes castagnettes.

« Et... maintenant? dit Edison en souriant.

— Qu'est-ce que cette sorcière? demanda Lord Ewald.

— Mais, dit tranquillement Edison, c'est la même : seulement *c'est la vraie*. C'est celle qu'il y avait sous la semblance de l'autre. Je vois que vous ne vous êtes jamais bien sérieusement rendu compte des progrès de l'Art de la toilette dans les temps modernes, mon cher lord! »

Puis reprenant sa voix enthousiaste :

« *Ecce puella*[158] ! s'écria-t-il. Voici la radieuse Evelyn Habal délivrée, échenillée de ses autres attraits. N'est-ce pas que c'est pour en mourir de désirs! Ah! *povera innamorata*[159] ! — Comme elle est sémillante ainsi! Le délicieux rêve! Quelles passions, quel noble amour on sent qu'elle peut allumer ou inspirer! N'est-ce pas que c'est beau la simple Nature! Pourrons-nous jamais rivaliser avec ceci? J'en dois désespérer. J'en baisse la tête. — Hein? qu'en pensez-vous?... — Ce n'est qu'aux seules persistances de la Suggestion fixe que je dois d'avoir obtenu cette pose. — Dérision! Croyez-vous que, si Anderson l'eût vue de la sorte pour la première fois, il ne serait pas encore assis à son foyer, entre sa femme et ses enfants, ce qui valait bien le reste, après tout? — Ce que c'est que la "toilette", pourtant! Les femmes ont des doigts de fées! Et, une fois la première impression produite, je vous dis que l'Illusion est tenace et se repaît des plus odieux défauts : —

158. « Voici la jeune fille! » en latin (sur le modèle du *Ecce homo* de Ponce Pilate, le « tragique préfet » — cf. livre I, ch. V).
159. « Pauvre amoureuse! » en italien.

jusqu'à se cramponner, avec ses ongles de chimère en démence, à la laideur, fût-elle répulsive *entre toutes*.

« Il suffit à une "fine mouche", encore un coup, de savoir affirmer ses tares, pour s'en faire une parure mordante et en inspirer la convoitise aux inexperts insensiblement aveuglés. Ce n'est plus qu'une question de vocabulaire ; la maigreur devient de la gracilité, la laideur du piquant, la malpropreté de la négligence, la duplicité de la finesse, et caetera, et caetera. Et, de nuances en nuances, l'on arrive souventes fois… où l'amant de cette enfant en arriva. À une mort maudite. Lisez les milliers de journaux qui, partout, et quotidiennement, le constatent, et vous reconnaîtrez que, loin d'exagérer mes chiffres, je les sous-évalue.

— Vous me certifiez, mon cher Edison, que ces deux visions ne reproduisent qu'une seule et même femme ? » murmura Lord Ewald.

Edison, à cette question, regarda, de nouveau, son jeune interlocuteur, mais cette fois, avec une expression de mélancolie grave.

« Ah ! vous avez l'idéal vraiment enfoncé dans le cœur ! s'écria-t-il enfin. Eh bien ! puisqu'il en est ainsi, je vais vous convaincre, cette fois ! Car, en vérité, je me vois contraint de le faire. Regardez, milord : voici, en réalité, pourquoi ce pauvre Edward Anderson s'est détruit la dignité, le corps, l'honneur, la fortune et la vie. »

Et, faisant sortir de la muraille un grand tiroir sous l'image lumineuse qui continuait la sinistre danse :

« Voici, continua-t-il, la dépouille de cette charmeuse, l'arsenal de cette Armide[160] ! — Voulez-vous avoir la complaisance de nous éclairer, Miss Hadaly ? »

L'Andréide se leva, saisit une torche fortement parfumée, l'alluma dans le calice de quelque fleur ; puis, prenant par la main Lord Ewald, l'attira doucement vers Edison.

---

160. Dans la *Jérusalem délivrée* du Tasse, cette magicienne retient le chevalier Renaud prisonnier dans son palais enchanté.

« Oui, continuait l'ingénieur, si vous avez trouvé *naturels* les charmes du premier aspect de Miss Evelyn Habal, j'imagine que vous allez revenir sur cette impression ; car, en fait de personne défectueuse jusqu'au paradoxe, c'était, au contraire, l'effigie, la pièce d'or, l'étalon-type suprême, dont les autres femmes de son genre ne peuvent être, Dieu merci, que la pâle monnaie ! Voyez, plutôt. »

Hadaly, à cette parole, élevant sa torche au-dessus de sa tête voilée, se tint debout, à côté du sombre tiroir, comme une statue auprès d'un sépulcre.

V

EXHUMATION

Lugete, o Veneres Cupidinesque[161] *!*

CATULLE.

« Voici, nasillait Edison avec la voix d'un commissaire-priseur, voyez : Ici reposent la ceinture de Vénus, l'écharpe des Grâces, les flèches de Cupidon.

« Voici d'abord, la chevelure ardente de l'Hérodiade[162], le fluide métal stellaire, les lueurs de soleil dans le feuillage d'automne, le prestige de l'ombre vermeille sur la mousse, — le souvenir d'Ève la blonde, l'aïeule jeune, l'éternellement radieuse ! Ah ! secouer ces rayons ! quelle ivresse ! Hein ? »

Et il secouait, en effet, dans l'air, une horrible queue

---

161. « Pleurez, vous les Vénus et les Amours ! »
162. Hérodiade, princesse juive, épouse d'Hérode dit Philippe, eut avec son oncle et beau-frère Hérode Antipas une liaison qui scandalisa les juifs, et notamment, selon l'Evangile, Jean-Baptiste ; Hérodiade irritée fit danser sa fille Salomé devant Hérode Antipas, et lui fit demander à son oncle, en récompense, la tête de Jean-Baptiste sur un plateau d'argent.

de nattes postiches et déteintes, où l'on voyait des fils d'argent réapparaître, des crêpés violacés, un sordide arc-en-ciel de poils que travaillait et jaunissait l'action des acides.

« Voici le teint de lis, les roses de la pudeur virginale, la séduction des lèvres mouvantes, humides, pimentées de désirs, tout enflammées d'amour ! »

Et il alignait, sur un bord circulaire de la muraille, de vieux étuis débouchés remplis d'un cosmétique rouge, des pots de gros fard de théâtre de toutes nuances, à moitié usés, des boîtes à mouches, etc.

« Voici la grandeur calme et magnifique des yeux, l'arc pur des sourcils, l'ombre et le bistre de la passion et des insomnies d'amour ! et puis les jolies veines des tempes !... le rose des narines émues qui respirent vite, toutes haletantes de joie en écoutant le pas du jeune amant ! »

Et il montrait les épingles à cheveux noircies à la fumée, des crayons bleus, des pinceaux à carmin, des bâtons de chine, des estompes, des boîtes de khôl de Smyrne, etc.

« Voici les belles petites dents lumineuses, si enfantines et si fraîches ! Ah ! le premier baiser sur la provocante magie du sourire ensorcelant qui les découvrait ! »

Et il faisait jouer, avec bruit, les ressorts d'un ravissant dentier pareil à ceux que l'on voit dans les montres[163] des dentistes.

« Voici l'éclat, le satiné, la nacre du col, la juvénilité de la chair des épaules et des bras frémissants : les lueurs d'albâtre de la belle gorge ondulante ! »

Et il élevait, l'un après l'autre, chaque instrument du lugubre appareil de l'émaillage.

« Voici les beaux seins bondissants de la Néréide[164] ensalée des vagues aurorales ! Salut, dans l'écume et les rayons, à ces divins contours entrevus dans le cortège de l'Anadyomène ! »

163. Devantures.
164. Les Néréides sont des divinités marines qui personnifiaient peut-être les vagues innombrables de la mer.

Et il agitait des morceaux de ouate grise, bombés, fuligineux et de très rance odeur.

« Voici les hanches de la faunesse, de la bacchante enivrée, de la belle fille moderne, plus parfaite que les statues d'Athènes — et qui danse avec sa folie ! »

Et il brandissait des « formes », des « tournures » en treillis d'acier, des baleines tordues, des buscs aux inclinaisons orthopédiques, les restes de deux ou trois vieux corsets compliqués, et qui, avec leurs lacets et leurs boutons, ressemblaient à de vieilles mandolines détraquées, dont les cordes flottent et bruissent avec un son ridicule.

« Voici les jambes, au modelé si pur, si délicieuse-ment éperdues, de la ballerine ! »

Et il faisait se trémousser, en les agitant à bras tendu le plus loin possible, — deux lourds et fétides maillots, sans doute jadis roses, aux tricots rembourrés d'une étoupe savamment répartie.

« Voici les clartés adamantines[165] des ongles des pieds et des mains, le brillant des petites griffes mignonnes. Ah ! l'Orient ! C'est de lui que nous vient encore cette lumière ! »

Et il montrait le dedans d'une forte boîte dite de roséine[166] ou de nakarat[167], avec ses brosses usées, souillées encore de différents détritus.

« Voici l'élancé de la démarche, la cambrure, la sveltesse d'un pied féminin, où rien ne décèle l'intru-sion d'une race servile, lâche et intéressée. »

Et il choquait, l'un contre l'autre, des talons hauts comme des bouchons de médoc, — des semelles finis-sant sous le cou-de-pied et trompant l'œil, par ainsi, quant aux dimensions réelles des extrémités infâmes, — des morceaux de liège simulant une cambrure, etc.

« Voici l'APPRÊT du sourire ingénu, malin, câlin,

165. Qui a l'éclat, la dureté du diamant.
166. Composé chimique de couleur rouge.
167. Ou plutôt *nacarat* (du portugais *nacarado*, nacré) : couleur rouge clair ; pour se farder, on se tamponnait les joues avec un crépon teint de nacarat et humidifié.

céleste ou mélancolique, l'inspirateur des enchante-
ments et des expressions "irrésistibles" du visage ! »

Et il montrait un grossissant miroir de poche, où la
danseuse étudiait, à une ride près, les « valeurs » de sa
physionomie.

« Voici la senteur saine de la Jeunesse et de la Vie,
l'arôme personnel de cette fleur animée ! »

Et il plaçait, délicatement, comme des spécimens,
auprès des fards et des crayons, des fioles de ces huiles
puissantes, élaborées par la pharmaceutique pour
combattre les regrettables émanations de la nature.

« Voici, maintenant, de plus sérieux flacons prove-
nus de la même officine : leur odeur, leur teinte iodu-
rée[168], leurs étiquettes grattées nous font pressentir
quels bouquets de *Ne m'oubliez pas* la pauvre enfant
pouvait offrir à ses préférés.

« Voici quelques ingrédients et quelques objets, de
formes au moins bizarres, dont, par déférence pour
notre chère Hadaly, nous tairons l'usage probable,
n'est-ce pas ? — Ils révèlent que cette naïve créature
était quelque peu versée dans l'art de réveiller d'inno-
cents transports.

« Et, pour clore, ajouta Edison, voici quelques
échantillons d'herboristerie dont les vertus spéciales
sont très connues ; elles nous attestent que Miss Evelyn
Habal, en sa modestie, ne se sentait pas faite pour les
joies de la famille. »

Ayant ainsi terminé sa nomenclature, le sinistre ingénieur referma de nouveau, et pêle-mêle, dans le tiroir,
tout ce qu'il en avait exhumé ; puis, en ayant laissé
retomber le couvercle comme une pierre tombale, il le
repoussa dans la muraille.

« Je pense, mon cher lord, que vous êtes édifié
maintenant, conclut-il. Je ne crois pas, je ne veux pas
croire qu'il exista jamais, parmi les plus plâtrées et les

---

168. Les iodures étaient notoirement utilisées, en association avec
le mercure, dans le traitement de la syphilis — laquelle provoque,
dans ses premiers stades, de peu ragoûtantes efflorescences (d'où
l'allusion à certains « bouquets »).

plus blafardes de nos belles galantes, une femme plus...
recommandée... que Miss Evelyn; mais ce que je jure,
ce que j'atteste — c'est que *toutes sont, ou seront demain,*
— *(quelques excès aidant),* — *plus ou moins de sa*
famille. »

Et il courut à une aiguière s'ondoyer, puis s'essuyer
les doigts.

Lord Ewald se taisait, profondément surpris, écœuré
jusqu'à la mort, et pensif.

Il regardait Hadaly, qui éteignait silencieusement sa
torche dans la terre d'une caisse d'oranger artificiel.

Edison revint à lui.

« Je comprends, à la rigueur, qu'on puisse encore
s'agenouiller devant une sépulture ou un tombeau,
dit-il; mais devant ce tiroir, et devant ces mânes!...
C'est difficile, — n'est-ce pas? — Pourtant ne sont-ce
pas là *ses vrais ossements*? »

Et, tirant une dernière fois la cordelette des cercles
photochromiques, la vision disparut, le chant cessa :
l'oraison funèbre était achevée.

« Nous sommes loin de Daphnis et de Chloé[169] »,
dit-il.

Puis, en manière de conclusion tranquille :

« Allons, ajouta-t-il, était-ce vraiment la peine de
devenir déshonnête, de dénuer les siens, d'oublier toute
vieille espérance infinie, et de sauter, la tête basse, dans
on ne sait quel vil suicide... pourquoi?

« *Pour le contenu de ce tiroir.*

« Ah! les gens *trop* positifs! Quels poètes, lorsqu'ils
se mettent à vouloir, aussi, chevaucher des nuages! —
Et pensez que la moyenne annuelle de cinquante-deux à
trois mille cas (certes beaucoup moins monstrueux,
mais, sous un peu d'analyse, à peu près identique, dans
leur genre, à celui-ci), est ascendante en Amérique et en
Europe, et que la plupart des victimes — au moins de la
laideur morale de nos "irrésistibles" exécutrices, —

169. Les deux adolescents ingénus et gracieux qui s'aiment
d'amour tendre au milieu des bergers de l'île grecque de Lesbos, dans
les *Pastorales de Daphnis et Chloé* de Longus.

sont, pour la plupart, des gens doués du sens commun
le plus terre à terre, le plus pratique, et fort dédaigneux
de tous ces songe-creux qui, du fond de leur solitude
préférée, les regardent fixement. »

VI

HONNI SOIT QUI MAL Y PENSE!

> *Et, se jetant de loin un regard irrité,*
> *Les deux sexes mourront chacun de son*
> *[côté.*
>
> ALFRED DE VIGNY, *Les Destinées.*

« Alors, continua Edison, ayant ainsi rassemblé ces
preuves que mon malheureux ami n'avait jamais serré
dans ses bras qu'une morne chimère et que, sous cet
attirail non pareil, l'être hybride de sa passion se
trouvait être aussi faux lui-même que son amour, — au
point de ne plus sembler que de l'*Artificiel illusoirement
vivant*, — je me suis dit une chose :

« Puisque, en Europe et en Amérique, il est, chaque
année, tant de milliers et tant de milliers d'hommes
raisonnables qui, — abandonnant de véritables,
d'admirables femmes, le plus souvent, — se laissent
ainsi assassiner par l'Absurde en des milliers de cas *à
peu près* identiques à celui-ci...

— Oh! interrompit Lord Ewald, dites que votre ami
est tombé sur la plus incroyable exception du monde, et
que son triste amour ne peut être excusable ou concevable que comme issu d'une démence évidente et digne
d'être médicalement traitée. Tant d'autres meurtrières
sont d'un charme si réel que vouloir tirer de toute cette
aventure une loi générale ne serait qu'un projet paradoxal.

— J'ai commencé par le bien établir, répondit Edison. Toutefois, vous oubliez que vous-même avez

trouvé naturel le premier aspect d'Evelyn Habal; et, sans insister plus longtemps sur le laboratoire de toilette de toutes nos élégantes (en lequel sanctuaire un proverbe nous apprend que le mari ni l'amant ne doivent jamais pénétrer), je vous dirai que la hideur morale de celles qui produisent de tels désastres compense amplement le peu qu'elles semblent avoir de moins répulsif au physique. Car, étant dénuées même de la faculté d'attachement dont sont doués de simples animaux et n'étant courageuses que pour détruire ou ravaler, je préfère ne pas déclarer toute mon opinion sur le genre de maladie qu'elles donnent et que plusieurs appellent de l'amour. Et une partie du mal provient de ce que l'on emploie ce mot, par une sorte de bienséance inconvenante, à la place du *réel*. — Donc, ai-je pensé, — si l'Artificiel assimilé, amalgamé plutôt, à l'être humain, peut produire de telles catastrophes, et puisque, par suite, à tel ou tel degré, physique ou moral, toute femme qui les cause tient plus ou moins d'une andréide, — eh bien! chimère pour chimère, pourquoi pas l'Andréide elle-même? Puisqu'il est impossible, en ces sortes de passions, de sortir de l'illusion strictement personnelle, et qu'elles tiennent, *toutes*, de l'artificiel, puisqu'en un mot la Femme elle-même nous donne l'exemple de se remplacer par de l'Artificiel, épargnons-lui, s'il se peut, cette besogne. Telles femmes désirent que nos lèvres se rougissent au contact des leurs, — et que, de nos yeux, bondissent des larmes amères si leur caprice ou leur trépas nous sèvrent de tel ou tel pot de céruse? Essayons de changer de mensonge! Ce sera plus commode pour elles et pour nous. Bref, si la création d'un être électro-humain, capable de donner un change salubre à l'âme d'un mortel, peut être réduite en formule, essayons d'obtenir de la Science une équation de l'Amour *qui, tout d'abord, ne causera pas les maléfices démontrés inévitables* sans cette addition ajoutée, tout à coup, à l'espèce humaine; et qui circonscrira le feu.

« Une fois cette formule trouvée et jetée à travers le

monde, je sauverai peut-être, d'ici à peu d'années, des milliers et des milliers d'existences.

« Et nul ne pourra m'objecter d'impudentes insinuations, *puisque le propre de l'Andréide est d'annuler, en quelques heures, dans le plus passionné des cœurs, ce qu'il peut contenir, pour le modèle, de désirs bas et dégradants, ceci par le seul fait de les saturer d'une solennité inconnue et dont nul, je crois, ne peut imaginer l'irrésistible effet avant de l'avoir éprouvé.*

« Je me suis donc mis au travail ; j'ai lutté avec le problème, pensée à pensée ! À la fin, — aidé d'une sorte de *voyante* du nom de Sowana, dont je vous parlerai plus tard, — j'ai découvert la formule rêvée, et, tout à coup, j'ai suscité, de l'ombre, Hadaly. »

VII

ÉBLOUISSEMENT

> *La philosophie rationnelle pèse les possibi-
> lités et s'écrie :*
> « *On ne peut décomposer la lumière.* »
> *La philosophie expérimentale l'écoute et se
> tait devant elle pendant des siècles : puis,
> tout à coup, elle montre le prisme et dit :*
> « *La lumière se décompose.* »
>
> DIDEROT.

« Depuis qu'elle est debout, en ces caveaux inconnus, j'attendais de trouver un homme assez sûr de son intelligence et assez désespéré pour affronter la première expérience ; et c'est vous, à qui je dois cette œuvre réalisée, c'est vous-même qui êtes venu, — vous qui, possédant, peut-être, la plus belle d'entre les femmes, en êtes écœuré jusqu'à vouloir mourir. »

Ayant ainsi terminé son fantastique récit, l'électricien se tourna vers Lord Ewald, en indiquant l'Andréide silencieuse, dont les deux mains appuyées contre son voile semblaient vouloir cacher encore plus l'invisible visage.

« Maintenant, ajouta-t-il, voulez-vous toujours savoir *comment* le phénomène de cette vision future peut s'accomplir ? Êtes-vous certain que votre illusion volontaire *sera* d'une foi suffisante pour résister à cette explication ?

— Oui », dit Lord Ewald, après un silence.

Puis, regardant Hadaly :

« On dirait qu'elle souffre ! — ajouta-t-il, comme se prêtant, par une curiosité grave, à la fantasmagorie métaphysique, et cependant vêtue de réalité, qu'il contemplait.

— Non, dit Edison, elle a pris l'attitude de l'enfant qui va naître : elle se cache le front devant la vie. »

Un silence passa.

« Venez, Hadaly ! » cria-t-il soudain.

L'Andréide, à cette parole, marcha, voilée et ténébreuse, vers la table de porphyre.

Le jeune homme regarda l'électricien : celui-ci, déjà penché sur la trousse étincelante, choisissait parmi les grands scalpels de cristal.

Arrivée devant le bord de la table, Hadaly se retourna et, toute gracieuse, se croisant les mains derrière la tête :

« Milord, dit-elle, soyez indulgent pour mon humble irréalité et, avant d'*en* dédaigner le rêve, *rappelez-vous la compagne humaine qui vous oblige à recourir, fût-ce à un fantôme, pour vous racheter l'Amour.* »

À ces paroles, une sorte d'éclair sillonna l'armure animée de Hadaly ; Edison, le saisissant à l'aide d'un fil pris entre deux longues tenailles de verre, le fit disparaître.

Ce fut comme si l'âme de cette forme humaine était emportée.

La table fit bascule : l'Andréide s'y trouvait maintenant adossée, sa tête appuyée au coussin.

L'électricien se baissa, détendit deux attaches d'acier

rivées à cette dalle, les glissa sous les pieds de Hadaly, puis repoussa la table, qui reprit sa position horizontale avec l'Andréide à présent couchée sur elle comme une trépassée sur une dalle d'amphithéâtre.

« Rappelez-vous le tableau d'André Vesale[170] ! dit en souriant Edison ; bien que nous soyons seuls, nous en exécutons un peu l'idée en ce moment. »

Il toucha l'une des bagues de Hadaly. L'armure féminine s'entrouvrit lentement.

Lord Ewald tressaillit et devint fort pâle.

Jusque-là le doute l'avait, malgré lui, hanté.

Malgré les paroles formelles de son interlocuteur, il lui avait été impossible d'admettre que l'Être qui lui avait donné, à ce point, l'illusion d'une vivante incluse dans une armure fût un être tout à fait fictif, né de la Science, de la patience et du génie.

Et il se trouvait en face d'une merveille dont les évidentes possibilités, dépassant presque l'imaginaire, lui attestaient, en lui éblouissant l'intelligence, jusqu'où celui qui veut peut oser vouloir.

---

170. Ou plutôt *Vésale*, célèbre anatomiste flamand (1514-1564) ; médecin de Charles Quint, il fut accusé d'avoir pratiqué la dissection d'un homme encore vivant et déféré devant l'Inquisition ; il dut pour s'amender faire un pèlerinage en Terre Sainte, et périt lors du voyage de retour. Nous ne savons pas à quel tableau précis Villiers pense ici ; à défaut, qu'on se représente un de ces portraits corporatistes hollandais, dans lesquels les commanditaires du tableau sont représentés groupés autour du commanditaire principal montré dans l'exercice de sa profession, par exemple la fameuse *Leçon d'anatomie du professeur Tulp* de Rembrandt ; le nombre des personnages entrant généralement dans la composition de tels tableaux explique la nuance d'Edison : « bien que nous soyons seuls ».

Livre cinquième

HADALY

I

PREMIÈRE APPARITION DE LA MACHINE DANS L'HUMANITÉ

> *Solus cum solo, in loco remoto, non cogitabuntur orare* Pater noster.
>
> TERTULLIEN[171].

Edison dénoua le voile noir de la ceinture.

« L'Andréide, dit-il impassiblement, se subdivise en quatre parties :

« 1° Le Système vivant, intérieur, qui comprend l'Équilibre, la Démarche, la Voix, le Geste, les Sens, les Expressions-futures du visage, le Mouvement-régulateur intime, ou, pour mieux dire, "l'Âme".

« 2° Le Médiateur-plastique, c'est-à-dire l'enveloppe métallique, isolée de l'Épiderme et de la Carnation, sorte d'armure aux articulations flexibles en laquelle le système intérieur est solidement fixé.

---

171. « Seuls avec eux-mêmes, en un lieu écarté, on ne s'attendra pas à ce qu'ils disent le *Notre Père*. » Pierre Citron suggère de lire « *cogitabunt* » et de comprendre : « ils ne songeront pas à lire le *Notre Père* ». La phrase ne se trouve de toute façon pas sous cette forme dans Tertullien.

« 3° La Carnation (ou chair factice proprement dite) superposée au Médiateur et adhérente à lui, qui, — pénétrante et pénétrée par le fluide animant, — comprend les Traits et les Lignes du corps imité, avec l'émanation particulière et personnelle du corps reproduit, les repoussés de l'Ossature, les reliefs veineux, la Musculature, la Sexualité du modèle, toutes les proportions du corps, etc.

« 4° L'Épiderme ou peau humaine, qui comprend et comporte le Teint, la Porosité, les Linéaments, l'éclat du Sourire, les Plissements-insensibles de l'Expression, le précis mouvement labial des paroles, la Chevelure et tout le Système-pileux, l'Ensemble-oculaire, avec l'individualité du Regard, les Systèmes dentaires et ungulaires. »

Edison avait débité cela du ton monotone avec lequel on expose un théorème de géométrie dont le *quod erat demonstrandum*[172] est virtuellement contenu dans l'exposé même. Lord Ewald sentait, dans cette voix, que non seulement l'ingénieur allait résoudre, au moins théoriquement, les *postulata*[173] que cette série d'affirmations monstrueuses suscitait dans l'esprit, mais qu'il les avait déjà résolus et allait en fournir la preuve.

C'est pourquoi le noble Anglais, remué outre mesure par l'aplomb terrible de l'électricien, sentit le froid de la Science lui glacer le cœur à cet extraordinaire énoncé. Néanmoins, en homme calme, il ne prononça pas une parole d'interruption.

La voix d'Edison était devenue singulièrement grave et mélancolique.

« Milord, dit-il, ici, du moins, je n'ai pas de surprises à vous faire. À quoi bon ! La réalité, comme vous allez le voir, est suffisamment surprenante pour qu'il soit fort inutile de l'entourer d'un autre mystère que le sien. — Vous allez être le témoin de l'enfance d'un être idéal, puisque vous allez assister à l'explication de l'intime

---

172. « Ce qu'il fallait démontrer », en latin.
173. « Postulats », toujours dans l'ancien langage latin de la géométrie.

organisme de Hadaly. Quelle Juliette supporterait un tel examen sans que Roméo s'évanouît ?

« En vérité, si l'on pouvait voir, d'une façon rétrospective, les commencements *positifs* de celle que l'on aime et *quelle était sa forme lorsqu'elle a remué pour la première fois,* je pense que la plupart des amants sentiraient leur passion s'effondrer dans une sensation où le Lugubre le disputerait à l'Absurde et à l'Inimaginable.

« Mais l'Andréide, même en ses commencements, n'offre jamais rien de l'affreuse impression que donne le spectacle du *processus vital* de notre organisme. En elle, tout est riche, ingénieux et sombre. Regardez. »

Et il appuya le scalpel sur l'appareil central rivé à la hauteur des vertèbres cervicales de l'Andréide.

« C'est la place du centre de la vie chez l'Homme, continua-t-il. C'est la place de la vertèbre où s'élabore la moelle allongée. — Une piqûre d'aiguille, ici, vous le savez, suffit pour nous éteindre à l'instant même. En effet, les tiges nerveuses dont dépend notre respiration prennent racines en ce point : de sorte que, si la piqûre les touche, nous mourons étouffés. Vous voyez que j'ai respecté l'exemple de la Nature, ici : ces deux inducteurs, isolés en ce point, correspondent au jeu des poumons d'or de l'Andréide.

« Examinons d'abord, à vol d'oiseau, pour ainsi dire, l'ensemble de cet organisme : je vous en expliquerai le détail ultérieurement.

« C'est grâce au mystère qui s'élabore aussi dans ces disques de métaux, et qui s'en dégage, que la chaleur, le mouvement et la force sont distribués dans le corps de Hadaly par l'enchevêtrement de ces fils brillants, décalques exacts de nos nerfs, de nos artères et de nos veines. C'est grâce à ces petits disques de verre trempé, qui s'interposent, — par un jeu très simple, et dont je vous nettifierai tout à l'heure le système, — entre le courant et les divers réseaux de ces fils, que le mouvement commence ou s'arrête dans l'un des membres ou dans la totalité de sa personne. Ici, est le moteur électromagnétique des plus puissants, que j'ai réduit à ces proportions et à cette légèreté, et auquel viennent s'ajuster *tous* les inducteurs.

« Cette étincelle, léguée par Prométhée, qui court, domptée, autour de cette baguette vraiment magique, produit la respiration en impressionnant cet aimant situé verticalement entre les deux seins et qui attire à lui cette lame de nickel, annexée à cette éponge d'acier, — laquelle, à chaque instant, revient à sa place, à cause de l'interposition régulière de cet isolateur. J'ai même songé à ces soupirs profonds que la tristesse arrache du cœur : Hadaly, étant d'un caractère doux et taciturne, ne les ignore pas et leur charme ne lui est pas étranger. Toutes les femmes vous attesteront que l'imitation de ces mélancoliques soupirs est facile. Toutes les comédiennes en vendent à la douzaine, et des mieux conditionnés, pour notre illusion.

« Voici les deux phonographes d'or, inclinés en angle vers le centre de la poitrine, et qui sont les deux poumons de Hadaly. Ils se passent l'un à l'autre les feuilles métalliques de ses causeries harmonieuses — et je devrais dire *célestes*, — un peu comme les presses d'imprimerie se passent les feuilles à tirer. Un seul ruban d'étain peut contenir sept heures de ses paroles. Celles-ci sont imaginées par les plus grands poètes, les plus subtils métaphysiciens et les romanciers les plus profonds de ce siècle, génies auxquels je me suis adressé, — et qui m'ont livré, au poids du diamant, ces merveilles à jamais inédites.

« C'est pourquoi je dis que Hadaly remplace *une* intelligence par l'Intelligence.

« Voyez, voici les deux imperceptibles styles de pur acier, tremblant sur les cannelures, lesquelles tournent sur elles-mêmes, grâce à ce fin mouvement incessant de la mystérieuse étincelle : ils n'attendent que la voix de Miss Alicia Clary, je vous assure. Ils la saisiront de loin, sans qu'elle le sache, pendant qu'elle récitera, en comédienne insigne, les scènes, incompréhensibles pour elle, des rôles merveilleux et inconnus où doit s'incarner à jamais Hadaly.

« Au-dessous des poumons, voici le Cylindre où seront inscrits, en relief, les gestes, la démarche, les expressions du visage et les attitudes de l'être adoré. C'est l'analogie exacte des cylindres de ces orgues perfectionnés, dits de Barbarie, et sur lesquels sont incrustées, comme sur celui-ci, mille petites aspérités de métal. Or, de même que chacune d'entre elles, piquées d'après un calcul musical, joue exactement (soit en rondes, soit en quadruples croches et en tenant compte des silences), toutes les notes d'une douzaine d'airs de danses ou d'opéras, — selon que chacune vient se placer, à son rang et plus ou moins rapprochée d'une autre, sous les dents vibrantes du peigne d'harmonie, — de même ici, le Cylindre, sous ce même peigne qui étreint les extrémités de tous les nerfs inducteurs de l'Andréide, *joue* (et je vais vous dire comment) *les gestes, la démarche, les expressions du visage et les attitudes de celle que l'on incarne dans l'Andréide.* L'inducteur de ce Cylindre est, pour ainsi dire, le grand sympathique de notre merveilleux fantôme.

« En effet, ce Cylindre contient l'émission d'environ soixante-dix mouvements généraux. C'est, à peu près, le fonds de ceux dont une femme bien élevée peut et doit disposer. Nos mouvements, à part ceux de quelques gens convulsifs ou trop nerveux, sont presque toujours les mêmes : les diverses situations de la vie les nuancent et les font paraître différents. Mais j'ai calculé, en décomposant leurs dérivés, que vingt-sept ou vingt-huit mouvements, au plus, constituent déjà une rare personnalité. D'ailleurs, qu'est-ce qu'une femme qui gesticule beaucoup ? — Un être insupportable. On ne doit surprendre, ici, que les seuls mouvements harmonieux, les autres étant choquants ou inutiles.

« Or, les deux poumons et le grand sympathique de Hadaly sont reliés par ce même et unique mouvement dont le fluide est l'impulseur. Une vingtaine d'heures parlées, suggestives, captivantes sont inscrites sur cet album de feuilles, ineffaçables grâce à la galvanoplastie, — et leurs *Correspondances expressives* sont, également, inscrites sur les aspérités de ce Cylindre, lesquelles sont incrustées au micromètre. Ne faut-il pas, en effet, que le mouvement des deux phonographes, uni à celui du cylindre, produise l'homogénéité du geste et de la parole ainsi que du mouvement labial ? et du regard, et des fondus d'expressions si subtils ?

« Vous comprenez que leur ensemble, en chaque scène, est réglé, ainsi, avec une précision parfaite. Certes, c'est chose plus malaisée, mécaniquement, que d'inscrire une mélodie et son accompagnement, avec ses accords les plus compliqués, sur tel ou tel cylindre d'orgue : mais nos instruments, vous dis-je, sont devenus, croyez-le bien, si ténus et si sûrs (surtout aidés de nos inflexibles lentilles), qu'avec un peu de patience et de calcul différentiel, on y arrive sans trop de peine.

« Maintenant, je *lis* les gestes sur ce Cylindre aussi couramment qu'un prote lit à rebours une page de fonte (question d'habitude) : je corrigerai, disons-nous, cette épreuve selon les mobilités de Miss Alicia Clary ; cette opération n'est pas très difficile, grâce à la Photographie successive dont vous venez de voir une application tout à l'heure.

— Mais, interrompit Lord Ewald, — une scène, comme vous dites, suppose un interlocuteur ?

— Eh bien ? dit Edison, ne serez-vous pas, vous-même, cet interlocuteur ?

— Comment se peut-il qu'il vous soit possible de prévoir ce que je demanderai ou répondrai à l'Andréide ? continua le jeune lord.

— Oh ! dit Edison, un seul raisonnement va vous convaincre de la simplicité du problème, — que vous ne posez pas tout à fait exactement, je crois.

— Un instant : quel qu'il puisse être, c'est la liberté, en ma pensée et dans mon amour mêmes, qu'il m'enlèvera, si je soumets mon esprit à le reconnaître ! s'écria Lord Ewald.

— Qu'importe, s'il assure la RÉALITÉ de votre rêve ? dit Edison. Et qui donc est libre ? — Les Anges de la vieille légende, peut-être ! Et, seuls, ils peuvent avoir conquis le titre de libres, en effet! car ils sont délivrés, enfin, de la Tentation... ayant vu l'abîme où sont tombés ceux-là qui ont voulu penser[174]. »

Les deux interlocuteurs se regardèrent en silence à cette parole.

« Si je comprends bien, reprit Lord Ewald avec stupeur, il faudrait que, *moi-même*, j'apprisse *la partie* de mes questions et de mes réponses?

— Ne pourrez-vous donc les modifier, *comme dans la vie*, aussi ingénieusement que vous le voudrez, — de manière, toutefois, que la réponse attendue s'y adapte?... En vérité, *tout, je vous assure, peut, absolument, répondre à tout :* c'est le grand kaléidoscope des mots humains. Étant donnés la couleur et le ton d'un sujet dans l'esprit, n'importe quel vocable peut toujours s'y adapter en un sens quelconque, dans l'éternel *à peu près* de l'existence et des conversations humaines. — Il est tant de mots vagues, suggestifs, d'une élasticité intellectuelle si étrange! et dont le charme et la profondeur dépendent, simplement, de *ce à quoi ils répondent*!

« Un exemple : je suppose qu'une parole solitaire... le mot "déjà!" soit le mot que *devra* prononcer, — en tel instant, — l'Andréide. Je prends ce seul mot, au lieu de n'importe quelle phrase. Vous attendez cette parole, qui sera dite avec la voix douce et grave de Miss Alicia Clary et accompagnée de son plus beau regard perdu en vos yeux.

« Ah! songez à combien de questions ou de pensées ce seul mot peut répondre magnifiquement! Ce sera donc à vous d'en créer la profondeur et la beauté *dans votre question même*.

« C'est ce que vous essayez de faire, dans la vie, avec la vivante; seulement, lorsque c'est ce même mot que vous en attendez, en telle circonstance où il serait d'une si noble harmonie avec votre pensée que vous voudriez pouvoir le *souffler*, pour ainsi dire, à cette femme,

---

174. Raitt et Castex renvoient ici judicieusement au cri de Satan dans le chapitre IX du *Paradis perdu* de Milton : « Pensées, où m'avez-vous conduit? »

JAMAIS celle-ci ne le prononce. Ce sera TOUJOURS une dissonance amère, *une autre parole, enfin*, que son naturel judicieux lui dictera, pour vous serrer le cœur.

« Eh bien! avec l'Alicia future, l'Alicia réelle, l'Alicia de votre âme, vous ne subirez plus ces stériles ennuis… Ce sera bien la parole *attendue* — et dont la beauté dépendra de votre suggestion même, — qu'elle répondra! Sa "conscience" ne sera plus la négation de la vôtre, mais deviendra la semblance d'âme que préférera votre mélancolie. Vous pourrez évoquer en elle la présence radieuse *de votre seul amour*, sans redouter, cette fois, qu'elle démente votre songe! Ses paroles ne décevront jamais votre espérance! Elles seront toujours aussi sublimes… que votre inspiration saura les susciter. Ici, vous n'aurez du moins pas à craindre d'être incompris, comme avec la vivante : vous aurez seulement à prendre attention au temps gravé entre les paroles. Il vous sera même inutile d'articuler, vous-même, des paroles! Les siennes répondront à vos pensées, à vos silences.

— Ah! si c'est, *à ce point*, une comédie que vous me proposez de jouer perpétuellement, répondit Lord Ewald, c'est une offre à laquelle je ne puis que me refuser, — je dois vous le déclarer. »

II

RIEN DE NOUVEAU SOUS LE SOLEIL

> *Et j'ai reconnu que* cela même *était une vanité.*
>
> *L'Ecclésiaste.*

Edison, à ce mot, posa sur la table, auprès de l'An-dréide, l'instrument lumineux qui suffisait à l'autopsie de sa créature, et relevant le front :

« Une comédie, mon cher lord? dit-il : mais, est-ce

que vous ne consentez pas à la jouer toujours avec l'original, puisque, d'après vos confidences mêmes, vous ne pouvez que lui cacher ou lui taire à jamais votre arrière-pensée, par politesse ?

« Oh ! qui donc serait assez étrange, sous le soleil, pour essayer de s'imaginer qu'il ne joue pas la comédie jusqu'à la mort ? Ceux-là seuls qui ne savent pas leurs rôles prétendent le contraire. Tout le monde la joue ! forcément ! Et chacun avec soi-même. Être sincère ? Voilà le seul rêve tout à fait irréalisable. Sincère ! Comment serait-ce possible, puisqu'on ne sait rien ? puisque personne n'est, vraiment, persuadé de rien ! puisque l'on ne se connaît pas soi-même ? — L'on voudrait convaincre son prochain que l'on est, soi-même, convaincu d'une chose — (alors que, dans la conscience mal étouffée, l'on entend, l'on voit, l'on sent le douteux de cette même chose) ! — Et pourquoi ? Pour se magnifier d'une foi d'ailleurs toute fictive, dont personne n'est dupe une seconde et que l'interlocuteur ne feint d'admettre… qu'afin qu'il lui soit rendu la pareille tout à l'heure. Comédie, vous dis-je. Mais si l'on *pouvait* être sincère, aucune société ne durerait une heure, — chacun passant l'existence à se donner de perpétuels démentis, vous le savez ! Je défie l'homme le plus franc d'être sincère une minute sans se faire casser la figure ou se trouver dans la nécessité de la briser à ses semblables. Encore une fois, que savons-nous, pour oser émettre une opinion sur quoi que ce soit qui ne soit pas *relative* à mille influences de siècle, de milieux, de dispositions d'esprit, etc. — En amour ? Ah ! si deux amants pouvaient jamais se voir *réellement, tels qu'ils sont*, et savoir, réellement, ce qu'ils pensent *ainsi que la façon dont ils sont conçus l'un par l'autre*, leur passion s'envolerait à la minute ! Heureusement pour eux ils oublient toujours cette loi physique inéluctable : "Deux atomes ne peuvent se toucher." Et ils ne se pénètrent que dans cette infinie illusion de leur rêve, incarnée dans l'enfant, et dont se perpétue la race humaine.

« Sans l'illusion, tout périt. On ne l'évite pas. L'illusion, c'est la lumière! Regardez le ciel au-dessus des couches atmosphériques de la terre, à quatre ou cinq lieues, seulement, d'élévation : vous voyez un abîme couleur d'encre, parsemé de tisons rouges de nul éclat. Ce sont donc les nuages, symboles de l'Illusion, qui nous font la lumière! Sans eux, les Ténèbres. Notre ciel joue donc lui-même la comédie de la Lumière — et nous devons nous régler sur son exemple sacré.

« Quant aux amants, dès qu'ils *croient* seulement se connaître, ils ne demeurent plus attachés l'un à l'autre que par l'habitude. Ils tiennent à la somme de leurs êtres et de leurs imaginations dont ils se sont réciproquement imbus; ils tiennent au fantôme qu'ils ont conçu, l'un d'après l'autre, en eux-mêmes, ces étrangers éternels! mais ils ne tiennent plus l'un à l'autre *tels qu'ils se sont reconnus être*. — Comédie inévitable! vous dis-je. Et quant à celle que vous aimez, puisque ce n'est qu'une comédienne, puisqu'elle n'est digne d'admiration pour vous que lorsqu'elle "joue la comédie" et qu'elle ne vous charme, absolument, que dans ces instants-là, — que pouvez-vous demander de mieux que son andréide, laquelle ne sera que ces instants figés par un grand sortilège?

— C'est fort spécieux, dit tristement le jeune homme. Mais... entendre toujours les mêmes paroles! les voir toujours accompagnées de la même expression, fût-elle admirable! — Je crois que cette comédie me semblera bien vite... monotone.

— J'affirme, répondit Edison, qu'entre deux êtres qui s'aiment toute nouveauté d'aspect ne peut qu'entraîner la diminution du prestige, altérer la passion, faire envoler le rêve. De là ces rapides satiétés des amants, lorsqu'ils s'aperçoivent, ou croient s'apercevoir, à la longue, de leur vraie nature réciproque, dégagée des voiles artificiels dont chacun d'eux se parait pour plaire à l'autre. Ce n'est même qu'une *différence* d'avec leur rêve qu'ils constatent encore, ici! Et elle suffit pour qu'ils en arrivent souvent au dégoût et à la haine.

« Pourquoi ?

« Parce que si l'on a trouvé sa joie dans une seule manière de se concevoir, ce que l'on veut, au fond de son âme, c'est la conserver sans ombre, telle qu'elle est, sans l'augmenter ni la diminuer ; car le mieux est l'ennemi du bien — *et ce n'est que la nouveauté qui nous désenchante.*

— Oui, c'est vrai ! murmura Lord Ewald, avec un pensif sourire.

— Eh bien ! l'Andréide, avons-nous dit, n'est que les premières heures de l'Amour immobilisées, — l'heure de l'Idéal à jamais faite prisonnière : et vous vous plaignez déjà de ce qu'elle ne pourra plus rouvrir ses inconstantes ailes pour vous quitter encore ! Ô nature humaine !

— Songez, aussi, répondit Lord Ewarld en souriant, que cet agrégat de merveilles, étendu sur ce marbre, n'est qu'un assemblage vain et mort de substances sans conscience de leur cohésion ni du prodigue futur qui doit s'en dégager.

« Vous pourrez troubler mes yeux, mes sens et mon esprit par cette magique vision : mais pourrai-je oublier, moi, qu'elle n'est qu'impersonnelle ? Comment aimer zéro ? me crie, froidement, ma conscience. »

Edison regarda l'Anglais.

« Je vous ai démontré, répondit-il, que dans l'Amour-passion, tout n'était que vanité sur mensonge, illusion sur inconscience, maladie sur mirage. — Aimer zéro, dites-vous ? Encore une fois, qu'importe, si vous êtes l'unité placée devant ce zéro, comme vous l'êtes, d'ores et déjà, devant tous les zéros de la vie — et si c'est, enfin, le seul qui ne vous désenchante ni ne vous trahisse ?

« Toute idée de possession n'est-elle donc pas éteinte et morte en votre cœur ? — Je ne vous offre, et je l'ai bien spécifié, qu'une transfiguration de votre belle vivante, — c'est-à-dire ce que vous avez demandé en vous écriant : "Qui m'ôtera cette âme de ce corps !" Et

voici que, déjà, vous redoutez, à l'avance, la monotonie
de votre propre vœu réalisé. Vous voulez, maintenant,
que l'Ombre soit aussi changeante que la Réalité ! — Eh
bien ! je vais vous prouver, à l'instant, jusqu'à l'évidence la plus incontestable, que c'est vous-même, ici,
qui essayez, cette fois, de vous faire illusion, car vous ne
pouvez pas ignorer, mon cher lord, que la *Réalité*,
elle-même, n'est pas aussi riche en mobilités, en nouveautés, ni en diversités que vous vous efforcez de le
croire ! Je vais vous rappeler que le langage du bonheur
dans l'Amour, ainsi que ses expressions sur les traits
mortels, ne sont pas aussi variés *qu'un secret désir de
garder, quand même, votre déjà pensif désespoir* vous
inspire de le supposer encore ! »

L'électricien se recueillit un instant, — puis :
« Éterniser une seule heure de l'amour, — la plus
belle, — celle, par exemple, où le mutuel aveu se perdit
sous l'éclair du premier baiser, oh ! l'arrêter au passage,
la fixer et s'y définir ! y incarner son esprit et son
dernier vœu ! ne serait-ce donc point le rêve de tous les
êtres humains ? Ce n'est que pour essayer de ressaisir
cette heure idéale que l'on continue d'aimer encore,
malgré les différences et les amoindrissements apportés
par les heures suivantes. — Oh ! ravoir celle-là, toute
seule ! — Mais les autres ne sont douces qu'autant
qu'elles l'augmentent et la rappellent ! Comment se
lasser jamais de rééprouver cette unique joie : la grande
heure monotone ! L'être aimé ne représente plus que
cette heure perpétuellement à reconquérir et que l'on
s'acharne en vain à vouloir ressusciter. Les autres
heures ne font que monnayer cette heure d'or ! Si l'on
pouvait la renforcer des meilleurs instants, parmi ceux
des nuits ultérieures, elle apparaîtrait comme l'idéal de
toute félicité réalisé.

« Ceci posé en principe, dites-moi : — si votre bien-
aimée vous offrait de s'incarner à tout jamais dans
l'heure qui vous a semblé la plus belle, — celle où
quelque dieu lui inspira des paroles qu'elle ne compre-
nait pas, — à la condition de lui *redire, vous aussi, celles*

*des vôtres qui, uniquement, ont fait partie constitutive de
cette heure, croiriez-vous "jouer la comédie" en acceptant ce
pacte divin?* Ne dédaigneriez-vous pas le reste des
paroles humaines? Et cette femme vous semblerait-elle
monotone? Regretteriez-vous, enfin, ces heures suivantes, où elle vous sembla si différente que vous alliez
en mourir?

« Ses paroles, son regard, son beau sourire, sa voix,
sa personne même, telle qu'elle fut en cette heure, ne
vous suffiraient-ils pas? L'idée, même, vous viendrait-
elle de réclamer du Destin *la restitution* de ces autres
paroles de hasard, fatales ou insignifiantes presque
toujours, des traîtres instants qui suivirent l'illusion
envolée? — Non. — Celui qui aime ne *redit-il* pas, à
chaque instant, à celle qu'il aime, les deux mots si
délicieusement sacrés qu'il lui a déjà dits mille fois? Et
que lui demande-t-il, sinon l'écho de ces deux paroles,
ou quelque grave silence de joie?

« Et, en effet, on sent que le mieux est *de réentendre*
les seules paroles qui puissent nous ravir, précisément
parce qu'elles nous ont ravi une fois déjà. Il en est de
cela, tenez, tout simplement, comme d'un beau
tableau, d'une belle statue où l'on découvre tous les
jours des beautés, des profondeurs nouvelles; d'une
belle musique que l'on veut réentendre de préférence à
de nouvelles; d'un beau livre que l'on relit sans se
lasser, de préférence à mille autres, qu'on ne veut
même pas entrouvrir. Car une seule chose belle
contient l'âme simple de toutes les autres. Une seule
femme contient toutes les femmes, pour qui aime
celle-là. Et lorsqu'il nous incombe une de ces heures
absolues, nous sommes ainsi faits que *nous n'en voulons
plus d'autres*, et que nous passons notre vie à essayer,
inutilement, de l'évoquer encore, — comme si l'on
pouvait arracher sa proie au Passé.

— Oui, soit! dit amèrement Lord Ewald. Cependant, monsieur l'enchanteur, ne pouvoir jamais *improviser* une parole naturelle, toute simple!... Cela doit
glacer bien vite la bonne volonté la plus résolue.

— Improviser !... s'écria Edison : vous croyez donc que l'on improvise quoi que ce soit ? qu'on ne *récite* pas toujours ? — Mais, enfin, lorsque vous priez Dieu, est-ce que tout cela n'est pas réglé, jour par jour, dans ces livres d'oraisons qu'enfant vous avez appris par cœur ? En un mot ne lisez-vous pas, ou ne récitez-vous pas, toujours, les *mêmes* prières du matin et du soir, lesquelles ont été composées, *une fois pour toutes et pour le mieux*, par ceux qui ont eu qualité pour cela ? et qui s'y entendaient ? — Est-ce que notre Dieu, lui-même, enfin, ne vous en a pas donné la formule en vous disant : "Quand vous prierez, vous prierez COMME CECI !" etc. ? — Est-ce que, depuis bientôt deux mille années, toutes les autres prières sont autre chose que de pâles dilutions de celle qu'il nous a léguée ?

« Même dans la vie, est-ce que toutes les conversations mondaines n'ont pas l'air de fins de lettres ?

« En vérité, toute parole n'est et ne peut être qu'une redite : — et il n'est pas besoin de Hadaly pour se trouver, toujours, en tête-à-tête avec un fantôme.

« Chaque métier humain a son ensemble de phrases, — où chaque homme tourne et se vire jusqu'à la mort ; et son vocabulaire, qui lui semble si étendu, se réduit à une centaine, au plus, de phrases types, constamment récitées.

« Certes, vous n'avez jamais eu le souci ni pris le plaisir de calculer, par exemple, la somme d'heures qu'un perruquier de soixante ans, ayant commencé son métier à dix-huit ans, a dépensée à dire à chaque menton qu'il rase : "Il fait beau ou vilain temps !" pour engager la conversation, laquelle (s'il lui est répondu) roule cinq minutes sur ce sujet, pour être *automatiquement* reprise par le menton suivant, et ainsi de suite, et recommencer le lendemain ? Cela donne un peu plus de *quatorze* années compactes de sa vie, c'est-à-dire la quatrième partie, environ, de la totalité de ses jours ; le reste est employé à naître, geindre, grandir, boire, manger, dormir et voter d'une manière éclairée.

« Que voulez-vous qu'on improvise, hélas! qui n'ait été débité, déjà, par des milliards de bouches? On tronque, on ajuste, on banalise, on balbutie, voilà tout. Cela vaut-il la peine d'être regretté, d'être dit, d'être écouté? Est-ce que la Mort, avec sa poignée de terre, ne clora pas, demain, tout ce parlage insignifiant, tout ce rebattu où nous nous répandons en croyant "improviser"?

« Et comment hésiteriez-vous à préférer, comme économie de temps, les admirables condensations verbales, composées par ceux-là qui ont le métier de la parole, l'habitude de la pensée, et qui peuvent exprimer, à eux seuls, les sensations de toute l'Humanité! Ces hommes-mondes ont analysé les plus subtiles nuances des passions. C'est l'essence, que, seule, ils ont gardée, qu'ils expriment en condensant des milliers de volumes au profond d'une seule page. C'est nous-mêmes qu'ils sont, quels que nous soyons. Ils sont les incarnations du dieu Protée[175] qui veille en nos cœurs. Toutes nos idées, nos paroles, nos sentiments, pesés au carat, sont étiquetés, en leurs esprits, avec leurs plus lointaines ramifications, celles où nous n'osons descendre, nous aventurer! Ils savent, d'avance et pour le mieux, tout ce que nos passions peuvent nous suggérer d'intense, de magique et d'idéal. Nous ne ferons pas mieux, je vous assure : — et je ne vois pas pourquoi nous nous donnerions la peine de parler plus mal, en voulant nous en rapporter à notre inhabileté, sous prétexte qu'elle est, du moins, *personnelle*, — alors que ceci, vous le voyez, n'est encore qu'une illusion.

— Continuons donc l'anatomie de votre belle morte! répondit Lord Ewald après un pensif silence : je me rends à votre discours. »

175. Dans l'*Odyssée*, Protée est un dieu de la mer, qui a le don de divination, mais ne renseigne les mortels que contraint et forcé, après avoir essayé de se soustraire à leurs questions en se métamorphosant de toutes les manières possibles, prenant les formes les plus effrayantes et les plus insaisissables.

III

LA DÉMARCHE

Incessu patuit dea[176].

VIRGILE.

À l'injonction de son ami, l'ingénieur, ressaisissant la grande pince de verre :

« L'heure presse, en effet, dit-il, et à peine aurai-je le temps de vous donner une idée générale de la possibilité de Hadaly ; mais cette idée suffira, le reste n'étant qu'une question de main-d'œuvre. Ce qu'il est bon de constater, c'est la simplicité, véritablement fabuleuse, des moyens dont je me suis servi dans ma tentative.

« En un mot, j'ai mis mon orgueil à *prouver*, ici, mon ignorance, aux admirables savants qui honorent notre espèce.

« Voyez : l'Idole a des pieds d'argent, comme une belle nuit. Leur *maniérisme* n'attend que le derme neigeux, le repoussé des malléoles, les ongles rosés et les veines de ceux, n'est-ce pas ? de votre belle chanteuse. Seulement, s'ils semblent légers en leur démarche, ils le sont moins en réalité. Leur plénitude intérieure est réalisée par la lourde fluidité du vif-argent[177]. Cet hermétique maillot de platine, qui les continue, est rempli du liquide métal et monte, en s'étrécissant, jusqu'à la naissance du mollet, de sorte que toute la pesanteur porte sur le pied même. Bref, ce sont deux petits brodequins de cinquante livres et d'une mutinerie, cependant, presque enfantine. Ils paraissent d'une légèreté d'oiseau, tant le puissant électro-aimant qui les inspire et qui anime le mouvement crural se joue de ces deux perfections futures.

---

176. « Sa démarche a révélé la déesse. » — En l'occurrence, c'est Énée qui, à sa démarche, reconnaît sa mère Vénus, qui avait pris pour le tromper l'apparence et le visage d'une jeune chasseresse (Virgile, *Énéide*, I, 405).

177. Ancien nom du mercure.

« L'armure est séparée à la taille, que ce voile noir enveloppait tout à l'heure, par cette ligne ployante, composée d'une quantité de très courts et très fins liserons d'acier, qui relient, sous les flancs, le système crural à la taille même et à l'extrémité de l'abdomen. Cette ceinture, comme vous le voyez, n'est pas circulaire : elle est d'un ovale incliné en avant, comme la ligne inférieure d'un corset prolongé jusqu'à la pointe.

« Ceci donne à la taille de l'Andréide (recouverte de sa chair à la fois résistante et flexible) ce plié gracieux, cette ondulation ferme, ce vague dans la démarche, qui sont si séduisants chez une simple femme. Remarquez bien qu'ils sont convexes à la taille et concaves en avant du corps, ce qui, grâce à la tension de ces archals[178], autour des reins, non seulement ne l'empêche en rien de se tenir droite comme un svelte peuplier, mais permet tous les mouvements latéraux qui sont familiers à son modèle. Toutes les inégalités de ces liserons précieux sont calculées ; chacun d'eux subit l'impression du courant central, selon les ondulations du torse vivant qui leur dictera ses inflexions personnelles d'après leurs incrustations sur le Cylindre-moteur.

« Vous serez surpris de l'*identité* du charme qu'elles dispersent dans les attitudes ! Si vous doutez que la "grâce" féminine tienne à si peu de chose, examinez le corset de Miss Alicia Clary : et faites la différence de la démarche, de la *ligne* du corps, enfin, sans ce guide artificiel ! — Vous voyez, il y a quelques-unes de ces inégales flexibilités à toutes les articulations, surtout à celles des bras, dont les abandons infinis m'ont coûté de longues veilles.

« Celles du cou, remarquez-les : unies aux mouvements transmis par les fils impressionnés, elles sont, je crois, d'une délicatesse de ployé irréprochable. C'est le cygne féminin : le degré d'afféterie se mesure exactement.

---

178. *Archal* ne s'emploie habituellement qu'au singulier et dans l'expression « fil d'archal » : fil de laiton.

« Toute cette ossature d'ivoire n'est-elle pas d'un fini délicieux ? Ce charmant squelette est retenu à l'armure par ces anneaux de cristal, dans lesquels joue chaque os jusqu'au degré de la valeur du mouvement désiré.

« Avant de vous dire comment l'Andréide se lève, supposons-la debout et immobilisée. Vous formez le vœu qu'elle marche jusqu'à une distance prévue, inscrite en elle selon la longueur de ses pas. J'ai dit qu'il vous suffira de commander à une bague, l'améthyste, pour que l'étincelle-occulte s'utilise en démarche.

« Voici, d'abord, l'exposé brut, *sans commentaire*, du théorème physique présenté par les figures suivantes de l'Andréide : ce sont les *moyens* de sa démarche, — dont l'évidente possibilité devra ressortir *ensuite* dans la démonstration — que j'ajouterai.

« A l'extrémité du col de chaque fémur, voici une rondelle d'or, légèrement concave, assez semblable à la cuvette d'une montre et de la dimension d'un fort dollar.

« Toutes deux sont imperceptiblement inclinées l'une vers l'autre et montées sur une longue tige mobile, laquelle est incluse dans l'os fémoral.

« Au repos, le haut de ces deux tiges dépasse les cols des fémurs d'environ deux millimètres, ce qui produit *la non-adhérence des deux petits disques d'or avec les cols*.

« Les B de leurs diamètres — qui viennent en A de la hanche *interne* de l'Andréide — sont reliés par cette coulisse très concave, en lamelles d'acier, qui se prête à la démarche par ses rentrés perpétuels et au milieu de laquelle se trouve, en ce moment, à l'état libre, ce sphéroïde de cristal. Ce globe est du poids d'environ huit livres à cause de son centre hermétiquement empli de vif-argent. À la moindre mobilité de l'Andréide, il glisse, incessamment, en cette coulisse, de l'un à l'autre des deux disques d'or.

« Considérez, maintenant, au sommet de chaque jambe, cette petite bielle d'acier, brisée en deux et dont les deux parties, s'ouvrant en dessous, jouent à l'aise en un centre ou moyeu d'acier. Une extrémité en est solidement rivée à la scission dorsale interne de l'armure, — c'est-à-dire, *au-dessus* de la ceinture de flexibilité; — l'autre, au bord antérieur interne de chaque jambe.

« L'Andréide étant étendue, les deux bielles se trouvent, en ce moment, pliées, sur leurs centres, en angle aigu, — et cela dans la partie de son corps qui est divinisée en la Vénus Callipyge[179]. Notez que le moyeu d'acier, qui forme la pointe de l'angle, est *plus bas* que les deux extrémités des bielles.

« Vous remarquez ces deux solides entrecroisements d'archals, qui tirent le dos intérieur de l'armure, depuis la hauteur des poumons, — et qui aboutissent, chacun, au point où la partie antérieure des bielles se soude à chaque jambe.

« Là, ces archals forment torsade et celle-ci glisse, en nœud coulant, sur l'*avant* de la bielle.

« Lorsque l'armure est close, ces barres pectorales en acier, convexes, adaptées en manière de système costal au devant interne de l'armure, surtendent et retiennent ces deux entrecroisements, en les isolant de tous les autres appareils à travers lesquels ils passent sous les phonographes.

« Au fond, c'est, *à peu près*, le processus physiologique de la démarche humaine, et, pour être plus occultes en nous, ces moyens de locomotion ne diffèrent des nôtres que *dans leur seule* APPARENCE *à nos yeux. Qu'importe, d'ailleurs! pourvu que l'Andréide marche*?

« Les entrecroisements de ces fils d'acier suffisent pour attirer le poids du torse *tout d'abord un peu en avant* lorsque la démarche est sollicitée.

« Au-dessus de l'angle des bielles, voici les aimants en communication chacun avec ce fil, et voici, maintenant, le Fil générateur de la Démarche; il est directement en relation avec l'appareil dynamo-électrique

---

179. C'est-à-dire les fesses : la Vénus Callipyge est la Vénus « aux belles fesses ».

dont il n'est séparé que de trois centimètres, juste l'épaisseur de l'isolateur, lorsque celui-ci s'interpose entre le courant et le fil.

« Cet inducteur se prolonge jusqu'à la hauteur thoracique. Là, les deux fils qui correspondent aux aimants de chaque jambe viennent attendre de lui l'impulsion du courant dynamique : chacun la reçoit, *à son tour seulement, car l'un ne s'électrise qu'en amenant l'interposition de l'isolateur de l'autre.*

« Excepté lorsque l'Andréide est étendue ou lorsque l'isolateur est interposé entre le Fil générateur et les aimants, le sphéroïde de cristal est toujours en voyage, d'un disque d'or à l'autre, emprisonné dans la concavité de la coulisse qui se tend et se replie selon les mouvements des jambes. La jambe qui reçoit le cristal sur sa rondelle se tend, par conséquent, la première.

« Ceci posé, voici la démonstration nécessaire à l'intelligence de cet exposé.

« Nous supposerons que, grâce au léger mouvement drastique interne, imprimé par l'électrique invitation de l'améthyste, le sphéroïde aille se placer sur le disque de la jambe droite, — selon le *hasard* impondérable qui l'y sollicite.

« Le disque, en sa non-adhérence, fléchit sous le poids du globe ; sa longue tige rentre dans l'os fémoral, amenant ainsi l'adhérence du disque et du col du fémur. L'extrémité basse de cette tige désisole, en fléchissant, le fil inducteur de cette jambe. Celui-ci reçoit donc l'action du générateur.

« Le fluide arrive à l'aimant de l'articulation crurale supérieure et en multiplie instantanément la puissance. Cet aimant attire donc avec violence la brisure centrale interne de la bielle, le moyeu de *fer*-acier : la bielle se tend, par suite, — en ligne droite et à l'instant même, — avec une force calculée, amenant, ainsi, la tension de la jambe à laquelle elle est soudée. Celle-ci se tend sur son articulation, mais elle demeurerait suspendue en l'air — si le poids du corps, attiré par le nœud coulant de la torsade des archals (qui se tend sur la partie antérieure de la bielle), ne se portait en avant vers la jambe mue : — celle-ci, sollicitée par le poids de son brodequin et de son pied et sous la pesée du torse, pose, nécessairement, ce pied sur la terre, en un pas d'environ quarante centimètres. Je vous dirai tout à l'heure pourquoi l'Andréide ne tombe pas de côté ou d'autre.

« Au moment précis où le pied touche terre, une émission dynamique arrive aux aimants de l'articulation d'acier-fer du genou : le genou se tend donc, à son tour, en sa rotule.

« Aucune brusquerie dans l'*ensemble* de cette double tension, *parce qu'elle se succède* ! Une fois la jambe *recouverte de sa carnation, qui a toute l'élasticité de la chair, c'est le mouvement humain lui-même*. Il y a brusquerie dans la détente de notre fémur, mais elle est atténuée par le relâché du genou qui ne se tend qu'ultérieurement, comme chez l'Andréide. — Faites jouer les articulations d'un squelette, elles vous sembleront brusques et *automatiques*. C'est la chair, encore une fois, et aussi les vêtements, qui adoucissent tout cela.

« L'Andréide, une fois le pied posé à terre, resterait donc immobile en cette situation, si le fait même de la tension du genou ne repoussait en dehors, d'environ trois centimètres au-dessus de l'os fémoral, la tige de la rondelle d'or sur laquelle est demeuré le globe de cristal. La rondelle, exhaussée de la sorte, et n'étant plus maintenue d'aplomb sur son centre par les bords du col du fémur, fait légèrement bascule, — en s'élevant, et à cause de sa forme inclinée, — vers la rondelle gauche. Le globe tombe donc sur la coulisse d'acier, y glisse vers cette rondelle, et son poids, multiplié par la chute imperceptible, l'inclinaison et la vitesse, va frapper la rondelle d'or du fémur gauche et s'y installer.

« À peine celle-ci a-t-elle fléchi à son tour, sous le poids du sphéroïde, que l'isolateur de droite s'interpose et que, ses aimants cessant d'être impressionnés par le courant, le moyeu de la bielle de droite, *plus pesant que les deux brisures*, cède et retombe, de lui-même, en angle aigu, dans son cachot d'argent, pendant que la bielle de gauche, se tendant à son tour et amenant, avec une insensible *douceur*, sur sa jambe, le poids du torse, *reproduit le phénomène du pas de l'Andréide — et ainsi de suite, à l'indéfini, jusqu'au nombre de pas inscrit sur le Cylindre, ou jusqu'à la sollicitation d'une bague.*

« Il faut remarquer que l'isolation de l'un des genoux n'a lieu qu'après la tension du genou opposé, sans quoi la jambe isolée fléchirait trop vite. Ce qui ne se passe pas lorsque, par exemple, l'Andréide se met à genoux, comme perdue en une extase mystique pareille à celle de ces somnambules que leurs magnétiseurs font poser, cataleptiquement, ou à celles que l'on obtient des hystériques en approchant, à dix centimètres de leurs vertèbres cervicales, un flacon d'eau de cerises hermétiquement bouché[180].

« C'est la succession de ces flexions et de ces tensions qui donne à la démarche de l'Andréide cette simplicité humaine.

« Quant au léger bruit incessant du cristal sur la coulisse et les rondelles, il est absolument étouffé par le charme de la Carnation. Même sous[181] l'armure, on ne l'entendrait qu'au microphone. »

IV

L'ÉTERNEL FÉMININ

> CAÏN : *Êtes-vous heureux?*
> SATAN : *Nous sommes puissants.*
>
> LORD BYRON, *Caïn.*

Lord Ewald, au front duquel brillaient des gouttes de sueur pareilles à des pleurs, regardait le visage, glacial

---

180. Allusion probable aux expériences du docteur Luys (1828-1897), anatomiste du cerveau et du système nerveux, qui, à côté de travaux tout à fait sérieux, s'associa avec le docteur Encausse (plus connu dans les milieux occultistes sous le nom de Mage Papus) pour d'invraisemblables expériences d'hypnologie; il organisa dans son service de la Charité des séances publiques où se pressa le Tout-Paris : on l'y voyait par exemple, plein de bonne foi, « suggestionner » son « sujet » favori, Esther (une mystificatrice), en lui glissant des petites bouteilles dans le cou.
181. Il faut sans doute lire *sans*.

maintenant, d'Edison : il sentait que, sous ce badinage strident et positif, se cachaient deux choses dans l'arrière-pensée une et infinie qui enveloppait cette démonstration.

La première, l'amour de l'Humanité.

La seconde, l'un des plus violents cris d'inespérance, — le plus froid, le plus intense, le plus prolongé jusqu'aux Cieux, peut-être ! — qui ait jamais été poussé par un vivant.

En effet, ce que disaient, en réalité, ces deux hommes, l'un avec ses calculs littérairement trans-figurés, l'autre avec son silence d'adhésion, ne signifiait pas autre chose que les paroles suivantes, adressées, inconsciemment, au grand x des Causes premières.

« La jeune amie que tu daignas m'envoyer, jadis, pendant les premières nuits du monde, me paraît aujourd'hui devenue le simulacre de la sœur promise et je ne reconnais plus assez ton empreinte, en ce qui anime sa forme déserte, pour la traiter en compagne. — Ah ! l'exil s'alourdit, s'il me faut regarder seulement comme un jouet de mes sens d'argile celle dont le charme consolateur et sacré devait réveiller, — en mes yeux si las de l'aspect d'un ciel vide ! — le souvenir de ce que nous avons perdu. À force de siècles et de misères, le permanent mensonge de cette ombre m'ennuie ! rien de plus : et je ne me soucie plus de ramper dans l'Instinct, d'où elle me tente et m'attire, jusqu'à m'efforcer de croire, toujours en vain, qu'elle est mon amour.

« C'est pourquoi, passant d'une heure et qui ne sait d'où je viens, je suis ici, cette nuit, dans un sépulcre, essayant, — avec un rire qui contient toutes les mélan-colies humaines, — et m'aidant, comme je le peux, de la vieille Science défendue — de fixer, au moins, le mirage — rien que le mirage, hélas ! — de celle que ta mystérieuse Clémence me laissa toujours espérer. »

Oui, telles étaient, à peu près, les pensées que voilait, en réalité, l'analyse du sombre chef-d'œuvre.

Cependant, l'électricien ayant touché un point d'une

petite urne transparente, close, pleine d'une eau très pure, située à la hauteur du sternum de l'Andréide, la forte tablette de charbon qui s'y trouvait incluse, et qu'un imperceptible pas de vis avait, jusqu'à ce moment, presque tout à fait soulevée de cette onde, s'y replongea. Le courant se mit à gronder.

L'intérieur de l'armure sembla tout à coup un organisme humain, étincelant et brumeux, tout diapré d'or et d'éclairs.

Edison continua :

« Cette fumée odorante et couleur de perle, qui circule, comme une ouate, sous le voile noir de Hadaly, est simplement la vapeur de l'eau assimilée par la pile et que rejette ainsi, en la brûlant avec ses atomes violacés, la fulguration torride que vous voyez courir comme la Vie en notre amie nouvelle. Cette foudre, qui circule ainsi en elle, est prisonnière ici, et inoffensive. Regardez ! »

Ce disant, Edison prit, en souriant, la main de l'Andréide, au plus fort grondement de l'aveuglante étincelle éparse en les milliers de fils nerveux de Hadaly.

« Vous voyez : *c'est un ange* ! ajouta-t-il avec son même ton grave, — si, comme l'enseigne notre Théologie, *les anges ne sont que feu et lumière* ! — N'est-ce pas le baron de Swedenborg[182] qui se permit, même, d'ajouter qu'ils sont "hermaphrodites et stériles" ? »

Après un silence :

« Passons, maintenant, à la question de l'Équilibre. Elle offre deux aspects : l'Équilibre latéral et l'Équilibre circulaire. Vous connaissez, n'est-ce pas, les trois équilibres, en physique : le stable, l'instable et l'indifférent : c'est leur unité qui maintient les mobilités de l'Andréide. Vous allez voir que, pour faire tomber Hadaly, il faudrait une plus forte poussée que pour

---

182. Professeur de mathématiques et érudit suédois (1688-1772), il eut des hallucinations et se crut inspiré par Dieu ; il fonda une nouvelle religion, la *Nouvelle Jérusalem*, dans laquelle il prétendait interpréter à fond les Écritures et renouveler ainsi le christianisme.

nous, à moins, toutefois, que vous ne *désiriez*, seulement, qu'elle tombe! »

V

L'ÉQUILIBRE

> *Ma fille, tenez-vous droite.*
> Conseils d'une mère.

« L'Équilibre, donc, se produit ainsi, poursuivit le
deus ex machina[183]. — Voici d'abord, l'équilibre latéral ;
l'autre, inclus dans l'armure dorsale même, s'obtient de
la même manière.

« Tout d'abord, étant donnés le fluide électrique et
les aimants, l'Équilibre était nécessairement possible.

« Donc :

« 1° Quelle que soit l'attitude de l'Andréide, la
perpendiculaire passe de la clavicule supposée à la
vertèbre proéminente, et de celle-ci aboutit à la malléole
interne, *comme pour nous.*

« 2° Quelle que soit la mobilité de ces deux pieds
"adorables", ils constituent perpétuellement les deux
extrémités d'une droite horizontale sur le milieu de
laquelle s'abaisse toujours une verticale, partie du
centre de gravité *réel* de l'Andréide, quelle que soit son
attitude ; voici pourquoi :

« Les deux hanches de Hadaly sont celles de la Diane
chasseresse ! — Mais leurs cavités d'argent contiennent

183. Au théâtre, le *deus ex machina* (littéralement : « le dieu
[descendu] au moyen d'un mécanisme ») désigne d'abord le personnage surnaturel qu'on fait intervenir dans une pièce en le faisant
descendre des cintres ; par extension, l'expression désigne un personnage dont l'intervention un peu invraisemblable apporte un dénouement inespéré à une situation sans issue — ce qui est exactement le
rôle d'Edison dans la vie de Lord Ewald.

ces deux buires vasculaires, en platine, dont je vous spécifierai tout à l'heure l'utilité. Les bords, bien que glissants, sont d'une quasi-adhérence aux parois de ces cavités iliaques, à cause de leur forme sinueuse.

« Les fonds de ces récipients — dont l'évasement supérieur est de la forme de ces parois — se terminent en cônes rectangulaires, lesquels sont eux-mêmes inclinés en bas, l'un vers l'autre sous-tendant ainsi un angle de quarante-cinq degrés par rapport au niveau de leur hauteur. Ainsi les deux pointes de ces vases, si elles se prolongeaient, se joindraient, entre les jambes, juste la hauteur des genoux de l'Andréide.

« Ces deux pointes forment, par conséquent, le fictif sommet renversé d'un rectangle[184] dont l'hypoténuse serait une horizontale imaginaire coupant le torse en deux.

« La ligne de l'Équateur terrestre n'*existe* pas : elle *est* ! Toujours idéale, imaginaire, — et cependant aussi *réelle* que si elle était tangible, n'est-il pas vrai ? Telles sont les lignes dont je vais parler, et dont notre Équilibre, à nous-mêmes, sous-entend, à chaque seconde, en nous aussi, la *réalité*.

« Ayant exactement calculé les diverses pesanteurs des appareils fixés au-dessus de cette ligne idéale et les ayant disposés suivant l'inclinaison désirable, je prétends que le *sens* de toutes ces pesanteurs pourrait être également formulé par un second rectangle superposé au premier, la pointe, aussi, en bas, et que cette pointe aboutirait au centre fictif de l'hypoténuse du premier rectangle. Ainsi, la base du rectangle supérieur serait formée par une seconde horizontale nivelant les deux épaules. Les sommets angulaires de chaque rectangle seraient donc placés en sens vertical correspondant.

« Jusqu'à présent, tout le poids du corps, placé par exemple, debout et immobile, serait, par conséquent, enfermé dans la verticale idéale qui, partant du milieu du front de l'Andréide, aboutirait au centre même d'une ligne tirée entre ses deux pieds.

184. Il faut sans doute lire, ici et dans la suite, « triangle ».

« Mais comme tout déplacement entraînerait une chute de côté ou d'autre, les deux larges et profonds vaisseaux de platine sont remplis *exactement* à moitié seulement, de la flottante pesanteur du vif-argent. Juste à moitié au-dessous du niveau de ce métal, ils sont reliés l'un à l'autre par l'entrecroisement horizontal de ces deux flexibles tubulures d'acier doublées de platine, que vous voyez placées sous le Cylindre-moteur.

« Au centre du disque supérieur qui clôt hermétiquement chacun de ces récipients, est rivée l'extrémité d'une sorte d'arc, également d'un acier très pur, très sensible, très puissant. L'autre extrémité est fixée et très fortement soudée à la partie supérieure de la cavité d'argent de la hanche, qui est la prison, PRESQUE *adhérente seulement*, de ces deux appareils. Cet arc est non seulement tendu par le poids spécifique du vif-argent, vingt-cinq livres, mais encore est forcé, dans sa tension, du poids *d'*UN SEUL CENTIMÈTRE de mercure de plus que n'en représente le niveau intérieur de chaque buire. L'arc s'efforcerait donc de les ramener de ce centimètre de plus vers la partie supérieure de la cavité iliaque *s'il n'était maintenu*, tendu *à la seule hauteur du poids du niveau du mercure, par cette petite ganse d'acier que le glissement de la buire rencontre à cette hauteur même sur les parois de la cavité.*

« Ainsi la légère tension de l'arc demeure CONSTANTE, grâce à cet obstacle. L'adhérence latérale du disque supérieur de chacune des deux buires à la ganse d'acier est donc parfaite lorsque le niveau du vif-argent qu'elles contiennent est égal en ces deux récipients.

« Or, à chaque mouvement de l'Andréide, ce niveau flottant change et oscille, l'étrange métal se trouvant en état de fluctuation perpétuelle de l'une à l'autre des buires, grâce aux deux tubulures, — lesquelles, à la moindre inclinaison de côté ou d'autre, précipitent un poids excédant de vif-argent dans la buire du côté dont l'équilibre est *sur le point* de se rompre.

« Le sinueux vaisseau de platine, cédant et glissant,

sous ce surcroît, dans la paroi qui moule sa forme,
force, de plus en plus, la tension de l'arc. Cette irrup-
tion du vif-argent dans le côté où penche l'Andréide
amènerait une chute encore plus rapide de ce côté
même, si la pointe conique de la buire métallique, dès le
second centimètre d'exhaussement de son niveau de
mercure, ne rencontrait, en cédant, sous ce poids, et en
se désisolant par cela même, le courant dynamique.
Celui-ci, venant animer la détente graduée de ce système d'aimants fixé à la paroi de chaque buire, fait
refluer *pour ainsi dire de force, dans la buire opposée, la
quantité de vif-argent strictement nécessaire au contrepoids
désiré.* C'est *le mouvement contenu en cette contradiction
qui,* SANS CESSE, *excepté au repos, redresse le chancellement* FONDAMENTAL *du corps.* Vu la disposition
angulaire des cônes vasculaires, le centre de gravité de
l'Andréide *n'est qu'*APPARENT, n'est qu'instable *dans le
niveau du mercure.* Sans cela, l'Andréide tomberait,
malgré le brusque rejet du métal. — Mais le centre de
gravité *réel,* grâce à cette disposition des cônes, (et c'est
un calcul de triangulation d'une extrême simplicité,
tout à fait élémentaire) se trouve placé HORS de
l'Andréide, dans l'intérieur d'une verticale qui, partant
du sommet de l'évasement du cône, — du point, dis-je,
de cet évasement le plus éloigné du centre visible,
apparent, de l'Andréide, — se prolongerait *à côté d'elle,*
au long de sa jambe immobile, — jusqu'à terre : ce qui
contrebalance latéralement le poids de la jambe mue.

« Cette oscillation, ce rejet du métal, ce déplacement
du centre de gravité, sont perpétuels comme le courant
qui les anime et qui en règle le phénomène. Les
tensions de l'arc sont continuellement en éveil à la
moindre mobilité de l'Andréide et le niveau flottant du
vif-argent est incessamment en devenir. Les deux tubulures d'acier sont donc, pour elle, *le balancier d'un
acrobate.* Mais, à l'extérieur, aucun chancellement ne
trahit cette lutte interpariétale d'où sort le premier
équilibre ; rien, pas plus qu'en nous.

« Quant à l'équilibre total, vous voyez, depuis les

clavicules jusqu'aux extrémités des vertèbres lombaires, ces complications de sinuosités où le vif-argent ondule sans cesse, en contrariant ses pesanteurs par des translations instantanées dues à de très fins systèmes dynamo-magnétiques. Ce sont ces sinuosités qui permettent à l'Andréide de se lever, de s'étendre, de se baisser, de se tenir et de marcher comme nous. Grâce à leur jeu complexe, vous pourrez voir Hadaly cueillir des fleurs sans tomber. »

VI

SAISISSEMENT

Le sage ne rit qu'en tremblant.
Proverbes.

« Je vous ai seulement indiqué à grands traits la possibilité du phénomène : les minutes qui vous restent... (voici minuit) — ne me permettant que d'effleurer les détails.

« La première Andréide seule était difficile. Ayant écrit la formule générale, ce n'est plus désormais, laissez-moi vous le redire, qu'une question d'ouvrier : nul doute qu'il ne se fabrique bientôt des milliers de substrats comme celui-ci — et que le premier industriel venu n'ouvre une manufacture d'idéals ! »

À cette plaisanterie, Lord Ewald, très énervé déjà, se mit à rire légèrement d'abord ; — puis, voyant qu'Edison riait aussi, l'hilarité la plus étrange le gagna : le lieu, l'heure, le sujet de l'expérience, l'idée même qui était agitée entre eux, tout lui sembla, pendant un fort moment, aussi effrayant qu'absurde, de sorte que, sans doute pour la première fois de sa vie, il eut un véritable accès de fou rire, dont retentirent les échos de cet Éden sépulcral.

« Vous êtes un terrible railleur, dit-il.

— À présent, reprit l'électricien, hâtons-nous. Je vais vous expliquer de quelle manière je dois procéder pour transporter, sur cette Possibilité mouvante, toute l'extériorité de votre favorite. »

À son toucher, l'armure se referma lentement. La table de porphyre s'inclina.

Hadaly se tenait debout entre ses deux créateurs.

Immobile, voilée, silencieuse, on eût dit qu'elle les regardait sous les ténèbres qui cachaient son visage.

Edison toucha l'une des bagues du gantelet d'argent de Hadaly.

L'Andréide tressaillit tout entière : elle redevenait apparition ; le fantôme se réanimait.

L'impression désillusionnante que l'explication de tout à l'heure avait laissée dans l'esprit de Lord Ewald s'affaiblit à cet aspect.

Bientôt le jeune homme, redevenu grave, la considéra, de nouveau, en dépit de sa raison révoltée, avec le sentiment indéfinissable qu'elle avait éveillé en lui, l'heure d'auparavant.

Le rêve recommençait, reprenant le chemin de cette habitude d'une heure.

« Es-tu ressuscitée ? demanda froidement Edison à l'Andréide.

— *Peut-être !* répondit, sous son voile de deuil et avec sa merveilleuse voix de songe, Hadaly.

— Quelle parole ! » murmura le jeune lord.

Déjà le mouvement de la respiration soulevait le sein de l'Andréide.

Soudain, croisant les mains, et s'inclinant vers Lord Ewald, elle lui dit d'une voix rieuse :

« Et pour ma peine, voulez-vous me permettre de vous demander une grâce, milord ? dit-elle.

— Volontiers, Miss Hadaly », répondit le jeune homme.

Et, pendant qu'Edison rangeait ses scalpels, elle s'éloigna vers les pentes de fleurs du souterrain ; puis, ayant avisé une grande bourse noire, aux plis de soie et de velours, pareille à celle des quêteuses, et qui était suspendue par ses cordons à un arbuste, elle revint vers l'Anglais surpris.

« Milord, dit-elle, toute belle soirée de plaisir, dans le monde, n'est complète, je crois, que si elle se rachète elle-même par quelque bonne œuvre dissimulée sous ses attraits. Ainsi, souffrez que je vous implore pour une jeune femme très aimable — une jeune veuve ! — et pour ses deux enfants !

— Que signifie ceci ? demanda Lord Ewald à Edison.

— Mais, je n'en sais trop rien, moi ! dit Edison. Écoutons-la, mon cher lord ; souvent elle me fait de ces surprises à moi-même.

— Oui, continua l'Andréide, je vous demande secours, bien humblement, pour cette pauvre femme — que le seul dénuement de ses enfants oblige à subir encore de vivre — et qui, sans le devoir de leur donner du pain, ne le supporterait pas un jour. Car le malheur immérité a grandi son âme jusqu'à la soif de la Mort. Une sorte de perpétuelle extase l'élève hors de ce monde et la rend aussi impuissante à tout gagne-pain qu'indifférente aux privations les plus pénibles — excepté pour ses enfants. Elle a coutume de vivre dans un état d'esprit qui ne lui laisse distinguer que les choses éternelles, au point d'avoir oublié son nom terrestre pour un autre, dit-elle, — que des *voix*, d'étranges *voix* ! lui ont donné, souvent, dans les rêves. — Voulez-vous, à ma première prière, vous qui venez du monde des vivants, ne pas dédaigner de joindre votre aumône — À LA MIENNE ? »

Ce disant, elle alla prendre, sur une étagère voisine, quelques pièces d'or qu'elle laissa tomber dans la bourse.

« De qui parlez-vous, Miss Hadaly ? demanda Lord Ewald en se rapprochant de l'Andréide.

— Mais de Mistress Anderson, Milord Celian, — de la femme de cet infortuné *qui est mort de passion pour — vous savez bien ? — pour tous ces tristes objets, là, tout à l'heure.* »

Et elle indiqua du doigt la place du tiroir funèbre, dans la muraille.

Si maître qu'il fût de lui, Lord Ewald recula devant Hadaly inclinée, cette bourse religieuse à la main.

Cette imagination lui semblait la plus sinistre de toutes et quelque chose dans cette aumône atteignait, en lui, l'Humanité.

Sans répondre, il jeta donc plusieurs bank-notes[185] dans la bourse noire.

« Merci, au nom des deux orphelins, Milord Celian ! » dit Hadaly, disparaissant entre les piliers syriens.

VII

NIGRA SUM, SED FORMOSA[186]

Il est des secrets qui ne veulent pas *être dits.*

EDGAR POE.

Lord Ewald la regardait s'éloigner.

« Je ne puis que demeurer dans la plus profonde surprise, mon cher Edison, dit-il, d'un fait principalement énigmatique pour moi. C'est que votre Andréide puisse me parler, me nommer, me répondre, se diriger à travers divers obstacles ici et en haut. — Je dis que ces faits sont positivement inconcevables en ce qu'ils supposent un discernement quelconque en elle. Vous ne m'expliquerez pas que des phonographes parlent avant qu'une voix humaine ait eu le temps d'y graver des réponses aussi précises, — ni qu'un moteur cylindrique puisse dicter, de lui-même, à un métallique fantôme, des attitudes et des pas non déterminés, déjà, d'après

---

185. Billets de banque, en anglais.
186. « Je suis noire mais je suis belle » (*Cantiques des Cantiques*, I, 5).

un calcul très long, très compliqué, — possible, soit ! — mais qui exige la plus scrupuleuse exactitude.

— Eh bien ! je vous atteste que les particularités que vous signalez sont, relativement, *les plus faciles à produire entre toutes les autres*. — Je vous le prouverai, je m'y engage. — Vous seriez encore plus étonné de cette simplicité de leur explication, si je vous la donnais à l'instant, que vous ne l'êtes de leur apparent mystère. — Mais, je vous l'ai dit : dans l'intérêt de l'Illusion nécessaire, il me semble utile de différer encore la révélation de ce secret. Et tenez ! — Remarquez-vous une chose bien plus extraordinaire, mon cher lord : c'est que vous ne m'avez pas questionné *sur la nature du visage actuel de l'Andréide ?* »

Lord Ewald tressaillit.

« Puisqu'il est voilé, dit-il, j'ai pensé qu'il serait peu discret de m'en enquérir. »

Edison regarda Lord Ewald avec un sourire grave.

« J'imaginais, répondit-il, que vous ne teniez pas à vous créer un souvenir capable de troubler la vision que je vous ai promise : le visage qui vous apparaîtrait ce soir demeurerait fixé en votre mémoire et transparaîtrait toujours pour vous sous le visage futur qui, seul, est votre espérance. Et ce souvenir gênerait votre illusion en éveillant sans cesse une arrière-pensée de dualité. C'est pourquoi, même si ce voile cachait le visage d'une Béatrix[187] idéale, *vous ne tenez pas à le voir* — et vous avez raison. C'est aussi pour un motif analogue que je ne puis vous révéler, aujourd'hui, le secret dont vous parlez.

— Soit », répondit Lord Ewald.

Puis, comme voulant dissiper l'idée suscitée par l'électricien :

« Vous allez donc revêtir Hadaly, reprit-il, d'une carnation identique à celle de mon amour ?

187. Béatrice Portinari, la bien-aimée de Dante, qui, dans *La Divine Comédie*, la fait apparaître, aux chants XXX et XXXI du *Purgatoire*, comme l'emblème de la sagesse guidant l'âme vers le domaine divin.

— Oui, répondit Edison ; vous remarquez, n'est-ce pas, mon cher lord, qu'il ne s'agit pas encore ici de l'Épiderme, qui est la chose capitale ! mais de la chair… seule. »

VIII

LA CARNATION

Chair de la femme, argile idéale, ô merveille !

VICTOR HUGO.

« Vous vous rappelez le bras et la main dont le toucher vous a surpris, en haut, dans mon laboratoire ? C'est cette même substance que j'emploierai.

« La chair de Miss Alicia Clary se compose de certaines parties de graphite, d'acide nitrique, d'eau, de divers autres corps chimiques reconnus dans l'examen des tissus sous-cutanés. Cela ne vous apprend pas pourquoi vous l'aimez. De même la reconstruction des éléments de la chair andréidienne ne serait d'aucune lumière, ici, pour vous, attendu que la presse hydraulique, en les coagulant d'une façon homogène (comme la Vie pétrit les éléments de notre chair), a littéralement transfiguré leur *individualité* en une synthèse qui ne s'analyse pas, mais qui se ressent.

« Vous ne sauriez imaginer jusqu'à quel point, tenez, l'impalpable poudre de fer réduit, aimanté, disséminé à l'état blanc, en cette Carnation, la rend sensible à l'action électrique. Les capillaires extrémités des fils d'induction qui traversent les jours imperceptibles de l'armure sont mêlées aux fibreuses applications de cette chair, — à laquelle la membrane diaphane de l'Épiderme, qui lui est adhérente, obéit merveilleusement. De graduées et très impressives mobilités du courant émeuvent ces parcelles de fer ; cette chair les *traduit* alors, nécessairement, par des rétractilités insensibles, selon telles micrométriques incrustations du Cylindre ; il y en a même d'ajoutées les unes sur les autres ; les fondus de leurs successions proviennent de leurs isoloirs mêmes, lesquels pourraient ici ne s'appeler que des *retards instantanés*. La tranquille continuité du courant neutralisant toute possibilité de saccades, l'on arrive, grâce à eux, à des nuances de sourires, au rire des joues de la Joconde, à des embellies d'expression, à des identités vraiment... effrayantes.

« Cette chair, qui se prête à la pénétration du tiède calorique engendré par *mes* éléments, donne au toucher l'impression prestigieuse, le bondissement, l'onctueuse élasticité de la Vie, le sentiment indéfinissable de l'*affinité humaine*.

« Comme elle doit transparaître, adoucie d'éclat par l'Épiderme, sa nuance est celle d'une neige teintée d'une fumée d'ambre et de roses pâles, et d'un brillant vague, que le mica d'une faible dose d'amiante pulvérisée sait lui donner. L'action photochromique la sature du ton définitif. De là, l'Illusion.

« J'ai donc répondu de persuader, ce soir, Miss Alicia Clary d'accéder à notre expérience — et sans la connaître — avec toute la complaisance imaginable ; et je vous atteste qu'étant donné la vanité féminine, cela me sera d'une facilité que vous apprécierez vous-même.

« Selon toute convenance, mon premier appariteur est aussi une femme, une grande statuaire inconnue, qui, demain même, dans mon laboratoire, commencera l'œuvre. Votre bien-aimée n'aura pas, en son indispensable nudité, d'autre transpositrice que cette actrice profonde qui n'idéalise pas, mais décalque, et, pour se saisir de la forme mathématique du corps de votre vivante, débutera par prendre, très vite, sous mes yeux vigilants et glacés, — avec des instruments de la plus souveraine précision, — les taille, hauteur, largeur, mesures strictes des pieds et des mains, du visage et de ses traits, des jambes et des bras, ainsi que le poids exact du corps de votre jeune amie. Ce sera l'affaire d'une demi-heure.

« Hadaly, invisible, debout, cachée derrière les quatre grands objectifs, attend son incarnation.

« Et voici que cette substance charnelle, éclatante et humaine s'unifie, grâce à de minutieuses précautions, à l'armure andréidienne, selon les épaisseurs naturelles de la belle vivante. — Comme cette substance se prête, sous de très fins outils, à une ciselure d'une ténuité idéale, le vague de l'ébauche disparaît très vite : le modelé s'accuse, les traits apparaissent, mais sans teint ni nuances ; c'est la statue attendant le Pygmalion[188] créateur. La tête seule coûte autant de travail et d'attention soutenue que le reste du corps, à cause du jeu des paupières, du lobe froid des oreilles, de la palpitation douce des narines pendant la respiration, des transparences à venir, du veiné des tempes, des plis des lèvres, lesquelles sont d'une substance plus châtiée encore par l'hydraulique que la plupart des autres parties du corps. Songez à quelles exiguïtés d'aimants (cachés juste en ces mille points lumineux indiqués par les vastes épreuves photographiques du sourire, par exemple), il faut, micrométriquement, amener toute une correspondance d'imperceptibles inducteurs s'isolant les uns les autres !... Certes, j'ai tout le matériel et les formules générales, — mais l'*indispensable* perfection dans la ressemblance demande ici des labeurs constants et scrupuleux : sept jours au moins, comme pour créer un monde. Songez que la puissante Nature, avec toutes ses ressources, met encore aujourd'hui seize ans et neuf mois à confectionner une jolie femme ! Et au prix de quelles ébauches ! sans cesse modifiées, jour à

188. Pygmalion, on s'en souvient, tomba amoureux d'une statue d'ivoire, qu'il passait parfois pour avoir sculptée lui-même, et dans sa passion demanda à Aphrodite de lui accorder une femme qui ressemblât à la statue. Alors Aphrodite anima la statue, qui devint une femme vivante, et Pygmalion l'épousa. Le sens de la référence à Pygmalion dans *L'Ève future* est complexe : Edison est bien le créateur d'Hadaly, mais Sowana en est le sculpteur, et lord Ewald en est aussi le « Pygmalion créateur » dans la mesure où il est celui qui va aimer la « statue » au point de la désirer vivante et de la faire effectivement accéder à la vie par la force de son désir.

jour, pour durer si peu ! et qu'une maladie peut effacer de son coup de vent.

« Cela terminé, nous attaquons la ressemblance ABSOLUE des traits du visage et des lignes du corps.

« Vous connaissez les résultats obtenus par la Photo-sculpture[189]. On peut véritablement arriver à une trans-position d'aspect. J'ai des instruments nouveaux, d'une perfection miraculeuse, exécutés sur mes dessins, depuis de longues années. Nous parvenons, avec leurs secours, à décalquer l'identité des reliefs et des moindres méplats à des dixièmes de millimètre près ; Miss Alicia Clary sera donc photosculptée directement sur Hadaly, c'est-à-dire sur l'ébauche, sensibilisée à cet effet, où Hadaly aura déjà commencé à s'incarner silencieusement.

« Tout vague disparaît, alors ; — tout excédent saute aux yeux ! — Le microscope est là d'ailleurs. Car il *faut*, en cette réfraction, la fidélité du miroir. — Un grand artiste, auquel j'ai communiqué l'enthousiasme pour l'art spécial de réviser mes fantômes, viendra donner la dernière main.

« L'échantillonnage des tons se perfectionne ; car l'Épiderme, qui va venir, est d'une fleur de peau, d'une pelure aussi satinée que translucide, et il y a telles dégradations de teintes qu'il faut prévoir et fixer d'avance, — indépendamment, même, des ressources solaires, dont nous userons tout à l'heure.

« Cela fait, nous nous trouvons en présence d'une Alicia Clary vue dans la brume d'un soir de Londres.

189. Noiray : « Procédé inventé par Willème en 1861 et qui consistait à reproduire un modèle vivant dans ses trois dimensions [...] à l'aide de la photographie. Vingt-quatre photographies étaient prises, sous tous les angles, et décalquées sur papier [...] ; puis, à l'aide d'un appareil nommé « pantographe » muni de deux pointes dont l'une suivait le modèle sur le papier tandis que l'autre sculptait en même temps le même profil sur un bloc de glaise, le reproducteur obtenait vingt-quatre « profils » juxtaposés dont l'ensemble, après retouches, composait, en volume, la reproduction « scientifique » du modèle. » Les résultats, selon le *Grand Dictionnaire* de Pierre La-rousse, étaient très imparfaits.

« C'est à ce moment même — c'est-à-dire avant de s'occuper de l'Épiderme et de tout ce qu'il comporte — qu'il convient de s'inquiéter de l'intime, vague et personnelle émanation, mêlée à ses parfums habituels, qui flottent autour de celle que vous avez aimée.

« C'est, pour ainsi dire, l'atmosphère exquise de sa présence, *l'odor di femina* de la poésie italienne. Enfin, chaque fleur féminine a sa senteur qui la caractérise.

« Vous avez parlé d'un chaud parfum dont le charme vous troublait, autrefois, et vous éblouissait le cœur. — Au fond, c'est l'attrait, particulier pour vous, caché dans la beauté de cette jeune femme, qui animait ainsi d'idéal le charme de cette senteur charnelle, — puisqu'un indifférent y fût demeuré fort insensible.

« Il s'agit donc, tout d'abord, de se rendre maître de la complexité de l'odeur charnelle en sa *chimique réalité* (le *reste* étant l'affaire de votre sentimentalisme). Nous procédons, oh ! tout simplement comme le parfumeur procède pour traduire les divers arômes des fleurs et des fruits. On obtient l'identité. Vous allez voir comment tout à l'heure. »

IX

LA BOUCHE DE ROSE ET LES DENTS DE PERLE

> *La belle Mme de X., pour laquelle s'est longtemps entre-tuée l'élite de notre jeunesse dorée, dut, en partie, l'irrésistible charme de sa bouche fraîche éclose à l'usage quotidien de l'eau de Botot.*
>
> Réclames d'antan.

« Tout d'abord, une question, si vous le permettez, mon cher lord : — Miss Alicia Clary daigne-t-elle porter toutes ses dents ? »

Lord Ewald, après un mouvement de surprise, fit un signe de tête affirmatif.

« Je l'approuve en ceci, continua Edison, bien que ce soit une grave infraction à la mode américaine. Ici, vous le savez, toutes nos belles misses, vraiment élégantes, eussent-elles dans la bouche toutes les perles du Pacifique, commencent, à de rares exceptions près, par se les faire extirper et remplacer par des dentiers mille fois plus *uns*, plus parfaits, plus légers que leurs dentures naturelles.

« Quoi qu'il en soit de Miss Alicia Clary à cet égard, milord, — (enfin, un accident est si vite advenu !....), — sa dentition organique sera reproduite avec une fidélité... éblouissante.

« En effet, cet excellent docteur Samuelson, accompagné du dentiste W★★★ Pejor[190], sera dans mon laboratoire le jour de la sixième séance.

« À l'aide d'un anesthésique de ma composition et très inoffensif, que Miss Alicia Clary respirera sans s'en apercevoir, nous obtiendrons d'elle une syncope complète, durant laquelle empreinte sera prise de l'écrin radieux de toute sa bouche, ainsi même que de sa langue, dont les doubles exacts seront transposés en la bouche jumelle de Hadaly.

« Vous avez parlé d'effets de lumière sur les dents, pendant le sourire. Vous ne pourrez les distinguer les uns des autres une fois l'adaptation terminée. »

X

EFFLUVES CORPORELS

> ... *les roses envolées*
> *Sur les vagues, au loin, s'en sont toutes allées...*
> *Respires-en sur moi l'odorant souvenir.*
>
> MARCELINE DESBORDES-VALMORE.

« Au réveil de votre belle amie, nous lui dirons qu'elle a perdu connaissance, voilà tout : ce qui arrive à

---

190. « Le pire » en latin : parodie de l'usage américain qui différencie le père du fils en faisant suivre le nom du père de la mention « senior », et celui du fils de la mention « junior ».

toute femme "distinguée" et, afin de prévenir tout nouvel accident de ce genre, Samuelson lui prescrira, dans une savante ordonnance, certains bains d'air chaud qu'il fait prendre dans un établissement par lui fondé.

« Miss Alicia Clary s'y rendra dès le lendemain.

« Une fois la transpiration obtenue, il recueillera, comme on recueille les acides au papier de tournesol, en des appareils très sensibles, les vapeurs totales des émanations corporelles de cette jeune femme, et ceci des pieds à la tête, en isolant chacune des parties transpirantes.

« Puis il en analysera, chez lui, les précipités, à tête reposée. Une fois les équivalents chimiques relevés, il réduira simplement en formules les divers parfums de cette aimable créature. — Nul doute qu'il n'arrive à des approximations infinitésimales, à un dosage tout à fait exact.

« Ce résultat bien obtenu, on le fluidifie et l'on en sature la Carnation par un procédé de volatilisation, le tout membre à membre et en se conformant aux nuances de la Nature, — comme, avons-nous dit, un habile parfumeur sature une fleur artificielle de l'odeur correspondante. — Ainsi, le bras d'en haut est embaumé du tiède et personnel parfum de son modèle.

« Dès lors, la Carnation, ainsi imbue de ces parfums et ceux-ci une fois recouverts par l'Épiderme, y demeurent plus indélébiles qu'en un sachet. Le reste, l'Idéal, vous le fournirez vous-même. Et je vous dis que ce diable de Samuelson a trompé, déjà plusieurs fois, sous mes yeux, l'odorat d'un animal, à force de *vérité* dans ses dosages : je l'ai vu contraindre un basset à s'acharner, en aboyant, et à mordre sur un morceau de chair artificielle frotté des simples équivalents chimiques du fumet d'un renard! »

Un nouvel accès d'hilarité, chez Lord Ewald, interrompit l'électricien.

« Ne faites pas attention, mon cher Edison, s'écria-t-il; continuez! continuez. C'est merveilleux! Je rêve!

Je ne puis m'empêcher — et, cependant, je n'en ai pas envie — de rire.

— Ah! je comprends et je partage votre impression! répondit mélancoliquement Edison; mais songez au prix de quels *riens*, ajoutés les uns aux autres, se produit, parfois, un ensemble irrésistible! Songez à quels *riens* tient l'amour même!

« La nature change, mais non l'Andréide. Nous autres, nous vivons, nous mourrons, — que sais-je! L'Andréide ne connaît ni la vie, ni la maladie, ni la mort. Elle est au-dessus de toutes les imperfections et de toutes les servitudes! Elle garde la beauté du rêve. C'est une *inspiratrice*. Elle parle et chante comme un génie — mieux même, car elle résume, en sa magique parole, les pensées de plusieurs génies. — Jamais son cœur ne change : elle n'en a pas. Votre devoir, donc, sera de la détruire à l'heure de votre mort. Une cartouche de nitroglycérine, un peu forte, ou de panclastite[191], suffira pour la réduire en poussière et rejeter sa forme à tous les vents du vieil espace. »

XI

URANIE[192]

Cette étoile qui brille comme une larme.

GEORGE SAND.

Hadaly apparut au fond du souterrain : elle passait entre les arbustes aux floraisons sans hivers.

Enveloppée en d'amples et longs plis de satin noir et

191. Invention récente du chimiste français Eugène Turpin (1848-1927), spécialiste des explosifs et inventeur de la mélinite, les *panclastites* sont un type d'explosif formé de deux liquides dont seul le mélange est explosif.
192. Muse de l'Astronomie.

son oiseau de paradis sur l'épaule, elle revenait vers ses visiteurs terrestres.

Une fois auprès de la crédence, elle remplit de nouveau deux verres de sherry et vint, en silence, les leur offrir.

Ses hôtes l'ayant remerciée d'un geste, elle s'en alla replacer les deux verres sur le plateau vermeil.

« Minuit trente-deux minutes ! murmura Edison. Vite, occupons-nous des Yeux ! — À propos de vos yeux futurs, Hadaly, dites-moi... pouvez-vous voir, d'ici, *avec les vôtres*, Miss Alicia Clary ? »

Hadaly, à cette parole, sembla se recueillir un instant.

« Oui, dit-elle.

— Eh bien ! apprenez-nous sa toilette, ce qu'elle fait, où elle est.

— Elle est seule, dans un wagon en marche, votre dépêche à la main, essayant de la relire ; la voici qui se lève pour se rapprocher de la lampe ; mais le chemin de fer va si vite... qu'elle retombe : elle ne peut s'y tenir debout ! »

Et Hadaly, sur ces derniers mots, eut un rire léger qui fut partagé, très bruyamment, et avec un timbre de puissant ténor, par l'oiseau de paradis.

Lord Ewald comprit que l'Andréide lui montrait qu'elle savait rire aussi des vivants.

« Puisque vous avez ainsi la seconde vue, Miss Hadaly, dit-il, seriez-vous assez aimable pour regarder comment elle est vêtue ?

— Elle porte une toilette d'un bleu si clair que sa robe paraît verte à la lueur de la lampe, répondit Hadaly ; et elle s'évente, maintenant, avec un éventail d'ébène, aux branches sculptées de fleurs noires. Sur l'étoffe de l'éventail est représentée une statue...

— Ceci est une chose qui passe l'imaginable, murmura Lord Ewald ; c'est la vérité de point en point. Vos télégrammes sont bien rapides !

— Milord, répondit l'ingénieur, vous demanderez vous-même à Alicia Clary si, trois minutes après son départ de New York pour Menlo Park, il ne lui est pas arrivé ce que vient de nous retracer Hadaly. — Mais, voulez-vous causer un instant avec elle, pendant que je vais aller choisir quelques échantillons d'yeux incomparables? »

Et il s'éloigna vers la profondeur du souterrain, s'approcha du dernier pilier, — fit mouvoir une pierre et parut s'absorber dans l'examen de différents objets cachés en ce lieu.

« Serez-vous assez gracieuse pour m'apprendre, Miss Hadaly, dit Lord Ewald, à quoi peut être utile cet instrument, d'aspect si compliqué, placé sur cette étagère, là-bas?

— Oui, Milord Celian, répondit Hadaly après s'être détournée, comme pour regarder, sous son voile, l'objet dont lui parlait le jeune homme. C'est encore une invention de notre ami. Cela sert à mesurer la chaleur d'un rayon d'étoile[193].

— Ah! je me souviens d'en avoir entendu parler dans nos gazettes, répondit Lord Ewald avec une fantastique tranquillité.

— Vous le savez, reprit Hadaly. Bien avant que la Terre fût même une nébuleuse, des astres brillaient depuis une sorte d'éternité, mais, hélas! si éloignés, si éloignés d'elle, que leur radieuse lueur, en parcourant près de cent mille lieues par seconde, n'est arrivée que récemment à la place occupée par la Terre dans le Ciel. Et il se trouve que plusieurs de ces astres se sont éteints depuis longtemps, avant qu'il ait été possible à leurs mortels de distinguer cette Terre. Cependant le rayon sorti de ces astres refroidis devait leur survivre. Il continua sa marche irrévocable dans l'étendue. C'est ainsi qu'aujourd'hui le rayon de quelques-uns de ces foyers en cendres est parvenu jusqu'à nous. De sorte que l'homme qui contemple le Ciel y admire souvent des soleils qui n'existent plus et qu'il y aperçoit quand

193. Il s'agit, indique Jacques Noiray, du bien réel *microtasimètre* d'Edison, qui sert à mesurer d'infiniment petites variations de pression.

même, grâce à ce rayon fantôme, dans l'Illusion de l'univers.

« Eh bien ! cet appareil, Milord Celian, est tellement sensible qu'il pèse la chaleur presque nulle, presque imaginaire, d'un rayon de ces sortes d'étoiles. Il en est même de si lointaines que leur lueur ne parviendra jusqu'à la Terre que lorsque celle-ci se sera éteinte comme elles se sont éteintes, et qu'elle aura passé sans même avoir été connue de ce rayon désolé.

« Pour moi, souvent, pendant les belles nuits, quand le parc de cette habitation est solitaire, je me munis de cet instrument merveilleux ; je viens en haut, je m'aventure sur l'herbe, je vais m'asseoir sur le banc de l'Allée des chênes, — et là, je me plais, toute seule, à peser des rayons d'étoiles mortes. »

Hadaly se tut.

Lord Ewald éprouvait un vertige ; il finissait par se familiariser avec l'idée que ce qu'il voyait et entendait, à force d'être impossible, ne pouvait être que tout naturel.

« Voici les Yeux ! » s'écria Edison en revenant vers Lord Ewald, un coffre à la main.

L'Andréide, à cette parole, alla s'étendre sur la dormeuse noire, comme pour ne prendre aucune part à la conversation.

XII

LES YEUX DE L'ESPRIT

*Mon enfant a des yeux obscurs, profonds et vastes
Comme toi, grande nuit ! Éclairés comme toi !*

CHARLES BAUDELAIRE.

Lord Ewald regarda fixement Edison :

« Vous m'avez dit : "Les difficultés que présente la création d'un être électromagnétique sont faciles à résoudre : *le résultat seul est mystérieux*". — En vérité, vous avez tenu parole ; car, déjà, ce résultat me paraît presque totalement étranger aux moyens employés pour l'obtenir.

— Remarquez-le, s'il vous plaît, milord, répondit Edison, je ne vous ai donné d'explications, plus ou moins concluantes, elles-mêmes, que touchant quelques premières énigmes *physiques* de Hadaly ; mais je vous ai prévenu que, tout à coup, des phénomènes d'un ordre supérieur se présenteraient en elle, et que c'était *là, seulement*, qu'elle devenait EXTRAORDINAIRE ! — Or, parmi ces phénomènes, il en est un dont je ne puis que constater les surprenantes manifestations sans pouvoir me rendre compte de ce qui les produit.

— Ce n'est pas du fluide électrique que vous parlez ?

— Non, milord ; c'est d'un autre fluide à l'action duquel l'Andréide se trouve soumise en ce moment. Ce fluide, on le subit sans pouvoir l'analyser.

— Ce n'est point grâce à un jeu savant de télégrammes que, tout à l'heure, Hadaly m'a dépeint la toilette de Miss Alicia Clary ?

— S'il en était ainsi, j'eusse commencé par vous l'expliquer, mon cher lord. Je ne réserve de l'Illusion que ce qui est strictement nécessaire pour sauvegarder à votre rêve sa possibilité.

— Cependant, je ne crois guère que des esprits invisibles acceptent de rendre aux humains le service de les renseigner sur les voyageurs.

— Ni moi non plus, dit Edison. Cependant le docteur William Crookes, — qui a découvert un quatrième état de la « *Matière* », l'état radiant, alors que nous n'en connaissions que le solide, le liquide et le gazeux, — nous raconte, appuyé par les témoignages des plus sérieux savants de l'Angleterre, de l'Amérique et de l'Allemagne, ce qu'il a vu, touché et entendu, ainsi que la docte assemblée qui l'assistait en ses spiritualistes expériences ; et ses récits[194], je trouve, donnent à réfléchir.

194. Cf. *supra*, note 116. Le docteur Crookes rédigea un mémoire sur ses expériences de spiritisme, *Researches in the phenomena of spiritualism* (1874) qui fut traduit en français en 1878.

— Enfin, vous ne pouvez soutenir que, d'ici ou d'ailleurs, cette étrange créature inconsciente ait aperçu la femme dont nous parlons. Et ces détails qu'elle a précisés, quant à la toilette de Miss Alicia Clary, sont, cependant, exacts. Si merveilleux que soient les yeux que vous apportez en ce coffret, je ne leur suppose pas un tel pouvoir.

— Tout ce que je dois vous répondre, *quant à présent du moins*, à ce sujet, le voici : CE qui voit, positivement, à distance et à travers tous les obstacles, sous le voile de Hadaly, le voit sans le secours de l'électricité.

— M'en apprendrez-vous un peu plus, là-dessus, quelque jour ?

— Je vous le promets : — elle aussi vous expliquera son mystère par quelque soir de silence et d'étoiles.

— Bien ; mais ce qu'elle dit est comme ces ombres de pensées que l'esprit écoute dans les songes et qui se dissipent sous la réflexion du réveil, dit Lord Ewald. Ainsi, tout à l'heure, en me parlant de ces astres que la Science appelle, je crois, des sacs à charbon, Miss Hadaly s'est exprimée, sinon d'une manière *tout à fait* inexacte, du moins comme si sa "raison" se guidait *d'après un mode de logique différent du nôtre*. La comprendrai-je ?

— Mieux que moi-même ! dit Edison. Vous pouvez en être certain, mon cher lord. Quant à sa façon de concevoir, en astronomie... mon Dieu, sa logique en vaut bien une autre. Demandez à quelque savant cosmographe, tenez, par exemple, *le motif de la diversité d'inclinaisons des axes d'un même système solaire — ou, tout bonnement, ce que peuvent être les anneaux de Saturne ?* — et vous verrez s'il en sait bien long là-dessus.

— À vous entendre, mon cher Edison, on devrait croire que cette Andréide a la notion de l'Infini ! murmura Lord Ewald en souriant.

— Elle n'a guère que celle-là, répondit gravement l'ingénieur ; mais, pour s'en assurer, il faut la questionner selon l'étrangeté de sa nature. C'est-à-dire sans aucune solennité de parole, d'une façon *joueuse*, en un mot. Ses discours, alors, éveillent une impression intellectuelle de beaucoup plus saisissante que les idées d'un sérieux ou même d'un sublime convenus.

— Donnez-moi donc un exemple de ces sortes de questions ? demanda Lord Ewald. Prouvez-moi qu'elle peut cacher réellement, en sa semblance, — d'une manière quelconque, — la notion de l'Infini ?

— Volontiers », dit Edison.

Et, se rapprochant de la dormeuse :

« Hadaly, dit-il, si nous supposions que, par impossible, une sorte de dieu — du genre de ceux d'autrefois, — surgissant, invisible et démesuré, dans l'éther transuniversel, donnât, brusquement, la libre volée, du côté de nos mondes, à quelque éclair de même nature que celui qui vous anime, mais d'une énormité non pareille et pénétré d'une énergie capable de neutraliser la loi de l'attraction et de faire sauter tout le Système solaire dans l'abîme, comme un sac de pommes...

— Eh bien ? dit Hadaly.

— Eh bien ! que penseriez-vous d'un tel phénomène, s'il vous était permis d'en contempler l'effrayante performance ? acheva Edison.

— Oh ! répondit l'Andréide avec sa voix grave et en faisant monter, sur ses doigts d'argent, l'oiseau de paradis, — je crois que cet événement passerait, dans l'inévitable Infini, sans qu'il lui fût accordé beaucoup plus d'importance que vous n'en donnez aux millions d'étincelles qui pétillent et retombent dans l'âtre d'un paysan. »

Lord Ewald regarda l'Andréide, sans prononcer une parole.

« Vous le voyez, dit Edison en revenant vers lui : Hadaly paraît aussi bien comprendre certaines notions que vous et moi ; mais elle ne les traduit que par l'impression toute singulière, pour ainsi dire, que ses paroles en laissent dans l'esprit à l'aide d'images. »

Après un moment :

« Je renonce à deviner le mot de ce qui se passe

autour de moi, mon cher sorcier, dit Lord Ewald, et m'en remets complètement à vous.

— Voici donc les Yeux ! » dit l'électricien en pressant un ressort du coffret.

XIII

LES YEUX PHYSIQUES

> *Tes yeux de* saphirs *fendus* en amandes.
>
> Les Poètes.

L'intérieur de cette boîte énigmatique sembla jeter mille regards sur le jeune Anglais.

« Voici, certes, des yeux que jalouseraient bien des gazelles de la vallée de Nourmajad, continuait Edison. Ce sont des joyaux doués d'une sclérotique si pure, d'une prunelle si noyée, qu'ils en sont inquiétants, n'est-ce pas ? L'art des grands ocularistes est parvenu aujourd'hui à dépasser la Nature.

« La solennité de ces yeux donne, positivement, la sensation de l'âme.

« L'action de la photographie colorante leur ajoute une nuance personnelle ; mais c'est sur l'iris qu'il s'agit de transporter l'individualité même du regard. — Une question : — avez-vous vu beaucoup de beaux yeux de par le monde, milord ?

— Oui, dit Lord Ewald ; en Abyssinie, surtout.

— Vous distinguez l'éclat des yeux de la beauté du regard, n'est-ce pas ? reprit Edison.

— Certes ! dit Lord Ewald. Celle que vous verrez tout à l'heure a des yeux de la plus éclatante beauté, lorsqu'elle regarde, inattentive, au loin, devant elle : — mais, lorsque son regard porte sur quelque chose qu'elle remarque, le regard, hélas ! suffit pour faire oublier les yeux.

— Voilà qui simplifie toute difficulté! s'écria Edison. Généralement l'expression du regard humain s'augmente de mille incidences extérieures, — de l'imperceptible jeu des paupières, de l'immobilité des sourcils, de la longueur des cils, — surtout, de ce que l'on dit, de la circonstance où l'on se trouve, de l'entourage, même, qui s'y réfléchit. — Tout cela renforce l'expression *naturelle* de l'œil. — De nos jours, les femmes bien élevées ont acquis un regard unique, mondain, convenu, et, vraiment, charmant (c'est le mot), où chacun trouve l'expression qu'il désire et qui leur permet de penser à leurs soucis intimes, sous un air d'attention profonde.

« Ce regard, on peut le clicher, — puisqu'il n'est lui-même qu'un cliché, — n'est-il pas vrai?

— C'est juste, dit, en souriant, le jeune homme.

— Mais, continua l'ingénieur, il s'agit de saisir, dans l'expérience qui nous occupe, non pas l'attention du regard, mais son VAGUE, au contraire! Et vous m'avez dit que Miss Alicia Clary regardait habituellement à travers ses cils.

« Eh bien! voici comment je vais procéder[195].

« Je vous parlais, tout à l'heure, du phénomène récemment constaté de l'état radiant de la Matière : étant donné le *vide* le plus parfait, presque absolu, que l'on puisse produire (vide obtenu dans tel sphéroïde dont l'air intérieur a été soumis à une température d'une élévation souveraine), il est avéré qu'il peut se révéler, en ce vide aussi abstrait que possible, des mouvements dus à la présence d'une Matière insaisissable. Des tiges d'induction étant soudées aux parois du sphéroïde, l'étincelle vibre dans ce vide, — et l'on peut penser que le *Commencement* du Mouvement physique *est là*.

195. Villiers va décrire ici le *tube de Crookes*, ou tube à cathode froide, ce tube renflé en son milieu (« sphéroïde ») dans lequel on a fait le vide et à l'intérieur duquel le passage d'une décharge électrique provoque des effets lumineux particuliers — dus, on le comprendra plus tard, à un flux d'électrons. Le *tube de Crookes* est l'ancêtre du tube cathodique de nos modernes téléviseurs.

« Or, voici des Yeux fictifs, ovoïdes, et d'une transparence de source. J'y trouverai, certes, la paire analogue aux yeux de votre amie.

« Une fois relevé, en leurs prunelles, ce que les peintres appellent le point visuel, — comme l'intérieur en aura été soumis à la température nécessaire pour y opérer le vide précité, — au centre des prunelles, à l'extrémité d'un inducteur de la capillarité la plus extrême, je ferai briller, en ce vide, la piqûre d'éclair, — mais vague et presque invisible, — de l'Électricité : le merveilleux travail de l'iris confère à cette piqûre vive l'illusion totale de la personnalité, dans le point visuel. — Quant à la mobilité de l'œil lui-même, elle résulte d'invisibles et presque nerveux suspens du plus pur acier, sur lesquels il tremble, glisse ou demeure immobile selon la dictée de l'Appareil-central de l'Andréide. Car le regard, le jeu des paupières, les paroles et le geste y sont inscrits, d'*ensemble*, comme je vous l'ai dit. Cela ne se voit pas plus, à l'extérieur, que les réels *mobiles* d'un regard sentimentalement féminin ne transparaissent dans l'expression apparente. La carnation, la beauté en adoucissent tout le mécanisme dans un fondu idéal. Une fois le travail des rectifications bien revu au microscope, ah! par exemple! vous verrez si je ne pourrai pas vous défier, mon cher lord, *de trouver plus de néant vivant dans le regard de Miss Alicia Clary que dans celui de son fantôme*! Et la beauté éclatante de leurs yeux sera cependant identique. »

XIV

LA CHEVELURE

Vitta coercebat positos sine lege capillos[196].

OVIDE.

« Quant à la chevelure, reprit-il, vous comprenez que l'imitation presque absolue en est vraiment trop facile pour qu'il soit nécessaire de nous y arrêter longtemps.

196. « Une bandelette retenait ses cheveux en désordre. »

« En soumettant le double, savamment élu, de cette chevelure à l'action des huiles odorantes dont se sert Miss Alicia Clary, et un peu à la volatilisation de sa senteur personnelle, il serait impossible de s'y reconnaître.

« Toutefois, je ne vous conseille, ici, l'artificiel qu'avec une restriction. Pour les cils, les sourcils, etc., il serait convenable que Miss Alicia Clary voulût bien vous faire présent de l'une des mèches les plus sombres de ses personnels cheveux. La Nature a ses droits, et, vous le voyez, je leur rends, parfois, hommage.

« Donc, à l'aide d'une préparation particulière des plus simples, tout sera scrupuleusement imité. Les cils seront comptés et mesurés à la loupe, à cause des valeurs du regard. — Ce vague duvet, ces ombres flottantes sur la mouvante neige du col, pareilles à des tons glacés d'encre de Chine sur une palette d'ivoire, ce négligé des fins cheveux follets, tous ces fondus de teintes enfin, seront d'une similitude enchanteresse !

« Passons.

« Pour les ongles des mains et des pieds, non, sur mon âme ! nulle fille d'Ève n'en aura jamais possédé de qualité supérieure ! Bien que tout pareils à ceux de votre belle amie, ils seront d'un diamanté, d'un rosé... vivants ! et coupés comme les siens. Vous voyez, d'avance, que la difficulté, ici, n'existe réellement pas assez pour que je doive vous notifier mes moyens d'imitation, n'est-ce pas ?

« Occupons-nous de l'Épiderme, et en grande hâte ; il nous reste à peine vingt minutes.

— Savez-vous, Edison, dit Lord Ewald après un profond silence, qu'il est vraiment infernal de voir les choses de l'Amour sous un jour pareil ?

— Non point les choses de l'Amour, milord, répondit Edison en relevant son front grave, mais celles des "amoureux" ! Je vous le redis encore ! Et... *puisqu'elles ne sont que cela...* pourquoi donc hésiter devant elles ? Est-ce qu'un médecin se trouble devant une table de dissection, pendant un cours d'anatomie ? »

Lord Ewald demeura pensif quelques instants.

XV

L'ÉPIDERME

> *Je veux boire au creux de tes mains,*
> *Si l'eau n'en dissout point la neige.*
>
> TRISTAN L'HERMITE, *Le Pourmenoir des Amants.*

Edison, indiquant une longue boîte en bois de camphrier placée contre la muraille auprès du brasero :

« C'est là ! dit-il. — C'est là que j'ai enfermé l'illusion même du derme humain. Vous en avez éprouvé la sensation lorsque vous avez serré la main solitaire qui est en haut sur la table. Je vous ai parlé de ces étonnantes épreuves photochromiques récemment signalées. Or, si le toucher de cette peau trouble tout être vivant, la matité de sa trame invisible et opaline est essentiellement réceptive de l'impression solaire ; elle devient parfois radieuse, comme le jeune éclat d'un teint virginal, sous l'action de la lumière.

« Remarquez-le aussi ; les difficultés que présente la coloration héliochromique sont beaucoup moindres, ici, que lorsqu'il s'agit d'un paysage. En effet, dans notre race caucasienne, le teint ne comporte que deux nuances précises dont, solairement, nous sommes un peu maîtres : le blanc pâle et le rose.

« Les verres coloratifs impriment donc sur cet épiderme factice (une fois celui-ci adhérent au moulage même de la carnation) la teinte stricte de la nudité que l'on reproduit : or c'est la qualité du satinage de cette molle substance, si élastique et si subtile, qui vitalise, pour ainsi dire, le résultat obtenu, — et ceci au point de bouleverser complètement les sens de l'Humanité. Il devient tout à fait impossible de distinguer le modèle de la copie. C'est la nature *et rien qu'elle*, ni plus ni moins,

ni mieux ni plus mal : c'est l'Identité. Le fantôme, par
exemple, est inaltérable. Ayant reçu membre à
membre, face à face, profil à profil et dos à dos la
totalité du reflet de la vivante, il le garde assez profondément, s'il n'est pas violemment détruit, pour survivre
à ceux qui l'ont vu.

« Maintenant, milord, ajouta Edison en regardant
Lord Ewald, tenez-vous à ce que je vous montre ce
textile derme idéal ? à ce que je vous révèle de quels
éléments il se compose ? »

XVI

L'HEURE SONNE

> MÉPHISTOPHÉLÈS : *Les aiguilles touchent
> l'heure : voici qu'elle tombe !... — Elle est
> tombée.*
>
> GOETHE, *Faust.*

« À quoi bon ! dit Lord Ewald en se levant. — Non,
je ne veux point voir cette suprême lueur de la vision
promise, sans la vision même ; on ne saurait isoler
aucun élément d'une telle œuvre ; — et je ne désire plus
m'exposer à sourire d'une conception dont l'ensemble
et la résultante, enfin, me demeurent encore voilés.

« Tout ceci est, à la fois, trop extraordinaire et trop
simple pour que je refuse de me prêter, dans la mesure
du possible, à l'aventure inconnue qui, m'assurez-vous,
doit s'en dégager. Puisque vous vous êtes montré assez
sûr de votre Andréide future pour avoir osé braver...
jusqu'au rire que devaient nécessairement entraîner des
explications aussi détaillées, aussi hostiles à toute illusion, il convient que je me tienne pour satisfait et que
j'attende le terme fixé avant de statuer sur votre
ouvrage. Cependant, dès aujourd'hui, je vous atteste
que la tentative en question ne *me paraît plus aussi*

absurde qu'au premier moment, c'est tout ce que je puis et dois vous dire. »

L'ingénieur, d'une voix tranquille, répondit :

« Je ne devais pas moins attendre de la haute nature d'intelligence dont vous avez fait preuve, ce soir, milord. — Certes, je pourrais surprendre quelque peu, j'imagine, ceux des esprits modernes dont l'inadvertance s'aviserait de nier mon œuvre avant de l'avoir vue, — et de m'inculper de cynisme avant de m'avoir compris. — Oui. Ne pourrais-je, en effet, leur tenir ce petit discours, bien difficile à réfuter, je crois :

« "Vous prétendez qu'il est impossible de préférer à une vivante l'andréide de cette vivante ? Que l'on ne saurait rien sacrifier de soi-même, ni de ses croyances, ni de ses humaines amours, pour une chose inanimée ? Que l'on ne confondra rien d'une âme avec la fumée qui sort d'une pile ?

« "Mais — ce sont là des paroles que vous avez perdu le droit de proférer. Car, pour la fumée qui sort d'une chaudière, vous avez renié toutes les croyances que tant de millions de héros, de penseurs et de martyrs vous avaient léguées depuis plus de six mille années, vous qui ne datez que d'un sempiternel *Demain* dont le soleil pourrait fort bien ne se lever jamais. À quoi donc avez-vous préféré, depuis hier à peine, les prétendus principes immuables de vos devanciers, sur la planète, — rois, dieux, famille, patries ? À ce peu de fumée qui les emporte, en sifflant, et les dissipe, au gré du vent, sur tous les sillons de la terre, entre toutes les vagues de la mer ! En vingt-cinq années, cinq cent mille haleines de locomotives ont suffi pour plonger vos 'âmes éclairées' dans le doute le plus profond de tout ce qui fut la foi de plus de six mille ans d'Humanité.

« "Souffrez que je me défie quelque peu des subites et prétendues clairvoyances d'un être collectif dont l'erreur aurait si longtemps duré ! S'il a suffi, d'ores et déjà, de la fumée, initialement sortie de la fameuse marmite de Papin[197], pour obscurcir et troubler, en vos

197. C'est-à-dire, de la vapeur d'eau ! Denis Papin, inventeur français (1647-1714), discerna le premier la force élastique de la vapeur d'eau, et réalisa une « marmite » munie d'une soupape de sûreté — ancêtre de notre cocotte-minute.

consciences, l'amour, — l'idée même d'un Dieu, — pour détruire tant d'immortelles, de sublimes, de natales espérances — tant d'antiques, foncières et légitimes espérances! —, à quel titre prendrais-je au sérieux vos dénégations inconséquentes et vos entendus sourires de renégats, vos clameurs de morale, démenties chaque jour par votre vie?

« "Je viens vous dire : Puisque nos dieux et nos espoirs ne sont plus que *scientifiques*, pourquoi nos amours ne le deviendraient-ils pas également? — À la place de l'Ève de la légende oubliée, de la légende méprisée par la Science, je vous offre une Ève scientifique, — seule digne, ce semble, de ces viscères flétris que — par un reste de sentimentalisme dont vous êtes les premiers à sourire, — vous appelez encore 'vos cœurs'. Loin de supprimer l'amour envers ces épouses, — si nécessaires (jusqu'à nouvel ordre, du moins) à la perpétuité de notre race, — je propose, au contraire, d'en assurer, raffermir et garantir la durée, l'intégrité, les intérêts matériels, à l'aide innocente de mille et mille merveilleux simulacres — où les belles maîtresses décevantes, mais désormais inoffensives, se dédoubleront en une nature perfectionnée encore par la Science, et dont la salubre adjonction atténuera, du moins, les préjudices qu'entraînent toujours, après tout, vos hypocrites défaillances conjugales. — Bref, moi 'le sorcier de Menlo Park', ainsi que l'on m'appelle ici-bas, je viens offrir aux humains de ces temps évolus et nouveaux, — à mes semblables en Actualisme, enfin! — de préférer désormais à la mensongère, médiocre et toujours changeante Réalité, une positive, prestigieuse et toujours fidèle Illusion. Chimère pour chimère, péché pour péché, fumée pour fumée, — *pourquoi donc pas?*... Je jure, ici, que, dans vingt et un jours, Hadaly pourra mettre au défi l'Humanité tout entière de répondre nettement à cette question-là, mon cher lord. Car, ayant renié, disons-nous, — pour la fumée d'un Bien-Être toujours futur, d'une prétendue Justice toujours future, et d'un orgueil toujours demeuré, lui, chétif et puéril — ce que l'on appela, de tout temps, avant cet automne, la Douleur, l'Humilité, l'Amour, la Foi, la Prière, l'Idéal, et l'essentielle Espérance au-delà de nos soleils d'un jour, — je ne vois guère, je l'avoue, en vertu de quels diables d'autres principes l'Homme moderne oserait, sans rire, lui présenter une 'objection' logique ou même acceptable." »

Lord Ewald, pensif, regardait, en silence, cet homme singulier dont l'amer génie, tour à tour sombre ou rayonnant, cachait, sous tant d'impénétrables voiles, *le véritable motif qui l'inspirait.*

Un coup de timbre sonna, tout à coup, dans l'intérieur d'un pilier. C'était un appel venu de la Terre.

Hadaly se leva, lente et comme un peu endormie.

« Voici la belle vivante, Milord Celian! dit-elle. Elle entre dans Menlo Park. »

Edison considérait Lord Ewald avec une fixité interrogative.

« Au revoir, Hadaly! » dit gravement le jeune homme après un instant.

L'électricien vint serrer la main de son inquiétante créature.

« À demain la Vie! » lui dit-il.

À ce mot tous les fantastiques oiseaux des bocages souterrains et des ramées aux fleurs multicolores et lumineuses, colibris, aras-feu, tourterelles, huppes bleues de l'Hudson, rossignols d'Europe, oiseaux de paradis — et jusqu'au cygne solitaire de la vasque d'eau où l'eau neigeuse bruissait toujours, — parurent comme sortir d'une attention jusque-là silencieuse.

« Au revoir, seigneur passant! Au revoir! crièrent-ils avec des voix humaines, viriles et féminines.

— En route pour la terre! » ajouta Edison en rendossant sa fourrure.

Lord Ewald revêtit la sienne.

« J'ai prévenu que l'on indiquât le chemin du laboratoire à notre visiteuse, dit l'électricien. Partons. »

Une fois dans l'ascenseur il releva les lourds crampons de fonte : la porte du magique tombeau se referma.

Lord Ewald sentit qu'il remontait, avec son génial compagnon, chez les vivants.

Livre sixième

...ET L'OMBRE FUT!

I

ON SOUPE CHEZ LE MAGICIEN

> *Nunc est bibendum, nunc, pede libero*
> *Pulsanda tellus*[198] !
>
> HORACE.

Quelques instants après, Edison et Lord Ewald rentraient sous les lampes, dans le laboratoire, et jetaient leurs fourrures sur un fauteuil.

« Voici Miss Alicia Clary! dit l'ingénieur en regardant vers l'angle obscur de la longue salle, auprès des tentures de la fenêtre.

— Où donc? demanda Lord Ewald.

— Là, dans cette glace! dit tout bas l'ingénieur en indiquant à Lord Ewald un vaste miroitement pareil à de l'eau morte sous une lueur lunaire.

— Je ne vois rien, dit celui-ci.

— C'est une glace toute particulière, dit l'électricien. Rien d'étonnant, d'ailleurs, à ce que cette belle

---

198. « Maintenant buvons, maintenant frappons le sol en dansant d'un pied léger. »

personne m'apparaisse en son reflet, puisque je vais le lui prendre. — Tenez, ajouta-t-il en tournant un pas de vis qui leva les targettes de leurs écrous, Miss Alicia Clary cherche la serrure, elle trouve le loquet de cristal... la voici. »

La porte du laboratoire s'ouvrit à cette dernière parole : une grande et admirable jeune femme apparut sur le seuil.

Miss Alicia Clary était vêtue d'une chatoyante robe de soie d'un bleu pâle et qui paraissait vert-de-mer sous les lumières ; en ses noirs cheveux s'épanouissait une rose rouge et des étincelles de diamants scintillaient à ses oreilles ainsi qu'au tour évasé de son corsage. Une mante de martre était jetée sur ses épaules, et un voile de point d'Angleterre lui entourait délicieusement le visage.

Cette femme — vivante évocation des lignes de la *Vénus victorieuse* — éblouissait. — La ressemblance avec le divin marbre apparaissait immédiatement, si frappante, si incontestable que cette vue causait une sorte de saisissement mystérieux. C'était bien l'original humain de cette photographie qui avait rayonné, quatre heures auparavant, dans le cadre réflectif.

Elle demeurait immobile et comme surprise de l'aspect du lieu plus qu'étrange qui lui apparaissait.

« Entrez, de grâce, Miss Alicia Clary ! Mon ami, Lord Ewald, vous attend avec la plus passionnée des impatiences ; et — permettez que j'ose le dire — je la trouve bien légitime en vous regardant.

— Monsieur, répondit la belle jeune femme — avec une intonation de patronne de magasin, mais, aussi, avec un timbre de voix d'une limpidité idéale, pareil à des grêlons d'or heurtant un sonore disque de cristal, — monsieur, je suis venue tout à fait en artiste, vous voyez. Quant à vous, mon cher lord, votre dépêche m'a vraiment bouleversée ; j'ai cru... je ne sais pas, moi ! »

Elle entra.

« Chez qui ai-je l'honneur d'être ? ajouta-t-elle avec un sourire d'intention maugracieuse, mais qui, malgré l'intention, semblait comme une embellie de lumière d'étoiles sur un[199] steppe glacé.

— Chez moi, dit vivement Edison : je suis maître Thomas. »

Le sourire de Miss Alicia Clary parut comme se refroidir encore à ces paroles.

« Oui, continuait obséquieusement Edison, maître Thomas ! Il n'est pas possible que vous n'ayez entendu parler de moi ? Maître Thomas ! Le représentant général des grands théâtres d'Angleterre et d'Amérique ! »

Elle tressaillit et le sourire, plus radieux, reparut, cette fois nuancé d'une idée d'intérêt.

« Oh ! mais, enchantée, monsieur !... » balbutia-t-elle.

Puis se penchant à l'oreille de Lord Ewald :

« Comment ! Et vous ne m'avez pas prévenue ? dit-elle. Je vous remercie de la démarche, car, à la fin, je veux être célèbre — puisqu'il paraît que c'est à la mode. Mais cette présentation n'est ni régulière ni raisonnable, je trouve. Il ne faut pas que j'aie l'air d'une bourgeoise devant ces gens-là. Vous serez donc toujours dans les étoiles, mon cher lord ?

— Hélas ! toujours », répondit Lord Ewald en s'inclinant, correct, pendant que la jeune femme défaisait son chapeau et son burnous.

Edison avait tiré violemment un anneau d'acier caché dans les tentures ; un lourd et magnifique guéridon aux candélabres allumés et supportant un lunch servi avec une splendide recherche sortit du parquet.

C'était une véritable apparition de théâtre, un souper de féerie.

Trois couverts brillaient, et des porcelaines de Saxe, où du gibier et des fruits rares étaient disposés. Une petite cave en treillis, contenant une demi-douzaine de vieilles bouteilles poudreuses et de flacons à liqueurs, se trouvait placée à portée de l'un des trois sièges qui entouraient le guéridon.

199. L'usage n'avait pas encore imposé le genre féminin.

« Cher monsieur Thomas, dit Lord Ewald, voici Miss Alicia Clary — dont je vous ai décrit les talents hors de pair de cantatrice et de comédienne. »

Edison, après un léger salut :

« Ah ! j'espère bien, dit-il du ton le plus dégagé, hâter vos débuts glorieux sur l'une de nos principales scènes, Miss Alicia Clary ! — Mais nous allons en causer à table, n'est-ce pas, car le voyage ouvre l'appétit et l'air de Menlo Park est très vif.

— C'est vrai ! J'ai faim ! » dit la jeune femme, si carrément qu'Edison lui-même, dupe du magique sourire qu'elle avait oublié sur son visage, tressaillit, regardant Lord Ewald avec étonnement. Il avait pris cette charmante et naturelle parole pour un mouvement juvénile d'entrain joyeux. Que signifiait ceci ? Si cette sublime incarnation de beauté pouvait dire, seulement, qu'elle avait faim, *de cette façon-là*, Lord Ewald s'était trompé, puisque cette seule note vivante et simple prouvait un cœur et une âme.

Mais le jeune lord, en homme qui sait l'exacte valeur de ce qui se dit autour de lui, était demeuré impassible. — En effet, Miss Alicia Clary, craignant d'avoir dit quelque chose de trivial devant des « artistes », se hâta d'ajouter, avec un sourire dont le *spirituel*, voulu du moins, donnait une sacrilège expression comique à la magnificence de son visage :

« *Ce n'est pas* TRÈS POÉTIQUE, messieurs ; mais il faut bien être SUR LA TERRE quelquefois. »

À cette parole, qui sembla retomber, comme une définitive pierre sépulcrale, sur l'adorable créature qui s'y était, à son insu, si totalement, si irrémissiblement traduite, à cette judicieuse parole — qu'un Dieu seul peut pardonner et laver de son sang rédempteur — Edison se rasséréna : Lord Ewald avait analysé juste.

« Charmant ! s'écria-t-il, d'un air de cordiale bonhomie. À la bonne heure ! »

Ce disant, il précéda ses convives avec un gracieux geste d'invitation.

La robe céruléenne de Miss Alicia, en effleurant les

piles, leur arrachait quelques étincelles perdues dans les souveraines clartés de l'appartement.

L'on prit place. Une touffe de boutons de roses thé, sertie comme par des elfes, indiquait le couvert de la jeune femme.

« Que ne vous devrai-je pas, monsieur, dit-elle, une fois assise et en se dégantant, si, grâce à vous, un début sérieux, à Londres, par exemple...

— Oh! répondit Edison, n'est-ce pas un plaisir presque divin que de lancer une étoile?

— Monsieur, interrompit Miss Alicia Clary, je vous dirai que j'ai déjà chanté devant des têtes couronnées...

— ... une diva!... continuait Edison enthousiaste et en versant à ses hôtes quelques doigts de vin de Nuits[200].

— Monsieur, reprit Miss Alicia Clary d'un air à la fois pincé et rayonnant, l'on sait que les *divas* sont de mœurs plus que légères : je ne les imiterai pas en ceci. J'eusse même préféré une existence plus honorable, et je ne fais que me résigner à cette carrière... parce que je vois qu'il faut être de son siècle ! — Et puis, lorsqu'on peut faire valoir des moyens, même bizarres, de faire fortune, je trouve qu'il n'y a plus de sots métiers, aujourd'hui. »

La mousse du Lur-Saluces[201] fluait, débordant les radieuses mousselines des coupes.

« La vie a ses exigences ! dit Edison. Moi-même, j'avais peu d'inclination pour l'expertise des tempéraments lyriques. Bah ! les organisations maîtresses peuvent se plier à tout et tout acquérir. Résignez-vous donc à la Gloire, comme tant d'autres — qui en sont aussi étonnées que vous, Miss Alicia Clary ! — À vos triomphes ! »

Et il éleva son verre.

200. Les bourgognes de la côte de Nuits sont prestigieux : Vosne-Romanée, Chambertin, clos de Vougeot, etc.
201. Du nom des comtes de Lur-Saluces, propriétaires du château d'Yquem, producteur d'un sauternes de renommée mondiale — mais qui, en tout état de cause, ne saurait mousser!

Sympathique à la rassise faconde de l'électricien (dont la face, aux yeux de Lord Ewald, semblait, en ce moment, cachée sous un loup souriant de velours noir), Miss Alicia Clary toucha de son verre la coupe d'Edison avec un geste si digne et si réservé qu'entre ses mains miraculeuses la coupe eut soudainement l'air d'une tasse.

Les convives burent le rayon liquide ; toute glace, dès lors, sembla rompue.

Et, autour d'eux, sur les cylindres, les angles des réflecteurs et les grands disques de verre, tremblaient les lumières des lampes. Une impression de solennité secrète jusqu'à l'occulte flottait dans l'entrecroisement des regards ; tous trois étaient pâles ; la grande aile du Silence passa un instant sur eux.

II

SUGGESTION

> *Entre l'opérateur et le sujet, les demandes*
> *et les réponses ne sont qu'un voile verbal,*
> *tout à fait insignifiant, sous lequel, —*
> *droit, fixe, indistrait, — le vouloir de ce*
> *que l'on suggère doit rester tendu comme*
> *un glaive entre les prunelles du Suggérant.*
>
> Physiologie moderne.

Cependant Miss Alicia Clary souriait toujours, et les diamants de ses doigts brillaient chaque fois qu'elle portait à ses lèvres sa fourchette d'or.

Edison regardait cette femme en la pénétrant du coup d'œil aigu de l'entomologiste qui aperçoit enfin, par un beau soir clair, le[202] fabuleux phalène destiné, demain,

---

202. *Phalène* est du genre féminin, mais souvent employé au masculin par les poètes au XIXe siècle.

à sommer[203] les cadres d'un musée avec une épingle d'argent dans le dos.

« À propos, Miss Alicia Clary, dit-il, eh bien ? que dites-vous de notre cher Théâtre, ici ? de nos décors, de nos chanteresses ? Elles sont bien, n'est-ce pas ?

— Une ou deux, assez ragoûtantes, oui, si l'on veut ! mais… fagotées !

— À souhait ! c'est juste ! dit Edison en riant. Les costumes d'autrefois étaient si bêtes ! — Et comment avez-vous trouvé le *Freischütz* ?

— Le ténor ?… répondit la jeune femme — la voix un peu blanche ; distingué, mais froid.

— Se méfier de ceux qu'une femme trouve froids ! dit, tout bas, Edison à Lord Ewald.

— Vous dites ? demanda Miss Alicia.

— Je dis : ah ! la distinction ! la distinction ! C'est tout, dans la vie !

— Oh ! oui, la distinction ! dit la jeune femme en élevant vers les poutres du laboratoire ses yeux profonds comme un ciel d'Orient : je sens qu'il me serait impossible d'aimer quelqu'un qui ne serait pas distingué.

— Tous les grands hommes, Attila, Charlemagne, Napoléon, le Dante, Moïse, Homère, Mahomet, Cromwell, etc., étaient doués, au dire de l'Histoire, d'une distinction exquise !… — des manières !… — de ces mille délicatesses charmantes… qu'ils poussaient même jusqu'à la mièvrerie ! De là leur succès. — Mais je parlais de la pièce ?

— Ah ! de la pièce ! reprit Miss Alicia Clary, non sans une moue aussi dédaigneusement délicieuse que celle de Vénus regardant Junon et Diane : — entre nous, elle m'a paru… un peu…

— Oui, n'est-ce pas ? reprit Edison (en haussant les sourcils et avec un œil atone), un peu…

— C'est cela ! dit la comédienne, en respirant à deux mains ses roses thé.

203. Dans le vocabulaire du blason, « couronner ».

— Enfin, là, ce n'est plus de l'époque! résuma Edison d'un ton sec et péremptoire.

— D'abord, ajouta Miss Alicia, je n'aime pas que l'on tire des coups de fusil sur la scène. Cela vous fait sauter. Et, justement, cela commence par trois coups de fusil. Faire du bruit, ce n'est pas faire de l'art!

— Et puis, les accidents sont si vite arrivés! appuya Edison : la pièce y gagnerait si l'on coupait ces détonations.

— D'ailleurs, cet opéra-là, murmura Miss Alicia Clary, c'est du *fantastique*, tout cela.

— Et le fantastique a fait son temps! c'est juste. Nous vivons dans une époque où le *positif* seul a droit à l'attention. Le fantastique n'existe pas! conclut Edison.
— Quant à la musique... vous a-t-elle paru... peuh?... hein?... »

Et il allongea les lèvres, d'une manière interrogative.

« Ah! je suis partie avant la valse! » répondit simplement la jeune femme comme déclinant par là toute possibilité d'appréciation.

Et sa voix articula cette phrase avec une inflexion de contralto si riche et si pure, si céleste même, qu'aux oreilles d'un étranger qui n'eût point parlé la langue en laquelle s'exprimaient les convives, Miss Alicia Clary eût semblé quelque fantôme sublime d'une Hypathie[204], au visage athénien, errant la nuit, à travers la Terre sainte et déchiffrant, aux lueurs des étoiles, sur les ruines de Sion, tel passage oublié du Cantique des cantiques.

Lord Ewald, en homme qui n'accorde même plus d'attention aux propos environnants, semblait uniquement préoccupé des paillettes irisées qui s'allumaient dans l'écume vermeille de sa coupe.

« C'est différent! répondit, sans s'émouvoir, Edison.

204. Hypatie était une philosophe et mathématicienne grecque d'Alexandrie (370-415); dans l'école qu'elle avait fondée, après avoir étudié à Athènes, elle commentait Platon et Aristote, et les œuvres des grands mathématiciens comme Ptolémée — non les textes bibliques cependant, comme Villiers semble le suggérer.

Je conçois qu'en effet vous ne puissiez asseoir votre jugement sur des bribes... comme les scènes de la Forêt et de la Fonte des balles, par exemple, ou même sur le "morceau" du Calme de la Nuit...

— Celui-là fait partie de mon répertoire, soupira Miss Alicia Clary : mais la chanteuse de New York se fatigue pour rien. Je pourrais le chanter dix fois de suite, moi, sans qu'il y parût, comme je vous ai chanté *Casta diva*, une certaine soirée ! ajouta la belle virtuose en se tournant vers Lord Ewald. Je ne comprends pas que l'on écoute sérieusement des cantatrices qui s'"emballent", comme on dit. Il me semble que je me trouve au milieu d'une assemblée de fous, quand je vois applaudir de tels écarts.

— Ah ! comme je vous comprends, moi, Miss Alicia Clary ! » s'écria l'électricien.

Il s'arrêta soudainement.

Il venait de surprendre un coup d'œil que Lord Ewald, en un moment de distraction sombre, venait de jeter sur les bagues de la jeune femme.

Certes, il songeait à Hadaly.

« Maintenant, reprit Edison en relevant la tête, nous omettons, ce semble, une question assez grave.

— Laquelle ? » demanda Miss Alicia Clary.

Et elle se tourna, souriante, vers Lord Ewald comme étonnée du silence qu'il gardait.

« Celle des émoluments et feux auxquels vous devez prétendre.

— Oh ! répondit celle-ci en quittant subitement d'attention le jeune lord : je ne suis pas une femme d'argent, moi.

— Comme tous les cœurs d'or ! répondit galamment Edison et en s'inclinant.

— Il en faut, cependant ! modula l'incomparable créature avec un soupir qu'un poète n'eût pas désavoué chez Desdemona[205].

205. L'épouse victime de la folle jalousie de son mari dans l'*Otello* de Shakespeare.

— Quel dommage! dit Edison… Oh! bah! si peu! *lorsqu'on est artiste!* » reprit-il.

Le compliment, cette fois, paru toucher fort peu Miss Alicia Clary.

« Mais, dit-elle, une grande artiste se mesure à l'argent qu'elle gagne! Je suis plus riche que ne le désireraient mes goûts naturels; mais je voudrais aussi devoir ma fortune à mon métier, — à mon art, veux-je dire.

— C'est d'une délicatesse de sentiments bien louable, répondit Edison.

— Oui, continua-t-elle : et, si je pouvais gagner, par exemple… (elle hésitait et regardait l'ingénieur) — douze mille… »

Edison fronça imperceptiblement les sourcils.

« Ou six? » reprit Miss Alicia Clary.

Le visage d'Edison s'éclaircit un peu.

« Enfin, de cinq à vingt mille dollars par an, acheva Miss Alicia Clary enhardie — et avec le sourire de la divine, de l'immense Anadyomène illuminant de son apparition l'aurore et les flots, — j'avoue que j'en serais très contente… à cause de la Gloire, vous savez! »

Le visage d'Edison s'éclaira tout à fait.

« Que de modestie! s'écria-t-il; j'imaginais que vous alliez dire : guinées! »

Une ombre, une contrariété passa sur le front sublime de la jeune femme.

« Vous savez, les débuts!… dit-elle. On ne doit pas être exigeante. »

Le visage d'Edison se rembrunit.

« D'ailleurs, ma devise est : "Tout pour l'Art!" » s'empressa de conclure Miss Alicia Clary.

Edison lui tendit la main.

« Je reconnais bien là le désintéressement d'une âme élevée! — dit-il : mais je m'arrête; point de flatteries prématurées. Quelle pire massue que l'encensoir gauchement manœuvré ? Attendons. Un doigt de ce vin des Canaries ? » ajouta-t-il.

Tout à coup, la jeune femme, comme se réveillant, regarda autour d'elle :

« Mais… où suis-je donc? murmura-t-elle.

— Chez le plus original, mais le plus grand sculpteur de l'Union ! répondit gravement Edison. Ce sculpteur est une femme : ce seul mot doit vous révéler son illustre nom ? Mistress Any Sowana. Je lui ai loué cette partie du château.

— Tiens !… j'ai vu, en Italie, quelques instruments de statuaire ; ils ne ressemblaient en rien à ceux-ci !

— Ah ! que voulez-vous ? dit Edison : la méthode nouvelle ! Aujourd'hui l'on est expéditif en toutes choses. On simplifie… Mais, la grande artiste dont voici l'atelier, l'illustre Any Sowana, n'en avez-vous pas entendu parler ?

— Oui, je crois… dit, à tout hasard, Miss Alicia Clary.

— J'en étais sûr, dit Edison ; sa renommée a traversé les océans. Cette souveraine ciseleuse du marbre et de l'albâtre, disons-nous, est donc littéralement prodigieuse de rapidité ! Elle procède par des moyens tout nouveaux ! Une découverte récente… En trois semaines elle reproduit magnifiquement et avec une fidélité de rendu scrupuleuse les animaux et les humains. Et à ce propos, vous savez, n'est-ce pas, Miss Alicia Clary, qu'aujourd'hui le monde, le haut monde s'entend, remplace le portrait par la statue. Le marbre est à la mode. Les plus puissantes dames seulement, ou les plus distinguées parmi les plus célèbres du monde des arts, ont compris, grâce à leur tact féminin, que la dignité et la beauté des lignes de leurs corps ne pouvaient jamais être *shocking*. En sorte que Mistress Any Sowana ne se trouve absente ce soir que pour achever la statue en pied de la charmante reine d'O-Taïti, justement de passage à New York.

— Ah ? dit Miss Alicia Clary, très étonnée : le grand monde a décidé, vraiment, que c'était convenable ?

— Et aussi le monde des arts! dit Edison. N'avez-vous donc point vu les statues de Rachel[206], de Jenny Lind[207], de Lola Montès[208]? »

Miss Alicia Clary parut chercher dans ses souvenirs.

« Je dois les avoir vues, en effet?... dit-elle.

— Et celle de la princesse Borghèse?

— Ah! oui; je me rappelle celle-là : je l'ai vue *en Espagne*, je crois : oui, à Florence[209]! interrompit, toute rêveuse, Miss Alicia Clary.

— Une princesse donnant l'exemple, dit négligemment Edison, vous comprenez que la chose est devenue maintenant tout à fait reçue! Les reines même n'y résistent plus. Lorsqu'une artiste est douée d'une grande beauté, elle se doit sa statue... même avant qu'on la lui élève! — Vous avez, sans doute, exposé la vôtre, Miss Alicia Clary, dans les salons annuels de Londres? — Comment se fait-il que ce souvenir, capable, cependant, de frapper l'intelligence d'une admiration si naturelle, me soit échappé de l'esprit! Je rougis de le dire, mais — je ne me rappelle pas votre statue. »

Miss Alicia Clary baissa les yeux.

« Non, dit-elle. Je n'ai que mon buste, en marbre blanc, et mes photographies. J'ignorais que...

— Oh! mais c'est un crime de lèse-Humanité, s'écria Edison : — et, de plus, au point de vue de cette

206. Elisabeth Rachel Félix, dite Melle Rachel (1821-1858), tragédienne française, interprète fameuse des héroïnes de Corneille et de Racine, termina sa carrière aux États-Unis en 1855.

207. Cantatrice suédoise (1820-1887), qui a précisément débuté au théâtre royal de Stockholm en 1838 dans le rôle d'Agathe du *Freischütz*, et fait une tournée triomphale aux États-Unis en 1850.

208. Célèbre aventurière irlandaise (1824-1861), elle fut la maîtresse de Louis Ier de Bavière (et l'opinion publique l'obligea d'ailleurs à la renvoyer); elle parut en 1849 sur les théâtres américains.

209. Alicia confond à peine... Il s'agit évidemment de la célèbre statue de Pauline Borghèse (la sœur de Napoléon) en *Vénus victorieuse* par Canova (1805), qui se trouve à la galerie Borghèse à Rome : Pauline, le buste dénudé, à demi soulevée du divan sur lequel elle est allongée, tient dans la main gauche la pomme que Vénus se vit attribuer par Pâris lors du fameux Jugement.

réclame si indispensable aux véritables artistes, c'est un oubli grave. Je ne m'étonne plus que vous ne soyez point déjà de celles dont le nom seul est une fortune pour un théâtre, et dont le talent est hors de prix! »

En proférant ces mots absurdes, l'électricien, de ses yeux clairs et calmes, envoyait comme une lueur vive au fond des prunelles de son interlocutrice.

« Il me semble que vous eussiez dû m'avertir de cela, milord? dit Alicia, se tournant vers le jeune homme.

— Ne vous ai-je point menée au Louvre, Miss Alicia Clary? répondit Lord Ewald.

— Ah oui! devant cette statue qui me ressemble et qui n'a plus de bras! Mais si l'on ne sait pas que c'est moi, la belle avance!

— Un conseil : saisissez l'occasion! s'écria Edison, sans que son regard vibrant cessât de se river aux deux prunelles de l'éblouissante virtuose.

— Mais — si c'est la mode, je le veux bien! dit Alicia.

— C'est dit. Et, comme le temps est de l'or, tout en répétant quelques scènes de ces productions dramatiques d'un ordre nouveau, dont nous étudierons ensemble les arcanes, — (pardon : ce blanc de pluvier, s'il trouve grâce?) — Mistress Any Sowana va se mettre à l'œuvre, aidée de mes conseils, et au plus tôt. De sorte qu'en trois semaines... Voyez si elle exécute vite!

— Dès demain, si c'est possible? interrompit la jeune femme. — Et comment poserai-je? ajouta-t-elle en baignant ses merveilleuses lèvres de roses rouges dans sa coupe.

— Nous sommes femme d'esprit, dit Edison; oh! sans fadeurs! — Osons donc atterrer, d'avance, nos rivales prochaines! — Il faut frapper la foule par un de ces coups audacieux qui retentissent dans les deux mondes!

— Je ne demande pas mieux, répondit Miss Alicia Clary; je dois tout faire pour arriver.

— Au point de vue réclame, votre marbre en pied est indispensable dans les foyers de Covent Garden ou de

Drury Lane[210]. Indispensable! — Voyez-vous, une magnifiquement belle statue de cantatrice, cela prédispose les dilettanti, désoriente la multitude et enlève les directeurs. Posez donc en Ève : c'est la pose la plus distinguée. Nulle autre artiste, je le gagerais, n'osera jouer ni chanter après vous l'*Ève future*.

— En Ève, dites-vous, cher monsieur Thomas? — Est-ce que c'est un rôle du nouveau répertoire?

— Naturellement, dit Edison. Certes, ajouta-t-il en souriant, ce sera sommaire, — mais auguste, ce qui est l'essentiel. Et lorsqu'on est d'une beauté aussi surprenante que la vôtre, c'est la seule pose qui convienne à tous égards.

— Oui, je suis très belle! c'est positif! » murmura Miss Alicia Clary avec une mélancolie étrange.

Puis, relevant la tête :

« Qu'en pense Milord Ewald? demanda-t-elle.

— Mon ami, maître Thomas, vous donne un excellent conseil, dit Lord Ewald, d'un air de nonchalance insoucieuse.

— Oui, reprit Edison; d'ailleurs, le grand art justifie la statue et la beauté désarme les plus sévères. Les trois Grâces ne sont-elles pas au Vatican? Phryné[211] ne confondit-elle pas l'Aréopage? — Si donc vos succès l'exigent, Lord Ewald ne saurait être assez cruel pour élever une objection.

— Voilà qui est convenu, dit Alicia.

— Eh bien! dès demain : soit! Je préviendrai, vers midi, à son retour, notre immortelle Sowana, conclut l'électricien. Quelle sera l'heure à laquelle elle devra vous attendre, Miss?

210. Covent Garden et Drury Lane sont les deux plus célèbres théâtres de Londres.
211. Phryné, courtisane grecque du IVe siècle avant J.-C., fut l'hétaïre la plus riche et la plus célèbre d'Athènes. Maîtresse du sculpteur Praxitèle, elle posa pour ses statues d'Aphrodite. La légende dit que Phryné, traduite devant le tribunal des Héliastes pour impiété, aurait été condamnée si son défenseur Hypéride, à court d'arguments, n'avait eu la brillante idée de dévoiler le corps de sa cliente : sa beauté désarma les juges. Après David, Gérôme avait peint, en 1861, une *Phryné devant l'Aréopage*.

— Mais deux heures, si cela...

— Deux heures! très bien. Maintenant, le secret le plus profond! ajouta Edison, un doigt sur les lèvres. Si l'on savait que je me consacre à vos débuts, je serais dans la situation d'Orphée[212] parmi les bacchantes : on me ferait un mauvais parti.

— Oh! soyez tranquille! » s'écria Miss Alicia Clary.

Puis, se tournant vers Lord Ewald :

« Il est très sérieux, maître Thomas, lui dit-elle tout bas.

— Très sérieux! dit Lord Ewald; c'est pourquoi mon télégramme a été si pressant. »

On était au dessert.

Il jeta un coup d'œil sur Edison : celui-ci crayonnait quelques chiffres sur la nappe.

« Vous écrivez? dit en souriant Lord Ewald.

— Rien, murmura l'ingénieur : une découverte dont je prends note, à la hâte, pour ne pas l'oublier. »

En ce moment, le regard de la jeune femme tomba sur l'étincelante fleur donnée par Hadaly, et que Lord Ewald, par distraction, peut-être, avait encore à la boutonnière.

« Qu'est-ce que cela? » dit-elle en reposant son verre de liqueur des îles et en allongeant la main.

Edison, à cette question, s'étant levé, alla ouvrir la grande fenêtre du parc. Le clair de lune était admirable. Il s'accouda sur la balustrade, en fumant, le dos tourné aux astres.

Lord Ewald, à la question et au geste de la belle vivante, avait tressailli; un involontaire mouvement pour sauvegarder la fleur étrange lui était échappé.

« N'est-ce donc pas pour moi, cette belle fausse fleur? murmura Miss Alicia Clary, souriante.

— Non, Miss : vous êtes trop vraie pour elle », répondit simplement le jeune homme.

212. La version la plus commune de la mort d'Orphée veut qu'Orphée ait été attaqué une nuit par les Bacchantes, les échevelées du cortège de Dyonisos, qui le tuèrent, lui et ses disciples, dépecèrent son cadavre et en jetèrent les morceaux dans le fleuve.

Soudain, il ferma les yeux malgré lui.

Là-bas, sur les degrés de son seuil magique, Hadaly venait d'apparaître ; elle soulevait de son bras resplendissant la draperie de velours grenat.

Immobile en son armure et sous son voile noir, elle se tenait comme une vision.

Miss Alicia Clary, lui tournant le dos, ne pouvait voir l'Andréide.

Hadaly avait sans doute assisté aux dernières circonstances de la conversation ; elle envoya, de la main, un baiser à Lord Ewald, qui se leva brusquement.

« Qu'est-ce donc ? Qu'avez-vous ? dit la jeune femme. Vous me faites peur ! »

Il ne répondit pas.

Elle se retourna : — la tenture était retombée ; l'apparition avait disparu.

Mais, profitant de ce moment distrait de Miss Alicia Clary, le grand électricien venait d'étendre la main vers le front de la belle détournée.

Les paupières de celle-ci se refermèrent doucement, graduellement, sur ses yeux d'aurore ; ses bras, pétris en pierre de Paros, demeurèrent immobiles, — l'un appuyé à la table, l'autre main tenant le bouquet de roses pâles, pendante sur un coussin.

Statue de l'olympienne Vénus, attifée au goût moderne, elle semblait figée en cette attitude : et la beauté de son visage était revêtue en cet instant d'un reflet surhumain.

Lord Ewald, — qui avait vu le geste et l'effet de magnétique sommeil, — prit la main, froide maintenant, d'Alicia.

« Bien souvent, dit-il, je fus spectateur d'expériences pareilles : celle-ci, toutefois, me paraît témoigner d'une bien rare énergie de fluide nerveux et d'une volonté…

— Oh ! répondit Edison, nous naissons tous doués, à des degrés différents, de cette faculté vibrante : j'ai développé la mienne avec patience, voilà tout. J'ajouterai qu'au moment précis où, demain, je penserai qu'il sera deux heures, nul ne saurait empêcher cette femme

— sans la mettre en danger de mort — de se rendre ici, sur cette estrade, — et de s'y prêter de son mieux à l'expérience convenue. — Dites un mot, cependant : il en est temps encore ; — et notre beau projet de ce soir sera totalement oublié. Vous pouvez parler comme si nous étions seuls : elle ne nous entend plus. »

Pendant le moment de silence qui suivit cette mise en demeure suprême, la blanche Andréide reparut, écartant les draperies brillantes et noires, et demeura, sous son voile de deuil, immobile, et comme attentive, ses bras d'argent croisés sur son sein.

Alors, le jeune et grave seigneur, indiquant la divine bourgeoise endormie, répondit :

« Mon cher Edison, vous avez ma parole — et je vous dirai que je manque absolument de frivolité dans mes engagements.

« Certes, nous ne savons que trop, l'un et l'autre, que les êtres d'élection sont clairsemés en notre espèce et qu'après tout, cette personne-ci, moins sa splendeur corporelle, correspond à des millions et à des millions d'autres de même nature, — entre lesquelles et leurs fortunés possesseurs l'intellectuelle inattention, pour plusieurs motifs, est à l'état réciproque.

« Aussi, suis-je si peu difficile en ce que l'on doit attendre, intellectuellement, d'une femme, — même "supérieure" — que, si celle-ci était simplement douée de la plus minime éventualité de tendresse, même animale, pour quelque être que ce soit, fût-ce pour un enfant, j'estimerais sacrilège l'œuvre projetée entre nous.

« Mais, vous venez de constater l'endémique, l'incurable, l'égoïste aridité, qui, jointe à sa suffisance fastidieuse, anime cette forme surnaturelle et il est devenu constant, pour nous, que son triste *moi* ne peut rien aimer, n'ayant pas, en sa trouble et rétive entité, de quoi ressentir le seul sentiment qui complète l'être vraiment humain.

« En vain son "cœur" s'aigrit-il, peu à peu, sous le fade ennui que ses "idées" répandent autour d'elle — et

qui ont l'exécrable propriété de revêtir d'un reflet de
leur essence tout ce qu'elle approche... et jusqu'à sa
beauté, à mes yeux. Même en lui arrachant la vie, on ne
lui arracherait pas sa sourde, opaque, finassière, res-
treignante et pitoyable médiocrité. Elle *est* ainsi faite :
et je ne sache qu'un Dieu seul qui, sollicité par la Foi,
puisse modifier l'intime d'une créature.

« Or, pourquoi préféré-je me délivrer, fût-ce d'une
façon fatale, de l'amour que son corps m'inspira ? —
pourquoi ne dois-je pas, enfin, me contenter, (comme
le feraient la presque totalité de mes semblables), de
jouir, uniquement, de la beauté physique de cette
créature, en ne tenant nul compte *de ce qui l'anime* ?

« Parce que je ne puis atténuer en ma conscience, par
aucun raisonnement, une très secrète certitude — qui
en est invisible — et dont la permanence travaille tout
mon être d'un insupportable remords.

« Je ressens, en cœur, en corps et en esprit, qu'en
tout acte d'amour *on ne choisit pas que la part de son désir*
et que l'on se brave soi-même, — par lâcheté sensuelle,
— en se prétendant l'insoucieuse faculté d'exclure de
cette forme, — avec laquelle on accepte quand même de
mêler la sienne, — l'intime essence qui, l'animant, *peut
seule produire cette forme et les désirs qui en émanent* : on
ÉPOUSE le tout. Je dis que tout amoureux cherche
inutilement à étouffer en lui cette arrière-pensée *qui est
absolue* comme lui-même : savoir qu'il se pénètre, lui,
d'une manière indélébile, de cette ombre de l'âme
possédée quand même avec le corps et qu'il espère
illusoirement pouvoir exclure de la possession, lorsque
l'idée en gêne son plaisir.

« Et, ne pouvant, vous dis-je, bannir — en aucun
instant de la vie quotidienne — cette évidence intérieure qui m'obsède, savoir que mon *moi*, mon être
occulte, enfin, désormais est imbu de cette âme
pâteuse, aux instincts sans lumière, qui ne saurait
extraire la beauté d'aucune chose — (alors que les
choses ne sont que ce qu'elles sont conçues et que nous
ne sommes, en réalité, que ce que nous pouvons admi-

rer en elles, c'est-à-dire y *reconnaître* de nous), — je vous l'avoue en toute sincérité, je crois avoir commis un acte d'abaissement presque indélébile en possédant cette femme : et ne sachant plus comment me *racheter* de cet acte, je veux du moins en punir la faiblesse, par une sorte de mort purificatrice. Bref, et quand toute la race humaine devrait en sourire, je prétends garder l'originalité DE ME PRENDRE AU SÉRIEUX, ayant, d'ailleurs, pour devise familiale : *Etiamsi omnes, ego non*[213].

« Je vous atteste donc une dernière fois, mon cher enchanteur, que, — sans la soudaine, curieuse et fantastique proposition que vous m'avez faite, — tenez, je n'eusse pas entendu sonner cette lointaine heure qu'emporte le vent de ce pâle matin.

« Non! j'étais dégoûté de l'Heure, voyez-vous.

« Maintenant, comme j'ai le droit de regarder le physique voile d'idéal de cette femme ainsi qu'une dépouille gagnée en un combat dont, victorieux trop tard, je sors mortellement blessé, je me permets, pour résumer l'ensemble de cette soirée sans pareille, de disposer de ce voile en vous disant : "Puisque le pouvoir de votre prodigieuse intelligence vous le permet peut-être, je vous confie, pour le transfigurer en un mirage capable de me donner un change sublime, ce pâle fantôme humain. Et si, dans cette œuvre, vous délivrez, pour moi, la forme sacrée de ce corps de la maladie de cette âme, je jure, à mon tour, d'essayer, au souffle d'une espérance qui m'est encore inconnue, — de compléter cette ombre rédemptrice."

— Bien, dit Edison, pensif.

— C'est juré! » ajouta, de sa voix mélodieuse et triste, Hadaly.

Les draperies se refermèrent, — une étincelle brilla : — le sourd glissement de la dalle blanche, s'enfonçant, comme précipitée, dans la terre, vibra quelques secondes, puis s'éteignit.

213. « Même si tous, moi non. » Cette devise n'est pas imaginaire : c'est, précisent Raitt et Castex, la devise des Clermont-Tonnerre.

Edison, en deux ou trois rapides mouvements de la main autour du front de la dormeuse, en dissipa l'insensibilité, pendant que lord Ewald remettait ses gants, comme si rien que de très simple ne se fût passé.

Miss Alicia Clary s'éveilla, reprenant, — au point où le suggéré sommeil l'avait interrompue, et sans nul autre souvenir, — sa phrase commencée à Lord Ewald :

« ... Et puis, pourquoi ne me répondez-vous pas, s'il vous plaît, Milord *comte* Ewald ? »

À son titre, ainsi sottement décliné, le jeune homme n'eut pas même aux lèvres ce pli amer que causent aux seuls gentilshommes vraiment nobles ces sortes de certificats que donne sans cesse la triviale compagnie.

« Excusez-moi, je suis un peu fatigué, ma chère Alicia », répondit-il.

La croisée était restée ouverte sur la nuit étoilée que pâlissait déjà l'Orient ; une voiture, en s'approchant, faisait crier le sable des allées du parc.

« Eh ! mais — on vient vous prendre, je crois ? dit Edison.

— Il se fait très tard, en effet, dit Lord Ewald en allumant un cigare, — et vous devez avoir sommeil, Alicia ?

— Oui, je voudrais *reposer* un peu !... dit-elle.

— Voici l'adresse de votre chez vous, où l'on va vous conduire, dit l'électricien. J'ai vu les appartements : ils sont d'un confort très passable en voyage. — À demain donc, et mille bons souhaits. »

Quelques instants après, la voiture emportait les deux amants dans Menlo Park, vers leur cottage improvisé.

Resté seul, Edison réfléchit un instant ; puis ayant refermé la fenêtre :

« Quelle soirée ! murmura-t-il. Et ce mystique enfant, ce charmant seigneur, qui ne s'aperçoit pas... que cette ressemblance avec la statue dont on reconnaît l'empreinte en la chair de cette femme, oui ! que cette ressemblance — n'est que *maladive*, que ce doit être le résultat de quelque *envie*, en sa bizarre lignée ; qu'elle est née avec cela comme d'autres naissent tigrées ou palmées ; qu'en un mot c'est un phénomène aussi anormal qu'une géante ! Ressembler à la *Venus victrix*, n'est chez elle, qu'une sorte d'éléphantiasis dont elle mourra. Difformité pathologique, dont sa pauvre nature est affligée. — N'importe, il est mystérieux que cette monstruosité sublime soit arrivée juste au monde pour légitimer absolument ma première andréide! — Allons! l'expérience est belle. À l'œuvre! Et que l'*Ombre* soit! — Sur ce, je crois avoir gagné aussi, ce soir, le droit de dormir quelques heures, à mon tour. »

Puis, s'avançant au milieu du laboratoire :

« Sowana! » dit-il à demi-voix, avec une intonation particulière.

À ce nom, la voix féminine, si pure et si grave, qu'il avait entendue la veille aux premières heures du crépuscule, lui répondit, invisible, au milieu de la salle :

« Me voici, mon cher Edison : eh bien! qu'en dites-vous?

— Le résultat m'a déconcerté moi-même pendant quelques instants, Sowana! dit Edison. Cela passe toute espérance, en vérité. C'est une magie!

— Oh! ce n'est rien encore! dit la voix : *après l'incarnation* ce sera surnaturel.

— Réveillez-vous et reposez-vous! » murmura Edison après un silence.

Puis il toucha le bouton d'un appareil; les trois radieuses lampes s'éteignirent d'un seul coup.

La veilleuse seule brûlait encore, éclairant, auprès d'elle, sur le coussin de la table d'ébène, le mystérieux bras au poignet enlacé de la vipère d'or — dont les yeux bleus semblaient regarder fixement le grand électricien, dans l'obscurité.

III

IMPORTUNITÉS DE LA GLOIRE

> *L'ouvrier qui ne travaille pas vingt-cinq heures par jour — n'a que faire d'entrer chez moi.*
>
> EDISON.

Durant la quinzaine qui suivit cette soirée, le soleil dora joyeusement le fortuné district du New Jersey.

L'automne s'avançait, cependant; les feuilles des grands érables de Menlo Park se veinaient de pourpre et le vent les froissait, d'aurore en aurore, plus sèchement.

Le château d'Edison et ses jardins apparaissaient déjà dans de plus bleus crépuscules. Les oiseaux familiers d'alentour, — fidèles aux branchages et aux dernières feuillées, commençaient, gonflant leur plume, à piauler quelques notes de leurs chansons d'hiver.

Pendant cette série de beaux jours, les États-Unis en général, — et, en particulier, Boston, Philadelphie et New York, — s'étaient inquiétés, Edison ayant suspendu toutes réceptions depuis la visite de Lord Ewald.

Enfermé avec ses mécaniciens et ses appariteurs en son laboratoire, il ne sortait plus. — Les *reporters*, expédiés en hâte, avaient trouvé grille close; ils avaient essayé de sonder M. Martin, mais son mutisme souriant avait déconcerté leurs tentatives. Gazettes et *Magazines* s'émouvaient. — « Ah çà! que faisait le sorcier de Menlo Park? le papa du Phonographe? » Des rumeurs, touchant la découverte définitive de l'adaptation du compteur (!) à l'Électricité, commencèrent à circuler.

D'habiles détectives avaient cherché à louer des fenêtres lointaines pour surprendre une expérience. Dollars perdus! — L'on ne voyait rien, de ces maudites fenêtres! — Des limiers, dépêchés par la Compagnie du Gaz, devenue fortement inquiète, s'étaient retirés sur les hauteurs environnantes et, là, nantis d'énormes télescopes, plongeaient dans les jardins qu'ils inspectaient et scrutaient d'une pupille sagace.

Mais, du côté du laboratoire, le feuillage d'une grande allée obstruait toute investigation. L'on n'avait distingué qu'une jeune dame, extrêmement belle, vêtue de soie bleue et cueillant paisiblement des fleurs sur la pelouse du milieu, — rapport qui avait terrifié la Compagnie du Gaz.

L'électricien cherchait à leur donner le change! — C'était clair. — Une jeune dame, cueillant des fleurs?... Allons donc! — Vêtue de soie bleue?... Plus de doute !… il raillait ! Il avait découvert la division du Fluide, le démon ! — Mais on n'était point sa dupe. — Un pareil homme était un fléau social. — On aviserait ! — Il ne fallait pas qu'il s'imaginât ! etc.

Bref, l'anxiété se portait au comble, lorsqu'on apprit qu'Edison avait mandé, en toute hâte, l'excellent docteur Samuelson D.D. et le fameux W*** Pejor, le dentiste du high-life américain, le praticien en vogue — tant prisé pour la légèreté de ses pièces, pour son innocente manie du viol et pour la solidité de sa prothèse.

Immédiatement le bruit se répandit, — la foudre surmenée n'eut du moins pas assez d'ailes pour le divulguer, — qu'Edison, malade, rugissait jour et nuit, en proie à la fluxion la plus lancinante et la plus terrible — et que sa tête, vouée à la plus imminente méningite, était devenue grosse comme le Capitole de Washington.

On redoutait l'imminence d'un transport au cervelet. C'était un homme fini ! — Les actionnaires du Gaz, dont les titres venaient de baisser considérablement, devinrent tremblants de joie à cette nouvelle. Ils se précipitèrent dans les bras les uns des autres, pleurant de satisfaction et balbutiant des mots dénués de sens.

Après s'être épuisés en d'infructueux efforts en la recherche de termes suffisamment jaculatoires pour rédiger, de concert, en un pique-nique, l'hymne d'action de grâces qu'ils avaient formé le projet d'exhaler, ils y renoncèrent d'un commun accord, — et, saisis d'une idée lumineuse, se répandirent en hâte de tous côtés pour acheter à la baisse le plus qu'ils purent d'actions au porteur de la Société fondée sur le Capital intellectuel d'Edison et l'Exploitation de ses découvertes.

Quand le vénérable docteur Samuelson D.D., — suivi de l'excellent et illustre W*** Pejor, — eut affirmé, sur l'honneur, à leur retour à New York, que les esprits vitaux du mirifique sorcier ne s'étaient jamais vus dans un état plus sanitaire, qu'il s'était agi, simplement, durant leur séjour à Menlo Park, de la jeune dame à la toilette d'azur sur laquelle il essayait une suite d'expériences de ses anesthésiques, — il y eut une débâcle de plusieurs millions de dollars qui fit pousser aux acheteurs de la veille de véritables glapissements. Trois grognements officiels furent même votés contre l'ingénieur, — et consciencieusement exécutés, ceux-là!... — vers la fin du meeting de consolation que s'offrirent les spéculateurs de la fameuse baisse. Dans un pays où le plus clair des affaires est fondé sur l'industrie, l'activité et les découvertes, rien que de naturel en ces événements.

Toutefois, revenues, à moitié, de la panique et de l'alerte, les âmes s'étaient à demi rassurées et l'âpreté des espionnages se relâcha quelque peu.

Tant et si bien qu'une belle nuit, — comme une caisse de dimensions assez importantes avait été notoirement expédiée de New York à Edison, et comme le camion arrivait à Menlo Park, de nonchalants détectives, apostés par les curieux, donnèrent l'exemple d'une modération inattendue. Les procédés qu'ils employèrent, en cette occasion, pour se rendre compte des choses, furent même blâmés comme par trop bénins et trop niaisement ingénieux.

En effet, ils se contentèrent, d'abord, de se ruer, sans vains préambules et à grands coups de gourdins, sur le conducteur et les employés nègres qui escortaient la caisse et de les laisser pour morts sur la route. Puis, aux lueurs des torches, ils s'empressèrent d'ouvrir ladite caisse, — mais en y mettant cette fois, toute la délicatesse et toute la subtilité de manœuvre dont ils étaient capables, c'est-à-dire en enfonçant, à la hâte, d'énormes ciseaux à froid entre les ais, qu'ils firent éclater.

Enfin! On allait donc pouvoir examiner les nouveaux éléments électriques et voir en quoi consistait le « Compteur » commandé évidemment par Edison.

Le chef de l'expédition, ayant procédé à l'examen minutieux du contenu de la caisse, n'y inventoria qu'une nouvelle robe de soie bleue (oh! toute neuve!), des bottines de même nuance, des bas de femme d'une finesse délicieuse, une boîte de gants parfumés, un éventail d'ébène aux sculptures précieuses, des dentelles noires, un corset léger et ravissant, à rubans feu, des peignoirs de batiste, une boîte de bijoux contenant d'assez beaux pendants d'oreilles en diamant, des bagues et un bracelet, — des flacons de parfum, des mouchoirs brodés de l'initiale H. et plusieurs autres objets de ce genre, — enfin, toute une toilette féminine.

À cette vue oiseuse, nos agents, se sentant gagner par une véritable hébétude, formèrent cercle autour de la malle — où chaque objet fut délaissé à sa place, sur un regard profond du chef. Puis, s'étant pris le menton dans la paume de la main, nos seigneurs firent une pause et une grimace, trouvant sans doute à leur déconvenue un arrière-goût saumâtre. Puis, comme affolés, se croisant brusquement les bras, en écartant leurs longs doigts rouges contre leurs flancs et haussant démesurément les sourcils, ils s'entre-regardèrent en silence, d'un œil méfiant. — Puis, à moitié asphyxiés par la fumée des torches de leurs subalternes, ils se demandèrent, tout rêveurs, très bas, les uns aux autres, et avec des expressions butinées sur la flore même de leur langue, « si, décidément, le papa du Phonographe se *jouait* d'eux ».

Néanmoins, comme l'équipée tirait à conséquence, le chef, ayant humé une forte prise — tout en avalant avec peine sa salive — leur intima l'ordre, à voix basse et entre deux de ces imprécations d'élite qui rappelèrent la horde au sentiment de la réalité, d'aller, avec la rapidité bien connue de l'éclair, rapporter le corps du délit à sa destination, et ce, sous peine du lynch.

La horde se mit donc en marche en allongeant le compas. Arrivés à la grille d'Edison, ils y trouvèrent M. Martin et ses quatre joyeux collègues, qui, d'un air avenant, et le revolver à douze coups aux poings, les remercièrent avec chaleur de la peine qu'ils avaient bien voulu prendre, se saisirent lestement de la caisse et rejetèrent la grille sur le nez de nos gentlemen, — lesquels reçurent, en même temps, par la figure, le jet d'un éblouissant pinceau de magnésium parti du laboratoire de l'électricien qui photographiait ainsi, dans cet éclair, leurs trognes hirsutes, hispides[214] et hyrcaniennes[215].

Une récompense honnête leur était due. Aussi, dès le lendemain, sur un télégramme circonstancié d'Edison et accompagné du portrait-carte collectif de ces parfaits compères (vue prise devant la grille), — il échut à ces dignes personnages (sur une proposition du constable à laquelle ils s'empressèrent d'accéder) la bonne fortune de quelques mois de pénombre. Ceux-là mêmes qui les avaient apostés les chargèrent affreusement devant le constable, à cause de la bénignité de leurs agissements, — ce qui détendit de plus en plus les vigilances de la curiosité publique.

Que faisait Edison? — que pouvait-il avoir encore imaginé? Des impatients rêvaient bien de loqueter[216] la grille! — Mais l'ingénieur avait prévenu, dès longtemps, par la voie comminatoire des journaux, que, dès le crépuscule, il en laisserait divers points, dûment isolés, en correspondance avec un courant sérieux. De sorte que l'on passait au large, une fois le garde-fou circulaire établi. Quels gardiens, quels suisses, quels veilleurs valent, en effet, l'électricité? Qu'on essaie de la corrompre! — alors surtout que l'on ignore même où elle est! À moins de s'habiller en paratonnerres ou de porter d'épais et hermétiques vêtements de cristal, la tentative amènerait fort probablement des résultats amers, — bref, serait couronnée d'un succès pour le moins négatif.

Les milliers de conversations continuaient : « Qu'est-ce qu'il fait? Mais qu'est-ce qu'il combine?

---

214. En botanique : hérissé de poils rudes et épais.

215. C'est-à-dire probablement : féroces, sans pitié — par allusion à l'*Enéide* (IV, 367) : Didon, désespérée de voir Enée la quitter, dit que le cruel a été nourri au sein des « tigresses d'Hyrcanie ».

216. Faut-il comprendre « forcer le loquet » (usage néologique du verbe, par analogie avec « crocheter ») — ou « mettre en pièces, déchiqueter » (sens vieilli mais attesté)?

Interroger Mistress Edison?... L'on eût été bien reçu!
— D'ailleurs, comment? — Savait-elle seulement quelque chose? — Les enfants?... Accoutumés, de bonne
heure, à simuler une surdimutité incurable lorsqu'on
les questionnait, c'eût été peine perdue. Allons, le mot
était donné. Il fallait attendre. »

Tout à coup, vers cette époque, Sitting-Bull, le
sachem des derniers Peaux-Rouges du Nord, ayant
remporté un inattendu et sanglant avantage sur les
troupes américaines envoyées contre lui — ayant
décimé et scalpé, comme on le sait, l'élite des jeunes
gens des villes du nord-est de l'Union — l'attention,
stupéfaite de cette nouvelle — qui eut un retentisse-
ment dans l'univers, — se porta sur les Indiens mena-
çants[217] et quitta de vue Edison pour quelques jours.

L'ingénieur en avait profité pour envoyer secrètement l'un de ses mécaniciens à Washington, chez le
premier artiste en cheveux de la capitale, le perruquier
du Luxe et de la Gentry. L'intelligent émissaire avait
remis à cet homme, de la part d'Edison, le spécimen
d'une grande et ondulée chevelure brune, avec une note
indiquant, au milligramme et au millimètre, le poids et
la longueur de celle dont il désirait un double aussi
parfait que possible — le tout accompagné de quatre
photographies, grandeur nature, d'une tête masquée
dont il demandait que l'on reproduisît la coiffure et le
négligé.

En moins de deux heures, comme il s'agissait d'Edison, les cheveux furent sertis, pesés et bouillis.

L'envoyé remit alors à l'artiste un mince tissu — un
derme capillaire d'un si vivant aspect que le perruquier
le tourna et le retourna quelques temps, tout pensif,
avant de s'écrier :

217. Acculés à la misère et au désespoir après avoir été dépossédés
de leurs terres, les Sioux du Dakota s'en prirent aux Blancs avec
férocité. En 1876, Sitting Bull massacra le général Custer et ses
troupes envoyés pour le contraindre à réintégrer sa réserve. Par
crainte de représailles, Sitting Bull se réfugia un temps au Canada,
puis revint aux États-Unis en 1881. À partir de 1883, le désir de
vengeance des Indiens ne cessa de s'envenimer et d'inquiéter l'opinion publique. Sitting Bull fut tué lors de son arrestation fin 1890.

« Mais c'est du scalp! du cuir chevelu! frais enlevé! tanné par un procédé inconnu! C'est culbutant! À moins que ce ne soit une substance que… — enfin, tout le *dur* de la perruque est effacé, par ce système!

— Écoutez, répondit l'envoyé d'Edison, ceci moule exactement la boîte crânienne, l'occiput et les pariétaux d'une personne des plus élégantes. À la suite de fièvres, elle craint de perdre les cheveux et désire les remplacer, pour quelque temps, par ceux-ci. Voici les parfums et l'huile dont elle se sert. Il s'agit de confectionner un chef-d'œuvre — le prix est indifférent. Attelez donc trois ou quatre de vos meilleurs artistes, — nuit et jour, s'il le faut — à nous tramer cette chevelure sur ce tissu de manière à tromper la nature, en la décalquant. — Surtout ne faites pas MIEUX que nature!!! Vous dépasseriez le but! *Identique!* Rien de plus. Vous contrôlerez, à la loupe, sur les photographies, les poils follets, petits cheveux rebelles, et ombres. M. Edison compte sur votre ouvrage d'ici trois jours — et je ne repartirai qu'en l'emportant. »

Le perruquier avait d'abord jeté les hauts cris devant ce délai : mais, le soir du quatrième jour, l'envoyé, tenant une boîte à la main, était rentré dans Menlo Park.

Maintenant, les bien informés des environs chuchotaient entre eux qu'un mystérieux carrosse arrivait chaque matin à une porte inconnue et nouvellement découpée dans le mur du parc. Une jeune miss, presque toujours vêtue de bleu, une personne fort belle, très distinguée, en descendait seule, passait la journée, avec Edison et ses appariteurs, dans le laboratoire — ou se promenait dans les jardins. Le soir, le même carrosse la venait prendre et la ramenait à certain cottage somptueux, récemment loué par un jeune seigneur anglais, beau, d'ailleurs, comme le jour. — « Que pouvait signifier le secret gardé à propos d'un sujet aussi puéril? — Cette réclusion soudaine?… Que venaient faire des épisodes… romanesques… dans le domaine de la Science? — Enfin, ce n'était pas sérieux! — Ah! quel homme bizarre — cet Edison!... Oui!... Bizarre! — C'était, ma foi, le mot! »

De guerre las[218], on attendit que la « frénésie » du grand ingénieur fût passée.

IV

PAR UN SOIR D'ÉCLIPSE

> *Mais un soir d'automne, — comme l'air dormait immobile et bas dans le ciel, — ma bien-aimée m'appela vers elle. Un voile de brume pesait sur la terre et à voir les splendeurs d'octobre dans le feuillage de la forêt et le chaud embrasement du soir sur les eaux, on eût dit qu'un bel arc-en-ciel s'était laissé choir du firmament.*
>
> *« Voici le jour des jours! dit-elle, quand je m'approchai : le plus beau des jours pour vivre et pour mourir! C'est un beau jour, pour les fils de la terre et de la vie!...Ah! plus beau, — plus beau encore, — pour les filles du Ciel et de la Mort! »*

EDGAR ALLAN POE, Morella.

L'un des derniers soirs de cette troisième semaine, au tomber de la brune, Lord Ewald descendit de cheval devant le portail d'Edison, et, s'étant nommé, pénétra dans l'allée des jardins qui conduisait au laboratoire.

Dix minutes auparavant, comme il attendait, en parcourant les journaux, que rentrât Miss Alicia Clary, le jeune homme avait reçu le télégramme suivant :

MENLO PARK : LORD EWALD 7 — 8 — 5 h 22 MINUTES, SOIR : — MILORD, VOULEZ-VOUS M'ACCORDER QUELQUES INSTANTS? — HADALY.

218. *Sic.*

Sur quoi Lord Ewald avait donné l'ordre qu'on sellât son poney.

C'était au déclin d'une orageuse après-midi ; l'on eût dit que la nature s'accordait avec l'événement attendu : Edison semblait avoir choisi son heure.

C'était le crépuscule d'une journée d'éclipse. À l'Occident, des rais d'une aurore boréale allongeaient sur tout le ciel les branches de leur sinistre éventail. L'horizon donnait la sensation d'un décor ; l'air vibrait, énervant, sous les frissons d'un vent chaud et lourd qui faisait tournoyer des tas de feuilles tombées. Du sud au nord-ouest se roulaient de monstrueux nuages pareils à des monceaux de ouate violette, bordés d'or. Les cieux paraissaient artificiels ; au-dessus des montagnes septentrionales, de longs et fins éclairs, des éparres[219] muets et d'aspect livide s'entrecroisaient, pareils à des coups d'épée ; le fond des ombres était menaçant.

Le jeune homme ayant jeté un regard sur ce ciel, la voûte lui en sembla revêtue, en cet instant, du reflet de ses pensers. Il traversa l'allée et, arrivé au seuil du laboratoire, il eut une seconde d'hésitation : puis, voyant, à travers la vitre, Miss Alicia Clary, dont c'était la dernière séance et qui récitait, sans doute, quelque dernier passage à maître Thomas, il entra.

Edison était fort tranquillement assis dans son fauteuil et vêtu de sa robe de chambre. Il tenait à la main des manuscrits.

Au bruit de la porte qui s'ouvrait, Miss Alicia Clary se retourna.

« Tiens, s'écria-t-elle, Lord Ewald ! »

Celui-ci s'était abstenu, en effet, de toute visite depuis la soirée terrible.

À l'aspect de l'élégant jeune homme, qui, en sa froideur sympathique, s'avançait vers lui, Edison se leva. Ils se serrèrent la main.

« Le télégramme que j'ai reçu tout à l'heure était

---

219. Ou plutôt *éparts* (substantif verbal du vieux verbe *s'épartir*, se répandre, se porter sur divers points) : éclairs de chaleur non accompagnés de tonnerre.

d'une concision si éloquente que j'ai mis mes gants en chemin pour la première fois de ma vie », dit Lord Ewald.

Puis se retournant vers Alicia :

« Votre main, chère miss ! ajouta-t-il. Vous étiez en répétition ?

— Oui, répondit-elle ; mais il paraît que c'est fini. Nous relisons, voilà tout. »

Edison et Lord Ewald s'éloignèrent de quelques pas.

« Alors, demanda le jeune homme en baissant la voix, le Grand Œuvre, l'Idéal électrique... notre merveille... ou plutôt la vôtre... est venue au monde ?

— Oui, dit simplement Edison ; vous la verrez après le départ de Miss Alicia Clary. Éloignez-la, mon cher lord ; faites que nous soyons seuls.

— Déjà ! dit Lord Ewald pensif.

— J'ai tenu parole, voilà tout, dit négligemment Edison.

— Et Miss Alicia Clary ne se doute de rien ?

— Une simple ébauche de terre lui a donné le change, ainsi que je vous l'avais annoncé. — Hadaly était cachée derrière l'impénétrable manteau de mes objectifs, et Mistress Any Sowana s'est montrée une artiste de génie.

— Et vos mécaniciens ?

— N'ont vu dans tout cela qu'une simple expérience de photosculpture : — le reste leur est demeuré secret. — D'ailleurs je n'ai désisolé l'appareil intérieur et fait jaillir l'étincelle respiratoire que ce matin, aux premiers rayons du soleil... qui s'en est éclipsé d'étonnement ! — ajouta, en riant, Edison.

— Je vous avoue que je ne suis pas sans quelque impatience de contempler, ainsi *devenue*, Hadaly ! dit, après un instant, Lord Ewald.

— Vous la verrez ce soir. Oh ! vous ne la reconnaîtrez pas, dit Edison. — À propos, ajouta-t-il, vous savez, je dois vous en prévenir, — c'est, en vérité, plus effrayant encore que je ne croyais.

— Eh bien ! messieurs, leur cria Miss Alicia Clary, est-ce que vous conspirez, que vous parlez à voix basse ?

— Chère miss, dit Edison en revenant vers elle, j'exprimais à Lord Ewald toute ma satisfaction de votre assidue docilité, du réel talent et de la magnifique voix dont vous êtes douée, — et j'ajoutais que j'avais le meilleur espoir quant à l'avenir prochain qui vous attend!

— Eh bien! mais... vous pouviez dire cela tout haut, cher monsieur Thomas, s'écria Miss Alicia Clary. Ceci n'a rien qui m'offense. — Mais, continua-t-elle, en illuminant ses paroles de son sourire et avec une féminine menace du doigt, j'ai quelque chose, aussi, à dire à Lord Ewald — et je ne suis point fâchée qu'il soit venu. — Oui, oui, il m'est venu des idées, à moi aussi, sur ce qui se passe autour de moi depuis trois semaines! — Enfin, j'ai quelque chose sur le cœur! — Vous m'avez donné à entendre, aujourd'hui, par un mot très surprenant, je ne sais quelle énigme absurde... »

Et elle ajouta, d'un air qui voulait être digne et sec, et que démentait sa grave beauté :

« Permettez que nous fassions un tour de parc, Lord Ewald et moi; je tiens à éclaircir un doute sur certain sujet...

— Soit! répondit Lord Ewald un peu contrarié, après un regard échangé avec Edison : mais j'aurai, ce soir, à causer aussi de vous avec M. Thomas, et son temps est précieux.

— Oh! ce ne sera pas long! dit Miss Alicia Clary. Venez; il est plus CONVENABLE que je ne vous dise pas cela devant lui. »

Miss Alicia Clary prit le bras de son amant : ils entrèrent dans le parc et, l'instant d'après, ils marchaient vers la sombre allée.

Lord Ewald, impatient, songeait aux souterrains enchantés où, dans une heure, il allait se trouver en face d'une Ève nouvelle.

Le visage d'Edison, immédiatement après le départ des deux jeunes gens, prit une expression d'inquiétude et de concentration profondes. L'ingénieur craignait, peut-être, que la folle sottise de Miss Alicia Clary ne trahît quelque confidence ; il écarta très vite le rideau de la porte vitrée et les suivit d'un regard brillant à travers les carreaux.

Puis il approcha vivement une petite table sur laquelle se trouvaient une lorgnette marine, un microphone de nouveau système et un manipulateur électrique. Les fils de ces deux instruments traversaient la muraille et allaient invisiblement se perdre au milieu des autres qui s'entrecroisaient au-dessus des arbres de l'allée, se ramifiant, de côté et d'autre.

Sans doute une scène de demi-rupture, qu'il croyait pressentir *et qu'il tenait à entendre avant de donner Hadaly*, lui semblait imminente.

« Que vouliez-vous me dire, Alicia ? demanda Lord Ewald.

— Oh ! tout à l'heure ! répondit-elle : quand nous serons dans cette allée. Elle est très obscure, mon cher, et l'on ne pourra nous voir. Il s'agit d'un souci fort bizarre, je vous assure, qui m'est venu pour la première fois de ma vie ! Tout à l'heure, je vous dirai cela.

— Comme il vous plaira », répondit Lord Ewald.

La soirée était trouble encore ; les longues lignes de feu rose venues du pôle boréal s'atténuaient sur l'horizon ; quelques hâtives étoiles piquaient, entre les nuées, les intervalles bleus de l'éther ; les feuilles se froissaient avec un bruit plus âpre dans la voûte de feuillage de l'allée ; l'odeur de l'herbe et des fleurs était vivace, mouillée et délicieuse.

« Comme il fait bon, ce soir ! » murmura Miss Alicia Clary en frissonnant.

Lord Ewald, préoccupé, l'entendit à peine.

« Oui, dit-il, d'une voix un peu gênée où vibrait une nuance amère et presque railleuse ; mais voyons, Alicia, qu'avez-vous à me dire ?

— Mon cher lord, comme vous êtes pressé ce soir ! — Voulez-vous venir vous asseoir sur ce banc de mousse, là-bas ?... ajouta-t-elle. Nous serons mieux pour causer et je suis un peu lasse. »

Elle s'appuyait sur son bras.

« Vous n'êtes pas indisposée, Alicia ? » dit-il.

Elle ne répondit pas.

Chose singulière, elle semblait soucieuse aussi, ce soir-là, Miss Alicia Clary !

Était-ce quelque instinct féminin l'avertissant d'un vague danger ?

Il ne savait qu'augurer de l'hésitation de la jeune femme. Elle mordait une brindille de fleur, cueillie au hasard, et tout son être resplendissait d'une beauté souveraine. Sa robe soyeuse courbait les fleurs du gazon : elle inclinait son éblouissant visage sur l'épaule de Lord Ewald et le charme de ses beaux cheveux, un peu défaits sous leur mantille de dentelle noire, était d'une enivrante mélancolie.

Arrivés auprès du banc de mousse, elle s'assit la première. Lord Ewald, habitué à l'entendre continuellement ressasser des niaiseries intéressées ou banales, en attendait, avec patience, quelques nouveaux spécimens.

Une idée lui vint, cependant ! Si la puissante parole de ce magicien d'Edison avait trouvé le secret de dissoudre, un peu, le voile de poix qui obscurcissait le maussade esprit de cette si belle créature, pensait-il ; elle se taisait, n'était-ce pas déjà beaucoup ?

Il s'assit auprès d'elle.

« Ami, dit-elle tout à coup, tenez, vous êtes triste depuis quelques jours, je trouve ! N'avez-vous rien à m'apprendre vous-même ? Je suis une meilleure amie que vous ne le pensez. »

Lord Ewald en ce moment était à mille lieues de Miss Alicia Clary : il songeait aux fleurs inquiétantes de ce séjour où Hadaly l'attendait sans doute. Aussi, en écoutant cette question de la jeune femme, tressaillit-il, avec un imperceptible mouvement de contrariété, à l'idée qu'Edison avait trop parlé peut-être !

Mais, — dès la première réflexion, — cette éventualité lui parut tout à fait inadmissible. Non : dès le premier soir, Edison l'avait trop puissamment maniée et avec de trop amers sarcasmes, — et, depuis, avait eu trop le loisir de l'entendre, pour s'être jamais laissé aller à de stériles essais de guérison morale.

Cependant, cette manière douce de s'intéresser à lui le surprenait. C'était le premier bon mouvement d'Alicia ; l'instinct de quelque chose de grave était donc bien averti en elle ?...

Une idée plus raisonnable et plus simple remplaça ces premières suppositions.

Le poète se réveilla dans son esprit. Il se dit que la soirée, autour d'eux, était vraiment de celles où il est bien difficile à deux êtres humains, dans l'épanouissement de la beauté, de la jeunesse et de l'amour, de ne pas se sentir un peu plus que de ce monde ; que les mystères féminins sont plus profonds que la pensée ; que les cœurs les plus obscurs, soumis à des influences sublimes et sereines, peuvent, en un instant, s'éclairer d'une lueur qui leur était inconnue ; que ces douces et salutaires ombres invitaient, du moins, à cette espérance ; et qu'enfin sa malheureuse maîtresse pouvait, elle aussi, sans même se rendre compte d'une telle impression, ressentir cet appel divin dans tout son être. Allons ! Il devait tenter, au nom de la nuit, un suprême effort de résurrection vers l'âme jusque-là sourde et aveugle, mort-née pour ainsi dire, de celle qu'il aimait avec douleur.

C'est pourquoi, l'attirant doucement, plus près encore de sa poitrine :

« Chère Alicia, dit-il, ce que j'aurais à te dire est fait de joie et de silence : mais d'une joie recueillie et d'un silence plus merveilleux que celui même qui nous environne ! Hélas ! ô bien-aimée, je t'aime ! tu le sais ! — Cela signifie que c'est seulement à travers ta présence que je puis vivre ! Pour être digne de ce bonheur, ensemble, il suffit d'éprouver ce qui est immortel autour de nous et d'en diviniser toutes les sensations. Là, dans cette pensée, plus de désillusions, jamais ! Un seul moment de cet amour est plus qu'un siècle d'autres amours.

« En quoi, dis-le moi, cette manière de s'aimer te

semble-t-elle si exaltée ou si déraisonnable ? Alors surtout qu'elle me semble si naturelle, et la seule qui ne
laisse ni souci ni remords ? Toutes les plus ardentes
caresses de la passion s'y trouvent multipliées, mille fois
plus intenses et plus réelles, ennoblies, transfigurées,
permises ! — Quel charme trouves-tu donc à dédaigner
toujours le meilleur, l'éternel de ton être ? Ah ! si je ne
craignais d'entendre ton jeune rire, hélas ! si désespérant et cependant si doux, je te dirais bien d'autres
choses, ou plutôt, me taisant, nous en subirions de
divines !... »

Miss Alicia Clary gardait le silence.

« Mais, reprit Lord Ewald, avec un triste sourire, je
te parle hébreu, n'est-ce pas ? — Aussi, pourquoi me
questionnes-tu ? Que puis-je te dire — et quelles
paroles, après tout, valent ton baiser ? »

C'était la première fois, depuis longtemps, qu'il lui
parlait d'un baiser. Impressionnée, sans doute, par le
magnétisme de la nuit tombante et de la jeunesse, la
jeune femme paraissait, pour la première fois, s'abandonner, plus grave, à l'enlacement charmant de Lord
Ewald.

Avait-elle compris le doux et brûlant murmure de ces
propos passionnés ? Une larme tout à coup roula du
bout de ses cils sur ses joues pâles.

« Ainsi, tu souffres, dit-elle tout bas, et c'est par
moi ! »

À cette émotion, à cette parole, le jeune homme, en
son saisissement, se sentit comme transporté d'un ineffable étonnement. Un intense ravissement l'inspira !
Certes, il ne songeait plus à *l'autre* ! à la terrible : —
cette seule parole humaine avait suffi pour toucher
toute son âme, pour y réveiller on ne sait quelle
espérance.

« Ô mon amour ! » murmura-t-il, presque éperdu.

Et ses lèvres touchèrent les lèvres, réparatrices enfin,
qui l'avaient consolé. Il oubliait les longues heures
desséchantes qu'il avait subies : son amour ressuscitait.
Le délicieux infini des joies pures entrait dans son

cœur, et son extase était aussi subite qu'inespérée!
Cette seule parole avait dissipé, comme un coup de vent
du ciel, ses pensées soucieuses et irritées! Il renaissait!
Hadaly et ses vains mirages étaient loin maintenant de
ses souvenirs.

Ils demeurèrent silencieux et enlacés pendant quelques secondes : le sein de la jeune femme se soulevait et
le troublait de ses effluves enivrants : il la pressa dans
ses bras.

Au-dessus des deux amants, le ciel était redevenu
clair et se chargeait d'étoiles à travers les feuillages de
l'allée : l'ombre s'approfondissait et devenait sublime.
Oui, l'âme éperdue d'oubli, le jeune homme se sentait
renaître dans la beauté du monde.

En cet instant, l'idée obsédante qu'Edison l'attendait
en ses caveaux mortels pour lui montrer le noir prodige
de l'Andréide traversa ses pensées.

« Ah! murmura-t-il, était-je donc insensé? Je rêvais
le sacrilège… d'un jouet — dont l'aspect seul m'eût fait
sourire, j'en suis sûr! — d'une absurde poupée insensible! Comme si, devant une jeune femme aussi soli-
tairement belle que toi, ne s'évanouissaient pas toutes
ces démences d'électricité, de pressions hydrauliques et
de cylindres vivants! Vraiment, je remercierai tout à
l'heure Edison, et sans autre curiosité. — Il fallait que
le désenchantement m'eût bien assombri la pensée pour
que j'aie pu concevoir, grâce à la terrible faconde de ce
cher et très admirable savant, une possibilité pareille!
— Ô bien-aimée! Je te reconnais! Tu existes, toi! Tu es
de chair et d'os, comme moi! Je sens ton cœur battre!
Tes yeux ont pleuré! Tes lèvres se sont émues sous
l'étreinte des miennes! Tu es une femme que l'amour
peut rendre idéale comme ta beauté! — Ô chère Alicia!
Je t'aime! Je… »

Il n'acheva pas.

Comme il levait ses yeux emparadisés et mouillés
d'exquises larmes vers les yeux de celle qu'il tenait
frémissante dans ses bras, il s'aperçut qu'elle avait
relevé la tête et le regardait fixement. Le baiser dont il

effleura ses lèvres, en aspirant leur haleine, s'éteignit tout à coup; une vague senteur d'ambre et de roses l'avait fait frémir de la tête aux pieds sans qu'il se rendît compte de l'éclair qui venait d'éblouir son entendement d'une façon terrible.

En même temps, Miss Alicia Clary se leva — et, appuyant sur les épaules du jeune homme ses pâles mains *chargées de bagues étincelantes*, elle lui dit mélancoliquement, — mais de cette voix inoubliable et surnaturelle qu'il avait une fois entendue :

« Ami, ne me reconnais-tu pas ? Je suis Hadaly. »

V

L'ANDROSPHYNGE[220]

> *En vérité, en vérité, je vous le dis ; s'ils se taisent, les* pierres parleront !
>
> *Nouveau Testament.*

À ce mot, le jeune homme se sentit comme insulté par l'enfer. Certes, si, dans cet instant, Edison se fût trouvé là, Lord Ewald, au mépris de toute considération humaine quelconque, l'eût brusquement et froidement assassiné. Le sang reflua dans ses artères. Il vit les choses comme sous un jour rouge sombre. Son existence de vingt-sept années lui apparut en une seconde. Ses prunelles, dilatées par la complexe horreur du fait, se fixaient sur l'Andréide. Son cœur, serré par une amertume affreuse, lui brûlait la poitrine comme brûle un morceau de glace.

---

220. Féminin néologique d'*androsphynx* (qui désigne proprement les sphinx égyptiens à tête d'homme), mais le mot *sphynge* existe (en grec, le mot est féminin). Il faut sans doute comprendre ici, par extrapolation de la mythologie grecque : créature énigmatique en forme de femme. L'androsphynge Hadaly vient se substituer au sphinx sans énigme qu'est Alicia Clary.

Il assura, machinalement, son lorgnon et la considéra de la tête aux pieds, à droite et à gauche, puis en face.

Il lui prit la main : c'était la main d'Alicia ! Il respira le cou, le sein oppressé de la vision : c'était bien Alicia ! Il regarda les yeux... c'étaient bien les yeux... seulement le regard était sublime ! La toilette, l'allure... — et ce mouchoir dont elle essuyait, en silence, deux larmes sur ses joues liliales, — c'était bien elle encore... mais transfigurée ! devenue enfin, digne de sa beauté même : l'identité idéalisée.

Hors d'état de se ressaisir, il ferma les yeux : puis, de la paume de sa main fiévreuse, essuya quelques gouttes de sueur froide sur ses tempes.

Il venait de ressentir, à l'improviste, ce qu'éprouve un voyageur qui, perdu dans une ascension au milieu des montagnes, ayant entendu son guide lui dire à voix basse : « Ne regardez pas à votre gauche ! » — n'a pas tenu compte de l'avertissement, et aperçoit, brusquement, au bord de sa semelle, à pic, l'un de ces gouffres aux profondeurs éblouissantes, voilées de brume, et qui ont l'air de lui rendre son regard en le conviant au précipice.

Il se dressa, maudissant, pâle et dans une angoisse muette. Puis il se rassit, sans proférer une parole et remettant à plus tard toute détermination.

Ainsi, sa première palpitation de tendresse, d'espérance et d'ineffable amour, on la lui avait ravie, extorquée : il la devait à ce vain chef-d'œuvre inanimé, de l'effrayante ressemblance duquel il avait été la dupe.

Son cœur était confondu, humilié, foudroyé.

Il embrassa, d'un coup d'œil, le ciel et la terre, avec un rire vague, sec, outrageant, qui renvoyait à l'Inconnu l'injure imméritée que l'on avait faite à son âme. Et ceci le remit en pleine possession de lui-même.

Alors il vit s'allumer, tout au fond de son intelligence, une pensée soudaine, plus surprenante encore, à elle seule, que le phénomène de tout à l'heure. C'était qu'en définitive la femme que représentait cette mystérieuse poupée assise à côté de lui, *n'avait jamais trouvé*

en elle de quoi lui faire éprouver le doux et sublime instant
de passion qu'il venait de ressentir.

Sans cette stupéfiante machine à fabriquer l'Idéal, il
n'eût peut-être jamais connu cette joie. Ces paroles
émues de Hadaly, la comédienne réelle les avait proférées sans les éprouver, sans les comprendre : — elle
avait cru jouer « un personnage », — et voici que le
personnage était passé au fond de l'invisible scène et
avait retenu le rôle. La fausse Alicia semblait donc plus
naturelle que la vraie.

Il fut tiré de ces réflexions par une douce voix.

Hadaly lui disait à l'oreille :

« Es-tu bien sûr *que* JE *ne sois pas là* ?

— Non ! répondit Lord Ewald, qui es-tu ? »

VI

FIGURES DANS LA NUIT

> *L'homme est un Dieu tombé qui se sou-*
> *[vient des cieux.*
>
> LAMARTINE.

Hadaly se pencha vers le jeune homme et lui dit, avec
la voix de la vivante :

« Souvent, là-bas, dans le vieux château, après une
journée de chasses et de fatigues, souvent, tu t'es levé
de table, Celian, sans avoir touché au souper solitaire —
et, précédé par des flambeaux dont tes yeux ensommeil-
lés ne supportaient les clartés qu'avec ennui, tu es
rentré dans ta chambre, ayant soif d'obscurité et d'un
profond repos.

« Là, bientôt, après une pensée vers Dieu, tu éteignais la lampe et t'endormais.

« Et voici que d'inquiétantes visions bouleversaient
ton âme en ce sommeil !

« Tu te réveillais en sursaut, regardant, pâle, autour
de toi, dans les ténèbres.

« Alors, c'étaient comme des ombres ou des formes qui t'apparaissaient ; tu distinguais, parfois, une figure ; elle te regardait avec une solennelle fixité. Tu cherchais tout de suite à démentir le témoignage de tes yeux et voulais t'expliquer ce que tu voyais.

« Si tu n'y parvenais pas, une anxiété sombre, prolongement du rêve quitté, troublait ton esprit jusqu'à la mort.

« Pour en dissiper les suggestions, tu rallumais quelque lumière, et tu reconnaissais, alors, avec ta raison, que ces visages, ces formes ou ces regards n'étaient que le résultat d'un jeu des ombres nocturnes, d'un reflet des nuages lointains sur le rideau, de l'aspect, étrangement animé par la vertu des silencieux mirages de la nuit, de tes vêtements jetés sur un meuble, à la hâte, au hasard du sommeil.

« Souriant, alors, de ta première inquiétude, tu éteignais de nouveau la lumière et, le cœur satisfait de cette si absolue explication, tu te rendormais paisiblement.

— Oui, je me rappelle, — dit Lord Ewald.

— Oh ! reprit Hadaly, c'était très raisonnable ! Ainsi, tu oubliais, cependant, que la plus certaine de toutes les réalités, — celle, tu le sais bien, en qui nous sommes perdus et dont l'inévitable substance, en nous, n'est qu'idéale (je parle de l'Infini), — n'est pas seulement que raisonnable. Nous en avons une lueur si faible, au contraire, que nulle raison, bien que constatant cette inconditionnelle nécessité ne saurait en imaginer l'idée autrement que par un pressentiment, un vertige, — ou dans un désir.

« Eh bien ! en ces instants où, voilé par une demiveille et sur le point d'être ressaisi par les pesanteurs de la Raison et des Sens, l'esprit est encore tout imbu du fluide mixte de ces rares et visionnaires sommeils dont je te parle, — tout homme en qui fermente, *dès ici*, le germe d'une ultérieure élection et qui sent bien, déjà, ses actes et ses arrière-pensées tramer la chair et la forme futures de sa renaissance, ou, si tu préfères, de sa continuité, cet homme a conscience, en et autour de lui, tout d'abord de la réalité d'un autre espace inexprimable et dont l'espace apparent, où nous sommes enfermés, *n'est que la figure*.

« Ce vivant éther est une illimitée et libre région où, pour peu qu'il s'attarde, le voyageur privilégié sent comme se projeter, sur l'intime de son être temporel, l'ombre anticipée et avant-courrière de l'être qu'il devient. Une affinité s'établit donc, alors, entre son âme et les êtres, encore *futurs* pour lui, de ces occultes univers contigus à celui des sens; et le chemin de relation où le courant se réalise entre ce double monde n'est autre que ce domaine de l'Esprit, que la Raison, — exultant et riant dans ses lourdes chaînes pour une heure triomphale, — appelle, avec un dédain vide, L'IMAGINAIRE.

« C'est pourquoi l'impression que ton esprit, errant encore sur la frontière de ce sommeil étrange et de la vie, avait subie tout d'abord et en sursaut, c'est pourquoi cette primitive et intuitive impression ne t'avait pas trompé. *Ils étaient bien là, dans la chambre, autour de toi, ceux-là qu'on ne peut nommer*, — ces précurseurs, si inquiétants, qui n'apparaissent, le jour, que dans l'éclair d'un pressentiment, d'une coïncidence ou d'un symbole.

« Oh! lorsque à la faveur de cette substance infinie, l'Imaginaire (au dégagement de laquelle, en nous et autour de nous, les ténèbres et leur silence sont si favorables), lorsqu'ils s'aventurent jusqu'en nos limbes et que, par une action réciproque et médiatrice, ils réfléchissent leur présence, non pas *en* une âme, — cela ne se peut pas encore — mais *sur* une âme disposée à leur visitation, — devenue, pendant l'assoupissement de sa Raison, à proximité de leur monde, — d'une âme presque échappée et confondue avec leur essence, déjà — oh! si tu savais! »

Ici, Hadaly prit, dans l'ombre, la main de Lord Ewald :

« Si tu savais comme ils s'efforcent de transparaître, autant que possible, pour l'avertir et augmenter sa foi,

fût-ce au moyen des Terreurs de la Nuit! — comme ils
se vêtent, au hasard, de toutes les opacités illusoires qui
peuvent renforcer demain le souvenir de leur passage!
— Ils n'ont pas d'yeux pour regarder?... N'importe; —
ils te regardent par le chaton d'une bague, par le bouton
de métal de la lampe, par une lueur d'étoile dans la
glace. — Ils n'ont pas de poumons pour parler?... Mais
ils s'incarnent dans la voix du vent plaintif; dans le
craquement du bois mort d'un meuble ancien, dans le
bruit d'une arme qui tombe, soudainement, alors, faute
d'équilibre... (car il est une Prescience qui permet
éternellement!) Ils n'ont pas de formes ni de visages
visibles? Ils s'en figurent un avec les plis d'une étoffe,
ils s'accusent dans la tige feuillue d'un arbuste, dans les
lignes d'un objet, et se servent ainsi des ombres pour
s'incarner, te dis-je, en tout ce qui vous entoure, au
mieux de la plus intense sensation qu'ils doivent laisser
de leur visite.

« Et le premier *mouvement naturel* de l'Âme est de les
reconnaître, en et par cette même terreur sainte qui les
atteste. »

VII

LUTTES AVEC L'ANGE

> *Le positivisme consiste à oublier, comme*
> inutile, *cette inconditionnelle et* seule
> *vérité,* — que la ligne qui nous passe
> sous le nez n'a ni commencement ni
> fin.
>
> QUELQU'UN.

Après un silence, Hadaly, de plus en plus impres-
sionnante, reprit :
« Tout à coup l'actuelle Nature, alarmée de ces
approches ennemies, accourt, bondit et te rentre dans le

cœur, en vertu de ses droits formels non encore pres-
crits. — Secouant, pour t'étourdir, les logiques et
sonores anneaux de ta Raison, comme on secoue le
hochet d'un enfant pour le distraire, elle se rappelle en
toi. — Ton angoisse ?... va, c'est elle ! c'est elle seule
qui, sentant bien sa misère en présence de cet autre
monde imminent, se débat pour que tu te réveilles tout
à fait, — c'est-à-dire, pour que tu te retrouves en elle,
— car ton organisme en fait partie, encore, — et pour
que tu refoules, par cet acte même, tes hôtes merveilleux en dehors de son grossier domaine ! Ton "Sens-
Commun ?" Mais c'est le filet de rétiaire dont elle
t'enveloppe pour paralyser ton essor lumineux, pour se
sauvegarder et te reconquérir, toi, son prisonnier qui
t'évadais ! Ton sourire, — une fois les murs de ton
cachot reconnus, une fois bien payé de ses obscurs
prétextes, — c'est le signe de son illusoire triomphe du
moment, lorsque, tout persuadé de sa pauvre réalité, te
voici replongé et limité de nouveau dans ses leurres.

« Ainsi, te rendormant, tu as dissipé, en effet, autour
de toi, les précieuses présences évoquées, les parentés
futures, inévitables, *reconnues* ! Tu as banni d'autour de
toi les solennelles et réflexes objectivités de ton Imaginaire ; tu as révoqué en doute ton Infini sacré. Quelle
est ta récompense ? Oh ! te voici tranquillisé !

« Tu t'es retrouvé sur la Terre... — rien que sur cette
terre tentatrice, qui toujours te décevra, comme elle a
déçu tes devanciers ! rien que sur cette terre, où,
naturellement, revus de mémoire et avec des regards
redevenus purement rationnels, ces salubres prodiges
ne te semblent plus que nuls et vains. — Tu te dis : "Ce
sont là des choses du sommeil ! des hallucinations !..."
— que sais-je ? Et, te payant ainsi du poids de quelques
mots troubles, tu amoindris étourdiment en toi-même
le sens de ton surnaturel. À l'aurore suivante, accoudé à
la fenêtre ouverte aux airs purs du matin, le cœur
joyeux, rassuré par ce traité de paix douteuse avec
toi-même, tu écoutes au loin le bruit des vivants (tes
semblables !) qui s'éveillent aussi et vont à leurs

affaires, ivres de Raison, affolés par toutes les soifs de
leurs sens, éblouis par toutes les boîtes de jouets dont se
paye l'âge mûr de l'Humanité qui entre en son
automne.

« Oubliant, alors, de quels droits d'aînesse inesti-
mable tu payes, toi-même, en ta conscience, chaque
lentille de ce plat maudit que t'offrent, avec de froids
sourires, ces martyrs, toujours déçus, du Bien-Être, —
ces insoucieux du Ciel, ces amputés de la Foi, ces
déserteurs d'eux-mêmes, ces décapités de la notion du
Dieu dont la Sainteté infinie est inaccessible à leur
mensongère corruption mortelle, voici que tu regardes,
toi aussi, avec une complaisance d'enfant ébloui, cette
glaciale planète qui roule la gloire de son antique
châtiment dans l'Étendue ! Voici qu'il te semble pénible
et nul de te souvenir que, — sous quelques tours, à
peine révolus dans l'attract circulaire de ce soleil déjà
piqué, lui-même, des taches de la mort, — tu es appelé
à quitter pour jamais cette bulle sinistre, aussi mysté-
rieusement que tu y es apparu ! Et voici qu'elle te
représente maintenant le plus clair de tes destinées.

« Et, non sans quelque sceptique sourire encore, tu
finis par saluer en ta Raison d'une heure, — toi qui sors
d'un grain de blé, — la Législatrice "évidente" de
l'*inintelligible, informe et inévitable* INFINI. »

VIII

L'AUXILIATRICE

> *La résurrection est une idée toute natu-*
> *relle ; il n'est pas plus étonnant de naître*
> *deux fois qu'une.*
>
> VOLTAIRE, *Le Phénix.*

Lord Ewald, agité de sentiments extraordinaires,
écoutait patiemment l'Andréide, ne percevant pas où

cette dialectique la conduirait quant à la question qu'il *lui* avait adressée.

Mais la radieuse *Inspirée* continua, comme si elle eût levé tout à coup quelque rideau ténébreux :

« Ainsi, d'oublis en oublis de ton origine et de ton but véritables malgré tous les avertissements de la nuit et du jour, tu allais préférer, — à cause de cette infortunée et si vaine passante dont j'ai pris la voix et le visage, — tu allais préférer de renoncer à toi-même. Pareil à l'enfant qui veut naître avant la gestation nécessaire à sa possibilité, tu avais résolu (sans frémir de l'acte impie et au mépris des sélections de plus en plus sublimes que confèrent les douleurs surmontées), tu avais résolu de devancer ton heure qui ne sonnait pas.

« Mais, me voici, moi ! — Je surviens, de la part des tiens futurs !... de ceux que tu as souvent bannis et qui, seuls, sont d'intelligence avec ta pensée. — Ô cher oublieux, écoute un peu encore, avant de vouloir mourir.

« Je suis, vers toi, l'envoyée de ces régions sans bornes dont l'Homme ne peut entrevoir les pâles frontières qu'entre certains songes et certains sommeils.

« Là, les temps se confondent ; l'espace n'est plus ! les dernières illusions de l'instinct s'évanouissent.

« Tu le vois : au cri de ton désespoir, j'ai accepté de me vêtir à la hâte des lignes radieuses de ton désir, pour t'apparaître.

« Je m'appelais en la pensée de qui me créait, de sorte qu'en croyant seulement agir de lui-même il m'obéissait aussi obscurément. Ainsi, me suggérant, par son entremise, dans le monde sensible, je me suis saisie de tous les objets qui m'ont semblé le mieux appropriés au dessein de te ravir. »

Hadaly, souriante, et se croisant les mains sur l'épaule du jeune homme, lui dit tout bas :

« Qui suis-je ?... Un être de rêve, qui s'éveille à demi en tes pensées — et dont tu peux dissiper l'ombre salutaire avec un de ces beaux raisonnements qui ne te

laisseront, à ma place, que le vide et l'ennui doulou-
reux, fruits de leur prétendue vérité.

« Oh! ne te réveille pas de moi! Ne me bannis pas,
sous un prétexte que la Raison traître, qui ne peut
qu'anéantir, déjà te souffle tout bas. Songe que, né en
d'autres pays, tu penserais d'après d'autres usages, et
qu'il n'est, pour l'Homme, d'autre vérité que celle qu'il
accepte de croire entre toutes les autres, — aussi
douteuses que celle qu'il choisit : choisis donc celle qui
te rend un dieu. Qui suis-je? demandais-tu? Mon être,
ici-bas, *pour toi du moins*, ne dépend que de ta libre
volonté. Attribue-moi l'être, affirme-toi que je suis!
renforce-moi de toi-même. Et soudain, je serai tout
animée, à tes yeux, du degré de réalité dont m'aura
pénétrée ton Bon-Vouloir créateur. Comme une
femme, je ne serai pour toi que ce que tu me croiras. —
Tu songes à la vivante? Compare! Déjà votre passion
lassée ne t'offre même plus la terre; moi, l'Impossessible, comment me lasserai-je de te rappeler le Ciel! »

Ici, l'Andréide prit les deux mains de Lord Ewald,
dont la stupeur, le recueillement sombre et l'admiration
atteignaient un paroxysme intraduisible. Cette haleine
tiède, pareille à une brise vague ayant passé sur des
moissons de fleurs, l'étourdissait! Il se taisait.

« Crains-tu de m'interrompre? reprit-elle; prends
garde. Tu oublies que ce n'est qu'en toi que je puis être
palpitante ou inanimée, et que de telles craintes
peuvent m'être mortelles. Si tu doutes de mon être, je
suis perdue, — ce qui signifie *également* que tu perds en
moi la créature idéale qu'il t'eût suffi d'y appeler.

« Oh! de quelle merveilleuse existence puis-je être
douée si tu as la *simplicité* de me croire! si tu me défends
contre ta Raison!

« A toi de choisir entre moi... et l'ancienne Réalité,
qui, tous les jours, te ment, t'abuse, te désespère, te
trahit.

« T'ai-je déplu? Ce que je t'ai dit t'a paru bien grave,
peut-être, ou d'images trop subtiles? C'est que je suis
très grave et très subtile, — mes yeux ont réellement
pénétré jusque dans les domaines de la Mort.

« Songe, et tu verras que penser de cette façon est nécessairement la seule toute simple, pour moi. Préfères-tu la présence d'une femme joyeuse, et dont les paroles ressemblent à des oiseaux ? — C'est bien facile ; si tu appuies le doigt sur la flamme bleue de ce saphir qui brûle à la droite de mon collier, je serai transfigurée en une femme de cette nature — et tu regretteras la disparue. J'ai tant de femmes en moi qu'aucun harem ne pourrait les contenir. Veuille, elles seront ! Il dépend de toi de les découvrir en ma vision.

« Mais, non ! ces autres semblances féminines qui dorment en moi, — ne les éveille pas. Je les dédaigne un peu. Ne touche pas à ce fruit mortel en ce jardin ! Tu t'étonnerais encore — et je suis encore si peu qu'un étonnement efface mon être et le voile ! Que veux-tu ! Ma vie tient encore à moins que celle des vivants.

« Admets mon mystère tel qu'il t'apparaît. Toute explication (oh ! si facile !) en serait, sous un peu d'analyse, plus mystérieuse encore, peut-être, que lui-même hélas ! mais serait, en toi, mon anéantissement. — Ne préfères-tu pas *que je sois* ? — Alors, ne raisonne point mon être : subis-le délicieusement.

« Si tu savais comme la nuit de mon âme future est douce et depuis combien de rêves tu m'attends ! Si tu savais quels trésors de vertiges, de mélancolie et d'espérance cache mon impersonnalité ! Ma chair éthérée, qui n'attend qu'un souffle de ton esprit pour devenir vivante, ma voix où toutes les harmonies sont captives, mon immortelle constance, n'est-ce donc rien, au prix d'un vain raisonnement qui te "prouvera" que je n'existe pas ? — Comme si tu n'étais pas LIBRE de te refuser à cette vaine et mortelle évidence, alors qu'elle est elle-même si douteuse, puisque nul ne peut définir où commence cette EXISTENCE dont il parle ni en quoi son essence ou sa notion consistent. — Est-il à regretter que je ne sois pas de la race de celles qui trahissent ? de celles qui acceptent, d'avance, dans leurs serments, la possibilité d'être veuves ? Mon amour, pour être pareil à celui dont palpitent les Anges, a des séductions peut-être plus captivantes que celui des sens terrestres, où dort toujours l'antique Circé ! »

Après un instant, Hadaly, considérant celui qui la contemplait avec stupeur, ajouta, soudainement rieuse :

« Oh ! quels singuliers vêtements nous portons ! — Pourquoi mets-tu ce morceau de verre dans ton œil, en me regardant ? Tu n'y vois donc pas bien, *non plus* ?

« Mais... voici que je t'adresse des questions, comme une femme ! — et il ne faut pas que je devienne femme : je changerais ! »

Puis, sans transition et d'une voix sourde :

« Emmène-moi là-bas, dans ta patrie ! dans le château sombre ! Oh ! j'ai hâte de m'étendre en mon noir cercueil de soie, où je dormirai pendant que l'Océan nous portera vers ton pays. Laisse les vivants s'enfermer, à l'étroit de leurs foyers, en des paroles et des sourires ! Que t'importe ! Laisse-les se trouver plus "modernes" que toi, — comme si, bien avant la Création des mondes et des mondes, les temps ne furent pas tout aussi "modernes" qu'ils le sont ce soir et qu'ils le seront demain !

« Profite de tes hautes murailles, gagnées et cimentées par le sang lumineux que répandirent les tiens, alors qu'ils forgeaient ta patrie.

« Crois bien qu'il y aura toujours de la solitude sur la terre pour ceux qui en seront dignes ! Nous ne daignerons pas même rire de ceux que tu quittes, bien que pouvant leur rendre, avec une meurtrière usure, leurs sarcasmes d'insensés, d'ennuyés et d'aveugles, ivres d'un orgueil à jamais risible, puéril et condamné.

« Est-ce que nous aurons le temps de penser à eux ! D'ailleurs, on participe toujours de ce à quoi l'on pense : préservons-nous donc *de les devenir* quelque peu, *en y songeant* ! Viens. Une fois dans l'enchantement de tes vieux arbres, tu m'éveilleras, si tu veux, en un baiser dont tressaillera sans doute l'Univers troublé ! — mais la volonté d'un seul vaut mieux que le monde. »

Et, dans l'ombre, Hadaly toucha de ses lèvres le front interdit de Lord Ewald.

IX

RÉVOLTE

> *Qu'importe le flacon, pourvu qu'on ait*
> *l'ivresse!*
>
> ALFRED DE MUSSET.

Lord Ewald n'était pas seulement un homme courageux, mais un homme intrépide. La vertu de cette fière devise *Etiamsi omnes, ego non!* amalgamée à son sang par l'action des siècles, courait dans ses veines; cependant, à ces dernières paroles, un long frémissement l'agita : puis, il se dressa presque hagard :

« Ah çà! murmura-t-il, de tels miracles seraient plutôt faits pour effrayer l'âme que pour la consoler! Quel homme s'est imaginé que ce sinistre automate pourrait m'émouvoir à l'aide d'on ne sait quels paradoxes inscrits sur des feuilles de métal! Depuis quand Dieu permit-il aux machines de prendre la parole? Et quel risible orgueil semblent concevoir d'électriques fantômes qui, vêtus de la forme d'une femme, prétendent se mêler à notre existence? — Ah! ah! ah! Mais j'oubliais! je suis au théâtre! Et je ne dois qu'applaudir. La scène est, en effet, très étrange! Bravo, donc! Edison! — Bis! bis!... »

Et, après avoir bien assuré son lorgnon, Lord Ewald alluma paisiblement un cigare.

Le jeune homme venait de parler au nom de la dignité humaine, et même au nom du Sens-Commun, outragés par le prodige de Hadaly. Certes, ce qu'il venait de dire n'était pas sans réplique — et s'il se fût trouvé à quelque tribune parlementaire pour défendre sa cause, nul doute que cette façon de donner du fer ne fût de nature à lui attirer une riposte dangereuse, brève et de parade malaisée. Ainsi, à la question : « *Depuis quand Dieu permet-il aux machines de prendre la parole?* » si un passant lui eût répondu : « Depuis qu'il a vu le triste usage que vous en faites ! » la réponse eût été assez gênante. Quant à la phrase : « J'oubliais, je suis au théâtre ! » si le quidam eût simplement chantonné :

« Eh ! après tout, Hadaly ne fait que doubler supérieurement VOTRE comédienne ! » le passant n'aurait pas eu tout à fait tort.

Tant il est vrai que l'homme, même supérieur, lorsqu'il est profondément troublé et que, cédant à une petite vanité d'esprit, il craint de le laisser paraître, peut, avec les meilleures intentions du monde, en défendant les causes les plus justes, compromettre le droit lui-même — par un peu « trop de zèle ».

Lord Ewald ne tarda pas à s'apercevoir, d'ailleurs, qu'il s'était engagé dans une aventure beaucoup plus sombre qu'il ne l'avait pensé.

X

INCANTATION

Tes yeux, gouffres clairs, souriantes étoiles où se refléta mon divin amour, je vais donc les fermer !

RICHARD WAGNER, *La Walkyrie.*

L'Andréide avait baissé la tête, et cachant son visage en ses deux mains, pleurait en silence.

Puis, montrant le sublime visage d'Alicia transfiguré et tout inondé de larmes :

« Ainsi, dit-elle, tu m'as appelée et tu me repousses. Une seule pensée de toi pouvait m'animer, et, prince inconscient des forces du monde, tu n'oses disposer de ta puissance. Tu me préfères une conscience que tu méprises. Tu recules devant ta divinité. L'idéal captif t'intimide. Le Sens-Commun te redemande ; esclave de ton Espèce, tu lui cèdes et me détruis.

« Créateur doutant de ta créature, tu l'anéantis à

peine évoquée, avant d'avoir achevé ton ouvrage. Puis,
te réfugiant dans un orgueil à la fois traître et légitime,
tu ne daigneras plaindre cette ombre qu'avec un sourire.

« Cependant, pour l'usage que fait de la Vie celle que
je représente, était-ce donc la peine de m'en priver en sa
faveur? Femme, j'eusse été de celles que l'on peut
aimer sans honte : j'aurais su vieillir! Je suis plus que
ne furent les humains avant qu'un Titan n'eût dérobé le
feu du ciel pour en doter ces ingrats! Moi, qui m'éteins,
nul ne me rachètera du Néant! Il n'est plus de la terre
celui qui eût bravé, pour m'insuffler une âme, le bec de
l'éternel vautour! Oh! comme je fusse venue pleurer
sur son cœur avec les Océanides[221]! — Adieu, toi qui
m'exiles. »

En achevant ces paroles, Hadaly se leva, puis, après
un profond soupir, marcha vers un arbre et, levant la
main contre l'écorce, s'y appuya, regardant le parc
illuminé par la lune.

Le pâle visage de l'incantatrice resplendissait :

« Nuit, dit-elle avec une simplicité d'accent presque
familière, c'est moi, la fille auguste des vivants, la fleur
de Science et de Génie résultée d'une souffrance de six
mille années. Reconnaissez dans mes yeux voilés votre
insensible lumière, étoiles qui périrez demain ; — et
vous âmes des vierges mortes avant le baiser nuptial,
vous qui flottez, interdites, autour de ma présence,
rassurez-vous! Je suis l'être obscur dont la disparition
ne vaut pas un souvenir de deuil. Mon sein infortuné
n'est même pas digne d'être appelé stérile! Au Néant
sera laissé le charme de mes baisers solitaires ; au vent,
mes paroles idéales ; mes amères caresses, l'ombre et la
foudre les recevront, et l'éclair seul osera cueillir la
fausse fleur de ma vaine virginité. Chassée, je m'en irai
dans le désert sans Ismaël[222] ; et je serai pareille à ces

---

221. Cf. *supra*, note 121. Dans le *Prométhée enchaîné* d'Eschyle,
les Océanides, nymphes de l'Océan, qui forment le chœur, viennent
consoler le Titan.

222. Ismaël est, dans la tradition biblique, le fils d'Abraham et
d'Hagar, son esclave égyptienne ; lorsque Abraham et son épouse
Sarah, déjà âgés, eurent un fils miraculeux (Isaac), Sarah exigea le
renvoi d'Hagar et d'Ismaël, qui errèrent longtemps dans le désert.

oiselles tristes, captivées[223] par des enfants, et qui épuisent leur mélancolique maternité à couver la terre. Ô parc enchanté! grands arbres qui sacrez mon humble front des reflets de vos ombrages! Herbes charmantes où des étincelles de rosée s'allument et qui êtes plus que moi! Eaux vives, dont les pleurs ruissellent sur cette écume de neige, en clartés plus pures que les lueurs de mes larmes sur mon visage! Et vous, cieux d'Espérance, — hélas! si je pouvais vivre! Si je possédais la vie! Oh! que c'est bon de vivre! Heureux ceux qui palpitent! Ô Lumière, te voir! Murmures d'extase, vous entendre! Amour, s'abîmer en tes joies! Oh! respirer, seulement une fois, pendant leur sommeil, ces jeunes roses si belles! Sentir seulement passer ce vent de la nuit dans mes cheveux!... Pouvoir, seulement, mourir! »

Hadaly se tordait les bras sous les étoiles.

XI

IDYLLE NOCTURNE

> *Ora, llora,*
> *De palabra*
> *Nace razon;*
> *Da luz el son.*
> *O ven! ama!*
> *Eires alma,*
> *Soy corazon[224]!*
>
> VICTOR HUGO,
> « La Chanson de Dea ».

Soudain elle se tourna vers Lord Ewald :
« Adieu! reprit-elle. Rejoins donc tes semblables et

---

223. Capturées.
224. Hugo avait lui-même traduit en note (*L'homme qui rit*, 2ᵉ partie, livre II, chapitre 9) : « Prie! pleure! Du verbe naît la raison. Le chant crée la lumière [...]. Ah! viens! aime! Tu es âme, je suis cœur. »

parle-leur de moi comme "de la chose du monde la plus curieuse"! Tu auras tout à fait raison, ce qui est bien peu de chose.

« Tu perds tout ce que je perds. Essaie de m'oublier; va! c'est impossible. Celui qui a regardé une Andréide comme tu me regardes a tué la femme en lui, car l'Idéal violé ne pardonne pas et nul ne joue impunément à la divinité!

« Je retourne en mes caveaux resplendissants. — Adieu, toi qui ne peux plus vivre! »

Hadaly appuya son mouchoir à ses lèvres et, chancelante, s'éloigna lentement.

Elle marchait dans l'allée vers le seuil lumineux où veillait Edison. Sa forme bleue et voilée dépassait chaque arbre, et, comme un rayon l'éclaira dans une embellie, elle se détourna vers le jeune homme. Silencieuse, elle ramena ses deux mains à sa bouche et lui envoya un baiser avec un effrayant mouvement de désespoir. Alors, éperdu, hors de lui-même, Lord Ewald marcha vivement vers elle, la rejoignit et lui jeta son bras juvénilement autour de la taille, qui se ploya, défaillante, en cet enlacement.

« Fantôme! Fantôme! Hadaly! dit-il, — c'en est fait! Certes, je n'ai pas grand mérite à préférer ta redoutable merveille à la banale, décevante et fastidieuse amie que le sort m'octroya! Mais, que les cieux et la terre le prennent comme bon pourra leur sembler! je résous de m'enfermer avec toi, ténébreuse idole! Je donne ma démission de vivant — et que le siècle passe!... car je viens de m'apercevoir que, placées l'une auprès de l'autre, c'est, positivement, la vivante qui est le fantôme. »

Hadaly, à ces paroles, sembla tressaillir : puis, avec un mouvement d'infini abandon, elle noua ses bras à l'entour du cou de Lord Ewald. De son sein haletant, qu'elle pressait contre lui, sortait une senteur d'asphodèles : ses cheveux, se dénouant éperdument, roulèrent au long de son dos sur sa robe.

Une grâce lente, et languide, et pénétrante, adoucissait sa rayonnante et sévère beauté; elle semblait ne pouvoir parler! La tête appuyée sur l'épaule du jeune homme, elle le regardait entre ses cils, en souriant d'un radieux sourire. Déesse féminéisée, illusion charnelle, elle épouvantait la nuit. Elle semblait aspirer l'âme de son amant comme pour s'en douer elle-même; ses lèvres entrouvertes, à demi pâmées, bougeaient, et frémissaient, effleurant celles de son créateur en un baiser virginal.

« Enfin!... dit-elle sourdement, ô bien-aimé, c'est donc toi! »

XII

PENSEROSO[225]

> *Adieu, jusqu'à l'aurore*
> *Du jour en qui j'ai foi,*
> *Du jour qui doit encore*
> *Me réunir à toi!*
>
> Musique de SCHUBERT.

L'instant d'après, Lord Ewald rentrait dans le laboratoire, ramenant ainsi, par la taille, Hadaly chancelante et dont la tête grave, pâle et comme évanouie, était demeurée appuyée sur l'épaule de son compagnon.

Edison était debout, les bras croisés devant un long et splendide cercueil d'ébène, grand ouvert, à deux battants, capitonné de satin noir et dont l'intérieur moulait exactement une forme féminine.

On eût dit le perfectionnement, dû à notre ère, d'un cercueil égyptien, digne de l'hypogée d'une Cléopâtre. À droite et à gauche, dans les parois creusées, une douzaine de rubans d'étain galvanisé, pareils à des

225. « L'homme pensif » ou « Le penseur » : c'est le titre d'un poème de Milton.

papyrus funèbres, un manuscrit, la baguette de verre et d'autres objets étaient rangés. Edison, appuyé à la roue étincelante d'une énorme machine à tonnerre, regardait fixement Lord Ewald qui s'avançait vers lui.

« Ami, dit celui-ci pendant que l'Andréide, comme revenue à elle-même, demeurait immobile, Hadaly est un présent qu'un demi-dieu seul pourrait offrir. Jamais dans les bazars de Bagdad ni de Cordoue, pareille esclave ne fut montrée aux califes ! Jamais enchanteur ne suscita pareille vision ! Jamais Schéhérazade n'eût osé l'imaginer dans ses *Mille et Une Nuits*, de peur d'éveiller le doute dans l'esprit du sultan Schariar. Aucun trésor ne pourrait acheter ce chef-d'œuvre. Si, d'abord, il m'a transporté d'un mouvement de colère, l'admiration m'a vaincu.

— L'acceptez-vous ? demanda l'Électricien.

— Je serais un insensé, vraiment, si je refusais !

— QUITTES ! » dit Edison, gravement, et en lui tendant les mains, que Lord Ewald pressa de même.

« Soupez-vous avec moi, *l'un et l'autre, comme la dernière fois* ? continua-t-il en souriant. — Si vous voulez, nous recommencerons la conversation de l'autre soir : vous verrez que les réponses de Hadaly seront... différentes de celles de son modèle.

— Non, dit Lord Ewald : j'ai hâte d'être le prisonnier de cette énigme sublime.

— Adieu ! Miss Hadaly !... dit Edison. Vous souviendrez-vous, là-bas, de votre chambre souterraine — où nous causions, parfois, de celui qui devait vous éveiller à notre pâle existence de vivants ?

— Oh ! mon cher Edison ! répondit l'Andréide en s'inclinant devant l'Électricien, ma ressemblance avec les mortels n'ira jamais jusqu'à oublier mon créateur.

— À propos, — et la vivante ?... » demanda Edison.

Lord Ewald tressaillit.

« Ma foi, dit-il, je l'avais oubliée. »

Edison le regarda.

« Elle sort d'ici, dans une assez méchante humeur, même. À peine étiez-vous en promenade qu'elle est survenue, bien réveillée de toute influence — et que son flux de paroles m'a mis dans l'impossibilité d'entendre un mot de ce que vous vous êtes dit, sans doute, en ce parc. Cependant j'avais disposé des appareils nouveaux pour… — enfin ! je vois que, même livrée à sa seule nature, Hadaly, dès le premier instant de sa *vie*, s'est montrée digne de ce qu'en attendent les siècles futurs. Je n'en étais pas inquiet, d'ailleurs, s'il faut tout dire. — Quant à celle qui, pour vous du moins, vient de mourir en elle, Miss Alicia Clary m'a notifié tout à l'heure, fort et ferme, qu'elle "renonçait à ces nouveaux rôles, dont elle ne pouvait retenir la prose inintelligible, et dont les *longueurs* lui ossifiaient le cerveau". — Son modeste vœu, désormais, "tout bien réfléchi", était de débuter "tout bonnement en des opéras-comiques de son réper-toire : leur succès, *bien assis déjà*, lui assurait mieux l'attention des gens de goût". — Quant à sa statue, votre départ de Menlo Park étant, disait-elle, fixé à demain matin, je n'aurais qu'à "la lui expédier à Londres" : elle a même ajouté que "relativement à mes honoraires, je pouvais vous demander le *prix fort*, attendu qu'elle savait qu'on ne doit pas marchander avec les artistes". — Sur quoi, Miss Alicia Clary m'a dit adieu, me priant de vous avertir (au cas où vous me feriez une visite), "qu'elle vous attendait là-bas, pour les arrangements". Donc, une fois à Londres, vous n'aurez plus, mon cher lord, qu'à la laisser suivre en paix sa carrière. Une lettre, accompagnée d'un don "princier", lui annoncera votre rupture — et tout sera dit. Qu'est-ce qu'une maîtresse ? un ceinturon et un mantelet, a écrit Swift.

— C'était mon projet », dit Lord Ewald.

Hadaly, soulevant doucement sa tête sur l'épaule de Lord Ewald, murmura, d'une voix faible et pure, en un mystérieux sourire, en montrant l'électricien :

« Il viendra, n'est-ce pas, à Athelwold, nous voir ? »

Le jeune Anglais, à cette naturelle parole, ayant réprimé un nouveau mouvement d'admirative stupeur, répondit, simplement, d'un signe affirmatif.

Chose singulière ! c'était Edison qui avait tressailli à ce mot et qui regardait Hadaly fixement.

Il se frappa le front, tout à coup, — sourit, se baissa très vite et après avoir écarté le bas de la robe de l'Andréide, appuya les doigts sur les deux talons des bottines bleues.

« Qu'est-ce ? demanda Lord Ewald.

— Je désenchaîne Hadaly ! répondit Edison. Je l'isole, en un mot, puisqu'elle n'appartient plus qu'à vous. À l'avenir, ce seront les bagues seules et le collier qui l'animeront. Le Manuscrit vous donnera, sur ce point, les détails les plus précis, les plus explicites. Vous comprendrez bien vite de quelles infinies complexités vous pourrez approfondir les soixante heures gravées en elle : c'est le jeu des échecs : — c'est sans limites, comme une femme. — Elle a aussi les deux autres types féminins suprêmes et dont les subdivisions s'obtiennent très facilement "en mêlant leur dualité", ce qui devient alors irrésistible.

— Mon cher Edison, dit Lord Ewald, je crois que Hadaly est un très véritable fantôme, et je ne tiens plus à me rendre compte du mystère qui l'anime. J'oublierai même, je l'espère, le peu que vous m'en avez appris. »

Hadaly, à ces mots, pressa comme avec tendresse la main du jeune seigneur et se penchant à son oreille, lui dit très bas et très vite, pendant que l'électricien se tenait baissé à ses pieds :

« Ne lui parle pas de ce que je t'ai dit tout à l'heure : c'est pour toi seul. »

Edison se releva, tenant à la main deux petits boutons de cuivre, dévissés, auxquels attenaient deux fils de métal d'une ténuité si extrême que leurs prolongements, enduits d'une matière isolante, s'étaient jusqu'alors perdus, invisibles, à la suite de l'Andréide. Ces inducteurs s'étaient confondus avec le plancher, le sol, les fourrures, sur lesquels avait passé Hadaly. Sans doute, ils étaient reliés quelque part, au loin, à des générateurs inconnus.

L'Andréide, alors, sembla frémir de tous ses membres : Edison toucha le fermoir du collier.

« Aidez-moi ! » dit-elle.

Et, s'appuyant d'une main à l'épaule de Lord Ewald, elle entra, souriante, dans le beau cercueil avec une sorte de grâce ténébreuse.

Puis, ayant ramené autour d'elle ses longs cheveux ondés, elle s'y étendit doucement.

Ayant ensuite passé à l'entour de son front le lourd bandeau de batiste qui devait retenir sa tête et préserver strictement son visage de tout contact avec les parois de cette couche, elle agrafa, très serrés autour de son corps, de larges liens de soie qui l'assujettirent de manière à ce qu'aucun heurt ne la fît bouger.

« Ami, dit-elle en croisant alors les mains, tu éveilleras la dormeuse après la traversée : — d'ici là nous nous reverrons… dans les mondes du sommeil!… »

Elle ferma les yeux, comme endormie.

Les deux battants se joignirent, doucement, hermétiquement, sans aucun bruit, au-dessus d'elle. Une plaque d'argent, incrustée d'armoiries, était fixée sur le cercueil, au-dessus du mot HADALY inscrit en caractères orientaux.

« Le sarcophage, reprit Edison, sera placé, tout à l'heure, ainsi que je vous l'ai dit, en une vaste caisse carrée, au couvercle bombé, dont l'intérieur est comblé d'ouate épaisse et fortement pressée. Cette précaution n'est prise que pour éviter, en voyage, aux passants, des réflexions quelconques. Voici la clef du cercueil et l'invisible serrure qui permet au ressort de se détendre. »

Et il indiqua, sous le chevet de Hadaly, une petite étoile noire, imperceptible.

« Maintenant, ajouta-t-il en offrant un siège à Lord Ewald, — un verre de Xérès, n'est-ce pas ? Nous avons encore quelques paroles à nous dire. »

Et, appuyant sur un bouton de cristal, Edison fit flamboyer les lampes, qui en mêlant leur lumière à la lumière oxhydrique, produisaient l'effet du grand soleil.

Puis il envoya s'allumer le phare rouge au-dessus du laboratoire et, les rideaux une fois retombés, revint vers son hôte.

Sur un guéridon brillaient des verres vénitiens et un flacon de vin paillé.

« Je bois à l'Impossible ! » dit l'électricien, avec un grave sourire.

Le jeune lord toucha de son verre le verre d'Edison en signe d'acquiescement.

L'instant d'après, ils étaient assis en face l'un de l'autre.

XIII

EXPLICATIONS RAPIDES

> *Il y a plus de choses au ciel et sur la terre,*
> *Horatio, que n'en contient toute votre*
> *philosophie.*
>
> SHAKESPEARE, *Hamlet.*

Après un assez long moment de pensées muettes :

« Voici la seule question que je voudrais vous adresser, reprit Lord Ewald. — Vous m'avez parlé d'un aide féminin, d'une personne nommée Mistress Any Sowana... qui, paraît-il, a modelé, en effet, mesuré, calqué, membre à membre, pendant les premiers jours, notre ennuyée vivante.

« D'après les dires d'Alicia, ce serait "une femme très pâle, *entre deux âges*, peu parleuse, toujours en deuil, ayant dû être fort belle : ses yeux sont constamment fermés, au point que la couleur en demeure inconnue. Cependant elle y voit clair !" Et Miss Alicia Clary ajoute que, dans l'espace d'une demi-heure, sur cette estrade, la mystérieuse statuaire l'a "comme pétrie des pieds à la tête" silencieusement, ainsi qu'une masseuse de bains russes. Elle ne s'arrêtait, à des instants, que pour "crayonner des chiffres et des lignes sur des feuilles de papier, — qu'elle vous offrait, très vite".

« Tout ceci tandis qu'un long "rayon de flamme",

dirigé sur la nudité de la patiente, semblait suivre les mains glaciales de l'artiste "comme si celle-ci eût dessiné avec de la lumière".

— Eh bien? demanda Edison.

— Eh bien! répondit Lord Ewald, si j'en juge par la première et si *lointaine* voix de Hadaly, ce doit être un être bien merveilleux que cette Mistress Any Sowana!

— Allons! dit Edison, je vois que vous avez réfléchi, tous les soirs, dans votre cottage, et que vous avez essayé de vous expliquer l'œuvre par vous-même. Bien. Vous en devinez quelque peu, j'en suis sûr, l'arcane initial : mais, — qui pourrait imaginer, jamais, par quelle circonstance, tout adventice et miraculeuse, il me fut donné de m'en rendre maître! — Cela prouve que tout arrive à ceux qui cherchent.

« Vous vous rappelez, n'est-ce pas, l'histoire que je vous ai contée, *en bas*, d'un certain Edward Anderson? Ce que vous me demandez n'est autre que la *fin* de cette histoire : — la voici. »

Edison, s'étant recueilli un instant, reprit :

« Sous le coup de la triste mort et de la ruine de son mari, Mistress Anderson, se voyant dépossédée de sa maison, subitement, — sans pain même, et vouée, avec ses deux enfants de dix à douze ans, à la très problématique charité de quelques banales connaissances commerciales, fut, tout d'abord, atteinte d'un mal qui la réduisit à l'inaction complète, — d'une de ces grandes névroses reconnues incurables, celle du Sommeil.

« Je vous ai dit combien je tenais en estime la nature de cette femme, et, — comprenez-moi, milord, — son intelligence... J'eus donc le bonheur de songer à venir en aide à cette abandonnée, — comme jadis vous vîntes à mon aide! — et, au nom de l'ancienne amitié que son malheur ne pouvait qu'augmenter en moi, je plaçai, de mon mieux, les deux enfants et pris des mesures pour que leur mère fût à l'abri de toute détresse.

« Un assez long temps se passa.

« Souvent, au cours de mes trop rares visites à cette

malade, j'eus l'occasion de constater ces étranges — et persistants accès de sommeil, *continus*, — durant lesquels elle parlait et me répondait sans rouvrir les yeux. Il y a nombre d'exemples, classés aujourd'hui, de ces léthargiques somnolences, où plusieurs sujets sont demeurés, des trimestres entiers, sans prendre aucune nourriture. À la longue — (étant doué, je crois, d'une faculté d'attention assez intense), — je finis par me préoccuper de guérir, s'il était possible, le mal singulier de Mistress *Any* Anderson. »

Lord Ewald, à ce prénom souligné d'intonation par l'ingénieur, eut un mouvement de surprise.

« Guérir ? murmura-t-il ; — transfigurer, plutôt ! n'est-ce pas ?

— Peut-être, reprit Edison. — Oh ! je me suis aperçu, l'autre soir, — à votre maintien tranquille devant Miss Alicia Clary... frappée, — en moins d'une heure de Suggestion-fixe, — d'un effet d'hypnotisme cataleptique, — oui, je me suis aperçu que vous étiez au fait de ces nouvelles expériences, tentées par les premiers d'entre nos praticiens à ce sujet. Elles ont démontré, vous le savez, que la Science, à la fois ancienne et récente, du Magnétisme humain est une science positive, indiscutable, — et qu'en un mot la réalité de notre fluide nerveux n'est pas moins évidente que celle du fluide électrique.

« Eh bien ! je ne sais comment l'idée me vint de recourir, — en vue du seul soulagement que cette infortunée en pourrait ressentir, — à l'action magnétique ! Je prétendais combattre, par elle, ce mal d'invincible torpeur corporelle. Je me renseignai sur les plus sûres méthodes : puis, j'essayai, non sans quelque patience et persistai, tout simplement, presque chaque jour, pendant deux mois environ. Soudainement, voici que, d'abord, les phénomènes connus s'étant produits les uns après les autres, d'autres phénomènes, — encore troubles, à l'estime de la Science, mais qui, demain, cesseront de le paraître, — des crises de voyance mentale, absolument énigmatiques, — se

manifestèrent au plus profond de ces longs évanouisse-
ments.

« Alors, Mistress Any Anderson *devint mon secret.*
Grâce à l'état de torpeur vibrante, suraiguë, où se
trouvait notre malade, — cette aptitude, qui m'est,
d'ailleurs, naturelle, à la projection de ma volonté, se
développa, vite, jusqu'au degré le plus intense peut-
être, — car je me sens, aujourd'hui, la faculté
d'émettre, à distance, une somme d'influx nerveux
suffisante pour exercer une domination presque sans
limites sur certaines natures, et ceci en fort peu, non de
jours, mais d'heures. — J'en vins donc à établir un
courant si subtil entre cette rare dormeuse et moi,
qu'ayant pénétré d'une accumulation de fluide-magné-
tique le métal congénère, et fondu par moi, de deux
bagues de fer (n'est-ce point du magisme pur ?), — il
suffit à Mistress Anderson, — à Sowana, plutôt, — de
passer l'une d'elles à son doigt (si j'ai l'autre bague,
aussi, à mon doigt), pour, non seulement subir, à
l'instant même, la transmission, vraiment occulte ! de
ma volonté, mais pour se trouver, mentalement, flui-
diquement et véritablement, auprès de moi, jusqu'à
m'entendre et m'obéir, — son corps endormi se trou-
vât-il à vingt lieues. Sa main tenant l'embouchure d'un
téléphone, elle me répondra ici, par voie d'électricité, à
ce que je me contenterai de prononcer tout bas. — Que
de fois nous avons causé, de la sorte, au mépris *positif* de
l'espace, cette créature, ainsi spiritualisée, et moi !

« J'ai dit *Sowana*, tout à l'heure. Vous n'oubliez pas,
sans doute, que la plupart des grandes magnétisées
finissent par *se* désigner à la troisième personne, comme
les petits enfants. Elles *se* voient distantes de leur
organisme, de tout leur système sensoriel, enfin. Pour
se dégager davantage en augmentant l'oubli de leur
personnalité physique, — sociale, si vous le voulez, —
plusieurs d'entre elles, parvenues à l'état de voyance,
ont la singulière coutume de se baptiser, je puis dire,
d'un nom de songe qui leur vient on ne sait d'où, et
dont elles VEULENT être appelées, dans leur lumineux

sommeil, au point de ne plus répondre qu'à ce pseudonyme d'outre-monde. C'est ainsi qu'un jour, — tout à
coup — s'interrompant d'une phrase commencée, Mistress Anderson m'a dit, avec une simplicité d'intonation
capable de déconcerter les moins superstitieux, ces
seuls mots inoubliables :

« "Ami, je me rappelle Annie Anderson, qui dort
là-bas, où vous êtes : mais, *ici*, je me souviens d'un *moi*
qui se nomme, depuis bien longtemps, Sowana."

— Quelles assombrissantes paroles je devais
entendre ce soir ! murmura, comme à lui-même, le
jeune lord, après une sorte de stupeur silencieuse.

— Oui : ce serait à croire que nous sommes sur la
limite d'un champ d'expériences… confinant vraiment
au "Fantastique" ! reprit Edison. — Enfin, légitime ou
frivole, ce vœu bizarre m'a paru mériter d'être satisfait,
— en sorte que, dans nos causeries lointaines, je
n'interpelle plus Mistress Anderson que sous l'insolite
dénomination qu'elle m'a notifiée.

« Et ceci d'autant plus volontiers que l'être moral qui
m'apparaît en Mistress Anderson, à l'état de veille, et
celui qui m'apparaît, dans la profondeur magnétique,
semblent absolument différents. Au lieu de la femme
très simple, si digne, si intelligente, même, — mais, de
vues, après tout, fort limitées, — que je connais en elle,
— voici qu'au souffle de ce sommeil il s'en révèle une
tout autre, multiple et inconnue ! Voici que le vaste
savoir, l'éloquence étrange, l'idéalité pénétrante de
cette endormie nommée Sowana — qui, au physique,
est la même femme — sont choses logiquement inexpli-
cables ! Cette dualité n'est-elle pas un phénomène stupéfiant ? Cependant, — bien qu'à des degrés d'intensité
moindre — ce phénomène est avéré, constaté, reconnu,
chez tous les sujets soumis à de sérieux magnétiseurs, et
Sowana ne fait exception, grâce à son genre tout particulier de névrose, que comme exemple d'anormale
perfection de ce cas physiologique.

« Le moment est venu, maintenant, de vous
apprendre, milord, qu'après le trépas de la belle Evelyn

Habal, l'artificielle fille, je crus devoir faire montre à
Sowana des reliques burlesques apportées par moi de
Philadelphie, en manière de dépouilles opimes. — En
même temps, je lui communiquai l'esquisse, déjà très
nette, de ma conception de Hadaly. Vous ne sauriez
croire avec quelle joie sombre, nouvelle et comme
vengeresse, elle accueillit et encouragea mon projet ! —
Elle n'eût point de trêve que je ne me fusse mis à
l'œuvre ! — Et je dus commencer, puis m'absorber en
cette œuvre, à tel point que mes travaux sur les pouvoirs
éclairants et les lampes sans nombre que je devais
achever pour l'Humanité en subirent un retard de deux
années : — ce qui m'a fait perdre des millions, soit dit
en souriant ! — Enfin, lorsque toutes les complexités de
l'organisme de l'Andréide furent exécutées, je les
assemblai dans leur unité transfigurante et lui présentai
l'être d'apparition, la jeune armure inanimée.

« À cette vue, Sowana — comme en proie à je ne sais
quelle exaltation concentrée — me demanda de lui en
expliquer les plus secrets arcanes — afin, l'ayant étudiée en totalité, de pouvoir, *à l'occasion*, s'y incorporer elle-même et l'animer de son état "surnaturel".

« Frappé de cette confuse idée, je disposai, en peu de
temps et avec toute l'ingéniosité dont je puis être
capable, un système assez compliqué d'appareils,
d'inducteurs absolument invisibles, de condensateurs
tout nouveaux : j'y adjoignis un cylindre-moteur exactement correspondant à celui des mouvements de
Hadaly. Quand Sowana s'en fut tout à fait rendue
maîtresse, elle m'envoya, un jour, sans me prévenir,
l'Andréide, ici même, pendant que j'achevais un travail. Je vous déclare que l'ensemble de cette vision me
causa le saisissement le plus terrible que j'aie ressenti
dans ma vie. L'œuvre effrayait l'ouvrier.

« "Que serait donc ce fantôme une fois devenu le
double d'une femme !" pensai-je.

« Dès lors toutes mes mesures furent calculées et
minutieusement prises pour me trouver à même, un

jour, de tenter, pour quelque cœur intrépide, ce que nous avons réalisé. Car, — il faut bien remarquer ceci ! — *tout n'est point chimérique en cette créature* ! Et c'est bien un être inconnu, c'est bien l'Idéal, c'est bien Hadaly qui, — sous les voiles de l'électricité, — en cette armure d'argent simulant l'Humanité féminine, — vous est apparu : puisque, si je connais Mistress Anderson, *je vous atteste* QUE JE NE CONNAIS PAS SOWANA ! »

Lord Ewald tressaillit à cette parole grave de l'électricien ; celui-ci continua pensif :

« Étendue à l'abri des feuillées ombreuses et des mille lueurs fleuries du souterrain, Sowana, les yeux fermés, perdue hors de la pesanteur de tout organisme, s'incorporait, vision fluide, en Hadaly ! En ses mains solitaires, comme en celles d'une morte, elle tenait les correspondances métalliques de l'Andréide ; elle marchait, en vérité, dans la marche de Hadaly, parlait en elle, — de cette voix si étrangement lointaine qui, durant son espèce de sommeil sacré, vibre sur ses lèvres ! Et il me suffisait de redire, des lèvres aussi, mais *en silence*, tout ce que vous disiez, pour que cette Inconnue de nous deux, vous entendant par moi, répondît en ce fantôme.

« D'*où* parlait-elle ? *Où* entendait-elle ? *Qui* se trouvait-elle devenue ? Qu'est-ce que ce fluide incontestable, qui confère, pareil au légendaire anneau de Gygès[226], l'ubiquité, l'invisibilité, la transfiguration intellectuelle ? À qui avions-nous affaire, enfin ?

« Questions.

« Rappelez-vous le mouvement — si *naturel* ! — de Hadaly vers la réfraction photographique de la belle Alicia, dans ce cadre ? Et, *en bas*, celui vers l'appareil thermométrique propre à peser le calorique des rayons planétaires ? l'explication, tout improvisée, de cet appareil ? la scène, si singulière, de la bourse ? Rappelez-

226. Ce roi de Lydie (VIIᵉ siècle av. J.-C.) possédait, selon une légende rapportée par Platon, un anneau merveilleux qui avait la propriété de rendre invisible ; en réalité, il se cachait dans son palais, à la manière des despotes orientaux.

vous la netteté avec laquelle Hadaly décrivait la toilette exacte de Miss Alicia Clary, lisant, sous la lampe, la dépêche du premier soir, dans le wagon ? Savez-vous par quel subtil, par quel incroyable moyen, ce fait de voyance extra-secrète a pu se produire ? Voici : — Vous étiez imbu, pénétré, vous, du fluide nerveux de votre détestée et chère vivante ! Or, à certain moment, si vous vous en rappelez, Hadaly *vous a pris par la main* pour vous conduire vers le hideux tiroir où reposent les restes de l'étoile théâtrale. Eh bien ! le fluide nerveux de Sowana se trouvait, par l'intime transmission de l'autre fluide, *en communion avec le vôtre, grâce à cette pression de la main de Hadaly*. À l'instant même il s'envola sur ces invisibles réseaux demeurés, malgré sa distance apparente, entre vous et votre belle maîtresse : il s'en alla donc aboutir à leur centre effusif, c'est-à-dire à Miss Alicia Clary, dans le wagon qui l'amenait à Menlo Park.

— Est-ce possible ! songea Lord Ewald à voix basse.

— Non : mais cela *est*, répondit l'électricien. Tant d'autres choses, d'apparence impossible, se réalisent autour de nous, que celle-ci, de plus ou de moins, n'a pas le pouvoir de me surprendre outre mesure, attendu que je suis de ceux qui ne peuvent jamais oublier la quantité de néant qu'il a fallu pour créer l'Univers.

« Oui : l'inquiétante songeuse, étendue sur des coussins jetés sur une large planche de verre aux supports isolants, tenait le clavier d'induction dont les touches l'électrisaient doucement et entretenaient un courant entre elle et l'Andréide. Et j'ajouterai qu'il est de telles affinités entre les deux fluides auxquels elle était soumise, qu'il ne me semble pas très surprenant, surtout dans la situation ambiante où nous nous trouvions, que le phénomène d'extravoyance se soit accompli.

— Un instant, répondit Lord Ewald ; certes, il est déjà fort admirable que l'électricité seule puisse, aujourd'hui, transmettre à des distances et des hauteurs sans limites bien précises — par exemple toutes forces motrices connues : à tel point que, — si je dois en croire les rapports qui se publient de toutes parts, — demain, sans doute, elle fera rayonner sur cent mille réseaux, dans les usines terrestres, l'aveugle, la formidable énergie, jusqu'à nos jours perdue, des cataractes, des torrents, — que sais-je! du reflux même, peut-être. — Mais ce prestige est, à la rigueur, intelligible, étant donnés les conducteurs *palpables*, — magiques véhicules, — en lesquels vibre la puissance du fluide! Tandis que le fait de translation SEMI-SUBSTANTIELLE de ma pensée vive... comment l'admettre, à distance, *sans inducteurs, si ténus qu'ils puissent être* ?

— D'abord, répondit l'électricien, la distance, en vérité, n'est plus, ici, qu'une sorte d'illusion. Et puis! vous oubliez bon nombre de faits officiellement acquis, depuis peu de temps, à la Science expérimentale : savoir, par exemple, que — non plus seulement le fluide nerveux d'un être vivant, mais la simple *vertu* de certaines substances se transmettent à "distance" dans l'organisme humain, *sans ingestion, suggestion ni induction*. Les faits suivants ne sont-ils pas avérés aux yeux des plus positifs médecins actuels : — voici tel nombre de flacons de cristal, hermétiquement scellés et enveloppés, contenant, chacun, telle drogue dont j'ignore le nom. Je me saisis, au hasard, de l'un d'entre eux; je l'approche, à dix ou douze centimètres, de la base crânienne d'un — hystérique, par exemple : — en quelques minutes, voici que le sujet se convulse, vomit, éternue, clame ou s'endort selon les *vertus* propres au spécifique présenté derrière sa tête à cette distance. — Quoi! si c'est un acide mortel, ce malade offrira les symptômes — pouvant entraîner son décès — de l'intoxication par *cet* acide? Si c'est tel électuaire, il tombera dans une ponctuelle extase, revêtue, constamment, d'un précis caractère de religiosité, — en des hallucinations *toujours* sacrées? fût-il le fidèle d'un culte différent de celui dont il éprouvera les mystiques visions? Si je tiens, par hasard, un chlorure, — du chlorure d'or, — voici que ce *voisinage* le brûle jusqu'à lui arracher des cris de souffrance? — Où sont les conducteurs de ces phénomènes? Et, devant ces

incontestables faits, qui pénètrent la Science expérimentale d'une si légitime stupéfaction, pourquoi ne
supposerais-je pas la possibilité d'un fluide nouveau,
mixte, synthèse de l'électrique et du nerveux, tenant, à
la fois, de celui qui fait mouvoir, vers le pôle Nord, la
pointe de toute aiguille aimantée et de celui qui fascine
l'oiseau placé sous le battement d'ailes de l'épervier ?

« Si, dans l'état de sursensibilité hystérique, une
affinité inductrice peut, ainsi, relier l'organisme du
malade aux propriétés intimes de ces substances et
attirer leur vibrante influence à travers les pores du
verre et du parchemin, — comme l'aimant impres-
sionne, à travers le verre et les étoffes, les molécules de
fer, — s'il est indiscutable enfin, qu'une sorte d'obscur
magnétisme se dégage *même des choses végétales et miné-
rales* et peut franchir, — sans inducteurs, — obstacles et
distances jusqu'à impressionner de leur vertu spéciale
un être vivant, comment pourrais-je être surpris, outre
mesure, qu'entre trois individus d'espèce congénère,
mis en relation par un centre commun électromagné-
tisé, les fluides, en un certain instant, soient devenus
corrélatifs au point que le phénomène en question se
soit produit ?

« Pour conclure, du moment où la sensibilité occulte
de Sowana n'est point réfractaire à l'action secrète du
fluide électrique, — à telle légère secousse, par
exemple, donnée, *ici-bas*, à Mistress Anderson, — alors
que, dans l'état cataleptique, aucune autre influence du
dehors ne parvient jusqu'à elle et qu'on pourrait brûler
vive la seconde sans réveiller la première, — je trouve
démontré que le fluide nerveux n'est pas dans un état
d'indifférence totale à l'égard du fluide électrique et
que, par conséquent, à tel ou tel degré, quelques-unes
de leurs propriétés peuvent se fusionner en une synthèse d'une nature et d'un pouvoir inconnus. Celui qui,
ayant découvert ce fluide nouveau, pourrait en disposer
comme des deux autres serait capable d'opérer des
prodiges à confondre ceux des yoghis de l'Inde, des
bonzes tibétains, des fakirs-charmeurs du Coroman-
del[227] et des derviches de l'Égypte centrale. »

227. Côte S.-E. de l'Inde.

Lord Ewald répondit, après un moment de songerie singulière :

« Bien qu'il soit de toute intellectuelle convenance que je ne voie jamais Mistress Anderson, Sowana me semble mériter d'être une amie, — et si, en toute cette magie environnante, elle peut m'entendre, — que ce vœu lui parvienne, *où* qu'elle soit !... Mais une dernière question : est-ce que les paroles que Hadaly, tout à l'heure, a prononcées dans votre parc furent dites et "déclamées" par Miss Alicia Clary ?

— Certes, répondit Edison, — puisque vous avez dû reconnaître la voix et les mouvements de cette vivante : celle-ci ne les a si merveilleusement récitées (d'ailleurs, sans y rien comprendre), que sous la patiente et puissante suggestion de Sowana. »

Lord Ewald, à cette réponse, demeura dans une suprême stupeur. Cette fois, en effet, l'explication ne portait plus. Le fait d'avoir *prévu* les différentes phases de cette scène (et la *voix* attestait qu'elles avaient été prévues), n'était plus concevable.

Il allait donc simplement déclarer et prouver, à son tour, à l'ingénieur, la radicale et absolue impossibilité de ce fait nonobstant toute solution ; mais au moment de lui notifier cette évidence, il se rappela, tout à coup, l'étrange prière que Hadaly lui avait adressée, tout bas, avant de s'enfermer en l'obscurité de son artificiel cercueil.

C'est pourquoi, gardant au secret de ses pensées la sensation de vertige qu'il éprouvait, il ne répliqua rien. Seulement, il jeta vers le cercueil un coup d'œil étrange : il venait d'entrevoir très distinctement la présence d'un être d'outre-monde dans l'Andréide.

Edison donc poursuivit sans prendre attention à ce regard.

« L'état de spiritualité constante et de souveraine clairvoyance où se réalise *la vie réelle* de Sowana lui confère un pouvoir de suggestion des plus intenses, et surtout sur des sujets hypnotisés à demi déjà par moi. Les effets de sa volonté, même sur leur intelligence, sont immédiats.

« Ce n'est que soumise à la suprématie de cette influence que la comédienne, durant des jours entiers, récita patiemment, sur cette estrade, et environnée de mes objectifs invisibles, chaque phrase des scènes que possède Hadaly et qui la personnalisent. Et ceci jusqu'aux intonations, mouvements et regards désirés, lesquels étaient appelés, inspirés, en cette belle innocente, par Sowana. Les fidèles poumons d'or de Hadaly n'enregistraient, sous le doigt de l'inspiratrice, que la parfaite nuance vocale enfin proférée entre vingt autres, quelquefois. — Moi, le micromètre en main et ma plus forte loupe sous la paupière, je ne ciselais qu'au degré correspondant à leur instantanée photographie, sur les aspérités du cylindre moteur de l'Andréide, les seuls ensembles parfaits des mouvements, unis aux regards ainsi qu'aux expressions radieuses ou graves d'Alicia. Durant les onze journées que ce travail a demandées, le reste physique du fantôme s'accomplissait — moins la poitrine, enfin, — sur mes scrupuleuses indications. — Voulez-vous voir les quelques douzaines de spéciales épreuves photochromiques sur lesquelles sont piqués les points (précis à des millièmes de millimètre près), où les grains de poudre métalliques ont été disséminés, en la carnation, pour l'exacte aimantalisation des cinq ou six sourires fondamentaux de Miss Alicia Clary ? Je les ai là, dans ces cartons. L'expression de ces jeux de physionomie se nuance toute seule de la valeur des paroles, — de même que juste cinq jeux de sourcils modifient les regards ordinaires de cette si intéressante jeune femme.

« Au fond, ce labeur, dont l'ensemble doit vous paraître si complexe et les détails d'un rendu si difficile, se réduit, sous l'analyse, l'attention, la persévérance, à si peu de chose, que, sûr de mes formules générales, dues à quelque peu d'intégral, et qui, seules, m'ont coûté de longues fatigues, tout ce curieux et minutieux travail de réfraction n'est ni ardu ni malaisé ; cela va tout seul ! Au moment de forclore l'armure, il y a quelques jours, et d'appliquer, peu à peu, d'abord par

poudre, puis couche par couche, l'illusionnelle carnation, sur les mille si capillaires inducteurs dont l'étincelant duvet métallique traversait les jours imperceptibles
de cette armure, à ce moment, dis-je, Hadaly, —
perdue encore en ces limbes, — avait répété, devant
moi, d'une manière irréprochable, toutes les scènes qui
constituent le mirage de son être mental.

« Mais aujourd'hui, toute la journée, tantôt ici
même, tantôt dans le parc, la répétition définitive, —
que j'ai contemplée entre elle, vêtue comme son modèle
et Sowana, m'a confondu !

« C'était l'Humanité idéale, — moins ce qui est
innommable en nous, moins ce dont il est impossible,
en ces instants-là, de contrôler l'absence en Hadaly.
J'étais, je l'avoue, enthousiasmé comme un poète.
Quelles paroles de mélancolie, réalisant la volupté du
rêve ! Quelle voix, quelle profondeur pénétrante en ces
yeux ! quels chants ! quelle beauté de déesse oubliée !
quels enivrants lointains d'âme féminine ! quels appels
inconnus vers un impossible amour ! Sowana, d'un
frôlis de bagues, transfigurait cette évocatrice de songes
enchantés. — Oui, ce sont bien, je vous l'ai dit, les
premiers, parmi les plus lumineux esprits entre les
grands poètes et les penseurs de ce siècle, qui ont écrit
ces étonnantes et admirables scènes.

« Là-bas, lorsque vous l'éveillerez en votre vieux
château, vous verrez, — dès la première coupe d'eau
pure et le premier festin de pastilles, — vous verrez
quel fantôme accompli vous apparaîtra ! Dès que les
usages et la présence de Hadaly vous seront devenus
familiers, je vous dis que vous en deviendrez le sincère
interlocuteur, car si j'ai fourni physiquement ce qu'elle
a de terrestre et d'illusoire, une Âme qui m'est
inconnue s'est superposée à mon œuvre et, s'y incorpo-
rant à jamais, a réglé, croyez-moi, les moindres détails
de ces scènes effrayantes et douces avec un art si subtil
qu'il passe, en vérité, l'imagination de l'homme.

« Un être d'outre-Humanité s'est suggéré en cette
nouvelle œuvre d'art où se centralise, irrévocable, un
mystère inimaginé jusqu'à nous. »

XIV

L'ADIEU

L'heure triste, où chacun de son côté s'en va.
VICTOR HUGO, Ruy Blas.

« Ainsi, reprit Edison, l'œuvre est accomplie et je puis conclure qu'elle n'est pas un vain simulacre. Une âme s'est donc surajoutée, disons-nous, à la voix, au geste, aux intonations, au sourire, à la pâleur même de la vivante qui fut votre amour. Chez celle-ci, toutes ces choses n'étaient que mortes, raisonneuses, décevantes, aviles : sous leurs voiles se cache aujourd'hui la féminine entité à laquelle cet ensemble de beauté insolite appartenait peut-être, puisqu'elle s'est montrée digne de l'animer. Ainsi celle que victima l'Artificiel a donc racheté l'Artificiel ! Celle qui fut abandonnée, trahie pour l'amour dégradant et obscène, s'est grandie en une vision capable d'inspirer l'amour sublime ! Celle que frappa, dans ses espérances, dans sa santé, dans sa fortune, le contre-coup d'un suicide, a détourné d'un autre le suicide. Prononcez, maintenant, entre l'ombre et la réalité. Pensez-vous qu'une telle illusion puisse vous retenir en ce monde — et vaille la peine de vivre ? »

Pour toute réponse, Lord Ewald se leva ; puis, tirant d'un étui d'ivoire un admirable petit pistolet de poche et l'offrant à Edison :

« Mon cher enchanteur, dit-il, permettez-moi de vous laisser un souvenir de toute cette radieuse aventure inouïe ! Vous l'avez bien gagné ! Je vous rends les armes. »

Edison, se levant aussi, prit l'arme, en fit jouer la batterie pensivement, puis étendit le bras vers la nuit de la croisée ouverte.

« Voici une balle, — que j'envoie donc au Diable, s'il existe, — et, dans cette hypothèse, j'incline à penser qu'il est dans les environs.

— Ah ! ah ! comme dans le *Freischütz*[228] ! » murmura Lord Ewald qui ne put s'empêcher de sourire à cette boutade du grand électricien.

Celui-ci fit feu sur l'obscurité.

« Touché ! cria, dans le parc, une voix extraordinaire.

— Qu'est-ce donc ? demanda le jeune lord, un peu surpris.

— Rien. C'est un de mes anciens phonographes qui s'amuse ! répondit Edison continuant son énorme plaisanterie.

— Je vous prive d'un chef-d'œuvre surhumain ! dit Lord Ewald, après un moment.

— Non, puisque j'ai la formule, dit l'électricien. Mais... je ne fabriquerai plus d'andréides. Mes souterrains me serviront à me cacher pour y mûrir d'autres découvertes. »

« Et maintenant, Milord comte Celian Ewald, un verre de Jerez, — et adieu. Vous avez choisi le monde des rêves ; emportez-en l'incitatrice. Moi, le destin m'enchaîne aux pâles "réalités". La caisse de voyage et le chariot sont prêts ; mes mécaniciens, bien armés, vous feront escorte jusqu'à New York, où le capitaine du transatlantique le *Wonderful*[229] est prévenu. Nous nous verrons peut-être au château d'Athelwold. Écrivez-moi. Vos mains ! — Adieu. »

Il y eut donc, entre Edison et Lord Ewald, encore un dernier serrement de main.

Une minute après, Lord Ewald était à cheval à côté du chariot, entouré des torches de son escouade redoutable.

L'on se mit en marche — et bientôt les étranges cavaliers disparurent, au loin, sur la route, vers la petite gare de Menlo Park.

228. Cf. *supra*, note 88. Dans le dernier tableau du *Freischütz* (dont le titre signifie le « franc-tireur », au sens de : « qui utilise des balles franches »), Max, sur le point de remporter le concours de tir qui lui vaudra la main d'Agathe, tire sa dernière balle — celle que le démon s'était réservée sans le lui dire. Agathe s'effondre ! mais seulement d'émotion, car un saint ermite a détourné la balle sur Caspar (le rabatteur d'âmes du démon Samiel) qui meurt.

229. « Merveilleux », en anglais.

Demeuré seul, au centre du rayonnement de son pandémonium, Edison se dirigea, lentement, vers des tentures noires dont les longs plis retombaient devant quelque chose d'invisible. Arrivé auprès d'elles, il les fit glisser sur leurs anneaux.

Étendue, toute vêtue de deuil, — et, sans doute, endormie sur un vaste canapé de velours rouge posé sur des disques de verre, une svelte femme, encore jeune, bien que sa belle chevelure noire se brillantât d'argent autour des tempes, apparut. Le visage, aux traits sévères et charmants, d'un ovale pur, exprimait une sorte de tranquillité surnaturelle. La main pendante sur le tapis tenait l'embouchure, — entourée d'une espèce de masque rembourrée de ouate, — d'un électrophone : si elle y parlait, nul, fût-ce auprès d'elle, ne pouvait l'entendre.

« Ah! Sowana, dit Edison, — voici donc la première fois que la Science aura prouvé qu'elle pouvait guérir l'Homme... même de l'amour! »

Comme la voyante ne répondait pas, l'électricien lui prit la main : la main, glacée, le fit tressaillir ; il se pencha ; le pouls ne battait plus, le cœur était immobile.

Pendant de longues minutes il multiplia, autour du front de l'endormie, les magnétiques passes du réveil :
— vainement.

Edison s'aperçut, au bout d'une heure d'anxiété et d'efforts de volition devenus stériles, que celle qui semblait dormir avait définitivement quitté le monde des humains.

XV

FATUM[230]

> *Poenituit autem Deus quod hominem*
> *fecisset in terra et, tactus dolore cordis*
> *intrinsecus : Delebo, inquit, hominem*[231]!
>
> Genèse.

230. « Le destin », en latin.
231. « Or Dieu se repentit d'avoir créé l'homme sur la terre, et, pénétré de douleur en son cœur : Je détruirai l'homme, dit-il. » (*Genèse*, VI, 7.)

Environ trois semaines après ces événements,
M. Edison, n'ayant reçu ni lettre ni dépêche de Lord
Ewald, commençait à s'inquiéter de ce silence.

L'un des soirs suivants, vers les neuf heures, étant
seul dans le laboratoire, l'ingénieur, en parcourant,
assis auprès d'une lampe, l'une des principales gazettes
américaines, tomba sur les lignes suivantes qui atti-
rèrent son attention et qu'il lut deux fois avec une
profonde stupeur :

Lloyd. — Dispatch. Nouvelles maritimes.

« La perte du steamer *The Wonderful*, que nous avons
annoncée hier, vient de se confirmer et nous recevons,
sur ce sinistre, les tristes détails suivants :

« Le feu s'est déclaré à l'arrière, sur les deux heures
du matin, dans les compartiments des marchandises où
des barils d'essence minérale et de spiritueux, enflam-
més par une cause inconnue, ont éclaté.

« La mer était grosse et, comme le steamer tanguait
assez durement, la nappe de flamme, en un instant,
pénétra dans le compartiment des bagages. Un fort vent
d'ouest activa l'incendie de telle sorte que l'embrase-
ment apparut en même temps que la fumée.

« En une minute, les trois cents passagers, éveillés en
sursaut, encombraient le pont, éperdus devant l'inévitable péril.

« Là, des scènes horribles se passèrent.

« Devant la fournaise qui crépitait et s'avançait, les
femmes, les enfants poussaient de grands et désespérés
cris d'épouvante.

« Le capitaine ayant déclaré que l'on sombrerait dans
les cinq minutes, on se précipita vers les chaloupes
mises à flot en quelques secondes.

« Les femmes, les enfants furent embarqués d'abord.

« Pendant ces scènes d'horreur, un incident étrange
se produisit dans l'entrepont. Un jeune Anglais, Lord
E***, s'étant saisi d'une barre d'écoutille, voulait pénétrer, de force, au milieu des flammes, parmi les caisses
et colis en combustion.

« Ayant terrassé le lieutenant et l'un des contre-maîtres qui le voulaient saisir, il ne fallut rien de moins qu'une demi-douzaine de matelots se ruant sur lui pour l'empêcher, dans l'état forcené où il paraissait être, de se jeter au milieu de l'incendie.

« Tout en se débattant, il déclarait vouloir sauver, à tout prix, du feu devenu terrible, une caisse renfermant un objet si précieux qu'il offrait l'énorme somme *de cent mille guinées à qui l'aiderait à l'arracher au sinistre*, — chose, d'ailleurs, impossible et qui eût été inutile, les embarcations étant à peine suffisantes pour les passagers et l'équipage.

« L'on fut contraint de le lier, non sans peine, à cause de l'extraordinaire vigueur dont il faisait preuve, et de l'emporter évanoui dans le dernier canot, dont les passagers furent recueillis par l'*aviso* français *Le Redoutable*, sur les six heures du matin.

« La première chaloupe de sauvetage, surchargée de femmes et d'enfants, a chaviré. L'on évalue à soixante-douze le nombre des noyés. Voici quelques-uns des noms de ces malheureuses victimes.

(Suivait une liste officielle, dans les premiers noms de laquelle figurait celui de Miss *Emma-Alicia Clary, artiste lyrique*.)

Edison jeta le journal violemment. Cinq minutes se passèrent sans qu'une parole traduisît sa sombre songerie. D'un mouvement de la main sur un bouton de cristal, il éteignit les lampes.

Puis, il se mit à faire les cent pas dans l'obscurité.

Soudain le coup de timbre du télégraphe sonna.

L'électricien fit luire la veilleuse auprès de son appareil Morse.

Trois secondes après, se saisissant de la dépêche, il lut les paroles suivantes :

Liverpool, pour Menlo Park, New Jersey. États-Unis 17. 2. 8. 40. Edison, ingénieur :

Ami, c'est de Hadaly seule que je suis inconsolable — et je ne prends le deuil que de cette ombre. — Adieu.

LORD EWALD.

À cette lecture le grand inventeur se laissa tomber sur un siège, auprès de l'appareil : — ses regards distraits rencontrèrent, non loin de lui, la table d'ébène : une clarté lunaire pâlissait encore le bras charmant, la main blanche aux bagues enchantées ! Et, songeur attristé, se perdant en des impressions inconnues, ses yeux s'étant reportés au-dehors, sur la nuit, par la croisée ouverte, il écouta, pendant quelque temps, l'indifférent vent de l'hiver qui entrechoquait les branches noires, — puis son regard s'étant levé, enfin, vers les vieilles sphères lumineuses qui brûlaient, impassibles, entre les lourds nuages et sillonnaient, à l'infini, l'inconcevable mystère des cieux, il frissonna, — de froid, sans doute, — en silence.

BIBLIOGRAPHIE

Principales éditions

L'Eve future, dans les *Œuvres* de Villiers de l'Isle-Adam, Le Club Français du Livre, 1957, édition établie et présentée par Jacques-Henri Bornecque ; préface : « Villiers de l'Isle-Adam, martyr de l'absolu ».

L'Eve future, Club du Meilleur Livre, 1957, précédé d'une préface : « Le secret d'un grand livre », et suivi d'une notice : « Composition et publication de *L'Eve future* », par Joseph Bollery et Pierre-Georges Castex.

L'Eve future, éditions L'Age d'Homme, collection « Romantiques », 1979, introduction et notes de Pierre Citron.

L'Eve future, dans les *Œuvres complètes* de Villiers de l'Isle-Adam, Paris, Gallimard, collection « Bibliothèque de la Pléiade », 1986, tome I, édition établie par Alan Raitt et Pierre-Georges Castex avec la collaboration de Jean-Marie Bellefroid ; introduction, histoire du texte avec transcription des états manuscrits connus, notes et variantes ; l'édition de référence.

Il est évidemment aussi indispensable de consulter la *Correspondance générale de Villiers de l'Isle-Adam et documents inédits*, édition recueillie, classée et présentée par Joseph Bollery, Paris, Mercure de France, 1962, deux volumes.

Principaux ouvrages à consulter

L'édition Pléiade, établie par les meilleurs spécialistes actuels de Villiers de l'Isle-Adam, comprend une bibliographie à jour à la date de l'édition, aux pages LIII-LXIV ; parmi les ouvrages recensés dans cette bibliographie, on notera tout particulièrement :

J.-H. Bornecque, *Villiers de l'Isle-Adam, créateur et visionnaire*, Paris, Nizet, 1974 ;

Deborah Conyngham, *Le Silence éloquent (Thèmes et structure de l'Eve future de Villiers de l'Isle-Adam)*, Paris, Corti, 1975 ;

André Lebois, *Villiers de l'Isle-Adam révélateur du Verbe*, Neuchâtel, Messeiller, s.d. [1952] (parfois inexact parce qu'ancien, mais intéressant et vivant) ;

Jacques Noiray, *Le Romancier et la machine (L'Image de la machine dans le roman français 1850-1900)*, Paris, Corti, 1982, tome II, deuxième partie consacrée à *L'Eve future* et tout à fait passionnante ;

Alan Raitt, *Villiers de l'Isle-Adam et le mouvement symboliste*, Paris, Corti, 1965 (indispensable).

Alan Raitt, *The Life of Villiers de l'Isle-Adam*, Oxford, Clarendon Press, 1981 ; version française, sous le titre *Villiers de l'Isle-Adam, exorciste du réel*, Paris, Corti, 1987 (indispensable).

Articles intéressants

Parmi les articles déjà recensés par l'édition Pléiade, on notera plus particulièrement :

Ross Chambers, « De grands yeux dans l'obscurité : Regard scientifique et vision occulte dans *Claire Lenoir* et *L'Eve future* », in *Australian Journal of French Studies*, september-december 1972 (vol. IX nº 3) ;

M. Groves, « Villiers de l'Isle-Adam and Sir William Crookes », *French Studies*, April 1975 ;

André Lebois, « En relisant *L'Eve future* », chapitre VIII de *Admirable XIXe siècle*, L'Amitié par le livre, S.A.B.R.I., copyright Denoël, 1958 ;

Gwenael Ponnau, « Science, sagesse et folie dans les contes et dans *L'Eve future* de Villiers de l'Isle-Adam », dans *Trois figures de l'imaginaire littéraire*, Paris, Les Belles-Lettres, 1982.

Parmi les articles parus après 1986, on lira avec intérêt :

John Anzalone, « Golden cylinders : inscription and intertext in *L'Eve future* », in *L'Esprit Créateur*, vol. XXVI, n° 4, Winter 1986 ;

Linn B. Konrad, « Villiers de l'Isle-Adam's Future Eve : A textual Phoenix », in *Romance Quarterly*, volume XXXIV, n° 2, May 1987 (publié par The University Press of Kentucky ; interprétation féministe).

Curiosa

Michel Carrouges, *Les Machines célibataires* (1954), nouvelle édition revue et augmentée, Paris, Le Chêne, 1976 ; les pages 106-116 sont consacrées à *L'Eve future*.

Junggesellenmaschinen/Les Machines célibataires, catalogue de l'exposition qui s'est tenue au Musée des Arts décoratifs, mai-juillet 1876, Alfieri éditeur, Italie.

CHRONOLOGIE

> « *Sa vie — je cherche rien qui réponde à ce terme : véritablement et dans le sens ordinaire, vécut-il*[1] *?* »
>
> Stéphane Mallarmé.

> « *Pour celui qui déploya de pareils rêves, voilures gonflées vers l'infini, la vie quotidienne n'existait que très peu* [...]. *C'est la perpétuelle revanche des grands idéalistes, ignorés de la foule — et de plus d'un de leurs amis — qu'en réalité ils habitent un autre monde, un monde créé par eux-mêmes*[2] [...]. »
>
> Remy de Gourmont.

1. Conférence sur Villiers de l'Isle-Adam prononcée à six reprises en Belgique en février 1890, et publiée pour la première fois dans *L'Art moderne* de Bruxelles, les 23 février et 2 mars 1890 ; reprise dans *Œuvres complètes* de Mallarmé, Paris, Gallimard, Bibliothèque de la Pléiade, 1945, pp. 481-510.
2. Article sur *Axël* dans la rubrique « Les Livres » du *Mercure de France*, mars 1890.

1838 : 7 novembre : Naissance à Saint-Brieuc (Côtes-du-Nord) de Jean-Marie-Mathias-Philippe-Auguste de Villiers de l'Isle-Adam, fils unique du marquis Joseph-Toussaint (né en 1802) et de Marie-Françoise née Le Nepvou de Carfort (en 1811) et devenue son épouse le 1er juin 1837. C'est Mlle de Kerinou, tante et mère adoptive de Marie-Françoise, qui subvient aux besoins de la famille, à la condition que les jeunes époux habitent toujours avec elle.

(1840, naissance de Zola ; 1842, mort de Stendhal, naissance de Mallarmé.)

1843 : Le père de Villiers, qui a réussi à convaincre Mlle de Kerinou d'engager des fonds dans ses « affaires », se lance dans des combinaisons aventureuses qui absorbent bientôt toute sa fortune et au-delà ; son épouse demande une séparation de biens, qui sera prononcée en août 1846.

1846 : Mlle de Kerinou, qui juge préférable d'éloigner son gendre des trop tentantes « affaires » de la capitale, achète une maison à Lannion et s'y installe avec toute la famille. Le ménage Villiers va mal.

1847-1851 : A cause des fréquents changements de domicile de sa famille, mais aussi de sa turbulence et de son caractère difficile, le jeune Villiers a une scolarité cahotée : il est interne successivement au petit séminaire de Tréguier, à l'institution Saint-

Vincent-de-Paul à Rennes, au Lycée de Laval, au pensionnat Saint-François-Xavier de Vannes, à l'école Saint-Charles de Saint-Brieuc.

(1848, mort de Chateaubriand, naissance de Huysmans ; 1850, mort de Balzac, naissance de Maupassant.)

1852-1855 : Villiers est externe dans plusieurs écoles de Rennes, sans parvenir apparemment à obtenir aucun diplôme. Mais, encouragé avec ferveur dans ses ambitions littéraires par toute la famille, il écrit et déclame déjà ses vers avec une extravagance toute romantique ; il compose aussi de la musique. Il aurait vécu à cette époque deux idylles malheureuses, dont l'une aurait été interrompue par la mort de la jeune fille.

(1855, mort de Gérard de Nerval.)

1855 : Villiers est de plus en plus souvent à Paris avec sa famille. Il fréquente assidûment cafés et théâtres, et rêve de bouleverser glorieusement l'art dramatique.

1856 : Août : Le père de Villiers est à la prison de Clichy pour dettes. Mlle de Kerinou juge plus prudent de faire rentrer la famille à Saint-Brieuc.

1857 : Villiers et sa famille sont de nouveau à Paris pendant quelque temps.

3 mai : Mort d'Alfred de Musset ; Villiers se présente en pleurs à sa porte, à une heure du matin, pour voir son corps.

Le jeune homme n'obtient pas, avec des écrits dramatiques dont on a perdu toute trace, les succès fulgurants qu'il espérait, et en est fort découragé. Il abandonne, entre autres projets, la rédaction d'un *Faust* qu'il juge inepte.

(Baudelaire, *Les Fleurs du Mal* ; Flaubert, *Madame Bovary*.)

1858 : Inquiet de voir son fils si déprimé, le Marquis l'envoie faire un séjour de plusieurs mois à Montfort-sur-Meu, près de Rennes, chez Amédée Le Menant des Chesnais, un jeune avoué très pieux qu'il a rencontré lors d'un de ses nombreux procès. Le jeune Villiers, se détournant provisoirement du théâtre, y écrit beaucoup de poésie lyrique.

Juillet : Villiers fait ses débuts en littérature en faisant paraître à ses frais une mince plaquette, *Deux essais de poésie*.

1859 : La famille Villiers-Kerinou, jusqu'en 1870, partage son temps entre Paris et la Bretagne, au gré sans doute des « affaires » du Marquis et de leurs conséquences. A Paris, Villiers fréquente (jusqu'en 1862) le salon philosophique et littéraire de son cousin Hyacinthe du Pontavice de Heussey, gentilhomme breton progressiste et libre-penseur de vingt-cinq ans son aîné, chez lequel il rencontre des savants et des hommes de lettres.

Décembre : Villiers fait paraître à ses frais une édition coûteuse des vers romantiques qu'il compose depuis près de trois ans, *Premières Poésies*. Il débute aussi dans le journalisme en donnant deux articles de critique musicale à *La Causerie* de Victor Cochinat ; toute sa vie, il collaborera à de petites publications plus ou moins obscures.

1860 : Villiers, quand la Tante Kerinou lâche les cordons de la bourse et l'autorise à séjourner à Paris, fréquente assidûment les milieux littéraires, en particulier la Brasserie des Martyrs, haut lieu de la Bohème, et c'est sans doute là qu'il rencontre Baudelaire, auquel il voue une admiration énorme et fascinée, et avec lequel il entretiendra des rapports amicaux pendant deux ou trois ans. Baudelaire l'initie à la lecture d'Edgar Poe, et trouble profondément sa sensibilité religieuse. Cette rencontre changera sa vie. Léon Margue, secrétaire de Dumas père, l'introduit aussi auprès de la famille Dumas.

1861 : Février : Villiers collabore à la *Revue fantaisiste* que vient de fonder Catulle Mendès ; les deux hommes se lient d'une amitié durable, mais qui sera toujours assez orageuse. Villiers rencontre aussi Jean Marras, qui sera toujours un ami secourable. Vers cette époque, il noue avec Louise Dyonnet, une femme de mauvaise vie, déjà mère de deux enfants, une liaison tourmentée qui inquiète sa famille.

1862 : Août : Villiers publie à compte d'auteur et à cent exemplaires, chez Dentu, le premier volume d'un roman philosophique, *Isis*, jamais achevé. Le livre passe évidemment inaperçu.

28 août-20 septembre : Villiers fait à l'abbaye de Solesmes un séjour angoissé, sans doute imposé par ses parents pour essayer de l'arracher à la vie désordonnée qu'il mène à Paris. Il en sort en ayant apparemment recouvré la foi.

(Hugo, *Les Misérables* ; Flaubert, *Salammbô*.)

1863 : Selon ce qui semble n'être qu'une légende, non démentie mais répandue au contraire par Villiers lui-même, il aurait été candidat au trône de Grèce (vacant après la destitution de l'autocrate Othon Ier).

Août : Second séjour, imposé par la Tante Kerinou, à l'abbaye de Solesmes ; Villiers y rencontre Louis Veuillot, le célèbre journaliste catholique.

C'est sans doute à Choisy-le-Roy, chez le père de Mendès, que Villiers fait cette année-là la connaissance de Mallarmé, qui restera jusqu'à la fin son meilleur et son plus fidèle ami.

1864 : Villiers passe à Paris le plus clair des années 1864-1865. Avec Catulle Mendès, il fréquente les poètes cultivant « l'art pour l'art » à la suite de Théophile Gautier : Verlaine, François Coppée, Louis Ménard, José-Maria de Heredia, Leconte de Lisle. Il rencontre Flaubert. Il travaille à un drame, *Elën*.

Septembre : Villiers, qui a finalement rompu avec Louise Dyonnet, se rend à Lyon, apparemment en vue d'un riche mariage. Il nourrira longtemps l'espoir fou, que lui a infusé son père, d'épouser une héritière à la fortune fabuleuse.

(Jules Verne, *Voyage au centre de la terre* ; Mallarmé commence à écrire *Hérodiade*.)

1865 : 14 janvier : Publication hors commerce et à un

petit nombre d'exemplaires d'*Elën*, drame en trois actes et en prose.

Printemps : Voyage en Hollande.

Villiers acquiert auprès de beaucoup de ses contemporains hommes de lettres une réputation de jeune écrivain brillant. Ses excentricités hérissent les autres.

Il travaille à un nouveau drame, plus long, *Morgane*.

1866 : Février : Villiers donne, chez la marquise de Ricard, une lecture éblouissante de *Morgane*, drame en cinq actes et en prose.

Mars : Edition hors commerce et à vingt-cinq exemplaires de *Morgane*.

Villiers, qui commence à expérimenter un style nouveau, inspiré d'Edgar Poe, donne chez Leconte de Lisle une lecture de *Claire Lenoir*, qui marque le début de sa maturité littéraire. Il collabore aussi à la première livraison du *Parnasse contemporain*, recueil collectif des poètes qu'on appellera désormais les Parnassiens.

Villiers demande à Théophile Gautier la main de sa fille Estelle (sœur cadette de Judith, que vient d'épouser Catulle Mendès), dont il est vraiment amoureux.

1867 : 3 janvier : Mlle de Kerinou et les parents de Villiers s'opposent à une mésalliance et, conscient de la précarité de ses revenus, Villiers écrit à Gauthier qu'il doit renoncer à épouser Estelle ; il en est désespéré.

15 octobre : Villiers, qui n'arrive pas à placer ses écrits dans la presse, fonde avec les frères Gouzien (qui financent) la *Revue des Lettres et des Arts*, qui paraîtra jusqu'au 29 mars 1868 ; outre Mendès, Judith Gautier et Mallarmé, Verlaine et Théodore de Banville, Heredia et Coppée, Dumas fils et Mistral y collaboreront. Villiers, qui en est le rédacteur en chef, y publie notamment *Claire Lenoir* et *L'Intersigne*, sous l'étiquette commune d'*Histoires moroses*. (Mort de Baudelaire.)

1868 : Villiers commence à fréquenter le salon de Nina
    de Villard, dont Charles Cros est l'amant en titre.
    Probable passade avec une actrice, Mathilde Leroy.
1869 : Au début de l'année, Villiers achève *La Révolte*,
    drame en un acte.
    Mi-juillet-mi-septembre : Villiers part en Suisse avec
    Catulle Mendès et Judith Gautier, qui ont eu l'idée
    de se faire envoyer en Allemagne par les journaux
    pour rendre compte de l'Exposition des Beaux-Arts
    de Munich; en fait, le but est de rendre visite à
    Wagner, un des vœux les plus chers de Villiers.
    Début juillet, les trois amis passent neuf jours auprès
    du compositeur à Triebschen; le 25 juillet, départ
    pour Munich, où ils assistent à plusieurs représenta-
    tions d'opéras de Wagner. Sur le chemin du retour,
    entre le 13 et le 18 septembre, ils passent de nouveau
    quelques jours auprès du Maître.
    Entre-temps, le 26 juin, dans *La Liberté*, a été publié
    Azraël, première version de *L'Annonciateur*.
    11 septembre : Naissance de Jules Emile Leroy, qui
    est peut-être le fils naturel de Villiers.
    Octobre-novembre : Malgré la recommandation de
    Dumas fils, *La Révolte* est refusé par le théâtre du
    Gymnase.
    (Lautréamont, *Les Chants de Maldoror*; Flaubert,
    L'Éducation sentimentale; aux États-Unis, mise au
    point du procédé de la fabrication industrielle du
    celluloïd, qui sera introduit en Europe vers 1876.)
1870 : 20 janvier : Lettre de soutien énergique de
    Dumas fils dans *Le Gaulois*; le Vaudeville accepte de
    monter *La Révolte*.
    6 mai : Première représentation de *La Révolte*;
    drame d'idées incompris et éreinté par la critique
    bien-pensante et antiparnassienne, la pièce doit quit-
    ter l'affiche après seulement cinq représentations.
    Juin-juillet : Nouveau voyage en Allemagne avec les
    Mendès, et nouvelle visite à Wagner le 19 juillet,
    abrégée par le début des hostilités avec la Prusse.
    Publication de *La Révolte* chez Lemerre, avec une
    préface vengeresse.

Août : Retour d'Allemagne, Villiers séjourne chez Mallarmé en Avignon, où celui-ci est professeur d'anglais.

Fin de l'année : Villiers est commandant des Éclaireurs du 147e bataillon de la Garde Nationale.

(Jules Verne, *Vingt mille lieues sous les mers.*)

1871 : 17-22 mai : D'abord séduit par le mouvement patriotique et généreux des débuts de la Commune, Villiers, sous le pseudonyme de « Marius », collabore peut-être au *Tribun du Peuple*. Mais ses sympathies se refroidissent rapidement.

Pendant le Siège et la Commune, les rentes de Mlle de Kerinou n'arrivent plus de Bretagne ; les Villiers sont au bord de mourir de faim, et la santé de la vieille dame de quatre-vingt-six ans en est atteinte.

13 août : Mort de Mlle de Kerinou ; or, toute sa fortune était en viager. Commence pour Villiers et ses parents une longue période de très grand dénuement.

(Zola, *La Fortune des Rougon*, premier volume des *Rougon-Macquart*.)

1872 : 12 octobre : Publication dans *La Renaissance artistique et littéraire* de la première partie d'*Axël*, drame en prose.

1873 : L'année est occupée presque exclusivement par la rédaction d'*Axël*.

Fin décembre : Villiers part pour Londres, où il espère conclure un mariage avec Anna Eyre Powell, une jeune héritière anglaise que lui a présentée un certain La Houssaye, agent matrimonial ; la jeune fille éblouit l'écrivain, mais l'affaire échoue lamentablement ; Villiers, une fois de plus, est cruellement déçu.

(Barbey d'Aurevilly, *Les Diaboliques* ; en août, Rimbaud a écrit *Une saison en Enfer*.)

1874 : Janvier : De retour à Paris, Villiers propose en vain son drame *Morgane* au théâtre de la Porte Saint-Martin.

15 février et 1er avril : Villiers collabore à la *Revue du Nouveau Monde* de Charles Cros.

Villiers publie diverses fantaisies scientifiques dans
de petites revues éphémères. Sa vocation de conteur
se réveille. Huit des contes parus cette année prendront plus tard place dans les *Contes cruels*.

8 août : Villiers est présenté à Victor Hugo, pour
lequel il a depuis longtemps une grande admiration.

Fin de l'année : Villiers commence à remanier *Morgane*, qui deviendra *Le Prétendant*.

1875 : Avril-mai : Villiers décide de participer au
concours Michaëlis organisé pour commémorer le
centenaire de l'indépendance des États-Unis, et
séjourne à Nantes, chez la tante de son ami le
journaliste Fernand de Gantès, où il écrit un drame,
Le Nouveau Monde.

Juillet-août : Villiers proteste dans *Le Figaro* contre
la reprise d'un mélodrame de Bourgeois et Lockroy,
Perrinet Leclerc (1832), dans lequel le maréchal Jean
de Villiers de l'Isle-Adam, un de ses ancêtres, apparaît dans un rôle qu'il juge diffamatoire ; il intente un
procès aux auteurs, aux directeurs du Châtelet et à
l'éditeur de la pièce.

1876 : 22 janvier : *Le Nouveau Monde* reçoit le
deuxième prix *ex aequo* au concours Michaëlis (le
premier prix n'étant pas décerné). La pièce est aussitôt acceptée par le théâtre de l'Ambigu, mais le
théâtre périclite.

Mai : L'Ambigu change de directeur. Le nouveau
directeur est en procès avec la propriétaire du
théâtre.

Septembre : Villiers retire sa pièce. L'Ambigu
ferme.

Octobre : Villiers propose en vain sa pièce au théâtre
de la Porte Saint-Martin.

Décembre : Villiers rend la pièce à l'Ambigu, qui a
trouvé un nouveau directeur.

En vue de son procès, Villiers entreprend dans les
bibliothèques et les dépôts d'archives de vastes
recherches historiques sur sa famille, qui le
détournent de son œuvre littéraire.

(Au cours de l'année, Villiers a publié dans diverses revues trois nouveaux contes qui figureront dans les *Contes cruels*; Mallarmé, *L'Après-midi d'un faune*. La même année, Bell et Gray inventent le téléphone.)

1877 : Février et juin : Villiers publie encore deux contes qui prendront place dans les *Contes cruels*.

Juillet : L'Ambigu ferme de nouveau ses portes; le sort du *Nouveau Monde* est incertain.

1er août : Villiers est débouté dans l'affaire *Perrinet Leclerc*. Quelques jours plus tard, il est pris à partie par un certain Georges de Villiers Deschamps, qui conteste son droit de porter le nom de l'Isle-Adam, mais s'incline finalement devant les justifications que lui fournit Villiers.

Mi-août-mi-septembre : Séjour à Mérignac chez Robert du Pontavice de Heussey (fils d'Hyacinthe et futur biographe de l'écrivain); Villiers, qui veut faire appel dans l'affaire *Perrinet Leclerc*, prépare un mémoire à l'usage des tribunaux sur la généalogie de sa famille et sur le maréchal Jean de Villiers de l'Isle-Adam; ce travail va l'occuper aussi l'année suivante.

Octobre : Villiers propose en vain à Calmann-Lévy un recueil qui rassemble déjà, mais sous une forme moins achevée, un grand nombre des futurs *Contes cruels*; la table des matières comprend un titre énigmatique, « Miss Hadaly Habal », qui disparaîtra du recueil définitif; mais Villiers reprendra ce nom mystérieux d'Hadaly pour l'automate de *L'Eve future*, et nommera « Miss [Evelyn] Habal » un personnage secondaire du même roman.

(Aux États-Unis, Edison invente le phonographe et en construit le premier prototype, au moment même où Charles Cros, ami de Villiers, décrit le principe théorique d'un appareil similaire qu'il appelle « paléographe »; Leclanché invente la pile électrique.)

1878 : Mai : *Le Nouveau Monde* est de nouveau reçu à l'Ambigu, mais son nouveau directeur renonce finalement à le monter.

Selon toute vraisemblance, c'est au cours de ce printemps que Villiers ébauche le conte (dont on ne connaît que quelques fragments) que les commentateurs ont baptisé « Le Sosie » et qui est l'embryon de ce qui deviendra, après maintes transformations, *L'Ève future*.

Dès la mi-août, Villiers reprend « Le Sosie » et élabore un texte beaucoup plus long qu'il intitule provisoirement *L'Andréide paradoxale d'Edison*.

Echec d'un projet de mariage avec une riche Mlle de Solsona.

(L'Exposition Universelle de Paris révèle le phonographe et le téléphone au grand public français.)

1879 : Depuis le début de l'hiver, Villiers travaille furieusement à *L'Ève future*, malgré son grand dénuement. Il entreprend aussi d'élargir la portée de ses recherches historiques et de rédiger la généalogie complète de sa famille et une véritable biographie de son aïeul le Maréchal ; ces ouvrages resteront inachevés.

Avril : Villiers, qui essaie en vain de se faire une place dans la grande presse bourgeoise, collabore à un nouveau journal royaliste, *La Croix et l'Epée*, qui cesse de paraître le 17 mai.

Novembre : Nouvelle déception d'un espoir de mariage mirobolant.

Début d'une liaison avec Marie Dantine, veuve du cocher Brégeras, femme illettrée qui s'occupe de son ménage et lui est entièrement dévouée ; elle a déjà un fils, Albert (qui mourra de la tuberculose en 1892). Villiers partagera avec elle les dernières années de sa vie.

1880 : Publication du *Nouveau Monde* chez l'« imprimeur-éditeur » Richard ; cette édition du *Nouveau Monde* annonce la publication prochaine chez le même éditeur d'une œuvre intitulée *L'Ève future* ; mais Richard fait faillite.

Nouveaux espoirs, vite déçus, de faire représenter *Le Nouveau Monde*.

4-18 septembre : Publication en feuilleton dans *Le Gaulois* du « Livre premier » de *L'Eve nouvelle*, premier titre imprimé de *L'Eve future*. C'est la première fois depuis onze ans que Villiers place un texte dans un grand journal parisien ; c'est dans l'euphorie qu'il touche la première avance substantielle de sa carrière ; mais la publication de son roman est brusquement interrompue après seulement quatorze feuilletons (soit à peu près le premier tiers du texte final), apparemment, selon Pontavice, à cause de désabonnements en masse.

Pour subvenir à ses besoins et à ceux de ses parents, Villiers donne des leçons de boxe, travaille peut-être dans une entreprise de pompes funèbres.

14 décembre-4 février 1881 : Publication dans *L'Etoile française*, modeste feuille républicaine nouveau-née, du texte quasi intégral du roman, toujours sous le titre *L'Eve nouvelle* (apparemment Villiers, insatisfait de la fin de son roman, reprit le manuscrit du dernier feuilleton).

Villiers cesse de fréquenter Nina de Villard, qui se détraque de plus en plus et doit fermer son salon ; Mallarmé inaugure ses fameux mardis, et Villiers est évidemment parmi les invités de la première heure. (*Les Soirées de Médan* : Maupassant y fait une fracassante entrée en littérature avec *Boule de suif* ; mort de Flaubert.)

1881 : 9 janvier : Villiers accepte d'être candidat légitimiste aux élections municipales dans le XVIIe arrondissement de Paris, tout en sachant d'avance qu'il ne sera pas élu dans cette circonscription républicaine ; son programme aurait comporté entre autres choses la démolition de l'Opéra, de Saint-Sulpice et du Panthéon, pour raisons esthétiques !

10 janvier : Naissance de Victor-Philippe-Auguste-Marie Dantine, fils de l'écrivain et de Marie Dantine ; Villiers adorera ce fils unique (qui mourra, comme son demi-frère Albert, de la tuberculose, le 28 avril 1901, sans laisser de descendance).

A cette époque, en échange d'une chambre, Villiers fait le « fou guéri » dans la salle d'attente d'un aliéniste.

17 octobre : *Le Prétendant*, version entièrement remaniée de *Morgane*, est refusé par la Comédie-Française.

(Verlaine, *Sagesse*; Flaubert, *Bouvard et Pécuchet*.)

1882 : 12 avril : Mort de la mère de Villiers. L'écrivain doit désormais non seulement pourvoir aux besoins de Marie et de ses deux enfants, mais satisfaire aux demandes d'argent harcelantes de son père, quatre-vingts ans, sénile et quasi fou. Sa situation est dramatique.

Octobre : Calmann-Lévy accepte de publier les *Contes cruels*; Villiers abandonne tous ses droits sur l'œuvre pour la somme forfaitaire dérisoire de 375 francs.

(Henry Becque, *Les Corbeaux*; Marey met au point le chronomatographe, appareil de prise de vues rapide d'où dérivera le cinématographe.)

1883 : 9 février : Publication des *Contes cruels* chez Calmann-Lévy.

19 février : Après de multiples coupures et remaniements du texte, qui troublent des acteurs déjà mécontents de ne pas être payés, création, enfin, du *Nouveau Monde* au Théâtre des Nations. La pièce, d'abord mollement accueillie, est coulée par une guerre ouverte dans les coulisses; elle n'aura que dix-sept représentations. Villiers, qui croyait son heure enfin arrivée, est écrasé par cette débâcle.

19 avril : Début d'une collaboration irrégulière au *Figaro* (jusqu'au 10 août 1889). Villiers a cruellement besoin de ces revenus d'appoint.

(Mort de Wagner.)

1884 : Le talent de Villiers, qui commence à être connu ailleurs que dans les cercles littéraires parisiens, est célébré par J.-K. Huysmans dans *A Rebours*; début d'une amitié entre Villiers, Bloy et Huysmans. A partir de cette époque, la santé de Villiers, qui vit dans une grande indigence et fume excessivement, commence à se dégrader.

28 février : Conférence de Villiers sur son drame *Axël*, qu'il est en train d'achever, et dont il a déjà publié divers fragments dans des périodiques.

18 août : Début d'une collaboration irrégulière au *Gil Blas* (jusqu'en décembre 1888).

(Mort de Nina de Villard.)

1885 : Villiers est désormais célèbre. L'année est fertile en contes.

18 juillet-17 mars 1886 : Publication de *L'Eve future* dans *La Vie moderne*; Villiers a vendu tous ses droits sur l'œuvre au directeur de la revue.

Novembre-juin 1886 : Première publication complète d'*Axël* dans *La Jeune France*.

1er décembre : Mort, dans la misère complète, du marquis de Villiers de l'Isle-Adam, père de l'écrivain. Villiers lui-même souffre durant tout l'hiver d'une grave bronchite.

(Mort de Victor Hugo; Zola, *Germinal*.)

1886 : Avril : Publication de *L'Evasion* dans la *Revue contemporaine*.

4 mai : Publication en volume de *L'Eve future* chez Maurice de Brunhoff.

2 juillet : Publication en une plaquette de luxe d'*Akëdisséryl*, toujours chez Maurice de Brunhoff.

24 juillet : Publication de *L'Amour suprême*, recueil de douze contes, chez Maurice de Brunhoff encore.

Août : Villiers signe avec la librairie Quantin un contrat pour la publication d'*Axël*, qui ne paraîtra cependant pas de son vivant, en partie à cause des remaniements considérables sur épreuves.

A cette époque, Villiers, très fier de son fils Totor, cinq ans, l'emmène avec lui dans les cafés et chez ses amis hommes de lettres.

1887 : Mai : Publication chez Tresse et Stock du recueil *Tribulat Bonhommet*, dans lequel prend place une nouvelle version de *Claire Lenoir*.

12 octobre : Au Théâtre libre que vient de fonder

Antoine, création et succès de *L'Evasion*, drame en
un acte et en prose.

Au cours de l'année, Villiers écrit de nombreux
contes pour divers journaux.

1888 : 16 février-10 mars : Représentation de *L'Evasion* à Bruxelles et tournée de conférences en Belgique.

27 février : Publication chez Quantin des *Histoires
insolites*, recueil de contes écrits pour le *Gil Blas*.

Fin septembre : Villiers se rend à Dieppe dans
l'espoir d'obtenir des secours de Lord Salisbury,
Premier ministre britannique; peut-être n'ose-t-il
pas finalement formuler clairement sa requête; il
rentre sans argent.

13 novembre : Publication à la Librairie illustrée des
Nouveaux Contes cruels, petit recueil de huit contes
déjà publiés pour la plupart dans le *Gil Blas*.

Tout au long de l'année, Villiers souffre des poumons
et sort peu; à la fin de l'année, il souffre en outre du
cœur et de l'estomac, et doit refuser la proposition
d'une nouvelle tournée de conférences en Belgique.

1889 : Mars : L'état de santé de Villiers, atteint d'un
cancer des voies digestives et terriblement vieilli,
s'aggrave. Mallarmé, sans le lui dire, ouvre une
souscription parmi ses amis hommes de lettres pour
lui venir en aide et lui remet l'argent sous forme de
droits d'auteur fictifs pour qu'il ne sache pas qu'on
lui fait la charité. L'éditeur Edmond Bailly, de son
côté, afin d'aider l'écrivain à subsister pendant sa
maladie, accepte de publier un choix d'articles sous
le titre *Chez les passants*, et lui verse cinq cents francs.

14 avril : Villiers, qui cherchait depuis plusieurs
mois à quitter le mauvais air de Paris, s'installe avec
sa famille à Nogent-sur-Marne, où il reçoit encore
quelques visiteurs.

Début juin : Villiers visite l'Exposition Universelle
en petite voiture. Ses amis envoient un exemplaire de
L'Eve future à Edison qui est à Paris pour l'Exposition, dans l'espoir de pouvoir arranger une rencontre

entre l'ingénieur et le poète, mais le projet n'aboutit pas.

12 juillet : Villiers entre à l'hospice des Frères de Saint-Jean-de-Dieu, rue Oudinot, à Paris.

10 août : Dernière collaboration au *Figaro*, avec *Le Meilleur Amour*.

12 août : Villiers, se sentant mourir, griffonne dans la nuit un testament de quelques lignes dans lequel il reconnaît son fils Victor.

14 août : Villiers épouse *in extremis* Marie Dantine, afin de légitimer son fils.

18 août : Mort de Villiers de l'Isle-Adam, qui a nommé Mallarmé et Huysmans comme ses exécuteurs testamentaires.

20 décembre : Grâce à la générosité inattendue de Francis Magnard, directeur du *Figaro*, Mallarmé et Huysmans peuvent acheter une concession de cinq ans au cimetière des Batignolles. Villiers y est inhumé le 21. (Sa dépouille sera transférée au Père Lachaise en 1895 ; son fils Victor y reposera à ses côtés ; Marie Dantine, comtesse de Villiers de l'Isle-Adam, mourra trente et un ans plus tard, le 1er avril 1920).

Décembre : Publication posthume de *Chez les passants*, chez Bailly.

1890 : 17 janvier : Publication posthume d'*Axël* chez Quantin.

Février : Mallarmé fait à six reprises, en Belgique, une conférence (aussitôt publiée dans *L'Art moderne*, les 23 février et 2 mars) sur la vie et l'œuvre de Villiers, « l'homme qui n'a pas été, que dans ses rêves ».

TABLE

TABLE 441

GF Flammarion

99/07/73205-VII-1999 — Impr. MAURY Eurolivres, 45300 Manchecourt.
N° d'édition FG070404. — mai 1992. — Printed in France.